쫓기는 새

쫓기는 새

2013년 8월 1일 1판 1쇄 찍음
2013년 8월 9일 1판 1쇄 펴냄

지은이 최성각
펴낸이 손택수
편 집 이호석, 하선정, 임아진
디자인 김현주
관리·영업 김태일, 이용희

펴낸곳 (주)실천문학
등록 10-1221호(1995.10.26.)
주소 우121-839, 서울시 마포구 서교동 478-3 동궁빌딩 501호
전화 322-2161~5
팩스 322-2166
홈페이지 www.silcheon.com

ISBN 978-89-392-0701-1 03810

이 도서의 국립중앙도서관 출판시도서목록(CIP)은 서지정보유통지원시스템 홈페이지
(http://seoji.nl.go.kr)와 국가자료공동목록시스템(http://www.nl.go.kr/kolisnet)에서
이용하실 수 있습니다. (CIP제어번호 : CIP2013013939)

쫓기는 새

최성각 생태소설집

실천문학사

차례

이 책이 묶이게 된 것은 손택수 시인 때문이다. 환경문제와 관련해 썼던 내 글들이 적잖은 양이라는 것을 그는 진작부터 알고 있었다. 어느 날 묶자고 그가 말했다. 나는 대답만 해놓고 꾸물댔다. 내가 쓴 글이지만 다시 보기 싫어서였다. 아마도 부끄러움과 자기혐오감 때문이었을 것이다. 부끄러움은 재주 없다는 자의식에서 기인한 것일 테고, 혐오감은 삶과 글에 충실치 못했다는 진저리 칠 자책의 습관과 관련이 있을 것이다.

그렇지만 글을 모으면서 문득 이 곤혹스러운 작업 이후에 마치 문학에 미쳐 있었던 이십 대처럼 다시 문학을 할 수 있을지도 모른다는 이상한 결의가 솟아났다. 세상에, 나이 육십을 앞두고 '문학을 다시 하고 싶다'니, 나는 조금 놀랐다. 스스로 '문학하는 사람'으로 자신의 정체성을 굳게 믿고 있던 젊은 날이 그리움처럼 차올랐다. 그때를 생각하노라니, 눈물겹기조차 하다. 근래 듣자하니, 연애 세포라는 말이 있던데, 젊은 날 나는 어디에서 무엇을 하든 문학 세포 덩어리였다. 그러나 나는 문학 이전의 삶의 문제로 지나치게 스스로를 괴롭혀온 것만 같다. 난세(亂世)가 문학에는 행(幸)이라고들 하지만, 난세가 아닌 시대가 어디 있었을까. 난세가 가하는 압박에 함몰되어 문학이라는 행을 건져 올리는 일에 나는 게을렀고, 실패했다. 그러나 돌이켜보니, 비록 재주 없으나 책 읽고 글 쓰고 살게 된 자로서 나는 내 시대에 내게 가장 절박하게 육박해온 일들에 깜냥껏 고지식하게 반응하려고 애쓴 것 같다. 이렇게 묶인 것들이 문학인지는 사실 나도 잘 모르겠다. 문학이 아니라고 해도 상관없는 일이긴 하다. 바라건대 '내게 절박하게 다가온 일들'이 다른 이에게도 절박한 일, 우리 모두의 일들로 읽히기를 바랄 뿐이다.

　최근에 한 불문학자의 산문집에서 '문학 전선의 제1 기지'라는 말을 우연히 만났다. 어떤 시인이 가난으로 요절했는데, "문학 전선의 제1 기지에서는 그의 시를 모두 읽었을 것이다"라는 따뜻한 맥락에서 출현한 표현이다. 그런데 그런 전선과 기지가 정말 있을까? 젊은 날 신춘문예를 두 차례 당선한 적이 있으니, 문인이라면 누구나 자동으로 그 전선에 배치되는 것일까. 하지만 나는 공교롭게도 문학 전선에는 얼씬도 않고 오랜 글쟁이 세월을 보냈다. '문학 전선에서 복무하고 있는 이들'을, 만약 글을 쓰고 발표하고 발표 뒤에 생기는 여러 일들이 삶의 주된 관심사인 이들이라고 말할 수 있다면, 우연찮게도 혹은 체질상 나는 일찍부터 그런 전선에는 자원하거나 징집되지 않고 살아온 셈이다. 실로 다행이 아닐 수 없다.

　그렇더라도 그곳도 만약 전선이라면 쟁투가 있고 포성이 울렸을 텐데,

나는 순진하게도 그보다 더 치열하고 생사가 걸린 절박한 싸움판을 알고, 겪고 있었던 게 그런 세계에 대한 무심과 무관하지 않았던 것 같다. 그곳은 우리 삶을 알게 모르게 압도적으로 위협하고 있는 환경 재앙의 전선이었다. 고민하고, 싸우고, 공부하고, 여럿이 같이 울고, 무참하게 모욕받고, 처절하게 깨지는 과정에서 언제나 내가 새롭게 만난 것은 인간이었다. 특별히 새로이 해석할 게 없다는 것이 진작부터 판명된 인간에 대한 체험들이었다. 이 세상이 조금 더 나아지리라는 헛된 희망을 포기하지 않는 그들의 안간힘은 눈물겨웠다. 한때 유럽의 무정부주의자와 마르크스주의자들이 '위대한 저녁'을 꿈꾸었다면, 그들은 이 척박하고 야만적인 천민자본주의 사회에서 어이없게도 '아름다운 밥상'을 꿈꾸었다.

그럼에도 불구하고, 이 약탈적 성장 신화가 계속되리라는 잘못된 믿음을 담보로 자연을 자원으로만 여기는 천박한 이들의 저돌성과 어리석음에서도 반면교사로서 배울 게 있었고, 그들이 획책하는 파멸적인 자기 파괴에 맞서는 '명분의 사람들'이 드러내는 세속적 욕망과 이중성에서도 또한 음미할 것이 있었다. 이 세상의 한구석에 분명 엄존하는 게 틀림없는 문학 전선과는 아랑곳없이 그러나 나는 늘 포연이 가득한 환경판 한 귀퉁이에서도, 열렬한 문학주의자는 아니지만, 언제나 '문학'을 생각했던 것 같다. 그 문학은 내 젊은 시절, 문학이 아니었더라면 어떻게 살아갈지 아득했던 시절, 모순에 가득 차 있지만 인간의 위대성을 발견하게 해주었던, 바로 그 문학이었다. 그리고 또한 내가 생각했던 문학은 분명 사람의 도리나 도덕과 관계가 있었다.

오늘날 도덕은 전면적으로 파탄 나고 총체적으로 붕괴되었다. 그렇지 않은 시대가 없었지만 모든 시대에는 '다른 내일'에 대한 희망이 있었다. 하지만 산업사회 이후, 더 정확히는 체르노빌, 후쿠시마 이후에도 인류에게 희망은 남아 있을까? 인간이 인간이기 위해 마땅히 필요한 위기의식이 실종된 땅에서도 문학이 가능할 수 있을까? 도덕의 파탄과 붕괴 속에서 불가피하고 당연한 일이지만, 문학도 지리멸렬해지고 풀이 죽었다. 산업사회 이후 총체적 도덕의 파탄을 응시하고 괴로워하지 않으면서 생산된 문학도 과연 문학일까? 문학의 파탄은 윤리와 위기의식, 죄의식의 실종과 무관하지 않을 것이다. 세계인권선언문 작성에 참여했던 프랑스의 레지스탕스 출신 지식인 스테판 에셀은 만년에, "인간으로서의 책임이 이제는 인간 가족에게만 해당되는 게 아니다. 새로운 형제애를 자연에 대해서도 발휘해야 한다"고 고백했다. 하지만 1948년 인권선언문을 작성할 당시에 그는 "미처 그런 책임까지는 인식하지 못했다"고 한다. 그는 "그때는 자연에 대해 '아무 생각이 없는 상태'였다"고 덧붙이며 "이제부터는 초록, 태양, 동물들이 없어지지 않고 살아남도록 행동을 취할 수 있어야 한다"고 술회했다(스테판 에셀 외, 『정신의 진보를 위하여』, 돌베개, 2012, 21쪽). 이 나라 문학은 이 나라의 보통 사람이나 이 나라를 쥐락펴락하는 도처의 주류들과 똑같이 '초록'이나 '태양'이나 '동물들'에 대해 오늘도 아무 관심이 없는 것 같다. 억지스럽게 단언하자면, 내 나라는 한 프랑스 지식인이 자신의 체험으로 회고한 '1948년 이전' 상태에 머물고 있는 것이다.

어쩌다 환경 단체까지 만들게 된 나는 '우리 모두 자연에 대한 존경심을 회복해야 한다'고 말했다. 우리에게 그럴 수 있는 능력이 있지 않으냐고 호소했다. 더 이상 이토록 무례하게 살아서는 안 된다고 말하기도 했다. 도요새의 부리는 수천 년 동안 부드러운 갯벌을 파헤칠 수 있도록 뭉툭하게 진화했다고 말했다. 그 부리와 갯벌과 우리 삶이 연결되어 있다고 말했다. 살처분은 우리 스스로 인간이기를 포기하는 짓이라고 슬퍼했다. 지렁이가 살 수 없으면 우리도 살 수 없을 것이라고 우려했다. 생명의 존엄성에 대한 자각이 모든 가치에 우선한다고 믿었다. 그러나 운동은 북극의 빙하가 녹았으므로 새로운 항로가 생기고 물류이동 비용이 절감되었다고 환호작약하는 이들에 의해 처절하게 외면당했고, 나는 다시 순진한 열정의 얼굴로 희망을 말하기 힘들어졌다. 그러다 문득 하염없이 슬프지만 언제나 당당하고 시원스러운 김수영의 시를 만났다. '문명에 저항하려면 너 자신이 문명이 되라'는.

내게 문명은 도시가 아니라 시골에서 고랑을 만들거나 풀을 뽑아 거름을 만드는 일이었다. 푸르고 어린 것들을 조심스럽게 심고 그것들이 자라는 것을 놀라운 마음으로 바라보며 겨워하는 일이었다. 일 년 내내 땔감을 모으는 일이었다. 그러기를 아홉 해째, 밭둑이나 강둑에 앉아 나는 절망이 나의 전부를 꺾지는 못했다는 것을 알게 되었다.

책의 앞쪽에 묶은 긴 소설들은 문예지에 발표한 뒤에 책으로 묶지 않았던 것들이고, 『약사여래는 오지 않는다』는 몇 군데 수록된 적이 있지만 이 책의 성격상 같이 묶지 않을 수 없었다. 엽편소설들은 매체에 발표했던 것들과 일찍 죽은 책(『사막의 우물 파는 인부』와 『부용산』)에 실려 있던 것들 중에서 추렸다.

위력적이지만 불길한 전자 시대를 맞이해 책들 중에서도 특히 소설책의 수명은 말할 수 없이 짧아졌다. 문학과 독자와 현실이 함께 흐르던

70년대 선배들이 생산했던 주옥같은 작품들마저 젊은이들로부터 아득하게 잊혀지고 있는 판이니, 실로 이 망각의 속도가 끔찍하다. 그런 마당인데도 죽은 책에 있던 작품들을 모아 묶으면서 이 무슨 해괴한 애착이란 말인가, 하는 자괴감을 감출 수 없었다. 그렇지만, 그것들은 그것들대로 한 시대의 한쪽 귀퉁이의 어둠을 증언하고 있지 않겠는가, 애써 자위하고 있다. 소설이라는 양식의 넉넉함 속에서 분방한 방식으로 전개한 이 증언으로 인해 우리 시대가 자연을 어떻게 대했고, 지금도 어떤 일들이 진행되고 있는지에 대해 조금이라도 관심을 지니고 계신 분들에게 이 책이 작은 참고가 되기를 바란다.

급격한 산업화에 수반된 공해 문제에 대한 자각으로 시작한 생태소설은 조세희 선생님, 김원일 선생님 등 선배 작가들이 성실하게 대응하신 것으로 알고 있다. 나는 바보처럼 생태계 위기를 초래한 자들의 제어 불능의 탐욕과 상상을 초월한 부정부패, 도덕적 파탄에 격렬하게 분노하며, 그 분노를 오랜 시간 동안 풀거나 놓지 못하고 시달리다 보니, 보잘것없지만 그나마 이런 책의 부피가 가능해졌다. 이 책은 4대강이 파괴되기 전의 한국 환경 운동판에서 일어난 여러 일들을 어느 정도 망라하고 있다. 체르노빌과 후쿠시마를 겪은 이후에도 핵 산업으로 부국강병을 이루겠다는 우스꽝스러운 야심에 찬 정권들이 연달아 들어선 이후, 환경 운동은 이제 완전히 죽었다. 운동이 죽었는데도 우리는 스스로 존엄을 유지할 수 있는 '시민'으로 존재할 수 있을까? 시민이 죽었는데도 문학은 세세만년의 영속을 고대할 수 있을까? 문제적인 시스템 속에서 한 해에 한 권씩 발간되는 문학상 묶음집이나 베스트셀러만 골라 읽는 이들도 시민으로 간주해야 옳을까, 소설이 위대한 장르로 작동하던 시절,

소설 문학 발생사에 등장했던 본래적인 시민 개념으로서 말이다.

　이 책을 가능하게 해준 분들께 감사를 빠뜨릴 수 없다. 먼저, 책을 만들어준 출판사 편집부의 이호석 팀장을 비롯한 여러 편집자들이다. 이 팀장의 집중력과 치밀함에는 감동을 받았다. 그리고 읽기 쑥스러운 파격적이면서도 따뜻한 내용으로 점철된 놀라운 분량의 해설을 써주신 김욱동 선생님께도 정중한 마음으로 감사 인사를 드린다. 이 기회를 빌려 김욱동 선생님께서 일찍부터 이 나라 생태문학에 대해 기울이셨던 지속적인 노력에 대해서 존경의 마음을 표한다. 또한, 자주 뵙고 살고 있지 못함에도 흔쾌히 추천의 글을 써주신 현기영 선생님께 감사의 말씀을 드린다. 선생님께서는 못난 후배 작가를 자연을 사랑하는 '착한 사람'쯤으로 간주하고 계시어 말할 수 없이 겸연쩍었다. 그분의 '아름다운 존함'을 내 책의 뒤표지에 장식할 수 있게 된 것에 벅찬 기쁨을 느낀다. 아무도 시키지 않은 환경 운동에 바친 긴 시간 동안 묵묵히 외골수의 남편을 이해해준 아내와 오랜 시간 같이 운동을 하면서 여러 형태의 궂은 일, 보람에 값할 만한 일들을 함께 나누고 계신 정상명 선생님께도 감사 인사를 드린다. 『쫓기는 새』라는 책 제목을 그분이 제안한 것도 어쩌면 오랜 시간 함께 운동을 해왔기 때문에 가능한 일이었을 것이다.

2013년 장마철에 툇골에서
최성각

1부

단편소설

밤의 짜이 왕(王), 예스비 구룽

여러 해 동안 결말이 나지 않고 있는 새만금 갯벌 싸움에 지친 나는 마치 티베트 인들이 확고한 목적을 갖고 순례를 하듯이 네팔로 떠났다. 그때 나는 네팔의 두 번째 도시, 포카라의 레이크사이드 한복판 골목에 있는 두룽 라 호텔에 머물렀다. 히말라야 순례를 통해 새만금 싸움에 거리를 두고 보자는 것이었다. '지구의 날 2001' 행사 때 환경 단체들이 집단으로 행사 참여를 거부하면, 그 행사가 국제적으로 동시에 벌어지는 정부 개입의 행사라 새만금 사업을 강행하려는 이들에게 큰 압력이 될 것이라고 나는 생각했다. 환경 단체 대표자 회의 때 제기한 나의 행사 거부 제안은 두 시간에 걸친 집중적인 논쟁이 있었지만 결국 묵살되고 말았다. 내 상처는 깊고도 깊어서, 서울의 싸움판 한복판에 있다가는 사람이 상할 것만 같았다. 그즈음, 너무 오래 싸우다가 독성이 깊어져 내 얼굴은 내가 자주 범죄자라고 부르는 이들과 같이 되어 있었다. 나는 급작스럽게 배낭을 꾸렸다.

큰길 안쪽 골목에 위치한 두룽 라 호텔에서 레이크사이드 한복판까지는 20미터밖에 안 되었다. 말하자면, 포카라 호숫가에서 제법 번화한 곳에 호텔 두룽 라가 있었다. 두룽 라는 히말라야 산군(山群)에 있는 설산의 이름이었다. 이곳 사람들에게도 설산이 특별한 의미를 띄고 있기는 마찬가지였다.

호텔이라고는 하지만 하루 5,000원짜리 여관이라는 게 옳았다. 그래도 시바상(像)이 조각되어 있는 고풍스러운 프런트와 짐을 맡기는 곳, 어두컴컴한 로비 한구석에는 레스토랑이 있었다. 베니어 문짝을 단 컴컴한 주방에서는 쉴 새 없이 음식물들이 만들어지고 있었다. 두 채의 건물 중 나는 값이 싼 앞채의 1층에 머물렀다. 울긋불긋한 색으로 몸을 치장한 손바닥만 한 도마뱀들이 하루에도 몇 번씩 호텔의 이쪽 나무에서 저쪽 나무로 빠르게 이동하곤 했다. 다른 호텔들도 그렇지만, 두룽 라 호텔에도 이름 모를 꽃들이 앞채와 뒤채 사이에 가득 피어 있었다. 어떤 때는 붉은 부리에 공작새 같은 푸른빛을 띤, 처음 보는 새도 호텔 앞마당에 날아오곤 했다. 그 새를 오랫동안 바라보다가 나는 '붉은부리푸른날개새'라고 이름 붙였다.

역시 이곳에서도 아침이면 까마귀 소리가 아침 공기를 찢곤 했다. 나는 늘 햇살 때문이 아니라 까마귀 소리에 눈을 떴다. 까마귀 소리는 거칠고 당당했다. 그에 질세라 다른 새들의 울음소리도 마치 프라이팬에 콩을 볶듯이 요란했다. 어떤 때는 시냇물이 흘러가는 듯이 들리기도 했다. 아침 대기를 가득 메운 극성스러운 야성의 새소리는 비록 그 소리 때문에 잠을 설쳤다고 하더라도 불쾌한 적은 한 번도 없었다. 안나푸르나 트레킹을 마치고 돌아오면서 새로 든 내 방의 창문을 열면 마차푸차레가 보였다. 하지만 '물고기꼬리'라는 이름을 가진 신(神)의 모습을 언제나 볼 수 있는 것은 아니었다. 마차푸차레나 그 옆의 설산, 림주리가 보일 때는 드물게 맑은 날 아침이었다. 새소리에 잠을 깬 나는 커튼을 열면서 곧바로 자력에 이끌리듯 급히 시선을 돌려 설산을 찾곤 했다. 하얗고 육중한 자신의 몸을 후덕한 고모님처럼 다 드러낸 림주리 설산과 달리 먼 친척 같은 마차푸차레는 하늘 한복판에 떠 있는 가느다랗고 날카로운 띠의 형태로밖에 자신을 드러내지 않았다. 자세히 보지 않으면, 하늘에 떠 있는 가느다랗고 흰 마차푸차레의 옆얼굴을 놓칠 수도 있었다. 아직 햇살을 받지 않은 설산의 안쪽은 하늘빛과 같이 미명의 심연에 잠겨서 햇살을 튕겨내는 날카로운 측선을 더욱 신비롭게 만들었다. 그래서 마차푸차레는 히말라야의 모든 산들 중에서도 가장 신비로운 설산으로 불리는가 싶었다.

산에서 내려온 뒤, 나는 깊은 밤이면 모기에 시달리다가 호텔 정원에 나가 어둠 속 텅 빈 의자에 멍하니 앉아 있곤 했다. 달은 산에 있을 때보다 더욱 둥글었다. 며칠 전, 히말라야 간드룽 게스트 하우스 옥상에서 쳐다본 달은 그 빛이 너무나 차고 푸르러서 갑자기 찬물에 세수를 한 듯한 느낌이 들었던 것이 문득 떠올랐다.

달을 바라보고 있노라니, 한국에서는 오랫동안 달을 못 보고 살았다는 생각이 들었다. 오래 달을 바라보는 것이 쑥스러운 일이라는 생각이 들자, 나는 담배를 꺼내 물었다. 라이터 불을 밝히다가 힐끗 정문 쪽을 보니 나무 아래 검은 그림자가 하나 앉아 있었다.

예스비 구룽이었다.

예스비 구릉은 두릉 라 호텔의 야간 경비원이었다.

검은 실루엣으로 한동안 정물처럼 나무 그늘 아래에 앉아 있던 그가 진작부터 내 존재를 의식했다는 것을 알고 있었다. 나 역시 특별히 그에게 할 이야기가 없었으므로 그의 근무를 방해하고 싶지는 않았다. 검은 석고상처럼 말없이 앉아 있는 그가 문득 이 세계의 이방인처럼 느껴졌다. 틀림없이 이방인은 나였건만, 밤이면 호숫가 큰길 록카페에서 들려오는 요란한 팝송 소리 때문인지 오히려 그가 이방인처럼 느껴졌다. 오늘도 음악에 맞추어 백인 여행자들이 몸을 흔들고 손뼉을 치고 있었다. 60년대 히피들의 3대 성지였다는 포카라가 히말라야 입구의 호숫가에 있는 '열린 마을'이라 해도 흑인 여행자들을 아직 담지 못하고 있는 것은 포카라 탓이라기보다는 백인과 흑인 간의 문제라 할 수 있었다.

얼마 후, 예스비 구릉이 민첩한 고양이처럼 몸을 일으켰다. 그의 손에는 늘 은빛 알루미늄 플래시가 들려 있었다. 우리가 60년대에 사용하던 그 비슷한 모델이었다. 갑자기 볼일이 생겼나 보다 했다. 그는 호텔 마당을 가로질러 오더니, 내가 앉아 있는 나무 의자 옆 불 꺼진 정원등 받침대 위에 플래시를 가볍게 올려놓더니 어디론가 사라졌다.

잠시 후, 그가 어둠 속에서 목단꽃이 새겨져 있는 중국제 보온병과 하얀 컵 두 개를 들고 나타났다. 그의 동작은 마치 야간전투 중인 병사를 떠올릴 만큼 민첩했다. 나는 아아, 하고 낮게 신음 소리를 냈다. 나는 그 보온병 속에 무엇이 들어 있는지 알고 있었다. 마치 총탄이 날아오는 전선의 참호를 가로지르듯 보온병을 가슴에 안고 허리를 구부려 달려오는 그의 몸짓 속에는 목표물을 향해 돌진하는 완강한 결의가 서려 있었다.

그는 내가 앉아 있는 나무 탁자 위에 신중하게 사기잔 두 개를 올려놓았다. 아무리 닦아도 처음 빛깔로 발색되지 않을 것 같은 허연 사기잔 두 개가 어둠 속에서 달빛을 받아 희미하게 빛났다. 잔부터 탁자 위에 올려놓은 그는 가슴에 안고 있던 보온병을 탁자 밑 잔디밭에 단정하게 세웠다. 말할 수 없이 신중한 자세였다.

그러고 난 뒤에 그는 정문 옆 나무 아래 있는 자신의 흰색 플라스틱 의자를 향해 잔디밭을 가로질러 갔다. 내가 앉아 있는 곳 옆에도 초록색 페인트칠을 한 나무 의자가 여러 개 있었건만, 그는 자신의 흰색 플라스틱 의자만을 고집했다. 아마도 호텔에서 그에게 일을 맡기면서 꼭 자신의 의자에만 앉으라는 항목을 정했나 보다, 하고 생각했다. 나중에 확인해보니 정말로 그런 규약이 있었다. 그 규약은 나를 조금 쓸쓸한 감정에 빠지게 만들었다.

"짜이를 들지 않겠소, 선생?"

그가 나직한 목소리로 말했다. 그는 말끝마다 내게 '선생'을 붙였다.

그의 영어는 나보다 형편없는 수준이어서 내게 늘 말할 수 없이 편안한 안정감을 불러일으켰다.

"고맙지만, 안 먹겠소."

내가 단호한 음성으로 말했다.

그는 무안한 듯 허리를 잠시 곧추세우며 가볍게 쩝, 하는 소리를 냈다.

"왜냐하면……."

그는 내 얼굴 가까이로 자신의 귀를 댔다.

"왜냐하면 이 짜이는 야간근무를 하는 당신을 위한 것이기 때문이오. 당신은 밤새도록 일해야 하지 않소. 그러므로 이 짜이는 당신 것이오."

나는 마치 그보다 계급이 높은 사람처럼 단호하게 말했다.

며칠 전, 산에 오르기 전날 밤이었다.

맡길 짐과 지니고 갈 짐 정리를 마친 뒤, 나는 역시 깊은 밤 정원에 나가 앉았다. 다음 날부터 오를 간드룽 쪽은 처음이었기 때문에 조금 긴장되는 것이 사실이었다. 설사 처음이 아니라 해도 히말라야 깊숙이 들어가는데 긴장하지 않을 수 없었다.

그날도 깊은 밤 정원에 홀로 있던 그가 보온병을 들고 나타났다.

그와 서툴기 짝이 없는 영어로 엉터리 이야기를 나누며, 나는 별생각 없이 그가 따라준 짜이를 마셨다. 나는 그가 따라준 잔의 위생 상태에 대해서는 신뢰하지 않았지만, 그동안 여러 차례 히말라야를 들락거리며 네팔 인들이 때 없이 마시는 짜이에 대해서는 상당히 신뢰하고 있던 편이었다.

짜이는 홍차에 우유나 연유를 탄 네팔과 인도의 차다. 서민들은 우리 돈으로 10원도 안 되는 짜이를 하루에 대여섯 잔씩 마신다. 새까맣게 탄 밀가루 짜파티나 네팔 양념인 달에 범벅이 된 강낭콩밖에 먹지 않는 서민들에게 짜이는 매우 귀중한 영양원이다.

그가 나무 마개를 열고 목단꽃 이파리 몇 개가 벗겨진 낡은 중국제 보온병을 기울여 따라준 짜이는 향이 진해서 매운 맛이 나기까지 했다. 하지만 이국의 심야에 느닷없이 받은 따뜻한 짜이 한 잔은 꼭 맛의 일만은 아니었다.

"짜이가 맛있소."

"고맙습니다, 선생."

"선생이라 하지 마시오."

내가 말했다.

그는 고개를 좌우로 가볍게 까딱, 흔들었다.

내 말을 안 듣겠다는 뜻이었다. 그렇다면 마음대로 해라, 하는 심사로 나는 짜이 잔을 비웠다.

"선생은 어느 나라에서 왔소?"

턱이 넓고 코가 생기다 만 것처럼 뭉그러져 엎어놓은 삽처럼 생겼다고 말하면 딱 좋을 그가 다시 낮고 정중한 목소리로 물었다. 나를 일본인으로 예단하지 않은 것이 조금은 반가웠다.

"한국!"

"나도 한국을 알지요, 선생."

"그래, 뭘 아시오?"

내가 물었다.

"내 친구들이 돈 벌러 간 나라라오, 선생."

예상한 답변이었다.

"……."

나는 아무 말도 하지 않았다.

"……."

"하지만 다 돈을 벌어 오는 건 아니라오."

내가 말했다. 다친 사람도 있고, 번 돈을 털린 사람도 있고, 애꿎게 정신병원에 감금당한 사람도 있다오, 그런 말을 할까 하다가 그만두었다. 설사 다치지 않고 무사히 돈을 벌었더라도 네팔에 와서 망가진 사람도 적잖다고 나는 들었다오, 그런 말도 할까 하다가 그만두었다.

그는 내 말에 관심 없다는 듯이 다시 짜이를 권했다.

나는 별생각 없이 그가 내 잔에 짜이를 따르는 것을 바라보았다.

그날도 달이 떠 있었던 것 같다.

큰길 쪽 카페에서는 드럼 소리와 합창 소리가 들렸다. 폴 앵카의 노래였다.

"당신도 짜이를 참 좋아하는군요."

"그렇다오, 선생. 밤새도록 나는 짜이를 마신다오. 이 짜이를 나는 새벽까지 마시지요."

그가 보온병을 조금 흔들면서 말했다.

그제야 나는 그가 야간 경비원이라는 사실을 새삼스럽게 떠올렸고, 보온병에 그득 든 짜이야말로 그가 밤새도록 근무하면서 위로받을 유일한 벗이라는 사실을 깨달았다. 갑자기 그에게 얻어먹은 두 잔의 짜이가 말할 수 없이 미안스러워졌다. 주는 대로 받아 마신 것이 아무래도 그에게 못할 짓을 한 것만은 틀림없다는 생각이 들었다.

나는 서둘러 남은 짜이를 입에 털어 넣었다. 짜이 특유의 향내와 함께 달짝지근한 단내가 입안에 달라붙어서 기분이 좋지 않았다. 잔 밑바닥의 찌꺼기는 그 몰래 바닥에 버렸다.

"한 달에 이 호텔에서 얼마를 받소?"

"1,500루삐."

나는 얼른 머릿속으로 1,500루피면 어느 정도의 액수인가 헤아려보았다. 내 하룻밤 숙박료가 250루피. 100달러에 7,500루피. 한국 돈으로 100달러에 14만 원가량이었으므로, 얼추 계산해서 100루피는 2,000원이 조금 안 되는 돈이었다. 100루피를 후하게 2,000원으로 잡는다고 해도, 그의 월급은 3만 원가량인 셈이었다.

"가족은?"

"아내와 아들이 둘 있습니다, 선생."

그가 아들을 발음할 때, 목소리가 조금 커졌던 것 같다.

"아들은 몇 살이오?"

이방인으로서, 더욱이 히말라야 자락의 호수 도시 포카라의 여관에서 만난 야간 경비원과의 대화라는 것은 그 정도 내용으로 진행될 수밖에 없었다. 나는 그에게 질문하면서, 내 딸들에 대해서도 말하게 되리라는 것을 느끼고 있었다. 서글프지도, 이상한 일도 아니었다.

"열네 살, 열한 살입니다."

그가 낮고 침울한 목소리로 대답했다. 산에 사는 구룽 족은 밝고 쾌활하지만, 거리로 내려온 구룽 족은 침울했다. 거리의 현실이 그들을 침울한 사람으로 만드는 것 같았다.

"그렇담 아내도 무슨 일인가 해야겠네요."

"예, 내 아내도 열심히 일합니다. 그렇지만…… 나는 가난합니다."

그가 어깨를 조금 올리며 말했다. 어제도 가난했고, 오늘도 가난하므로, 내일도 틀림없이 가난할 것이라는 몸짓이었다. 체념에서 나오는 평안함이 그의 얼굴에 자리 잡고 있었다.

나는 말없이 고개를 끄덕이는 일 말고는 달리 반응할 수 없었다. 큰길에서 요란하게 울리던 백인 여행자들의 음악 소리가 문득 그쳤다. 깊은 밤이었다.

"나는 아직 집이 없습니다, 선생. 집세가 자그마치 1,000루삐입니다. 그래서 내가 번 돈에서 집세를 내고 나면 500루삐가 남는데, 그 돈으로는 살아가기가 힘듭니다. 그리고 선생, 내 집은 여기에서 바삐 걸어서 두 시간 걸리는 곳에 있지요."

그가 한꺼번에 여러 말을 했다.

'바삐 걸어서 두 시간' 걸린다는 이야기를 할 때, 그는 앉은 자리에서 두 팔로 걷는 시늉을 했다. 포카라에서는 4인 가족이 한 달에 1,000루피로 살 수 있는 방을 못 구한다는 이야기로 들렸다.

"아내는 무슨 일을 하오?"

"우리 마누라 말입니까? 그 여자는 여러 가지 일을 합니다, 선생. 빨래도 하고, 벽돌도 나르고, 어떤 때는 내 아들들과 함께 돌을 깨기도 합니다. 나보다 더 힘든 일도 닥치는 대로 하지만 많이 벌지는 못합니다. 그래서 우리 가족은 가난한 사람들입니다."

진종일 길가에 앉아 망치로 돌을 깨서 자갈을 만드는, 돌가루를 뒤집어쓴 네팔의 가난한 사람들을 나는 진작부터 알고 있었다.

그가 다시 짜이를 권했다.

나는 두 손을 앞으로 내밀며 만류했다. 그가 밤새도록 마실 짜이를 나는 벌써 두 잔이나 축을 낸 터였다.

그가 다시 쩝 하는 낮은 소리를 내며 자신의 잔에만 가득 짜이를 따랐다.

말없이 그를 바라보았다.

"내일 아침 트레킹 떠납니까? 선생."

한참 후에 그가 물었다.

"그렇소."

"어디로 갑니까, 선생?"

"간드룽."

"아하, 간드룽!"

그가 간드룽을 잘 안다는 듯이 대답했다.

"아 참, 당신은 새벽까지 일하지요?"

"그렇소, 선생."

"선생 자를 붙이지 않을 순 없소?"

그가 다시 고개를 좌우로 흔들었다. 계속 말끝에 선생이라는 존칭을 붙이겠다는 뜻이었다. 안타깝지만 그와 나는 대등한 상태로 대화를 나누는 일을 포기할 수밖에 없었다.

"내일 아침, 나는 아주 일찍 나야풀로 떠날 참이오. 나를 깨워줄 수 있겠소?"

포카라에서 간드룽 히말라야로 들어가자면 '새로운 다리'라는 뜻을 가진 나야풀을 거쳐야 했다. 포카라 피시방에서 인터넷으로 언뜻 찾아보니, 국내에는 개각이 이루어졌고 새만금 갯벌 사업에 문제가 있다는 시각을 가졌던 해양수산부장관이 경질된 것 같았다. 이미 장수하고 있던 환경부장관은 유임되었다. 새만금에 방조제가 들어섰을 때 예상되는 수질 문제에 대해 환경부장관은 문제가 있다는 자료를 확보하고 있으면서도 총리실의 압력에 의해 '판단 유보'라는 태도를 고수했다. '문제 있다'고 말한 이는 잘려나가고, 속내를 밝히지 않은 '겸손한 여성 장관'은 유임된 개각에 기대할 것은 눈곱만큼도 없었다. 갯벌을 지키는 일과 관련해서 이제 누구도 희망을 말해서는 안 될 상황이 벌어지고 있었다.

"기꺼이 그렇게 하겠습니다, 선생!"

"당신은 내 방을 아시오?"

"알고말곱죠, 선생. ……몇 시에 깨워드릴까요?"

"요즘 해가 몇 시에 뜹니까?"

"6시에 뜨지요."

"······5시. 아니 5시 20분경이면 좋겠소."

그동안 여러 차례 히말라야에 들어갔던 경험에 비추어볼 때, 일찍 산에 들어가는 게 힘이 덜 들었다. 나는 본래 아침잠이 많은 사람이지만 객지에 나오면 일찍 일어나는 일에 익숙해지곤 했다. 그것은 나라 안에서 싸돌아다닐 때에도 마찬가지였다.

"예, 그러지요, 선생. 제 퇴근 시간이 6시니까 문제없습니다."

"고맙소. 잘 자시오."

"선생도 잘 주무십시오."

그리고 방으로 돌아온 뒤에도 나는 오랫동안 잠을 이루지 못했다. 해수부장관의 경질 건도 경질 건이지만 포카라 레이크사이드의 모기 때문이었다. 내 나라 모기와 달리 생김새도 다른 남의 나라 모기를 잡는 일은 쉬운 일이 아니었다. 왠지 내 나라 모기를 잡을 때처럼 익숙하지도 않을 뿐더러 잡을라치면 분명히 설명할 수 없는 주저가 있었다. 물었다가 곧바로 채이면 손바닥 사이에서 몸이 터져버려 방금 빨아먹은 새빨간 피를 쏟아내는 내 나라 모기가 그리울 정도는 아니었지만, 감당할 수 있는 녀석들이었다는 생각이 들자 타국에서 낯선 모기에게 물린 부위가 더 가려웠다. 부처님도 난처해하던 극성스러운 모기가 바로 이 동네, 히말라야 모기였다.

그날 밤, 나는 밤새 뒤척이다가 새벽 4시가 넘어서야 잠이 들었다. 짜증이 나는 노릇이었다. 산에야 늦게 들어가면 그만이지만, 그가 약속대로 5시 넘자마자 깨울 생각을 하니 더욱 짜증이 났다. 아니나 다를까, 정확히 그는 부탁받은 5시 20분에 새색시처럼 아주 낮은 소리로 내 방문을 두드렸다.

"선생, 선생, 5시 20분입니다."

그가 문밖에서 얼굴을 바투 대고 낮게 말했다.

부탁을 충직하게 이행한 그에게 잠을 설쳤다고 해서 화를 낼 수는 없는 노릇이었다. 그의 손을 잡아 내 침대 한쪽가에 앉힌 뒤 나는 몇 시간 전의 짜이값이라고 말하며 100루피를 주었다. 결코 많은 돈이 아니었건만, 코가 엎어놓은 삽처럼 뭉그러지고 작은 눈에 턱이 메기처럼 널찍한 그가 조금 놀란 눈으로 나를 물끄러미 바라보았다.

산에서 돌아오고 나서야 나는 그의 이름을 알았다.

그의 이름은 예스비 구룽이었다.

그의 이름을 듣는 순간 나는 그 이름이 패밀리 네임이라기보다는 그가 근무하는 호텔에서 지어준 이름이라는 생각이 문득 들었다. 왜냐하면 간드룽이나 난두룽, 타타파니 등 히말라야 산에서 만난 구룽 족의 이름에는 묻어 있지 않던 버터 냄새가 그 이름에 진동했기 때문이다.

"YES BE!"

생각에 잠겨 있는 동안, 그가 턱을 치켜들며 자신의 이름을 한 번 더 반복했다.

나는 그 이름을 누가 지어주었는지는 묻지 않았다. 그가 자신의 이름을 말할 때 스스로도 조금은 조롱하고 있는 듯한 느낌을 받았기 때문이다.

'나는 무엇을 시키면 예, 하고 대답한 뒤 그 일을 실행하고, 언제나 같은 자리에 앉아 있는 사람입니다. 그렇습니다. 예스 비가 나의 이름입니다!'

그의 이름이 그가 하는 일을 설명하고 있었다. 그 사실을 그도 알고 있는 듯했다.

그가 나의 이름을 물었다.

나는 '체'라고 답했다. 전에는 '최' 혹은 '초이'라고 답했지만 근래에는 장난스레 '체'라고 답하고 있었다. 체는 혁명이 완수된 뒤 남미 전역을 해방시켜야 한다는 명분으로 쿠바를 떠나 볼리비아에서 죽은 체 게바라의 애칭이다. 하지만 예스비 구룽은 남미의 전설적인 혁명가 체 게바라를 알지 못했다. 체는 예스비 구룽 같은 사람들을 사랑했지만, 체를 기억하고 이야기하는 사람은 언제나 예스비 구룽 같은 사람들이 아니었기 때문에 나는 예스비 구룽에게 체를 설명하지 않았다.

어둠 속에서 그가 내 이름을 몇 번 읊조렸다.

잠시 뒤에 그가 생각난 듯이 말했다.

"선생께서 그날 새벽에 주신 돈으로 내 아들에게 까삐를 사주었다오."

"까삐?"

까삐가 무엇인지 알 수 없었다. 그렇지 않아도 그의 발음에는 문제가 많은 터였다.

그는 답답하다는 듯이 나를 잠시 바라보더니, 벌떡 일어나 호텔 프런트로 걸어갔다. 벌떡 일어나는 그를 이해할 수 없었기 때문에 나는 가만히 앉아 있었다. 새만금 싸움에 깊숙이 개입한 실상사의 한 스님은 '지구의 날 2001' 불참 제안이 좌절되자 흐느껴 우는 나에게 히말라야 깊숙이 들어가 많이 고민하다가 돌아오라고 말했다. 스님에게 그 사실을 알리면서 나는 왜 그렇게 눈물이 쏟아졌는지 모른다. 환경 단체 대표자라는 이들이 작년에 했던 행사니까 올해에도 해야 한다는 겁니다, 스님! ……이런 자들이 갯벌을 살리겠다는 것을 전 믿을 수 없습니다. 스님이 단식을 하고 계신 바로 그 안마당 구석방에서 제 제안이 묵살된 것이지요……. 나는 마치 육친에게 고자질하듯 흐느껴 울면서 회의 결과를 스님에게 말했다. 예스비 구룽은 공처럼 생겼지만 늘 도마뱀처럼 미끄러지듯 걸어서 여간 희극적이지 않았다. 소리를 내고 걸으면 안 된다는 것도 호텔에서 그에게 부과한 지침 중 하나인 것 같았다. 잠시 후 나타난 예스비 구룽의 손에는 프런트에서 들고 온 노트가 한 권 들려 있었다.

"이것이 바로 까삐입니다, 선생!"

예스비가 한 손으로 노트를 흔들며 말했다. 그제야 나는 까삐가 공책이라는 것을 알아챘다. 쑥스러웠다. 겨우 100루피로 그에게 너무 많이 얻어먹은 짜이 인사를 했을 뿐인데, 그는 나를 추켜세우고 있었다. 아니 진심으로 감사하고 있었다.

"아들들은 공부를 열심히 하나요?"

"열심히 합니다, 선생."

"그건 매우 중요한 일이라오."

교육열 높은 나라의 속민(屬民)답게 나는 그에게 아들들의 권학을 독려하고 있었다. 하지만 그의 딸이라도 나는 그렇게 말했을 것이다. 아들이건 딸이건 공부에 공을 들인 뒤 누구도 하루 종일 돌을 깨어서 500원밖에 받지 못하는 현실을 바꾸는 데 공부한 것을 사용했으면 싶었다.

그때 그가 다시 짜이를 내 잔에 따르려고 했다.

나는 또 사양했다. 그가 다시 쩝, 하는 소리를 냈다. 그만큼 머쓱해진 나는 그에게 담배를 권했다. 그가 사양했다. 서로 사양할 게 있었으므로, 다시 한 번 그가 짜이를 권하면 나는 담배를 권하리라 생각했다.

바로 그때였다.

"내 아들들은 이다음에 담배도 사 피우고 술도 사 마시기를 바랍니다, 선생."

간신히 알아들은 그의 엉터리 영어가 표현한 결의는 내 마음을 찔렀다. 나는 그 말이 무엇을 뜻하는지 알고 있었다.

나는 갑자기 할 말이 없어졌다.

잠시 뒤에 내가 다시 말했다.

"이번에 내 나라로 돌아가면 나는 담배를 끊을 생각이라오, 예스비. 아들들이 공부를 열심히 해서 이다음에 괜찮은 사람이 되더라도 술 담배는 않는 게 좋소. 술은 사람을 만나는 일이므로 별문제지만 담배는 아주 나쁜 것이라오. 한번 피웠다 하면 끊을 수 없는 괴물이라오."

"좋은 생각이오, 선생."

무엇이 좋은 생각이라는 것인지 알 수는 없었지만, 상관없었다.

그러고 보니 아직 나는 그의 나이를 모르고 있었다.

"몇 살이오, 예스비 구룽?"

내가 물었다. 그가 잠시 머뭇거리다가 대답했다.

"마흔셋!"

"나는 마흔일곱! 이제 보니, 당신은 내 동생뻘이로군."

나는 심정적으로 그를 전보다 편하게 대하게 되었다. 이젠 반말을 해도 될 것 같았다. 그가 한쪽 손가락으로 마흔셋에서부터 마흔일곱까지 꼽았다. 엄지로 네 손가락을 툭툭 칠 때 그의 손을 자세히 보니 나보다 두 배는 두터운 손이었다. 나중에 알았지만 그도 처음에는 산에서 농사를 지었다고 한다. 하지만 건기에 불이 나서 집을 태워버린 뒤 도시로 내려왔고, 도시로 내려오자 한 달에 1,500루피밖에 받을 수 없게 되어 아내와 아들들이 거리에서 돌을 깨게 된 것이었다. 땅을 잃고 히말라야의 산중의 자급자족권에서 밀려난 구룽 족에게 호텔 야간 경비원은 그나마 운이 좋은 직업이었다.

마침내 나이 계산을 마친 그는 내 얼굴을 뚫어져라 쳐다보았다. 크게 놀라는 눈치였다.

"선생은 겨우 네 살 차이인데 여전히 젊고, 나는 늙었소. 어떻게 이런 일이……?"

"나보다 자네가 늙어 보이지만, 그건 우리가 서로 다른 족속이기 때문이야. 더구나 나는 우리나라에서도 젊어 보인다는 소리를 듣는다네. 차림새나 하는 짓이 철이 없어 그렇게 보이는 모양이네."

내가 말했다.

그가 그 순간, 나보다 늙어 보인다는 게 억울해 죽겠다는 듯이, 쓰고 있던 모자를 벗었다. 모자를 벗는 순간, 느닷없이 대머리가 튀어나왔다. 나는 웃음을 참지 못했다. 그도 어린애처럼 웃었다. 그의 허연 이빨이 달빛에 탁자 위의 사기잔처럼 빛났다.

"선생은 오리지날, 나는 대머리."

"그래그래, 나는 오리지날이야."

그는 내 장발을 한없이 부러워했다. 숱이 많지 않다고 불평하던 나는 공연히 그에게 미안해졌다.

"해가 뜨면 뜨겁습니다, 선생."

그가 허공을 치켜보며 말했다. 하늘에는 그의 머리를 뜨겁게 하는 해 대신 달이 떠 있었다.

"맞아, 맞아. 난 대머리가 아니라서 잘 모르지만 아마도 굉장히 뜨거울 거야."

"선생은 아마도 뜨겁지 않겠지요?"

"아냐, 나도 뜨겁지만 자네 정도는 아니겠지. 그나저나 이제부터는 나를 선생이라 부르지 말고 '형님'이라 부르라고, 알았지?"

"헹님?"

"따라 말해보라고. '형님'!"

'형님'은 한국말로 가르쳤다. 그가 따라했다. 제대로 된 발음이 나올 때까지 나는 그에게 형님이라는 말을 반복시켰다.

"헹님!"

"헹님이 아니라, 형님!"

"헹님!"

애썼지만 그는 제대로 형님이라 부르지 못했다. 상관없는 일이었다.

"헹님!"

"왜?"

그러면서 우리는 친형제처럼 소리 죽여 낄낄거리다, 얼마나 웃었는지 탁자에 머리를 찧기도 했다.

"헹님은 무슨 일을 합니까?"

한참 후에 그가 정색을 하고 물었다.

"새나 돌멩이한테 상을 드리는 일을 하지. 그리고 자네 같은 사람을 만나러 돌아다니고 글도 쓰고 그런다네. 아우보담은 형편없이 잘살지만 나도 우리나라에선 비교적 가난한 사람에 속한다네."

환경 단체에서 일하고 있고 원고료만으로는 살 수 없는 글쟁이라는 것을 나는 그렇게 표현했다. 말하면서도 나는 내 정체성과 그보다 말할 수 없이 풍족하게 누리고 있는 내 삶이 쑥스럽고 부끄러웠다. 하지만 다행히도 그가 도대체 무슨 말을 하고 있는지 모르겠다는 얼굴을 했다.

그래서 나는 덧붙였다.

"우리나라에서도 사람들이 아우처럼 고된 일을 하고 살아간다네. 일자리에서 쫓겨나 거리에서 자는 사람들도 많고 집을 뛰쳐나가는 사람들도 많다네. 이 세상의 누구든지 힘들게 일하며 살고 있는 셈이지. 하지만 중요한 것은 먹고사는 일만은 아냐."

그가 가만히 내 말을 음미하는 듯했다. 그의 머릿속 검지가 다른 손가락들을 짚어보는 시간이었다. 한참 후, 그가 조금 고개를 끄덕이는 것 같았다. 그렇지만 먹고사는 일이 간신히 유지되는 그에게 나는 잔인한 말을 하고 있다는 것을 잘 알고 있었다.

다시 그가 짜이를 권했다. 이야기가 잠시 멈추는 순간, 그는 끝없이 내게 짜이를 권했다. 나는 습관처럼 극구 사양하면서 그에게 담배를 권할까 하다가 그만두었다.

이번에도 그는 쩝 하는 소리를 냈다. 그가 쩝, 소리를 낼 때마다 조금은 미안했다.

"헹님, 나는 비록 가난한 사람이지만 밤에는 짜이 부자입니다. 밤에는 지배인만 있기 때문에 주방에는 아무도 없답니다. 비록 이 짜이가 호텔 것이긴 하지만, 짜이는 얼마든지 내가 만들어 마실 수 있답니다, 헹님. 그러니까……."

그가 말했다.

그가 나를 만나서 한 말 중에 가장 분명한 발음이었고 가장 단호한 얼굴이었다. 그렇다고 목소리를 높인 것은 아니었다. 지배인이 프런트 안쪽 식당에서 입을 헤 벌리고 인도 영화를 보고 있었기 때문이다. 나는 그가 손님과 이야기를 나누면 주인이 화를 낸다는 것을 진작부터 알고 있었다. 그래서 말하기를 그토록 좋아하는 그가 낮에는 뻣뻣한 자세로 눈인사만 한다는 것도.

나는 잠시 얼떨떨해져서 급하게 상황을 바꿔야 할 필요를 느꼈다.

"예스비 구룽의 오너는 이 호텔의 낮의 왕, 예스비 구룽은 이 호텔의 밤의 왕! 내 말이 맞나?"

민족이 하나 되는 일보다는 한국에서 가장 큰 집을 갖고 있는 지금 상태가 더 좋다는 자가 제일 많이 팔리는 신문을 만드는 똑똑한 부하들을 모아놓고 했다는 '밤의 대통령설(說)'을 나는 흉내 내고 있었다. 새만금 싸움뿐 아니라 그 신문사 앞에서도 오만한 신문사의 제자리를 찾아주려는 운동의 일환으로 1인 시위가 벌어지고 있었다. 그 운동을 하는 이들로부터 내게도 1인 시위에 참석해달라는 메일이 포카라까지 날아왔다. 강력하지만, 못된 신문사 하나를 제자리 찾아준다는 목표가 제대로 설정되었는가 여부와 관계없이, 그 신문사에 대한 가열찬 비판은 의미 있는 일이 아닐 수 없었다.

"맞습니다, 맞아요, 헹님! 나는 짜이 부자, 나는 짜이 부자!"

그러면서 그는 탁자 밑의 보온병을 어깨까지 들어 좌우로 흔들었다. 보온병 안에서는 아직 남은 짜이가 출렁거렸고, 칠이 벗겨진 보온병의 철제 부위는 달빛에 반짝반짝 빛났다.

우리는 소리 죽여 웃었다. 춤과 노래가 많은 인도 영화는 시끄러웠기 때문에 우리의 웃음소리가 식당까지 들릴 리는 만무했다.

"어이 짜이 왕, 예스비! 짜이 한 잔 주게!"

내가 말했다.

그가 그럴 줄 알았다는 듯이 벌떡 일어나 내게 공손하게 짜이를 따랐다.

그에게는 내게 밤이 새도록 나눠줄 짜이가 있었건만, 내게는 밤이 새도록 그에게 나눠줄 짜이가 없었다. (2002)

은행나무는 좋은 땔감이 아니다

"나쁜 시키들!"

나는 오리골 쪽으로 가래침도 안 뱉으리라 다짐했다. 담배에 찌든 내 가래침이 행여 그 마을에 거름이 될까 봐 아까워서였다. 오리골 놈들에 대한 내 미움은 자그마치 2년이나 지속되었다. 읍내를 들락거릴 때마다 어쩔 수 없이 오리골을 지나쳐야 했는데, 그럴 때마다 나는 마치 주문을 외듯이 "나쁜 시키들, 나쁜 시키들, 똥물에 튀길 놈들, 그까짓 자빠진 은행나무 두 그루에 30만 원이나 받아처먹다니", 하면서 욕설을 뱉곤 했다. 어떤 때에는 입술 바깥으로 어떤 때에는 속으로 씹었다. 어쩌다 서산 마루의 붉게 타는 노을에 취해서 혹은 같이 타고 가던 일행의 이야기에 취해서 오리골 놈들에 대한 욕설을 빠뜨리고 지나칠라치면 다음에 지나칠 때는 반드시 꼭 두 배로 욕설을 내뱉었다. 그것은 내가 끈질긴 놈이라기보다 그 녀석들이 내게 한 행태가 그토록 괘씸했기 때문이다. 내 나이 오십 중반, 남을 미워하면 미워하는 데에도 힘이 들고 그 힘은 부정적 힘이라 몸이나 마음에 좋을 리 없다는 것을 내 어찌 모르겠는가. 그렇지만 나는 주야장창 2년여 세월 동안이나 오리골 놈들에게 욕설을 퍼부어댔다. 그래도 분은 삭히지 않았다. 주위 사람들이 오래된 분이 몸에 쌓이면 나쁘다고 말하거나 말거나 나는 그렇게 해야만 내 건강에 도움이 된다고 생각했다.

그런데 오늘 저녁답에 난데없이 오리골 이장 놈의 '봉고 Ⅱ'가 민들레 길을 헤쳐 나를 찾아온 것이다. 이장 놈의 푸른색 1톤 트럭을 어찌 내가 잊을손가.

"저 시키가 누구야? 오리골 이장 놈 아냐!"

그나저나 저 자식이 어떻게 여길 알았지? 나는 먼발치에서도 대번에 이장 놈을 알아봤다. 한참이나 세월이 흘렀건만, 나는 잠시도 그 자식을 잊지 않았기 때문이다.

2년 전의 일이다. 봄꽃이 피려면 멀었으니 아마도 2월 하순께였을 것이다. 어느 날 오리골을 지나는데 국도변 다리로 이어지는 방죽 아래로 커다란 나무가 쓰러져 있는 게 보였다. 처음에는 그런가 보다 하고 지나쳤는데 그다음에는 나도 모르게 차의 속력을 줄여 쓰러져 있는 나무를 관찰하기 시작했다. 잘 서 있는 방죽의 다른 나무들로 미루어보건대 은행나무였다. 가만히 보니 한 그루가 아니라 두 그루였다.

"아니, 저기 왜 나무가 쓰러져 있지?"

혼잣말을 하면서 동시에 '저건 내 꺼다', 라고 생각했다. 그렇게 생각하는 순간 벌써 기분이 좋아지기 시작했다.

나는 내가 그렇게 나무 욕심이 많은 사람인 줄 몰랐다. 누가 들으면 웃을지 모르지만, 나는 무언가 만들어진 것이 낭비되는 것을 싫어하는 유형의 사람이라고 할 수 있다. 사람이 만든 것이 허투루 낭비되는 게 아깝지만 자연이 만든 것도 그렇다.

나의 지독한 나무 욕심을 확인한 것은 아무래도 툇골[退谷]에 집을 짓고 난 후였을 것이다. 툇골 골짜기는 겨울이 길고 추웠다. 한여름에도 폭염이 지속되는 단 며칠을 제외하고는 조석으로 반팔을 못 입을 정도로 서늘했다. 그래서 나는 애당초 집을 지을 때부터 큼직한 난로를 하나 장만해 천장 높이 연통을 뽑아놓았다. 문제는 땔감을 어디에서 구해 오는가였다. 그러나 그것도 문제될 게 없는 것이 세상에는 버려지는 나무들이 지천이었다. 나는 결심했다. 퇴골살이 내내 절대로 땔감을 돈 주고 사지는 않으리라고. 허우대 멀쩡한 놈이 땔감을 돈을 주고 사다니. 그런 자존심 상하는 일은 생각조차 하기 싫었다.

툇골살이를 시작한 몇 해 동안 나는 그런 비장한 결심으로 부지런히 땔감을 모았다. 길에서도 땔감이 될 성싶은 것들이 보이면 나무의 질을 따지지 않고 얼른 차에 실었다. 놔두면 말없이 썩어 없어질 잡목들은 찾으려고만 하면 어디서나 눈에 띄었다. 겨울철, 눈 무게를 못 이긴 솔가지가 부러져 나뒹굴면 그곳이 얼음으로 뒤덮인 비탈이든 평지든 절대 그냥 지나치지 않았다. 어쩌다 운이 좋아 화력 좋은 참나무라도 얻게 되면 기분이 째지곤 했다. 도시에서도 폐업한 상점이 새로 인테리어를 할 때 그 한옆에 수북하게 버려진 나무를 유심히 살폈다. 페인트칠이나 니스칠을 한 나무, 오일 스텐을 너무 심하게 바른 나무는 아무리 원목이라도 철저하게 주저했다. 나는 칠을 하지 않은 나무를 좋아했다. 유독성 환경호르몬이나 다이옥신도 문제지만 칠을 한 나무는 난로 속에서 시커먼 그을음을 내기 때문이다. 톱밥을 짓이겨 접착제로 붙여 만든 엠디에프 (MDF)같이 조악한 것들을 나무로 치지도 않았다.

내 차에는 그러므로 늘 톱과 도끼, 목장갑이 두 세 켤레쯤 구비되어 있었다. 길을 가다가 어떤 땔감을 만날지 모를 일이었기 때문이다. 한 해 중 세 철은 열심히 나무를 구하는 철, 나머지 한 철인 겨울은 모은 나무를 기분 좋게 때는 철이었다.

그런데 이게 웬 떡인가?

커다란 은행나무가 자그마치 두 그루나 방죽 아래 개천에 거짓말처럼 자빠져 있다니. 세상에, 이런 횡재는 없었다. 나는 얼추 3주일가량 나무들이 처음 발견된 그대로 쓰러져 있는 것을 유심히 관찰했다. 벼르고 벼르다가 아직 겨울 파카를 벗기가 좀 곤란한 2월 하순의 어느 주말, 마침 힘 좋은 후배 한 녀석이 퇴골에 놀러온 김에 꼬드겼다.

"형찬아, 오늘 나랑 나무하러 가자."

"웬 나무를요?"

"웬 나무는 웬 나무, 저기 개울 옆에 좋은 은행나무가 쓰러져 있단다."

"화목으로 쓰시려고요?"

"그럼!"

"그거, 갖고 와도 된대요?"

"몰라, 하여간 쓰러져 있으니 아마도 버린 나무일 거야. 내가 벌써 한 달이나 눈여겨봤다니까."

나는 3주간 지켜본 기간에 일주일을 더 보태 '한 달'여 동안 지켜봤다고 부풀렸다.

"장비는 있나요?"

"장비랄 게 뭐 있나, 엔진 톱이랑 도끼만 있으면 되지."

"그러지요, 뭘."

형찬이는 힘도 좋지만 참 착한 젊은이였다. 꼬치꼬치 따지지 않았기 때문이다.

나는 창고에서 엔진 톱을 점검했다. 지난겨울에 뒷산에 벌목하고 남은 찌꺼기 나무들을 잘라 온 뒤로는 사용하지 않아 오일과 윤활유가 말라 있었다. 주유소에 가서 휘발유를 한 되 사 와서 오일과 50대 1쯤으로 혼합했다. 커다란 나무 두 그루를 자르자면 아무래도 윤활유가 충분해야 했기 때문에 뜯지 않은 오일과 혼합하고 남은 휘발유도 챙겼다. 톱과 도끼 그리고 자른 나무를 방죽으로 끌어올릴 때 필요할지 몰라 밧줄도 준비했다. 도끼는 재래식 조선 도끼와 핀란드산 손도끼, 두 자루를 실었다. 대장간이나 철물점에서 쉽게 구할 수 있는 물푸레나무 자루가 끼워져 있는 조선 도끼는 나무를 쪼갤 때 좋고, 날이 시퍼런 핀란드산 손도끼는 가지를 칠 때 그만이었다. 형찬이에게는 아까워서 한 번도 안 쓴 작업용 외제 가죽 장갑을 줬고 나는 손바닥 쪽에 코팅이 된 붉은 목장갑을 준비했다. 혹시나 해서 철물점에 들러 톱날도 한 개 여벌로 구했다. 오래 벼르던 나무라 나름대로 철저히 준비했다.

아직도 찬바람이 매서운 때인지라 방죽에는 인적이 없었다. 가끔씩 화천 가는 국도로 차들이 씽씽, 달렸다.

"그런데 못각님, 뿌리가 흙으로 덮여 있는데 이거 정말 잘라 가도 될까요?"

현장에 도착하자, 힘은 좋지만 겁이 많은 형찬이가 또다시 내게 물었다.

"야 임마, 이거 봐라. 살릴 나무라면 이렇게 방치했겠냐? 연탄재도 막

버리고 쓰레기도 막 버리고 그랬잖냐."

　대답하는 내 목소리가 평소보다 크다는 것을 나는 느꼈다. 그렇게 소리를 높여야 형찬이가 품게 된 일말의 희미한 불안을 초장에 불식시킬 수 있다고 생각했던 모양이다. 내가 담배를 끊을 자신이 없어 '금연못각'이라고 스스로 별명을 정하자, 형찬이는 내 별명을 줄여 '못각님'이라 불렀다. 마침 군에서 제대를 한 뒤 복학을 앞둔 형찬이가 참 괜찮은 젊은 이인 까닭은 내가 말하는 것을 대체로 잘 믿고 따르는 데에 있었다.

　자세히 살펴보니 한 10년은 좋이 되어 보이는 은행나무였다. 밑동은 방죽의 경사면에 박혀 있었다. 4~5미터쯤 간격을 두고 쓰러져 있는 두 그루 다 그랬다. 누군가 멀쩡한 나무를 굴삭기 같은 것으로 밀어 방죽 아래로 쓰러뜨려놓은 것임을 알 수 있었다. 주변을 다시금 살폈다. 시골 길이라는 게 본래 사람들 왕래가 드물기는 하지만 방죽에는 지나다니는 사람이 아무도 없었다. 그렇다고 이 나무를 잘라 가도 괜찮겠느냐고 방죽 너머의 오리탕집에 가서 문 두드리고 물어볼 일도 아니었다.

　"못각님, 그래도 좀 수상해요. 이거 혹시 봄 나면 마을에서 다시 일으켜 세울 나무가 아닐까요?"

　"아 거 참, 말이 많네."

　나는 형찬이의 불안을 묵살하고 엔진 톱의 시동을 걸었다. 나도 모르게 마음이 조금 산란했는지 방금 오일과 윤활유를 넣었건만 내 소형 엔진 톱은 시동이 잘 걸리지 않았다. 아까 날을 사러 가서 철물점 주인이 시험할 때는 잘 걸렸던 것이다. 집중해서 몇 차례나 레버를 당기고 나서야 타르르르 소리를 내며 푸른 연기가 뿜어져 나왔다. 이제는 나무를 토막 내는 일만 남았다. 기계를 늘 만지던 내가 나무를 자르기 시작했고 형찬이는 도끼로 잔가지를 쳐냈다. 워낙 큰 나무인지라 맨 톱으로 자르려면 며칠은 좋이 걸릴 일이었다. 타타타타 톱날이 매끄럽게 돌아가다가 검지로 레버를 당겨 엔진 회전 속도를 높이자 소리가 찢어질 듯했다. 호수로 흘러드는 개울물이 바짝 말라서인지 엔진 톱 소리는 더 날카롭고 신경질적으로 울려 퍼지는 것 같았다. 나무를 토막 내면서 나는 나도 모르게 서두르고 있다는 것을 알아차렸다. 빨리 나무를 잘라 마당에 옮기고 싶었다. 어느새 등허리에서 땀이 났다.

형찬이와 나는 엔진 톱을 번갈아 잡았다. 호기심 많은 젊은이답게 형찬이는 처음 만져보는 엔진 톱을 아주 좋아했다. 생나무를 자르는 일은 팔 힘도 어느 정도 있어야 하는데, 형찬이는 마치 늘 만지던 기계인 양 톱은 생각보다 잘 다루었다. 자칫 방심하면 순식간에 사고를 낼 수 있는 것이 바로 엔진 톱이기도 했다.

"시골엔 형찬아, 손가락 없는 사람들, 발목이 나간 사람들, 손목을 다친 사람들 많아."

"왜요?"

"농부들이 늘 기계를 다루잖냐. 트랙터도 그렇고, 경운기도 그렇고, 예초기도 그렇고……. 알고 보면 시골 사람들이 늘 기계 속에서 산단다."

"듣고 보니 그렇네요."

우리는 쉬지 않고 일했다. 나무토막들이 일한 만큼 쌓여갔다. 담배를 꼬나물고 여기저기 토막 난 나무들을 바라보노라니 그보다 흡족할 수가 없었다.

"자, 이제 이것들을 방뚝 위로 나르자. 그러고 나서 우리 밥 먹자."

토막 난 나무들을 방죽 위로 올리는 일도 제법 시간이 걸렸다. 한 사람은 올리고 한 사람은 올린 나무들을 지프차 화물칸에 차곡차곡 실었다.

가끔 마을 사람들이 한둘 지나갔으나 누구도 우리에게 말을 건네지 않았다. 사람들이 지나갈 때, 솔직히 말해서 나는 묻고 싶었다. "이거, 버린 나무 맞지요?"라는 말이 목젖까지 차올랐지만 굳이 말로써 세상에 토해내지는 않았다. 그렇게 물었다가 만에 하나 듣고 싶지 않은 대답이라도 듣게 되면 어쩌란 말인가. 이미 자른 나무를 도로 붙여놓을 수도 없는 일 아닌가. 다행히 마을 사람들은 아무 말도 않고 힐끗 우리를 쳐다본 뒤 그냥 지나갔으므로 나는 세상에 은행나무밖에 안 보이는 사람처럼 과묵하게 나무를 싣는 일에만 집중했다.

나무를 차에 가득 싣고 퇴골로 돌아올 때 기분은 정말 찢어질 것처럼 흡족했다. 차의 화물칸에 설령 금덩이가 실려 있었다 해도 그렇게 기분이 좋을 수는 없을 것 같았다. 하늘이 두 쪽이 난다고 해도 내 낡은 지프차 화물칸에 금덩이가 실릴 일이야 일어나겠는가. 그러므로 그 공간이 만약 무엇인가로 가득 차서 나를 한없이 행복하게 한다면, 그것은 바로 땔감 이상의 물건일 수가 없었다. 마당에 들어설 때에도 좋았고 지프차에서 나무를 마당에 풀 때에도 기분 좋았다. 할 줄 아는 게 별로 없는 나는 그저 나무를 해 올 때에야 이 세상에 조금은 쓸모가 있는 인간이라는 자신감을 확인하곤 했는데, 그날도 그랬다.

점심은 마을 입구에 있는 식당 '나비야'에서 묵은지닭매운탕을 시켜 먹었다. 형찬이한테 힘든 일을 시켰기에 뭔가 잘 먹여야 한다고 나는 생각했다. 나비야 박 사장은 우리가 나무를 해 왔다고 하니, 무슨 나무냐고 물었다. 은행나무라고 하니까 이상하게도 그는 아무 말도 안 했다. 묵은

지닭매운탕은 닭 한 마리짜리가 있고 반 마리짜리가 있는데, 우리는 한 마리짜리를 시키고 소주도 한잔 걸쳤다.

"못각님, 이따 한 차 더 해야 할 텐데 낮부터 소주를?"

소주를 건네자 갓 제대해 아직 준법정신이 가시지 않은 형찬이가 놀란 얼굴로 물었다.

"괜찮아, 여긴 교통이 얼씬거리지 않는 동네야."

잔을 권하면서 내가 말했다.

식사를 마친 뒤, 나비야 마루에 눕듯이 길게 앉아 오전에 해 온 나무와 오후에 해 올 나무를 생각하니 그지없이 행복한 기분이 되었다. 마치 중학생 같은 기분이 되어 '이 세상에서 나보다 더 행복한 놈 있으면 나와보라 그래', 하고 외치고 싶어졌다.

오후의 일도 오전과 같았다. 나는 도끼로 잔가지를 치거나 톱으로 토막을 냈고 형찬이는 엔진 톱으로 토막을 냈다. 그리고 오전에 그랬듯이 어느 정도 나무가 쌓이면 방죽에 올려 차에 실었다.

꽤나 서둘렀지만 늦겨울의 해가 짧아 어느새 어스름 녘이 되었다.

마침내 상차(上車)를 마친 뒤 장비를 챙겨 싣고 흡족한 기분으로 차에 시동을 걸려는 찰나였다. 한 사내가 막 출발하려는 내 차의 유리문을 톡톡, 두드렸다.

"당신, 좀 내려보쇼."

"왜요?"

"이 나무, 누가 잘라 가라고 했소?"

사내는 키가 컸다.

"이거 버려진 나무 아닌가요?"

차에서 내리면서 내가 말했다. 그 순간, 내 얼굴은 아마 어두워지려는 날씨보다 더 어두워져 있었을 것이다. 형찬이의 얼굴에도 짙은 낭패감이 스쳤다.

"버려졌다니? 이거 하천 공사 끝나면 다시 일으켜 세울 나문데, 누구 맘대로 자르고 말야."

사내는 어느새 은근슬쩍 반말조였다. 반말은 내가 정말 참기 힘들어하는 말투였다. 나중에야 알았지만 오리탕집 주인 사내였다. 그 자식 때문에 후에 우리는 그 마을을 오리골이라 부르게 되었다.

"그래요? 한 달 이상을 여기 쓰러져 있길래 난 또 임자 없는 나무인 줄 알았지요."

"임자 없는 나무라니? 그거 우리 마을 노인네들이 심어논 거요, 노인들이."

"아따, 그런 나무를 한 달이나 쓰러뜨려놓고선 연탄재를 막 버리고 그래요?"

"그건 내가 버린 거 아니고. 그나저나 어디 사쇼?"

"저 아래 툇골에 살지요."

"툇골이라? 알 만한 사람이 남의 동네에 와서 남의 나무를 막 자르고 말야. 남의 동네 나무에 손을 대려면 마을 사람들한테 물어봐야 할 거 아니오? 하여지간에 난 따따부따 뭐라 말 못하겠으니 이장님한테 가서 자초지종을 얘기해보쇼."

"오가는 사람들도 별로 없고, 한둘 지나갔지만 암 소리도 안 하길래…… 아무튼, 그게 그렇다면 그래야겠지요. 이장님 댁이 어딥니까?"

"저기 슈퍼 지나 한 5분쯤 가면 오른편으로 처음 나타나는 막국수집이 보일 거요."

"막국수집이 이장님 댁이라 그 말이지요?"

"어서 가보시오."

나는 풀도 죽고 마음의 힘이 다 빠져 거의 쓰러지고 싶은 상태로 다시 차에 올라타 이장 집을 향해 무겁게 차를 움직이기 시작했다. 오리탕집 사내는 내 지프차가 이장 집을 향해 제대로 가고 있는지 방죽에서 한참이나 지켜보는 것 같았다. '야, 이 자식아, 내 비록 남의 동네 나무를 멋도 모르고 자르긴 했지만 치사하게 그냥 내뺄 인간은 아니다. 그러니 걱정 마라, 자식아!' 백미러에 들어 있는 장대처럼 키만 멀쑥한 오리탕집 사내를 쩨려보면서 속으로 중얼거렸다. 형찬이는 마치 엄청난 잘못을 저지른 사람의 얼굴을 하고 해저 식물처럼 가라앉아 있었다.

이장 집에 당도하기 전에 나는 슈퍼 앞에 차를 세우고 델몬트 주스 한 박스를 샀다.

"이거 뭐 하시려구요?"

턱주가리에 수염이 수북한 슈퍼 주인이 휴지로 델몬트 박스의 먼지를 닦으면서 물었다. 시골 가게 주인은 주스 한 박스도 그냥 조용히 파는 법이 없었다. 꼬치꼬치 지 궁금한 게 풀릴 때까지 물어봐야 직성이 풀렸다. 나는 털보에게 자초지종을 말했다. '방죽에 나무가 쓰러져 있는 것을 오랫동안 지켜봤다, 나는 그게 버려진 나무인 줄 알았다, 그래서 땔감으로 쓰려고 열심히 잘랐다, 그런데 오리탕집 사내가 마을 나무라 그러면서 이장님한테 가보라고 해서 가는 중이다, 사람이 이런 일로 이장님 댁에 가는데 어떻게 빈손으로 가겠는가? 이 델몬트 주스는 바로 이런 기막힌 이유 때문에 산 것이다', 라고.

"에이, 뭐 그런 일로 주스까지 사갖고 가고 그래요?"

털보가 말했다. 그렇게 말하는 털보에게 그 순간 나는 우정을 느꼈다.

이장은 마침 저녁을 먹고 있는 중이었다.

이장 집 마당에 차를 세워놓고 오리탕 집 사내와 털보에게 했던 말을 나는 공손하게 되풀이했다. '이 일은 무엇보다도 모르고 한 짓이다, 나는 마을 나무인 줄 정말 몰랐다……', 그런 이야기를 녹음기에서 흘러나오듯 되풀이했다.

이장은 키가 작은 사내였다. 나이는 오십 초반가량, 광대뼈가 좀 튀어나왔는데, 아내가 부업으로 막국수를 팔고 사내는 농사를 짓는 게 틀림없었다. 공수부대원들이 입는 주머니가 주렁주렁 달린 전투용 바지를 입고 있었는데, 오래 입어 낡아 보였다.

"아 참, 내 미치겠네. 이거 마을 노인들이 우리 큰애 돌잔치 때 심어논 건데, 가을이면 은행을 따서 노인들이 여행도 가고 그런다오. 허 이거 참, 큰일 났네."

내 지프차의 화물칸을 마치 자기 차인 것처럼 활짝 열어보면서 이장이 투덜거렸다.

"은행나무는 내 참, 잘 타지도 않아요. 화목으론 젬병이란 말씀이야."

이장, 이 자식도 반말조였다. 도대체 이 마을 인간들은 처음 보는 사람에게 무조건 반말이었다. 신발장 옆에 슬며시 밀어놓은 델몬트 박스는 거들떠보지도 않았다. 그의 착한 아내는 조심스레 상황을 살피면서 "저녁들 드셨어요?" 하고 인사를 했다. 그의 착한 아내에게 나는 용감하게도 밥 대신에 커피 한 잔을 부탁했다. 커피 한 잔 나눌 시간을 나는 이 사태를 원만하게 풀기 위해 최대한 활용할 작정이었다. 이장의 착한 아내가 커피를 타 오는 동안 이장은 여전히 신경질을 냈다.

날은 어느새 캄캄하게 어두워져 멀리 큰길가에는 가로등이 켜져 있었다.

현관 앞에 주저앉은 이장이 담배를 꺼냈다. 나는 신속하게 주머니를 뒤져 라이터를 찾았다. 그런 내 행동이 치사하기 짝이 없는 행동이라는 것을 주머니를 뒤지는 순간 느꼈지만, 처음 만난 다른 동네 이장과 빨리 가까워져야 한다는 강박감이 내 속에 있는 치사한 행동을 끄집어냈다. 그렇지만 불행하게도 이장은 나보다 먼저 자기 라이터를 꺼내 불을 붙였다. 어떻게든 이장의 불편한 심사를 가라앉혀야겠는데, 아무리 생각해도 방법이 없었다.

한참 동안 이장과 나는 말없이 담배를 빨았다. 시간이 왜 그리도 더디게 가던지.

형찬이는 마당 한구석에 서서 막 뜨기 시작한 달을 바라보고 있었다.

오랫동안 말없이 주저앉아 있던 이장이 마침내 담배꽁초를 거칠게 비벼 끄더니 작심한 듯 말했다.

"저어기 마을 안에 들어가면 노인회 회장님 댁이 있소. 그 댁에 가서 일단 한번 말해보쇼. 나로선 지금 뭐라 말하기 곤란하다 이 말이오, 내 말 알아들었소?"

"아니, 이런 일로 굳이 노인회 회장님 댁까지 가야 한단 말이오?"

"이 사람, 정말 웃기네. 그럼, 이 심각한 문제를 나 혼자 해결하란 말이오? 거기 가 회장님한테 자초지종을 말해보라니깐 그러네. 가보면 뭔 말이든 있을 테니."

은행나무 때문에 이 밤중에 생면부지의 노인을 또 만나야 한다니 몹시 신경질이 났지만 꾹 참았다. 이장은 노인회 회장 집을 찾아가는 길을 가르쳐주었다.

"아까 왔던 방뚝의 거기 오리탕집을 지나 주욱 마을로 들어가다가 다섯 번째 은행나무에서 우회전한 뒤에 한참 가다 보면 마을회관이 있을 거요. 그 뒷켠에 보이는 제일 큰 집이오, 하여간 거기서 제일 큰 집. 붉은 벽돌담을 쌓은 집인데, 가보면 안다니까."

이장의 목소리 속에도 짜증이 잔뜩 배어 있었다.

"여서 얼마 안 걸려요. 방뚝을 타고 가다가 첫 번째 길로만 들어가면 금방 나와요."

내게 커피를 타준 이장의 착한 아내도 거들었다.

이때 형찬이가 "예, 알아듣겠어요"라고 하며 내 팔꿈치를 잡아당겼다.

이장은 말을 마치자 빠른 걸음으로 식당 거실로 들어가 밥상머리에 앉았다. 그 순간 나는 이장에게 처음으로 미안해졌다. 그의 찌개랑 국이 다 식었을 게 뻔했기 때문이다.

노인회 회장 댁을 찾아가는 길에 나는 다시 털보네 슈퍼에 들렀다.

마침 그 가게의 앵글 선반 상단에는 델몬트 박스 외에도 복분자 박스가 있었다. 복분자를 살까 하다가 노인회 회장의 연세를 생각해서 하나 남은 델몬트 주스를 골랐다. 복분자를 샀다가 만에 하나 어떤 예민하고 자격지심으로 충만한 노인네가 "누구 놀리느냐?" 하고 진노하면 그보다 낭패는 없을 일이었기 때문이다.

"이번에는 왜 또?"

털보가 또 물었다.

"이장님이 노인회 회장님 댁에 가보라 그러네요, 내 참!"

내가 말했다.

이번에 털보는 아까 보여주던 우정의 말을 건네지 않았다. 첫 델몬트를 살 때처럼 '뭐 그런 일로 주스까지 사갖고 가고 그래요?', 따위의 정겨운 흰소리가 없었다. 털보 역시 사태가 예사롭지 않게 돌아가고 있다는 것을 조금 눈치챈 것 같았다. 그렇지만 시골에서는 잘 안 팔리는 델몬트 주스를 초저녁에 두 박스씩이나 순식간에 팔아치운 데 대해 털보가 기분 나빠할 이유는 전혀 없었다.

시골길이라는 게 대충 누군가 어림짐작만 해주어도 쉽게 때려잡을 수 있는 길이었으므로, 노인회 회장 댁을 찾는 일은 어렵지 않았다. 나는 노인회 회장 댁을 찾아가던 그날 밤의 달빛을 잊지 못한다. 은행나무가 가득 실린 무거운 지프차를 끌고, 재수 없게도 오리탕집 사내한테 걸린 뒤에 슈퍼에 들렀다가, 이장한테 갔다가, 다시 이장 집에서 슈퍼를 거쳐 노인회 회장을 만나러 가는 도중에도 달은 쉬지 않고 휘영청 부풀어 오르고 있었다.

"달빛 참 좋다. 그치, 형찬아?"

옆자리에 앉아 있던 형찬이에게 물었다. 해는 져서 어두운데 우리는 갈 곳이 없네, 그런 노래 가사가 있었던가. 하지만 우리는 확실하게 갈 곳이 있었다. 형찬이는 음울한 얼굴로 "그러게요"라고 맞장구쳤다.

"야, 이게 도대체 무슨 꼴이냐? 우리가 무슨 탁구공이냐? 이리 넘기고 저리 넘기고 말야."

"그래서 못각님, 제가 아침부터 왠지 좀 불안하다 그랬잖아요."

"이제 와서 그 얘길 하면, 너 나쁜 놈이지."

"시골은요, 돌멩이 하나도 남의 것을 가져가면 큰일 나요."

"이런 스펄놈!"

내 입에서 기어이 욕설이 터져 나왔다. 진종일 같이 은행나무를 자른 형찬이는 최소한 내 편이어야 하는데, 사태 해결에 아무 도움이 안 되는 하나 마나 한 소리를 하고 있었다. 그 순간, 덜커덩 하더니 앞바퀴가 농로 아래 도랑에 빠져버렸다.

"앗 못각님! 이게 뭐야, 차가 빠졌네요."

"나도 알아."

참으로 비참한 일이 벌어졌던 것이다. 이런 일은 일찍이 한 번도 없던 일이었다. 이래 봬도 나는 '88면허'였다. 가벼운 접촉 사고야 있었지만 운전대를 잡은 오랜 세월 동안 단 한 번도 그토록 비참한 지경에 이른 적은 없었다. 내 앞바퀴가 도랑에 빠지다니.

나는 차에서 내려 무심한 달을 잠시 바라보다가 담배 한 대를 꼬나물고 상황을 살폈다. 왼쪽 앞바퀴가 시멘트 농로 아래 도랑에 빠져 있었다. 4륜 기어로 간단히 해결될 일이 아닌 것 같아 뒷문을 열어 토막 난 은행나무를 대여섯 개 골라 농로의 턱과 도랑 사이에 돌멩이를 하나 주워 받치고 길게 괴었다. 달밤이었으니 망정이지 달마저 없었다면 정말 애를 먹을 상황이었다. 끔찍하고 비참한 기분 때문에 나는 거의 죽고 싶어졌다. 받침대를 괴고 4륜 기어로 변속한 뒤 조심스레 차를 앞으로 몰았다가 뒤로 빼며 안간힘을 쓰고 나서야 간신히 농로 위로 차를 올릴 수 있었다. 가로등이 없는 농로 바닥에는 달빛이 떨어져 찰랑거렸다.

내게 커피를 타준 이장 아내의 말처럼 회장댁을 찾기는 그리 어렵지 않았다. 문이 굳게 닫힌 마을회관 앞 공터를 지나자 환한 달빛 아래 붉은 벽돌담이 보였고, 주변을 둘러보니 그 언저리 집들 중에 단연코 눈에 띄는 큰 집이 있었기 때문이다. 차 소리에 개들이 우왕좌왕하면서 요란하게 짖어댔다. 대문 기둥에 걸린 문패를 얼핏 보니, 노인회 회장은 최씨 성을 가진 사람이었다.

"그래, 댁들은 어디서 오셨소?"

회장은 볼이 불콰한 칠십 대 노인으로 한눈에도 인자해 보였다.

"저 아랫마을, 툇골에 사는 사람입니다. 그런데 그만 지가 아무것도 모르고, 그저 땔감 욕심에 어르신네 마을의 은행나무가 개천에 쓰러져 있길래 그것을 임자 없는 버려진 나무로 착각을 해서 오늘 진종일 토막을 내서 차에 실었지 뭡니까. 제 인생에 이런 실수를 별로 저지른 적이 없는데, 그만 오늘 제가 씻을 수 없는 잘못을 저지르고야 만 것입니다. 두 그루째 나무를 싣고 기분 좋게 집으로 돌아가려는 찰나, 방죽 입구의 오리탕집 주인을 만났는데, 그분께서 이장님한테 가보라고 하길래 도망치지 않고 양심적으로 그곳에 갔고, 이장님이 이번엔 이곳 회장님 댁에 가보라고 해서 또한 고지식하게 이렇게 밤길을 뚫고 찾아온 길인즉, 제가한 어리석은 짓에 대해 그저 회장님의 관대한 처분만 바라겠습니다."

나는 할 수 있는 한 공손한 자세로 시종을 상세하게 설명했다.

내가 상황을 공손하고도 요령 있게 설명하는 동안 형찬이가 내 옆얼굴을 한번 힐끗 본 것 같은데, 그것은 아마도 상황을 무척 일목요연하게 잘 설명하는 나의 언변에 대한 존경심이 치밀어 올랐기 때문이 아니겠는가, 그 와중에도 그런 생각이 들었다.

"으음, 내 방금 이장한테 전화로 뭔 일이 일어났는지 듣긴 들었지요. 툇골에 사신다 했지요? 그건 그렇고, 젊은이는 성씨가 어떻게 되오?"

"예에, 최가입니다."

대문의 문패를 기억하고 있던 나는 노인이 성씨를 물어주어서 내심 기뻤다.

"으음, 그래요? 이제 보니 나랑 종씨로구먼. 본관은 어디신고?"

"경주입니다."

"오호호, 경주라? 그렇담 우린 강릉이니 우리 큰댁인 셈이구려. 경주 최씨라면 좋은 집안이지."

좋은 집안은 무슨 호랑말코 같은 좋은 집안? 할아버지, 본관 따위 그만 따지시고 이 나무 문제나 좀 시원하게 해결해주세요.

"어르신네, 이미 말씀드린 대로 제가 아무리 큰 실수를 저질렀다곤 하지만, 잘린 은행나무를 도로 붙여서 연탄재와 쓰레기더미 한가운데에 원상 복구시킬 수도 없는 노릇이 아니겠습니까. 그렇다고 마을 나무라는 것을 알게 된 이상 도둑놈처럼 그냥 가져가겠다는 뜻은 전혀 아닙니다. 기꺼이 배상을 할 터인데, 드리고 싶은 말씀은…… 알고 보면 제가 사는 곳 역시 여기서 멀지 않은 이웃 동네인지라 그저 잘 선처해주시면 고맙겠습니다, 어르신네!"

"아아, 그만해도 알겠소이다. 그런데 그거 참, 그 나무가 이장한테 들었겠지만, 우리 노인회 나무예요. 우리 노인들이 가을이면 은행을 털어 돈을 만들어갖고설랑 노인회 기금으로 요긴하게 쓰곤 하지요. 보아하니 점잖은 사람이, 어떻게 그런 엉뚱한 실수를 저질렀단 말이오. 쯔쯧!"

노인은 진실로 일어나버린 사태를 안타까워하는 표정을 지었다.

"그건 그렇다 치고, 누추하지만 들어와서 차라도 한잔하시겠소?"

"아니, 무슨 말씀을요? 아닙니다. 그저 제가 어느 정도로 배상을 해드리면 이 크나큰 잘못에 갈음할 수 있을지, 그 말씀만 해주시면 얼른 물러가겠습니다. 정말로 제가 큰 잘못을 저질렀습니다, 어르신네."

"내 비록 노인회 회장이지만 이 문제는 나로서도 참 선뜻 대답하기 곤란한 질문이오, 이 밤시간에 노인회 회원들을 다 모아서 해답을 찾을 수도 없는 일! ……끄음!"

노인이 허리를 조금 뒤로 펴면서 깊은 숨을 몰아쉬었다.

나는 마치 초등학생처럼 노인 앞에 단정한 자세로 서 있었는데, 정말 슬펐다.

한참 만에 노인이 말했다.

"정 들어오지를 않겠다면, 지금 왔던 길로 나가서 이장한테 다시 가보시오. 그 사람이 그리 나쁜 사람이 아니라는 것을 내 미리 밝혀두는 바이오. 그리고 은행나무를 잘라 토막 낸 사람들이 어떤 사람들인가 내 두 눈으로 똑바로 보았으니, 당신들이 이장한테 가는 동안에 내 이장하고 전화로 이 문제에 대해 깊이 의논을 해보겠소. 그러니 어여, 이장한테 가보세요."

노인이 말했다.

화색이 좋은 노인은 사서삼경(四書三經)쯤은 일생 동안 여러 차례 읽은 이가 틀림없었다. 이른바, 노인에게는 사서삼경 세대 중 그나마 괜찮은 보통 사람이 지니고 있음직한 교양이 배어 있었다. 달밤에 뜬금없이 찾아와 자신이 저지른 잘못을 견강부회하지 않고 차근차근 실토하며 용서를 비는 사람을 불필요하게 모욕하거나 공연히 훈계하려 들지 않았다.

"예에, 그렇게 하겠습니다."

이장한테 다시 갈 때에는 아까 빠졌던 도랑에 다시 빠지지 않았다. 어렵게 찾아왔다가 되나가는 길이라 우리는 얼마 안 달려 이장네 집에 당도했다. 뒷좌석에 가득 실린 나무는 조금 전 어스름 녘만 해도 그토록 나를 기쁘게 하던 것이었다. 그러나 야릇한 생나무 냄새를 뿜어내고 있는 은행나무 토막들은 이제 어서 빨리 벗어던지고 싶은 무겁고 고통스러운 짐이 되어 있었다. 왜 말 없는 사물이 순식간에 이렇게 변덕스러운 대접을 받게 되었을까? 지난밤 내 꿈자리가 어땠더라?

이장은 아예 초저녁 때와는 달리 두툼한 파카 차림새로 마당에 나와 우리를 기다리고 있었다. 우리가 당도하자, 이장은 "따라 오쇼"라는 외마디 말과 함께 급하게 자신의 트럭에 올라탔다.

나는 껐던 시동을 다시 걸어 마당의 빈 공간을 크게 회전해서 이장의 차를 뒤쫓았다. 이장의 차는 푸른색 1톤 봉고 Ⅱ였다. 내 지프차는 이장의 트럭에 쇠줄로 묶인 것도 아니건만 꼼짝없이 끌려가고 있는 신세였다. 이장은 시골길에 어울리지 않게 급하게 기어 변속을 하면서 치달렸다. 이장의 트럭을 놓치지 않으려고 긴장하면서 뒤따르다가 나는 슬그머니 성질이 났다. 이 자식이 도대체 왜 이렇게 달리는 거야. 봉고 Ⅱ는 빈 차지만 내 지프차는 은행나무로 가득 차 있지 않은가. 날더러 어떡하라고 이렇게 달리는 거야.

얼마간 무서운 속력으로 달리던 트럭은 예의 델몬트 슈퍼 앞에서 거칠게 중앙선을 침범한 뒤, 급정차를 했다. 그러곤 삐이익, 요란하게 사이드브레이크를 잡아당겨 차를 세우더니, 뒤따라오는 내게 손짓했다.

다시 들른 슈퍼의 주인 털보는 이제 더 이상 '초저녁의 그 사람'이 아니었다.

이장이 나타나자 털보는 플라스틱 의자를 한 손으로 이리저리 거칠게 던지면서 얼추 둥근 좌판을 만들더니 순식간에 가게를 임시 회의장으로 변화시켰다. 노인회 회장 댁에서 내가 이장에게 가는 동안 이장은 미리 털보에게 연락을 해둔 것 같았다. 초저녁부터 델몬트 주스를 두 박스나 팔아먹은 털보 자식이 순식간에 마을의 한 일원으로서 나를 이토록 완고하고 엄격하게 대할 줄은 정말 몰랐다. 모든 장사꾼들이 다 그렇진 않겠지만, 장사하는 놈들에게 절대로 우정을 느껴서는 안 된다, 나는 그 순간 입술을 깨물며 다짐했다.

"형씨, 그래 얼마를 내놓겠소?"

이장은 노인회 회장으로부터 "어서 담판을 지어 보내라"는 전언을 받은 게 틀림없었다. 슈퍼로 우리를 끌고 간 것은 얼마를 받든 털보를 증인으로 삼으려는 속 보이는 수작이었다. 나랑 벌어질 합의 과정과 그 액수를 털보가 지켜보는 가운데 결정함으로써 이장은 은행나무 보상액과 관련해 내심 추호의 부정과 비리, 내면의 갈등이나 껄떡거림이 없었음을 지켜보는 털보의 기억 속에 새겨놓을 심산이었다.

"이장님이 먼저 말하시지요."

"이게 두 그루라 최소한 50만 원은 받아야 하오. 그런데 우리 노인회 회장님이 형씨를 그래도 비교적 예의 바른 인간으로 봐서, 뚝 잘라 30만 원만 내놓으쇼."

이장이 말했다. 그 순간 나는 이장이 부른 액수가 어마어마한 거금이었지만, 이 녀석이 본래 그렇게 나쁜 인간은 아니라는 사실을 뼛속 깊이 느낄 수 있었다. 그 말을 내뱉기 위해 마당에 홀로 서서 얼마나 힘들게 다짐했는지 이장은 그 말을 뱉고 나자 진실로 깊은 고뇌에 찬 얼굴을 지었기 때문이다. 이편에선 꼬박꼬박 '이장님'이라 불러야 했고, 그 자식은 나를 '형씨'니 어쩌고 하면서 막 불러쌓긴 했어도 나는 이 '대수롭지 않은 녀석'에게 아주 조금은 미안해졌다. 저녁밥 잘 먹고, 9시 뉴스 끝나고 발 닦고 착한 마누라 꼭 껴안고 자야 할 이장을 갑자기 이토록 곤란한 상황에 빠뜨려 괴롭히고 있는 것은 난데없이 나타나 사단을 일으킨 바로 나였기 때문이다.

"예에, 잘 알겠습니다. 하지만, 내가 뭐 고의로 그런 것도 아닌데, 쓰러진 은행나무 두 그루 값으로 30만 원은…… 솔직히 말해서 너무 세다 그겁니다. 화끈하게 한 그루에 10만 원씩 20만 원은 어떻겠소?"

내가 말했다.

"얼마 전에 어떤 차가 우리 동네 은행나무를 받았을 땐 한 그루에 30만 원씩 받았다오. 두 그루에 30만 원이면 많이 봐준 건데 웬만하면 화끈하게 얼른 끝내고 가시지요."

털보가 말했다. 아아, 이 자식은 정말 나쁜 자식이었다. 내가 처음 델몬트를 사 갈 때에는 '뭘 이런 걸 사갖고 가고 그래요?', 그렇게 말하던 놈이 아니던가. 말리는 시누이가 더 밉다고, 내 훗날 이장의 처지는 완전히 용서해도 이놈은 절대 용서하지 않으리라, 하고 남 모르게 결심했다.

"길게 얘기하지 맙시다."

이장이 다시 말했다.

나는 형찬이의 얼굴을 쳐다보았다. 형찬이는 비록 얼굴에 수심 가득했지만, 아무 말도 안 했다. 다만 그 역시 너무 세다는 표정을 지어 보였다. 형찬이 앞에서 돈 10만 원 때문에 쪼잔한 인간으로 보이기가 정말 죽기만큼 싫었지만, 나는 용기를 내서 다시 한 번 말했다.

"30만 원은 너무 세지 않습니까? 툇골이 여기서 그리 먼 동네도 아닌 데 말요. 오고 가며 살다가 우리가 어쩌다 친해질 수도 있는 일 아니오?"

"에이 참, 시간 끌지 말자니까요. 올 단오에 노인들 강릉 단오 구경을 가자면 최소한 버스 한 대 대절할 값은 돼야 할 거 아니겠소?"

뜬금없이 웬 강릉 단오람? 그토록 점잖던 종씨 노인네가 나를 보낸 뒤 단오 구경 갈 버스 대절비 이야기를 했단 말인가.

"아니, 이 마을 노인네들 단오 구경 갈 버스 대절비를 왜 내 돈으로 내 야 한단 말이오?"

단오 가는 버스 대절비 이야기가 나오자 정말 성질이 났다. 성질이 나 면 내 얼굴 표정이 매우 험악해진다는 것을 알고 있던 터라 나는 얼른 얼굴을 부드럽게 풀려고 애썼다.

"내 아까 안 그랬소? 가을이면 은행알을 털어 노인회 경비로 쓴다고."

"그거야 참 아름다운 미풍양속인데, 내 얘기는 왜 하필이면 내 돈으로 단오 구경을 가야 하나 이 말이오. 두 그루 은행알 값이 30만 원이나 되 진 않을 거 아니오?"

"에이 참, 내가 뭐 노인회 회원이오? 그딴 걸 나한테 묻고 그러네. 어쨌 거나 당신이 우리 마을 은행나무를 잘랐잖소. 형씨가 나무를 안 잘랐으 면 이런 일도 없었을 거 아니오. 그리고 사람이 어쩌다 돈을 물어내려면 그 돈이 맛깔나게 쓰여야 형씨 쪽에서도 기분이 좋지 않겠소?"

"내 기분? 이 양반이, 보자 보자 하니, 내 기분이야 조금만 물어내면 좋 지요."

그것은 완전히 코미디였다.

그때였다. 털보 자식이 다시 끼어든 것은.

"엔간하면 우리 이장님 체면도 좀 봐주시지요."

나는 그 순간, 털보 자식을 거의 죽도록 패고 싶어졌는데, 마음먹은 대로 하지 못해서 온몸이 분노로 부르르 떨렸다.

은행 계좌 번호를 적어줄 때, 이장은 그 번호가 자기 번호가 아니라 노인회 번호라는 것을 두 번이나 다짐하듯 말했다.

돌아오는 길에 나무를 차에 가득 실었다는 기쁨이 몽땅 사라진 나는 풀 죽은 목소리로 형찬이에게 물었다.

"너 배고프지?"

"예, 못각님."

"미안하다, 형찬아."

"에이, 뭘요……. 시골에선 이럴 경우 달라는 대로 다 줘야 해요."

"뭣이라고? 이 새끼가 도대체, 너 지금 뭐라고 지껄이고 있는 거냐? 니 오늘 나랑 하루 종일 같이 일한 놈 맞어?"

나는 다시 길길이 날뛰었다. 아까 거래를 할 때에도 '착한 형찬이'는 내 편을 적극적으로 들지 않았던 것이다. 형찬이는 그날 밤, 그 한마디 싸가지 없는 말 때문에 흥분한 나를 달래기 위해 혼쭐이 났다. 진종일 땀 흘리고 일한 형찬이만 불쌍하게도 내 분풀이 대상이 될 수밖에 없었다.

아아, 30만 원이면 내 처지에 얼마나 큰돈이란 말인가. 읍내 내 단골 헌책방에서 두 달은 놀 액수였다. 일주일에 한 번쯤 들르는 내 헌책방에서 나는 보통 한 번에 3만 원어치의 헌책을 구입하곤 했다. 그러면 두 달을 놀고도 두 번을 더 갈 수 있다. 내가 산 헌책 중에 엄청나게 '위대한 헌책'이 없다고 누가 장담할 수 있겠는가? 내 인생을 송두리째 뒤엎을 만

한 위대한 헌책을 못 만났을 것이라고 감히 누가 단정할 수 있단 말인가? 그뿐인가? 그 돈이면 마누라 옷도 몇 벌은 사 입힐 수 있을 것이다. 아니다, 마누라 옷은 무슨 옷? 자주 얻어먹던 사람들에게 호기를 부리며 식사 대접을 할 수도 있다. 그뿐인가, 핀란드산 멋진 손도끼도 한 자루 더 구할 수 있을 것이다.

나는 실로 억울하고 분했다.

그리고 2년여 세월 동안 나는 오리골 언저리를 지날 때마다 잊지 않고 욕설을 내뱉었다.

오리골, 내 피 같은 돈 30만 원을 빼앗아 간 놈들이 사는 은행나무 동네.

나는 그 동네에서 나를 이리저리 끌고 다닌 이장 놈을 일단 먼저 욕했다. 그리고 델몬트 팔 때와 다 팔고 난 뒤에 표변한 슈퍼의 털보 자식을 증오했다. 좀 망설이긴 했지만 나와 같은 성씨를 지닌 채 얼마 후에 돌아가실 노인회 회장도 못마땅한 얼굴로 떠올렸다. 이장 놈은 그가 처음 부른 돈 30만 원을 끝까지 양보하지 않아서였고, 털보는 가게 주인에서 졸지에 마을의 증인으로서 자신의 역할을 매우 얄밉게 수행했기 때문에 혐오했다. 노인회 회장은 왜 하필 내 돈을 단오 구경 갈 버스 대절비에 충당했는지, 왜 비용이 적게 드는 다른 데 쓸 생각은 안 했는지를 원망했다.

나는 너무나 성질이 나서 은행나무를 잘 말려 두 해 겨울 동안 열나게 난로 속에 처넣고 화력이 좋거나 말거나 겨울을 즐겼다. 토막 난 은행나무에서 잎이 나고 있는 것은 물에 담갔다가 담벼락 옆에 심기도 했다. 버드나무와 달리 결국 살지 못하고 죽었지만, 나는 30만 원어치 거금을 들인 은행나무에서 최대한 본전을 뽑으려고 기를 썼다. 은행나무로 나는 의자 세 개와 탁자 받침대 두 개를 만들었다. 김을 맬 때, 엉덩이를 걸칠 작은 의자도 두 개나 만들어 그중 한 개는 이웃 앵두 할머니에게 선물했다. 굵은 부위는 도끼질을 할 때 사용할 받침대로도 썼다. 은행나무를 한껏 선용할 때마다 나는 오리골 놈들을 싸잡아 욕했다. 나중에는 누군가를 지속해서 욕한다는 것이 생각보다 나쁜 일이 아니라는 것을 알게 되었다. 변함없이 미워하고 욕할 대상이 이 세상에 있다는 것이 마치 누구도 빼앗아 갈 수 없는 나만의 재산이 있는 것처럼 여겨지기도 했다. 그런 흉측한 생각이 들 때에는 스스로 좀 멋쩍어지긴 했지만, 사실이 그랬음에야 어쩌겠는가.

"대체 무슨 일이오? 남의 집에?"

민들레 길을 지나 내 집 대문 안으로 허락도 없이 트럭을 들이미는 이장에게 내가 거친 목소리로 물었다.

"아이 거 참, 사람 되게 퉁명하긴. 보면 모르오, 내 참나무를 좀 구했다오."

오리골 이장이 말했다.

"참나무는 웬 참나무를?"

"은행나무는 화목으론 안 좋아요. 그때 내 말했잖소. 그래서 내 화력 좋은 참나무를 벌써부터 구하려 했는데, 원 사는 데 쫓겨서 이제야 구했지 뭐요."

이장이 웃으며 말했다. 튀어나온 광대뼈가 웃으니까 더 불룩 튀어나왔다.

세상에 이보다 난감한 일이 어디 있을까? 그토록 오랜 세월 동안 끈질기게 내가 욕을 해대던 오리골 이장 놈이 땔감을 가져오다니. 그것도 내가 늘 간절히 원하던 화력 좋은 참나무로.

나는 참으로 난감했다. 할 말이 없었다. 마치 기습을 당한 사람처럼 형언할 길 없는 겸연쩍음으로 내 얼굴이 벌겋게 달아올랐다. 그러자 이장은 트럭의 뒷문짝을 소리도 요란하게 풀어 내리더니만, "뭐 하쇼? 얼른 나무를 내리지 않고!" 하고 소리쳤다. (2009)

강(江)을 위한 미사

영월에 간 때는 1999년 3월 15일 월요일이었다. 그곳 성당에서 강을 위한 미사를 올린다는 소식 때문이었다. 전국에 흩어져 있는 사제들과 강이 흐르기를 원하는 신앙인들이 모인다고 했다. 나는 가톨릭 신자가 아니지만, 강을 위해 전국 도처에서 신부님들이 한 분 두 분 강이 흐르는 언덕 위에 세워진 성당으로 모이는 상상을 하면서 남몰래 몸을 떨었다. 나도 그 미사에 참석해야겠다고 생각한 것은 시골 성당의 그 미사보다 더 아름답고 장엄한 풍경이 어디 있을 것인가, 하고 생각했기 때문이다. 말하자면, 나는 내 삭막하고 갈팡질팡하는 생을 그 아름다운 미사에 끼워 넣어야겠다고 작정했던 것이다.

지금부터 영월댐 백지화를 위한 미사를 봉헌하겠습니다.
입당성가는 2장 〈주 하느님 크시도다〉입니다.

주 하느님 지으신 모든 세계

내 마음속에 그리어볼 때

하늘의 별 울려 퍼지는 뇌성

주님의 권능 우주에 찼네.

내 영혼 주를 찬양하리니 주 하느님 크시도다.

내 영혼 주를 찬양하리니 크시도다 주 하느님.

저 수풀 속 산길을 홀로 가며

아름다운 새소리 들을 때

산 위에서 웅장한 경치 볼 때

냇가에서 미풍에 접할 때

내 영혼 주를 찬양하리니 주 하느님 크시도다.

내 영혼 주를 찬양하리니 크시도다 주 하느님.

주 하느님 외아들 예수님을

세상을 위해 보내주시어

십자가에 내 죄를 대신하여

못 박히시어 돌아가셨네.

내 영혼 주를 찬양하리니 주 하느님 크시도다.

내 영혼 주를 찬양하리니 크시도다 주 하느님.

주 하느님 세상에 다시 올 때

내 기쁨 말로 다 못하겠네

겸손되이 주님께 경배할 때

그 크신 공덕 내가 알겠네.

내 영혼 주를 찬양하리니 주 하느님 크시도다.

내 영혼 주를 찬양하리니 크시도다 주 하느님.

이때 전국에서 모인 신부님들이 입당했다. 긴 행렬이었다.
전면 제대(祭臺) 좌측 기둥에는 '영월댐 백지화를 위한 기도회'라는 글자가, 우측 기둥에는 '환경 생태계 보전'이라는 글자가 길게 늘어뜨려져 있었다.

성부와 성자와 성령의 이름으로.

아멘.

사랑을 베푸시는 하느님 아버지와 은총을 내리시는 우리 주 예수 그리스도와 일치를 이루시는 성령께서 여러분과 함께.

또한 사제와 함께.

형제자매 여러분 오늘 우리는 우리가 아끼고 사랑하는 이 지역의 귀중한 보물 동강을 흐르게 하기 위한 우리의 염원을 담아서 이 미사를 봉헌합니다. 하느님께서 창조하신 이 거룩한 우리의 선물이요, 우리의 보물이 영원히 흘러서 우리에게 어제 그랬던 것처럼 내일도 기쁨을 줄 수 있는 강이 되도록 기쁘게 마음을 모아 이 미사를 봉헌합시다.

형제 여러분, 구원의 신비를 합당하게 거행하기 위하여 우리 죄를 반성합시다.

(짧은 침묵)

전능하신 하느님과 형제들에게 고백하오니 생각과 말과 행위로 죄를 많이 지었으며 자주 의무를 소홀히 하였나이다.

(가슴을 치며) 제 탓이요, 제 탓이요, 저의 큰 탓이옵니다.
그러므로 간절히 바라오니 평생 동정이신 성모 마리아와 모든 천사와 성인과 형제들은 저를 위하여 하느님께 빌어주소서.

전능하신 하느님, 저희에게 자비를 베푸시어 죄를 용서하시고 영원한 생명으로 이끌어주소서.

아멘.

주님, 자비를 베푸소서.

주님, 자비를 베푸소서.

그리스도님, 자비를 베푸소서.

그리스도님, 자비를 베푸소서.

주님, 자비를 베푸소서.

주님, 자비를 베푸소서.

기도합시다.

주님, 회개와 구속의 사순 시기를 지내는 저희가 인간만의 삶에서 벗어나 당신의 모든 피조물들을 우리의 형제자매로 서로 보살피며 살아가게 하소서. 그리하여 2,000년 대희년이 인간과 당신의 모든 피조물들에게 은총의 해가 되게 하소서. 성부와 성령과 함께 천주로서 영원히 살아 계시며 다스리시는 성자 우리 주 예수그리스도를 통하여 비나이다.

아멘.

오늘 제1독서는 『로마서』 8장 18절에서 25절까지 봉독하겠습니다.

장차 우리에게 나타날 영광에 비추어보면 지금 우리가 겪고 있는 고통은 아무것도 아니라고 생각합니다. 모든 피조물들은 하느님의 자녀가 나타나기를 간절히 기다리고 있습니다. 피조물이 제 구실을 못하게 된 것은 제 본의가 아니라 하느님께서 그렇게 만드신 것입니다. 그러나 거기에는 희망이 있습니다. 곧 피조물들에게도 멸망의 사슬에서 풀려나서 하느님의 자녀들이 누리는 영광스러운 자유에 참여할 날이 올 것입니다. 우리는 모든 피조물이 오늘날까지 다 함께 신음하며 진통을 겪고 있다는 것을 알고 있습니다. 피조물만이 아니라 성령을 하느님의 첫 선물로 받은 우리 자신도 하느님의 자녀가 되는 날과 우리의 몸이 해방될 날을 고대하면서 속으로 신음하고 있습니다. 우리는 이 희망으로 구원을 받았습니다. 눈에 보이는 것을 바라는 것은 희망이 아닙니다. 눈에 보이는 것을 누가 바라겠습니까? 우리는 보이지 않는 것을 바라기에 참고 기다릴 따름입니다.

주님의 말씀입니다.

하느님, 감사합니다.

화답송입니다.
주님께서 저를 구하셨으니, 제가 당신을 높이 기리려 하나이다.

주님께서 저를 구하셨으니, 제가 당신을 높이 기리려 하나이다.

복음환호송입니다.
말씀이신 그리스도님, 찬미받으소서.

말씀이신 그리스도님, 찬미받으소서.

살아남으려거든 선을 찾고 악을 피하여라. 주님께서 너희와 함께 계시리라.

말씀이신 그리스도님, 찬미받으소서.

주님께서 여러분과 함께.

또한 사제와 함께.

요한이 전한 거룩한 복음입니다.
『요한복음』1장 1절에서 5절, 8장 31절에서 38절까지입니다.

한 처음, 천지가 창조되기 전부터 말씀이 계셨다. 말씀은 하느님과 함께 계셨고 하느님과 똑같은 분이셨다. 말씀은 한 처음 천지가 창조되기 전부터 하느님과 함께 계셨다. 모든 것은 말씀을 통하여 생겨났고 이 말씀 없이 생겨난 것은 하나도 없다. 생겨난 모든 것이 그에게서 생명을 얻었으며 그 생명은 사람들의 빛이었다. 그 빛이 어둠 속에서 비치고 있다. 그러나 어둠이 빛을 이겨본 적이 없다.

예수께서는 당신을 믿는 유다인들에게 이렇게 말씀하셨다. "너희가 내 말을 마음에 새기고 산다면 너희는 참으로 나의 제자이다. 그러면 너희는 진리를 알게 될 것이며 진리가 너희를 자유롭게 할 것이다." 그들은 이 말씀을 듣고 "우리는 아브라함의 후손이고, 아무한테도 종살이를 한 적이 없는데 선생님은 우리더러 자유를 얻을 것이라고 하시니 어떻게 된 일입니까?" 하고 따졌다. 예수께서는 이렇게 대답하셨다. "정말 잘 들어두어라. 죄를 짓는 사람은 누구나 다 죄의 노예이다. 노예는 자기가 있는 집에서 끝내 살 수 없지만 아들은 영원히 그 집에서 살 수 있다. 그러므로 아들이 너희에게 자유를 준다면 너희는 참으로 자유로운 사람이 될 것이다. 너희는 아브라함의 후손임이 틀림없다. 그런데도 너희는 나를 죽이려고 한다. 너희에게 내 말을 받아들일 마음이 없기 때문이다. 나는 나의 아버지께서 보여주신 것을 말하고 너희는 너희의 아비가 일러준 대로 하고 있다."

주님의 말씀입니다.

그리스도님, 찬미합니다.

이제 천주교 원주교구 정의평화위원회 위원장님이신 김영진 신부님의 강론 말씀이 있겠습니다.

먼저 오늘 이 바쁘신 사순 시기에 멀리 대구에서 광주에서 전주에서, 또 서울, 대전 등지에서 영월댐 백지화를 위한 미사를 위해 모여주신 여러 사제님들께 고마운 인사를 드립니다. 그동안 영월댐 건설 저지를 위해 애쓰신 각계의 인사들과 이 지역 영월과 평창, 정선, 제천의 형제자매님들께도 고마운 인사를 드립니다.

우리는 오늘 여기 이 자리에 기쁘고 즐겁기보다는 무겁고 힘겨운 마음으로 와 있습니다. 바로 이 지역에, 안정적인 용수 공급과 홍수 피해 방지 및 지역 개발을 위해서 수자원공사와 건설교통부에서 강행하겠다는 영월댐 공사를 반대하기 위하여 왔기 때문입니다. 우리 모두는 여러 차례에 걸쳐서 영월댐 건설의 부당성을 지적해왔고, 영월댐 건설을 백지화시켜줄 것을 호소했습니다만, 건설교통부와 수자원공사는 우리의 의견을 무시한 채 거듭 두 번씩이나 중앙 일간지를 통해서 영월댐 건설을 이룩하겠다는 오만한 발언을 했습니다. 국민의 여론을 적극 수렴해서 통치하겠다고 하는 김대중 대통령 주도의 국민의 정부에서도 우리 모두의 의견과 의지가 적극적으로 반영되고 있지 않아서 우리의 마음을 너무 무겁게 하고 있습니다. 오늘 우리 영월댐 건설 반대를 위해서 여기 이 자리에 오신 형제자매 여러분, 우리가 영월댐을 반대하는 이유는 무엇입니까. 물론 여기에는 여러 가지 이유가 있지만, 가장 중요한 것은 자연환경 생태계 파괴의 문제이고, 둘째로는 안정성의 문제입니다.

첫 번째, 자연환경 생태계 파괴의 문제를 생각해봅시다. 어떤 이들은 환경문제라고 하면, 환경이 밥 먹여주냐, 이렇게 말합니다. 또 환경이 중요하냐, 생존권이 중요하냐? 이렇게 말하기도 합니다. 우리는 여기에 이렇게 답합니다. 환경이 밥을 먹게 해줍니다, 또한 환경도 중요하고 생존권도 중요합니다, 라고 말합니다. 이제 우리는 환경을 죽여서 내가 사는 상극의 시대가 아니라, 서로가 살기 위해서 환경을 살려야 하는 상생의 시대를 살아야 함을 깨달아야 합니다. 환경이 파괴되고 생태계가 파괴되면 먹을거리도 없어집니다. 먹을거리가 없어지는 곳에서는 사람이 살아갈 수가 없습니다. 환경 파괴는 동식물 생태계의 파괴를 가져오고, 동식물 생태계의 파괴는 결국 인간의 생존권 파괴를 가져오게 됩니다. 이 사실을 뒤늦게 깨달은 서구 선진국에서는 지금 파괴된 갯벌을 다시 살리려는 운동이 일어나고 있고, 대형 댐으로 인해 파괴된 환경과 생태계를 살리고자 댐을 폐쇄하거나 댐 공사를 철회하는 사례가 빈번히 일어나고 있습니다. 인근 충주댐 근처에서 과수원을 하던 한 농부가 제게 이렇게 말했습니다. 신부님, 충주댐이 생기면 굉장히 좋을 줄 알았는데, 댐이 생기고 나서는 우리 과수원에 있는 나무에 열매가 달리지를 않습니다. 나무에 열매가 안 달리니 사람도 결국은 이곳을 떠날 수밖에 없지 않습니까, 라고 말했습니다. 우리는 환경이 살 수 있어야 우리가 살 수 있는, 상생의 삶을 깨달읍시다. 자연을 파괴하고 마구잡이식으로 환경을 파괴하면 결국 인간 생명도 파괴됨을 깨달아야 합니다. 환경이야 파괴되건 말건 나만 살면 된다는 발상은 배척되어야 합니다. 왜냐하면 이것은 나도 살고 너도 살자는 생각이 아니라 너도 죽고 나도 죽자는 발상이기 때문입니다. 우리는 오히려 환경을 살려서 너도 살고 나도 살고 우리 후손도 대대로 이곳에서 살도록 만들어야 할 책임이 있습니다. 하느님께서는 세상을 창조하실 때 모든 피조물들이 서로 함께 살도록, 서로 돕고 살도록 창조하셨습니다. 강한 자가 약한 자를 짓밟고 파괴할 때, 그분은 언제나 약한 자 짓밟힌 자 곁에 서 계셨습니다. 그 이유는 약한 자 짓밟힌 자를 돕고, 또는 그 사람들 그 피조물들 편에 서서야 약자도 살고 강자도 살 수 있는 상생의 삶을 살아갈 수 있기 때문입니다. 오늘날 우리 주변에 있는 이 자연환경은 우리 인간 앞에 약자입니다. 인간은 약자인 환경을 마구 짓밟고 파괴하고 있습니다. 하느님을 믿는 우리는 과연 이럴 때 누구의 편에 서야 하겠습니까.

둘째로, 영월댐 건설의 안정성을 생각해보겠습니다. 지난 30여 년간 영월댐이 만들어져야 한다고 하면서도 지금까지 댐 건설이 이루어지지 못한 중요한 이유 중 하나는, 이 지역 대부분이 석회암 지대로서 수많은 동굴과 동공이 있어 붕괴 및 누수 가능성이 다분히 높기 때문입니다. 사실 이쪽은 석회암 지대뿐만 아니라 단층 지대와 지진대가 형성되어 있어서, 최근 97년 12월 13일 진도 4.5도의 지진이 정선군 신동읍 함백산 부근에서 발생해서 건물 유리창이 부서지고 벽돌이 갈라지는 피해가 발생한 적이 있습니다. 이 지진은 그 후 12월 18일까지 2.5에서 2.7도의 여진이 수차례 있었습니다. 최근 5년간 이런 크고 작은 지진이 수차 발생하였기에 영월댐이 건설된다면 우리는 그 안정성을 의심하지 않을 수가 없습니다. 이런 크고 작은 지진이 계속되었는데, 영월댐 건설 후에도 진도 5도 이상의 지진이 일어난다면 영월의 5만 주민의 안전은 대단히 위협받게 된다는 것을 우리는 깨달아야 합니다. 학자들 견해에 따르면, 댐이 건설되면 담수된 물의 중량이 지반침하 등을 가져와서 지반 균열을 심화시켜 지진을 유발하기도 한다고 합니다. 댐이 인간에게 가져다주는 이익으로는 홍수 방지, 전력 공급, 생활 및 산업용수 공급 등이 있으나, 댐이 인간에게 가져다주는 해악으로는 생태계 파괴와 지반침하 등으로 인한 자연환경 파괴 등이 있습니다. 전 세계에서는 12세기부터 10여 년 전까지 2,000여 군데의 댐이 붕괴되었으며, 20세기에만 해도 200여 개의 댐이 무너졌고, 그 결과 8,000여 명이 죽어갔습니다. 1926년 석회암층에 세워진 미국 샌프란시스코 댐이 무너져서 420여 명의 인명을 앗아갔으며, 마찬가지로 1963년 이탈리아 바이온트 댐은 산사태가 나는 바람에 물이 넘쳐 불과 10여 분 사이에 2,600여 명의 인명을 앗아갔습니다. 또한 1976년 미국 티턴 댐은 아이다 호 석회암 지대에 댐을 건설하다가 물이 차면서 둥굴이 무너졌고, 그 바람에 댐이 붕괴돼 4,000여 가구의 수몰민과 20억 달러의 피해를 가져온 적이 있습니다. 최근 한국에서도 96년 여름, 영월댐의 60분의 1밖에 안 되는 연천댐의 붕괴로 한탄강과 연천 일대에 8명의 인명 피해와 270억 원의 재산 피해를 가져오기도 했습니다.

저는 수자원공사와 건설교통부에, 그리고 정부 당국에 분명히 말씀드럽니다. 석회암 지대와 지진대 그리고 단층 지대와 절리 등이 불연속으로 널려 있는 이 지역에 세워지는 영월댐은 자칫 인명을 앗아갈 수 있는 댐이므로, 댐 건설은 범죄행위임을 말씀드립니다. 이 댐은 틀림없이 모래 위에 집을 짓는 사상누각이 되고 말 것입니다. 수자원공사와 건설교통부에서는 영월댐 건설의 당위성으로 물 부족을 들고 있습니다. 그러나 동강에 흐르는 물은 석회암 지대의 물이기 때문에 수질이 강알칼리성으로 식수로는 공급되기 어렵다는 것이 판명되고 있습니다. 또한 댐이 건설되면 오염도가 급속히 높아진다는 발표도 있습니다. 정부는 우리나라 사람의 1일 물 소비량이 프랑스의 211리터, 독일의 196리터에 비하여 높은 408리터라는 통계를 1994년에 내놓았고, 이를 근거로 댐 건설을 추진해오고 있습니다. 그러나 실제로 우리나라 사람의 1인당 1일 물 소비량은 260리터에 지나지 않는다는 한국교원대 정동양 교수의 논문 자료도 있습니다. 실제로는 260리터를 쓰는데 정부에서 408리터라고 주장하는 것은 무엇입니까. 이것은 물이 공급되는 과정에서 물이 그만큼 누수되고 있다는 것 아닙니까. 1996년도 상수도 통계를 보면, 96년 생산된 물 중에서 9억 300만 톤이 낡은 수도관을 통해서 누수되었다고 발표하고 있습니다. 또한 97년 서울시에서 누수된 수돗물의 양만도 6억 4,400만 톤이라고 나와 있습니다. 영월댐으로 담수할 수 있는 물의 양은 6억 9,000만 톤입니다. 영월댐으로 6억 9,000만 톤을 담수할 수 있다고 하는데, 이것은 누수된 수돗물 관리로도 충분히 충당할 수 있는 물의 양이 아니겠습니까. 수자원공사와 건설교통부는 영월댐 건설 목적을 수도권 홍수 피해 방지에 두고 있습니다. 댐이 준공되어서 수도권이 물바다의 위협으로부터 구해질 수 있다면, 왜 그동안 소양강을 비롯한 충주댐과 팔당댐 등등의 대형 댐 건설에도 불구하고 수도권의 홍수 피해가 계속되고 있겠습니까. 이는 상류의 물을 가두어도 중하류에 비가 집중적으로 쏟아지거나 하면 지천이 범람하여 생길 수 있는 홍수이기 때문에, 그리고 지난해의 큰 홍수는 인천 앞바다의 만조에 의해서 생긴 홍수이기 때문에, 상류의 댐을 건설함으로써 수도권의 홍수 피해를 막을 수 있다고 하는 것은 어불성설이 아닐 수 없습니다. 달리 말해서 우리나라 홍수는 천재(天災)라기보다는 대부분 인재(人災)라는 것이 현실입니다. 우리는 지난해 수도권을 강타한 큰 홍수가 지류인 중랑천의 범람에 있었음을 매스컴을 통해서 알고 있습니다. 그런데도 수자원 당국에서는 마치 영월댐을 건설하지 않아서 수도권에 큰 홍수가 난 것처럼 발표하고, 또 그것을 모든 이들에게 설득시키고자 애를 쓰고 있습니다. 수도권에 사는 2,000만 명을 위해서 우리 지역 주민 1,200만 명이 희생할 수 있습니다. 그러나 우리의 희생이 그들에게 아무런 도움이 못 된다는 것을 알면서 어떻게 우리가 희생할 수 있겠습니까. 얼마 전 주병진 쇼에서, 주병진이란 사람 아시죠, 여러분?

예~에, 예예에……. (낮은 웃음)

그 주병진 쇼에서 수자원공사의 한 관계자가 이렇게 말하는 것을 들었습니다. 동강에 있는 아름다운 동굴과 자연 그리고 그곳에 있는 희귀 동식물 이런 것들을 어떻게 할 생각이냐, 이렇게 물었습니다. 그때 수자원공사에서 나온 관계자가 이렇게 말했습니다. 백룡동굴과 같은 것은 다른 곳에 커다란 박물관을 만들어서 그대로 떼어다가 영구히 보존하고, 거기 사는 희귀 동식물은 달리 옮겨주겠다고 말입니다. 이 말을 듣고 그 옆에 계시던 김동길 교수가 껄껄 웃으면서 이렇게 말씀을 하셨습니다. "오늘 이 자리에서 영월댐 건설은 해서는 안 될 것으로 결론이 나고 말았습니다……."

마지막으로 우리가 아픔을 같이해야 할 사람들이 있습니다. 그것은 바로 수몰 지역에 사는 우리의 형제자매들입니다. 저도 얼마 전까지 수몰 지역에 속한 정선 지역에 있었기 때문에 그들의 소리를 들을 수 있었습니다. 그들 중 상당수는 이 댐이 완공되면 수몰 보상비를 받으려는 사람들입니다. 그 사람들 중에는 더 많은 보상을 받기 위해 투기성 과일나무나 작물을 재배하지 않았으면서도, 수몰 지역이라는 이유 하나 때문에 값싼 영농자금 한 푼 못 얻어 쓴 경우도 있습니다.

저는 정부 당국에 호소합니다. 그들에게 보상을 해주십시오. 댐이 건설될 것이라는 이유 때문에 값싼 영농자금 한 푼 못 얻어 쓰는 것은 분명 정부의 잘못입니다. 우리는 이점 또한 예의주시할 것입니다.

형제자매 여러분, 하느님께서 우리에게 귀중한 이 자연을 주신 것은 우리만 보고 우리만 즐기라고 한 것이 아님을 여러분은 알고 있습니다. 자연은 지금 우리들뿐 아니라 우리 후손들까지 그것을 통해서 하느님께서 주신 가장 아름다운 작품과 하느님의 예술성을 느끼고 또 묵상하면서 살라고 우리에게 주신 선물인 것입니다. 우리는 오늘 한 발짝 양보해서 이 댐을 건설하도록 허용할 수도 있습니다. 그리고 우리 시대에는 이 댐이 건설되고 나서 무너지지 않을 수도 있습니다. 그러나 결단코 언젠가는 이 석회암 지대에 세워진 이 댐은, 그리고 지진대가 형성되어 있는 이 댐은 무너질 것입니다. 그때 우리는 우리 후손들에게 무어라고 말할 것입니까.

이 영월댐이 건설되지 않도록 우리 마음을 모아서 끝까지 싸우고 또 크리스천으로서 하느님께 그 도움을 청해야 할 것입니다.

마지막으로 다시 한 번 멀리에서 오신 우리 신부님들 그리고 형제자매님들께 진심으로 감사를 드립니다.

감사합니다.

모두 일어나셔서 신자들의 기도를 바치겠습니다.

하루 속히 영월댐 건설이 백지화되도록 하느님의 도우심을 간절히 바라며 다 함께 마음을 모아 정성을 다하여 기도합시다.

세상의 모든 피조물들을 창조하신 뒤 보시기에 좋더라 하신 하느님, 당신의 피조물들이 원형 그대로 보존될 수 있도록 인간들에게 회개하는 마음을 불어넣어주소서.

주님, 저희의 기도를 들어주소서.

인간에게 당신의 피조물들을 잘 돌보라고 하신 주님, 그동안 인간의 무분별한 자연환경 파괴는 당신께 대한 불충이오니 이 죄를 용서하시고 다시는 그런 일이 없게 하소서.

주님, 저희의 기도를 들어주소서.

주님, 국민의 권익을 위한다는 정부 부처가 이기주의를 버리고 양심적으로 국민에게 봉사하게 하소서.

주님, 저희의 기도를 들어주소서.

당신의 아름다운 동강이 파괴되는 일이 없이 자손만대로 보전되어 그들을 통해 하느님의 영광을 드러내게 하소서.

주님, 저희의 기도를 들어주소서.

주님, 진심으로 뉘우치며 올리는 당신 자녀들의 기도를 들어주소서. 우리 주 그리스도를 통하여 비나이다.

아멘.

모두 앉으시기 바랍니다.

영월댐 건설 저지와 환경 생태계 보전을 위하여 봉헌이 있겠습니다. 영월댐이 건설되지 않도록 여러분의 성의를 다하여 봉헌해주시면 고맙겠습니다. 봉헌성가는 211장 〈주여 나의 몸과 맘〉을 부르겠습니다.

주여, 나의 몸과 맘 모두 드리오니
주여, 나의 몸과 맘 모두 받으소서.
세상 풍파 중에 헤매던 양들

주님의 품 안에 받아주옵소서.
주여, 나의 몸과 맘 모두 드리오니
주여, 나의 몸과 맘 모두 받으소서.
어둠 속에 빛을 그리던 양들
당신의 은총에 감사드립니다.
주여, 나의 몸과 맘 모두 드리오니
주여, 나의 몸과 맘 모두 받으소서.
주님 말씀 따라 이웃을 위해
우리의 한평생 살게 하옵소서.

온누리의 주 하느님, 찬미받으소서. 주님의 너그러운 은혜로 저희가 땅을 일구어 얻은 이 빵을 주님께 바치오니 생명의 양식이 되게 하소서.

하느님, 길이 찬미받으소서.

이 물과 술이 하나 되듯이 인성을 취하신 그리스도의 신성에 저희도 참여하게 하소서. 온누리의 주 하느님, 찬미받으소서. 주님의 너그러우신 은혜로 저희가 포도를 가꾸어 얻은 이 술을 주님께 바치오니 구원의 음료가 되게 하소서.

하느님, 길이 찬미받으소서.

주 하느님, 진심으로 뉘우치는 저희를 굽어보시어 오늘 저희가 바치는 이 제사를 너그러이 받아들이소서.

주님, 제 허물을 말끔히 씻어주시고 제 잘못을 깨끗이 없애주소서.

형제 여러분, 우리가 바치는 이 제사를 전능하신 하느님 아버지께서 기꺼이 받아주시도록 기도합시다.

사제의 손으로 바치는 이 제사가 주님의 이름에는 찬미와 영광이 되고 저희와 온 교회에는 도움이 되게 하소서.

아멘.

주님께서 여러분과 함께.

또한 사제와 함께.

마음을 드높이.

주님께 올립니다.

마땅하고 옳은 일입니다.

거룩하신 아버지, 전능하시고 영원하신 주 하느님. 언제나 어디서나

아버지께 감사함이 참으로 마땅하고 옳은 일이며, 저희 도리요 구원의 길이옵니다. 주님께서는 저희가 이기심을 버리고 가난한 형제들과 양식을 나누는 절제의 생활로 자비하신 주님을 본받고 감사하게 하셨나이다. 그러므로 저희도 모든 천사와 함께 주님을 찬미하며 기쁨에 넘쳐 큰 소리로 노래하나이다.

거룩하시도다! 거룩하시도다! 거룩하시도다! 온누리의 주 하느님! 하늘과 땅에 가득 찬 그 영광! 높은 데서 호산나! 주님의 이름으로 오시는 분, 찬미받으소서, 높은 데서 호산나!

거룩하신 아버지 몸소 창조하신 만물이 아버지를 찬미하나이다. 아버지께서는 성자 우리 주 예수 그리스도를 통하여 성령의 힘으로 만물을 살리시고 거룩하게 하시며 아버지의 백성을 끊임없이 모으시어 해돋이에서 해넘이까지 깨끗한 제물을 드리게 하시나이다. 아버지 간절히 청하오니 아버지께 봉헌하는 이 예물을 성령으로 거룩하게 하시어 성자 우리 주 예수 그리스도의 몸과 피가 되게 하소서. 저희는 그리스도의 명을 받들어 이 신비를 거행하나이다. 예수께서는 잡히시던 날 밤에 빵을 들고 감사를 드리며 축복하시고 쪼개어 제자들에게 주시며 말씀하셨나이다.

너희는 모두 이것을 받아먹어라.
이는 너희를 위하여 내어줄 내 몸이다.

저녁을 잡수시고 같은 모양으로 잔을 들고 감사를 드리며 축복하신 다음 제자들에게 주시며 말씀하셨나이다.

너희는 모두 이것을 받아 마셔라. 이는 새롭고 영원한 계약을 맺는 내 피의 잔이니 죄를 사하여 주려고 너희와 모든 이를 위하여 흘릴 피다. 너희는 나를 기억하여 이를 행하여라.

신앙의 신비여!

주님께서 오실 때까지 주님의 죽음을 전하며 부활을 선포하나이다.

아버지, 저희를 구원해주신 성자의 수난과 영광스러운 부활과 승천을 기념하고 성자의 재림을 기다리며 감사하는 마음으로 거룩하고 살아 있는 이 제물을 아버님께 봉헌하나이다. 주님, 교회가 바치는 이 제사를 굽어보소서. 이는 주님 뜻에 맞갖은 희생 제물이오니 너그러이 받아들이시어 성자의 몸과 피를 받아 모시는 저희가 성령으로 충만하여 그리스도 안에서 한마음 한 몸이 되게 하소서.

그리스도 몸소 저희를 영원한 제물로 완성하시어 아버지께서 뽑으신 이들, 특히 하느님의 어머니 복되신 동정 마리아와 복된 사도들과 영광스러운 순교자들과 그 밖의 모든 성인과 함께 상속을 받게 하여주소서. 저희는 성인들의 전구로 언제나 도움을 받으리라 믿나이다. 주님, 이 화해의 제물이 온 세상의 평화와 구원에 이바지하게 하소서. 지상의 나그네인 교회를 돌보시어 주님의 일꾼 교황 요한 바오로와 저희 주교 니콜라오와 모든 주교와 성직자와 주님께서 구원하신 온 백성과 함께 믿음과 사랑으로 굳건하게 하소서. 주님 앞에 모이게 하신 이 가족의 기원도 너그러이 받아들이소서. 인자하신 아버지 사방에 흩어진 모든 자녀를 자비로이 모아들이소서.

　세상을 떠난 교우들과 주님의 뜻대로 살다가 떠난 이들을 모두 주님의 나라에 너그러이 받아들이시며 저희도 거기서 주님의 영광을 영원히 함께 누리게 하소서.

　아버지께서는 우리 주 그리스도를 통하여 세상에 온갖 좋은 것을 다 베풀어주시나이다.

　그리스도를 통하여
　그리스도를 함께
　그리스도 안에서
　성령으로 하나 되어
　전능하신 천주 성부
　모든 영예와 영광을 영원히 받으소서.

　아멘.

　하느님의 자녀 되어, 구세주의 분부대로 삼가 아뢰오니.

　하늘에 계신 우리 아버지, 아버지의 이름이 거룩히 빛나시며, 그 나라가 임하시며, 아버지의 뜻이 하늘에서와 같이 땅에서도 이루어지소서.

오늘 우리에게 일용할 양식을 주시고, 우리에게 잘못한 이를 우리가 용서하듯이 우리 죄를 용서하시고, 우리를 유혹에 빠지지 말게 하시고, 악에서 구하소서.

주님, 저희를 모든 악에서 구하시고 한평생 평화롭게 하소서. 주님의 자비로 저희를 언제나 죄에서 구원하시고 모든 시련에서 보호하시어 복된 희망을 품고 구세주 예수 그리스도의 재림을 기다리게 하소서.

주님께 나라의 권능과 영광이 영원히 있나이다.

주 예수 그리스도님, 일찍이 사도들에게 말씀하시기를 "너희에게 평화를 두고 가며 내 평화를 주노라" 하였으니 저희 죄를 헤아리지 마시고 교회의 믿음을 보시어 주님의 뜻대로 교회를 평화롭게 하시고 하나 되게 하소서. 주님께서는 영원히 살아계시며 다스리시나이다.

아멘.

주님의 평화가 항상 여러분과 함께.

또한 사제와 함께.

평화의 인사를 나누십시오.

(서로 바라보며) 평화를 빕니다.

여기 하나 되는 주 예수 그리스도의 몸과 피가 이를 받아 모시는 저희에게 영원한 생명이 되게 하소서.

하느님의 어린 양, 세상의 죄를 없애시는 주님, 자비를 베푸소서.
하느님의 어린 양, 세상의 죄를 없애시는 주님, 자비를 베푸소서.
하느님의 어린 양, 세상의 죄를 없애시는 주님, 평화를 주소서.

주 예수 그리스도님, 주님의 몸과 피를 받아 모심이 제게 심판과 책벌이 되지 않게 하시고 제 영혼과 육신을 자비로이 낫게 하시며 지켜주소서.

하느님의 어린 양, 세상의 죄를 없애시는 분이시니 이 성찬에 초대받은 이는 복되도다.

주님, 제 안에 주님을 모시기에 합당치 않사오나 한 말씀만 하소서, 제가 곧 나으리이다.
그리스도의 몸은 저를 지켜주시어 영원한 생명에 이르게 하소서.
그리스도의 피는 저를 지켜주시어 영원한 생명에 이르게 하소서.

영성체송.
나의 기운을 너희 속에 넣어주리니, 그리하면 내가 세워준 규정을 따라 살며, 나에게서 받은 법도를 실천할 수 있으리라.

성체성가 174장 〈사랑의 신비〉입니다.

사랑의 신비여 천사가 찬미하며
하늘과 땅이 다 함께 영원히 찬미하도다.
복되어라 주님의 잔치
생명의 빵을 주시나니
은혜로운 당신의 사랑
신비스런 복된 성사여
주님의 광채가 눈먼 인간을 비추며
주님을 느끼나이다, 힘이 된 음식이로다.
복되어라 주님의 잔치
생명의 빵을 주시나니
은혜로운 당신의 사랑
신비스런 복된 성사여
생명의 음식이며 천사의 양식이라
풍성한 주의 은총 무엇에 비기리오.
복되어라 주님의 잔치
생명의 빵을 주시나니
은혜로운 당신의 사랑
신비스런 복된 성사여.

주님, 저희가 모신 성체를 깨끗한 마음으로 받들게 하시고 현세의 이
선물이 영원한 생명의 약이 되게 하소서.

기도합시다.

아멘.

이번에는 영월댐 백지화 투쟁위원회의 정규화 수석부위원장의 말씀을 듣겠습니다. 본래는 백투위의 정동수 위원장의 말씀을 듣고자 했으나 사정이 있어서 정규화 씨의 이야기를 듣겠습니다.

안녕하십니까?

본래 전 기독교인이나 이렇게 성당에 서게 되니 느껴지는 감회가 여간 새롭고 특별하지 않습니다. 저는 영월댐 백지화 3개군 투쟁위원회의 수석부위원장 일을 맡고 있는 정규화입니다. 우선 영월댐 건설 계획의 백지화를 위해 많은 기도와 노력을 해주시는 천주교계에 깊은 감사를 드립니다.

저희가 영월댐 건설 백지화 운동을 하는 것은 창조주께서 주신 아름다운 비경을 파괴하려는 사람들과의 싸움이고 또 생명 존중을 가장 중요시하는 기독교 정신에 맞춰 안정성마저도 전혀 보장되지 않은 곳에 7억 톤이라는 어마어마한 물을 담는 구조물을 설치하려는 데 대한 우리 자신의 생명 보호 운동인 것입니다.

자연환경적인 부분은 사실 전문적인 지식도 많지 않아 저희와 연계된 많은 환경 단체들과 역할을 나누었고, 현지에 실제 살고 있는 우리들은 댐의 안전성에 중점을 두고 그동안 투쟁을 해왔습니다.

여러 신문과 방송 등을 통해 여러분도 잘 알고 계시겠지만, 만약 댐이 건설된다면 물을 담고 있는 담수 지역 내의 지반이 너무나 약해 붕괴의 위험이 높습니다. 우물 공사를 하기 위해 10여 미터를 파 내려가면 땅속은 허공인 곳이 무척 많습니다. 실제 상수도가 보급되기 전 우물 공사를 하다가 갑자기 허공을 만나 떨어져 목숨을 잃은 사람도 있습니다.

그런 약한 지반 위에 100미터 높이의 7억 톤이나 되는 물이 담겨져 있으면 어떻게 되겠습니까? 더군다나 이곳은 무척 강한 지진이 자주 일어나는 곳입니다. 본 댐 건설 예정지에서 직선거리 200미터에 단층이 지나가고 있는데, 이 단층이 비활성 단층이라는 증거가 없습니다. 한겨울 영하 20도까지 기온이 내려가도 그 지역이 얼지 않는 것은 두 지각의 마찰열 때문이라 추측하기 때문에 이곳은 아마도 활성 단층일 가능성이 높습니다.

영구 미공개 동굴로 지정된 백룡동굴도 지진과 단층 작용으로 몇 군데 무너진 곳이 생겼습니다.

저희는 얼마 전 경기도 연천이라는 곳에 다녀왔습니다. 96년 연천댐이 붕괴된 적이 있어서입니다. 규모가 영월댐 계획의 60분의 1 정도밖에 안 돼도 그 피해는 우리가 겪은 72년, 90년 대홍수 피해 정도였습니다. 더구나 그곳은 현무암이라는 딱딱한 지반을 가진 지역입니다. 쉽게 말하면, 맷돌 만드는 그런 단단한 지질을 가지고 있는 지역이었습니다.

이렇듯 여러 가지 이유로 영월댐 건설 계획은 전면 백지화되어야 되고, 동강은 길이 후손들에게 물려주어야 할 유산이라 생각됩니다. 천주교의 동강 살리기 운동은 동강을 보존하고 싶은 우리 영월댐 백지화 투쟁위원회뿐 아니라 자연을 사랑하는 많은 사람들에게 정말 커다란 힘이 되고 있습니다.

앞으로도 천주교의 많은 지원과 성원을 간곡히 청하면서 이만 저의 인사를 줄이겠습니다. 대단히 감사합니다.

다음은 K대에 계시는 ○○○ 교수님의 인사 말씀이 있겠습니다.

이 특별한 미사에 참석하게 되어 영광입니다. 제가 드릴 말씀은 무엇보다도 천주교 원주교구 정의평화위원회가 한국 민주화의 긴 노정에서 차지하고 있는 위치에 대해서입니다.

저 캄캄했던 독재 시절, 한국 민주화의 견인차 역할을 자임했던 원주교구 정의평화위원회가 우리 역사에서 한 역할에 대해서는 여기서 두말할 필요가 없을 것입니다. 이 기회를 빌려 다시금 경의를 표합니다. 이러한 분들께서 동강댐 건설의 문제점을 깊이 고민하고, 이렇게 오늘 입장을 표명하시기에 이르렀으므로 본인은 동강댐 건설 계획이 백지화되리라 굳게 믿습니다. 동강은 영원히 흐르리라 믿어 의심치 않습니다. 다시금 감사를 드리며 인사말에 대신합니다. 감사합니다.

대구대교구 정홍규 신부님의 영월댐 백지화를 위한 공동 성명서 발표가 있겠습니다.

창조 질서 파괴하는 영월댐 건설을 반대한다.
─생명이 있는 것들을 수장시키지 말라!
2,000년 대희년을 준비하는 교회는 그동안 개발이라는 미명하에 정당화되어온 자연환경 파괴에 대한 반성과 회개로써 하느님의 모든 피조물들도 대희년을 맞아 새로운 천 년기를 인간과 더불어 자유롭게 살아

갈 수 있도록 준비하고자 합니다.

그 준비에 대한 일환으로 우리는 지난 1998년 12월 11일 영월댐의 부당성에 대한 견해를 밝히고 전국적인 서명 운동을 전개하였습니다. 그동안 진행되어온 전국의 150여 개 본당의 10만여 명에 이르는 서명은 온 국민이 반대하고 있음을 보여주는 표시입니다. 이에 힘입어 우리는 자연 생태계와 인간의 생명을 위협하는 위험천만한 영월댐 건설 계획의 백지화를 다음과 같이 거듭 촉구합니다.

1. 특정 계층의 이익을 위해 생명이 있는 자연환경을 수장시키는 것은 하느님의 창조 질서에 어긋나는 일입니다. 우리는 하느님의 창조물인 자연환경이 특정 계층의 이익을 위해 파괴되는 것을 강력히 반대합니다. 건설교통부와 한국수자원공사는 시대착오적인 댐 건설 계획을 즉각 중단하고 환경 생태계를 보존하는 일에 힘써줄 것을 촉구합니다.

1. 건설교통부와 한국수자원공사는 환경부에 의해 수차례 보완 요청을 받은 바 있는 엉터리 환경영향평가서로 재보완 환경영향평가를 진행 중인 과정에서, 또한 한국수자원공사 산하 연구소의 한 연구원이 누수 가능성을 경고하는 양심선언을 한 바 있음에도 불구하고 수차례 영월댐 건설 강행이라는 발표로 언론을 호도하고 있습니다. 건설교통부와 한국수자원공사는 사리에 맞지 않은 언론 플레이를 즉각 중지하고 양심에 의한 환경영향평가에 최선을 다해야 할 것입니다.

1. 자본의 힘으로 지역공동체를 파괴하는 영월댐 건설 추진상의 문제점에 대한 철저한 조사를 촉구합니다. 지금 영월 지역은 지역공동체 파괴라는 심각한 모습을 보이고 있습니다. 정부는 수몰 예정지라고 고시되어 그동안 아무런 혜택도 받지 못하고 일방적으로 피해를 본 선량한

피해 지역 주민들에게 그에 해당하는 보상을 해주어야 하며, 댐 건설 정보를 사전에 파악하여 투기한 투기꾼들을 가려내어 엄중히 처벌하여 다시는 이와 같은 일이 발생하지 않도록 해야 할 것입니다.

1. 영월댐 건설 전면 재검토 논의를 진심으로 환영합니다. 얼마 전 저희는 방송과 일간지의 보도를 통하여 김대중 대통령이 국민의 반대 여론과 동강의 보존 가치를 이유로 영월댐 계획을 처음부터 전면 재검토하라는 지시를 내렸다는 소식을 들었습니다. 97년 대선 당시 강원도에서 선거 공약으로 영월댐 반대 의사를 표명한 김대중 대통령은 그리스도인의 양심으로 국민의 여론을 귀담아듣고, 국민의 권익을 위해 봉사하는 대통령의 직분으로 선거 전 약속을 충실히 지켜주실 것을 믿으며, 하루 빨리 공식적인 입장 발표와 더불어 백지화의 결단을 내려주시기를 촉구합니다.

1. 저희 전국환경사제모임과 천주교 원주교구 정의평화위원회는 전국의 천주교 단체들과 신자들에게 영월댐의 부당성을 홍보하고 함께 연대하여 영월댐이 백지화되는 그날까지 지속적으로 영월댐 반대 운동을 전개할 것입니다.

1999년 3월 15일

주님께서 여러분과 함께.

또한 사제와 함께.

전능하신 천주, 성부와 성자와 성령께서는 이 자리에 모인 모든 사람에게 강복하소서.

아멘.

주님과 함께 가서 복음을 전합시다.

하느님 감사합니다.

마침성가는 70장 〈평화를 구하는 기도〉입니다.

평화의 주여 하찮은 나지만
당신의 도구로 써주소서.
미움이 있는 곳에 사랑을 베풀고
다툼이 있는 곳에 용서를 청하며
분열이 있는 곳에 일치를 이루고
의혹이 있는 곳에 신앙을 심으며
그릇됨이 있는 곳에 진리를 찾고
절망이 있는 곳에 희망을 구하며
어둠이 있는 곳에 빛을 비추고
슬픔이 있는 곳에 기쁨을 전하며
평화의 주여 하찮은 나지만
당신의 도구로 써주소서.

미사를 마친 형제자매 여러분, 이제 시내를 향한 침묵 행진이 있겠습
니다. 오늘 미사에 참석하신 교우 여러분께서는 한 분도 빠짐없이 야간

침묵 행진에 참석해주시기 바랍니다. 다시 한 번 말씀드립니다……

신부님의 강복(降福)이 끝나고도 풍금 소리가 은은히 울리는 가운데 한참을 더 기도하던 사람들이 마침내 조용히 성당 밖으로 나왔다. 그 어느 때와도 달랐던, 특별한 제사를 방금 올린 그들이 조금은 상기된 얼굴로 5월의 맑고 푸른 밤공기 속으로 나왔을 때, 예배당 바깥 마리아상 앞뜰에는 미사에 참석한 신도들의 수만큼의 초가 준비되어 있었다. 이윽고 미사에 참석한 사람들 모두에게 초 한 자루씩이 건네졌다. 사람들은 어깨를 조금 구부리고 초에 불을 붙였다. 먼저 불을 붙인 사람들은 나중에 초를 받은 사람들의 그것에 불을 붙여주었다. 이윽고 촛불 한 자루씩을 들게 된 사람들은 누가 시키지도 않았건만 조용히 열을 지었다. 전국에서 하나둘씩 모인 하얀 사제복을 입은 신부님들 중 어떤 이들은 '천주교 원주교구 정의평화위원회'에서 만든 '창조 질서 파괴하는 영월댐 건설 반대한다!'라고 적힌 플래카드를 들고 있었고, 다른 신부님들은 '영월댐 백지화 영월·정선·평창 3개군 투쟁위원회'에서 만든 대형 걸개 사진의 귀퉁이 한 자락을 잡고 있었다. 사진 속에는 웅장한 병대(屛臺)와 눈부신 장광(長廣)을 거느리고 구불구불 하얗게 흐르는 동강이 담겨 있었고, 사진 위쪽에는 '동강은 흘러야 한다'라는 글자가 새겨져 있었다. 희디흰 사제복 위에 금빛 십자가 수가 놓인 보라색 띠를 두른 신부님들이 앞장을 서고, 미사에 참석한 사람들이 그 뒤를 조용히 따랐다. 언덕 위 성당에서부터 시작된 촛불 행렬은 어둠에 잠긴 영월 시가지를 향해 강처럼 구불구불, 천천히 흘러내려가기 시작했다. (1999)

바퀴 저쪽에

강변북로에서 동서울 쪽으로 질주하다가 잠실대교를 타기 위해서 꼭 밟아야 하는 허공에 뜬 길을 나중에야 알았지만, 사람들은 '날개'라고 했다.

진우가 어둠 속 다리 북단 끄트머리 인도에 서 있는 노파를 차창 밖으로 힐끗 보게 되었을 때, 차는 이미 시속 40킬로미터 이상의 속력으로 날개를 휘감아 돈 뒤 다리 입새로 진입한 뒤였다. 그러나 마음의 시간과 세상이 그렇게 하기로 받아들인 객관적인 시간의 길이는 서로 달라도 한참 달라서, 실제 진우가 노파를 목격한 때가 어쩌면 그보다 먼저였을 수도 있다. 날개 끄트머리에서 노파를 보았지만 차는 흐르던 속력으로 마냥 흘러서 다리 북단의 차선으로 이미 들어서고 있었다. 그러니까 참으로 명징한 정신으로 말해서, 그때는 진우가 노파를 발견한 순간이라기보다는 노파가 처한 상황을 이해하게 된 순간이라고 말해야 옳다.

노파가 처한 상황을 단번에 이해하게 된 진우는 브레이크를 지그시 밟으면서 차의 속력을 줄였다. 급브레이크를 밟을 수 없었던 것은 초보를 뗀 정상적인 운전자라면 누구나 그러하듯이 진우 또한 뒤쪽의 상황을 잘 느꼈기 때문이다. 뒤차가 자신의 차를 받아버리지 않을 정도로 조심스럽게 브레이크를 밟으면서 백미러를 통해 뒤쪽의 상황과 사이드미러를 통해 오른쪽 차선의 상황을 급히 살핀 일은 예고된 동작이라기보다는 거의 반사적인 것이었다.

오른쪽 차선은 진우의 뒤를 이어서 날개를 벗어나 다리로 진입한 차들로 길게 차 있었고, 당연한 일이지만 진우의 뒤쪽에도 차간거리 따위는 운전면허 시험 볼 때나 유념할 일이지 보통 시내 주행 때는 미련한 짓이라는 것을 잘 실천하고 있는 듯한, 그렇게 차간거리를 묵살하는 운전 버릇을 당연하게 여기고 있음이 틀림없을 차량들이 라이트를 밝히고 앞차를 바짝 뒤쫓고 있었다. 도저히 오른쪽 차선으로 들어갈 수도 속력을 더 줄일 수도 없게 된 진우는 뒤에서 클랙슨 소리를 내기 전에 한 번 더 노파가 서 있는 쪽을 보기 위해 고개를 돌렸다. 흰 옷을 입은 노파는 저만치 어둠 속에서 보자기처럼 허옇게 펄럭였다. 노파를 더 자세히 볼 수 없었던 것은, 아니나 다를까 앞차가 수상쩍은 이유로 꾸물거리자 뒤에서 요란하게 클랙슨을 울려댔기 때문만은 아니다. 저 멀리 그 형태가 점점 작아지면서 펄럭이는 흰 보자기를 차마 더 이상 힐끔힐끔 뒤돌아보기가 고통스러웠다고 해야 옳을 일이었다.

노파의 표정은, 진우가 그 상황을 이해한 순간 더 잘 느낄 수 있었지만, 추위에 떠는 작은 들짐승을 떠올리게 했다. 당황과 공포는 노파의 얼굴뿐 아니라 강바람에 펄럭이는 치맛자락에도 골고루 스며 있어서 그 모습이 거의 처참하기까지 했다. 잠실대교 남단의 왼쪽 인도를 밟아서 다리를 다 건너온 노파는 날개를 타고 다리로 진입하는, 영원히 계속될 것 같은 차량의 살인적인 눈부심과 귀청이 떨어질 것처럼 시끄러운 긴 띠와 갑자기 끊어진 길에서 맞닥뜨린 공포 때문에 안절부절 못했다. 처음에 진우는 '앗, 웬 할머니가……' 하고 놀랐고, 곧이어 노파가 처한 끔찍스러운 상황을 깊이 이해하게 되었다. 하지만 아주 짧은 순간 눈모서리로 힐끔 본 뒤, 다시 고개를 돌리자 누구의 의지로 흐르는지 모를 차는 이미 노파로부터 너무 멀리 떨어져버리고 말았다. 그렇게 밀릴 수밖에 없었으므로 행색을 자세히 살필 수는 없었지만, 노파는 어디 평창군 미탄면께의 7일장에 육백마지기 오지에서 더덕이나 산나물을 캐서 팔러 나온 것마냥 낡고 때 묻은 흰 치마에 위에는 뜨개질을 한 것 같은 낡은 윗도리를 걸치고 있었다. 절망이라는 말은 참으로 조심스럽게 사용해야 할 말이지만, 그때 노파가 처한 상황과 얼굴, 몸짓을 설명할 말을 달리 찾을 길이 없었다.

작은 키는 아니었던 것으로 느껴지는 노파는 길이 끊어진 것을 알고는 마냥 서 있지만은 않았다. 노파는 잠시 전에 자신이 그리 차지는 않지만 유쾌하다고 느낄 수는 없는 대교의 밤바람을 헤치고 건너온 아득한 다리 남단을 절망적인 눈으로 잠시 바라보다가 이내 고개를 돌려 다른 곳에서 물밀 듯이 들이닥치는 요란스럽고 만만찮은 속력의 차량에 의해 인도가 끊겨버린 현실을 다시금 직시하고 있었다. 진우가 노파를 보았을 때, 또는 노파의 상황을 깊이 이해하게 되었을 때, 노파는 막 자신이 건너온 너무 먼 길과 건널 수 없는 캄캄한 길을 번갈아 살피고 있는 중이었다. 노파의 몸은 흔들렸다. 어둠 속에서 갑자기 숨이 막힐 듯한 절망적인 상황에 처해버린 노파를 뒤흔든 것은 한강의 만만찮은 밤바람이 아니라 절망적인 현실이었다. 허리가 조금 구부러진 남루한 늙은 촌부의 행색을 한 노파는 그때 그렇게 거기 다리 끝, 이상한 늪에 빠져 대책 없이 밤 강바람에 허연 머리카락을 날리고 있었던 것이다.

"아아, 이럴 수가……."

진우는 자신도 모르게 소리 내서 혼잣말을 했다. 그날따라 진우는 날개를 벗어나 3차선을 타지 않고 곧바로 2차선으로 들어갔다. 날개를 타지 않고 직진해오는 차량과 진우 차 사이에 마침 약간의 틈이 있었기에 얼른 2차선으로 파고든 것이었다. 설사 그랬다손 치더라도 비상등을 켜고 급브레이크를 밟은 뒤 3차선을 파고들어 차를 세우고 노파를 자신의 차에 태웠어야 옳지 않았을까, 그런 생각이 고개를 쳐든 때는 그러나 진우가 다리를 다 건넌 뒤 좌회전 신호에 걸려 서행하기 시작했을 때였다. 노파를 태우고 다리를 건넌 뒤, 유턴을 해서 다시 다리를 건너 노파가 가려던 곳으로 태워주면 될 일이었다. 과연 누가 그런 공자님 맹자님 같은 일을 할 수 있을까, 하고 생각할 수도 있는 일이었지만 굳이 그렇게 해야 직성이 풀릴 사람이라면 못할 일도 아니었다. 그렇지만 진우는 뒤차에 밀리고 있다는 이유 때문에 그냥 밀리고 난 뒤에야 후회하는 유형의 사람일 따름이었다. 저 멀리로는 교통량 폭주로 유명한 잠실 롯데백화점 앞 네거리의 폭발할 것처럼 빼곡한 차량과 그 차량이 내뿜는 휘황찬란한 빛들의 난무와 백화점을 백화점이게 하는 현란하고 거대하게 살아 움직이는 네온이 보였다. 감동이라고는 털끝만치도 느낄 수 없는 매연으로 둘러싸인 과잉된 빛 더미가 그 네거리의 삐까번쩍한 밤시간 풍경이었다.

성내역 아래 네거리 지나 만날 수 있는 육교 근처의 아파트에 살고 있는 진우는 롯데백화점 네거리 못 미처 다리를 건너자마자 만나는 신호등에서 늘 좌회전을 하곤 했다. 직진해서 롯데백화점 네거리에서 좌회전을 한 뒤 교통회관을 감고 다시 좌회전을 해서 성내역 근처 미성아파트에서 우회전을 해도 되지만, 그 길은 여러 번 신호를 받을 뿐 아니라 거리상으로도 그렇게 쓸데없이 돌 필요가 없는 길이었다.

좌회전 신호를 받은 뒤 진우는 노파 때문에 착잡한 자괴감에 빠져서 지금이라도 적당한 곳에서 유턴을 해서 다리를 건너가볼까, 하는 생각에 잠시 사로잡혔다. 그러나 그렇게 다시 잠실대교를 탄다고 해도 노파가 서 있는 곳은 건너편 차선의 끄트머리인지라 가장 가까운 어느 곳에도 차를 세울 데가 없지 않은가. 그럼 어쩔 수 없이 자양동 네거리까지 직진했다가 유턴을 해서 다시 다리에 진입해 날개에서 들어오는 차들을 비집고 오른쪽 차선으로 붙어서 노파를 태우는 방법밖에 없다. 노파를 태운 뒤에는 어쩐다? 다리를 건너 롯데백화점 쪽으로 달려온 뒤, 적당한 곳에서 다시 유턴해서 기왕에 노파를 차에 태운 김에 애당초 다리를 건너가려고 했던 곳까지 모셔드리는 일이 남게 될 것이다. 그리 좋은 머리는 아니지만 만약에 일을 벌인다면 순서는 그렇게 돌아간다는 것을 진우는 어렵잖게 짚어낼 수 있었다. 다소 번거로운 일이지만 굳이 감행하려고만 든다면 불가능한 일도 아니었다. 그러나 그렇게 다리를 여러 번 왔다 갔다 하는 데 걸리는 시간도 시간이지만, 밤 9시가 조금 안 된 그 시각 그곳의 교통량이라는 게 그런 개인적이고도 은밀한 농경사회적인 인정주의에 기초한 엉뚱한 짓이 별 탈 없이 너끈히 완성되게 보장해줄 리는 만무했다. 그가 다시 다리를 건너갔다가 유턴해서 목적지에 이르렀을 때 노파가 그 자리에 그때까지 안절부절 못하고 서 있을지도 의문이었다.

진우는 급히 담배를 꺼내 불을 붙였다. 담뱃불을 붙이면서 아까 다리를 건너자마자 좌회전 신호를 기다리며 피워 물었던 담배를 방금 꺼버린 직후라는 사실을 알게 되었다.

어떡한다? 담배 맛도 못 느끼면서 신경질적으로 담배 연기를 들이마셨다가 내뿜으며 진우는 참으로 난감했다. 성내역 언저리의 신호등은 다행히 파란불인 데다가 전철역 쪽으로 좌회전하는 차가 없어서 그냥 흐를 수가 있었다. 그 순간 머릿속에는 육교 못 미쳐 네거리에서 좌회전을 하면 시영아파트 단지 한가운데 파출소가 있다는 사실이 번개처럼 떠올랐다. 거기 파출소가 있다는 사실과 그 사실을 마침 제때에 떠올렸다는 사실이 여간 기분 좋지 않았다.

그렇다. 그들이라면 직접 현장에 가든가 그 언저리 패트롤카에 무전으로 알릴 수 있겠지. 파출소는 단지의 상가 진입로에 위치해 있으므로 차는 파출소 건너편에 세우게 되어 있었다. 다른 때 같으면 가까운 곳의 볼일이라 하더라고 시동을 끄고 차문을 잠글 진우였지만, 건너편 파출소에 신고를 하러 들어가는 길에 그런 소심한 짓을 할 이유가 없었다. 기어를 파킹 상태로 올린 뒤 사이드브레이크를 다른 때와는 다르게 소리 나게 힘껏 잡아당긴 진우는 키를 꽂아놓은 상태로 서둘러 차문을 닫고 길을 건넜다. 길을 건널 때 얼마나 경쾌한 몸짓으로 서둘렀는지 좌우로 오가는 차량의 상태도 자세히 살피지 않을 정도였다. 신고를 하기 위해 파출소로 들어갈 때의 심정은 마치 소년처럼 설레었던 것이다.

"저, 요 아래 진주아파트에 사는 사람인데요. 퇴근을 하는 길인데, 저

어기 잠실대교 북단 왼쪽에 웬 할머니가 지금 갇혀 있더라고요. 그래서……."

파출소는 변두리의 신용금고처럼 내부와 외부가 부분적으로 차단되어 있었으며, 내부에는 의경으로 보이는 젊은이들 몇이 누군가에게 지시를 받고 있었다. 입구의 오른쪽 소파에는 제복을 입은 경찰 둘이 탁자에 서류 뭉치를 올려놓고 이야기를 나누다가 급하게 문을 열고 들어오는 진우를 물끄러미 올려다보았다. 진우는 누구에게 말해야 할지 잠시 망설이다가, 말을 마칠 즈음에는 소파에 앉아 있는 경찰에게 말을 건네고 있는 자신을 느낄 수 있었다. 소파에 앉아 있는 패들이 그래도 진짜 경찰 같아 보였기 때문이다. '대교 북단', 어쩌고 표현한 것은 다분히 교통방송의 영향이라면 영향이었다.

"할머니가 뭐 어떻게 되었다고?"

입구에서 볼 때 오른쪽에 앉아 있는 경찰이 진우에게 물었다. 반말이었다. 언제나 그렇지만, 처음 보는 사람이 자신에게 반말을 하는 일은 정말 기분 나쁜 노릇이었다. 그러나 진우는 상황을 전달해야 할 입장이었기 때문에 일단은 참기로 했다.

"아마 할머니가 다리를 걸어서 건너고 있었던 모양이에요. 근데 저쪽 강변북로에서 들어오는 차들 때문에 길이 끊어진 거죠. 거기 상황이 어떻게 그 지경인지 모르겠어요. 암튼 조금 전의 상황이 그랬거든요. 그래서 가능하면 할머니를……."

"그러니까 할머니가 이쪽에서 보면 왼쪽 끄트머리 날개가 끝나는 지점에 서 있다, 그 말이죠?"

입구에서 볼 때 왼쪽에 앉아 있는 경찰은 다행히 진우에게 반말을 하지 않았다. 강변북로에서 다리로 들어오는 교각도로를 사람들이 '날개'라고 부른다는 것을 진우는 그때 처음 알았다. 다행히 왼쪽의 갸름하게 생긴 경찰은 진우를 제 나이로 대해줬기 때문에 오른쪽 친구의 반말을 용서하기로 그 순간 작심했다. 그러나 입구에서 볼 때 오른쪽에 앉아 있는 경찰은 진우의 그런 마을을 헤아려줄 줄 몰랐다.

"서둘지 말고, 자세히 말해보라니깐."

이번에도 반말이었다. 그렇게 말하고 있었지만 이마에 땀방울이 솟은 그의 얼굴에는 어떤 일에도 사실은 적극적인 관심을 기울이기 힘들 정도의 피로가 쌓여 있었다.

"서둘긴 뭘 서둘러요. 저쪽 잠실대교 끄트머리에 지금 할머니 한 분이 오도 가도 못하고 갇혀 있다니깐……. 근데, 경찰 아저씨 왜 반말하고 그러세요?"

진우는 두 번째 반말이 정말 참을 수 없이 불쾌했다. '이 세상에서 가장 참을 수 없는 일은 참을 수 없는 일이 없다'는 것이라고 말한 이는 랭보였던가, 베를렌이었던가. 제 나이보다 어리게 보여서 걸핏하면 여기저기에서 반말이나 반말지거리 비슷한 대접을 받아온 진우로서는 남달리 우리네 반말 문화에 몸서리를 치곤 하던 터였다. 만화영화 작업을 하는 진우는 유행과는 관계없이 늘 다소 긴 머리였고, 봄가을에는 청바지에 사파리 차림이기 십상이며, 여름철에는 헐렁한 마(麻)바지에 대개 목이 파인 라운드 티셔츠 차림이곤 했다.

아랫배가 터질 것 같아 보이는 오른쪽에 앉아 있는 배불뚝이 경찰은 견장의 밥풀떼기로는 계급을 알 수 없었지만, 아무리 올려본다 해도 올해 마흔넷인 진우보다 두세 살 더 위로는 보이지 않았다. 설사 헐레벌떡 들이닥친 사람이 다소 어려 보이는 차림이라고 하더라도, 이 나라에서 40년 이상 살아온 초면의 사람에게 애매한 반말투로 대한다는 것은 무례하고 몰상식하기 짝이 없는 노릇이었다. 더욱이 누구에게 인정받을 만한 정도에는 턱없이 모자라는 사소한 일로 보일지는 몰라도, 한 시민으로서 곤란하고 난감한 상황에 처한 나이 든 '다른 시민'의 어려운 상황을 알리러 오지 않았던가. 얼마나 다급했으면 자동차 공회전이 오존층 파괴의 주인(主因)이라는 사실을 알고 있음에도 차를 저렇듯 반환경적인 공회전 상태로 둔 채 서둘러 파출소로 뛰어 들어왔을까.

"이 양반, 내가 언제 반말했다고 그래?"

배불뚝이 경찰이 크지도 않은 눈을 치켜떴다.

"경찰 아저씨! 지금 또 반말이잖아요. 왜 그러세요!"

진우가 씹듯이 말했다. 그렇잖아도 얼마 전 남쪽 어딘가에서는 고속도로에서 뜯은 돈을 공평하게 나누지 않은 일이 원인이 되어 경찰들끼리 치고받았다는 웃기지도 않은 뉴스가 떠올랐다. 어쨌거나 진우는 마침 서 있었기 때문에 배가 무거운 경찰을 내려다볼 수 있었다.

"어디라고 했죠, 정확히?"

왼쪽에 앉아 있는, 손에 서류를 든 삼십 대 후반쯤 되어 보이는 경찰은 다행히도 진우에게 일관되게 경어를 사용했다. 그의 얼굴에는 사무적인 태도 외에는 아무런 감정도 담겨 있지 않았다.

나중에 생각해보면 결단코 긴 시간이 아니었지만, 장소와 상황을 거듭 설명해야 했던 그 시간이 너무나 지루해서 진우는 파출소에 들어온 것에 대한 격심한 후회 때문에 벽에 머리를 찧고 싶은 심정이었다.

잠시 후에야 사태를 정확히 감지한 서류를 든 경찰은 소파에서 일어나 내부와 외부를 차단하는 대(臺) 위에 놓여 있던 송수화기를 들고 다리 건너편 파출소에 전화를 걸었다.

그가 전화를 하는 동안 배불뚝이는 아까보다는 조금 부드러운 목소리로,

"우리가 가는 게 아니고, 저쪽 파출소에 알리면 거기서 갈 거요⋯⋯. 난 또 무슨 큰일이 난 줄 알았네."

오른쪽의 배불뚝이가 처음으로 사람대접을 한 대목이었다. 그렇지만 그는 진우의 신고 내용이 대단찮다는 자기 평가를 덧붙이고야 말았다.

"수고하십시오."

인사를 마친 진우는 파출소를 서둘러 나왔다. 등 뒤로 "그러니까 잠실 대교 이쪽에서 보면 북단, 그쪽에서 보면 다리 진입하자마자 오른쪽 날 개가 끝나는 지점⋯⋯. 그래그래, 할머니라니까⋯⋯." 어쩌고 하는 말 이 들렸다.

파출소에서 나온 진우는 천천히 집으로 돌아오면서 약간은 허탈하고, 더 많이는 우스꽝스러운 자의식 때문에 어찌해야 좋을지 모를 감정에 휩싸였다. 허탈감은 파출소에서 겪은 불쾌함의 뒤끝이었고, 자의식은 노파에 대한 상념과 거기 대응한 자신의 태도 때문이었다. 노파는 그 시 간에 왜 거기 다리 끄트머리에 서 있게 되었을까. 그 다리가 어디 미탄 면 골짜기의 외나무다리란 말인가. 도대체 그런 차림으로 이 괴물 같은 대도시의 어마어마한 시멘트 다리를 어쩌자고 걸어서 건널 생각을 했단 말인가. 그건 그렇다손 치더라도 다리에 진입할 때 노파는 어떤 길을 탔 을까. 그때는 혹시 아직 황금빛 노을이 서편 하늘에 걸려 있고, 한강에도

넓게 얹혀 눈부시도록 번들거리고 있었을까. 노파가 다리를 택한 일은 정말 건너기 위해서였을까, 아니면 다리 중간쯤에서 해야 할 일이 있었는데 그 일을 차마 감행하지 못하고 부끄러워 내친 김에 다리 끝까지 걸어가고 있었던 것은 아닐까. 노파에 대한 추측과 파출소에서 겪은 불쾌한 체험은 진우의 귀가를 몹시 우울하게 만들었다.

그러나 육교를 지나서 아파트 단지에 들어설 때까지도 진우는 파출소에서 겪은 불쾌가 연상시킨 한 줄기 기억의 뿌리를 분명하게 감지하지 못했다. 어디에서 아까와 같은 불쾌한 경험을 했더라. 잠시 후 진우의 머릿속에 점점 뚜렷이 형체를 잡아서 마치 봇물이 터지듯, 그래서 그 일이 마치 방금 전에 겪은 일인 양 분명하게 실체를 드러낸 기억은 진우가 두 번 다시 떠올리고 싶지 않은, 그렇지만 그 기억을 용해시키기 위해 참으로 여러 해 동안 남몰래 고군분투했던 바로 그 일이었다.

진우는 마치 패배를 인정해버린 사람의 얼굴로 쓰디쓰게 웃었다. 그런데 그 쓰디쓴 웃음은 처음 짓는 웃음이 아니었다. 의식은 때로는 기억하고 싶은 것만을 간혹은 지울 수 없는 것만을 저장한다는데, 무의식의 수렁에서 편충처럼 꼬물거리며 표면으로 물물이 떠오르는 기억들의 자유연상에 대해 인간은 영원히 속수무책일 수밖에 없다는 패배의 얼굴이 그때 그 기억의 부상(浮上)이 확실시되었을 때 진우가 지었던 얼굴 표정이었고, 쓰디쓴 웃음이었다.

그즈음은 장마 뒤끝에 당도한 태풍이 온 나라를 거칠게 몰아치던 때였다. 7~8년 되었을까. 연일 장대비가 내렸다. 뒤늦게 장가를 들겠다는 친구 결혼식 때문에 평택인가 오산인가로 가는 중이었다. 세월이 많이 흘러 진우는 그곳이 평택이었는지 오산이었는지 헷갈리게 되었으나,

군이 정확한 지명을 확인하려 들지는 않았다. 특별히 장소가 중요한 것은 아니었기 때문이다. 약속 시간을 칼처럼 지키는 사람도 아니고 늘 늦는 사람도 아닌 다만 보통 사람일 따름인 진우는 그날 무슨 일인가에 치여 예정된 시간보다 조금 늦게 수원역에 내렸다. 동행이 있었는데, 그 또한 오랫동안 유명 만화가의 따까리로서 고생만 하다가 애니메이션 쪽으로 방금 입문한 친구 기태였다. 프라자호텔 건너편 63번 좌석버스 종점 근처의 지하철 입구 계단에서 만나기로 한 진우와 기태는 서둘러 1호선 전철을 탔다. 수원까지 이르는 동안에는 그래도 폭우가 내린 그날 그 사건이 운명적인 기억의 끈끈이로 그들의 무의식 한구석에 악착같이 달라붙게 될 줄은 몰랐다.

전철에서 그들은 늦게 결혼하는 친구의 결혼식 참석이 늦어질 수밖에 없게 된 배경에 대한 이해와 녀석이 어떻게 신부를 만났는지에 대해 잠시 이야기를 나누었다. 그런 이야기도 잠시, 시청에서 수원에 이르는 긴 시간 동안 그들은 망연히 창밖의 폭우를 내다보았다.

수원역에 당도하자마자 택시를 잡아탄 둘은 서두르기 시작했다. 결혼식 시간이 11시였는지 12시였는지, 아니면 그 이전이었는지 그랬다. 멀리서 올 친구들 때문에 신랑 녀석이 10시로 시간을 잡아놓지는 않았다. 서울에서 10시까지 오산 언저리에 당도하자면 새벽같이 출발해야 했을 테니까 말이다. 진우 일행이 얼마나 결혼식에 늦었는지는 불분명했으나, 그것은 정말 중요한 일이 아니었다. 그러나 당시 둘은 서둘렀다. 어쩌면 형편없이 늦어서 결혼식이 끝나지는 않았을까 조바심했는지도 모른다.

막 전철에서 내린 사람들을 기다리던 수원역의 택시 기사는 평택인지 오산인지 그쪽의 무슨 성당이라고 말하자 고개를 끄덕이는 둥 마는 둥 페달을 밟기 시작했다. 무서운 폭우였다. 그들은 속수무책인 태풍의 위세에 대해 잠시 이야기했을 것이다. 진우는 그때 모처럼의 친구 결혼식이었기에 넥타이를 맸다. 안 하던 짓이었지만 가끔 정장을 하면 기분이 특별히 산뜻해지는 느낌을 진우는 정장 그 자체보다 더 즐기는 타입이었다. 그러나 모처럼 정장을 한 진우는 우산을 접으면서 택시에 오를 때, 혹은 택시에서 내려서 우산을 펼 때 양복 어깻죽지에 흘러내리는 빗물이 여간 신경 쓰이지 않았다. 항거할 수도 없고 피할 수도 없지만, 장대비가 좍좍 내리는 날의 외출은 확실히 귀찮은 구석이 있었다.

"아저씨, 우리가 시방 좀 늦었거든요. 가능하면 속력 좀 내봅시다."

기태가 말했다.

"밟고 있는데 그러시네…… 식이 몇 신데요?"

그래서 진우나 기태 중 누군가 택시 기사의 물음에 대답했을 것이다. 택시 기사 또한 힐끗 자신의 손목시계에 눈을 주더니 다소 늦은 손님의 상황을 잘 이해하겠다는 듯이 속력을 내기 시작했다. 거의 앞이 보이지 않는 장대비였지만 물살을 거칠게 튀기며 택시는 무서운 속력으로 질주했다.

그렇게 맹렬하게 폭우를 뚫고 달리던 택시 기사는 한참 후 평택인지 오산인지 아리송하지만 한 읍내에 들어서 약간 득의에 찬 목소리로 말했다. 그리 많이 늦지는 않았다고. 태풍 권내 한복판에 있던 작은 읍내는 하늘 어딘가 구멍이 뚫린 듯 무섭게 쏟아져 내리는 폭우 속에서 하얀 물보라를 일으키며 낮게 엎드려 있었다. 물보라 너머에는 기묘한 적막감이 감돌았다. 전파사 처마 밑에는 배달 나온 다방 아가씨가 어깨를 잔뜩 움츠린 채 보자기를 들고 잠깐 비를 긋고 있었다. 여자의 짧은 치마 아래로 물고기 아랫배처럼 허연 다리가 빗물이 막을 형성한 차창 밖으로 언뜻 보였다. 시골이 지니고 있는 특별한 느낌을 음미하기도 전에 마을에서 제일 처음 눈에 띈 사람이 다리가 허연 아가씨였기에 진우는 그쪽 전파사 쪽에 다른 곳보다 더 오래 시선을 던졌다. 급히 흐르는 차창 밖의 적막한 풍경은 만화영화의 배면처럼 단조롭고 매끄러웠다. 택시 기사는 화끈한 사내였다. 빗길인데도 그가 유지하고 있는 놀라운 속력도 그렇지만, 행인들을 아랑곳하지 않고 바퀴를 물웅덩이 한복판으로 들입다 들이미는 안하무인의 태도에서도 그러했다.

"아저씨, 운전 기똥차게 하네요."

기태가 사내에게 담배를 권하며 너스레를 떨었다.

"어디 태풍 한두 번 겪나요?"

기사가 으쓱하면서 급하게 핸들을 꺾으며 물이 고인 곳을 피하는 척했다. 앞바퀴 쪽에서 부서진 바닥의 빗물이 진우와 기태가 타고 있는 뒷자리의 차창까지 거칠게 튀었다. 특별히 할 이야기가 없는 사이였으므로 그런 싱겁기 짝이 없는 이야기들이 오래 갈 수는 없었다.

조금만 더 가면 성당이 나온다고 기사가 말한 직후였을 것이다. 택시가 갑자기 출렁, 하면서 땅 밑으로 쏜살같이 처박듯이 내리막길로 접어들었다. 내리막길 옆으로는 경사와 비례해서 떠오르듯 인도가 이어졌고, 인도의 저 끝 위에는 가로로 양쪽 인도가 연결되어 있었다. 가로지르는 도로에도 구조물들이 있는 듯했다. 그러니까 차도는 내리막길로 45미터쯤 길게 내려갔다가 다시 그만큼 떠오르게 설계되어 있었다. 교각도 아니고, 그렇다고 다리도 아닌 특수한 지형이었다. 그러므로 차도의 옆면 시멘트 벽은 내리막길의 바닥에서 다시 떠올라 저쪽 건너편 오르막길이 끝나는 지점까지 이어졌다. 인도를 따라 상점과 나무 대문이 조금씩 열린 주택들이 다닥다닥 붙어 있었으며, 얼핏 스쳐보았지만 퍱진한 동네라는 느낌을 주었다.

택시가 마치 비행기가 이상기류로 인해 수직 낙하할 때 승객들이 느끼는 것과 같은 느낌을 불러일으키며 급하게 내리막길로 내리꽂힐 때였다. 도로와 도로 사이는 나지막한 시멘트 칸막이로 차단되어 있었는데, 바로 저쪽 건너편 차선 한쪽 시멘트 벽 아래 오토바이가 쓰러져 있고, 그 조금 앞으로 한 사내가 엎어져 있는 것이 보였다. 건너편 차선에서는 그 지점이 오르막인 셈이었다. 상황으로 보아 어떤 차량이 오토바이를 친 뒤 뺑소니를 하지 않았나 싶었다. 부웅, 하고 진우와 기태가 타고 있는 택시가 급하게 내리막길로 내리꽂히는 짧은 순간에 일별한 풍경이었지만, 건너편 차선에서 일어난 상황은 아주 간단하게 이해될 수 있는 그런 상황이었다. 상황 자체의 비일상성도 그렇지만, 상황이 가진 특수성이 주변 공기를 뜨끈뜨끈하게 덥히는 듯한 특별한 기운을 가지고 있었다.

"엇, 저거 뭐야!"

진우가 외쳤다.

"어디?"

그 순간 기태도 본능적인 호기심으로 몸을 진우 쪽으로 기울여 차창 밖 건너편 차선에서 펼쳐진 풍경으로 급하게 시선을 던졌다.

"우와, 사고 났네."

"츳, 어떤 새끼가 치고 내뺐군!"

앞만 보는 것 같던 기사도 어느 틈엔가 건너편 차선의 상황을 일별한 모양이었다.

그때 진우와 기태가 탄 택시는 시멘트 벽에 물살을 요란하게 튀기며 벌써 오르막길을 타고 있는 중이었다.

차내의 분위기는 방금 전의 끔찍한 사고 현장을 목격한 직후라 이전과는 다르게 무거워졌다. 백만 분의 일 초 또는 그보다 더 짧은 순간, 진우에게는 택시를 세우고 건너편으로 가봐야 하지 않을까 하는 생각이 고개를 쳐들었다. 그 생각과 함께, 시멘트 벽 위에 있는 인도에서 두세 사람이 한 손으로는 난간을 잡고 다른 한 손으로는 우산을 받쳐 들고 사고 현장을 물끄러미 내려다보고 있는 것 같았고, 넘어진 오토바이 앞쪽에 쓰러진 사람은 피를 흘리고 있는 것 같다는 생각이 들었다. 오토바이 바퀴는 장대비 속에서 뜨거운 김을 내며 여전히 헛돌고 있는 것 같았다. 사람의 순간적인 상황 파악력은 놀랍고도 놀라워서 택시가 횡하니 달리던 그 짧은 순간에도 진우는 자신이 목도한 현장의 풍경에 대한 기억을 의심하지 않았다. 그런 확신은 백만 분의 일 초 또는 그보다 더 짧은 순간, 인도에서 우산을 쓰고 있던 그 사람들이 차도에 쓰러져 있는 그 친구를 병원에 옮겼을 거야, 하는 추측으로 급속히 발전했다. 또 한 가지, 차를 세우고 건너가려고 작정했을 경우 거리도 문제라면 문제였다. 지형의 특성상 이쪽 진우네 차선에서 그쪽으로 가자면 다시 오르막길을 한참 걸어 올라간 뒤, 저쪽으로 가로지르는 길을 건너서 다시 내리막길을 한참 타고, 인도가 끝나는 지점에서 차도로 내려서야 했다. 그러고도 현장까지 제법 내려가야 할 판이었다. 그것은 실로 엄청난 거리였다. 그곳이 만약 평지였다면 아무리 과속 중이었다 하더라도 급히 차를 후진

시킨 뒤 바로 가로질러 갈 수 있었겠지만, 그럴 만한 지형이 아니었다. 더구나 진우는 모처럼 정장을 하고 있었기에 마음 속 깊은 곳에서 고개를 쳐드는 그런 멋들어지고도 신속한 사람다운 짓거리를 하자면 옷이 다 젖을 것이라는 생각을 백만 분의 일 초 또는 그보다 더 짧은 순간, 동시에 떠올렸던 것도 사실이다.

"죽었을까?"

한참 만에 기태가 물었다.

"모르지요……. 저런 경우엔 못 잡아요. 이 비에 어떻게 잡아요. 목격자가 있음 또 모를까."

기사가 고개를 혼자 조금 저으며 말했다. 기태는 쓰러진 사람에게, 기사는 스스로 단정내린 뺑소니 기사에게 관심이 있었다. 그러나 진우는 오로지 오르막길을 올라온 직후 얼른 달리던 택시를 세우지 못했음에 생각이 머물러 있었다.

"다 왔슴다."

어디선가 급하게 좌회전을 하면서 기사가 말했다.

성당 입구는 우중이었지만 차들로 붐볐다. 요금은 기태가 만 원짜리를 꺼냈고 뒤이어 돈을 꺼낸 진우가 보탰던 것 같다.

시골 소읍의 성당은 단층 건물이었다. 검은 자갈이 깔린 마당 한쪽 구석에는 덩굴에 둘러싸인 하얀 마리아상이 보였다. 그곳이 성전이었음에도 결혼식 특유의 산만한 분위기를 감출 수는 없었다. 제시간에 당도한 친구들과 후배들 얼굴이 몇 보였다. 반갑게 악수를 나눈 뒤 진우와 기태는 서둘러 축의금을 냈다. 마치 축의금을 내는 그 간단한 일을 위해 장대비를 뚫고 그토록 먼 거리를 몇 번씩 차를 바꿔 타고 달려온 사람인 양. 그런 다음 그들은 반드시 그렇게 해야 하는 의무에 쫓기는 사람들처럼 결혼 미사가 있는 저쪽 성당 앞 제단에서 일어나고 있는 일에 관심을 기울였다. 대성당에서만 보아오던 제단 언저리의 스테인드글라스가 이곳 성당에서는 마치 학예회장 같은 따뜻한 분위기를 자아내는 데 도움을 주고 있는 듯했다. 빛을 받은 원색의 스테인드글라스 너머로 세찬 장대비가 내리치고 있는 것은 그러나 생각일 뿐이지 싶을 정도로 실제 성당 내부는 아늑하기 그지없었다. 제단 앞쪽에 키가 조금 작은 신랑 녀석이 보였다. 신부의 키가 신랑의 키와 엇비슷했다. 결혼 미사는 거의 끝나가고 있었다. 미사보를 쓴 세례교인들이 은은하게 성가가 울리는 가운데 한 사람씩 자리에서 일어나 성체를 영(迎)하기 위하여 제단 앞으로 향했다.

"스스로 원하시는 수난이 다가오자 예수께서는 빵을 들고 감사를 드리신 다음…… 너희는 모두 이것을 받아먹어라 이는 너희를 위하여……."

결혼식에는 이제 이런 방식으로 참여했으므로 진우와 기태는 바깥으로 나가 한 모금씩 빨자고 서로 눈짓을 주고받았다. 성당 현관에는 친구들이 진작부터 모여 쏟아지는, 빗줄기를 바라보며 잡담을 나누고 있었다. 담배를 피워 문 뒤 친구들과 몇 마디 안부를 주고받은 진우는 아까부터 계속 가슴속에서 솟구치는 습하고 후벼 파는 듯한 느낌을 억누를 수 없었다. 그것은 아주 답답하고 불쾌하기 짝이 없는 기운이었다. 얼추 잘못 판단하기로 작정한다면 체한 것 같기도 한 느낌이어서 속이 메슥메슥해진다고 말할 수도 있는 그런 느낌이었다. 진우는 그러나 그 불쾌하고 무덥고 짜증스럽고, 그러면서도 끈질기고 날카로운 그 기운의 정체를 잘 알 것 같았다. 그것은 아무리 특수한 지형이었다 할지라도, 그리고 건너편 차선의 택시 승객일 따름이지만, 사람이 쓰러져 있는데도 그것을 보고 그냥 성당으로 직행한 사람만이 느낄 수 있는 바로 그 느낌이었다.

진우는 잠시 비에 젖고 있는 성모상을 바라보았다. 성모님 현현(顯現) 장소에 따라 성모상의 기단 형태가 차별되는바, 구름을 밟고 있지 않은 것으로 보아 이 시골 성당에서 모시는 마리아는 파티마 성모님인 듯했다. 진우는 갑자기 엄청난 결심을 한 사람의 얼굴로 기태를 찾았다. 기태는 진우가 멍하니 비에 젖고 있는 성모상을 보고 있는 동안 다른 친구들과 어깨를 조금 뒤로 젖히며 웃고 있었다.

"기태야, 잠깐 보자."

진우가 기태의 옷자락을 잡고 구석으로 끌면서 말했다.

"왜?"

"아무래도 거기 가봐야 할 것 같애."

조금 외지고 어두컴컴한 성당 복도에서 진우가 말했다. 기태는 진우의 창백해진 얼굴을 물끄러미 바라보았다.

"병원에 데려갔을 거야, 그쪽에 있던 사람들이."

잠시 후에 기태가 말했다.

기태는 진우가 말한 '거기'가 어디를 의미하는지 이해하는 데 결코 많은 시간을 사용하지 않았다. 어쩌면 아무렇도 않은 듯 웃고 있었지만, 기태 또한 줄곧 같은 생각을 하고 있었는지도 모른다.

"우리가 내렸어야 했어."

"그럴 상황이 아니었다니까……. 게다가 그쪽 차선에 사람들이 있었잖아."

"난 거기 다시 가볼 작정이다."

"니가 정 그래야 하겠다면 그러지, 뭘."

다시 한 번 진우의 눈을 바라보던 기태가 선선히 응낙했다.

그들은 우산을 펴 들고 마침 성당 앞에서 언제 식이 끝나나 하고 기다리고 있던 택시를 잡아탔다. 친구들 몇이 어딜 가느냐고 뒤에서 묻는 것 같았지만 둘은 대답하지 않았다.

현장에 다시 가봤을 때 그곳에는 아무도 없었다. 오토바이도 치워져 있었고, 사람도 없었다. 바닥을 살폈더니 오토바이가 쓰러지면서 길게 긁은 흔적과 깨진 플라스틱 조각이 보였다. 헬멧에서 떨어져 나온 플라스틱 조각 같았다. 진우는 왜 그래야 했는지 잘 설명할 수 없지만, 사내가 쓰러져 있던 지점을 허리를 구부려 유심히 살폈다. 자신도 모르게 혈흔을 찾는 사람이 되어 있었다. 피를 흘렸다손 치더라도 이미 빗줄기에 씻겨 내려간 지 오래였으리라. 진우는 핏방울이 둥둥 빗물에 실려 떠 흘러가는 환영을 보았다. 환영은 마치 현기증 같았다. 마침내 진우는 아스팔트 표면의 거친 돌출 부위에 용해되지 못해 엉킨 핏방울이 걸려 있는 것을 보았다. 아니, 본 것 같았다. 다시 인도로 올라온 진우와 기태는 누군가 상황을 설명해줄 사람이 있지 않을까 싶어 시멘트 벽 위 인도에 줄이어 있는 구멍가게나 세탁소와 복덕방에 물었건만, 아무도 아는 사람이 없었다. 이상한 일이었다.

"아저씨, 파출소로 갑시다. 여기서 가장 가까운 파출소로."

진우가 새로 잡아탄 택시 기사에게 말했다.

이번의 택시 기사는 수원이 아닌, 읍내의 기사였다.

"사고 났었나요?"

"예."

"언제요?"

"기사 양반, 파출소로 가자니까요."

군이 그럴 필요가 없었는데도 진우는 퉁명스럽게 대꾸했다. 기사도 더 이상 묻지 않고 차를 출발시켰다. 그리고 잠시 후 한 파출소 앞에 둘을 내려주었다. 택시를 계속 쓸 것이라는 말을 남긴 뒤 진우와 기태는 파출소로 들어갔다. 벽면이 깨끗한 읍내 파출소에는 경찰이 두 사람 있었다. 한 사람은 책상에 앉아서 가로로 줄이 쳐진 조서 파일을 뒤적이고 있었고, 다른 한 사람은 뒷짐을 지고 창밖의 비를 바라보고 있었다.

아까 한 20분쯤 전에 저쪽 어딘가 굴다리 비슷한 곳을 지나가다 건너편 차선에 오토바이가 쓰러져 있는 것을 봤다, 사람도 쓰러져 있었는데 누군가 치고 내뺀 것 같았다, 그런 신고를 받은 적이 없는가?

진우가 상황을 설명했다. 그런데 참으로 이상한 일이 벌어졌다. 두 경찰관은 아무런 반응이 없었던 것이다.

창밖을 바라보던 경찰관이 고개를 돌려 죽은 물고기 눈처럼 가라앉은 시선으로 이상한 초조감에 떨고 있는 진우를 물끄러미 바라보더니 조용히 고개를 저었다.

"그런 사건 신고가 없었다고요?"

진우가 되물었다.

역시 이번에도 그는 아무 말 없이 고개만 가로저었다. 진우는 다급한 눈초리로 책상에 앉아 있는 경찰에게 시선을 돌렸다. 그 또한 관심이 없다는 듯 오므린 입술을 조금 내밀고 파일만 뒤적일 따름이었다. 최소한의 호기심도 그들은 보이지 않았다. 진우는 그때의 느낌을 화인(火印)처럼 아주 오래도록 기억하리라는 예감이 들었다. 그리고 그것은 나중에 확신이 되었다. 참으로 잊을 수 없는 반응이, 그때 그 시골 파출소에서 펼쳐졌던 것이다.

'알았다'고 인사를 하고, 파출소를 나서는데 등 뒤에서 한마디 '사람의 목소리'가 들렸다.

"그 자식, 틀림없이 과속했을 거야."

그때 이미 기태는 파출소 문을 닫고 있었다. 진우는 그 말의 의미를 되묻기 위해 고개를 돌리지는 않았다. 그러나 뒷짐을 지고 창밖을 내다보고 있던 경찰이 말한 '그 자식'이 오토바이를 치고 달아난 기사를 뜻하는지, 오토바이 운전자를 뜻하는지는 아리송하기 짝이 없었다.

이젠 어디로 갈 작정이냐고 물으며 고개를 조금 치켜들고 백미러로 뒷좌석을 살피는 기사에게 진우는 가까운 병원으로 가자고 말했다. 앞머리가 조금 벗겨진, 점퍼를 걸친 삼십 대 후반의 기사는 선량한 눈빛을 가진 두루춘풍 같은 사람이었다. 그는 정장을 하고 결혼식장에서 나왔건만 보통 사람들보다 형편없이 침울한 이상한 손님들의 감정을 건드리지 않기로 결심한 태도를 보여주었다. 그 후론 쓸데없는 질문을 하지 않았고, 그렇다고 섣부르게 자신의 의견을 내놓지도 않았다.

진우와 기태는 병원으로 가는 동안 아무 말도 하지 않았다.

진우는 기태의 감정을 헤아릴 여유가 없었다. 그때 기태는 무슨 생각을 하고 있었을까. 진우의 오랜 친구인 기태는 진우가 간혹 무엇엔가 무척 몰두하는 성격이라는 것을 잘 알고 있었기에, 녀석이 하는 대로 응해주는 게 상책이라고 여겼으리라 생각된다.

"가까운 병원부터 갑시다."

진우가 바람소리처럼 차고 짧게 말했다.

진우의 얼굴은 마치 무엇인가 초자연적인 힘이 씌워진 사람의 얼굴 같았다. 그것이 내부의 힘인지 외부의 힘인지 간에 그가 거의 제정신이 아닌 것처럼 한 가지 일에 집착하고 있었던 것만은 사실이다.

"예에."

기사는 그들을 병원으로 안내했다. 병원에 당도한 진우와 기태는 응급실을 찾아 아까 파출소에서와 같은 내용의 질문을 했다. 오토바이 사고로 들어온 사람이 없느냐고. '없다'고 그 병원의 응급실이 대답했다.

다시 진우와 기태는 다른 병원으로 향했다.

기사는 병원 현관 내리막길을 내려오면서 잠시 생각하는 눈치였다. 그리고 이윽고 방향을 잡았는지 거칠게 기어를 변속했다.

몇 번의 골목을 지난 뒤, 이번에 차를 세운 곳은 시장 입구에 위치한 작은 개인 병원이었다. 그런 작은 병원에는 병원 입구의 유리문 손잡이를 잡은 채 바로 질문해도 답이 나올 것 같았다. 역시 '없다'였다. 그토록 빗물에 적시지 않으려고 안간힘 쓰던 양복 윗도리는 택시에서 내리고 다시 타는 일련의 거듭되는 과정을 통해 쫄딱 젖고 말았다. 나중에는 일일이 우산도 펴지 않았으니까.

시골 택시를 전세 낸 그들은 읍내의 병원이란 병원은 다 뒤졌다.

진우는 그때 이 세상이 알고 있는 모든 절대자에게 기도하는 심정이었다. 성모님이든, 하나님이든, 아직 나타나지 않은 미륵이든……. 간절히 기도했다. 왠지 오토바이에서 떨어져 나간 그 친구를 꼭 찾아야만 될 것 같았다. 그래야만 무엇인가 보상까지는 아니더라도 마음의 균형을 잡을 수 있을 것 같았다. 오오우 주여, 여성의 이름을 지닌 남태평양에서 발원해 먼 길을 휩쓸고 올라온 태풍이여, 태풍의 중심이여, 건너편 길바닥에 엎드려 피 흘리던 그 자식이 어디 있나이까!

"수원으론 가지 않았겠죠?"

기태가 물었다.

"그럼요, 거길 왜 가요."

택시 기사는 이쪽의 얼굴이 워낙 굳어 있어서 대놓고 묻지는 못했지만 상황을 어느 정도 느끼고 있는 눈치였다. 그들이 파출소에 들어갈 때, 병원에서 거듭되는 같은 질문을 퍼부을 때, 차를 세운 기사는 몇 번쯤은 그들의 등 뒤에 있었을 것이다. 양복쟁이 둘이 차를 몰고 오다가 사고를 낸 것도 아니라는 것을, 그리고 이패들이 사고의 목격자도 아니라는 것을, 기사는 느끼고 있었다. 기사가 묻고 싶은 것은 그럼 딱 한 가지, 저쪽에도 사람들이 있었다는데, 건너편에서 택시를 타고 가던 이 친구들이 왜 이리 비를 흠뻑 맞아가며, 택시비를 없애가며 그 피해자를 찾는 것일까? 그것만은 정말 묻고 싶어서 목울대가 근질근질했지만, 참으로 해괴한 양복쟁이들이 하는 일이니 내 알 바가 아님을 어쩌랴! 난 그저 이패들이 원하는 읍내 병원이나 부지런히 안내하고 나중에 택시비나 두둑이 받으면 그만인 것을.

"이제 병원 더 없어요?"

기사가 차를 멈추고 담배 연기를 길게 한 모금 내뿜고 있을 때 진우가 머리카락에서부터 빗물을 뚝뚝 흘리며 채근하듯 물었다. 그때 그들은 다섯 번째 병원에서 막 나오는 길이었다. 잠시 생각에 빠져 있던 기사가 다시 기어를 넣은 뒤 엑셀을 밟았다.

"딱 한 군데 남았네요."

그 병원은 아까 들렀던 시장 입구의 병원을 다시 지나쳐 골목을 두 번쯤 꺾은 뒤에 나타났다. 워낙 여러 차례 좁은 읍내를 한 가지 목표로 헤집고 다녔던 터라, 진우와 기태는 이제 그 작은 소읍의 지리를 거의 꿸정도가 되었다. 관청이 있는 중앙통과 버스터미널 그리고 시장, 학교, 극장, 점쟁이집과 교회당……. 그것들이 사람이 사는 마을의 기본적인 내용물이었다.

"여긴 아까 갔던 길이잖아."

기태가 혼잣말인 양 내뱉었다.

"미안해요, 아까 그만 깜박했어요."

기사는 아까 왔던 시장 골목으로 다시 들어오게 된 것을 미안해하고 있었다.

"그 얘기가 아니라……."

기태 또한 흠뻑 젖기는 마찬가지였다. 참으로 이상한, 비오는 날의 길고도 지루한 택시 드라이브였다.

"여 오래 살았지만, 내 머리론 여기 말고 병원을 더 모르겠네요."

붉은 벽돌 타일의 '마지막 병원' 입구에 차를 세우며 기사가 말했다.

진우는 병원 계단을 오르며 자신도 모르게 침을 삼켰다. 만약 여기에도 그런 환자가 없다면 앞으로 얼마나 오랜 세월 동안 남몰래 자책하며 살아갈 것인가. 진우의 몸과 영혼은 이상한 열기로 뜨거워져 있었다. 그리고 그날 마침내 정말 영화 같은 일이 일어나고야 말았다.

비를 피하려는 사람들인지 좁은 병원 입구는 그칠 줄 모르고 내리는 창밖의 장대비를 말없이 내다보는 사람들로 붐볐다. 역시 시골 병원은 응급실부터 찾을 필요가 없었다. 현관에서 진우는 다시 입에 붙어 있던 익숙한 질문을 던졌다.

"오토바이 교통사고 환자 없나요?"

그리고 마침내 조그만 유리창 너머 파마머리를 한 둥근 얼굴의 간호사가 기다렸다는 듯이 대답했다.

"2층으로 올라가보세요. 오른쪽 끝 방요!"

진우와 기태는 동시에 서로의 얼굴을 바라보았다.

"죽진 않았나요?"

"올라가보시라니까요. 죽은 사람이 왜 거기 있겠어요."

껌을 씹고 있던 간호사는 못생긴 편인 데다가 불친절했다. 그러나 간호사의 못생긴 얼굴과 불친절을 성토할 처지가 아니었다. 설사 친절하지는 않더라도 질문에 답해줄 수 있는 사람을 만나기를 그들은 그날 오후 얼마나 고대했던가.

둘은 조용히 계단을 오르기 시작했다. 진우는 계단을 오르며 형언할 수 없는, 갑작스러운 나른함을 느꼈다. 계단 끝에 커다란 거울이 있었는데, 거울 속 자신의 모습을 보기가 왠지 두려워졌다. 기이한 초조와 기대가 엉켜 있을 그런 얼굴과 맞닥뜨리고 싶지 않았던 것이다.

2층 오른쪽 끝 방은 찾기 어렵지 않았다. 방문은 열려 있었고, 복도에는 몇 사람들이 어두운 얼굴로 서 있었기 때문이다.

"오토바이 사고 환자요?"

진우가 조심스러운 얼굴로 방문 입구에 있는 아주머니에게 물었다.

"예."

"괜찮습니까?"

"누구쇼?"

병실 입구에 서 있던 남자가 물었다.

환자는 머리에 붕대를 감고 팔에는 깁스를 한 것 같았다.

"어느 정도예요?"

"다행히 헬멧을 쓰고 있어서 머린 크게 다치진 않았고, 팔은 부러져버렸구먼. 그나저나 아저씨들은 누구요? 목격자요?"

"아뇨, 우린 건너편에서 택시를 타고 가다 쓰러진 걸 보고……."

"목격자는 아니고?"

"우리가 봤을 땐 벌써 쓰러져 있었어요."

기태가 대꾸했다.

그 순간 얼굴이 거무튀튀하고 키가 큰 사내는 별 이상한 사람들 다 보겠다는 듯이 둘에게 잠시 표했던 관심을 차갑게 거두어갔다.

"뺑소니 사곤가요?"

"환자가 깨봐야 알지요. 일단은 그런 게 아닌가 보고 있는데……."

사내는 마지못해 대답하는 기색이 역력했다.

"휴우, 다행이구나."

진우가 빗물과 땀에 젖은 머리카락을 손가락으로 쓸어 올리며 중얼거리듯 말했다. 복도에 있던 환자의 지인들은 진우와 기태를 어디 『산해경(山海經)』에 나오는 괴물들을, 그러나 별 도움이 되지 않는 해괴한 괴물들을 바라보듯이 쳐다보았다. 한편으로는 답답해 죽겠다는 표정도 있었는데, 그 답답함이 환자가 어떻게 다쳤는지 몰라서였는지, 아니면 사람이 다치니 별 희한한 사람도 다 찾아온다는 생각이 들어서였는지 바로 알아채기가 아리송하기 그지없었다.

환자를 찾았건만, 그 후 얼마간은 머리가 잘린 생선이 흘린 피가 도마에 묻어 있는 것만 봐도 진우는 깜짝깜짝 놀라곤 했다. 그때 그 아스팔트 가장자리의 한 돌출 부위에 엉켜서 흘러내리지 못한, 사내가 흘린 핏방울 때문이었을까. 흘러가는 시간들이 여간 불쾌하지 않았다.

어느 날 진우는 정색을 한 얼굴로 생각해보았다. 그때 왜 그토록 미친 놈처럼 그 작은 읍내를 쥐 잡듯 뒤져 이름도 얼굴도 모르는 그를 찾았던가. 어떤 이유로든 결단을 내렸어야 할 순간에 행동이 거기에 곧바로 미치지 못한 자의 필사적인 자기 위로 때문이었을까. 그러나 모든 대답은 언제나 자신의 속내에 있지 않던가. 거기 네 속을 찬찬히 들여다보면 모든 세계가 응축되어 똬리를 틀고 있다고, 모든 것의 뿌리가 거기 있다고 일찍이 선현들이 말하지 않았던가. 진우가 그렇다고 모르고 있었던 것은 아니다. 그때는 객관적으로 그냥 지나칠 수밖에 없는 상황이었음을. 나중에 들은 얘기지만, 뒤미처 오던 그쪽 차선의 누군가가 그를 병원으로 옮겼고, 연락을 받은 지인들이 오토바이를 치웠으며, 그가 빗길에 과속으로 미끄러졌는지 차에 치였는지는 깨어나봐야 알 수 있을 것이라고 했다. 그렇게 진행된 일을, 건너편 차선의 택시 승객들이 그토록 법석을 떨며 파출소로 병원으로 헤집고 돌아다닌 것은 무엇 때문이었을까. 한 사람의 만화가일 뿐인 진우에게 왜 그토록 혹독하고도 완전한 자기변명의 증거가 필요했을까. 스스로도 알 수 없었다. 알고 보면, 정도는 다르지만 누구나 그런 종류의 설명하기 난감한 쓰디쓴 경험과 그 경험으로 인한 자기변명의 흔적들을, 그런 그늘을 가슴 속 깊이 내장하고 있는 것은 아닌지.

세월의 힘은 놀랍고도 놀라워서 진우에게 어떤 종류의 일은 선명하게 정리되지 않은 채 그냥 덮이고 또 묻혀서 지나가도록 허용되는 듯했다. 적어도 잠실대교 다리 끝에서 오도 가도 못하게 된 상황에 처한 노파를 보기 전까지는.

아파트 단지에 차를 주차한 뒤 시동을 끄고 나서도 진우는 어두컴컴한 차 안에 앉아 한참 동안 아까 본 노파에 대해 생각했다. 경찰이 건너편 파출소에 전화를 거는 것을 확인했건만, 딱히 경찰의 시민 보호 능력을 의심해서는 아니지만, 진우는 얼마 후 자신도 모르게 다시 차의 시동을 걸고 있었다.

어차피 스스로 헛불질을 하고 있다는 것을 느끼면서도 그가 지극히 평안한 얼굴로 다시 잠실대교를 타고 다리 끄트머리에서 속력을 줄이고 아까 노파가 절망적인 얼굴로 서 있던 현장에 당도했을 때, 그곳에는 아무도 없었다. 어둠만이 다리 난간 너머의 컴컴한 한강과 뒤섞여 탁하게 고여 있었다. 저 멀리 반짝이는 다른 다리의 불빛은 아름답기까지 했다. 그리고 진우가 떠밀려 나왔듯이 강변북로에서 날개를 타고 다리로 진입하는 차량의 행렬은 계속되고 있을 따름이었다.

아무 생각 없이, 왜냐하면 차를 몰로 나타난 진우에게 해결된 일이라고는 노파가 사라졌다는 사실을 알게 된 것 외에는 아무것도 없었으므로, 다시 차를 몰았다. 그리고 자양동 네거리에서 유턴해서 오른쪽 차선을 밟아 다리로 진입할 때, 진우는 보았다. 한 노인이 다리 남단에서 북단을 향해 펄럭펄럭 걷고 있는 것을. 다리를 조금 자춤거렸기 때문에 닫힌 길을 향해 나아가고 있던 그 노인은 꼭 춤을 추는 것처럼 보였다.

(1998)

육백마지기의 바람

무엇보다도 승기가 아주 오래전에 그곳에 한번 올라가보았으므로, 육백마지기를 잘 알고 있다고 생각한 것이 가장 큰 문제였다. 그렇게 생각할 근거가 매우 약했는데도 그는 정선에서 미탄으로 들어선 지 얼마 안 되어 육백마지기로 지프차를 밀어붙였던 것이다. 그곳 산 위의 무지막지하도록 넓은 벌판을 알고 있느냐고, 그곳 산 위 벌판의 무서운 겨울바람을 알고 있느냐고 승기는 경업에게 노골적으로 뻐겼던 것이다.

저 멀리 톨게이트의 밝은 불빛이 보이자 승기는 자신도 모르게 차의 속력을 줄이기 시작했다. 고속도로를 타자 그곳에 흐르고 있는 도저한 속력의 물결에 떠밀리듯 정신없이 페달을 밟던 승기는, 톨게이트라는 차단막에 대해 평소 고운 시선을 주지 않았는데 이번 경우는 톨게이트의 밤 불빛이 반갑기조차 한 데 대해 우스운 생각이 들었다. 전과 달리 그는 어서 빨리 도시로 잠입해 들어가버리고 싶었다. 그래서 미로에 빠져 헤맸던 오후의 기억으로부터 벗어나고 싶었다. 평창강을 따라 주천을 경유, 남원주에서 영동고속도로를 탄 승기 일행은 서울에 당도할 때까지 거의 말을 주고받지 않았다. 일행이라 해봤자 승기와 그의 선배인 경업, 두 사람뿐이었다. 승기는 미탄을 출발할 때부터 은근히 부아가 나 있었고 경업은 그런 그를 충분히 이해한다는 한마디 말을 아까 미탄 읍내 장터에서 이미 했기 때문에 더 이상 승기를 위로하려고 들지 않았다.

"왜 그땐 가능했던 일이 오늘은 허락되지 않았지? 이상한 일이란 말야."

승기가 아무리 생각해도 알 수 없다는 얼굴로 중얼거렸다. 선배가 옆자리에 앉아 있다는 것을 그 순간 승기는 거의 의식하지 않았다. 탄식에 가까운 그 말은 무엇보다도 자신에게 하는 말이었다. 미탄을 떠난 뒤 줄곧 그 생각에만 몰두하고 있었다는 것을, 승기는 선배에게 감추고 싶지 않았다.

앞의 차들이 조금씩 속력을 줄이더니 각자 신속한 판단에 의해 자신이 빠져나갈 차선을 선택했다. 승기 또한 순간적으로 한 차선을 선택하고 차의 앞머리를 들이밀었다.

"이상할 것도 없지. 그땐 네가 지금과는 달랐다는 이야기지."

미탄에서 서울까지 이르는 그토록 긴 시간 동안 승기가 견지하고 있던 침묵에 대해 자신도 고즈넉이 앉아 있는 것으로 동조하던 경업이 가벼운 얼굴로 말했다.

"아니, 백정이 형. 시방 무슨 소리를 하는 거예요?"

승기가 고개를 옆자리의 경업에게 돌리며 나직하게 물었다. 승기보다 네 살 많은 이씨 성을 가진 경업은 평범하기 이를 데 없는 본명이 있었지만 지인들에게 '이백정(二百鼎)'으로 통했는데, 그것은 그가 경영하는 해장국집에 100명쯤 먹을 만한 돼지 뼈를 고는 솥이 두 개나 있음에 연유했다. 선배 또한 이백정이라는 별호의 음가로 먼저 떠오르는, 손에 쇠망치 들고 피 묻은 장화 신고 동물을 잡는 백정(白丁)의 상에 매이지 않고 다만 그렇게 부르면서 드러내는 지인들의 친밀과 따뜻함만 받아들이기로 작정한 사람처럼 은근히 그 별호가 지니고 있는 야성을 즐기는 눈치였다.

"너, 육백마지기를 처음 올랐을 때가 10년쯤 전이라 했지?"

"아마 그렇게 됐을 거요. 광산이 폐광된 게 10년도 넘었다니까, 내가 갔을 땐 그 직후였지 않았나 싶어요."

"잘 생각해봐. 혹시 그때 실연이라도 당했던 거 아닌지."

"실연? 실연이야 늘 당하는 거 아닌가요?"

실은 전혀 그렇게 생각하고 있지 않으면서도 승기는 그렇게 대꾸했다. 실연을 늘 당하다니, 그런 터무니없는 이야기는 유머집이나 '강철수 만화책'에나 나오는 이야기가 아니던가. 그러면서도 승기는 육백마지기에 처음 올랐을 때 자신이 어떤 상황이었는지 생각나지 않았다. 이상한 일이었다.

"내 얘긴, 네가 그땐 지금과 달리 아주 뜨거웠단 얘기야. 더구나 걸어서 올라갔다니까 더더욱 말야."

이백정이 말했다.

승기가 선택한 차선은 톨게이트를 빠져나가는 데 유난히 시간이 오래 걸렸다. 승기가 담배에 불을 붙이자 선배도 담배를 찾았다.

"형, 설마 내 얘길 못 믿겠다는 말은 아니겠지요?"

승기는 선배가 걸어서 올라갔다는 자신의 말을 믿지 않는 게 아닌가 싫어서 순간적으로 불쾌해졌다.

"무슨 소리야? 네 얘길 내가 믿지."

"내가 왜 형한테 거짓말을 하겠어요."

"허, 이 친구 과민하긴. 믿고 못 믿고의 문제가 아니라……. 오늘 낮에 우리가 산에서 헤맨 일을 충분히 이해한다 그 말이야. 길을 못 찾았을 뿐이야. 도시에서도 어쩌다 길을 잃곤 하잖아. 이 얘긴 오늘 일과는 조금 다르지만, 옛날에 내가 인제에서 목상(木商)을 하고 있었을 땐데 말야. 너 산판의 목상 알지?"

"형이 그런 일도 했던가?"

"별거 다 했지. 너 산림간수라는 말 들어봤냐? 일제 땐 산림간수가 젤로 무서웠어. 산판 얘길 하려니까 그 말이 먼저 생각나네. 죽어서 산림간수나 돼야지 하는 게 무지렁이들의 꿈이었다잖어. 그러구 보니 목상 시절이 참 좋았지. 그땐 큰돈도 손에 쥐고 그랬으니깐. 그때 번 돈으로 강릉에서 화장품 장사하다가 다 털어먹었지만 말야."

그런 뜬금없는 너스레를 시작으로 선배가 꺼낸 이야기는 점입가경이었다.

그가 산판일을 하던 시절 강원도 인제의 한 농부로부터 들은 이야기인즉슨, 어느 날 마을의 한 농부가 낮술을 한잔 마시고 산길을 헤매다가 이상한 곳으로 들어갔다고 한다.

"대낮이었는데, 이끼가 낀 돌계단을 오르니까 생전 처음 보는 거대한 돌 건물이 나오고, 비석들도 여기저기 서 있고, 온갖 꽃들이 피어 있고, 괴상하고 아름다운 새들이 이리저리 날아다니고, 어디선가 아름다운 음악 소리가 들리는데 그것도 생전 처음 들어보는 음악이더라 이거야. 술이 확 깨서 주위를 둘러보았는데, 하여지간에 듣도 보도 못한 별천지가 펼쳐져 있더라는 거야. 꿈속에서나 볼 수 있는……."

"나중에 마을에 돌아와서 그런 얘길 하더라 그거죠?"

승기가 이야기의 시종(始終)을 잘 알고 있다는 듯이, 그러면서 선배의 말을 잇도록 거들었다. 선배가 거짓말을 하고 있다고는 생각하지 않았지만 그런 종류의 이야기는 어렸을 때부터 여기저기서 심심찮게 들어본 듯한 이야기였다. 립 밴 윙클(Rip Van Winkle)이나 선녀와 나무꾼 같은 이야기의 유형으로.

"그렇지. 그래서 우리들이 당신 거짓말하지 마라, 그랬지. 근데 그 양반이 우리 목상들 밥 해주던 밥집 건너편에 살았는데 평소에 거짓말을 할 위인이 아니었거던. 산등성이에 불을 놓아서 조그만 밭뙈기를 일구고 살던 선량한 화전민이었는데 뭐 얻을 게 있다고 목상들한테 생짜로 거짓말을 지어 했겠어. 거듭거듭 물어봐도 이 양반 줄곧 한소리라. 아아, 이 사람이 산골에만 처박혀 살다가 기어이 헛것을 보고 말았구나, 그렇게 생각하면서도 계속 캐물었더니 뭔가 틀림없이 보긴 본 것 같더라구. 그래서 하루는 이 양반 앞세우고 그가 헤매다 들어갔다는 길을 찾았지. 거짓말 보태서 거기 인제 산판에서 일하는 동안 시간만 나면 찾기를 한 몇 개월은 찾았을 거야."

이백정이 말했다.

"못 찾았겠죠, 끝내."

승기가 조금 미소를 지으면서 말했다.

톨게이트를 빠져나오자 승기는 하남시로 빠질까 천호동으로 빠질까 잠시 망설이다가 직진하기로 했다. 선배의 집이 잠실 쪽인 것으로 알고 있었기에 올림픽대로로 직진했다가 빠져도 될 것 같았다.

"못 찾았지. 그치만 난 아직도 그때 그 양반이 거짓말을 했다곤 생각지 않아. 너 블랙홀이란 말 들어봤겠지?"

어린이 잡지책에서도 쉽게 만날 수 있는 선배의 과학 지식이 열거될 참이었다.

"백정이 형, 그만합시다. 나도 형처럼 그 농부 양반 얘기도 믿고 형 얘기도 믿는다니깐요."

"승기 너, 물질 전송(物質轉送)이나 양자 파동(陽子波動)이란 말은……."

"거참, 그만하자니깐 그러네."

지방의 한 대학을 중퇴했다는 선배는 세상에 대한 관심의 폭이 넓었고, 사십 대 중반까지 전전해온 여러 직업이나 살아온 역정이 남다른 바가 있는 데다가, 선후배들을 잘 챙겨서 늘 주위에 사람들이 꾀는 타입이었다. 식당업을 하는 평범한 사람일 뿐인데도 늘 책을 읽었으며, 거기에다 메모 습관까지 있다는 것은 나중에야 알게 되었다. 한 가지 흠이라면 이야기를 꺼냈다 하면 꼬리에 꼬리를 물고 자신의 잡박(雜博)을 과시하려고 애쓴다는 점이었다. 그 억제가 잡박의 경지를 유지하는 것보다 더 어려운 일이었을 테지만.

잠실 먹자골목 입구의 커피 자판기 앞에 차를 세우고 커피 한 잔을 뽑아 함께 마시는 것으로 둘은 이번 겨울 여행을 마무리했다. 선배는 더 이상 육백마지기의 바람이나, 그곳에 이르고자 했으나 실패한 오후의 기억에 연연하는 것 같지 않았다. 정선의 겨울 동강(東江)의 아름다움과 이번에 새삼스럽게 확인한 지프차의 성능에 대해서 더 감격하는 눈치였다. 그러나 승기는 조금 달랐다. 선배와 헤어진 뒤 집으로 돌아오는 전철

안에서 승기는 선배가 말한 인제의 화전민이 들어간 곳은 꽃 피고 새소리 지저귀는 만화방창의 아름다운 낙원이지만, 자신이 오르지 못한 곳은 바람 가득 찬 산 위 황량한 벌판이라는 사실을 떠올렸다. 젊은 날에는 도보로도 너끈히 허락되었으나 오늘은 산길 타기에 좋은 차로도 허락되지 않은 산 위 벌판에 대해서 승기는 어떤 결론도 섣불리 내릴 수 없었다.

그 벌판에서 그가 오늘 새삼스레 확인하려고 했던 것은 무엇일까.

미탄면 육백마지기를 처음 올랐을 때를 승기는 정말 기억해낼 수가 없었다. 10년 전이었는지, 12년 전이었는지, 아니면 8년 전이었는지. 세월에 못을 박아놓거나 금을 그어놓지 않은 게 탈이라면 탈이었다. 확실한 것은 그가 젊은 날, 그러니까 삼십 대 초반쯤의 어느 날 홀로 미탄에 이르렀고, 미탄 읍내 복판에 위치한 장터의 한 여인숙에서 하룻밤을 잤다는 것, 그리고 이튿날 사람들에게 그곳 평창군과 정선군의 군계(郡界)에 위치한 해발 1,256미터의 청옥산(靑玉山) 산정에 '육백마지기'라 불리는 거대한 고랭지 채소밭이 있다는 이야기를 듣고, 아침 일찍부터 뚜벅뚜벅 걸어서 그곳을 향해 걸어 올랐다는 것뿐이었다.

읍내에서 듣기로 그곳의 넓이는 자그마치 20만 평이 넘는다는 것, 마지기라는 농토의 단위도 얼른 감이 잡히지 않아 쩔쩔매던 승기에게 누군가 "그것도 모르냐"면서 "한 마지기란 한 말의 씨를 뿌릴 만한 넓이로, 논과 밭이 달라 밭의 경우에는 한 100평쯤으로 생각하면 된다"라고 말한 것 같은데, 중요한 것은 '한 마지기'의 크기를 가르쳐준 이가 차부식당의 아주머니였는지 디귿자 구조의 신흥여인숙 시멘트 마당 한편에서 같이 세수를 하던 옆방 사내였는지 잘 기억나지 않았으나, "한 말의 씨"라는 시적이면서도 강렬한 울림으로 한번 들으면 잊지 못하도록 한 마지기의 넓이를 각인시켜준 이가 분명 그때 미탄 그곳에서 만난 어떤 이였다는 점이다. 그곳 육백마지기의 넓이가 자그마치 "여의도 광장만 하다고 생각하면 된다"라고 말한 사람은 어쩌면 세수하고 여인숙을 나와서 차부식당에서 백반 먹고 들른, 길 건너 청학다방 손님이나 마담이었는지도 모른다. 지금도 그렇지만 그때에도 시골 사람들은 묻는 말에 도대체 그걸 왜 묻느냐고 되묻지 않고, 알고 있는 것이라면 찰떡같이 대답을 잘 해주었으니까.

차가 없던 시절 승기는 청량리역에서 열차를 타고 영월쯤에서 내려 미탄으로 들어갔을 것이다. 구절리까지 가는 정선선(旌善線)을 탈 수도 있었을 텐데 열차 시간이 어중간해서 어찌어찌 버스를 타다 보니 미탄으로 들어갔을 것이다. 그때 승기가 가려고 한 곳은 틀림없이 정선이 아니었을까 싶다. 정선이라면 일찍부터 그가 고향보다 더 좋아하는 곳이었기 때문이다. 왠지 그곳에만 이르면 간질간질하던 감기 기운도 가시고, 숙취도 날아가고, 쑤시던 어깻죽지도 괜찮아지면서 평안해지는 것이 그곳 정선에 처음 갔을 때나 지금이나 여전한데, 그 까닭은 자신도 설명할 수 없는 일이었다. 누구에게나 곰곰이 생각하면 고향과는 달리 애착하는 '한 곳'이 있으리라고 승기는 생각하곤 했다. 정선에는 그때 왜 갔을까. 간신히 얻은 직장에 또다시 버릇처럼 사표를 던지고 난 직후였을까, 아니면 오랜 실직 끝에 이제 간신히 직장을 하나 얻은 뒤 출근을 며칠 앞둔 금쪽같은 시간을 강원도 정선에서 헤맬 작정이었을까, 알 수 없는 일이었다. 젊은 날, 승기는 무슨 병처럼 한 직장에 오래 붙박지 못했다. 직장에 충실하면 한 번뿐인 인생이 헐값으로 매몰될 것 같아 사표를 던지곤 했고, 날건달이 되어 그의 원대로 인생을 얻었는가 싶으면 되레 생이 더 엉망진창으로 꼬여 마침내 다시 직장을 찾게 되었다. 어찌어찌해서 다시 직장을 얻으면 "아아, 하루하루 생이 날아가는구나" 하고 탄식을 하다가 다시 사표를 내기를 수차례……. 나중에는 그가 한곳에 오래 붙어 있지 못한다는 소문이 워낙 넓게 퍼져서 새 직장에 들어가도 친구들로 하여금 몇 달 후에야 안부 전화를 하게 만들곤 했다. 승기는 자신이 바퀴의 굴대를 잡고 있는 것이 아니라 도는 테를 잡고 있다고 생각했다. 그렇다고 굴대를 잡은 것처럼 보이는 사람을 부러워한 것도 아니었다. 그런 젊은 날이 그에게 있었다.

'때'를 모르니까 '왜'가 생각나지 않은 것일까? '왜'를 모르니까 '때' 또한 의미가 없어진 경우일까? 승기가 그때 미탄을 경유해서 정선으로 들어가긴 갔을 텐데, 그때가 언제이고 왜 그곳에 갔는지는 참으로 알 수 없는 일이었다.

미탄은 정선 못 미처 있는 산골 마을로, 승기는 미탄 읍내에 처음 내렸을 때 느꼈던 감동에 가까운 흥분을 아직 잊을 수가 없다. 마을에 내려서 승기가 처음 내뱉은 말은 "아아, 아직도 이런 마을이 있다니……"였다. 미탄에 이르는 길은 장평에서 평창을 경유하는 31번 국도가 있고, 영월에서 들어가는 413번 지방도로도 있었다. 어떤 산길이건 간에 마을은 내리막이 끝나는 시점에서 시작되었는데, 8개 리 2,000명이 채 안 되는 마을 규모에 대한 정보야 뒤늦게 알게 되었지만, 순한 산짐승처럼 낮게 엎드려 있는 차창 밖 아주 작은 마을의 지형은 삼십 대가 되어서도 여전히 굴대를 잡지 못해 헤매듯 뜬구름을 잡던 승기의 마음을 쓸쓸하게 하면서도 야릇한 감동으로 사로잡았다. 그곳의 첫인상은 정선 동면이나 남쪽의 고창, 해남에 처음 갔을 때의 스산하면서도 울적하고, 울적하면서도 씻기는 듯한 청량감과 흡사하다면 흡사했다.

간장 종지처럼 옹기종기 밀집해 있는 읍내는 마을 입구와 출구가 디귿자 모양으로 되어 있어, 디귿자의 가운데 지점에서 수직으로 반만큼 금을 그은 뒤 다시 왼편 수직 변까지 금을 그어버리면 마을에 대한 설명이 모두 끝나버리는 그런 모양새였다. 디귿자 아래쪽 언덕에 면사무소가 있고, 그 밑으로 중학교 운동장 그리고 칠이 벗겨진 간판을 단 농협 연쇄점이 있었다. 건너편 공터 한 모퉁이에는 시멘트 벽에 붉은 페인트로 '미탄 차부'라고 적혀 있었다. 차부(車部)는 부락(部落)이나 본정(本町)터가 그러하듯이 정류장을 뜻하는 왜(倭)말인데, 그것이 왜말인지 잘 알면서도 반갑기까지 했던 것은 왜였을까. 전쟁이 끝나고 태어난 승기의 어린 시절에도 어른들은 정류장을 차부라고 불렀고, 어린것들 또한 그렇게 덩달아 따라 불렀기 때문이리라. 이어서 오래된 청학다방, 그 옆의 파출소와 건너편 평창식당과 철물점 그리고 초등학교 운동장이 끝나면 길 아래쪽에 지붕만 보이는 허물어져가는 방앗간이 있고, 길은 정선 가는 비행기재로 이어졌다. 디귿자 가운데 안으로 꺾어진 소로(小路)의 공터는 마을에 사람들이 살기 시작한 아득한 시절부터 미탄 6일장이 서는 곳으로, 바로 그 소로변으로 종묘상과 정미네 화장품 가게와 신흥여인숙, 동심다방, 제천집, 영주집이 이어져 있었다.

디귿자 형태로 요약할 수 있는 마을의 한 변 길이는 넉넉잡아도 200미터가 채 안 될 것 같았다. 승기는 그때, 정확히 언제였는지 모를 삼십대 초반의 어느 날 오후 영월에서 버스를 타고 미탄 차부에 내려, 너무나 애잔하고 고요해서 거의 신비롭기까지 한 시골 마을의 분위기에 현기증이 나도록 취해서, 그 오후에 마을을 대여섯 바퀴 이상 느린 걸음으로 맴돌았다. 거리에 행인이라고는 통틀어 다섯 명도 안 되었는데, 그중에는 귀를 덮은 털모자에 어울리지 않게 검정 고무신을 신은 노인도 있었던 듯싶다. 쫄바지를 입고 커피 배달하는 아가씨도 틀림없이 길을 가로질러 갔을 텐데, 아마 짝짝 껌을 씹고 있지나 않았는지 모를 일이다. 차부의 공터 볕 좋은 담벼락에는 등을 기댄 사람들이 웅성거렸을 게 틀림없고, 함지를 머리에 인 떡 장사 할머니도 있었던 듯싶다. 잡동사니를 파는 상점들은 방을 헐어서 미닫이 유리문을 단 듯 했는데, 붉고 푸른 페인트로 써 붙인 상호명, 이를테면 미탄약방이나 무슨 무슨 상회, 철물점 따위의 간판들은 정겹다 못해 눈물겹기까지 했다. 정미네 화장품 가게와 신흥여인숙 사이 골목길 안쪽에는 송원다방이 있었고, 다방 안에는 울긋불긋한 한복을 입은 뚱뚱한 마담이 한약처럼 시커멓고, 이빨이 썩을 만큼 다디단 커피를 팔고 있었다.

10여 년 전 미탄은 그런 마을이었다.

대여섯 바퀴 맴돌면서 마을의 전모를 단숨에 파악해버린 승기는 장터 근처 신흥여인숙에 방을 얻었다. 메주 냄새인지 곡물 냄새인지 퀴퀴한 냄새가 가득 배어 있었던 것으로 기억되는 그 여인숙 방에서 승기는 가방에 넣어 온 책을 꺼내기도 했을 것이고, 더러는 볼펜을 꺼내 스프링 노트에 몇 자 끼적이기도 했을 것이다. 그보다 더 많은 시간을 그는 줄담배를 피우며 형체도 없고 잡을 수도 없는 자의식의 문제로 밤늦도록 여인숙 천장 벽지에 시선을 붙박고 굼실거렸을 게 틀림없다. 이튿날 신흥여인숙에서 나온 승기는 차부식당에서 백반을 시켜 먹고, 동심다방에서 커피를 한잔한 뒤, 육백마지기라는 해괴한 이름을 가진 거대한 벌판이 저기 청옥산 위에 펼쳐져 있는데 드물게 볼 만하다는 소리에 귀가 솔깃하여 뚜벅뚜벅 걸어서 올라갔던 것이다. 특별히 풍경을 탐냈다기보다는 잡히지도 풀리지도 않는 내부의 뜨거운 문제에 전전긍긍하던 시절, 몇 시간쯤 몰두해 걷다가 마침내 승기는 그곳 산 위에 있는 거대한 벌판에 당도했던 것이고, 그때 눈 덮인 청옥산 육백마지기는 젊은이 한 사람을 느닷없이 세찬 바람으로 맞이해주었다.

"예전의 미탄은 정말 특별했다구요, 백정이 형! 지금 같지 않았어요."
장터에 차를 세운 승기가 선배에게 말했다.
승기와 이백정이 미탄에 당도한 때는 정오가 가까운 시각이었다.
둘이 정선에 간 것은 마침 선배가 동강을 보고 싶다고 제안했기 때문이다. 수자원공사와 건설교통부의 댐 건설 계획 때문에 동강 이야기가 연일 여기저기 매체에서 나오고 있던 어느 날, 승기는 선배의 해장국집에서 동굴 사진가 한 사람과 자리를 같이 하게 되었다. 선배 연배의 사진가는 식당에 자주 들렀기 때문에 선배와는 터놓고 지내는 사이인 듯했다. 승기 또한 여러 매체에서 그를 본 적이 있었기에 그리 낯설지는 않았다. 사진가는 동강의 빼어난 아름다움과 생태학적 가치 그리고 무엇보다도 동강 언저리가 석회암 지대인 점, 수몰 지역의 동굴 개수와 길이에 대한 엉터리 환경영향평가 등을 근거로 댐 건설의 부당성을 강도 높게 역설했다. "그렇게 아름다워?" 이백정의 관심은 댐 건설의 부당성보다는 그곳의 아름다움에 더 기울어져 있었다. 대부분 사람들의 1차적인 반응이 그러했으므로 그것은 조금도 이상한 일이 아니었다. 그러나 승기는 그 사진가 못지않게 동강의 댐 건설 계획이 틀려먹은 일이라고 생각하고 있었다. 정선, 평창, 영월 지역을 잘 알고 있었기 때문이라기보다는 우리나라의 대형 국책 사업의 진행 과정이 견고한 부패 고리로 연결되어 얼마나 엉터리로 진행되고 있는가를 잘 알고 있었기 때문이다. 사진가는 영월 언저리에 댐이 건설되면 수압을 견디지 못한 물이 미로같이 얽혀 있는 땅속 수로를 통해 언제 지표면을 뚫고 분출할지 모를 일이라고 흥분했다. 그런 불 보듯 뻔한 인재는 막을 수 있을 때 막지 않으면 안 된다고 했다. 그리고 사진가는 며칠 있다가 동강으로 아예 이사를 갈 작정이라고 했다. 며칠 뒤, 이백정은 승기를 꾀었다. 같이 동강에 한번 가보자고. 젊은 날 출판사나 잡지사를 전전하다가 마침내 어디 매인 데 없이 직업 번역가 행세를 하고 있던 승기는 그렇잖아도 변변찮던 일거리가 환란으로 인해 거의 끊기다시피 했으므로 선배의 제안에 심사숙고할 건덕지가 없었다. 그 또한 가장 많은 것이 시간이었기 때문이다.

영월 쪽은 아무래도 정선보다 잘 모르는 곳이었으므로 자연히 선배와의 조촐한 동강 탐사는 정선을 기점으로 동강의 상류를 헤매는 겨울 여행이 되었다. 처음에는 경치에 대한 호기심으로 나섰던 경업은 정선 고을에 대한 승기의 남다른 애정과 댐 건설 계획과 관련하여 귤암리, 가수리, 운치리, 연포 언저리, 동강 상류에서 벌어지고 있는 난마처럼 얽힌 다양한 입장을 살펴보며 댐 건설의 문제점을 깊이 절감하는 눈치였다.

교통수단은 이백정의 지프차를 이용했는데, 선배가 근래 허리가 안 좋다고 해서 운전대는 주로 승기가 잡았다.

정선에서 아침 식사를 한 뒤부터 승기는 미탄의 옛날 모습을 침을 튀길 정도로 신이 나서 말하기 시작했다.

"지금도 아름다운데그래."

이백정이 말했다. 알려진 산꾼이기도 한 이백정은 이번 여행을 통해 강원도 영평정(영월·평창·정선) 지역을 새롭게 보는 눈치였다.

"많이 변했어요."

"그럼, 변할 수밖에."

"여기가 장터예요, 형."

처음 미탄에 당도한 이후에도 정선 가는 길에 승기는 몇 번 더 미탄에 들렀지만 장이 서는 것을 본 것은 한 번밖에 없었다. 시골 장이 그렇듯 산나물, 옷가지들 그리고 내륙 산간 지방이라 한눈에 봐도 그리 양질이라 할 수 없는 꽁치나 오징어 등속의 어물, 메밀 전병을 붙이는 화덕이 눈물겹게 펼쳐져 있었다. 장날의 붐빔이라 해봐야 워낙 작은 마을이라 사려는 사람보다 팔려는 장사치들이 더 설쳤다.

승기는 차를 세우고 곧바로 신흥여인숙으로 들어갔다. 여인숙 입구는 미점(米店)이었기 때문에 쌀 포대들이 회벽 높이까지 수북이 쌓여 있었다. 곡물 냄새가 진동하는 입구를 지나 마무리를 대충 한 듯한 좁다란 여인숙 시멘트 마당에 들어서기 바쁘게 승기의 시선은 자력에 끌리듯이 오른쪽으로 향했다. 때에 찌든 주홍색 베니어 문짝 위로 '6호실'이라는 검은 글자가 보였다. "형, 바로 저 방에서 잤어, 저기 6호실. 내가 처음 미탄에 왔을 때" 승기는 뒤따라 들어선 선배에게 무슨 대단한 사실이라도 증언하듯 확신에 찬 얼굴로 말했다. 한번 머리를 뉘었던 곳은 시간의 거리를 단숨에 묵살하고 사람을 잡아당겼던 것이다.

"그때 저 방에서 잤다고?"

"그랬다니까요."

인기척이 나자 오른쪽 방문이 열리면서 육순이 넘은 여인이 "묵을 거요?" 하고 승기 일행에게 물었다. "만 원!"이라고 짧게 말한 나이 든 여인은 이내 문을 닫아버렸다. 그러고 보니 방 안에서는 10원짜리 고스톱 판이 벌어지고 있는지 나이 든 여인들이나 신는 털신발이 여러 켤레 보였다.

"그땐 1박에 3,000원 정도 했을 거요, 아마."

"그 정도 됐겠지."

여인숙에서 나와 텅 빈 겨울 장터를 관통한 승기는 선배에게 언젠가 처음 미탄에 내렸을 때 그랬던 것처럼 1분이면 읍내 구경을 다 할 수 있는 디근자 거리를 열심히 소개했다. 승기는 미탄이 예전의 한가롭고 애잔하던 시골 한촌의 냄새를 다 잃어버렸다고 개탄했다. 그런 승기를 선배는 한심하다는 얼굴로 바라보았다.

"야, 이 친구야. 변하는 게 당연하지 않겠어?"

"그땐 상점들이 알루미늄 새시 문이 아니었어요. 금이 간 흙벽도 있었단 말요. 젠장 차부 간판도 없어지고…… . 삐까번쩍한 농협 건물도 그땐 없었는데 말야."

"여기 사람들이 옛날 그 모습으로 살아가길 바랄 권리는 아무한테도 없어. 왜 여기 사람들이 건물 올리고 알루미늄 새시 문을 하면 안 된단 말이냐. 이제 보니 승기 너, 아주 웃긴 친구로구먼."

이백정이 말했다.

"형 말이야 맞지. 내 얘긴 그게 아니라…… ."

승기가 더듬거렸다. 그렇지만 무엇인가 못내 불만인 것도 사실이었다.

육백마지기 이야기를 새삼스럽게 들은 것은 읍내를 걷다가 들른 청학다방에서였다.

얼굴이 까무잡잡한 사십 대 초반의 청학다방 주인은 둘이 다방에 들어서자 서둘러 석유난로에 불을 붙이기 시작했다. 올 겨울은 별로 춥지 않은 데다 공연히 냄새만 난다며 괜찮다고 했건만, 주인은 외지 손님이 들어온 게 반가운지 냄새 안 난다며 막무가내로 난로에 석유를 붓고 불을 붙였다. 주인 말고는 젊고 뚱뚱한 아가씨가 한 사람 있었는데, 그녀는 주인이 석유난로에 석유 붓는 일을 마치자 석유통을 들고 어디론가 사라졌다가는 한참 동안이나 다시 나타나지 않았다. 그리고 보니 저 안쪽 구석에서 가죽점퍼를 입은 사내가 다리를 꼬고 앉아 호기심 어린 얼굴로 이편을 쳐다보고 있었다. 화장실에 들렀다가 오는 길인지 한참 있다 나타난 뚱뚱한 젊은 아가씨는 주인이 승기 패들과 이야기를 하는 눈치이자 사내의 앞자리에 앉아 무료한 얼굴로 손톱을 매만지기 시작했다. 사내가 시시한 농담을 했는지 간간히 아가씨의 공허한 웃음소리가 들렸다.

"저 위의 육백마지기 말요. 올라갈 수 있겠죠, 요샌?"

승기가 물었다.

"아저씬 이 동네 처음이 아니신가 봐요. 육백마지기도 아시고."

커피를 내온 건 주인이었다. 아무런 무늬도 넣지 않은, 두껍고 낮은 구형의 유백색 사기잔이 이 다방이 얼마나 오래된 다방인지를 잘 느끼게 해주었다. 한약처럼 시커먼 커피가 실금도 생기고 최초의 빛을 잃어버린 사기잔과 잘 어울렸다.

"옛날에 한번 올라가봤지요."

"올 겨울엔 눈이 없어서 올라가고도 남지요. 차는 무슨 찬데요?"

"지프차!"

지프차의 주인인 선배가 대꾸했다.

"그럼요. 지프차라면 올라가고도 남지요. 그래도 딴 때 같으면 한겨울엔 엄두도 못 내요. 올라가는 사람도 없구요. 올라가봐야 거긴 아무도 없을걸요. 볼 것도 없고요. 바람만 씽씽 불어제낄걸요. 오뉴월쯤 돼서 나물 캐러 올라가보면 꼭 구름 속에 있는 것 같다니깐요. 기똥차지요. 일 년 내내 바람이 지랄 같아서 탈이지만."

"그렇게 멋있어요?"

이백정이 물었다.

"아휴, 안 올라가본 사람은 몰라요. 그치만 지금은 겨울이라 볼 게 없다니깐요. 올라갔다가 괜히 얼어 죽을라구요."

얼굴이 까만 편이라 주인의 치아가 더욱 희게 느껴졌다.

"거기 고랭지 채소는 다른 데랑 다르오?"

이백정이 육백마지기에 관심을 표했다.

"그럼요. 요즘은 부사가 나와서 그렇지, 옛날에 여기 미탄 사람들은 육백마지기 무를 먹었지 사과를 안 먹었대요. 내가 봐도 달라요. 시원하고 달고, 김장을 해도 육백마지기 무 배추는 맛이 다르다니깐요. 지금은 밭떼기로 흥정해서 그냥 트럭에 실려 가니까 우린 맛도 못 보지만요. 서울 올라가서도 가락시장으로 안 간대요. 고급 호텔로 직행한다 그래요. 모르긴 몰라도 청와대 김치도 아마 육백마지기 무 배추로 담글걸요."

승기는 청학다방 주인에게도 커피를 한 잔 시켰다. 그녀는 기다렸다는 듯이 주방에 있는 아줌마에게 손짓을 했다. 그러자 뚱뚱한 젊은 여자가 얼른 자리에서 일어나는 것 같았다. 입심이 좋은 사람을 만나서 승기는 반가웠다.

"그럼, 값도 세겠네요."

선배가 다시 물었다.

"그럼요. 여기 고랭지는 대관령보다 더 늦게 심거덜랑요. 양력 7월에
심고 추석 즈음에 거두는데, 재미 보는 사람은 억 소리 나게 건지죠. 때
를 못 맞춰 안 되는 사람은 죽어라 하고 안 되고. 그래서 육백마지기 고
랭지 농사는 완전히 투기라 그러잖아요. 지난해 농사도 잘된 모양이에
요. 차용실 씨라고 그 양반한테 차재윤 씨라는 아들이 있는데, 그 집은
희한하게 매년 돈을 벌더라구요. 안 되는 사람은 죽어라 하고 재밀 못
보는데…… 그 집은 지난해에도 열 트럭에 4,000~5,000 이상 남겼다
고 그러죠, 소문에."

"그나저나 미탄은 왜 이렇게 변했소?"

승기는 육백마지기에 올라갈 수 있다고 하자 안도감이 일었다.

"변하긴 뭐가 변해요. 맨날 그대론걸요. 아저씬 언제 와보셨는데요?"

"정선 가는 길에 지나가긴 많이 지나갔지요."

"맨 처음 오신 게 언젠데?"

"한 10년 되나."

"그렇담 좀 변했겠죠. 옛날에 광산이 있을 땐 여도 굉장했어요. 요정
도 서너 개 있었고 돈도 얼마나 펑펑 잘 돌았다구요. 아가씨 장사를 해
서 돈 벌어 나간 사람도 많았다니깐요. 조오기 장터에 동심다방 봤죠. 그
집이 옛날 '오시오집'이었는데 그 할머이가 아가씨 장사로는 원조인 셈
이에요. 요즘은 동네 할머이들하고 고스톱이나 치고 있지만 옛날엔 굉
장치도 않았답니다. 요 파출소 뒷골목의 라일락 방석집에도 아가씨들이
바글바글했다니깐요. 오시오집만큼 좋은 아가씨들은 아니었지만요. 지

금은 채널라인 단란주점으로 변했지 아마."

주인은 그들이 어디에서 왔느냐고 묻지도 않고, 짧게 묻는 말에도 길게 수다를 피웠다.

"아 참, 그렇지. 여기 옛날에 광산이 있었다지!"

승기가 아는 체를 했다. 그때 육백마지기를 오를 때 산 중턱 오른편으로 광업소 비슷한 것을 본 기억이 새삼스럽게 났기 때문이다.

"광산이 문 닫은 지 얼마나 됐죠?"

"10년도 더 됐을걸요."

승기는 그 대답과 함께 자신이 처음 육백마지기에 올랐을 때를 다시금 어림잡았다. 그때도 산 중턱의 탄광은 채탄을 안 한 지 오래된 버력탕으로 보였다. 시커멓고 더러는 누런 녹이 더덕더덕 붙은 잡석이 골짜기 가득 흘러내리다 멈춰 있었다. 10년도 전에 폐광이 되었다면 예전에 산에 올랐을 때를 그 직후쯤으로 생각하면 얼추 맞아떨어질 것 같았다.

"광산은 몇 개나 있었죠?"

"용배광업소하고 미탄광업소하고가 젤로 컸고, 그리고도 많았죠. 쫄딱 구뎅이까지 합치면 많을 땐 예닐곱 개쯤 됐을 거예요. 난 그때 물론 쪼그만했지요."

"쫄딱 구뎅이라?"

이백정이 다방 여주인에게 물었다. 산판에서도 일한 선배였지만 그로서는 처음 들어보는 말인 모양이었다.

"후훗, 재밌죠? 조그만 개인 광업소를 여선 그렇게 불러요. 구덩이가 작다, 그 말이기도 하고, 노다지를 못 만나면 쫄딱 망한다, 뭐 그런 뜻도 있고 그렇죠."

"주인아주머닌 여기 미탄이 고향인 모양이네."

승기였다.

"예, 난 여기 미탄 토박이죠. 우리 친정이 조오기 평창식당 자리, 지금은 수타 짜장면집으로 정선 평창에서도 짜장면 먹으러 오고 그러죠. 강릉까지 소문이 났더라구요. 아저씨들 수타 짜장면 알죠? 손으로 치는 짜장면 말예요. 우리 집이 거기서 만물상회를 했는데 무지무지 잘 살았어요. 옥수수 한 되에 300원 그럴 때······. 나만 하얀 운동화 신었어요. 나만 소풍 갈 때 사진 찍고 그랬는데, 하얀 스타킹 신고 그랬는데, 우리 집이 그렇게 잘살았어요. 딴 친구들은 옥수수밥, 여 말로 강냉이밥, 거 있잖아요, 찰강냉이 갈아 갖고 껍데기 벗긴 거요, 거기 감자 넣고 쪄 먹었는데, 너무너무 맛있어요. 그거 학교 가서 내가 싸가지고 간 이밥하고 바꿔 먹었지 뭐예요. 우리 집이 하여간에 아버지 장사할 때 무진장 잘살았거덜랑요."

다방 여주인은 시쳇말로 왕수다였다.

"으음, 친정이 무지무지 잘살았다 그 말이군요. 그건 그렇고 다방 입구에 붙여진 '삼삼칠회'는 무슨 뜻이죠?"

청학다방 입구에는 나무 현판에 그런 글자가 적혀 있었다.

"아, 그거요. 우리 다방이 미탄초등학교 33회와 미탄중학교 7회 동창회 사무실하고 같이 쓰잖아요. 우리 남편이 삼삼칠회 회장이었거든요. 한 5년 하다가 인제 올해로 그만뒀지요. 지금은 딴 사람이 해요. 그치만 읍내 복판에 우리 다방이 있다 보니 그냥 연락처로 쓰는 거죠, 뭘. 며칠 전에 동창회를 했는데, 아이구 말도 말아요, 저기 비행기재 가는 길에 기화라고 송어 양식장 많은 데가 있거든요. 거기 기화횟집에서 1만 5,000

원씩 거둬가지고 모인 모양인데 그렇게 재밌게 놀았대요. 30년 만에. 야 이 새꺄, 야 이 간나야 해가며 그렇게 재밌게 놀았대요. 우리 34회는 설치는 애들이 없어서 한 번도 못 모였는데……."

머리를 짧게 커트한 것이 까무잡잡한 얼굴에 어떤 영향을 주고 있는지 감이 잘 잡히지 않는 다방 여주인은 이야기에 몹시 굶주린 사람 같았다. 질문을 받은 말이나 그렇지 않은 말이나 그녀에게는 구분이 없었다. 지나가다 차 한잔하기에는 좋은 상대였지만 함께 살아야 한다면 골치 아플 것 같기도 했다. 미탄 초등학교 33회 회장을 역임한 남편 기수의 졸업 30주년 동창회가 최근에 열렸다고 했고, 스스로 34회라고 했으니 이 여인의 나이는 사십 대 초반이라는 게 저절로 계산되었다. 설사 나이를 물었다고 해도 서슴없이 답했을 것이다. 남편의 동창회 이야기를 할 때 그녀는 자신이 속한 기수에 설치는 동창이 없어서 야속해 죽겠다는 얼굴이었는데, 나중에도 그녀의 그 표정은 기억이 날 것 같았다. 기화횟집에서 일인당 1만 5,000원을 거뒀다는 이야기도 여간 인상적이지 않았다. 청학다방의 커피 값은 1,200원이었다.

"우리 잠시 딴 나라에 온 것 같네그려."

양은 적었지만 커피값이 정신없이 싼 데 대한 이백정의 표현이었다. 승기도 빙긋 따라 웃었다.

다방에서 나온 승기는 선배에게 시장하지 않느냐고 물었다. 정선을 떠날 때 '콧등치기'로 워낙 늦은 아침을 했기 때문에 선배는 배고프지 않다고 했다. 선배는 정선에만 있는 콧등치기라는 메밀국수 이름이 재미있기도 하지만 맛도 아주 훌륭하다고 극찬했다. 별로 시장하지 않다는 말이 떨어지기 무섭게 승기는 차머리를 백민이발소와 귀로다방 사잇길로 들이밀었다. 눈짐작으로 그쪽으로 올라가면 육백마지기가 나타날 것 같았기 때문이다.

"백정이 형, 기왕에 여기 미탄에 들었으니 우리 육백마지기 한번 올라가봅시다. 그래야 하지 않겠어요?"

승기가 말했다. 왠지 아까 다방에서부터 선배에게 육백마지기를 꼭 보여줘야만 할 것 같은 의무감 비슷한 감정이 일었다. 스스로도 올 겨울에는 눈이 안 와서 올라갈 수 있다는 말에 솔깃한 터이긴 했다.

"길 알어?"

"뻔해요. 이 골목으로 가다가 모르면 물어보죠, 뭘."

"모두들 하도 육백마지기 해쌓으니 어디 한번 올라가보자구. 아까 청학다방 아줌마도 지프차는 된다고 했으니까. 4륜구동 덕을 이번에 톡톡히 보네. 안 그래?"

경업이 자신의 지프차를 은근히 뼈겼다. 지프차를 가지고 있는 사람들은 선배처럼 뼈길 기회만 얻었다 하면 참지 못하고 모두 그럴 것이라는 생각이 들었다.

"이번에 보니 비포장은 지프차가 좋긴 좋더라구요. 나도 다음 차는 지프차로 바꿔야겠어요."

"해발 1,250이라? 그러면 그게 어느 정도 높인가?"

"대관령이 850 정도거든요."

"으음, 높긴 높군."

이상한 일이었다. 정말 이상한 일이었다.

마을에서부터 북쪽이라고 생각되는 비탈을 향해 한참을 올랐는데도 도무지 육백마지기는 나타나지 않았다. 마을을 벗어나자 나타난 좁다란 시멘트 포장의 농로는 생각보다 여러 갈래였다. 갈림길에 대처하는 승기의 자세는 스스로 육백마지기가 있다고 생각하는 한 지점을 설정한 뒤, 조심스레 선택하는 자세였다. 물론 비포장에 좋은 차를 믿고 단박에 오르리라는 낙관이 없었던 것은 아니다. 하지만 그게 아니었다. 마을을 벗어난 뒤 10분쯤 산길을 오르다가 브레이크를 밟았다. 아무리 생각해도 이상한 느낌이 들었던 것이다. 마침 앞쪽으로 외딴집이 한 채 보였다. 승기는 저단 기어로 외딴집 앞 비탈에 차를 세우고 마당에 성큼 들어서 외쳤다.

"계십니까?"

아무런 인기척이 없었다. 섬돌 위에는 아무렇게 벗어던진 낡은 운동화가 한 켤레 보였다. 남자 신발이었다. 좁디좁은 마당을 가로지른 빨랫줄은 텅 비어 있었다. 여자가 없는 집인가? 여자가 없어도 빨래는 하고 살아야 할 텐데. 승기는 목소리를 조금 높여 사람을 찾았다. 아무도 없는지 방 안에서는 아무런 기척도 드러내지 않았다. 승기는 다시 목소리를 조금 높여 사람을 찾았다. 역시 방 안에서는 아무런 기척도 드러내지 않았다. 하는 수 없이 승기는 다시 차에 올랐다. 얼마쯤 서행했을까. 저 앞쪽으로 트럭이 한 대 보였다. 반가웠다. 트럭이 서 있는 곳에도 외딴집이 한 채 있었는데, 사내는 그곳의 어떤 아낙네와 길에서 이야기를 나누는 중이었다. 파일럿처럼 어깨 아래에 볼펜이 꽂힌 점퍼를 입은 것으로 보아 세일즈맨 같기도 했다.

"허어, 잘못 올라왔네요. 육백마지기로 가려면 저 아래 마을로 내려가서 좌회전해야 되는데⋯⋯."

점퍼 안에 쥐색 폴라 티를 걸친 사내가 말했다.

"얼마나 내려가야 하나요?"

"온 길로 내려가다 보면 노인 회관이 보일 거요."

"그럼, 우리가 온 길이네. 아무튼 고맙습니다."

그렇게 사내와 헤어진 뒤 조금 더 비탈로 올라가서 차를 돌린 승기는 길을 가르쳐준 사내를 지나치고도 한참 더 내려가다가 밭에서 비닐하우스 버팀 파이프를 세우고 있는 젊은이에게 다시 길을 물어서야 노인 회관을 찾을 수 있었다. 노인 회관은 산에서 볼 때는 마을의 입구였고, 마을에서 볼 때는 마을의 끄트머리 오래된 시멘트 다리 근처에 있었다. 다리 아래 개천은 바짝 말라 있었다. 지독한 겨울 가뭄이었다. 가만히 보니아니나 다를까 아까 산으로 오를 때 지나친 길이었다. 노인들 몇이 마침 다리를 건너 회관으로 걸어가고 있었다.

"할아버지, 육백마지기로 가자면……."

"으응, 그리로 주욱 올라가!"

허리가 조금 굽은 한 노인이 손짓을 했다. 노인이 가리키는 곳은 마을을 등지고 볼 때 오른쪽 길이었다. 적당한 곳에서 승기는 다시 차를 돌렸다. 차를 돌리면서 승기는 이젠 됐다, 하는 기분이 들었다. 노인들은 승기가 차를 돌려 자신들을 지나칠 때까지 다리 한쪽 가장자리에서 조용히 기다렸다. 인사를 하고 지나치려 하는데 다른 노인이 혼잣말처럼 말했다.

"이 동삼에 거긴 뭐 하러 올라가! 바람만 꽉 찼을 텐데, 쯧쯧."

그 말을 귓전으로 흘리며 승기는 아까보다 조금 더 속력을 냈다.

"거기 바람이 진짜 대단한 모양이지?"

선배가 승기에게 물었다.

"벌판이니까요. 그때도 그랬어요. 굽이 하나를 돌자 갑자기 벌판이 확 나타나면서 무섭게 바람이 불어제끼더라구요. 무섭더라구요. 생각해보슈, 형. 산꼭대기에 여의도만 한 벌판이 펼쳐져 있고, 바람은 사람이 날아갈 정도로 불어제끼면 어떨지를."

"그때가 언제였다고 그랬지?"

"모르겠다니까요."

"아니, 내 얘기는 철이 언제였는가 이 말이야."

"확실한 건 눈길을 걸었다는 거예요. 근데 꼭대기에 이르기 전까지는 추웠다는 기억이 별로 없어요. 근데 왜 이렇게 생각이 잘 안 나는지, 내 원!"

"한겨울은 아니었던 모양이군."

"아마 3월쯤 되지 않았나 싶네요. 여기 응달은 오뉴월까지 눈이 안 녹으니까."

"그나저나 그때 거긴 왜 혼자 올라갔어?"

경업이 물었다.

"몰라요. 마을에서 하도 육백마지기 육백마지기 해싸니까 어디 한번 올라가보자 그랬겠죠. 그땐 아마 뭔가 속에 꽉 차 있었을 거예요."

"지금은?"

"때가 끼고 텅 비었다 봐야겠죠, 젠장."

승기가 자조적으로 웃었다. 땀으로 속옷을 적시며 그곳이 다만 아무 것도 없는 빈 벌판일 뿐이라는 것을 잘 알고 있었음에도 단숨에 산을 올랐던 그 시절이 그리웠다. 타는 듯한 열기와 고독 그리고 필경 그러하였을 마음의 순도가 갑자기 말할 수 없이 그리웠다. 인정하고 싶지 않지만 습관과 속진 그리고 자신에 대한 턱없는 관대함으로 인해 지금은 그 정결하기만 하던 젊은 날의 마음의 밀도를 잃어버리고 말았다는 사실이 빳빳하게 고개를 쳐들었다. 바람 불고 가문 겨울의 산골 풍경처럼 승기의 마음은 황량하고 스산해졌다. 그러면 그럴수록 왠지 아까 읍내를 떠날 때의 가벼운 마음과는 달리 기필코 육백마지기에 다시 올라 그곳의 바람에 온몸을 내던져, 무엇인가를 회복해야 할 것만 같은 강박감이 들었다. 운전석 바깥에서는 바람에 마른 겨울 나뭇가지들이 쉼 없이 흔들렸다. 승기가 새 담배를 입에 물자 이백정이 얼른 불을 붙여주었다. 둘은 노인들이 가르쳐준 길을 따라 한참을 더 올라갔다. 오른쪽 산비탈로 광산의 흔적이 보이는 듯했다. 그러나 그곳이 광산이었다기에는 의심스러운 구석이 있었다. 석탄광은 폐광 이후에도 거무튀튀한 흔적이 오래가는 법인데, 그곳에는 버력의 빛깔이 영 아닌 것 같았다. 하지만 승기는 오른쪽 산비탈에서 떨어진 잡석 더미가 폐광의 흔적일 것이라고 애써 생각했다. 10여 년 전 그때에도 길의 오른편에서 광산의 흔적을 본 것 같았기 때문이다. 그곳이 폐광의 흔적이 확실해야지만 이번에 든 길이 잘못이 아니라는 게 증명이라도 될 듯싶었다.

크고 작은 몇 굽이 언덕을 지프는 잘도 올라가주었다. 그러나 갈수록 길은 험해졌다. 아직 산 중턱에도 못 미쳤는데 일찍부터 4륜구동을 사용해야만 했다.

"이상하단 말씀이야."

승기가 참다못해 중얼거렸다.

"아닌 것 같아?"

"맞는 것 같기도 하고, 아닌 것 같기도 하고 그래요."

"좀 더 올라가보자구. 이제부텀은 외길이잖아. 올라가다 보면 나오겠지. 설마 육백마지기가 어디로 증발해버리지야 않았을 거 아냐."

"……."

승기는 선배의 낙관에 얼른 대꾸할 수 없었다. 정말 외길일까, 다시 갈림길이 나오지는 않을까.

"형, 산군들이 더러 산에서 경험하는 거 있잖아, 밤새도록 걸었는데 새벽에 보니 출발했던 자리로 되돌아와 있는 현상 말야."

"응, 그런 거 있지. 링반데룽 현상이라구."

"그래 맞어, 링반데룽! 입에서 뱅뱅 돌았는데……. 그거 형, 영어는 아니죠?"

"독일어일 거야. 반데룽이 산에서 헤맨다는 뜻이고 링은 뱅뱅 돈다는 뜻이니까."

"우리가 지금 그 꼴 나는 거 아닌가 모르겠네요."

"뭘, 이런 대낮에 그런 일이……."

"링반데룽 현상은 밤에만 일어나는 건가요?"

"꼭 그런 건 아니야. 그치만 대개 야간에 안개가 끼거나 눈보라가 치거나 그래서 시야가 좁을 때 나타나지. 더구나 지형이 한라산의 어리목이나 지리산처럼 평평하고 단조로운 곳에서 일어나는 경우가 많아. 난 아직 그런 데 빠진 경험이 없지만 우리 산악회 후배 한 녀석이 백두대간 종주할 때 단목령 아래 쇠나들이에서 그런 적이 있다고 그래. 네팔 등정 때에도 아주 또렷또렷하던 녀석이었는데 말야."

"나침반도 맥을 못 쓰나요?"

"나침반이야 동서남북 방위만 가리키잖아. 너도 군대 갔다 와서 알겠지만 독도(讀圖)라는 게 그렇잖아. 무슨 정치(定置)할 포인트가 있어야 할 거 아냐. 시야가 없고 지형지물 자체에 포인트가 없을 땐 나침반이 아무런 의미가 없어. 게다가 링반데룽은 지형도 지형이지만, 사람이 극도로 피곤하거나 정식적으로 약해졌을 때 일어난다는 거야. 그 상태를 하이퍼 서미어라고 하는데, 그렇게 저체온증 상태에 있을 때 많이 일어난다고 그래. 평평하니까 험지보다도 심리적으로 상황을 조금 우습게 보는 탓도 있고 말야."

"형, 많이 아네요."

"무슨 소릴! 링반데룽 현상으로 가끔은 조난사 하는 경우도 있어. 몇 년 전에 점봉산 단목령 밑의 쇠나들이에서 그런 일이 일어나서 사람이 죽기도 했지."

"으음."

"너 그때 육백마지기까지 걸어서 올라갔다 했지?"

"예."

"얼마나 걸렸지?"

"잘 모르겠어요. 많이 잡아야 두 시간, 하여간 단숨에 올라간 것 같애요. 그러구 보니 생각나네. 거기 외딴집에서 사람도 만났어요. 다 허물어져가는 일자로 된 산채막이었는데, 어떤 사내를 만났어요. 그래서 그 집의 쪽마루에서 무슨 차였는지 차도 한 잔 얻어먹은 기억이 나네요. 그러곤 다시 하산해서 아마 그날로 정선으로 들어갔을 거예요. 난 그때 걸핏하면 정선에 가곤 했으니까요."

"사람이 있었다고?"

"예, 형하고 얘기하다 보니 생각나네요. 아까까진 거기서 무슨 일이 있었는지 도통 생각이 안 났는데. 한쪽 눈이 조금 이상한 사내가 흑염소를 치고 있었어요. 가족은 영등포에 사는데, 애들은 그렇다손 치더라도 마누라가 한 번도 육백마지기에 안 내려왔다고 투덜댔던 거 같애요. 그래서 그때 속으로 아하 이 아저씨, 가정에 무슨 문제가 있는 모양이구나 했지요. 박씨였던 것 같은데, 신동아였는지 월간 조선이었는지 그런 잡지가 마루 끝에 한두 권 있는 게 아주 인상적이었죠. 그런 잡지라는 게 맨날 박정희 시절 비화만 잔뜩 싣지만서두."

조금씩 기억의 실마리가 풀어지는 것을 보면 꽉 닫힌을 줄로만 알았던 기억 창고의 문이 열리긴 열리는 모양이었다. 그러나 승기는 답답했다. 그곳에서 사람을 만났던 사실을 선배와 이야기를 하기 전에는 전혀 떠올리지 못했기 때문이다.

네 바퀴 다 작동시켰지만 워낙 비포장 산길의 요철이 심해 지프차는 널뛰듯 좌우상하로 심하게 요동쳤다. 가끔씩 삐주룩이 튀어나온 돌멩이가 차의 하부를 쿠당탕탕 때리는 소리가 진동했다. 그 기분 나쁜 소리 때문에 운전대를 잡은 승기는 어금니를 물고 진저리를 쳤다. 남의 차였기 때문에 신경은 더 날카로울 수밖에 없었다. 부지런히 오르막을 올랐건만 가도 가도 길은 점점 더 험해졌다. 응달은 한참 전에 내린 눈밭이었고, 눈밭 아래는 두터운 빙판이었다. 차바퀴 자국도 오래된 것 같았다. 내색은 안 했지만 초조해지기 시작했다. 눈에 불을 켜고 열심히 길을 찾으면서도 이번에 육백마지기에 오르지 못할 것 같은 예감이 든 것은 어떻게 설명해야 좋을지 모를 일이었다. 불안을 감추기 위해 승기는 몸을 앞으로 수그리고 운전대를 더욱 움켜잡았다.

"그런 현상이 왜 일어난대요?"

승기가 다시 링반데룽에 대해 물었다.

"무슨 현상?"

"아까 형이 얘기한 링반데룽 현상 말예요."

"글쎄, 나도 확실히는 몰라. 여기저기서 줘들은 풍월인데 말야. 사람의 왼발 보폭과 오른발 보폭이 차이가 있다는데, 그래서 똑바로 걷다 보면 자기도 모르게 나중엔 출발했던 지점으로 되돌아오게 되어 있다 뭐 그런 썰도 있는 모양이야. 근데 김윤만이라고 치과 의사 하는 내 친구 얘기로, 그 썰은 문제가 좀 있나 봐. 과학적으로 설득력이 부족한 모양이야. 아까 말한 대로 대개는 지형과 기상 상태 그리고 그때 사람의 육체적·정신적 상태랑 관계가 있다고 봐야 할 거야. 산꾼들은 어쨌거나 그런 식으로 해석하지."

"쓸데없이 신비화시킬 일은 아니라 그거로군요."

"그치만 아무도 정확한 원인을 속 시원히 말할 순 없다고 봐야지. 세상에는 밝혀지지 않은 일이 밝혀진 일보다 더 많지 않겠어?"

100명이 먹을 만한 커다란 솥을 두 개나 가지고 있어서 이백정이라는 별명이 붙은 평범한 식당 주인의 말이라기에는 그 격조가 다소 부자연스러운 말이긴 했다. 워낙 지프의 요동이 심해서 이백정은 좌석 앞쪽의 손잡이를 아예 두 손으로 잡고 있었다.

"형, 아무래도 내가 갔던 길이 아닌 것 같애요."

승기의 이마에 땀이 솟았다. 그 말을 뱉는 데에는 내심 결단이라고까지 할 거야 없지만, 매우 힘이 들었던 것만은 사실이다. 저 멀리 앞쪽 언덕에도 빙판이 보였다. 4륜구동이라 기듯이 올라가면 통과할 수는 있다손 치더라도 내려올 때를 생각하면 아득해지는 경사였다. 순간 오기 같은 것이 꿈틀거렸지만 길의 상황보다도 지금 타고 있는 길이 정말 육백마지기로 이어지는 길인지가 문제였다. 전에 없이 가문 겨울인지라 위로 오르면 오를수록 바람은 더욱 기승을 부렸다. 마른 겨울 한낮, 바람은 잎을 떨구고 꼭꼭 문을 잠근 나무들의 몸뚱어리를 매섭게 때리고 있었다. 행여 차 안의 담배 연기를 빼기 위해 창을 조금 열기라도 할라치면 허공에서 지들끼리 부딪쳐 날카롭게 찢어지는 거대한 겨울바람 소리가 귓전을 때렸다. 때로는 절벽이 무너지는 소리 같기도 하고 거대한 천이 펄럭이는 것 같기도 한 겨울바람 소리는 세찬 손바닥이 하늘의 귀때기를 들입다 때리는 소리 같았다.

벌써 미탄 읍내를 벗어나 산에 오른 지 좋이 시간 반은 넘지 않았나 싶었다. 어디에서 잘못되었을까. 간신히 빙판을 지나자 또다시 커브가 나타났다. 어떤 구간은 고르게 자란 희디흰 자작나무가 일정하게 도열하고 있어서 잠시 이곳이 다른 나라라는 느낌을 주기도 했다.

"전에 갔던 길 맞어?"

선배가 물었다.

"아무래도 아닌 것 같애요. 이렇게 험하지 않았어요. 아무리 그때 눈밭을 걸어갔다고 해도 이렇게 지루하고 경사가 심하지 않았던 거 같애요. 눈에 뱀이 기어간 자국도 본 기억이 나고 까투리 같은 녀석이 무겁게 날기도 했거덜랑요. 그나저나 내 참 미치겠네."

"노인들은 아까 분명히 주욱 올라가면 육백마지기로 갈 수 있다고 했잖아. 노인 회관을 가르쳐줬던 맨 첨에 만난 친구도 그랬고 말야. 그들이 거짓말을 할 리가 있겠나!"

"그러게 말예요."

"읍내에선 그 흔해빠진 세레스도 한 대 안 보이네, 시발."

말이 씨가 된다고, 선배의 말이 떨어지고 얼마 지나지 않아 산비탈의 갈림길에서 차 소리가 났다. 잠시 정차하고 기다렸더니 정말 푸른색 농민차 한 대가 덜컹덜컹 널뛰듯 커브에서 나타났다. 얼마나 반가웠던지 승기는 소리 날 정도로 급히 핸드브레이크를 당기고 운전석에서 내렸다. 뒤따라 선배도 내리는 것 같았다.

"아저씨, 여기가 대체 어딥니까? 이 길이 육백마지기 올라가는 길 맞나요?"

"아이고, 잘못 들어왔네요. 이쪽이 아니라 저쪽인데……."

그러면서 농민차 운전석의 사내는 한 손으로 운전대를 잡고 다른 손으로는 옆 좌석의 허공을 가리켰다. 감은 지 오래되었는지 머리카락에 기름이 흐르는 사십 대 후반의 사내는 입에서 술 냄새가 났다. 어디 추운 데에서 떨다가 오는 길인지 볼이 빨간 그 사내 또한 겨울 산중에서 사람을 만난 반가움을 감추지 않았다.

"저쪽이라뇨?"

"육백마지기로 올라갈라면 저어기, 저 아래 비탈에서 오른쪽으로 올라가야지……. 거길 이 한겨울에 뭐 하러 올라갈라 하쇼? 볼 것도 없을 텐데. 하기야 사냥꾼들은 있겠네."

사내가 말했다.

하도 여러 번 들은 이야기라 짜증이 났다. 사내의 말대로라면 또 길을 잘못 든 것이었다. 저 아래 오른편으로 길이 있었던가, 아리송하기만 했다.

"아저씨 말대로 저 아래에서 길을 바로잡았다 치고, 대충 이 언저리가 어디쯤 됩니까? 아직 많이 남았나요?"

승기가 초조한 얼굴로 물었다.

"반쯤 왔나 모르겠네."

사내가 무념한 얼굴로 말했다.

듣고 싶지 않은 절망적인 대답이었다.

"사냥꾼들이 요새 뭘 잡죠?"

이백정이 물었다. 그는 승기의 초조와는 달리 여유가 있었다.

"돼끼도 잡고, 멧돼지도 잡고…… 노루도 잡고 그러죠, 뭘."

"노루요?"

"하기야 올핸 눈이 안 와서 잘 모르겠수다."

"아저씬 어디 갔다 오시는 길이쇼?"

"고추밭에 지지대를 세울라 했더니만 바람이 하도 세서 그냥 내려갈라구요. 댁들은 어데서 오는 길이오?"

"정선요."

"빙판이 많을 텐데……. 하기야 지프차라 올라가겠지만."

그러면서 사내는 승기 패가 타고 온 지프차에 잠시 눈을 주더니, 자신의 농민차 운전대를 싸잡아 쥐고 액셀을 밟기 시작했다. 무슨 말인가 더 해야 할 것만 같았지만, 그게 무슨 말이어야 할지 잘 몰라서 승기는 그 순간 쩔쩔맸다. 마음 같아서는 사내를 붙잡고 거의 하소연이라도 하고 싶은 심정이었다. 그러나 사내와 나눌 이야기가 더 있을 수 없었다. 애타는 노릇이었다. 저 아래에서 둘이 그냥 지나쳤던 길을 찾아 다시 올라야 한다고 말한 사내가 야속했다. 더욱이 그곳에서 길을 바로 든다고 해도 이제 겨우 반밖에 안 왔다니 미치고 환장할 노릇이었다. 누구 말이 옳단 말인가. 육백마지기는 왜 오늘 사람을 이토록 밀어내는 것일까. 그리고 무엇보다도 울화통이 터지는 일은 왜 사내가 있다고 한 길을 자신들은 그냥 지나쳤을까, 하는 점이었다.

소주 냄새를 풍기던 농민차는 쿠당탕탕 돌멩이를 퉁기며, 어떤 때는 자체가 춤추듯 허공으로 치솟으며 산 아래로 천천히 내려갔다. 저 사람 말고 다시는 이 산에서 사람을 만나지 못하리라는 생각이 들었다. 산 위 벌판에는 토끼도, 멧돼지도, 노루도 없을 것이고, 사냥꾼도 없을 것만 같았다. 아니, 육백마지기가 정말 저 위에 있기나 할까.

"백정이 형, 링반데룽 현상은 꼭 걸어 다니는 사람에게만 일어나는 거요?"

비탈이라 승기가 저단 기어를 넣고도 핸드브레이크를 조금씩 끌어당기면서 선배에게 물었다. 무슨 일인가 자신들의 의지와는 관계없이 조용히, 착실하게 진행되고 있는 것만 같았다. 그 일의 끝은 어디까지 마련되어 있을까?

"글쎄다, 그건 잘 모르겠다. 그만 내려가자. 아무래도 오늘은 아닌 거 같다."

"……."

포기하자는 선배의 말을 승기는 어떻게 받아들여야 할지 몰라서 잠시 망설였다.

아까 그 사내는 어디서 소주를 걸쳤을까. 파카 주머니에 2홉들이 소주를 꽂고 있다가 고추 밭에서 고개를 뒤로 젖히고 홀로 병나발을 불었을까. 지지대를 세우기에는 바람이 너무나 심하게 불어젖혔으므로. 그렇다고 지지대를 세우지 않고 그냥 하산하면 바람에 흔들리는 고추는 어떻게 된단 말인가. 저렇게 퉁명스럽게 내려가버리면 우리는 어떻게 하란 말인가.

"승기야, 저 아저씨 가만히 생각하니 이만저만 웃기지 않네. 겨울에 무슨 고추 밭에 지지대를 세우냐. 겨울에 고추 밭이 어딨어! 왠지 기분이 이상해지는걸……. 안 되겠다, 우리 그냥 내려가자구. 육백마지기가 산 위에 있다면 그게 어디 이사 가겠냐. 다음에 보기로 하자."

이백정이 평소의 그답지 않게 말했다.

승기는 선배의 제안에 아무런 대꾸도 안 했다. 그렇지만 아까 자신들이 놓쳤다는, 알 수 없는 길을 더 이상 찾으려고 하지도 않았다. 하산하면서 승기는 한때 자신이 육백마지기에 올랐다는 사실조차 그것이 정말 일어났던 일인지 처음으로 의심이 들기 시작했다. (1999)

중편소설

약사여래는 오지 않는다

동강은 황새여울을 안고 흐른다

약사여래는 오지 않는다

어떻게 보면 해괴할 것도 없는 그 이상한 일을 그가 겪은 것은 수돗물 식수 부적격 소동이 연일 신문의 머리기사를 장식하면서 전국이 물 비상에 돌입하기 얼마 전이었다.

1988년 말에 정수장의 수질 오염도를 조사한 것을 건설부가 왜 이듬해인 금년 8월 8일에야 그 결과를 발표했는지 알 수 없었다. 조사 결과는 원래 그렇게 오래 꼬불쳐 지니고 있다가 발표하기에 딱 좋은 적기가 따로 있는지 모르겠으나, 이미 그는 유락산 약사전(藥師殿) 앞에서 그런 해괴한 일을 겪었으므로 다른 사람들보다 어쩌면 담담하게 '못 먹는 물'에 관한 일을 받아들일 수 있었다고나 할까. 그러나 이때의 담담함이란 무슨 대책이 있는 담담함이 아니었다.

누구나 목숨이 있는 한, 그리고 그 목숨을 이유가 있든 없든 어제나 오늘처럼 계속 부지할 생각이라면 물을 안 먹고 살 수는 없다. 그러나 이제는 누구나 영락없이 못 먹는 물을 먹어야 한다. 사람들에게 남은 시간이란 못 먹는 물인지 알면서도 어쩔 수 없이 그 물을 마셔야 하는 시간일 뿐이다. 그러므로 이때 육신이란 철, 카드뮴, 중성 세제, 크롬, 납, 망간 등의 맹독성 중금속이 쌓이는 부드러운 그릇이거나, 막다른 골목이거나, 일찍 현실로 드러난 예고된 죽음을 향해 달리는 불행 덩어리이거나, 태어나지 않았으면 딱 좋았을 회한의 덩어리 같은 것이 되어버렸다.

어떤 사람들은 이제 마음 놓고 먹을 수 있는 물이나 공기보다 더 가치 있는 게 없어져버렸다고 단언하기도 했다. 그러면서, 이제 봐라 거리에서 사람들이 캑캑, 소리를 내며 픽픽, 쓰러지는 것을 무수히 보게 될 것이라는 말을 서슴지 않았다. 사실 그와 유사한 이야기를 들은 것은 한참 전부터였다. 어느 시대나 당대에 대한 말세적 불안과 확신은 풍성하게 넘쳤던 일이고 미래에 대한 어두운 전망은 부적처럼 뒤따랐던 일이므로, 게다가 언제나 거짓 예언자나 허풍선이들이란 있기 마련이므로 그런 이야기는 아주 쉽게 묵살되기에 딱 알맞았다.

이 일도 다만 이 세상에서 끊임없이 일어나는 무서운 일들 중 하나일 뿐이며 다른 무섭고 피할 수 없는 일이 터지기 전까지의 조금 색다른 공포일 뿐이니 합심해서 지혜를 짜고 돈을 쏟아부으면 비록 시간이야 걸리겠지만* 언젠가는 해결될 것이라는 낙관의 시각도 없지 않았다.

그는 작년에 새로 이사 온 마들평 인근에 산이 있다는 것이 무엇보다도 마음에 들었다.

이곳으로 이사를 오기 전에는 사는 곳 부근에 논이 있어서 좋았던 기

---

* 1987년의 환경 보고서에 의하면 환경오염을 현 수준으로 유지하는 데에는 2001년까지 21조 원의 투자가 필요하다고 한다. (『동아일보』, 1989. 8. 11.)

억이 있다. 강원도 바닷가가 고향인 그는 특별한 이유는 없었지만 시원하게 들이 펼쳐져 있거나 눈을 쳐든 곳에 그저 무표정한 산자락이 육중하게 앉아 있는 것을 좋아했다. 그러나 그가 사실 가장 좋아하는 풍경은 바다였다. 그가 태어나서 자란 작은 소도시는 바다에서 직선거리로 10리쯤 떨어져 있었다. 고향에 있을 때 그는 바다에 나가면 바다의 면전에서 오래오래 바다를 바라보곤 했다. 조금 나이가 들어서는 바다에 대해서 무슨 말인가를 해야겠다고 생각하기도 했다. 그러나 막상 바닷가에 가 서면, 어떤 말도 말로써 모양을 드러내지 못하곤 했다.

이번에 그가 유락산에서 겪은 해괴한 일도 처음에는 도무지 말이 되지 않아서 애를 먹었다. 말이 되지 않는 일들이 그러나 사실 하도 많이 일어나서, 말이 되지 않는 일이 문제가 아니라 그 일이 사실이라는 것이 문제라면 문제였다.

아내도 친구도 그의 말을 믿지 않았다. 상식을 존중하고 거짓말을 신김치보다 더 싫어하는 그가 비상식적인 이야기를 일삼고 쓸데없는 거짓말을 해대는 이상한 사람이라는 혐의를 받게 되었다.

그가 사랑하는 아내와 친구들로부터 그런 눈초리를 받는 것은 안타까운 일이 아닐 수 없었다. 어떤 성자는 타인과 다투게 될 것을 염려해서 입을 다물었다고도 하지만 그는 애당초 성자가 아니었고 성자 따위는 될 생각도 없었기에 그가 겪은 일을 혼자 가슴속에 품고 있을 수만도 없었다.

그가 유락산을 찾기 시작한 것은 한참 전부터의 일이지만, 그 일이 일어난 것은 입추를 얼마 앞두고 연일 가마 속 같은 불볕더위가 계속되던 무렵이었다. 그즈음을 제일 잘 이해하기 위해서는 진부한 방법이긴 하지만 그즈음에 일어난 일들을 살펴보는 것이 가장 좋은 방법일 것이다.

그즈음은 우선 가정파괴범을 위시해서 식칼로 사람의 아킬레스건을 풀 베듯 마구 자른 폭력배들 여럿이 6공화국 들어서 처음으로 사형을 당한 때였고, 핵발전소에서 일하던 사람의 아내가 무뇌아를 유산하고, 명동성당에서는 전국에서 모여든 교원노조 사수를 위한 교사들의 단식 농성이 계속되었고, 최초의 철거 목적량을 조금 밑도는 수준으로 노점 상들이 성공적으로(?) 철거된 이후였건만 개처럼 목에 쇠사슬을 걸고 자신의 리어카와 한 몸으로 연결되어 버티고 있던 노점상이 더러 거리 에서 발견되었고, 북으로 간 한 여대생이 그를 맞이하러 온 신부와 노래 하고 웃으며 걸어서 남으로 내려오려고 했고,* 새로 장관이 된 어떤 이 는 국민들이 먹고사느라 정신이 없는 새에 북에 갔다 왔다 안 갔다 왔다 로 입씨름을 했고, 취재를 하러 북으로 갈 마음을 먹은 죄로 감옥에 들 어간 나이 들고 깡말랐지만 그의 글에서 인용한 자료의 놀라운 정확성 과 객관성으로 일찍부터 많은 사람들에게 존경을 받아오던 한 언론인 이 아직 감옥에서 나오지 않았고, 어떤 폭력배들은 수영장에 공짜로 들 여보내주지 않는다고 기물을 파손하고 수영장 바닥에 유리 조각을 뿌렸 으며, 다리 건너 국회의원 재선거가 실시되는 동네의 한 입후보자 사무 실에는 도둑이 들었는데 그 도둑이 이용한 차량이 석관동의 안기부 차 량이었다는 보도가 나왔고, 며칠 후에는 진짜로 보통 사람에게는 이름 만 들어도 소름이 돋는 안기부 정문에 화염병을 던진 대학생들이 잡혔

---

* 1989년 8월 15일 그들은 정전 협정 위반이라는 UN의 강력한 항의에도 불구하고 판문점 을 걸어서 통과했다.

고, 어떤 전투경찰은 거리에서 멀쩡한 행인을 신문한 뒤 그의 통장을 슬쩍해서 거금의 돈을 빼냈다가 잡혀 머리를 푹 숙인 모습으로 TV에 비치던…… 그즈음이었다. 그뿐인가, 너무 많은 비와 너무 세찬 바람으로 많은 사람들이 죽고 그들이 땅에다 기울인 너무 많은 땀과 정성들이 일시에 떠내려가버렸고, 또 어떤 비행기는 남의 나라 공항에 내리려다가 반 토막 나는 바람에 숱한 사람들이 불에 타 형체도 없이 흩어졌다가 태극기에 싸인 관에 간신히 추슬러져 통곡 속에 돌아오기도 했고, 길바닥에서는 하루도 쉬지 않고 교통사고로 허연 골이 터지고 팔다리가 부러졌고, 인류가 거듭 되풀이하고 있는 유아 살해와 성폭행이 때와 대상 없이 자행되었다. 노인을 잡아서는 기름을 짜내 에이즈 환자에게 팔고 아이들은 유괴해서 개소주집에 넘긴다는 괴소문이 돌았고, 그런 종류의 끔찍한 괴소문은 간첩이 아니면 누가 퍼뜨리겠느냐는 차원에서 그 소문을 입 밖에 내면 국가보안법을 적용하겠다는 발표가 나왔다. 한마디로 지옥이었다.

옛날 말씀이 아니더라도 세상은 불난 집이었고,* 아무도 불붙은 문을 편히 벗어날 수 없었다. 설사 간신히 벗어나서 그곳 화염에 싸인 집 안에서 사람들이 힘놀이, 돈놀이, 헛이름찾기놀이에 몰두하는 것이 어리석은 일이라고 말해봐야 소용이 없었다.

그날도 그는 다른 날처럼 배낭을 짊어지고 유락산을 찾았다. 한낮의 햇살은 마치 뜨거운 바늘이 곤두선 것처럼 후덥지근한 열기와 함께 햇살 속에 몸을 노출시킨 사람의 이마와 목덜미를 파고들었다.

아파트 숲을 빠져나와 유락산을 가는 동안에 그는 크고 작은 다리를

---

*『법화경(法華經)』「비유품(譬喩品)」에 나오는 화택(火宅)의 비유.

두세 개가량 건넜다. 다리를 건널 때마다 심한 냄새가 났다. 그가 건넌 다리들은 모두 비슷한 악취를 풍기고 있었다. 그 냄새는 마들평의 아파트 단지 사이를 지나다니다가 언뜻언뜻 맡게 되는 하수구 냄새와는 또 달랐다. 물이 있는 곳에서는 늘 어제보다 조금 더 심한 악취가 났다. 다리 밑의 개천은 물이 흘렀던 자리가 시커멓게 말라붙어 있거나 햇살에 이상한 푸른빛을 반사하면서 이미 흐르지 않은 죽음 같음 물들이 고름처럼 고여 있곤 했다. 때때로 수량이 조금 많을 때에는 허연 거품이 오래 쓴 행주처럼 떠 있었다.

처음에는 그도 다른 사람들처럼 새벽 시간에 산을 찾았지만 약사전 옆에 있는 새로운 약수터를 발견한 이후로는 때 없이 산을 찾았다.

여름 한낮에 산을 찾을 수 있었던 것은 그가 직장에 나가지 않는 사람이라기보다는 집에서 일하는 사람이었기 때문이다. 집에서 책 읽고 글을 쓰는 게, 말하자면 그의 일이었다. 남미의 어느 작가는 작가의 가장 큰 사회적 책무가 좋은 글을 쓰는 것이라고 말했다지만, 워낙 그가 만들어낼 세계보다 세상에서 일어나는 일이 드라마틱하고 충격적이어서, 게다가 정신을 똑바로 차리고 자신을 단단히 추스르며 살아가기도 힘겹고 어려운 세상이어서, 모두들 어제보다 더 극단으로 흐르는 부패한 나라에서 다반사로 일어나는 슬프기 짝이 없는 일들을 만나면 그럴수록 냉정해지기보다는 눈물부터 앞서곤 했다. 게다가 그는 극도로 한심하기까지 해서 동시대의 못된 힘에 저항하다가 고통을 겪고 있는 사람들이 하도 많아서, 언젠가는 자신도 한 번쯤 감옥에 다녀와야지만 남은 인생을 그늘 없이 감당할 수 있을 뿐만 아니라, 이 힘겨운 시대에 글 쓰는 사람으로서 자신에 대한 검색도 보다 야무지게 하게 되지 않을까 하는, 충분히 정신분석의 여지가 있는 괴상망측한 콤플렉스에 시달리곤 했다. 그러나 그런 생각이 과녁을 잘못 택한 자기 학대이거나 시대의 중압에서 벗어나려는 도피 의식에서 연유하고 있음을 막연하게나마 느끼기도 했다. 그런 생각의 뿌리는 어쩌면 많은 시간을 들여 분석해도 잘 분석되지 않을 열등감이거나 혹은 그가 무슨 편에 소속된 것으로 간주되는 것을 병적으로 혐오하지만, 한편 오만한 고립의 의지 또는 자기 은폐에 가까운 것임을 막연히 그는 느끼곤 했다. 아니면 외로움 때문이었는지도 모른다. 어쨌거나 회의주의자라기보다는 가슴이 뜨거운 허무주의자에 가까운 그가 늘 그런 생각에 골몰한다기보다는 아주 때때로 그런 생각을 할 때가 있다는 이야기일 따름이다. 그렇지만 그런 의식으로 자신을 괴롭히게 만든 것은 분명 그의 시대였다. 누구의 의식인들 당대의 산물이 아니겠는가. 그리고 해서 시대의 그늘에서 벗어날 재간은 없었다.

아파트가 다 들어차면 아마 세계에서 가장 큰 아파트 단지가 될지도 모른다는 소문을 거느리고 있는 마들평에는 계속 아파트 공사가 진행되고 있었다.

새로 입주한 친지를 찾아가는지 아이를 업은 한 여자가 커다란 합성 세제를 들고 건널목을 건너는 게 보였다. 그 뒤로 배가 불룩 튀어나온 임신부도 한 여자아이의 손을 잡고 건널목을 급하게 건너고 있었다.

그가 물병이 든 배낭을 등에 메고 유락산을 찾기 시작한 것은 2주일쯤 전부터였다.

시뻘건 한낮에 물병을 등에 메고 집 부근의 산을 찾기 시작한 것은 순전히 그가 누는 오줌과 목덜미에서 배어나오는 식은땀 때문이었다. 서른다섯밖에 안 된 나이인데도 때때로 뼈마디가 쑤시곤 했다. 이십 대에 제사를 지내는 기분으로 너무 무절제하게 마신 술 때문이겠거니 하는 생각도 들었다. 그런 증상들이 딱히 언제부터였다고 자신 있게 말할 수는 없었지만 오줌에 뜨물처럼 부연 게 섞여 나오고 목덜미 언저리가 식은땀으로 축축한 것을 느낀 것은 비슷한 시기였다. 사람들 모두가 몸에 이상이 있을 때 병원에 가서 맞닥뜨리게 될 예기치 못한 공포 때문에 슬금슬금 뒤로 빼면서 선뜻 병원에 가지 못하는 것처럼, 그 또한 한동안은 병원에 가봐야겠다는 생각과 가면 귀찮아진다는 예감 사이에서 전전긍긍했다. 자칫 병원에 가서 생활 전부가 달라질지도 모른다는 두려움도 있었다.

하지만 그보다 더 신경을 쓰는 아내의 잔소리와 자기도 모르게 오줌 빛깔에 너무 지배당하고 있다는 생각이 들어서 어느 날 그는 고등학교 선배가 운영하는 왕십리의 조그마한 가정 의원을 찾았다.

그의 집에 있는 책상보다 더 작은 철제 책상에서 선배는 하루 11시간 반을 진료하고 있었다. 토요일에도 오후 7시까지 9시간 반의 진료 시간을 지키고 있었다. 글을 쓰네, 하고 근래에는 다른 사람들처럼 직장에도 나가지 않는 그가 하루에 몇 시간이나 자신의 작업을 위해 시간을 쏟고 있는가를 생각하자, 그는 어디 뾰족한 책상 모서리 같은 곳에 머리를 찧고 싶을 정도의 격심한 부끄러움을 느꼈다. 써야 할 소설은 안 쓰고 그저 밥벌이에 급급해 '꽁트'나 쓰고 어디 사보나 잡지에 여행 기사나 써대는 그는 자신의 무기력과 틀려먹은 생활에 늘 스산한 혐오감을 품고 있었다. 엉터리든 아니든 자신의 이십 대가 담긴 첫 작품집이 나온 이후, 쓰는 일의 두려움과 자신의 글에 대한 견딜 수 없는 불만 그리고 읽어보지도 않고 자신의 작품을 마구 오해하는 사람들에 대한 감당할 수 없는 혐오감 때문에 그는 근년에 이르러 쓰는 일을 퍽이나 주저했다. 그런 그에게 한때 글을 썼던 어떤 편집자는 "자기 검색하다가 망한 사람이 여기 있소, 소설쟁이는 그저 죽이 되든 밥이 되든 써대야 하오. 지난 호에도 준다고 해놓곤 안 줬잖소, 남자가 약속을 했으면 지켜야 할 게 아니오?" 하는, 비논리적이만 마음 아픈 협박으로 그에게 글을 쓸 것을 종용하기도 했다. 그렇지만 그런 지적이 쓰는 일하고는 아무 상관이 없다는 게 그저 안타까울 따름이었다.

선배는 49년생으로 그보다 여섯 살이 많으니 이제 마흔 줄에 접어들었건만 의사가 된 이래 이제야 가장 그럴싸한 병원에서 일하고 있었다. 경사가 심한 골목 끝에 있는 그 병원은 한촌(寒村)의 신문 보급소보다 더 초라하고 볼품없었다. 모두들 그곳이 어딘지는 모르지만 목적지를 향해 한 발자국이라도 더 나아가려고 기를 쓰는 삼십 대를, 서울 변두리의 빈민촌에서 천막을 치고 의료 생활을 해온 선배가 왕십리의 한 골목 끝 쌀집 옆에 위치한 조그마한 건물 2층에 세 들 수 있게 된 것은 어떻게 봐도 때늦은 일이지 비난받을 만한 일은 아니었다. 너무 가난한 사람들에게 너무 싼 진료비로 너무 오랜 시간 일하는 것 같다고 그가 농담하자, "사람들 퇴근 시간이 늦으니까 늦게까지 일할 수밖에 없잖냐? 내가 늦게 퇴근하는 사람들 전부를 보는 건 아니지만……" 하고 딴 이야기를 했다. 의사에게 시집왔으면서도 의술에 대한 남편의 괴팍한(?) '생각' 때문에 다른 의사에게 시집간 여자들과 달리 살아야 했던, 아직 본 적이 없는 선배의 아내를 그는 공연히 떠올렸다.

"소변검사를 해봐야 알겠지만 겉으로 봐선 전에 봤을 때랑 큰 차이가 없어 보인다."

선배가 말했다. 선배는 그의 배를 툭툭 치기도 하고, 청진기로 배랑 등이랑 귀 기울여 살펴보기도 하고, 눈자위도 위아래 모두 살피고 목덜미를 힘줘서 눌러보기도 하고, 그를 반듯하게 드러눕힌 뒤 다시 청진기로 여기저기를 진찰했다. 이러면서 하루 11시간 반을 보낸다는 것은 여간 중노동이 아니겠구나, 하고 그는 생각했다.

"글은 잘되냐?"

선배가 얌전하게 누워 있는 그에게 물었다. 그 말이 그에게는 소화는 잘되느냐고 묻는 것처럼 들렸다.

"잘될 리가 없지요."

사실 그는 소화도 잘 안 되던 터였다.

"……그렇기도 할 거야."

선배가 말했다. 그 말은 그런 대답을 기다렸다는 뜻인지, 글이 잘 안되는 네 사정이 잘 이해된다는 뜻인지 알 수 없었다.

"……."

그는 더 이상 아무런 대꾸도 안 했다. 정말 재미없는 이야기였기 때문이다.

"글쎄, 진찰 결과 넌 아무런 이상이 없다. 목덜미의 땀은 나로서는 의미가 없다고 본다. 여름이라서 머리에서 나는 땀이 목덜미로 흘러내리니 그렇게 느끼는 거 아니겠니? 관절이 쑤시는 건 운동 부족이다. 너 운동 같은 거 안 하지?"

선배의 말은 질문이라기보다는 단정이거나 확신이었다.

그는 소변을 받아서 준 뒤 대기실이랄 것도 없는 출입구 옆의 나무 의자에 앉아 여성지를 뒤적거리며 기다렸다. 조금 해진 그 여성지에서 그는 노출이 아주 심한 내의 광고와 불륜을 저지른 여인의 고백 수기, 주부 콜걸 이야기 등이 '기사 내용과 관계없다'고 밝히고 있는 야한 사진과 함께 실려 있는 것을 보았다.

한참 기다린 후에 소변에도 별 이상이 없다는 결과가 나왔다. 결국 그는 오랜만에 선배의 얼굴이나 보러 온 셈이 되었다.

"신장 쪽에 이상이 있나 했지만 괜찮았어. 쉽게 말해서 입으로 들어간 게 앞으로 나오는 게 오줌이고 뒤로 나오는 게 똥이다. 너의 식생활에 대해선 잘 모르지만 여름철이라 가벼운 탈수 현상으로 미처 찌꺼기를 다 걸러내지 못한 게 아닌가 싶다. 나도 어떤 때 오줌이 뿌열 때가 있지. 물을 많이 마셔라."

선배는 누구에게랄 것 없이 정중하고 따뜻했지만 말하는 방식은 건조하기 짝이 없었다.

"정말 이상이 없는 겁니까?"

그가 아무런 이상이 없다고 하자 다소 섭섭하다는 표정으로 물었다.

"아주 조금만 아프고 싶지?"

"그걸 어떻게 아셨어요?"

"난 의사니까."

사실 그랬다. 병원까지 오기에는 상당한 결심과 각오가 있어야 했다. 아내의 성화도 성화지만 아주 심각한 정도가 아닌 범위 안에서 조금 이상이 있기를 바라는 마음도 없지는 않았다. 그러한 무의식이 결국은 병원에 올 용기로 드러난 것인지도 모를 일이었다. 조금 아프면 세상으로부터 많은 것을 용서받고 이해받을 수 있으니까 말이다. 아, 그 친군 조금 아파, 정확히 어딘지는 모르지만 아무튼 어딘가 조금 아프다지! 그러니깐 이해할 수 있잖겠어? 그가 다소 비겁한 것도, 그가 다소 게으른 것도, 그가 다소 신경질을 내는 것도 말야. 어쩌면 그가 근래 통 못 쓰는 것도 그래서인지 몰라.

"너만 그런 게 아냐. 사람들은 다 병으로 도망치고 싶어 하는 마음이 있어. 나도 때때로 그렇지. 온 김에 점심이나 같이 먹자."

선배는 진료비를 안 받는다고 하면 시끄럽게 굴 게 뻔하니 1,000원만 내라고 했다. 그는 할 수 없이 픽 웃으며 1,000원만 냈다. 그가 태어나서 가장 적게 낸 진료비였다.

병원 부근에 사철탕집이 있었지만 그들은 냉면집을 택했다. 식사를 마치고 그가 잽싸게 계산을 했다. 헤어질 때 선배는 그에게 술을 좀 줄이고 물을 많이 먹으라는 당부를 또 했다.

선배와의 오랜만의 만남은 상당히 유쾌한 면이 없지는 않았지만 아쉬운 감정이 도는 것도 사실이었다. 만성피로와 이유 없는 무력감으로 사실 그는 좀 제대로 쉬고 싶다는 욕구를 느끼고 있던 터였다. 이런저런 핑계로 그동안 너무 많은 술을 마셨다고 그는 생각했다. 아주 몸이 찌뿌둥할 때에는 청심환을 먹고서야 잠시 회복된 것도 한두 번이 아니었다. 아무런 이상이 없다는 선배의 진료가 나중에는 조금 의심스럽기까지 했다.

다른 많은 사람들처럼 수돗물을 끓인 보리차가 식수였던 그가 기왕에 선배가 물을 많이 마시라는 얘기도 했겠다, 인근 산으로 물병이 든 배낭을 짊어지고 어슬렁거리게 된 일은 어쩌면 자연스러운 일이었는지도 모른다. 팔팔 끓여서 산소라고는 하나도 없는 죽은 물인 보리차보다야 산에서 나는 물이 훨씬 나을 것이라는 생각이 들었던 것이다.

유락산은 그의 집에서 도보로 20분쯤 소요되는 거리에 있었다.

이쪽 마들평 쪽으로 이사를 오면서부터 가까운 유락산에 가보리라 늘 생각했건만 그의 게으름 탓도 있었지만 워낙 산이 멀지 않은 곳에 있었기 때문에 그저 거기 산이 있으면 됐지 하는 심사로 차일피일하다가 좀처럼 그럴 기회를 만들지 못했던 터였다.

약수터를 찾는 일은 그리 어려운 일이 아니었다. 소로 양편으로 무성하게 숲이 우거진 산의 초입에 들어서자 저 멀리로 사람들이 길게 줄을 서 웅성거리는 모습이 보였으니까. 어느 정도는 예상한 일이었지만 약수터에서 그렇게 많은 사람들이 법석을 떨 줄은 몰랐다. 모두들 자신과 마찬가지로 뿌연 오줌이 나오고 목덜미에서 식은땀이 나고 늘 피곤한 모양이었다. 그러나 조금 자세히 살펴보니 그런 것 같지는 않았다. 어린 애들부터 노인들까지 유락산 초입의 약수터에 길게 줄을 선 사람들은 참으로 다양했다. 더러 물통 옆에 서서 맨손체조를 하거나 헛둘, 헛둘 하면서 제자리 뛰기를 하는 사람들도 있었다. 모두들 어딘가 집요한 표정이었다. 자전거 뒤에 흰 플라스틱 물병을 실은 사람들, 오토바이 뒤에 한 말들이 물통을 두서너 개씩 매단 사람들, 심지어 유모차의 아기가 앉을 곳에도 물통이 누워 있었다. 어린이들은 길쭉한 사이다병을 두 팔로 싸안고 있었고, 노인들은 감당할 수 있을 만큼의 작은 물통을 들고 있었다. 그리고 할머니들은 허리를 묶을 수 있는 끈이 달린 배낭을 메고 있었다.

서울 인근의 약수터가 붐빈다는 소문이야 익히 들었지만 사람들이 그렇게 산의 물을 좋아하는지는 미처 몰랐다. 그것은 무슨 새로운 발견처럼 느껴졌다. 어떻게 보면 좋은 물을 마시려는 사람들의 엄청난 대열과 상관없이 그만 홀로 그저 보리차나 끓여 먹으며 살아온 것 같았다. 그 여름날 아침의 약수터 경험은 새로운 비밀의 세계를 엿본 것 같은 어리둥절한 느낌으로 그에게 다가왔다.

뒤에 도착한 사람들은 아무런 표정도 없이 자신의 물통을 뱀처럼 구불구불 길게 이어져 있는 물통들의 맨 뒤에 바짝 붙여놓고는 맨손체조로 들어가거나 어디 구석에 쭈그려 앉아 담배에 불을 붙이곤 했다. 물통은 물을 받을 수 있는 곳에서부터 한 20~30미터는 족히 뻗어 있었다. 그는 기다란 줄도 줄이지만 사람들의 얼굴이 각기 다른 것처럼 물을 받는 용기가 그렇게 다양할 수 있음에 우선 놀랐다. 그는 그런 상황을 예측하지 못했기 때문에 집에서 나올 때만 해도 물을 받아 오는 일을 가볍게 생각했다. 도봉산 자락과 이어진 유락산 정도의 규모면 틀림없이 물이 있을 것이라 생각했고 그 물을 받아 오는 일이 무어 그리 어려울까 생각했던 것이다.

최초의 날, 그는 다른 사람들처럼 구청에서 설정한 경로 구역까지 뻗어 있는 줄의 맨 끝에 자신의 빈 주스 병과 플라스틱 사이다 병을 놓고 기다렸다. 그날 그가 발견한 것은 약수터에 모인 사람들이 드러내는 묘한 초조와 짜증 그리고 그리 심각한 정도는 아니지만 타인에 대한 적의 비슷한 감정으로 스스로를 괴롭히고 있는 모습이었다. 약수터에 늦게 당도해서 물통이 줄의 맨 끝에 있는 사람들의 표정은 그런대로 넉넉했다. 하지만 앞쪽의 사람들은 그 표정이 여간 굳어 있지 않았다. 더러 태연한 표정도 없지는 않았지만 앞사람이 너무 많은 물통을 갖고 와서 너무 오래 꾸물거리는 것에 대한 노골적이 불만이 얼굴 가득히 담겨 있었다.

아주 조금씩 앞으로 나아가 이제 샘이 그리 멀지 않은 곳에 보일 즈음이었다.

"아, 조금만 떠 가면 되지 무슨 물통을 그렇게 많이 갖고 다녀? 세상 혼자 사나!"

그의 앞에 서 있던 한 중년 사내가 이미 한 통을 채우고 이제 막 새로운 통에다 물을 담기 위해 색 바랜 노란 플라스틱 바가지를 들고 있는 맨 앞의 사람의 뒤통수에다 대고 중얼거리듯이 쏘아붙였다. 그러자 모두들 기다렸다는 듯이,

"그러게 말야. 공중도덕까진 아니더라도 사람이 남도 생각할 줄 알아야 할 거 아냐!"

"약수 물로 국까지 끓여 먹을 모양이지."

하고 빈정거렸다.

"이 약수터 주인이 왔나. 거 왜 그렇게 말들이 많어? 남이야 많이 퍼 가든 말든 왜들 비싼 밥 먹고 아침부터 입방아를 찧고 야단이야? 아, 이 물이 임자가 있는 물 아니잖아."

묵묵히 바가지의 물을 통에 붓던 맨 앞의 사내가 앉은 채로 고개를 뒤로 돌리며 말했다. 앉아 있는 자세였지만 넓은 어깨에 산전수전 상당히 겪은 듯한 힘이 실린 목소리였다. 젊었을 때 룸살롱 지배인을 했는지도 모를 일이었다. 게다가 뒤돌아본 그의 눈은 쥐 고기를 먹었는지 뻘겋게 충혈되어 있었다.

약수터 앞의 분위기는 여름 새벽이지만 순식간에 싸늘한 긴장이 감돌았다. 만약에 줄을 서 있는 다른 성깔 있는 사람이 그 말을 그보다 조금 더 센 톤으로 받았다면 무슨 일인가 일어날 것 같았다.

다행히 모두들 그 사내의 시뻘건 눈빛에 순간적으로 질렸는지 아무런 대꾸가 없었다.

한참을 더 기다려서야 그는 결국 빈 주스 병과 플라스틱 사이다 병에 물을 담을 수 있었다. 아까 그의 앞에 서 있다가 눈이 시뻘건 사내가 너무 많은 물통을 갖고 왔다고 힐난하던 중년 사내도 그가 힐난하던 사내

보다 더 큰 물통으로 여러 통의 물을 받아 갔다. 그럴 때 뒤에 서 있는 사람들은 모두들 태연을 가장했지만 거의 적의에 가까운 눈초리를 하고 있었다. 정말 약수터에 오래 있다가는 누구나 눈이 뻘게질 것 같았다.

시멘트로 가장자리를 바르고 바닥은 벽돌 크기의 갈색 바위로 되어 있는 샘은 물이 고이자마자 퍼 올려서인지 수량이 극히 적었다. 왠지 거의 애처로운 느낌을 불러일으켰다.

앞쪽에 가서야 자세히 읽을 수 있었지만 샘물 옆에는 '안내 말씀'이 적힌 표지판이 서 있었다. 표지판에는 '이 약수터(옹달샘)는 식수 적합 여부에 대한 수질 검사를 연 4회 실시하고 있으며, 검사 결과는 아래와 같사오니 이용에 유의하시기 바랍니다'라고 적혀 있었는데 '최근 검사 결과는 식수 적합'으로 표시되어 있었다. 수질 검사처는 보건환경연구원이었다. 6월말의 검사 결과는 식수 적합이었지만 그러나 그 검사가 끝난 7월 초의 물도 적합하다는 것은 어떻게 믿을 수 있을까. 다행히 다른 하천과 이어져 있지 않은 고지인 데다가 주변에 무슨 비밀 배출구를 가진 공장이나 대기업이 경영하는 대규모 목장이나 송어 양식장 따위는 없었지만 일요일이면 저 위 계곡에서 불고기판을 헹굴 게* 뻔한 이곳 약수를 어느 정도 믿어야 할지 의구가 없는 것은 아니었다. 게다가 지난 장마 때 내린 빗물이 정상적인 빗물에 비해 산도(酸度)가 10배나 높다고 하지 않았던가. 이곳 유락산에 내린 빗물이라고 해서 다른 빗물이었을까. 그 빗물이 샘물로 나올 때까지 1,000년이 걸릴까, 2,000년이 걸릴까.

* 하천에 불고기판을 한 번 헹구면 주변 물의 생화학적산소요구량(B. O. D)이 일시에 20만 ppm가량 오염된다고 한다(고도의 정수 처리를 해야 먹을 수 있는 물의 B. O. D는 3ppm). (『조선일보』, 1989. 8. 12.)

차례가 왔기 때문에 그는 조금 고여 있는 물에 엎어져 있던 노란 플라스틱 바가지의 손잡이를 들었다. 바가지에 물을 담기 위해서는 앞의 다른 사람들이 그러했듯이 바닥이 긁히는 소리를 낼 수밖에 없다는 것을 잘 알고 있었지만 그는 소리 내지 않고 물을 담고 싶었다. 물을 푸는 내내 그는 뒤통수가 시렸다. 누군가 또 뒤에서 뭐라고 한마디 하면 어떻게 해야 하나? 아까 여러 통의 물을 거뜬히 퍼 가던 어깨가 넓은 사내처럼 목에 힘을 주고 한마디 해야 하나? 그것까진 좋은데 내 눈은 그 사내처럼 시뻘겋게 충혈되어 있지 않잖아. 그런데도 말빨이 멕힐까? 나처럼 긴장감 없이 풀어진 얼굴로는 도무지 씨알이 먹히지 않을 거야. 누군가 물을 오래 푼다고 뭐라 그러면 '미안합니다' 하던가, 물통에 물이 찼건 말건 바가지를 뒷사람에게 넘기고 얼른 여길 떠야지.

생각 같아서는 그가 갖고 간 두 개의 용기에 물을 다 채우지 않고 샘에서 일어나고 싶었지만, 그러기에는 그동안 기다린 시간이 너무 아깝다는 생각이 들었다. 그러나 물을 뜨기 위해 기다린 시간보다도 물을 뜨는 동안의 시간이 더 길게 느껴졌던 것도 사실이다. 약수터에서의 내 물은 곧 남의 시간을 초조하게 하는 물질이자, 남이 떠 갈 물의 다른 이름이었으니까. 서늘한 여름 새벽이었건만 목덜미에서는 또 식은땀이 났다. 선배는 왜 목덜미의 식은땀을 대수롭지 않게 여겼을까. 아무래도 한의(韓醫)를 찾아봐야겠다. 그는 그런 생각을 어느 순간에 했다.

물이 가득 든 두 병의 물을 들고 유락산을 빠져나오면서 그는 다시는 물을 뜨러 오지 않겠다고 결심했다. 그는 서로가 서로를 경계하고 초조감 속에서 적대하는 약수터의 분위기가 싫었다.

그러나 그는 결국 며칠 후 다시 유락산을 찾았다. 산에서 떠 온 물을 다 마시고 나서 며칠은 예전에 그랬듯이 보리차를 마셨는데, 보리차보다는 끓이지 않은 물로 선배가 시킨 일을 실행하고 싶었기 때문이다.

그것은 딱히 뿌연 오줌 때문이 아니라 어떤 이상한 종류의 갈증 때문이었다. 그가 어렸을 때의 고향 물을 고즈넉한 그리움과 함께 추억한 것도 그즈음이었다. 시골이 고향인 사람에게 마당의 펌프 물은 얼마나 시원했던가. 겨울에는 체온에 맞게 따뜻하고 여름철 우물가에 엎드려 등허리에 끼얹으면 뼛속까지 사람을 서늘하게 하던 그 물.

그가 유락산의 샘물을 다시 찾기 시작할 즈음에 만난 신문 기사 중에 그의 마음을 아주 어둡게 하고 끝내는 아주 성질나게 한 것은 막대한 국고를 들여 빗물관에 생활하수를 연결해 한강을 거대한 '뚜껑 없는 하수도'*로 만든 일이었다. 그렇잖아도 일찍이 환경청이 조사한 것을 근자(1989년 8월)의 식수 소동에 발맞추어 경쟁적으로 보도한 내용에 따르면, 한강을 비롯한 우리나라 4대강에 흘러드는 폐수가 하루 평균 482만 9,141톤이라고 하지 않던가. 그 발표는 생활하수가 81퍼센트, 공장폐수가 10.3퍼센트, 축산폐수가 4.4퍼센트, 광산폐수 4.1퍼센트, 기타 0.1퍼센트의 순으로 폐수의 내용을 덧붙이고 있었다.** 그게 1980년의 조사니 그 이후 강의 오염이 얼마나 더 악화되었을까 잘 짐작되는 일이었다.

처음부터 자연이나 강을 망치기 위해 돈을 쓰는 사람들이 어디 있겠는가. 그렇지만 그가 어디서 본 바에 의하면, 우리나라는 세계에서 알아

* G. F. 화이트 외, 『물의 역사』, 최영박 옮김, 중앙신서 31, 1978, 78쪽.
** 『동아일보』, 1989. 8. 11.

주는 산업폐기물 수입 국가 중 하나라고 한다. 돈을 잘 쓰라고 국민들로 부터 위임받은 사람들이 돈을 써야 할 데에 제대로 쓰는 것만은 아님을 이내 알 수 있었다. 그 자료는 관세청의 발표를 인용하고 있었는데, 지난 해 산업폐기물 총 수입량은 54만 톤이었다고 한다. 54만 톤의 산업폐기 물이 포장되어서 하역된 후 어디로 실려 가서 어떻게 버려졌는지 아는 사람은 그의 주변에 아무도 없었다.

그가 신문을 통해 알게 된 것은 한강을 뚜껑 없는 거대한 죽음의 하수 도로 만든 작은 예에 불과했다.

서울시가 지난 8년간 설치한 우수(雨水)·오수(汚水) 분류식 하수관로 의 절반 이상에서 더러운 생활하수가 빗물 파이프로 잘못 연결되는 바 람에 한강을 크게 오염시켜온 사건이 있었다. '8월 1일 감사원의 한강오 염방지실태 감사결과에 따르면, 서울 신흥개발지역인 개포·가락·고덕 지구의 분류식 하수관로 1,803개소가 주택 및 건물 정화조에서 나오는 생활하수를 우수관로(雨水管路)에 잘못 연결, 오염된 하수가 하수처리장 을 거치지 않은 채 그대로 한강에 유입되'었다고 한다.* 이러한 오접(誤 接)의 원인은 시당국의 하수관로 관리 미흡과 건축주들의 인식 부족 또 는 건축주들이 하수관로의 기능을 알면서도 건물에서 오수관까지의 거 리가 멀다는 등의 이유로 가까운 빗물관에 연결해버린 데에 있었다. 시 는 신축 건물 준공 필증을 내줄 때 정확히 연결했는지를 확인해야 하는 데도 이를 소홀히 했다고 지적했다. 서울시가 우수·오수 분류관식 하수 관로 600킬로미터(우수관로 367킬로미터, 오수관로 233킬로미터)에 지난 8년

* 『조선일보』, 1989. 8. 2.

간 들인 돈은 395억 원이라고 한다. 그리고 신문은 감사원이 중랑하수 처리장의 하수 유입용 펌프 4대(설치비 17억 원)가 오래전부터 고장 난 채로 방치되어 하루 16만 톤의 공장폐수와 생활폐수가 한강으로 직유입되고 있음을 밝혀냈다고 보도했다. 서부트럭터미널 등 대형 건물 15개소가 정화 시설 없이 준공검사를 통과한 사실, 서울 시내 21개 대형 건물이 오수 정화 시설을 갖추지 않은 채 준공검사를 통과한 사실, 서울대 병원 등 89개 업체가 시의 묵인 또는 방치 아래 폐수를 무단 방류해온 사실도 아울러 적발했다고 한다. 서울대병원이라는 글자과 함께 그의 머릿속에는 버려진 주사기와 비닐봉지에 담긴 주사약 병들 그리고 피 묻은 적출물 따위가 떠올랐다.

그 후 감사원이 지시한 사항은 하수관로를 재시공하라는 것과 시의 관련 공무원 19명에 대한 징계였다. 그러나 관련 공무원들의 징계가 어느 정도 선이었는지는 그가 알 재간이 없었다.

그렇지 않아도 야밤이나 폭우를 틈타 비밀 배출구로 강을 더 치명적으로 오염시키는 공장폐수를 버려 물고기가 떼죽음을 당하고, 먹을 것에 먹으면 안 될 것을 넣은 공장과 그걸 헐하게 사서 비싸게 파는 백화점들 따위의 어처구니없는 일들의 일상화로, 다른 사람들과 마찬가지로 그런 일에 관한 한 거의 괴상한 종류의 면역이 된 그였지만, 그 기사는 왠지 우울하기 짝이 없었다.

그와 관련해서 그가 며칠 후에 만나게 된 다른 신문에서는 '폐수 배출 단속 하나마나'라는 제하(題下)에 폐수 배출 업소에 대한 시당국의 처벌이 미약해 업체들의 상습적인 폐수 배출 행위를 방조하는 게 아니냐는 지적과 함께 다음과 같은 기사가 실려 있었다.

'9일 서울시에 따르면 지난 7월 15일부터 8월 15일까지 한강 주변 413개 폐수 배출 업체를 대상으로 실시한 공해 특별 단속 결과 대상 업체의 13.3퍼센트인 55개 업체가 적발되었으나, 시는 이 가운데 세 번째로 폐수 배출 행위가 적발된 대진운수(성북구 정릉동 818) 세차장에 대해서만 조업 정지 명령을 내렸다. 시는 나머지 54개 업체 가운데 40개 업체에 대해서는 경고 및 개선 명령의 경미한 처분을 내리고 14개 업체는 고발했으나, 형사 고발된 업체들의 경우도 가벼운 벌금만 내면 되기 때문에 실효를 거두기가 힘든 형편이다. 특히 시당국이 명백히 규제치를 초과한 폐수를 방출하다 적발된 가든호텔(마포구 도화동 169), 현대자동차공업사(영등포구 문래동 3가 77-35) 등 30개 업체에 대해서 개선 명령만을 내린 것은 공해 방지를 위한 시당국의 의지가 결여됐기 때문이라는 비난을 받고 있다.'*

그런 기사를 보면서 그가 떠올린 것은 희한하게도, 전에도 줄기차게 일어나던 일이지만 근래에 떠들썩한 인신매매 사건들이었다. 적발된 업체들의 담당 임원이 적발 관리에게 손을 비비며 거짓 웃음을 얼굴에 가득 띠며 능란하게 대응했을 것으로 짐작되는 그 후의 일은, 이 나라에서 나이 서른을 넘긴 사람들이라면 어렵지 않게 짐작할 수 있는 일이기도 했다. 그 관리는 또 업자들에게 받은 봉투를 쪼개 그 위의 관리들과 나누었을 것이다. ……수요가 있으니까 공급이 있다는 것은 중학생들도 다 아는 일, 한강 남쪽의 그 엄청난, 더러 칼부림도 나는 고급(=퇴폐) 술집들은 누가 이용하는가. 자기 월급으로 그 술집에 가서 계산을 하는 남자들을 용서할, 그들의 아내들이 과연 이 땅에 있을 것인가. 있다면 그런

---

*『한겨레신문』, 1989. 8. 10.

아내들은 몇이나 될까. 감옥에 가서 참으로 오래오래 한복(죄수들이 한복을 입는 게 그는 사실 늘 불만이긴 했다)을 입어 마땅할 부패한 관리들이 더러 재수 없게 징계를 당해 동료 관리들에게 동정을 받기도 하지만, 그런 겁 없는 부패한 관리들을 꼬박꼬박 세금을 내 거둬 먹이며 허용하고 있는 것은 누구인가. 바로 내 친구고, 내 마누라고, 내 선배고, 내 후배고, 문방구를 하는 우리 옆집 아저씨고…… 그리고 바로 나다, 바로 나다……. 그는 그렇게 생각하며 신문을 휙 접었다. 수익자 부담의 원칙 운운하면서 강의 오염을 막는 세금을 더 거두기 전에 환경오염에 극단적으로 공헌(?)한 대기업과 찢어질 대로 찢어진 부서의 부패한 관리들에 대한 처벌이 우선 되어야 하지 않을까 하는 생각을 그가 하게 된 것은 한참 후의 일이었다.

다시 유락산을 찾은 그는 이번에는 저번처럼 플라스틱 용기가 아닌 유리병을 배낭에 넣었다. 어디선가 듣기를, 석유화학제품인 플라스틱은 물속에 잔존해 있는 산소가 용기의 접촉면에 다 달라붙어서 기왕의 샘물을 더 형편없는 상태로 만든다는 이야기가 생각났기 때문이다. 과학적인 근거가 있는 소리인지 모르지만 완전연소가 되는 나무나 스스로의 잔존 가치 때문에 재생산이 되는 철과 달리 플라스틱은 꼭 태워야지만 이 세상에서 사라진다는 것을 알고 있었기에, 그는 사실 플라스틱 제품을 물그릇으로서뿐 아니라 거의 생리적으로 싫어하던 터였다. 주위를 둘러보면 그러나 플라스틱 제품 등속의 석유화학제품이 아닌 것이 어디 있겠는가. 누가 오늘 제 스스로만 오로지 땅이 여과시킨 깨끗한 물과 땅이 키운 것만 먹고, 공장에서 나오지 않은 옷만을 입고, 아황산가스가 섞이지 않은 공기로만 숨을 쉴 수 있단 말인가. 그는 일일이 열거할 수 없을 정도의 모든 한 번

쓰고 버려지는 석유화학제품을 혐오했다. 그가 혐오하는 것은 플라스틱이나 짜장면에 씌워진 랩이나 슈퍼에서 아이스크림 하나를 사도 담아주는 비닐봉지, 분해되지 않는 합성세제뿐만이 아니다. 일산화탄소와 아황산가스, 질소산화물과 탄화수소 그리고 수돗물에 함유된 중금속류와 강력한 발암물질인 벤조피렌, 디젤엔진, 가공할 만한 산성비, 무엇보다 이 땅에 얼마나 비치되어 있는지 비밀에 부쳐져 있는 핵무기 및 핵기지 들을 혐오하고 두려워했다. 그래서 그는 이 땅을 '세계 최대의 공해 실험장'*이라고 단정하는 것에 침통하게 머리를 끄덕이지 않을 수 없었다.

그런 것들이 세상을 덮고, 그런 썩지 않는 것들이 불에 타면서 대기 중에 흩어지다가 결국은 오존층을 뚫고, 세상을 전보다 더 더워진 온실로 만들고, 사막이 확대되고, 빙하가 녹아 해수면이 높아지고, 마침내 핵에 의한 죽음만큼이나 확실한 죽음으로 우리를 실어 나를 것이라는 예측을 그는 인정할 뿐 아니라 두려워했다.

귀가 얇은 그는 어느 하루 시내에 나간 김에 동대문시장의 유리병 가게에서 뚱뚱한 아줌마에게 4리터들이 빈 유리병을 한 개 샀다.

"요즘 빈 병이 희한하게도 날개 돋친 듯이 팔려요. 그래서 값이 좀 올랐다우."

병 표면의 먼지를 닦으며 뚱뚱한 아줌마가 말했다.

"왜요?"

"사람들이 아저씨처럼 물병으로 쓰는 모양이에요."

---

* 최열, 「공해 문제로 본 제6공화국」, 『공해와 생존』 영인본, 공해반대시민운동협의회 편, 1988. 33쪽.

그때 또 그는 목덜미가 서늘해지면서 이상한 종류의 갈증을 느꼈다. 식은땀이 날 때에는 폭염 속에서도 목덜미에 무슨 습하고 서늘한 이물질이 붙은 것 같은 불쾌한 한기를 느끼곤 했다.

유리병을 사서 집으로 돌아오는 거리 구석구석에는 특별한 날도 아니었지만 무릎이 조금 바랜 청바지를 입은 사복 전경들이 장승처럼 서 있었다. 하지만 파출소에 쳐진 철망처럼 그런 모습은 하도 익숙해서 특별한 의미를 가지거나 시선을 끌지 못했다. 그들의 얼굴은 장마 뒤에 계속되는 폭염에 찌푸려 있었지만 왠지 무언가를 매우 권태로워하는 얼굴이었다. 어서 이 복무가 끝나기를, 가능하면 오늘도 내일도 아무 일이 일어나지 않기를. 누군가의 머리를 방패로 내리찍는 일은 우리도 정말 싫어.

지하도로 들어갔다가 다시 지상으로 올라오기를 거듭하면서 집으로 돌아오는 내내 그는 유락산에서 처음 샘물을 받아서 집으로 돌아왔을 때처럼 우울했다. 글을 쓰는 그로서는 때로 즐거울 때조차도 버릇 같은 죄의식을 느끼곤 했으니까, 자신이 마실 물을 담기 위한 빈 병을 사 오며 즐거울 수가 없었다. 그 우울은 그러나 죄의식보다는 부끄러움에 가까웠다. 그는 그가 한때 번역서로 접한 적이 있는 아더 퀘스틀러라는 작가가 히로시마의 원폭 투하 이후 쓴 그의 책, 『야누스』의 서두에서 인류는 1945년 8월 6일 이후 포스트 히로시마(Post Hiroshima, PH)라는 새로운 기원을 사용해야 마땅할 것이라는 비애에 가득 찬 주장을 인용한 신문 칼럼*을 떠올렸다. 그날 이전까지는 '개체로서의 죽음'을 예감하면서 살아오던 인류가 히로시마 상공에서 태양을 능가하는 섬광이 발해진 그

---

* 김용준, 「포스트 히로시마 시대의 과제」, 『동아일보』, 1989. 8. 8.

날 이후부터는 '종으로서의 절멸'을 예감하면서 살아가지 않으면 안 되게 되었다는 것이 그 주장의 배경이었다. 그 책을 쓴 얼마 후 아더 쾌스틀러는 심한 우울증에 신음하다가 끝내 자살하고 말았다. 이 땅에도 동시대의 비극적인 일이 야기한 절망감과 무력감에서 헤어나지 못하는 예민하고 섬약한 사람들이 자살할 만한 비극은 숱하게 일어나고 있건만, 어떤 작가도 바로 그 일로 인한 우울증 때문에 자살을 하지는 않았음을 위안처럼 떠올리며, 그는 자살과 불행감 중 이제는 더 이상 행복하기는 글렀다는 불행감을 그나마 선택하고 있는 상태였다.

그가 다시 찾은 유락산의 약수터에서는 공교롭게도 또 다툼이 일어났다.

한눈에 봐도 저번보다 약수터를 찾는 사람들이 더 많아졌음을 느낄 수 있었다. 유락산 입구의 널찍한 솔밭 공터에는 전에 별로 보이지 않던 승용차들이 많이 눈에 띄었다. 처음에는 무슨 차들인지 몰랐지만 곧 그 차들이 물을 받으러 온 차라는 것을 알 수 있었다. 아니나 다를까 약수터 앞에는 얼마 전에 그가 약수터를 찾았을 때보다 더 많은 사람들이 웅성거리고 있었다.

그가 약수터로 가는 동안 물통을 주렁주렁 매단 자전거들이 씽씽 그를 지나쳐 갔다. 배낭을 멘 노인들, 어깨에 색을 두른 주부들, 다리를 절며 묵묵히 약수터를 찾는 사내들과, 학생으로 보이지는 않는 소년들로 유락산 소로는 붐볐다. 때로 웽 하면서 짜장면을 배달하는 오토바이가 그들을 지나쳐 달렸다. 오토바이 뒤꽁무니에서 뿜어져 나오는 푸른 배기가스가 유락산 소로의 나뭇가지 사이로 떨어지는 햇살을 타고 무슨 띠처럼 오래도록 출렁거렸다.

"샘물이 여기밖에 없어?"

체크무늬 반바지를 입은 사십 대 남자가 그의 아내인 듯싶은 여자에게 물었다.

"저 위에도 있긴 있나 봐요."

"근데 왜 여기 약수터만 바글바글 끓지?"

남자는 사람들이 붐비는 것을 냄비 속의 물이 끓는 것처럼 표현했다.

"대로에서 가까운 데다가 먹어도 된다는 검사 결과가 났으니 그런 모양이에요."

사내와 나이 차가 조금 있어 보이는 여자가 말했다.

"정부에선 수돗물을 안심하고 먹어도 된다고 그랬잖아."

남자가 말했다.

"아유, 그 말을 어떻게 믿어요. 당신은 높은 사람들이나 잘사는 사람들이 수돗물 먹을 거라고 생각하세요? 그러니 빨리 정수기를 사자니까요."

빠른 걸음으로 그를 앞서 지나치며 여자가 한 말이었다.

두 번째 찾은 약수터에서 일어난 다툼은 그가 약수터에 도착한 지 얼마 안 되어서 일어났다. 저쪽 앞에서 한 노인네가 언성을 높이고 있었다.

"여기서 쌀을 씻음 어떡해?"

노인이 냄비에 손을 넣어 쌀을 벅벅 씻고 있는 청년에게 소리쳤다.

"할아버지, 잠깐이면 돼요. 나도 줄을 서서 한참 동안 기다렸단 말예요."

슬리퍼에 장딴지가 다 드러나도록 바지를 걷어 올린 청년이 말했다. 한눈에 봐도 인근에 텐트를 치고 야영을 한 행색이었다.

"안 돼! 물을 받았으면 얼른 비켜."

"이제 다 됐어요. 한 통만 더 받으면 된다니깐요."

"안 된다니깐."

그러면서 노인은 쌀이 든 냄비를 잡아서 뒤로 밀치다가 그만 냄비를 엎지르고 말았다. 청년은 밥을 지어 먹을 쌀이 물에 젖어 축축한 약수터의 시멘트 바닥에 쏟아지자 그 사태를 어떻게 받아들여야 할지 잘 모르겠다는 듯이 바닥을 물끄러미 내려다보았다. 그리고 청년은 불현 듯,

"이 영감탱이, 망령이 들었나. 왜 남의 쌀을 쏟고 야단이야. 이 약수터 당신이 전세 냈어?"

하고 소리쳤다. 두 손을 허리에 올리고 목을 앞쪽으로 내민 청년은 상대가 노인만 아니라면 그대로 한방 후려갈길 기세였다.

민망스러워 시선을 피하려 했더니, 청년의 목소리가 '할아버지'에서 '영감탱이'로, '영감탱이'에서 순식간에 '당신'으로 옮겨 가는 게 귓전으로 들렸다. 노인은 겁먹은 얼굴로 황급히 주저앉아 두 손으로 쌀을 모아 청년의 냄비에 주워 담기 시작했다. 조금 전만 해도 청년에게 물을 그만 받으라고 핀잔을 주던 노인네는 냄비의 쌀이 엎질러지자 순식간에 태도를 바꿀 수밖에 없었다.

"거, 잠깐이면 된다고 한 걸 갖고……."

줄에 서 있던 다른 젊은이가 혀를 차며 말했다.

"그래도 약수터에서 쌀을 씻음 어떡해요. 사람들이 이렇게 많이 기다리는데……."

어떤 아줌마의 가느다랗고 작은 목소리.

"내 참, 오늘 아침은 굶었네, 쓰펄!"

그러면서 청년은 발로 바닥의 하얀 쌀알을 시멘트가 발라지지 않은 쪽으로 썩썩 밀어냈다. 잘못 취급되고 있는 하얀 쌀알이 그토록 야무지고 단단하게 빛나는 순간을 본 적이 없었다. 그는 그런 거친 청년의 발동작에 그때까지도 열심히 쌀을 냄비에 주워 담던 노인의 손이 밟힐까 봐 조마조마했다. 만약에 손을 밟히면 둘의 관계는 또다시 역전될 터였다.

멀지 않은 곳에서 찌르륵찌르륵 하는 새소리가 들렸다.

발로 쌀알을 한쪽 옆으로 썩썩 밀어내던 청년은 빈 냄비를 들고 노인을 한 번 더 날카롭게 쏘아본 뒤 가느다란 침을 찍 뱉으며 텐트가 있는 숲 속으로 사라졌다. 그는 청년의 입에서 발사된 하얀 침이 꼭 파충류의 가느다란 혓바닥 같다고 생각했다.

아무도 청년의 뒷모습을 바라보지 않았다. 사람들의 시선은 언제나 앞에서 물을 뜨는 사람의 등판에 고정되어 있었다. 지금 물을 푸는 사람이 과연 몇 통이나 퍼 가나, 그것만이 그들의 유일한 관심사였다. 청년의 바로 뒤에 서 있던 예의 노인은 샘물을 떠서 자신의 손을 씻은 뒤 물통에 물을 넣고 흔들어 내부를 가셨다. 그러기를 몇 차례, 그때 사람들이 또 눈살을 찌푸리는 것을 그는 똑똑히 보았다.

그는 다시 배낭을 어깨에 메고 끼어 있던 줄에서 벗어났다.

도저히 그곳에서 차례를 기다릴 기분이 아니었다. 아까 길에서 듣기로 저 위쪽에도 샘물이 있다는 말이 생각나서 그는 천천히 주위를 살피며 계곡을 따라 숲 안쪽으로 발걸음을 옮겼다. 계곡의 물은 한눈에 보기에도 수량이 많지 않았다. 때로 빨래를 하는 여자들도 눈에 띄었다. 오래전부터 그곳 유락산 언저리에서 살며 계곡에서 빨래를 해왔는지 여자들은 방망이로 빨래를 두드리기도 했다. 오랜만에 들어보는 낭랑한 빨랫

방망이 소리였다.

소로 양쪽으로 군데군데 엎어진 평상과 그 옆의 비닐 포대에 씌워진 물건들은 아마 낮에 좌판을 벌이고 장사를 하는 사람들의 물건 같았다. 얼마쯤 걸어 올라가자 개울 건너편으로 '운학보신원'이라는 그럴싸한 간판이 나뭇가지 사이로 보였다. 처음에 그는 그곳이 무슨 점집이나 기도원인 줄 알았다. 그러나 목제 대문에 깃발처럼 걸려 있는 붉은 천을 보고서야 그곳이 어떤 집인지 알 수 있었다. 붉은 천에 조잡하지만 시원스럽게 박혀 펄럭이는 흰 글씨는 '보신탕'이었다. 아니나 다를까 그 집 바로 밑 펑퍼짐한 계곡 언저리에는 여러 마리의 개들이 있었다. 어떤 개들은 묶여 있었고, 어떤 개들은 묶여 있지 않았다. 개들은 모두 털이 조금 빠져 있었고, 동작으로 보아 극도로 예민한 상태라는 것을 알 수 있었다. 시원한 모시옷을 입은 한 노인네가 보신탕집 대문 앞을 빗자루로 쓸고 있는 게 언뜻 보였다.

조금 더 올라가자 길옆으로 있는 긴 담 너머로 지붕에 이끼가 낀 고옥(古屋)이 보였다. 담이 다른 담과 연결되는 입구에는 ○○여자대학교 생활관이라는 목판이 붙어 있었다. 길과 연해 있었기에 그는 굳게 닫힌 녹슨 철제 대문의 틈서리로 안을 살펴보았다. 널찍하고도 고요한 뜰은 꼭 경주 포석정의 그것 같았다. 뜰에는 허리가 휘어진 노송들이 몇 그루 서 있었고, 고옥은 그 훨씬 안쪽에 반쯤은 나무에 가려진 채 앉아 있었다. 사람이 있을 것 같지 않은 교교한 분위기였다. 후에야 들었지만 그 고옥은 옛날에 세도깨나 부리던 내시의 별장이었다던가. 내시에게 궁에서 이토록 떨어진 숲 속에 무슨 별장이 필요했을까.

얼마나 걸었을까. 그의 옆으로 초입의 약수터보다는 조금 덜하긴 했지만 물통을 든 사람들의 행렬이 계속되었다.

"약수터가 아직 멀었습니까?"

그가 마침 조금 앞서 걷던 깡마른 중년의 여자에게 물었다. 어디가 아픈지 여자의 얼굴에는 병색이 짙어 보였다. 속앓이가 있는가, 가슴앓이를 하고 있는가. 아니면 산후 조리를 잘못했을까. 혹은 아기를 원했으나 들어서지 않는 여자일 수도 있겠지. 그것도 아니라면, 위장병? 아니면 피부병? ……뿌연 오줌이나 목덜미의 식은땀?

"저 밑의 길로 내려가보세요. 가봐야 풀 수 있을지 모르지만."

그 여자는 바로 앞에 보이는 '4천만이 신고하여 숨은 간첩 찾아내자'라고 쓰인 반공 표지판을 가리켰다.

"아주머닌 어디로 가세요?"

그가 물었다.

"저 위의 샘물로 간다오, 흐흐."

여자는 웃음인지 신음인지 모를 소리를 말끝에 흘렸다.

그는 잠시 망설이다가 그 여자가 가리킨 작은 샛길로 빠졌다. 반공 표지판에는 간첩 신고는 최고 3,000만 원, 간첩선 신고는 최고 5,000만 원, 보로금은 500만 원이라고 적혀 있었다. 샛길이 이어진 계곡 옆으로는 나무를 벤 공터에 금방 쓰러질 것 같은 평상이 군데군데 눈에 띄었다. 울긋불긋한 비닐 장판이 깔린 평상들 한가운데 여름 술장사를 하는 사람들의 텐트가 보였다. 그 주변으로 암탉 몇 마리가 한가롭게 사뿐사뿐 발을 떼고 있었다. 이윽고 손님이 원하면 목이 비틀어질 닭들이었다. 저 아래쪽에서 본 개나 이곳에서 만난 닭이나 생겨먹은 모양이 다를 뿐 마찬가지 운명이 그것들을 기다리고 있었다.

조금 경사진 곳을 내려가서야 조금 전의 병색 짙은 사십 대 여자의 말대로 새로운 약수터를 찾을 수 있었다.

그 샘물은 바위 틈새에서 새어 나와 계곡으로 떨어지고 있었는데, 다른 곳과는 달리 샘물 언저리에 벽돌을 쌓은 뒤 통나무를 쪼개 만든 문짝을 만들어 세우고 시골의 방앗간에서나 볼 수 있는 커다란 자물쇠를 채워놓고 있었다. 사람들이 네댓 명 있었지만 그들은 줄을 서 있지는 않았다. 무슨 이야기인가를 하다가 와르르 웃곤 했다.

"물 뜨러 오셨구먼. 여긴 우리가 관리하는 샘물이지만 예까지 오셨으니 먼저 물맛부터 보시지."

마침 어린애 머리통만 한 자물쇠를 채우려고 하던 오십 대 초반의 사내가 그에게 바가지를 건넸다. 말하는 품이 굉장한 인심을 쓰는 어조였다.

"물맛이야 기가 막히지. 아마 여기 유락산에서 최고일걸?"

그 옆에 서 있는 비슷한 연배의 다른 사내가 말했다.

"고맙습니다."

그가 처음 사내가 떠준 물바가지를 받으며 말했다.

그로서는 물맛이 그리 특별하지 않았다. 물을 마시고 나서야 발견한 것이지만 그들은 모두 똑같은 모자를 쓰고 있었다. 하얀 모자 정면에는 '유락산 청심약수회'라는 푸른색 글씨가 박혀 있었다.

그리고 보니 굵은 통나무를 쪼개 만든 샘물 덮개에도 흰 페인트로 '청심약수회'라고 적혀 있었다. 자물쇠의 경첩은 바닥에 발라놓은 시멘트 속에 확고하게 박혀 있어서 어린애 머리통만 한 자물쇠와 그 견고함에 있어서 매우 잘 어울렸다.

"정수기가 좋다 해싸도 뭐니 뭐니 해도 샘물이 제일 믿을 만하지."

담배에 불을 붙이며 그중 하나가 말했다.

"아, 그걸 말이라고 해? 정수기는 필타를 제때제때 갈아줘야 하는데, 아예 필타 갈아줄 기간이 안 적힌 것들도 썼다고 하두만. 먹는 물에 어느 정도는 대장균이 있는 게 되레 사람한테 좋다고 그러더라고, 하하핫."

조금 마른 사내가 말했다.

"자네, 별거 다 아네그려."

"아, 손님한테 들었지."

그러고 보니 그 마른 사내는 택시 기사로 보이기도 했다.

"이보게, 근데 말야. 대통령이나 돈 많은 재벌들은 무슨 물을 먹을까? 난 그게 젤로 궁금해. 우리가 먹는 수돗물을 마실 리야 없잖겠어? 접때 미국 대통령이 일본에 왔다가 가는 길에 우리나라에 들렀을 때 점심을 먹었을 거 아냐. 그때 그 양반들이 마신 물은 어떤 물이었을까?"

"지하에서 몇 백 년 걸러진 물을 비행기로 날라다 먹겠지, 뭘."

"옛날이 더 좋았어. 살기가 더 나아졌다고 하지만 진짜로 그런 건지 잘 모르겠어."

"그나저나 우린 막 내려가려던 참인데, 이 양반 어떡하지?"

한 사내가 말했다. 그 사내는 머리가 조금 벗겨졌는데 어디 변두리 시장에 조그마한 점포를 몇 개 갖고 있어서 꼬박꼬박 달만 차면 어김없이 들어오는 점포세를 받아먹고 사는 사람 같았다. 괜히 그런 인상을 뿌리고 있었다.

"이까지 왔으니 떠 가라고 하지, 뭘."

다른 사내가 말했다. 금테 안경을 쓴 그는 테니스용 반바지를 입고 있었다. 반바지 밑으로 흘러내린 볼품없는 마른 장딴지에 발목까지 올라오는 등산양말을 걸치지 않은 것이 다행이었다.

청심약수회 회원들은 숱한 고생 끝에 이제 살 만해진 데다가 유락산에 전용 약수터도 하나 확보해놓은 셈이니 이제는 인생이 즐거워 죽겠다는 표정을 감추지 못했다. 그들이 서 있는 곳의 편편한 바위 위에는 그들의 머릿수보다 더 많은, 물이 가득 찬 물통들이 소문난 영화의 개봉관 앞의 줄처럼 나란히 도열해 있었다.

"아니 아저씨들, 왜 산의 샘물에 자물쇠를 채우고 그러세요?"

그가 물었다. 가능하면 그는 자신의 목소리에 감정이 들어 있지 않기를 바랐다.

"아, 그건 이 샘물을 우리 청심회에서 발견해서 지금껏 돈 들여가며 관리를 하고 있어서지. 차 가진 놈들이 도라무 깡통만 한 물통을 갖고 와서 퍼 가니 원 샘물이 고일 새가 있어야지. 히힛, 그래서 아예 자물쇠로 채워놓았지."

대머리가 말했다. 대머리의 바지 혁대걸이에도 자동차 키가 대롱대롱 매달려 있었다.

"당신, 퍼 갈 거요, 안 퍼 갈 거요? 빨리 말해야지 문을 닫든가 말든가 할 게 아뇨?"

자물쇠통을 들고 있던 사내가 조금 짜증이 섞인 목소리로 그에게 채근했다.

"채우시지요. 이건 아저씨들 물이니까."

그가 말했다.

그가 '푸른 마음을 가진 약수회' 회원들이 확보한 샘물에서 발걸음을 떼자 등 뒤에서부터 쿵 하는 축축하고 둔중한 울림과 함께 통나무 문이 닫히는 소리에 이어서 절그럭절그럭 하는 쇳소리가 났다. 자물쇠 채우는 소리였다.

　바로 그때 커피가 든 보온병을 든 사십 대 초반쯤 되는 여자가 청심약수회 회원들이 있는 쪽으로 언덕길에서 내려오는 게 보였다. 등산객도 아니고 물 받으러 온 것도 아닌 여자가 시선을 끈 것은 딱 달라붙는 노란색 고리바지와 반짝반짝 빛나는 새까만 귀걸이 때문이었다. 얼마쯤 가다가 뒤돌아보니 청심약수회 회원들이 각자 종이컵 하나씩을 들고 여자와 웃고 떠들고 있었다.

　그날 그는 그 길로 집으로 되돌아갈까 했다. 그런 생각은 순전히 물에 대한 사람들의 적대적이고도 이기적인 독점욕에서 풍기는 악취 때문이기도 했지만, 우선은 배가 고파서였다. 그러나 빈 병을 갖고 그냥 돌아가기도 좀 뭣한 데다가 이런 식이 아닌 약수터도 필경 이 산에 있지 않겠는가 하는 간절한 생각도 조금은 들었고, 사람들이 드문드문 계속 산 위로 오르고 있었기 때문에 그도 결국 발길을 그쪽으로 뗐다.

　얼마 후 그는 약사전 옆의 광덕약수터를 발견하고는 그냥 빈 병을 메고 집으로 돌아가지 않기를 잘했다고 생각했다.

　계속 산 위로 오르자 길이 점점 좁아지면서 경사도 심해졌다. 가끔씩 물통을 들고 내려오는 사람들을 만날 수 있었다.

　"약수터가 아직 멀었나요?"

　"저 산꼭대기를 넘어야 해요."

　그렇게 말한 사람은 이십 대 초반쯤 되어 보이는 청년이었다.

　내친 김에 그는 오랜만에 운동 삼아 가는 데까지 가보리라 마음먹었다. 계곡 건너편 산허리로 아침 햇살을 받아 살아 있는 것처럼 번쩍이는 철탑이 보였다. 얼마쯤 오르다가 산꼭대기쯤에서 집이 한 채 나와 그 집에서 물을 한 모금 얻어먹을까 하고 들렀다가 그는 또 크게 실망했다.

"우리도 밥을 해 먹을 물밖에 없어서 어떡하지요."

부엌에 쭈그리고 앉아 마른 나뭇가지를 아궁이에 넣고 있던 여자가 말했다.

물이 나는 길이어서 그런지, 아니면 워낙 사람들이 많이 다니는 곳이어서 그런지 물 인심 한번 고약했다. 목이 말라도 그 집에 기웃거리지 말았어야 했다고 그는 생각했다. 아까 청심회 회원 중 한 사람이 말한 대로 옛날보다 정말 살기가 나아졌는지 모를 일이었다. 잃어버린 것은 좋은 공기나 좋은 물만이 아니었다.

유락산은 이어지는 산자락이 넓게 펼쳐져 있었으나 산 정상은 그리 높은 편이 아니었다.

정상에서 산등성이로 난 내리막길을 따라 얼마쯤 더 걷자 산의 초입과는 다른 방향으로 절이 한 채 갑자기 나타났다. 증축 공사 중인지 커다란 재목들이 잔뜩 쌓여 있었다. 약수터는 절의 대웅전 뜰 방향을 빗겨서 약사전 옆에 있었다.

간간히 사람들 키 높이의 나뭇가지에 절에서 써다 붙인『법구경』구절들이 보였다.

아아, 이 몸은 오래지 않아
도로 땅으로 돌아가리라.
정신이 한번 몸을 떠나면
해골만이 땅 위에 버려지리라.

그 외에도 다른 나뭇가지에는 '너그러울 때는 온 세상을 다 담아 들이다가도 한번 옹졸해지면 바늘 하나 꽂을 자리 없는 사람의 마음'에 대해서 쓰여 있기도 했다.

원시불교의 그런 오래된 교훈들이 나뭇가지 곳곳에 서려 있어서였는지, 또는 아무리 공사 중이라지만 절이 자아내는 특유의 고적한 분위기 탓인지 유락산 초입의 물통을 갖고 서로 눈에 쌍심지를 켜는 분위기와는 사뭇 다른 점이 있었다.

약수터에 이르기 위해서는 약사전을 지나쳐야 했는데 재미있는 것은 약사전 오른쪽 벽면에 그려진 불화(佛畫)였다. 처음에는 약사여래를 모신 약사전이 있나 보다 하는 가벼운 생각으로 발걸음을 뗀 그는 줄거리가 담겨 있는 불화의 연속성 때문에 문득 걸음을 멈추었다.

자세히 살펴보니, 뜰에 과일이 주렁주렁 탐스럽게 매달린 과일나무가 서 있고 그 뒤쪽의 벼랑 너머 산에는 눈이 덮여 있는 것 같았다. 벼랑에 서 있는 단풍나무로 보아 만산홍엽을 그린 것 같기도 했다. 그림 오른쪽에는 잿빛 벽돌을 쌓아 올린 누대에 곱게 머리를 빗어 올린 여인이 이불을 쓰고 앓아누워 있었다. 특이한 것은 여인의 오른쪽 손목과 뜰의 과일나무가 가느다란 흰 실로 연결되어 있었다는 점이다. 그 그림이 하도 고요하고, 그로서는 처음 보는 불화인지라 한참을 뚫어져라 살피다가 약사전의 뒷벽으로 갔다.

그곳에는 이글거리는 불화로를 머리에 인 스님이 서 있었고, 방 안 오른편에는 눈썹과 수염이 허연 노승이 태연한 표정으로 앉아 있는 그림이 있었다.

흔히 절에서 만나곤 하던 십우도(十牛圖)를 볼 때와는 다른 긴장감이 생긴 그는 조금 빠른 걸음으로 약사전 정면에서부터 왼쪽 벽면으로 이동했다. 그곳에는 산중에서 머리 뒤로 후광을 거느린 한 동자가 상체를 드러낸 어떤 사내의 등에 나 있는 피부병을 어루만지고 있는 그림이 그려져 있었다.

빙 둘러 철책이 쳐져 있는 작고 단아한 약사전 정면은 작은 금빛 자물쇠로 채워져 있었다. 그 안에 약사여래불을 모셨을 것은 잘 짐작되는 일이었다.

그는 다시 약사전 정면에서 오른쪽으로 돌아 여인의 손목에 묶인 실이 뜰 앞 과일나무에 팽팽히 연결되어 있는 그림을 보았다. 볼수록 흥미로운 그림이었다. 그러나 그 순간 불현듯 그는 저 하얗고 가느다란 실이 끊어지면 어떡하나, 하는 생각에 사로잡혔다. 왠지 여인의 손목에 연결되어 있는 그 가느다란 실이 위태롭게 느껴졌다.

그 불안감은 송곳처럼 날카로운 전율과 함께 아주 짧은 순간 그의 머릿속을 스치고 지나갔다. 그런 어처구니없고 황당한 느낌에 사로잡힌 자신에게 진저리를 치며 그는 얼른 걸음을 옮겨 약수터로 향했다.

약수터는 약사전 옆 참나무 숲으로 우거진 꼬불꼬불한 오솔길 끝의 제법 널찍한 공터 안쪽 바위 밑에 위치하고 있었다.

그가 유락산 초입에서 너무 많은 시간을 허비해서인지 '光德藥水'라는 조그마한 돌비석이 샘 위에 세워진 그곳에는 다행히 사람들이 많지 않았다. 누군가 새벽 일찍이 약수터 앞의 너른 공터를 깨끗이 쓸었는지 빗자루 자국이 선명했다.

그곳에서 그는 비로소 그날 아침의 긴 수객여정(水客旅程)을 마칠 수 있었다.

소나무, 오리나무, 참나무, 아카시아나무 등이 빽빽하게 우거진 약수터 한편 바위 밑에는 누군가 밤새 치성을 드렸는지 굵은 촛농이 떨어져 있었다. 지금도 강원도 내설악 같은 곳의 약수터는 배앓이도 고치고, 세조가 그러했듯이 피부병도 고치고, 신경통도 고치고, 산후 조리도 하고, 애 낳게 해달라고 치성도 드리고, 풍치도 고치고, 노이로제도 고치는 종합병원으로서의 기능을 다하고 있다는 이야기를 들은 기억이 났기에 바위 밑의 촛농이 마치 광덕약수터의 영험과 관계가 있는 것으로 느껴지기도 했다.

이곳 약수터에도 유락산 초입의 약수터처럼 구청에서 박아놓은 수질 검사 결과를 알리는 스테인리스 표지판이 서 있었다. 역시 아래쪽 약수터와 마찬가지로 '먹을 수 있다'는 내용이 사인펜으로 적혀 있었다.

물을 받아 나오면서 그는 다시 한 번 약사전의 불화를 힐끗 바라다보았다. 여인의 손목에 매어져 있는 하얗고 가느다란 실은 미동도 없이 벽속의 허공에 떠 있었다.

그날 이후 그는 사람들이 붐비는 아침 시간을 피해서 광덕약수터의 물을 떠 먹기 시작했다. 유락산을 찾는 사람들은 날이 갈수록 늘어나는 것 같았다.

갈 때마다 그는 버릇처럼 약사전의 오른쪽 벽면의 불화를 힐끗힐끗 쳐다보곤 했다. 그러던 어느 날, 그는 약사여래에 대해서 아무것도 아는 게 없다는 생각이 들어서 책을 찾아보았다. 글 쓰는 사람인 그에게는 책을 찾아보는 일이 다른 사람들이 망치질을 하고 삽질을 하는 것과 마찬가지였다.

약사여래는, 동방유리광세계의 교주로서 항상 그 곁에 12신장을 거느리면서 중생들을 제도하시되 질병과 재난을 면하게 해줄 뿐 아니라 의식도 부족함이 없이 충족시켜주고 나쁜 왕의 구속이나 외적의 침입에서도 벗어나게 해준다고 『약사여래본원경』에 적혀 있었다. 약사여래의 좌우 협시보살은 태양을 인격화한 일광보살과 달을 인격화한 월광보살이며, 시간과 방위를 나타낸다는 12지신상도 약사여래의 12신장이 변해서 된 것이라고 했다. 늘 우수(右手)에 약병 항아리, 또는 보주(寶珠)를 들고 계시는 것은 주로 중생의 병고를 고치시는 자비를 상징하고 있다고 하는데, 유락산 약사전의 굳은 문은 열려본 적이 없으므로 그 안의 약사여래는 어떤 모습으로 계시는지 알 길이 없었다.

나쁜 왕이나 외적은 오늘처럼, 옛날 약사여래께서 활발하게 활동하실 때에도 존재했음을 그 기록을 통해 알 수 있었다.

내친 김에 그는 약사전 벽면의 불화도 알아보았다.

그가 확실히 알아낸 것은 두 가지 그림이었다.

불이 이글거리는 화로를 머리에 인 이는 신라 때의 혜통(惠通) 화상이고, 방 안에 태연하게 앉아 있는 노승은 당나라의 무외삼장(無畏三藏)이라는 고승이었다. 혜통이 무외삼장에게 법을 구했건만, 무외삼장이 신라의 혜통을 우습게 여기고 바다 동쪽 변방 오랑캐에게 어찌 불법을 담을 만한 대기(大器)가 있겠느냐고 하자, '법을 구하는 자 어찌 신명(身命)을 아끼랴' 하는 옛 가르침이 생각난 혜통이 불화로를 머리에 이고 법을 졸라 마침내 머리가 터지고, 그 터진 머리를 무외삼장이 손으로 만져 고치며 심법을 전수했다는 이야기가 그것이었다.

왼쪽 벽면의 그림은 널리 알려진바, 단종의 모후(母后)에게 꿈속에서 받은 침 때문에 지독한 등창이 생긴 세조가 오대산에 가서 기도하다가 마침내 한 동자를 만나 등을 밀어달라고 부탁했는데 그 동자가 문수동자였다는 내용을 담고 있었다.

'네 앞으로 어디 가서 임금의 옥체에 손을 댔다고 해서는 안 될 것이니라', '상감께서도 뒷날 누구에게든지 문수동자를 친견(親見)했다는 말씀을 해선 안 될 것입니다'.

그러나 나머지 그림은 아무리 찾아도 그 배경을 알 수 없었다. 해인사 창건 설화에 순응, 이정 두 스님이 오색실을 병든 왕후의 문고리에 매고 다른 한쪽 끝을 궁전 뜰 앞 배나무 가지에 매어두라고 일러둔 뒤 배나무가 말라 죽으면서 왕후의 오랜 병이 나았다는 설화가 있긴 있었다.

그 설화는 왕후의 손목을 만질 수 없어서 방문 문고리에 실을 매달았음에 비해 이 그림은 여인의 손목에 실이 매어져 있다는 점이 조금 달랐지만, 결국 그 비슷한 내용일 것이라는 게 짐작이 되지 않는 바는 아니었다. 그러나 그 그림은 왜 그리도 그에게 신비하게 느껴졌는지 모른다. 그가 이어서 다시금 알게 된 것은 우주가 종종 나무로 상징되기도 한다는 것과 신의 거주처로서의 나무, 소우주로서의 나무, 혹은 지구 자체가 거꾸로 선 나무라는 상징이 지독히도 오래된 문헌에 종종 나타난다는 사실이었다. 제 스스로는 말라 죽으면서 어떤 나무는 회춘(回春)을 주고, 어떤 나무는 장수(長壽)를 주고, 어떤 나무는 불사(不死)를 준다는 기록도 있었다.

그 일이 일어난 것은 그가 다른 날과 마찬가지로 배낭을 둘러메고 산으로 오른 어느 한낮이었다.

그날따라 유락산에는 커피 파는 여자들이 눈에 많이 띄었고, 중풍에 걸린 노인들도 유달리 눈에 많이 띄었고, 계곡 언저리 보신탕집에 묶여 있던 개들은 컹컹 메마르게 짖어댔다. 한 마리가 짖으니 곧 보신탕 그릇에 들어갈 다른 개들도 악을 쓰며 짖어댔다. 복수(腹水)가 가득 차 꼭 임신한 여자 같은 청년이 물병을 들고 기우뚱거리며 하산하는 광경을 본 날도 바로 그날이었다.

커피 파는 여자들은 좁은 길 한쪽 철조망 너머 숲 속에서 얼굴빛이 불쾌해진 사내들과 같이 철조망 틈새로 난 개구멍을 빠져나오기도 했다. 그들이 산에서 커피를 마시면서 뭘 했는지, 혹은 커피를 마시기 전에 뭘 했는지 산에 자꾸 오르면서 그는 자연스레 이해하고 있던 터였다. 커피 파는 아줌마들은 한낮의 들병이들이었다.

입추를 얼마 앞둔 한낮의 폭염으로 비록 숲 그늘을 헤치고 올라왔지만 땀에 젖은 그가 약사전을 지나 광덕약수터에 당도했을 때 목도한 것은 약수터 앞에서 개를 잡고 있는 일단의 사내들이었다. 그들은 이미 잡아서 불에 시커멓게 그슬린 개의 등허리며 잔등의 털을 손잡이가 나무로 된 작은 식칼로 밀고 있었다. 몽둥이로 개를 잡았는지 혀를 내밀고 있는 개의 입에서는 피가 질질 흘러내렸다. 개의 흰 눈깔은 '光德藥水'라고 새겨진 돌비석 쪽을 향해 까뒤집혀 있었다.

다른 사내는 한쪽 가장자리에서 돌 받침대로 솥을 걸어놓고 불을 지피고 있었다.

그들과 눈이 마주친 그가 "억!" 하고 신음소리를 내자 그들 중 한 사내가 조금 겸연쩍다는 표정으로 씨익 웃었다.

그 사내가 잠시 후에 같이 개고기를 먹을 그의 동료들에게 뭐라고 하자 식칼로 개털을 밀고 있던 사내들이 일제히 고개를 돌려 물병을 짊어진 그를 쳐다보았다. 그러나 그들은 대수로운 인물이 아니라는 것을 금세 알아챘다는 듯이 이내 고개를 돌려 자신들이 하던 일을 계속했다.

'아아, 이 광경을 못 본 걸로 해야겠구나', 하는 아득하고 절망적인 심정으로 그들을 잠시 바라보던 그는 바위 밑 샘물 쪽으로 서둘러 발걸음을 뗐다. 갑자기 속이 메슥거리면서 욕설이 튀어나올 것 같았지만 적절한 욕을 찾지 못한 그는 입을 다물기로 작정했다. 그를 발견하자 씨익 웃던 허여멀건 사내의 흰 이빨이 자꾸만 생각났다.

그때였다.

"아저씨, 그 물 못 먹어요. 헤헷."

그들 중 한 사내가 그에게 말했다. 나뭇가지를 모아 솥 아궁이에 불을 때고 있는 사내였다.

그 말을 듣자 그는 얼른 시선을 구청에서 박은 '안내 말씀' 표지판으로 돌렸다. 사내의 말대로 이틀 전의 날짜가 검사 연월일에 적혀 있었고, 그 옆의 검사 결과란에는 '식수 부적합'이라는 글씨가 검은 사인펜으로 선명하게 적혀 있었다. 그는 목덜미가 후끈 달아오르면서 식은땀이 왈칵 솟는 것을 느끼며 바보처럼 몇 번이나 그 글씨를 바라보았다. '보건환경연구원 수질 검사 결과임'이라는 친절한 안내도 '식수 부적합' 아래에 적혀 있는 것이 보였다.

광덕약수터가 빛도 잃고 덕도 잃어버렸음을 그 표지판은 단호하게 알리고 있었다.

그의 오줌 빛깔이 산의 물을 열심히 퍼 먹어도 왜 여전히 뿌연 뜨물 같은지를 알 수 있을 것 같기도 했다. 세상이 앓고 있으니 그 또한 성할 리가 없었던 것이다. 전에는 아주 흔했지만 이제는 정말 귀해진 것을 잃어버린 사람이 지을 법한 허탈하고 아쉬움에 가득 찬 표정으로 고개를 푹 숙이고 그는 광덕약수터에서 발길을 돌렸다.

다시 하산하자면 어쩔 수 없이 약사전을 지나쳐야 했는데, 참으로 이상한 일은 바로 그때 일어났다. 약사전 옆을 천천히 걸어가는데 갑자기 어떤 강렬한 힘이 그의 시선을 오른쪽으로 잡아끌었다. 그것은 보이지 않는 억센 손이 그의 뒤통수를 잡고 옆으로 홱 돌리는 것과 같은 느낌으로 그를 엄습했다. 할 수 있는 한 거의 필사적인 의지로 그 힘에 저항했건만 그는 결국 약사전의 그 불화를 보고야 말았다. 그 힘은 어쩌면 그의 내부에서 튀어나온 힘이었는지도 모른다. 여인의 손목과 뜰 앞의 과일나무에 연결되어 있는 하얗고 가느다란, 그러나 최초로 그것을 발견했을 때는 그토록 팽팽하게 서로 이어져 있던 실이 끊어지기를 바란 것도 어쩌면 그였는지도 모른다. 왜냐하면 그 여름에 그 그림의 실이 말할 수 없이 위태롭다고 느낀 사람은 바로 그였으므로.

실은 툭 끊어져 뜰 바닥에 떨어져 있었고, 여인의 손목은 힘없이 아래로 쳐져 있었다.

그 순간 그는 약사전 앞을 빨리 벗어나려고 용을 썼지만, 계속 자신이 제자리에서 뛰고 있는 것처럼 느껴졌다. 그럼에도 그는 비틀비틀 방향도 없이 서서히 약사전을 벗어나고 있었다.

놀라움과 함께 이상한 종류의 공포로 거의 울음을 터뜨릴 것 같은 심정으로 뛰면서 그는 고개를 반듯하게 천장 쪽으로 향하고 있던 여인은 어떻게 되었을까, 하는 생각과 실이 끊어진 뒤의 과일나무가 무척 궁금했다. 차마 그는 그것들을 확인하지 못했던 것이다.

그가 그 짧은 순간에 두 눈으로 똑똑히 본 것은 끊어진 실과 밑으로 축 늘어진 여인의 손목뿐이었다. (1989)

동강은 황새여울을 안고 흐른다

수원숭이가 암원숭이를 찾고, 수사슴이 암사슴을 찾는다.
모아키앙과 리지는 사람들이 사랑하는 미인이다.
그러나 그들이 접근하자, 물고기는 물속으로 깊이 숨고,
새는 재빨리 도망간다.
누가 진정한 아름다움을 알아보는가?
—장자

최 주간을 만난 것은 정월 하순께 그가 일하는 편집실에서였다. 친구가 편집 일을 맡기 전부터 나는 그 잡지의 편집위원이었다. 마침 편집위원들의 시간을 맞추다 보니 한 달에 한 번 개최하는 편집회의를 당겨서 한다기에 들렀던 참이다. 머리가 벗겨진 친구는 책상에 엎드려 다음 호 잡지에 실릴 '편집자의 말' 교정지를 읽고 있었다. 힐끗 보았더니, 시화호 이야기였다.

"달마 이야기를 했어."

자신의 원고를 기웃거리는 나를 의식한 친구가 말했다.

"달마?"

시화호와 달마(達磨)라, 그게 무슨 얘기냐? 하는 얼굴로 친구의 눈을 바라보았을 때, 친구는 보면 알 거라는 얼굴로 내게 교정지를 건네주었다.

"……우리 모두 살인청부자라? ……실감 나는군, 실감 나."

한참 만에 내가 어두운 얼굴로 말했다. 친구는 어두운 글을 써놓고는 밝은 얼굴로 자신의 글을 내게 떠민 셈이었다.

편집실 친구들은 최 주간의 글을 미리 읽었는지 고개를 조금 돌리며 빙긋 웃었다. 실내에서는 금연이었지만, 편집실 친구들이 '강 선생님만 봐준다'고 허락해주는 바람에 우리는 담배를 피우기 위해 한데로 나가지 않아도 되었다. 이때다 싶어 친구와 내가 담배에 불을 붙이자 편집부 기자들 중 한 사람도 라이터를 켜는 것 같았다.

"말 되는 것 같아?"

"말 되다마다. 근데 시화호에다 2조 원이나 퍼부었어?"

"그랬다는 거야."

우리는 잠시 아무 말도 하지 않았다.

한참 있다가 우리는 겨울 가뭄에 대해 한두 마디 했다. 그러다가 그는 다시 어두운 얼굴로, 아침에 신문을 보면서 짓누르는 팔의 무게 때문에 절망적인 기분으로 하루를 시작한다고 말했다.

"팔이 무거워진다고? 너 신문을 누워서 보는 모양이구나."

내가 물었다.

"잠이 깨면 신문부터 보지."

친구는 누워서 본다는 답변을 하지는 않았지만, 대충 짐작하라는 뜻 같았다.

나는 그가 신문 이야기를 꺼냈기 때문에 최근에 일어난 일, 이를테면 법조계의 종기(腫氣) 이야기를 조금 했고, 검찰이 '방탄 국회'라고 혀를 내두르며 불구속 입건으로 처리해버린 거액 뇌물을 받은 구(舊)여권 T 지역의 실세에 대한 이야기를 덧붙였다. 말하자면 가라앉지 않은 '빈 배' 이야기인 셈이었다. 자신도 모르게 습관적으로 입에 올린 식상한 이야기의 내용 때문에 갑자기 구취가 나는 듯한 느낌이 들었다. 이야기하면서도 내가 왜 이러나 하는 감정, 그것이었다. 어디 가서 내 혓바닥도 헹구고, 미간을 찌푸리며 고개를 끄떡이던 친구의 귀도 씻어주고 싶어졌다.

오래되었을 뿐 아니라 함께 겪은 크고 작은 일들 때문에 혈육 같기도 한 친구는 무엇보다도 '시인'이었다. 사십 대 중반을 넘어섰건만 아직 집도 한 채 없는 친구는 그래도 자신의 시를 이야기할 때 가장 생기가 도는 친구였다. 오랫동안 문학 출판사의 편집자로 전전하다가 엉뚱하게도 환경 단체에서 펴내는 기관지의 편집 책임자 일을 하게 된 것이 이제 이태쯤 되었을까. 시간강사로 대학에 나가고 문학 학교에도 강의를 나가는 눈치였지만 도통 그런 일에는 재미를 못 느끼겠다고 언젠가 고백한 적도 있다. 나와는 다르게 어디 돌아다니는 일을 죽도록 싫어하는 친구에게 가장 중요한 일은 언제나 자신의 시였다. 이번 생에 할 일은 그것뿐이라는 이야기를 친구는 만날 때마다 하곤 했다. 바퀴의 테가 아니라 친구는 굴대를 잡고, 타오르는 시의 불 아궁이를 발견한 것 같았다. 그럴 때마다 나는 같은 글쟁이이면서도 마치 다른 세상에 속한 사람을 대하듯 친구를 물끄러미 바라보곤 했다. 친구는 꽃 피고 새 우는 봄에 낼 새 시집의 제목 이야기를 했다. 그가 붙이려고 하는 시집의 제목은 '구토물을 먹는 아침'이었다. 나는 우선 욱, 하고 낮게 소리부터 질렀다. 등 뒤로 편집실의 젊은 친구들이 이쪽으로 고개를 돌리는 것 같았다. 나는 곧바로 격심하게 부끄러워졌다.

"사실이 그렇잖아."

친구가 지나치게 놀란 나에게 부드러운 표정으로 동의를 구했다. 그가 꼭 나를 위로하는 것 같았다.

"곰곰이 생각해보니 그렇다. 잠시 전에 놀랐던 거를 용서해라."

나는 얼른 사과했다.

"애당초 내 시집은 팔리지 않잖아. 독자가 조금 있긴 있는 모양인데, 이번 시집으로 내 시집을 읽는 이들의 수가 오히려 확실해질 거야. 그런 제목의 시집이 이런 세상에 한 권쯤은 있어도 되지 않겠어?"

시인인 친구가 말했다.

"그래그래, 그렇게 나가라. '구토물을 먹는 아침'이라. 사실 아침부터 우리가 그렇게 시작하고 사는 게 틀린 이야기가 아니지."

내가 두 손을 놓아버리는 얼굴로 말했다.

친구는 달마 이야기를 조금 더 했다. 달마의 대충(大蟲) 이야기는 친구에게 처음 듣는 이야기가 아니었다. 그런 이야기 끝에 우리 대화는 자연히 동강 이야기로 번졌다. 그러고 보니 지난해 연말 탑골공원에서 집회를 가진 이후 처음 만났기 때문이다.

내가 동강으로 아무도 모르게 홀로 떠난 것은 친구를 만나고 이틀쯤 뒤였다. 동강댐 건설을 반대하는 탑골 집회의 사회자 노릇까지 했으면서도, 한 번도 동강에 가보지 못했다는 것이 사실 여간 찜찜하지 않은 터였다.

나는 고향에서 교편을 잡고 있는 승근 형 때문에 무엇보다도 영월로 향하지 않고 평창, 미탄을 지나 정선으로 향했다. 정선 사람이지만 나보다 이태 먼저 내가 졸업한 중학교를 졸업한 선배는 지독하게 자신의 고향을 사랑하는 사람이었다. 정선이나 강릉이나 같은 영동 방언권인 데다 오랫동안 살고 있는 곳이 강릉이면서도 단오제니 지역감정이니 등속의 강릉의 공동 관심사가 화제에 오를 경우 그는 굳이 자신을 '정선 사람'이라고 기회 있을 때마다 또렷이 밝혔으며, 강릉 사람에게 없는 것을 정선 사람들은 지니고 있다고 힘주어 말하곤 했다. 그게 무엇인지 한마디로 요약해 말한다는 게 선배에게나 나에게나 여간 간단치 않은 일이었지만, 선배가 기울이는 정선에 대한 뜨거운 관심과 그렇다고 결코 배타적이지만은 않은 고향에 대한 사랑을 느끼면서 간혹 그의 말을 알 듯도 하다는 느낌을 받곤 했던 터였다. 선배의 그런 자세가 강릉 사람인 내게는 결여되어 있었기 때문이다. 공교롭게도 승근 형 역시 시인이었는데, 나와는 서로 고향의 명호(名號)가 흘러온 귀속 변천사에 대해 문헌을 찾아보면서까지 따져보기도 한 사이였다. 고구려 때 잉매현(仍買縣)으로 편제되었던 그의 고향이 정선이라는 명호로 개칭된 때는 경덕왕(景德王) 16년(757)이었다. 그 후 통일신라 때 정선은 명주(溟洲: 강릉)의 속현(屬縣)으로 편제되었다. 당시의 지방 행정 편제가 주현(主縣)과 속현으로 구분되는 중층적 편제였던바, 정선은 명주 지방과 긴밀한 관계를 유지했던 것이다. 이후 고려 때로 넘어오면서 현종(顯宗) 9년(1018)에야 명주와의 영속 관계를 벗어나 독자성을 확보하기에 이른다. 그 배경은 나말(羅末)의 대표적인 호족인 명주 호족이 강력한 반신라적(反新羅的) 성향을 띤 것을 감안, 고려를 개국한 친구들로서는 속을 썩이는 지방 세력을 행정구획 개편을 통해 억제할 필요가 있었던 것이다. 조선시대 세조(世祖) 12년(1466)에 잠시 원주(原州)의 임내(任內)로 편제되었으나 그것도 잠시였다. "정선아라리에도 나타나 있듯이, 백복령 넘어 삼척 조산으로 소금 지러 간 그곳이 바로 명주권이었음"을 "그러니 거의 같은 방언권에 살면서 정선 사람 강릉 사람 너무 따지지 말자"고, 내가 말하면 그가 응대했다. "'춤소리박물관'의 경우를 봐라, 부지를 못 얻어 그런 세계적인 박물관이 다른 지방으로 가려고 하고 있지를 않나. 우리 정선 사람들 같으면 외지 사람이 자기네 고향에 그런 엄청난 박물관을 제대로 짓겠다 소망하면 어떻게 해서든 그가 원하는 땅을 내놓을 거다", 뭐 그런 아직 진행 중인 일을 예로 들곤 했다. 그렇지만 정선과 강릉의 관계와 관련된 역사적 사실에 대해서만큼은 승근 형과 나와의 의견 대립이 있을 수 없었다. 다만 그런 동의가 얻어지기까지는 적잖은 시간이 소요되었다. 나는 서울에 살고 그는 강릉에 살다 보니—그렇지만 고향 쪽에서 벌어지는 대소사 때문에 비교적 자주 만나는 편이긴 했지만—그런 재미딱지 없는 얘기를 만날 때마다 지속적으로 할 수는 없었다는 이야기다. 중요한 것은 역사적 맹호의 편제도 정선과 강릉과의 관련도 아니고, 그의 양보할 수 없이 완강한 패가름에 의해 나는 '강릉 사람'이고 그는 '정선 사람'이라는 것이었다.

"그러니까 영월로 가지 말고, 동강을 볼라거든 정선으로 내려와. 동강 상류가 정선이니까 말야."

떠나기 전날 나눈 전화 통화에서 선배가 잘라 말했다. 동강에 한번 내려가볼 참이라는 말에 선배가 대꾸한 것이었다. 송수화기 너머로 설거지하는 소리가 들리는 것 같았다. 대학에서 사학을 전공한, 그래서 지금도 강릉 언저리에서 교편을 잡고 있는 넉넉한 형수의 모습이 떠올랐다.

"그럼, 형이 삽당령을 넘어줄 거요?"

내가 물었다. 시외전화를 하면 왜 노인네들처럼 자신도 모르게 목소리를 조금 높이는지 모를 일이었다. 삽당령을 넘어줄 거냐는 이야기는 정선으로 와줄 거냐는 말이었다.

"그러지 뭐, 마침 방학이니까."

승근 형이 흔쾌히 말했다. 그게 나와의 차이였다. 만약 내가 정선에 살고 있는데 부산에 사는 후배가 강릉에 볼일이 있어서 온다고 했을 때, 열 일을 제치고 승근 형처럼 흔쾌히 내가 강릉으로 나가줄 것인가, 하는 차이 말이다. 생각해보면 할 수도 있는 일이고 사정에 따라서는 못할 수도 있을 것 같은데 확실한 것은 그처럼 흔쾌히 응할 것인가, 그 점이었다.

"그러구 보니 형 차가 지프차네."

"그래, 동강은 승용차로 못 돌아댕겨. 지프차라야 되지."

무슨 일인가로 꾸물거리다가 서울을 벗어난 시각이 정오 지나서였으므로, 승근 형과 정선 읍내 감자옹심이집에서 만난 시각은 꽤 늦은 오후였다. 어쩌다 정선에 내려갈 때마다 나는 그 집에 들르곤 했다. 얼큰한 메밀국수에 감자를 시원스레 썰어 넣은 국수는 푸짐한 양도 양이지만 국물 맛이 일품이었다. 동면에서 넘어오다 만나는 첫 마을의 콧등치기집에서 만날까 하다가 나는 서울에서 내려가는 길이었으므로 읍내의 옹심이집으로 약속했다.

남원주로 빠져서 주천쯤에서 전화를 했을 때 선배는 이미 강릉을 떠나 정선 장렬의 본가에 들어와 보일러를 켜놓고 내가 내려오기를 기다리고 있었다. 팔순 어머니는 서울의 둘째 형님 댁에 계시기 때문에 정선의 본가는 강릉에 사는 그가 들락거리며 사용하고 있던 터였다.

"연말에 집회를 열었다며?"

자갈이 깔린 주차장이 널짱한 읍내의 옹심이집은 메밀국수 한 가지의 단일 메뉴였기에 주문이고 자시고 할 것 없이 자리에 앉기 바쁘게 선배가 물었다.

"예."

조금은 쑥스러웠다.

"신문에서 봤다. 난 아직 못 봤지만 오단 통광고도 봤다고 누가 그러더라구."

"광고도 했지요. 마침 환경련에서 시리즈 광고를 내길래 집회 끝내고 우리 모임에서 즉석에서 돈을 거둬 광고비 일부를 보태긴 보냈는데, 환경련 동강 지킴이 광고라는 게 당최 시민 성금에 의존하다 보니 워낙 돈이 모자라 그 광고도 하마터면 못 나올 뻔했어요. 마침 K신문에서 좀 싸게 받아줘서 가능했지만요."

"문인 광고도 난 늦게 봤는데, 정선 친구들이 거기 내 이름이 들어가 있는 것을 먼저 알더라구. 어디 아는 사람 없나 유심히 찾아본 모양이야."

선배가 말했다. 어깨는 좁고 굽은데 머리통이 유난히 큰 데다 나처럼 이마를 덮고 흘러내리는 머리 스타일은 여전히 70년대식 장발이었다. 시를 먼저 보고 사람을 나중에 만난 사람들이 저 사람이 정말 '시인

신승근'이냐고 물으면서 얼굴을 찌푸리더라고 언젠가 말한 기억이 났다. 스스로 추남이라고 생각하고 있는 그를 그러나 나는 한 번도 못생긴 남자라고 생각해본 적이 없었다. 동강댐 건설 반대 문인 성명서는 최 주간이 작성했지만, 그의 이름을 넣은 것은 나였다. 시간에 쫓기다 보니 서울과는 달리 고향의 문인들 경우에는 이름을 일단 넣고 나중에 전화로 알려주었다. 신문 기사는 그러나 환경 의식과는 거리가 멀게 사는 듯한 유명 문인들 몇만 다루었다. 그런 일이라는 게 워낙 그렇게 돌아가는 것이라 최 주간과 나는 무념한 심정으로 신문 기사를 바라다본 적이 있다.

"그러니 비싸지만 신문광고를 안 할 수 없지요."

신문광고의 영향력 이야기였다.

"괜히 으쓱해졌다니까. 그래, 그건 그렇구 농심마니라 그랬나, 거기가 속해 있는 모임 말야. 퍼포먼스를 했다고 기사에 났더라구."

더러는 격론에 가까운 토론을 할 때도 있었지만, 선배는 아직도 한 번도 내 이름을 부른 적이 없다. 이름을 불러야 할 때에는 '거기'나 '그쪽', 뭐 그런 식이었다. 인품이라 해야 할까, 그런 게 선배에게는 있었다. 농심마니에 대한 관심 같기에 아무래도 연말의 탑골 집회 이야기를 해야 할 것 같았다. 그와는 한참 만에 만나기도 했지만, 그렇잖아도 방금 치른 일인지라 묻지 않아도 입이 근질근질했다.

"행위 예술을 하는 무세중 선생 부부랑 그림 그리는 박권수 선배가 1인 퍼포먼스를 했지요. 강찬모라고 그림 그리는 선배는 집회장 바닥에 유화로 즉석 페인팅을 했고요. 나중에 들으니 재미있는 집회였다고 그러대요."

퍼포먼스 어쩌고 하다 보니 나도 모르게 페인팅 어쩌고 하는 외래어를 남발하고 있었다. 동강댐 건설 반대 시위로 말하자면, 다른 어떤 환경 관련 시위보다 시방 다채롭게 전개되고 있는 게 사실이었다. 연말에는 생존해 있는 마지막 떼꾼들이 한강에 거대한 뗏목을 띄워서 동강댐 반대 의지를 보였고, 그 얼마 후에는 동강 언저리의 주민들이 상경해 서울 광화문에서 정선아라리를 부르며 동강이 흘러야 할 까닭을 소리로 전달하기도 했다. 우리 농심마니 패들이 탑골공원에서 퍼포먼스 집회를 가진 때는 세밑인 12월 28일이었다.

"농심마니가 정확히 뭐야?"

선배가 물었다.

"산삼 심는 패들이에요."

"산삼을 어떻게 심어?"

"산삼의 묘삼을 심는 거죠."

"묘삼은 어데서?"

"삼척에서 그것만 연구해서 농사를 짓는 양반이 있어요. 그 양반이 벌써 12년째 묘삼을 공급해줬지요."

"어데 심는데? ……그게 잘 자랄까?"

"우리나라는 산삼하고 양기가 맞는지 음기가 맞는지 모르지만, 풍토적으로 어데다 심어도 잘 자란다는군요. 솔직히 나야 산삼에 별 관심이 없지만 말예요. 난 삼 체질이 아니라 꿀 체질인 것 같더라구요."

"왜 심는데?"

"나랑 절친한 박인식이라고 8,000미터급 히말라야도 몇 군데 등정한 산악인 선배가 그 모임의 대장인데, 그의 주장으론 우리나라 현대사가 엉망으로 돌아가기 시작한 것과 산삼의 씨가 마른 것하고 무관하지 않다는 거예요. 게다가 미친 듯이 좋다는 건 다 씨를 말리던 시절이었잖아요, 해당화도 그렇고요. 이른바 개발 연대에 말예요. 사실 지금도 그 점에선 조금도 달라지지 않았지만…… 그래도 토종 문화, 그런 데 관심을 가지던 박 선배가 어느 날부터 그런 역사관을 가지게 되면서 산삼을 심자, 그렇게 된 거죠. 산삼을 심어 땅의 원기를 회복하자, 뭐 그런 취지인 셈이죠. 산삼과 현대사 질곡과의 관계설이 설득력이 있냐 없냐, 그 문제는 차치하고 우리가 심되 캐는 사람은 뒷날의 다른 사람이라는 캐치프레이즈를 내걸고 있는 운동이지요."

"어쨌거나 12년이나 같은 일을 줄곧 해왔다면 장난은 아니네."

승근 형이 농심마니에 대해 새롭게 인식하게 됐다는 얼굴로 말했다.

"난 초창기 멤버지만, 취하면 개고기가 되는 패들이 하도 많아서 한동안 참석을 안 했더니 그동안에 동강 어라연 계곡에 다섯 차례나 산삼을 심었더군요. 그러니 거기 산삼을 심어놓은 동강이 수장될 판인데 집회를 안 가질 수 없었지요. 그래, 송년회 때 모여서 이런저런 얘기를 나누다가 해 넘어가기 전에 집회를 한번 가지자, 그렇게 된 거죠."

선배에게 말한 대로 나는 산꾼 친구들과 함께 농심마니의 초창기 멤버였지만 한동안은 1년에 2회 벌이는 삼삼 심기 산행에 굉장히 소극적이었다. 까닭은 장안의 온갖 시정잡배들과 천둥벌거숭이들이 다 모이다 보니까 간혹 술판 끝이나 밀폐된 장거리 버스 안에서 지나치다 싶을 정도의 주사(酒邪)가 노출되는 게 영 마뜩찮았기 때문이다. 설렁설렁 주사를 받아주기에는 타고난 내 까칠한 성정에 문제가 있었고, 눈 찍 감고 참자니 울화가 치밀어 견딜 수가 없었던 것이다. 나이 든 점잖은 분들도 몇 계셨건만, 버스 안에서 온갖 추태를 다 부리는 녀석들을 대개는 못 본 척 못 들은 척 꾹 참고 있는 눈치였다. 그래서 한번은, 지리산에서 돌아올 때였던가, 서울에 돌아온 뒤 버스에서 가장 개망나니 짓을 한 녀석들 둘을 버스 뒤로 불러내어 내 방식으로 야단을 친 뒤 몇 해 동안 다시는 산행에 참석하지 않았던 것이다. 한 녀석은 내로라하는 건축가 녀석이었고 다른 녀석은 연극 연출을 하는 친구였던가 그랬다.

"이번 집회 때 사회를 봤다며? 잘 안 나서는 사람이……."

"어쩔 수 없었어요. 그 패들은 아주 자유롭게 사는 망나니들인데, 집회 경험을 가진 사람이 나밖에 없었으니까. ……아 참, 형님 보여주려고 우리가 낸 광고를 갖고 왔네."

집회 경험이란 핵발전소나 소각장 반대 운동에 내가 오랫동안 빠져 있었음을 이야기한 것이었다. 그 일은 선배도 어느 정도 알고 있었으므로 따로 설명이 필요 없었다. 가방을 뒤져 선배가 아직 못 보았다는 신문광고 복사지를 꺼냈다. 마침 내가 끌고 온 고물차의 문이 잠기지 않아서 나는 식당에 가방을 들고 들어온 참이었다.

그때 커다란 사발에 김이 무럭무럭 나는 감자옹심이 메밀국수가 나왔다. 그러나 선배는 내가 건네준 광고 내용을 읽느라 정신이 없었다.

선배가 농심마니가 낸 광고를 읽는 동안 나는 갑자기 어떻게 해야 좋을지 몰라 쩔쩔매는 사람이 되고 말았다. 자신이 쓴 글을 타인이 읽는, 그 겸연쩍은 시간 동안에 할 수 있는 마땅한 일이 없었기 때문이다. 그렇다고 국수를 먼저 먹을 수도 없었다.

"강원도 동강 계곡에는 우리가 심은 산삼이 자라고 있습니다.' ……신선한데!"

선배가 말했다. 선배가 읽은 것은 광고의 헤드카피였다.

"형, 국수가 불겠소. 먹고 나서 보지요."

내가 말했다. 그렇지만 선배는 광고지 읽기에 빠져 내 말을 못 들은 모양이었다. 하는 수 없이 나도 광고지에 시선을 던졌다.

'우리 농심마니(산삼 심기로 우리 땅의 원기를 회복하려는 모임)들은 이 땅의 정기와 원기를 회복시키기 위해 지난 12년간 이 땅의 골골샅샅에 8,500주의 산삼을 심어왔습니다. 1987년 이래 강원도 동강 계곡에도 우리는 다섯 차례에 걸쳐 산삼을 심었습니다. 우리가 심되 그것을 발견하는 것은 '뒷날의 다른 사람'이라는 생각으로 우리가 심은 것은 산삼만이 아니라 땅에 대한 사랑과 이타심의 가치였습니다. 아름다운 동강 계곡을 댐 건설로 영원히 수장시키려고 하는 처사는 물과 전력 부족이라는 명분에도 불구하고, 실제는 건설 강행으로 이익을 얻을 몇 사람들의 탐욕 때문이라는 것을 우리는 잘 알고 있습니다. 핵발전소 건설이 그러했고 대형 소각장 건설이 그러했습니다. 그래서 우리는 환경문제는 언제나 자연과 인간의 문제가 아니라 인간들 내부의 탐욕과 부패, 무관심의 문제라고 생각합니다. 우리 농심마니들은 계속 우리 땅에 산삼을 심을 것이고, 누가 이 땅의 아름다움을 치명적으로 파괴하고 엄청난 환경 재앙을 초래했는가를 산삼이 자라는 동안 세세도록 기억할 것입니다. 지금이라도 수자원공사와 건설교통부는 동강을 동강내려는 댐 건설 계획을 깨끗이 철회하는 결단을 보여주십시오. 그것만이 건설을 강행하려는 사람들도 살고, 우리 모두 살 수 있는 유일한 길입니다. 현명한 선택을 거듭 촉구합니다(1988년 12월 38일 동강댐 건설 반대 탑골공원 집회에서 발표한 농심마니 성명서에서).'

선배는 성명서에 이어 첨부된 '농심마니들' 명단까지 살피기 시작했다.

"별 사람들이 다 있어요. 화가, 연극인, 번역가, 산악인에 카페 주인까지⋯⋯."

내가 말했다.

"정말 별의별 사람들이 다 있군. 언론인에 개그맨에 탤런트까지. 모두 몇이나 되는데?"

"180명쯤 될 거예요."

"한번 모이면 진짜 볼 만하겠군."

"거기 사람들이 다 모이긴 힘들지만, 그래도 한번 모였다 하면 한마디로 일구지난설(一口之難說)이죠. 내로라하는 친구들이 다 모이니까 뭐랄까 그런 걸 갖고 개성의 난투장이라 하던가."

'개성의 난투장'이라는 말은 소설가 이제하 선생의 창작집『초식』의 후기에 씌어진 홍익대학교 분위기를 표현한 말이었다.

"우리가 심은 것은 산삼만이 아니라 땅에 대한 사랑과 이타심의 가치였다, 이 대목이 특히 인상적이네. 그리고 문인 광고와 달리 관리들에 대한 공격이 좀 더 노골적이고. 이미 그들끼리 검은 거래가 오고갔음을 잘 알고 있다는 어조로구먼."

선배가 입에 가득 메밀국수를 넣은 채 말했다.

농심마니 광고를 살피느라 그새 국수가 식어서 먹기에는 뜨거울 때보다도 편했다.

"성명서에도 밝혔지만 우리나라 대형 프로젝트들이 다 그렇게 짝짜꿍 돌아가는 거, 널리 알려진 일이죠. 핵발전소나 댐이나 소각장이나 진행되는 게 똑같애요. 집회 때도 형 말마따나 제일 강조된 게 그거였죠. 결국 환경문제는 부정부패 문제라는 걸."

"그건 그런 것 같애. 그나저나 바쁜 사람이 어떻게 내려올 시간이 났는가?"

"나도 방학이니깐요, 후훗."

"아 참, 그렇지."

몇몇 대학에 '시간'으로 나가고 있음을 상기한 선배가 말했다.

"것도 새 학기 땐 다 집어치울 작정이에요. 애들 커가길래 불안한 마음도 들고 해서 그쪽 세계를 한번 기웃거려봤는데, 저한테는 아닌 거 같애요. 전 아무래도 백수가 체질인 것 같애요."

참으로 쓸데없는 이야기를 하고 있었다.

"글쟁이에겐 남는 게 글밖에 없지. 지금보다 더한 시절도 견뎠잖아."

백수가 체질이라는 내 말을 선배는 글을 쓰고 싶다는 의지로 읽은 것 같았다. 글이라면 잇거나 보탤 이야기가 없어서 나는 아무 대꾸도 안 했다.

"오늘은 동강으로 들어가기엔 너무 늦었으니까 우리 집에 가서 자고 내일 일찍 출발하지."

"형 집은 아직도 장렬이죠?"

장렬은 정선에서 아우라지 쪽으로 가다가 나전을 지나 오른편 강 건너에 엎드려 있는 마을이다. 고향 친구들과의 모임을 두어 차례 그 집에서 가졌기 때문에 장렬의 선배 집을 나는 잘 알고 있었다. 마당이 넓은 한옥 내부에 부엌을 들여 개축한 장렬의 고택은 무엇보다도 아름드리 장솔을 워낙 시원스럽게 써서, 세월과 함께 은은한 솔향이 집 전체에 배어 있는 남향집이었다. 지금은 그렇지 않지만, 선친이 살아 계실 때에는 집의 소를 세는 것보다 콩 한 말을 흩트려놓고 세는 게 더 빨랐다는 이야기를 언젠가 선배가 한 적이 있다. 그래서인지 승근 형은 유년을 풍족하게 보낸 사람들이 종종 지니고 있는 넉넉한 품과 원만함, 타인에 대한 배려심을 잘 드러내곤 했다. 그날 밤, 선배는 장렬의 정선 본가에 있는 『동국여지승람』이나 『대동야승』, 『민족문화대백과』 따위의 책들을 잔뜩 꺼내놓고 정선에 대한 이야기를 백지에 그림을 그려가며 차분차분 내게 들려주었다. 두 해쯤 임계종합고등학교에 근무할 때에는 강릉이 아니라 장렬에서 혼자 밥을 해 먹으며 다녔다고 했다. 책들은 그때 강릉에서 장렬로 옮겨 온 모양이었다. 어떤 이야기는 전에 들은 적이 있었지만 어떤 이야기는 이번에 처음 듣는 내용들이었다. 선배는 여전히 진지했고, 나 또한 전에 없이 선배의 이야기를 열심히 경청했다. 선배가 술이 약한 편이라 그날 밤도 술은 늦도록 나만 홀짝거렸다.

어차피 장렬에서 동강 상류로 들어가자면 정선 읍내를 거쳐야 했다. 내 차는 선배 집의 마당에 세워놓고 우리는 선배의 지프차를 이용하기로 했다. 선배는 읍내를 관통하지 않고 남쪽으로 반달 모양으로 감아 흐르는 조양강(朝陽江)의 앞산 아랫길을 택했다. 비봉산(飛鳳山)이 읍내의 진산(鎭山)이라면 읍내 앞을 흐르는 조양강의 건너편 산은 안산(案山)인 셈이었다.

"옛날엔 이 산 이름이 대음산이었어. 강 이름도 대음강이었고."

선배가 말했다. 그 이야기를 하려고 읍내를 통과하지는 않았으리라.

"멋있네요. 조양강 조양산은 왠지 얄팍하게 느껴지고, 대음강 대음산은 깊고 웅혼하게 느껴지는걸요."

내가 말했다.

한자 세대가 아니어서 정확한 뜻은 모르지만 그 발상에 있어 얄팍함을 여실히 드러내는 조양강(朝陽江)보다는 왠지 대음(大陰)의 '음(陰)' 자가 풍기는 두터운 격조와 분위기가 새삼스럽고도 절실하게 느껴졌다. 아무리 양(陽)의 시대라 하지만, 읍의 안산과 그 앞을 감아 흐르는 강 이름의 개칭이야말로 '음' 자에 대한 반사적인 반발 이외에 아무것도 아니었다. 대음산, 대음강이라 부르던 시대가 지니고 있던 자연에 대한 통찰이 조양산, 조양강이라 부르는 시대의 천박함과는 비교할 수 없는 느낌을 주고 있었다.

"바로 그거야. 대음강 대음산을 조양강 조양산이라 개칭한 건 꼭 새마을운동 때 발상 같잖아. 초가란 초가는 다 없애고 시멘트로 처바르던 시절 말야. '음' 자를 부정적으로만 받아들여 조양강 조양산이라 한 게 틀림없는데, 대음이라 하면 '큰어머니'가 아니겠어? 얼마나 깊고 멋져!"

선배는 운전석 오른쪽 팔꿈치 근처의 박스에서 카세트테이프를 꺼내며 말했다. 아니나 다를까 정선군에서 만든 '정선아라리'였다.

"정선아라리는 정선에서 들어야 제맛이 나더라구요."

언젠가 정선에 왔을 때 정선문화원에서 구해 들은 적이 있는 그 테이프였다.

"아라리 기능 보유자들이 불렀는데 솔직히 말해서 왠지 박제된 느낌이야. 노동요니 노동요가 아니니 말들이 많지만 내 생각에 아라리는 마이크 앞에서 부를 게 아니라 들이나 밭두렁에서 부르고 들어야 진짜 같애. 물론 같이 부르면 더 좋고."

"아무래도 그렇겠죠."

오랜만에 아라리를 의식적으로 귀 기울여 들어보니 유난히 성(性)을 노래한 아라리가 많았다. 관청에서 기능 보유자들을 동원해 만든 노래였지만, 사이사이 어쩔 수 없이 정선아라리의 질탕한 에로티시즘을 완전히 배제할 수는 없었을 것이다. 저 유명한 '무지공산에 딱따구리는 참나무 구멍도 뚫는데, 우리 집에 저 낭군님은 뚫린 구멍도 못 뚫네'에서부터 〈물레방아 아라리〉들이 그것이었다. 조혼(早婚)으로 제 구실을 못하는 어린 서방에 대한 새색시의 한탄이라고 해석되는 물레방아 아라리는 들을 때마다 그 육질성이 새로웠다. '정선 읍내 물레방아는 사시장철 물살을 안고 빙글뱅글 도는데 우리 집의 서방님은 날 안고 돌 줄 왜 모르나'가 바로 〈물레방아 아라리〉였다. 그렇지만 물레방아처럼 날 안고 빙글뱅글 돌 줄도 모르고, 뚫린 구멍도 못 뚫는 '저 멍텅구리'는 관에서 만든 아라리에서는 '저 낭군님'이나 '서방님'으로 순화(?)되면서 영 멋대가리나 맛대가리가 없어지고 말았다. 선배의 이야기는 '저 멍텅구리'가 진짜 아라리라는 것이었다. 어쭙잖은 분류나 해석도 웃기기는 마찬가지라는 이야기였다.

"알겠지만 정선아라리는 계속 만들어지고 있다네. 그게 한번 만들어진 뒤엔 그대로 불리는 딴 데 아리랑과는 다르지. 기가 막힌 절창이 많지만 젤로 감칠 맛 나는 아라리는 내 경우엔 이거 같애."

"어떤 건데요?"

"'뒷집에 숫돌이 좋아서 낫 갈러 갔더니, 뒷집 처녀 옆눈질에 낫날이 홀짝 넘었네……' 그런 노래가 있거든. 낫날이 홀짝 넘었네, 어때 기막

히잖아? 낫 갈던 총각 녀석이 그만 뒷집 처녀 때문에 정신이 아득해져선 낫날이 뭉개져버렸다는 얘기가 아니겠는가. 요즘 젊은 애들은 낫날이 뭔지 잘 모르겠지만 말야."

선배는 시인이었다.

비행기재를 넘기 전이었는지 후였는지, 나는 곧바로 선배에게 아라리를 한 곡조 부탁했다. 카스테레오에서 흘러나오는 박제된 아라리의 볼륨을 조금 줄인 선배는 정선 사람들이 대개 아라리를 청하면 사양하지 않듯, 서슴없이 한 곡조를 뽑아젖혔다. 후렴은 내게도 워낙 익숙했기에 같이 따라 불렀다.

'미탄, 평창'으로 향하는 42번 국도는 재 너머 재였다. 정선읍 자체가 산간 마을이었기 때문에 어디를 둘러봐도 첩첩의 겨울 산이었다. 군데군데 계곡으로는 초겨울에 내려서 덜 녹은 눈이 보였다. 국도변 아래 골짜기에는 물이 바짝 말라 있었다. 건천(乾川)이라고 선배가 말했다. 근래 기상 이변이 안 나타나는 철이 없지만 올 겨울 가뭄은 정말 유난한 것 같았다. 건천을 이야기할 때 선배는 물이 땅 밑으로 흘러 어디론가 빠진다고 말했다. 가리왕산 벽탄 쪽의 물은 땅속의 수로를 경유, 평창강으로 빠진다고 옛날 노인들이 말하더라고 덧붙였다. 산하는 온통 잿빛이었다. 그렇지만 솔이 많아서 황량한 겨울 풍경 치고는 여전히 다른 곳보다는 푸르름을 머금고 있었다. 그런 이야기를 나눌 때, 선배는 시 한 수를 외었다.

"봉우리가 높으니 섣달 눈이 남아 있고, 나무가 빽빽하니 반은 겨울에도 푸르구나."

그를 못생긴 사람이라고 놀린 독자는 어떤 사람이었을까.

"누구 시예요?"

"목은(牧隱) 이색(李穡)의 시야. 뒤에 가면 '송사가 드무니 관청 뜰에는 풀이 자랐고' 하면서 가렴주구 하는 관리들에 대한 비판도 있지."

선배가 말했다. 외고 있는 이색의 시 때문에 그가 새삼 다시 보였다. 대놓고 표현하기는 뭣했지만, 동강의 안내자로서 승근 형만 한 사람이 다시없겠다는 생각이 들었다. 문득 오랜 시간 동안 그에게 얻기만 하고 갚은 적이 없다는 생각이 들었다.

"이색이 여기까지."

목은이라면 예로부터 우리나라 문장(文章) 중 여럿이 이구동성으로 '그중 으뜸'으로 삼았던 이가 아니겠는가.

"여기 정선 땅을 노래한 이가 어디 이색뿐인 줄 알아? 특히 쥑여주는 시는 어젯밤에 내가 얘기한 허소유(許少由)라는 사람의 신데, 아무리 찾아봐도 이 사람이 어느 시대 사람이고 누군지 알 수가 없어. 『민족문화대백과』니 『국사 대사전』이니 『동사강목』이니 다 찾아봤어. 최영 장군 시대 때 같은 이름은 있는데 한자가 달라. 이름을 보면 틀림없이 본명을 감춘 은자 같은데, 삼척부사 했던 미수(眉叟 : 許穆) 선생의 전대 사람인지 후대 사람인지 그것도 잘 모르겠어. 딴에는 꽤나 찾아봤는데 말야. 우연히 『신증동람(新增東國輿地勝覽)』 정선군 편에서 봤는데, 쥑여주더라고."

"허소유라? ……그래, 어떤 신데 그래요?"

"봉서루(鳳棲褸)에서 쓴 시라는데 봉서루가 어딘지도 모르겠어. '누 위에는 기이한 경치가 많아서, 바로 눈앞에 빽빽하게 벌려 있다. 물이 맑으니 어찌 발을 씻으랴, 발(廉)이 시원하게 트였으니 낯을 돌릴 만하다. 바람 앞에 대숲은 큰 깃발처럼 어지럽고, 비 뒤의 산들은 푸른 소라같이 벌려 있다. 당년에 누가 이곳을 개척하였던가, 천지가 일찍이 내놓기를 인색해하던 곳인데', ……뭐 이렇게 이어지는데 말야."

"우와 그렇게 긴 시를 어떻게 외고 있소? 형 어디 잘못된 거 아뇨?"

"촌구석에 처박혀 있으니 시간이 많잖아."

"그래도 그렇지. 아직 오십도 안 된 나이에……."

감탄하고 있는 것인지 선배를 비난하고 있는 것인지 말하는 나도 나중에는 잘 모를 지경이 되었다. 그러나 정선에 대해 그가 품고 있는 애착을 떠올릴라치면 이해가 안 되는 것도 아니었다. 그런 내 생각을 읽기라도 한 듯이 선배가 덧붙였다.

"근데 말야. '물이 맑으니 어찌 발을 씻으랴', 하는 대목도 그렇지만 '당년에 누가 이곳을 개척하였던가, 천지가 일찍이 내놓기를 인색해하던 곳인데', 그 대목에선 사람이 아주 뽕 가더라구. 그러니 내가 외웠지……. 아냐, 이런 시는 일부러 외우는 게 아니라 저절로 입에 감기게 되더라구. 조금 나이 드니깐."

"형 겉은 사람이었던 모양이요? 허소유란 양반이."

"아냐, 여기 정선에도 공부하는 사람들이 많아. 얼마 전엔 우리 모임의 한 분이 『실록』에 담겨 있는 정선 이야기만 모아서 책을 내기도 했어. 여기 출신 시인이랍시고 출판기념회에서 나도 어쩔 수 없이 한마디 하긴 했지만 말야. 고은 선생도 섬에서는 제주요, 물에서는 정선이라 하면서 되게 여길 좋아하지. 그래서 몇 해 전에 읍내 뒤 비봉산에 아라리비 근처에 그 양반 시비(詩碑)도 하나 세워줬잖아. 그랬더니 시비 세우는 날 여기 와서, 이 양반 정선을 소재로 소설 한 편 꼭 쓰겠다 하더니만 그 약속은 지켰지."

선배가 말했다. 고은 선생 시비 이야기는 전에도 들은 적이 있었다.

"언젠가 고은 선생 뵈었을 때, 약속 지킨 거 정선 사람들 좋아하더라고 했더니 선생도 좋아하더라구요. 눈을 껌벅껌벅하며 듣다가 갑자기 입을 아구처럼 벌리면서."

내가 말했다. 그랬던 적이 있었다.

"허소유의 다른 시도 있는데 『동람』에 딱 두 편 있거든. 그 시는 정선 노랜 아니지만 허소유가 한번 이쪽 태백산 언저리를 휘 돌았었나 봐. '토지는 메마르고 세금은 무거워서 도망치는 백성이 많고, 집집마다 석청을 뽑아 바친다', 어쩌구 하면서 탐관오리들 학정을 비판하는 신데 말야."

"옛날이나 지금이나 힘 가진 녀석들은 똑같았어요, 그런 걸 보면……. 나도 한번 허소유를 찾아봐야겠네요. 형 말마따나 '당년에 누가 이곳을 개척하였던가', 그 대목은 정말 지금도 절절하네요. 댐을 짓겠다는 패들이 바로 그 패들 아니겠어요?"

"누가 아니래."

정선을 떠난 지 한 20분쯤 되었을까. 동강은 정선에서 42번 국도를 타고 비행기재를 넘어 가리왕산 휴양림으로 갈라지는 길을 지나 상평에서 광하교를 건너기 전 좌측에서 비롯되었다. 동편에서 흘러내리는 동남천과 조양강이 합류하여 동강으로 바뀌기 시작한 것이었다.

빛을 반사하는, 새로 놓인 광하교 화강암 다리는 아직 시간이 묻지 않아서 가문 겨울에 무슨 거대한 뼈다귀처럼 느껴졌다. 적잖이 미탄이나 정선을 드나들었지만, 흐르는 강을 따라 벼랑 아래 소로(小路)로 들어가기는 처음이었다. 정선에서 광하교를 타고 계속 직진하면 미탄, 평창으로 빠지는 길이었다. 늘 그 길만 탔던지라 강을 따라 이런 은밀하고 아름다운 길이 이렇게 길게 연해 있는지 몰랐다. 간혹 입구 쪽의 두서너 구간은 비포장이었지만, 안쪽에 마을이 있어서인지 더러 깨지고 굴곡이 심한 시멘트 포장길이었다.

"말하자면 여기서부터 동강인 셈이야. 그치만 옛날에는 영월처럼 동녘 동(東) 자 동강(東江)이 아니라 오동나무 동(桐) 자 동강(桐江)을 썼어. 옛날 책에는 금장강(金障江)이라고 되어 있고. 그게 『세종실록』이었던 것 같은데, 그때도 조양강이라 하잖고 대음강이라 했더라구. 근원은 오대산동 금강연(金剛淵)이라 했고, 정선군에 이르러 광탄(廣灘)이 되고, 광탄은 지금 읍내 남쪽 대음강으로 흘러들어 두 물이 합친다고 적혀 있어. 옛날 정선 이름이 잉매현이었거든. 잉매가 우리말로는 느리매(梅: 美)라고 '느리게 흐르는 강'이라는 뜻이래. 『세종실록』에는 정선을 감아 돈 물이 흘러 바로 여기 가탄에 들어가서 평창군 동쪽에 이르러 연화진이 되고, 마침내 영월 동쪽에 가서 금장강이 된다…… 뭐 그런 식이야. 연화진은 잘 모르겠는데 거기가 미탄 남쪽의 마하리(馬河里)쯤일 거야."

"그래서 동강이 영평정을 두루 흐른다 그거군요."

'영평정(寧平旌)'이란 영월과 평창, 정선을 아우르는 말이다.

"그렇지. 물길은 세종 때나 지금이나 똑같다고 봐야겠지. 가탄이 바로 지금 우리가 가고 있는 가수리 사반이야. 지금도 가탄이라 부르는 사람들도 있어. 자연부락명이니까. 요 앞에 귤암리 지나서……"

"형, 부락은 왜놈들이 우리네 마을을 멸칭(蔑稱)으로 부를 때 쓴 말이라 하잖았겠소, 그러니 그게……"

내가 말했다. 그런 식으로라도 그의 '깊은 정선 동강 공부'에 대응하는 게 그를 다소나마 편하게 해줄 것 같았다. 스스로 너무 아는 척하는 게 아닌가 싶어 쑥스러워 입을 다물면 그건 정말 안 될 일이었기 때문이다. 백정들이 사는 부락민(部落民)에 대한 일본 사회의 편견을 다룬 시마자키 도손(島崎藤村)의 『파계(破戒)』는 정음사판 문학 전집을 통해 본 것 같았다.

"아 참, 그랬다지."

선배가 얼른 씩 웃었다.

강 오른쪽 건너편에는 자갈밭이 펼쳐져 있었고 드문드문 밭뙈기도 보였다. 이쪽 골짜기로 처음 들어온지라 잘은 모르지만, 건너편 강안(江岸)에 남긴 물살의 흔적으로 볼 때 수량이 그리 많지는 않은 것 같았다. 조양강이 끝나는 광하교 근처에서와는 달리 골짜기로 들어갈수록 물은 점점 맑아졌다. 깎아 세운 듯한 벼랑을 물그림자로 깊숙이 끌어안고 천천히 흐르는 동강 상류는 정선 읍내의 조양강과는 비교할 수 없이 깊고 푸르렀다. 다행히 바람이 자고 있는 겨울 날씨였다. 벼랑을 따라 난 시멘트 길은 군데군데 패여서 지프차가 계속 출렁거렸다. 가끔 푸른색 농민차라도 저 앞 바위 틈새로 보일라치면 멀리에서도 먼저 양보하기 위해 차를 밀어 넣을 공터를 애써 찾곤 했다. 그것은 상대방 차도 마찬가지였다. 어떤 때에는 이편에서 양보했고, 어떤 때에는 저편에서 워낙 완강하게 차를 구석으로 몰아넣고 버티고 있었기에 고마운 마음으로 지나치곤 했다. 앞쪽 멀리로 강의 가장자리에 얼어붙어 있는 얼음 조각이 거품처럼 보였는데 벼랑의 희디흰 이빨 같기도 했다. 전형적인 겨울 강의 풍경이었다. 그리 춥지는 않았지만 영상의 기온은 아니었다. 그런데 이상하게도 동강 상류는 생각보다는 얼음 조각이 많이 보이지 않았다. 어차피 서두를 일이 아니기도 했지만, 노면 사정으로 서행할 수밖에 없었다. 간간이 시멘트가 깨져서 생긴 웅덩이에는 두껍게 얼음이 얼어 있기도 했다. 그럴 때 선배는 4륜구동 기어를 넣어 속력을 한껏 줄였다.

"허소유라는 양반은 다른 시에서 강원도 오지 땅이 울퉁불퉁한 것을 보고 개 어금니 같다고 썼어. 재밌잖아?"

지프차의 앞바퀴가 웅덩이 언저리 빙판으로 들어설 때 선배가 말했다.

"우와, 이건 개 어금니보다 더하네."

강으로 보면 남쪽, 차에서 보면 왼편으로 적잖은 빙벽이 보였다. 흘러내리던 작고 큰 폭포가 허옇게 얼어붙어 있는 것이었다. 이상한 것은 그곳이 물길이 아니라는 점이었다.

"저건 뭐요? 형. 폭폰가!"

"아냐, 굴에서 흘러나오다 얼어붙은 거지. 이제 들어가다 보면 계속 느끼겠지만, 여 말로 벼랑을 '뻥대(屏臺)'라 하거든. 뻥대마다 허연 얼음이 계속 보일 거야. 동강의 뻥대는 하여지간에 동굴 천지라 보면 돼. ……가만 있자, 여기 이 언저리인데 말야. 여길 모마루라고 하거든. 광하리와 귤암리 사인데, 옛날 문헌에 보면 말야. 그것도 『동람』의 정선군 산천편(山川篇)으로 기억하는데, 대음산 바위 사이에 풍혈(風穴)이 있다고 적혀 있어."

"풍혈이라니, 구멍?"

"그렇지, 물구멍이지. 정선 읍내 앞산이 조양산, 그러니까 대음산이라고 했지. 그러니까 거기 산 밑으로 물구멍이 있어서 땅속으로 첩첩 산을 지나 여기 모마루로 솟아나온다, 그 말이지. 옛날에는 모마어촌(毛麻於

村)이라 했다는데, 지금은 여길 그냥 모마루라 할 거야. 노인들 얘길 들어보면 지금은 수량이 줄어서 그렇지만, 바로 그 풍혈에서 솟아나온 뜨거운 물 때문에 여기가 한겨울에도 잘 얼지 않았다는 거야. 그래서 보라구, 겨울인데도 얼음이 별로 없잖아. 그늘을 빼곤 말야. 영월 쪽은 겨울에 꽝꽝 얼어도 여긴 좀처럼 얼지 않아."

선배가 강을 가리키며 말했다. 그러고 보니 어제 평창강과 달리 이곳 강은 빙판이 아니었다. 주천을 경유해서 평창으로 들어오던 전날, 평창강은 꽝꽝 얼어 있었던 것이다.

"이색의 시에도 이 동네가 맨 동굴 천지라는 구절이 있어."

"그것도 한번 읊어보시죠."

선배는 틀림없이 그 시도 외우고 있으리라는 생각이 자연스레 들었다.

"제대로 욀지 모르지만…… '일천 산에 겹친 푸르름이 가로놓였으니 한 가닥 길은 푸른 공중으로 들어간다. 물구멍은 응당 바다에 통하였으리라', 대충 그런 시야. 아예 시제(詩題)가 수혈응통해(水穴應通海)라, 그러니 외기 쉽지. 여기 댐을 건설하면 큰일 난다니까."

선배가 잘라 말했다. 선배도 바로 그것을 우려하고 있었다.

'남한에서 산은 설악이요, 강은 동강이라' 일컫는 동강의 비경(秘景)은 그래서 흔히 '한국의 계림(桂林)'이라는 말로 요약된다. 우리나라 최상의 녹지자연도(綠地自然度)에 물속이나 물 바깥이나 갖가지 희귀 생물 서식지라는 놀랄 만한 생태학적 가치 외에도 동강댐 건설의 문제점 중 가장 심각한 것이 바로 지형적 특수성으로 인한 안전 문제였다. 수몰 예상 지역 일대, 그러니까 동강이 관류하는 영월, 평창, 정선 지역 일대가 물이 닿으면 쉽게 녹아버리는 석회암 위에 댐이 건설되게 된다는 점, 그래서 댐 건설이 강행된다면 건설 후 지반침하가 불 보듯 뻔하다는 점과 아직 확인되지 않은 수백 개의 동굴 침수로 인해 동굴 내벽이 붕괴하면서 댐의 붕괴는 물론, 지굴(地窟)을 통해 예상치 못한 지역으로 물이 분출될 수 있다는 점이었다. 거기다가 어라연 쪽 댐 예정지 근처로는 절리(節理)가 지나가고 있고, 영월 북동쪽 지역은 규모 4.5의 지진 다발 지역(총17회)이기도 했다.

"근데도 이 패들이 환경영향평가를 순 엉터리로 한 거예요. 늘 그렇지만 사업 시행자가 용역을 줘서 한 환경영향평가니까 엉터리일수밖에 없죠. 그러니 막을 수 있는 인재(人災)를 늦기 전에 막자, 그거죠. 댐을 지었다가 장차 평창이 터질지, 원주가 터질지, 제천 충주가 터질지 모를 일이라 그거죠, 좀 과장되게 말해서. 게다가 환경영향평가도 스물쩍 엉터리로 하고, 넉넉하게 보상해준다고 사람들 꾀면서 일을 진행하는 녀석들이 댐 건설인들 제대로 할지도 의심스럽구요."

수자원공사의 환경영향평가서에는 흐르는 물이 호수가 되었을 경우의 생태계 변화에 대한 대처 방안이 우선 없었다. 또한 동강은, 자료에 의하면 5차수 하천으로서 한강수계에서 곡율도가 가장 큰 감입곡류 하천인데 기본적인 하계망 분석이 없었으며, 수몰 지역 곡벽에 노출하고 있는 지질 및 지형학적 자료에 대한 조사나 복원이 전혀 무시된 상황에서 작성되었다고 지적받고 있었다. 무엇보다도 사람들의 분노를 자아낸 것은 '동강 전체의 동굴이 총 30여 개인데, 그중 6개만 수몰된다'고 되어 있는 대목이었다. 확인된 동굴만 해도 수백 개나 되며, 그 길이 또한 할매동굴이 700미터, 그 외에도 300미터에서 100미터짜리가 부지기수이고, 끝을 알 수 없는 동굴도 셀 수 없이 많을 것이다. 누수 가능성에 대해서도 수자원공사 측은 동굴들이 모두 하천 인근에 분포하고 있으며 수몰 지역 외부까지의 거리가 최소 수 킬로미터 정도 떨어져 있는 데다 석회암과 반송층이 반복적으로 분포하고 있어 절대로 유출 가능성이 없다고 말하고 있는데, 지도에 보면 수몰 지역의 대동계(大同系) 반송층 안에는 사암이나 셰일 외에도 분명히 석탄도 포함되어 있는바, 석탄은 불투수층(不透水層)이 아니라는 것을 간과하고 있었다. 자료를 보면서 이해할 수 없었던 점은, 몇 가지 확실한 미비 사항과 의도적으로 왜곡을 저질렀으면서도 '우려를 불식시키기 위해 1998년 하반기에 동굴 전문가로 하여금 수몰지를 대상으로 정밀 동굴 조사를 실시할 예정'이라고 말하고 있는데, 그 정밀 동굴 조사의 목적이라는 게 '우려를 불식시키기 위해'서라는 점이었다. '정밀한 결과'가 나오기도 전에 '우려 없어도 됨'이라는 결론을 왜 항상 그들이 쥐고 있는지 아리송하기 짝이 없는 일이었다. '정밀한 결과'에 겸허할 필요까지는 없어도, 말 그대로 '따르겠다'라는 태도가 언제나 아니라는 점이었다.

지진에 대한 대처에는 '내진설계(耐震設計)'를 핵발전소 수준으로 강화하겠다'는 것이 대처 방안이었다. 우리 핵발전소도 탈이 있다는 소리가 심심찮게 들리는 판인데, 체르노빌은 그럼 수준이 낮아서 터졌을까?

"절대로 그거 과장된 말이 아니야. 노인들 얘길 들어보면 박정희 때부터 댐을 쌓으려고 수차례 조사를 하다가 관뒀다는 거야. 그러니 그때가 60년대지. 왜 포기했느냐? 노인들 생각으론 그게 땅이 물러서라는 거야. 밭 갈던 소가 땅이 푹 꺼지는 바람에 갑자기 쑥 빠져 들어가 다리가 부러지기도 하고, 장마 지면 멀쩡한 절벽에서 갑자기 물이 콸콸 솟구치기도 하고 그러거던. 그런 얘긴 어려서부터 줄창 들었어. 그러니 이런 땅에다 어떻게 댐을 짓겠는가 그거지, 노인들 말씀이. ……한다면 한다던 군인 아저씨 때에도 망설이던 일인데 말야."

"겁도 없이."

댐 건설 계획이 이른바 '문민정부' 때 확정되어 '국민의 정부' 시절로 이어지고 있었다. 우리는 쓰디쓰게 웃었다.

"말 잘하고 외국에서 인기 좋은 김 대통령이 경제 아무리 잘 살려도 동강댐 지으면 천추의 오점으로 남을걸. 그나저나 저것 좀 보라구."

선배가 갑자기 길 왼편의 외딴 간이 주택 한 채를 가리켰다. 건물의 입구는 벽을 세우지 않아 꼭 창고처럼 보이는 간이 주택 앞으로 마른 나무둥치를 기둥으로 동여맨 플래카드가 펄럭이고 있었다. 붉은 바탕에 흰 글씨로 '찬성'이라 새겨진 플래카드의 내용은 '보상만 충분하면 댐 건설 찬성한다'였다. 그 밑으로 '귤암리 주민 일동'이라는 검은 글자가 플래카드를 내건 주체를 밝히고 있었다. '보상만 충분하면'은 청색이었고, '댐 건설'은 붉은색, '찬성한다'는 검은색 글자였다. 동강 상류 귤암리(橘岩里)의 황량하고 질박한 겨울 풍경에 어울리지 않게 색(色)을 많이 쓴 플래카드였다.

"……잠깐 세웁시다."

내가 말했다.

차에서 내린 나는 플래카드를 말없이 오래오래 바라보았다. 그사이에 따라서 차에서 내린 선배는 강을 향해 두 팔을 벌려 몸을 움직이며 피로를 푸는 듯했다. 나는 주머니를 뒤져 담배를 꺼냈다. 바야흐로 갈등의 현지에 온 실감이 났다.

"정말 노골적이네. 색을 요란하게 쓴 거 보면 저거 누가 만들어준 거 같기도 하고 말야."

내가 조금은 허탈한 얼굴로 말했다. 보면 볼수록 플래카드의 내용이 노골적이고 적나라했다. 댐이든 핵발전소든 핵폐기장이든 뭐든 찬성하겠다, 보상만 충분하면 그만이라는 이야기였다. 들여 세우려는 것이 죽음에 속해 있는 것이든 생명에 속해 있는 것이든 우리는 그런 거 관심 없다, 그거였다.

"한밑천 잡아서 뜨고 싶다, 그거지."

선배가 말했다.

한동안 우리는 아무 말도 하지 않았다.

깊게 파인 길이나 비포장이 심심찮게 나타났다. 우리는 몇 군데의 꺾어진 길과 빙판을 건넜다.

"오랜만에 비포장도로를 타니 새롭네요. 거 뭐야, 옛날 생각도 나고."

"그렇지? 내가 정선 군수라면 여기 동강 언저리만은 비포장으로 그냥 놔두고 싶어. 여기 사는 사람들이 들으면 방방 뜨겠지만 말야."

선배가 웃으면서 말했다.

"생태학적으로도 비포장도로가 돈 안 들이고 자연을 살리는 길이라 그러잖아요. 포장도로가 맥을 끊어 숱한 동물들이 길을 잃어버리고 멸종되어간다 그러지 않습니까. 식물군에 미치는 영향도 크다고 그러죠."

"저기 저 앞에…… 보이는가."

고개를 조금 밑으로 수그려 앞을 살피던 승근 형이 이번에 가리킨 것은 허공이었다.

"어디……."

나도 선배를 따라서 앞쪽을 살폈다.

"저기 저 뼝대 말야. 사람 얼굴 같지 않아?"

"글쎄요……. 어떻게 보면 그런 것 같기도 하고."

"여서부터 가수린데, 이 마을에선 저걸 '붉은 뼝대'라고 부르지. 가만히 보면 사람 얼굴 같거던. 그래서 언젠가 저렇게 생긴 사람이 이 마을에서 나온다 그거라. 그러면……."

"완전히 큰바위 얼굴 얘기네."

"그런 셈이지."

선배가 말했다.

선배가 운전에 열중하는 동안에도 나는 계속 앞쪽의 절벽을 여러 각도에서 살피며 그것이 사람의 얼굴로 보이기를 원했다. 다른 뼝대보다 좀 더 크고 강 쪽으로 돌출했다는 것 외에는 얼른 사람의 얼굴로 보이지 않았다. 그러나 그렇게 보기로 작정하면 그것이 '사람 얼굴'이지 '염소 얼굴'일 수는 없는 일이기도 했다.

"인물이 난다면 지금이 바로 그땐데 말요."

내가 말했다.

"그러게 말야. 마을이 수장되고 나서 인물이 나오면 뭐할까. 어쩜 지금 나와 있을지도 모르지만."

"그렇담 그는 지금 뭘 하고 있을까. 마을이 물에 잠길 판인데."

"흐흐흐."

선배가 이상한 소리를 내며 웃었다.

물이 아름답다고 하여 붙여진 가수리(佳水里)는 귤암리처럼 조용한 마을이 아니었다. 수령 580년 된 거대한 느티나무가 서 있는 강 이편과 강 건너 사이의 수중교 공사가 한창이었다. 굴삭기가 자갈을 한편으로 옮기고 있었고, 점퍼를 입은 사람도 몇 보였다. 그러나 모두들 한가하기 짝이 없는 자세였다. 수중교를 놓기로 하긴 한 모양인데 그리 서둘러 할 공사는 아닌 것 같았다.

둘레가 8.5미터, 높이가 40미터나 된다는 노거수(老巨樹)가 서 있는 언덕 너머가 바로 가수분교였다. 가수분교 안쪽으로 가수교회가 보였다. 선배는 갑자기 느티나무 밑으로 난 언덕길에 차를 세우더니 잠깐 기다리라고 말했다. 어디 가려고 그러느냐고 물었더니, 아까부터 속이 좀 안좋은 것 같다며 학교에 약을 얻으러 간다는 것이었다. 나도 선배를 따라 내렸다.

언덕에 위치한 가수분교의 운동장은 손바닥만 했다. 목조로 된 일자형의 서너 칸짜리 분교는 방학인지라 텅 비어 있었다. 선배와 함께 교사(校舍) 뒤쪽에 가서 사람을 찾았지만 인기척이 없었다. 뒤축이 꺾어진 운동화가 섬돌에 있기에 좀 더 사람을 찾았더니 한참 만에 나타난 사람은 학교의 고용원인 듯했다.

"아스피린은 있는데……."

검은 점퍼를 입은 얼굴이 시커먼 사내가 말했다.

"소화제나 가스명수 같은 건 혹시 없나요?"

선배가 공손한 얼굴로 물었다.

"가만있어봅시다, 내 물어보고."

그러더니 사내는 다시 몇 걸음 요란하게 슬리퍼 소리를 내더니 그가 나온 교무실인 듯 보이는 곳에다 대고 외쳤다. 안에는 아마 일직 교사(教師)가 있는 모양이었다.

"없다는데요. 조오기 외양간 지나 뒤쪽에 이장님 댁에 가보쇼. 혹 거긴 소화제라도 있을지."

사내가 교사 뒤쪽으로 바로 이어진 마을을 가리켰다. 그러고 보니 담도 없는 학교 건물 뒤는 바로 마을로 이어지고 있었는데, 골목 정면이 외양간이었다. 일직 교사를 한번 만나볼까 하다가 그만두기로 했다. 일직 교사보다는 이장 댁에 들르는 게 훨씬 나을 것 같았기 때문이다.

외양간에서는 특유의 쇠똥 냄새가 진동했다. 외양간 앞 골목은 외양간에서 흘러내려온 오물로 진창을 이루고 있었다. 오랜만에 맡아보는 냄새였다. 이장 댁은 외양간을 지나 오른쪽으로 틀자 곧 나타났다. 학교에서 만난 사내가 "조 위에 지와집(기와집)은 이장 댁뿐"이라고 했기 때문이다. 언덕을 이루고 있는 밭뙈기 너머로는 빈집도 보였고, 지금은 사라져가는 돌너와집도 보였다. 전에는 미탄에서 정선 가는 42번 국도변에서도 어렵잖게 보던 돌너와집이었다. 언제 사라졌는지 근래에는 보이지 않았는데, 가수리에는 햇빛을 쨍쨍 퉁겨내는, 멀리서 보면 고기비늘 같은 돌너와집이 그대로 있었다.

"그런 거 없는데 어쩌나. 연 약방도……."

마침 마루에 걸터앉아 있던 마르고 여윈 오십 대 후반의 이장은 목발을 짚고 있었다.

"학교에서 이장님 댁에 가보라 해서……."

선배는 더할 수 없이 공손하게 말했다.

우리는 없는 약과 약방 이야기를 한참 더 했다. 이장이 같은 말을 되풀이했고, 우리가 다시 약을 구하러 온 길이라는 이야기를 계속했다. 애당초 이장 댁에 약이 있으리라곤 선배나 나나 큰 기대를 하지 않았던 것도 사실이다. 그러는 사이에 이장은 목발을 짚고 마당에서 길로 이어진 쪽으로 조금 움직였다. 이제 충분히 약 이야기를 했다는 생각이 들자, 우리는 이장에게 어쩌다 다쳤느냐고 물었고, 그가 농사 이야기를 했고, 뒤이어 너무 오래 가문 겨울 이야기를 한두 마디 더 했다. 그러고 난 뒤에 내가 물었다.

"지도 강원도 사람인데요, 이장님. 댐이 들어선다 그러지 않습니까."

"그래요."

이장이 짧고 퉁명하게 말했다. 이편의 없는 약 걱정을 하던 조금 전의 순하디순한 이장의 얼굴빛이 순식간에 얼음처럼 굳는 것을 우리는 느꼈다.

"마을이 요새 조용하지 않겠네요."

"으음. ……그런 셈이지요. 헌데 당신들은 어디서들 오셨소?"

이장이 미간을 찌푸리며 물었다.

"예에, 전 여 정선 사람이에요."

선배가 조금 과장된 정선 사람의 말투로 얼른 대꾸했다.

"거 참, 이레 경치가 좋은 곳에 댐이 꼭 들어서야 할는지 모를 일이네요. 게다가 댐을 지으면 위험한 일이 일어난다고들 하던데."

혼잣말처럼 말하며 나는 이장의 눈치를 살폈다.

"그거야 사람마다 생각이 다를 수 있지요."

이장도 혼잣말처럼 시선을 저 멀리 언덕 아래 느티나무 쪽으로 던지며 얼른 대꾸했다. 착잡하고 괴로운 얼굴이었다.

"이장님 보시기엔…… 댐이……."

내친 김에 내가 물었다. 그때 선배가,

"예에, 이장님 잘 알았슴다. 거 이장님 다리, 얼른 쾌차하십쇼."

서둘러 인사를 하면서 내 팔꿈치를 잡았다.

나도 그만 엉겁결에 이장에게 인사를 하곤 선배에게 끌려 골목으로 내려가게 되었다.

"내려들 갑시다. 하지만 여선 말조심들 하시오. 몸 성히 돌아갈라면."

이장의 인사를 등 뒤로 받으며, 아까 굴암리 초입에서 플래카드를 처음 볼 때와는 또 다른 긴장감을 실감했다.

"지금 이 동네가 댐 이야기만 나오면 바짝 긴장하고 있는 거 아까 느꼈지? 여뿐 아니라 이 일대가 다 그래. 신경이 곤두서 있거든. ……물어보나마나 빤한 대답을 뭘 그래."

선배가 말했다.

"그치만……."

"나중에 얘기하자구."

"그나저나 속은 어때요?"

"참을 만해. 좀 더부룩해서 혹시 약이 있나 했지."

"저기 교회당에 가볼까, 형?"

"관둬, 괜찮아질 거야."

느티나무 아래에서 선배가 차를 뒤로 뺄 때, 나는 다리 공사를 하는 입구의 돌무더기 한편에 조금 기우뚱하게 서 있는 안내문을 읽었다.

안내문에는 '이 지역은 건설교통부 고시 제1997-305. 1997년 9월 22일로 영월댐 건설 예정지로 지정된 지역'이라는 것과 '특정다목적댐법 제5조 제3의 3항에 의거, 건축물의 신축·개축·증축이나 토지의 형질변경, 다년생 수목의 재식이나 이식'을 할 때에는 건설교통부장관(원주지방국토관리청장)의 허가를 받아야 한다는 내용이 적혀 있었다. 당연한 일이지만, 이어서 '위반 시에는 2년 이하의 징역 또는 500만 원 이하의 벌금에 처하도록' 하겠다는 처벌 내용이 적혀 있었다. 언제나 힘이 즐겨 행사하는 '금기'와 '처벌'의 내용이 그것이었다. 댐 건설을 반대하는 입장에서 볼 때에는 잘못 선포된 선전포고로도 읽혔다. 그러나 현지인들에게는 그것이 엄청난 구속력으로 그들의 마음을 짓누르리라는 것도 잘 짐작되었다.

가수리를 지나자 길 오른쪽으로 흐르는 동강의 분위기가 강의 초입과는 딴판이었다. 건너편 강안에 넓게 펼쳐진 자갈밭은 더욱 희게 느껴졌으며 물빛도 더욱 푸르고 투명했다. 나중에야 알았지만, 그 자갈밭을 이곳 사람들은 장광(長廣)이라 부르고 있었다. 햇살을 가득 머금은 장광이 눈부시게 반짝였다.

"이제부터 잘 보라구. 저기 저 밭을……."

운치리 못 미쳐였을 것이다. 선배가 서행을 하면서 길가로 나 있는 밭을 가리켰다.

"이게 바로 그거요?"

내려오기 전에 여러 자료를 통해 나는 일찍이 상류 쪽 사람들이 광범위하게 투기 식목(投企植木)을 했다는 이야기를 알고 있었다.

"저게 바로 그 투기 밭이지. 이게 어디 농사로 심은 식목인가, 자세히 보라구."

그랬다. 선배의 말대로 그 유실수 식목은 과실을 얻기 위한 식목이 아니었다. 그쪽 방면으로는 전혀 소양이 없지만, 한눈에 봐도 그렇게 촘촘히 유실수를 심으면 안 될 것 같았다. 어떤 나무와 나무 사이는 반 뼘도 안 되어 보였다. 가지와 가지는 벌써부터 서로 엉켜서 과실을 맺을 수 있을지도 의문이었다. 설사 과실을 맺는다 해도 그건 과수 농사일 수가 없어 보였다.

"대개 어떤 나무들이오?"

"별거 다 심었지. 사과나무, 배나무, 포도나무, 밤나무 등 닥치는 대로 심었지. 광하리에서부터 고성리까지 20킬로 정돈데, 한때는 하룻밤 자고 나면 옥수수 밭이 돌연 과수원이 되더라니까. 미쳤지, 미치지 않고서야. 저기 밭고랑에도 배나무를 심은 거 보이지? 정상적인 간격은 7미터라는데 저거 보라구, 어디 70센티나 되겠어?"

"우와, 저긴 또 뭔가? 저긴 밭이 아닌데도 뭔가를 심은 거 같은데요."

내가 비포장도로의 자투리땅을 가리키며 소리쳤다.

"으음, 벗나무로구면. 세로티나 벗나무인가 뭐 그런 걸 거야. 자투리땅에만 심은 게 아냐. 동네 야산에도 사과나무들이 가득 차 있어. 접때 와보니깐, 길에선 잘 안 보이겠지만, 돈 많은 투기꾼들이 보상을 많이 받을 한약재나 화훼식물을 주로 심었다고 그래."

"형은 언제 왔었소?"

"하도 소문이 자자해서 정선 친구들하고 여러 번 와봤지. 동강이야 어려서부터 다녔고. 어쨌거나 접때 들은 얘기론 갑자기 생긴 과수원이 100군데도 넘는다는 거야. 들어보니, 댐 건설 예정지로 고시가 나기 전부터 심었다고 그래. 그러니까 96년부터인 셈이지. 맨 처음부터 여기 사람들이 심은 건 아냐. 전라도 용담댐에서 재미를 본 투기꾼들이 들어온다는 소문이 나더니 발 빠른 친구들이 남의 땅까지 임대해서 심기 시작한 거야. 누구한텐가 들었는데, 재작년 봄에 여기 주민들이 단체로 전라도 용담댐까지 견학까지 다녀왔다는 거야. 그러곤 돌아와서 농협 돈 빌려서 너나없이 미친 듯이 심어대기 시작한 거라."

선배가 혀를 차면서 말했다.

서울에서 자료로서 과수 벨트 기사를 볼 때와는 또 달랐다. 그것은 정말 목불인견이었다.

"용담댐에선 뭘 견학했을까!"

탄식하듯 내가 중얼거렸다.

"거기 전라도에선 수몰지의 나무 심은 밭은 평당 7만 원씩 쳐줬다는 거야. 언젠가 어디서 보니, 정부에서 너무 많이 보상해줬다고 다신 그렇게 많이 보상해주지 않기로 했다는 거야. 그런데도 여기선 우선 심고 보자 그러곤 디립다 심어대기 시작했지. 여기 동강 상류 사람들의 농협 빚이 얼만지 알아? ……평균 4,000만 원이래. 4,000만 원! 이 깡촌에 말야. 옛날 얘기지만, 오죽하면 동강에서 산 사람들이 평생 쌀 한 말 못 먹고 죽었다는 말이 있겠어! 그렇게 어렵게 살던 사람들인데 말야. 어떤 집은 빚이 억이 넘는다는 거야. 그치만 지방 사람들보담 외지 놈들이 땅을 임대해서 심은 게 더 많다는 거야. 어떤 서울 놈은 몇 억 원어치를 심었다는 거야. 서울 놈들……."

선배가 말했다.

선배가 말하는 외지에서 온 철새 투기꾼이란 예외 없이 '서울 사람들' 이곤 했다. 서울에서 학교를 다닌 적도 있건만, 선배는 '서울 사람들'을 부를 때에도 대개 '서울 놈들'이라고 말하곤 했다. 서울에 사람들이 많이 살다 보니 도적놈들도 더 많이 살 테니 이해가 안 되는 것은 아니지만, 그런 반응을 접할 때마다 내가 느끼는 것은 한시를 줄줄 외는 선배에게 그리 어울리지 않는 중앙 콤플렉스라는 것이었다. 그렇지만 조금만 더 생각해보면, 이 나라의 지방 사람들이 모두 마음속 깊이 품고 있는 '서울 사람들관(觀)'에 그 역시 한 사람 보탰을 뿐이라는 것도 충분히 느낄 수 있는 일이었다. 언젠가 내가 그에게 '서울에는 형님 어머니도 계시고 형제들도 있는데 꼭 그렇게 말해야 하겠소?' 하는 식으로 반응한 이후 '서울 놈들'과 '외지 놈들'을 섞어 쓰는 눈치지만, 그가 가지고 있는 서울 사람들에 대한 적대감의 뿌리는 하루 이틀에 생긴 게 아닌 것 같았다.

"그전엔 여기 한 평에 얼마였는데, 형?"

"5,000원 했을까. 많이 받아야 돈 만 원이었지, 평당."

"……그러니 전라도까지 가서 평당 7만 원 받은 사람을 직접 보고 왔으니 눈이 확 뒤집힐 만했겠군요. 그나저나 이 일을 어쩐다?"

빽빽하게 유실수를 심은 밭은 차창 밖 어디에서도 쉽게 눈에 띄었다. 그것은 햇빛과 적당한 수분 그리고 땀과 필요한 만큼의 시간을 기울인 뒤에야 간신히 얻을 수 있는 과실을 얻기 위해 인간이 대지에 심은 유실수가 아니었다. 마을에서 단체로 전라도 용담댐까지 견학을 갔다는 대목에서는 아연할 수밖에 없었다. 견학(見學)이라는 말이 이 경우에 제대로 쓰인 것일까?

"나무를 심은 게 아니라 돈을 심는 기분들이었겠구먼."

"모두들 눈이 시뻘개진 거지. 어디 이 나라가 몇 놈들만 썩었을까. 같이 살고 있는 사람들 모두 오십보백보 아니겠어? 같은 물 마시고 같은 공기를 마시잖아. 투기꾼들이 나쁜 놈들이지 여기 사람들 욕할 거 없다니깐 그러네."

선배가 허탈한 목소리로 말했다.

"게다가 농협 놈들도 나쁜 놈들이지. 다른 땐 그렇게 문턱이 높다가도 과수원 만든다 하니 제꺽제꺽 융자를 잘도 해줬다는 거야. 건교부나 수자원공사 녀석들이 융자 많이 해줘라, 나중에 환경 단체나 언론과 붙으면 저 사람들이 다 원군(援軍)이다, 뭐 그렇게 공작을 해댔는지도 모르지."

선배가 씁듯이 말했다. 누구라도 거기 가면 그런 감정이 일게 되어 있었다. 나 역시 옥수수 밭이고 길가 자투리땅이고 야산 산등성이로 빽빽하게 심어진 나무들을 보고 그렇게 깊은 비애를 느낄 줄을 예상치 못했다. 그것은 단순히 급조된 과수밭이 아니었다. 뜬금없이 출퇴근길 신도림역이나 청량리역 언저리에서 밀리고 밀면서 계단을 오르는 빽빽한 사람들의 모습이 떠올랐다. 텔레비전 보도에도 밝혀진 200명이 넘는다는 철새 투기꾼들은 지금 무슨 생각을 하고 있을까? 그렇게 해서 왕창 번 돈을 어디에 쓸까? 또 나무를 심을까? 버섯을 심을까? 장미를 심을까? 그들은 지금 돈을 날리게 될까 봐 불안해할까? 국책 사업을 밀고 나가는 정부의 추진력에 깊은 신뢰를 보내고 있을까?

"이러다 댐이 안 들어서면 어떡할 작정이죠? 이거 정말 보통 일이 아니네."

"그러게 말야. 하여지간에 여기 집집마다 적게는 2,000만 원에서 많게는 5,000만 원까지 빚을 졌다는 거야. 평균이 4,000만 원이라니 더 얘기할 게 없잖아. 이 정선 땅 깡촌에서 말야. 그러니 모두들 시방 눈에 불을 켜고 있지. 이자는 자꾸 불어나고. ……저기 저쪽도 그런 밭이야."

선배는 오른편 강 쪽의 하천부지를 가리켰다. 선배가 가리키는 곳 전체가, 수종은 모르겠지만 가지와 가지 사이가 서로 촘촘하게 엉켜 있는 유실수 묘목 밭이었다.

"그래서 댐 건설 계획이 완전히 백지화된다고 해도 큰일이라니까."

"정말 그렇네요. 백지화되고 나서도…… 원만히 수습되자면 지혜가 필요하겠군요."

나도 모르게 '지혜'라는 말을 쓰고 있었다. 나는 과연 적절한 말을 사용한 것일까?

"어떻게 보면 지 잇속만 챙기겠다는 사람들이었으니 된통 당해야 할 것 같기도 하고 말야. 그렇지만 그렇게 말할 수만도 없는 게 이게 간단한 문제가 아니라니까. 쥑일 놈들은 하여지간에 외지에서 온 투기꾼 놈들이라니깐."

지프차가 깊게 패인 웅덩이를 지나 모퉁이를 돌 때였다.

"저게 뭐요? 다린 다린데 처음 보는 다린걸?"

내가 선배에게 물었다.

"응, 저거 섶다리라구. 여기 동강 상류에만 있지. 이따 저기 연포에 가면 또 있어. 그때 한번 건너가보자구."

섶다리는 누에섶을 닮았다고 해서 붙여진 이름이었다. 강바닥 깊이 다릿목을 세운 뒤 그 위에 솔가지를 촘촘히 질러 얹고 다시 모래주머니를 다닥다닥 연이어 놓은 섶다리는 동강의 풍광과 절묘한 조화를 이루고 있었다. 섶다리가 끝나는 지점은 곧바로 드넓은 장광으로 이어져 길은 저 멀리 강 건너 마을까지 흐르고 있었다.

"이따 가겠지만 소사 마을에서 연포로 들어가는 섶다리는 광목천에 생모래를 뿌려놓았어. 그러니 광목을 밟고 강을 건너가는 거지. 시방 우리가 그쪽으로 가고 있다구."

"멋있네요."

"멋이 있지. 추수를 끝내고 찬바람이 불기 시작하면 마을에서 모여 다리를 같이 놓는데, 그땐 다리 밟느라 풍물도 울리고 한바탕 법석이지. 지금은 아마 군(郡)에서도 지원을 하고 그럴 거야. 그치만 이듬해 큰물 한번 지나가면 다 떠내려가고 만다고 그래. 이젠 마을마다 사람들이 하나둘씩 다 떠나서 섶다리를 놓을 장쟁이들이 없을 거야."

차창 밖, 시멘트 벽으로 또 플래카드가 보였다. 시멘트 대못을 벽에 박은 뒤 노란색 플라스틱 밧줄로 묶어놓은 플래카드에는 '댐 연기는 만행이다! 생존권 유린이다!'라고 적혀 있었다. 이번의 플래카드는 '수몰 주민 일동'의 이름으로 내건 것이었다.

"어이가 없소, 형! 만행이라는 말을 저렇게 써도 되는 건지 모르겠네."

내가 말했다.

"아까도 얘기했지만 댐을 빨리 안 지으면 이자가 눈덩이처럼 불어난다, 그런 얘기야. 그러니 댐 건설을 꾸물거리는 게 만행이라는 거지. 저건 아무래도 지으려는 패들 보라구 내건 플래카드로 읽히는구먼. 무슨 국책 사업을 이 따위로 질질 끄느냐고 말야. 화끈하게 밀어붙이지 않고 무슨 짓들 하는 거냐, 뭐 그런 얘기겠지."

선배가 여전히 속이 안 좋은지 미간을 찌푸리면서 말했다.

운치리 못 미처 나타난 뼝대 아래로는 그늘이 져서 보기에도 위험한 길이 나타났다. 뼝대 군데군데에는 흐르다가 얼음이 되어버린 작고 큰 폭포가 커다란 꽃송이처럼 허공에 매달려 있었다. 수원(水源)이 바로 그곳 얼음이 얼기 시작한 지점이라는 이야기였다. 달리 말해서 뼝대 곳곳의 동굴에서 흘러나온 물이 얼어붙은 폭포라는 이야기였다. 일찍이 목은 선생의 「수혈응통해(水穴應通海)」라는 시도 있었건만, 건설 강행 측은 '30개 동굴 6개 수몰설'을 주장했던 것이다.

동굴 사진 찍는 정 아무개라는 이가 흥분해 지난해 동강댐 건설 반대 운동에 말 그대로 투신하게 된 것도 바로 그 대목 때문이었다. 집회 전날 농심마니 패들과 농심마니 패들이 잘 모이는 '칠갑산'에서 만난 그가 한 말로는 자신이 확인한 동굴만도 244개, 동강 상류 전체에 적어도 동굴이 500여 개는 넘으리라는 이야기였다. 매체를 통해 그의 활동을 알고 있던 나는 15년 전 잡지기자 시절부터 구면인 그에게 시간을 내서 집회를 하루 앞둔 농심마니 패들에게 동강댐 건설 반대와 관련된 그동안의 전모를 설명해달라고 정중하게 요청했다. 농심마니 대장인 박인식 선배와도 정 씨는 비슷한 연배로서 서로 외우(畏友)하는 사이였으므로, 그런 제안은 조금도 이상스러운 일이 아니었다. 그간의 그의 투쟁담은 얼마나 감동적이었는지 모른다. 우리는 그의 설명이 끝나고 힘찬 박수로써 그의 고독한 동강댐 반대 투쟁에 대해 진심으로 경의를 표했다. 그러나 정 씨는 집회에 참석한다는 전날의 약속에도 불구하고 무슨 일인지 집회 당일에는 탑골공원에 얼굴을 비추지 않았다.

　정 아무개 씨 하면 떠오르는 컬러 사진이 한 컷 있다.

　1997년 11월 평창경찰서장 최광식 씨는 14명의 부하 직원과 지역 유지 그리고 그들의 부인까지 대동하고 백룡동굴을 찾았다. 백룡동굴은 미공개 굴로 일반의 출입이 통제된 곳이나 최 씨는 경찰서장이라 평창군청 문화관광과에 청탁을 넣어 '특별히' 굴에 입장한 뒤, 나올 때 백룡동굴의 상징인 남근석(남성 생식기를 닮은 2차 생성물: 기형 종유석)을 따 갔다. 이 굴을 처음 발견한 토박이 정무룡 씨가 항의해 결국 남근석을 돌려받긴 했지만, 수억 년간 형성된 종유석은 이미 부러지고 난 후였다.

이 사실을 문화재관리국에 보고한 사람이 바로 정 아무개 씨였다. 종유석이 달려 있을 때와 떼진 후의 모습을 나는 친구인 최 주간이 편집하고 내가 편집위원으로 있는 『함께 사는 길』 1998년 10월호에 실린 컬러 사진으로 봤다. 시골에서 직위는 쩡쩡했을지 모르나 한 사람의 '한국 남자'일 뿐이었던 최 서장은 이후 보직에서 물러나 대기 발령 상태가 되었고, 경무과장은 직위가 해제되었다고 한다.

정 씨는 집회 전날에도 집회에 나오길 저어하는 표현을 하기는 했다. "얼굴을 많이 내비치면 활동하기 곤란하다"는 것이 그 이유였다. 좀 해괴한 이유였기 때문에 우리는 "그러지 말고 내일 10시에 집회장에서 보자"고 종용했고, 그는 "그러마" 하고 약속했던 것이다. 박 선배와 나는 그가 해가 바뀌었는데도 그날 어떤 것으로 집회장에 나올 수 없었는지 전화 한 통화도 아직 없는 데 대해 더 이상 입에 올리지는 않았다. 사람을 제대로 잘 이해한다는 일은 언제나 어려운 일 아닌가.

투기 식목은 운치리 언저리에서도 간간이 눈에 띄었다. 가장 밀집해 있는 곳은 가수리와 운치리 사이인 것 같았다. 장렬에서 아침 일찍 떠난 편이었는데도 워낙 서행을 했기 때문에 배가 고파졌다. 그러나 선배가 속이 더부룩하다니까 내색할 수도 없었다. 토종닭이니 매운탕, 래프팅 어쩌고 하는 간판이 더러 보였지만 마당에 찬바람만 몰아치는 썰렁한 풍경이 영업을 할 것 같지 않은 분위기였다.

우리가 지프차를 타고 동강 상류의 비좁은 도로를 아주 무탈하게 조용히 흐르기만 했던 것은 아니다. 아주 해괴한 일이 일어난 것은 고성리(古城里) 조금 못 미쳤을 때였다.

저 앞에서 흰색 타이탄 트럭이 한 대 굴러오고 있었다. 역시 그 차도

서행이었다. 선배는 늘 그랬듯이 얼른 길 한편으로 지프차를 몰아서 길을 내주었다. 예상대로라면 클랙슨이나 손짓으로 고맙다고 사인을 한 뒤 지나쳐야 했을 타이탄이 그러나 우리가 탄 지프차 옆으로 클랙슨을 울리며 차를 세우는 것이었다.

"어디서 오셨소?"

1톤 정도 되는 타이탄 안에는 세 명의 사내가 타고 있었다. 운전대를 잡고 있는 친구가 선배에게 물었다. 호기심이라기에는 예사스럽지 않은 어조였다. 그것은 질문이 아니라 탐문게 가까웠다. 그의 어투와 눈빛이 그랬다.

"정선에서요."

선배 또한 처음에는 아주 퉁명스럽게 대꾸했다. 사실이었기 때문이다.

"뭐 하러 왔소?"

요컨대 그들은 "너희들은 누구냐?" 하고 묻고 있었다. 적인가 동지인가, 댐 건설 반대라는 만행을 저지를 친구인가 댐 건설을 촉진시킬 착한 사람인가, 묻고 있었다.

"저기 고성 구경할라구요."

선배가 대답했다. 나랑 이야기할 때보다 좀 더 센 정선 억양이었다. 그렇지만 선배 또한 왜 이렇게 또박또박 답변을 잘하고 있는지 스스로도 짜증이 난다는 표정을 감추지 않았다.

"고성 구경이라……."

운전대의 사내가 중얼거렸다. 그때 타이탄의 오른쪽 문이 열리면서 비좁게 앉아 있던 다른 사내들이 차에서 내려 우리가 탄 지프차 쪽으로 다가왔다. 나는 다가오는 사내들을 얼른 살폈다. 나이는 사십 대 후반쯤 되었을까, 한 친구는 그보다 어린 것 같기도 했다. 말투로 보아 근방의 사람들이었다. 그쪽은 운전대를 잡은 친구까지 셋, 우리는 둘이었다. 덩치는 보통이었다. 그러나 어쩔 수 없이 한판 붙어야 한다면, 늘 전의(戰意)가 문제지 덩치는 중요한 일이 아니었다. 선배가 배탈이 난 것이 걱정이라면 걱정이었다. 동강은 조용히 흘러가고 있을 뿐, 산 중 깊은 뺑대 아래 그늘에서 지금 무슨 일이 일어나고 있는지 도무지 관심이 없었다. 가끔씩 강 가장자리 자갈밭에 간신히 붙어 있던 살얼음이 툭 깨어져 물속으로 조용히 미끌어지듯 스며드는 소리가 들렸다. 고요한 겨울 동강이었다. 그 많다는 수달과 황조롱이는 다 어디 갔을까. 꼬리치레도롱뇽과 무자치는 어디에 숨어 있을까. 붉은머리오목눈이와 깝작도요새는 어디에서 뭘 하고 있을까. 금강모치와 쉬리, 꾸구리와 새꼬미꾸리는 지금 얼음 밑에서 겨울잠을 자고 있을 게 틀림없으렸다!

"왜 그러쇼?"

선배가 물었다.

나는 마침 길 떠날 때 늘 신는 오래된 검은 등산화를 신고 있었기에 순간적으로 신발 끈에 대해서만 생각했다. 제대로 묶여 있을까. 가슴속에서 뜨겁고 갑갑한 어떤 것이 펄떡펄떡 꿈틀거리는 것이 느껴졌다. 오랜만에 느껴보는 심장 소리였다.

"웃기는 새끼들이 먼 데서 자꾸만 찾아와서 당신들이 누군지 한번 볼라고 그러우."

그러면서 사내들은 지프 내부를 살피는 시늉을 했다. 그렇지만 선배의 지프가 '강원도' 번호판을 달고 있는 데다, 지방 사투리를 쓰고 있는 것을 느낀 사내들의 어조가 처음보다 다소 부드러워진 것은 사실이었다.

"카메라니 그런 거 있음, 시발, 내 작살을 낼라고 그랬더니만."

나이가 조금 어려 보이는 사내가 말했다. 사내가 다가왔을 때, 무슨 얼어 죽을 예의지심이었을까, 나는 유리창을 내려놓고 있었다. 술 냄새가 차 안으로 확 들어왔다. 카메라가 가방 속에 있었기에 천만다행이었다.

"형씬 어데서 왔소?"

사내가 내게 물었다. 나이보다 어려 보이는 내 고질적인 콤플렉스가 또다시 사람의 마음을 찔렀다. 이 무례한 자식은 내 또래이거나 조금 위일 텐데, 틀림없이 나를 형편없이 어린 나이로 보고 있을 것이었다.

"서울서 왔수다."

이런 떡을 칠 놈의 새끼들, 한판 붙어볼까 하는 마음과 피해야겠다는 마음이 뒤섞여 내 목소리가 조금 떨고 있는 것이 느껴졌다. 되게 기분 나쁜 일이었다. 난데없이 나타난, 거칠기 짝이 없는 동강의 심문자들 때문이 아니라 내 목소리가 떨고 있다는 것이 그랬다. 어디에서 나타났는지 이름 모를 새 한 마리가 난짝 마른 겨울 나뭇가지에 올라앉았다. 넉넉한 물길과 숲이 없으면 깃들이지 않는다는 희귀조 호사비오리일까.

"뭐 하는 사람이오?"

"걸 왜 묻소?"

"어쭈라, 이 친구 봐라. 간뎅이가 부었네, 이 친구."

사내가 차 문의 손잡이를 잡으려고 했다.

"뭐라고?"

그러면서도 나는 내가 그를 너무 노려보는 것으로 보이지 않기 위해 노심초사하면서 여차하면 뛰쳐나갈 생각을 했다. 차 안으로 만약 녀석의 주먹이 들어오면 소맷자락을 잡아 창틀 아래로 바로 꺾을 가늠도 했다. 내가 왜 그의 질문에 성실하게 답해야 한단 말인가. 아무리 동강 언저리에 이상한 나무를 너무 무리해서 심은 사람들이라 하더라도 말이다.

"울 후배도 저기 강릉 사람이래요. 왜들 그러쇼? 같은 고향 까마구들끼리."

선배가 지역감정에 호소했다.

"야아, 가자. 이 사람들은 아냐."

나이가 좀 더 들어 보이는 사내가 조금 아래로 보이는 사내의 어깨를 툭 치며 말했다. 나랑 한판 붙기 직전의 녀석은 예기치 않은 기세에 조금 주춤해하는 것 같았다. 시선을 그가 먼저 돌렸기 때문이다.

"아저씨들, 어디 사는 분들인데 대체 왜 그러쇼?"

선배가 부드러운 목소리로, 타이탄에서 내리지 않고 운전대를 잡고 있는 친구에게 한 번에 두 가지 질문을 했다.

"우린 저 아랫동네 사람들이오. 그래, 형씬 집이 정선 어디요?"

한결 부드러워진 목소리였다. 갑자기 쑥스러워졌을까. 그게 그들의 본바탕이었을 텐데.

"장렬이오."

"장렬이라, 으음. 나전에도 내 친구가 있지. ……어이 김 씨, 가자니까. 이 양반들은 아냐."

그가 차 밖에 있는 일행에게 큰 소리로 말했다.

"댐도 못 짓게 개지랄하는 자식들이라면 내 톱으로 썰어서 동강에 확

뿌릴라 했더니만……."

날더러 간뎅이가 부었다고 말한, 그중 어려 보이는 친구가 타이탄으로 돌아가며 가래침을 뱉듯이 토한 말이었다. 그의 왼쪽 턱 아래 검지손톱만 한 점이 있었는데, 그 점 복판에 까만 털이 한 오라기 흔들리는 것을 나는 똑바로 보았다.

"실례했수다."

운전대를 잡고 있던 사내가 왼손을 조금 들면서 인사를 했다. 빙판인지라 트럭의 바퀴가 잠시 헛돌았지만 이내 검은 매연을 뿜으며 사내들이 탄 타이탄은 우리가 지나온 가수리 쪽으로 사라졌다.

선배는 그들이 사라지고 난 뒤에도 한참 동안 지프차를 움직일 생각을 안 했다. 무슨 말을 꺼낼 수 있을까. 어떤 말도 무색해지는 순간이었다. 시뻘건 백주에 무방비로 능욕을 당한 셈이었다. 그들이 우리 차를 세우고 어디 불씨가 없나 하고 수선을 떨며 언어폭력을 저지른 시간은 정말 짧은 시간이었다. 어떤 말로도 스스로를 달래기에는 부족했다. 아주 고약하고 슬픈 시간이었다. 선배도 그런 기분인 것 같았다. 한참 있다가 우리는 생각이나 난 듯이 담배를 한 대씩 꺼내 물었다. 그때 담배가 없었다면 무엇으로 엉킨 감정을 추스를 수 있었을까.

"여 분위기가 시방 이렇다니까."

한참 만에 선배가 나직한 목소리로 말했다. 그는 아직도 잔뜩 당겨놓은 사이드브레이크를 내릴 생각을 안 했다.

"그래도 그렇지, 길 가는 사람을 세워갖곤 말예요."

"돈이 걸려 있으니까 더 그래. 어떻게 보면 저 사람들도 피해자인 셈이야. 저 사람들이 돈 욕심을 낸 건 사실이지만, 부추긴 외지 놈들이 더 나쁜 놈이지. 게다가 댐 때문에 오랫동안 촌에서 받을 지원도 못 받은 모양이야. 그러니 시방 독이 오를 대로 올라 있는 것이지. 지난해에는 아예 외지 사람들을 출입 안 시켰어. 들어와서 생태계가 어떻고 석회암 지대가 어쩌구 지껄여대면 돌멩이를 목에 매달아 아예 동강에 가라앉혀버린다고 겁박하고 내쫓았다고 그래. 그래서 환경 운동 쪽 사람들이 정선으로도 못 들어가고 영월로도 못 들어가서 고생 많이 했다고 그러더라구."

선배가 말했다. 선배는 따뜻하고 유순한 사람이었다.

"아 쓰…… 하마터면 톱에 썰려서 동강에 뿌려질 뻔했잖아."

나도 모르게 입에서 욕설이 나왔다. 아비 죽은 후 약 구하는 격이었다. 그러면서도 느닷없이 나타난 사내들에게 당했다는 감정과는 조금 색다른 비애가 가슴 한복판을 날카롭게 후비고 지나갔다. 참으로 이상한 일은 그 순간, 뜬금없이 건설교통부장관과 환경부장관이 고등학교 동창이라는 이야기가 떠올랐던 것이다. 그 생각은 꼬리에 꼬리를 물고, 수자원공사가 새해 들어 출범시킨 '영월다목적댐 합동평가단'에 관한 생각으로 이어졌다.

서울을 떠나기 전, 수자원공사 쪽에서 환경운동연합에 보내온 이상한 공문 이야기를 전해준 것은 최 주간이었다.

동강댐 건설의 문제점이 여론을 통해 적나라하게 노출되자 수자원공사 측에서 머리를 쓴 것은 자문위원 추천 의뢰였다. 나중에 환경련 조사국장에게 건네받은 공문의 내용은 이런 식이었다.

'영월댐 건설 사업과 관련하여 일부 지역 주민, 언론 등 각계로부터 제반 의견이 있어 지형·지질, 동식물상, 수자원, 수질 분야 등 전반적인 분야에 대하여 자문을 받아 친환경적인 개념을 도입한 지속 가능한 개발 사업이 되도록 자문단을 구성코자 하오니 아래 양식에 의거 추천하여 주시면 감사하겠습니다.'

환경부, 강원도, 환경운동연합, 녹색연합이 '받는 곳'이었는데, 첫 번째 공문 발송일은 1998년 10월 13일이었다. 환경련에서는 선뜻 답신을 하지 않았다. 무엇보다도 댐 건설을 기정사실화한 이후의 요식행위 같았기 때문이다. 더욱이 환경련이나 녹색연합 같은 환경 단체에서 자문단을 추천했다고 하면 건설의 당위성이라는 측면에서 파급효과는 굉장히 커질 게 뻔했다. 수자원공사가 원한 것이 바로 그것이었다. 이어서 같은 해 10월 30일과 12월 9일, 수자원공사로부터 두 번째 세 번째 '자문위원 추천 재요청' 공문이 날아왔다. 그때에는 받는 곳이 세 군데뿐, '강원도'는 아마 답신을 한 모양이었다.

환경련이 수자원공사에 답신을 한 것은 1999년 1월 15일이었다.

환경련의 답신도 나는 보았다.

'귀사는 본 연합에 영월댐 관련 자문위원을 추천 의뢰한 바 있습니다. 본 연합은 귀사가 진정 자문위원을 위촉받고자 했다면 최소한 자문위원의 활동 내용, 역할 및 권한, 구성 범위 등에 대해 설명을 하고 추천 의뢰를 했어야 한다고 생각합니다. 그런데 귀사는 추천 의뢰 시 위 내용에 대한 언급이 전혀 없었으며 심지어 유선으로도 그런 내용을 전달한 바 없습니다. 환경운동연합은 자문위원의 역할과 활동 내용도 모른 채 전문가를 추천할 수는 없다고 판단하며, 특히 영월댐 건설을 전제로 한 단순한 자문의 역할에는 응할 수 없음을 알려드립니다. 아울러 환경운동연합은 귀사로부터 영월댐 관련 환경영향평가위원 추천 의뢰나 평가위원 구성과 관련한 그 어떤 내용도 전달받은 바 없음을 알려드립니다. 만약 귀사가 이러한 사실을 왜곡하거나 오도할 때는 법적 대응도 불사할 수 있음을 알려드립니다.'

최 주간은 그날 수자원공사의 가증스러운 잔머리에 김혜정 조사국장을 비롯한 환경련 측 사람들이 표한 혐오감에 대해, 허공에 손사래를 치는 동작과 고개를 설레설레 젓는 두 가지 동작을 동시에 보여주면서 말했다. 말하자면 환경련은 수자원공사의 잔머리 굴리기에 말려들지 않은 셈이었다. 그러나 그게 중요한 것이 아니었다. 수자원공사는 환경 단체들이 자신들의 잔머리에 말려들거나 말거나, 댐 건설을 전제로 한 자신들 입맛에 맞는 '합동평가단'이라는 기구를 발족, 새해 들어 서둘러 출범시키고 말았다. 국민들은 '아아, 이제 합동평가단이 발족했으니 제대로 조사가 되겠구나' 그렇게 속아 넘어가게 된 것이었다. 댐 건설 자체의 근본적인 타당성 평가와 댐 건설을 전제로 한 형식적인 타당성 평가는 엄청난 차이가 있는 일인데, 아아 누가 이를 유심히 살필 것인가.

수자원공사는 환경 단체들을 끌어들이는 척만 하고 묵살했을 뿐 아니라, 유비통신(流蜚通信)까지 유포하기도 했다. 환경련이 수자원공사로부터 거액의 무마조 연구 용역을 받았다는 '카더라 통신'이 그것이었다. 그런 유비통신은 굴업도 핵폐기장 반대 운동 때도 마찬가지였다. 영월 주민을 가장해서 '의식주가 먼저다. 홍수가 나면 책임질 거냐, 국가기관을 못 믿는 너희들의 정체는 뭐냐?'라는 식의 독자 투고를 하는 것도 언제나 공사 강행 측이었다. 정신 바짝 차리지 않으면 늘 속을 수 있다는 게, 오늘 여기에 사는 우리들 모두에게 가장 큰 문제라면 문제였다.

"왠지 골치 아프네. 그러니까 지금 정확하게 상황이 어떻게 돌아가는 거야? 내가 알기론 영월군이 지난해 연말께 댐 건설 반대라는 공식 입장을 표명했고, 환경부에서는 수자원공사에 환경영향평가서를 다시 보완해서 제출하라, 그렇게 되어 있는 것으로 알고 있는데 합동평가단 이야기는 또 뭐야?"

합동평가단 이야기를 듣던 선배가 자신이 알고 있는 현재 상황에 대해 말하면서 답답하다는 얼굴을 지었다.

"형이 알고 있는 그대로지요. 문제는 수자원공사가 지난번의 엉터리 환경영향평가서를 보완한다는 명목으로 12억 원 이상의 나랏돈을 또 쓰겠다는 거죠. 총리실에서도 작년 8월부터 환경영향평가 재평가 시 환경 단체들을 포함하라, 그랬건만 이 녀석들이 지금 국민도 속이고 위의 기관도 속이고, 기왕 속일 것 그럴듯하게 속이기 위해 국민들 돈을 펑펑 써대는 거로 보면 되죠. 나한테 자료가 있어요."

가방을 부스럭거리며 내가 말했다. 그때 우리는 차를 세운 채 꽤 오랫동안 앉아 있었다. 내가 선배에게 보여준 자료는 합동조사단 출범과 함께 환경련이 수자원공사에 보낸 마지막 회신이었다.

'귀사에서 시행한 환경영향평가는 본 단체를 비롯한 환경 단체는 물론 산림청, 환경부 등의 정부 기관에서도 엉터리로 판명되었음을 여러 번 지적한 바 있습니다. 이러한 과정 중 지난 1월 19일 귀사가 우리 단체에 요청한 영월댐 합동평가단 평가위원 추천 의뢰는 귀사에서 지난 9월부터 단독으로 진행하고 있는 환경영향평가를 대외적으로 민·관 합동으로 진행하고 있는 것처럼 오도하고자 하는 사후 합리화 과정으로밖에 판단할 수 없습니다. 특히 작년 8월 국무총리실에서 영월댐 환경영향평가 재평가 시 객관적인 평가를 위해 환경 단체를 포함하도록 지시했으나 귀사는 이를 무시하고 귀사 단독으로 환경영향평가 용역 업체를 선정하여 환경영향평가를 진행해왔습니다. 그러한 이후에 본 단체에는 환경영향평가에 대한 어떤 언급도 없이 영월댐 관련 자문위원 위촉만 의뢰하다가 이에 대해 본 단체가 문제를 제기하자 그제야 다시 귀사가 선정한 용역 업체의 환경영향평가 내용에 대한 평가만을 담당하는 위원 위촉을 의뢰하는 식의 신뢰할 수 없는 제안만 계속하고 있습니다……'

다른 때와는 다른 사안이고, 우리가 앉아 있는 곳이 동강 언저리였으므로 선배는 복잡하게 서로 얽히고설켜 있을 뿐만 아니라 양보할 수 없는 '입장'들이 신경질적으로 돌출되어 있는 공문서를 인내심을 갖고 읽었다. 시인의 손에 들려진 공문서처럼 어울리지 않는 읽을거리는 다시 없을 것이라는 생각이 그 순간, 들었다.

'본 연합은 지금까지 조사된 생태환경 가치만으로도 영월댐 건설은 당연히 백지화되어야 한다고 생각합니다. 그렇지만 귀사가 영월댐 건설 계획 백지화 상태에서 민·관이 동수로 참여하는 환경영향평가를 실시할 경우, 참여할 수도 있다는 의사를 표명한 바 있습니다. 하지만 귀사의 합동평가단 운영 계획은 결국 귀사가 독단적으로 실시하고 있는 환경영향평가의 신뢰성을 확보해 영월댐을 건설하겠다고 하는 의지의 표명으로밖에 판단할 수 없습니다. 이는 귀사가 우리 단체에 보낸 영월다목적 댐 합동평가단 운영 계획이 결국 귀사가 독단적으로 실시하고 있는 환경영향평가의 신뢰성을 확보해 영월댐을 건설하겠다고 하는 의지의 표명일 뿐이라는 것을 뜻합니다. 귀사가 우리 단체에 보낸 영월다목적댐 합동평가단 운영 계획을 보면 명백합니다.

첫째, 합동평가단의 목적에서, 1)현재 진행 중인 추가 조사에 대한 자료 공동 검증을 통해, 2)조사에 대한 신뢰성 확보임을 명시하고 있습니다.

둘째, 민간단체의 의사를 확인하지 않은 상태에서 독단적으로 환경영향평가를 위한 연구 기관을 선정하여 12억 1,200만 원의 연구비용을 투자하고 있다는 점입니다.

셋째, 평가단 운영 부문에서 1)평가된 결과를 가지고 추가 조사 보완, 2)보고서 완료 시 최종 평가, 3)건설 기간 중에도 현안 사항 중심으로 운영이라는 항목을 통해 심지어 영월댐 건설 기간 중이라는 말까지 사용하며 명백히 영월댐 건설을 전제하고 있습니다.

위와 같은 정황들을 근거로 환경운동연합은 결국 영월댐 건설을 합리화하고 민·관 합동으로 조사한 환경영향평가서라는 허울을 제공하는 합동평가단 평가위원 위촉에 응할 수 없음을 밝힙니다. 아울러 환경부와 산림청의 생태조사에서도 동강 일대의 생태적 가치는 보존지구로 선정해야 한다는 발표를 할 만큼 동강의 가치를 이미 평가받은 지금, 자사가 실시한 환경영향평가를 보완하기 위해 12억 원 이상의 돈을 연구비용에 쏟아 붓는 것은 국민의 혈세를 낭비하는 국가적 손실이라 하지 않을 수 없습니다. 마지막으로 귀사가 언론 등을 통해 "간접적이나마 참여할 기회를 제공하였음에도 참여하지 않았다"라는 등의 말로 본 연합의 의도를 왜곡하거나 오도할 때에는 본 연합의 할 수 있는 모든 수단을 동원하여 대응할 것임을 알려드립니다. 동강은 흘러야 합니다.'

"잘 알겠네. 이제 어떻게 돌아가고 있는지."

시인의 손에서 공문서가 반으로 접혔다. 다시는 시인의 손에 불신이 감도는 기운 속에서 분노를 자제하면서 씌어진 서류가 쥐어지지 않기를 나는 바랐다. 권력을 쥐여준 사람에게 권력이 행사하는 태도가 불러일으킨 불신은 어찌 보면 서글프기 짝이 없는 노릇이기도 했다.

타이탄 트럭이 사라진 뒤, 두 장관의 관계와 수자원공사 측과 환경련 사이에 오고 간 공문이 생각난 것은 정말 이상한 일이었다. 선배가 아까 그 사내들도 어떻게 생각하면 피해자라고 말했기 때문인지도 모른다. 지나가는 차를 세우고 폭언을 일삼는 그런 무지렁이들의 눈에 시뻘건 핏발이 서게 만든 자들은 누구일까. 그들은 왜 거짓 평가서를 작성하고, 듣기로 문화재 관리위원까지 매수하려 들면서 그토록 기를 쓰고 댐 건설에 혈안이 되었을까. 홍수를 막고 수도권 물 부족에 대처한다는 논리를 앞세우고 있지만 그것은 첨언이 필요 없는 어불성설이다. 댐을 지으면 더 엄청난 재앙이 예측된다는 것을 그들은 왜 간과하고 있을까. 물이 흐를 때에는 자정(自淨)되지만 고이면 썩는다는 것을 그들은 왜 묵살할까. 그리고 우리나라의 홍수는 댐이 부족해서가 아니라 배수 시설 관리 문제, 부실시공, 불성실 등에 기인하는 인재(人災)라는 것을 왜 인정하지 않을까. 게릴라성 폭우에 의한 인명 피해도 안전 불감증과 부주의, 무지함에 의한 인재임을 왜 외면할까. 인하댐의 지반이 흔들리고 있고, 충주댐도 성치 않음을 그들은 왜 애써 상관없다고 할까. 나랏돈을 마구 쓰며 자료를 챙길 막강한 힘을 가진 그들이 1997년 미국 아이다호 석회암 지대에 건설된 티턴 댐의 경우 석회암 동굴에 물이 차면서 그 바람에 댐이 무너지고 4,000여 가구가 물에 잠긴 피해에 대한 정보는 왜 챙기지 못했을까. 내친 김에 좀 더 생각해보자. 깨끗한 물이 그토록 절실하다는 사람들이 팔당댐 주변은 왜 그토록 러브호텔 일색으로 무더기 허가를 내주었을까. '평화의 댐'도 홍수 조절 때문이라고 했었지, 아마. 그보다 더 문제는 언제나 그들은 물의 소비량이 늘어난다는 전제로 국가적인 대형 프로젝트에 임한다는 사실이다. 전력 문제나 쓰레기 문제에 임하는 자세도 마찬가지다. 아껴 쓰고, 덜 버리고, 제대로 잘 처리하고, 있는 상수원을 엄격히 잘 보호하려는 생각은 애당초 결여된 사람들이 그들이었다. 지금 쓰고 버리는 것처럼 우리 국민은 앞으로도 그렇게 펑펑 낭비하며 살 것이니 국가의 백년대계를 위해 짓고 쌓고 세워야 한다는 그들의 논리가 얼마나 반생명적인 발상이고 변화할 수 있는 국민의 능력을 과소평가하는 모욕적인 태도인지 그들은 왜 모를까. 바로 그래서 농심마니 성명서에는 건설을 강행함으로써 생길 그들 사이의 이익, 즉 이미 주고받았거나 장차 주고받기로 한 '검은 돈'에 초점을 맞춘 것이었다. 수년에 걸쳐 건설 강행을 위해 그들이 펑펑 써대는 엄청난 돈도 국민들의 세금이라는 것이, 정작 그런 돈을 모아준 사람들을 깊이 생각지 않는다는 것이, 갑자기 가만히 앉아 있는 것이 갑갑해졌다.

서울을 떠나기 전에 친구는 "시화호를 누가 죽였는가?"라고 뼈아프게 물으면서 『함께 사는 길』 2월호 '편집자의 말'에서 달마 이야기를 했다.

'시화호에서 시체 썩은 냄새가 난다. 몇 년을 더 썩어야 악취가 사라질지 이 거대한 시체를 어떻게 처리해야 할지 아무도 모른다.'

친구의 글은 그렇게 시작되었다. 그리고 느닷없이 달마를 생각한다.

'달마가 인도에서 중국으로 건너가다 어느 바닷가를 지날 때였다. 사람들이 짐을 꾸려 마을을 떠나고 있었다. 달마가 물었다. "왜들 떠나시오?" 마을 사람들이 대답했다. "악취 때문에 떠납니다." 달마가 보니 바닷

속에서 대충(大蟲)이라는 어마어마한 이무기가 썩고 있었다. 달마는 모래밭에 육체를 벗어놓고 바다로 들어갔다. 그리고 썩고 있는 대충을 먼 바다로 끌고나가 내다버렸다. 하지만 돌아왔을 때 자신의 육체, 모래밭에 벗어놓았던 육체가 사라진 걸 알고는 당황한다. 달마는 결국 자신의 육체를 찾지 못한다. 대신 누군가가 모래밭에 벗어놓은 얼굴 흉측한 육체, 그걸 뒤집어쓰고 중국으로 건너간다.'

친구는 달마 이야기를 할 때 우리가 알고 있는 면벽상(面壁像)이 그의 본래 모습이 아니라는 말을 덧붙였다. 그리고 친구는 다시 시화호 이야기를 했다.

'시화호에선 악취가 난다. 관료들에게서도 악취가 난다. 구역질, 두통, 발열, 호흡기 질환, 물고기들은 입이 쩍 벌어진 채 벙어리로 죽었다. 마을 사람들은 떠났다. 말라죽은 포도밭에는 소금 바람이 분다. 숭어도 망둥이도 게들도 떠났다. 철새들은 항로를 바꾸었다. 어떤 철새가 폐허의 물을 마시며 둥지를 틀고 짝짓기를 할 것인지. 무력감에서도 악취는 난다. 산송장들, 시화호 바닥에 누워 공장 폐수와 부패한 관료들의 숙변을 먹는 산송장들, 이것은 초현실적인 나라의 풍경인가? 시화호라는 거대한 변기를 만드느라 2조 원 가까운 공사비를 배설했다.'

"형, 얼마 전에 사막에서 우물 파는 인부들 이야기를 읽었어."

내가 말했다. 나도 모르게 불쾌한 감정으로부터 회복되고 싶었던 모양이다. 내 목소리가 놀랄 정도로 낮았던 것을 보면.

"저 아래가 운치리야. 이하석 시인도 저 아래 나리소에 자주 오곤 하는 모양이야."

선배가 내 이야기를 제대로 못 들은 모양이었다.

나는 가만히 있었다. 이하석 시인이라면 지면을 통해 나도 알고 있는 시인이었다.

"뭐라고? 사막에서 뭐 어떻게 됐다고?"

선배가 미안하다는 얼굴로 잠시 후 내게 얼굴을 돌렸다.

나는 가능하면 책방에 안 가려고 한다. 그곳에만 가면 잘 벌지도 못하는 내 지갑이 늘 텅텅 비기 때문이다. 그렇지만 책방은 블랙홀처럼 나를 끌어당겼다. 늘 느끼는 일이지만 나는 책값이 비싸다고 생각한다. 그러나 책값이 비싸다기보다는 내가 책도 마음대로 살 수 없을 정도로 무능한 인간이라고 생각하는 게 옳다고 고쳐 생각했다. 지난해 세밑의 어느 날이었다. 그날도 오래된 버릇처럼 나는 이 코너 저 코너를 돌며 잔뜩 책을 골랐다. 그러고는 책값을 생각하며 격심하게 갈등했다. 하지만 그런 갈등은 살 때 잠시뿐, 책을 사고 난 뒤에는 대체로 만족스러워했다. 집에 돌아와 구입한 책들을 조금만 뒤적이다 보면, 사실 잘 쓰고 싶지 않은 말이지만, 이내 '본전'이 빠진다고 생각되었다. 지금껏 본전이 빠지지 않은 책은 없었다. 본전이 빠지지 않을 것 같은 책은 절대로 고르지 않았으니까. 펼치자마자 그날 저녁 본전이 빠졌다고 생각한 책은 Y 출판사가 펴낸 도미노총서 7번 『물』이라는 제목의 문고본이었다. 프랑스 사람 미셸 세르와 나일라 파루키가 기획한 총서였다.

책을 펼치자마자 이내 만난 이야기가 19세기 말 사하라 북부에서 수맥을 찾는 인부들의 이야기였다. 장마철 외에는 물이 없는 우물을 그들은 '리르 와디'라 불렀다. 리르 와디를 찾는 사람들은 전문적인 패거리(조합원)를 만들었던 모양이다. 그들은 맨손으로 우물을 찾곤 했다. 우물을 찾는 일은 사람에게도 절대적으로 필요했지만, 모래 바다 한가운데에서 생명과 신선함을 주는 섬이라 할 수 있는 오아시스의 종려나무 숲에 물을 공급하기 위해서이기도 했다. 인부들은 수맥이 있다고 판단되는 곳을 80미터가량 파 들어간다. 마른 내벽에는 갱목을 괴어놓는다. 그리하여 땅 밑 어둠 속에서 엄청난 압력의 물을 막고 있는 석회암판까지 내려간다. 그리고 마침내 석회암판이 나오면 조합원들 중 나이가 가장 많은 사람을 제외하고는 모든 인부들이 지상으로 올라온다. 땅 밑에 홀로 남은 인부는 어둠 속에서 천천히 석회암판을 부수고, 결국 그의 마지막 곡괭이질에 엄청난 힘으로 물이 솟구쳐 오른다. 순식간에 물은 우물을 가득 채우고, 고독한 인부는 죽거나 비참하게 부상당한 상태로 수면에 떠오른다. 그러고 나서 다른 인부들이 발에 모래주머니를 달고 80미터 깊이를 잠수해 들어가 물이 나오는 구멍을 넓히면 샘물 파기 작업이 끝나게 된다.

"……새해 들어 들은 이야기 중에 젤로 가슴을 찌르네."

승근 형이 턱을 조금 위로 올리며 말했다.

소리 없이 흐르는 겨울 동강을 따라 흐르며 고향 쪽 선배에게 사하라 사막의 인부 이야기를 하게 될 줄은 정말 몰랐다.

나는 그때 얼른 책을 덮고 눈을 감았다. 80미터 땅 밑 어둠 속에서 홀로 석회암판의 얇은 부위를 곡괭이질 하도록 위임받은 늙은 아프리카 사람을 생각하기 위해서였다. 전통적으로 그렇게 해왔으므로 늙은 인부는 주저 없이 자신의 역할을 받아들였을 것이다. 땅속으로 홀로 내려가기 전에 그는 사랑하는 사람들과 작별인사를 했을 것이다. 그때 그를 사랑했던 사람들, 수맥이 터질 때의 힘을 알고 있던 사람들은 어떤 마음으로 그를 보냈을까. 그리고 지상에 사랑하는 사람들을 남겨둔 채 어둠 속에서 곡괭이질을 해야 했던 늙은 인부의 고독은……. 지상의 사람들은 그때 지하에서 올라오는 고독한 곡괭이질 소리를 결코 잊지 못할 것이다. 마침내 땅속에서 그의 마지막 곡괭이질 소리가 들렸을 때 동료들의 마음은 어떠하였을까. ……나이 많은 동료를 희생시키고 나서야 얻을 수 있는 신성한 물을 그들이 어떻게 대했을지는 너무나 잘 짐작되었다.

운치리(雲峙里)는 가수리 지나 나리재 못 미처 배비랑산(白雲山) 뼁대 언저리에 있는 마을이다. 구름재라고도 불리는 운치리 앞산의 수직벽은 널리 알려진 절경이었다. 겨울에도 이렇듯 씻긴 듯 청랭한 분위기로 사위를 압도하는데 녹음 우거진 계절은 어떨까 싶었다. 동강은 검푸른 하얀 얼음을 가장자리에서 무슨 장식처럼 달고 그 수직벽 아래로 장광을 거느리고 조용히 미끄러지듯 구불구불 흐르고 있었다.

"저 건너편 소에 굵기가 몇 아름 되는 이무기가 살았다고 그래. 근데 마을 사람이 한번은 꽝을 터뜨리자 시뻘겋게 살점이 강 위로 떠올랐다고 그러지. 그 뒤로는 물뱀이 다신 안 보였다는 거야. 한 30년 됐나. 그 얘기를 언젠가 돈니치 사람한테 들었는데 자세한 건 잊어버렸네만."

선배가 말했다.

달마의 대충과는 다른 이무기 이야기를 선배는 하고 있었다.

"속은 좀 어때요?"

"긴장을 하고 났더니 이젠 괜찮네. 그 자식들이 결국 가스명수였던 셈이야. 거기서 댐 건설 반대 광고 내고 탑골공원에서 데모한 사람이라는 거 알면 진짜로 톱 들고 대들 거라, 저 친구들. 후후하."

선배가 웃었다.

그러나 나는 전혀 즐겁지가 않았다.

비경으로서 동강의 절정은 모두들 인정하듯 고성리(古城里) 꼭대기에서 내려다보는 풍경이었다. 그동안 여기저기 집회 때 걸개그림으로 사용된 항공기에서 찍은 바로 그 기암절벽 아래를 구불구불 유장하게 흐르는 동강이었다. 이른바 저 유명한 '조선일보사 컬러사진'의 그곳이었다. 좋은 풍경만으로도 인간은 궁핍을 견딜 수 있다고 말한 사람은 누구였던가. 그러나 나는 사실 동강이 비경이기 때문에 지켜져야 한다고 생각하는 사람은 아니었다. 비경에 살고 있는 생명체가 갖고 있는 생태학적인 가치에 대해서도 물론 인정하지만, 그보다 내 분노는 그럴듯한 거짓 논리로 종당에는 사욕(私慾)을 채우려는 것만이 유일한 관심인 몇 인간들의 탐욕과 몰염치 그리고 무책임에 연유하고 있었다.

고성리 꼭대기에서 잠시 차를 세우고 아름답고 장엄하고 신비로운 사행협곡을 내려다보면서 나는 내가 존재하기 전에 이 언덕에서 무거운 돌을 날랐을 사람들에 대해 생각했다. 해발 800미터 언저리에 몇 개의 고성이 더 있는 모양인데, 정확한 축성 연대는 알려져 있지 않지만 그것들은 신라와 고구려가 한강 상류를 확보하기 위한 안간힘의 증거로 해석되고 있는 모양이었다.

거기 고성 언저리에도 찢어진 플래카드가 바람에 나부꼈다.

'정선이 살 길이다. 댐 건설 촉구하자. ―정선포럼'

"웃기는 거야. 진짜로 웃기는 일이야. 정선포럼이라는 단체는 난생 처음 들어보거든."

"옛날의 내 경험으로는 대형 국책 사업이 벌어지면 여기저기에서 유령 단체가 막 생기더라구요. 저쪽은 자금과 인력이 충분하고 이쪽은 늘 약하니, 말하자면 그걸 중과부적이라 그러나? 그래서 내린천 경우처럼 끝내 정부 측의 잘못된 계획을 철회시키면 약한 민초들이 강한 권력에 변화를 주었으니 그 의미가 더 크게 느껴지곤 하더군요."

"정선의 정서는 확실히 댐 건설 반대거든. 찬성하는 쪽은 이 근방의 나무 심은 사람들뿐이란 말씀이야. 저 아래 영월 쪽도 처음엔 안 그랬지만 지금은 댐 건설 절대 불가거든. 영월군에서도 공식적으로 반대 입장을 표명했고 말야. 건국대의 어떤 교수가 댐 건설에 대한 인식 조사를 했는데, 영평정 주민들의 77퍼센트가 반대였다고 그래."

"그건 나도 신문에서 봤어요."

"그러니 지켜질 거야."

"정말 그렇게 될까요?"

"동강은 흐를 거야. 전에 흘렀던 것처럼 앞으로도."

납운교가 내려다보이는 고성 언덕 위에서 소사 마을까지는 강을 따라 지날 수 있는 길이 아니었다. 그러니까 고성리 언덕에서 소사 마을 앞 장광까지 흐르는 동강은 사람이 갈 수 없는 곳이었다. 래프팅 예찬론자들이 들으면 섭섭하겠지만 사람이 갈 수 없는 지형은 제발 그대로 놔두었으면 좋겠다고 나는 생각했다. 레저라는 이름으로 악착같이 동강을 다 보려고 하는 사람들의 생각의 뿌리나 거기 댐 건설이라는 한바탕 역사(役事)를 벌이려고 하는 사람들의 거침없음의 뿌리가 한 뿌리인 것처럼 여겨졌기 때문이다. 비경을 비경으로 놔두지 못하는 조급성이나 반대에 부딪힐수록 더 완고해지는 관리들의 악착같음이나 그게 그거 같기만 했다.

소사 마을이나 연포로 떨어지기 위해서 우리는 가파른 비포장 산길을 타야만 했다.

산 가운데 오목 패인 곳에 작은 마을이 있었다. 거기 공터의 빛바랜 나무판자에는 마을버스 시간표가 붙어 있었다. 여러 번 소사 마을이나 연포로 지프차를 몰고 산길을 오르내린 선배는 차의 속력을 줄이더니 "저것 봐" 하면서 마을버스 시간표를 가리켰다.

"출발 시각 9시 50분경, 도착 시각 19시 20분경이라! 저게 뭐 어때서요?"

나는 무심하게 대답했다.

"9시 50분이 아니라 9시 50분'경'이라 적혀 있잖아. 재미있지 않어?"

"아하, 그러구 보니 그렇네."

나도 선배를 따라 웃었다.

"대충 알아서 버스가 온다는 거야. 여서도 그렇게 알고 있구."

그래서 소사 마을이나 연포를 내로라하는 오지 여행가들이 빠뜨리지 않고 찾아오는 모양이었다.

"중국이나 인도가 그렇더라구요, 형."

나도 모르게 입에서 튀어나왔다.

"그래."

한 번도 외국에 나가지 않은 선배는 더 이상 묻지 않았다. 우연찮게 다른 나라의 여기저기를 돌아다닐 기회가 있었던 나는 한 번도 다른 나라에 가보지 못한 고향 친구들 앞에서는 여간 입조심을 하지 않았다. 이 세상의 많은 일들 중에 사람과 사람의 관계처럼 더 정성을 들이고 잔신경을 많이 써야 할 관계도 없을 것이다.

승근 형은 내게 연포가 강 건너로 보이는 소사나루에서 장광을 가리켰다. 그는 연포 쪽으로 지프를 돌리지 않고 4륜 기어를 작동시킨 뒤 강안의 너르게 펼쳐져 있는 자갈밭으로 천천히 차를 몰기 시작했다.

"이 자갈밭을 여선 장광이라 해. 장광!"

그는 '장광'이라는 말을 어렸을 때 처음 발음한 이래 여전히 그 감동을 지니고 있는 사람처럼 '장'을 장음으로 발음하면서 고개를 조금 뒤로 젖혔다.

희디흰 자갈밭이 끝나는 지점에 뼁대 아래쪽을 휘감아 흐르는 동강이 있었고, 가끔씩 겨울에도 먹이를 구해야 하는 새들이 소리 없이 허공을 날았다. 궁궁을을 흘러오던 강의 끄트머리, 저 멀리 보이는 절벽이 파랑새 절벽일까. 지프차가 더 이상 갈 수 없는 장광의 끄트머리까지 선배는 천천히 나를 안내했다. 강에 가로막혀서야 우리는 지프차에서 내렸다.

적막했다.

"……언제 적막이란 말을 써봤던가 싶네요."

소리 죽여 내가 말했다.

다른 표현이 있을 수 없었다.

시인은 아무 말도 하지 않고 빙긋이 웃으며 동강의 적막감에 빠져 있는 후배를 조용히 지켜보는 것으로 적막을 보호해주었다. 마치 그가 해야 일을 다 했다는 흡족감이 그의 얼굴에 번졌다. 잠시 후에 그가 한 말은 나를 더욱 적막하게 만들었다.

"강도 잠을 잔다는 거 알어?"

"……"

"돌아가신 삼촌이 장렬의 느리매에서 말했어. 여름밤에 강에 그물을 쳐놓고 장광에 누워 기다리다 보면 강이 자는 걸 느낄 수 있다고 말야."

나는 한동안 그가 한 말 때문에 아무 말도 할 수 없었다.

동강은 정말 소리 없이, 잠자듯 흐르고 있었다. 그렇게 흐르는 강을 본

적이 없다고 나는 생각했다. 동강이 다만 흐르는 강물이 아니라 숨을 쉬고 살아 있다는 것을 그때처럼 강렬하게 느껴본 적은 없었다.

아주 나중에야 밟은 연포의 섶다리는 선배가 가수리를 지날 때 말했듯이, 솔가지를 가로지른 위에 긴 광목을 치고 그 위에 모래를 뿌려놓은 다리였다. 겨울 오후 녘, 광목을 밟으며 동강을 건너본 적이 있는가. 그 것은 참으로 특별한 느낌이었다. 강을 물로 메우려는 사람들도 섶다리를 밟아보았으면 하는 어린애 같은 생각이 들면서, 나는 다시금 친구가 말한 달마 이야기를 떠올리고 있었다.

'달마가 시화호에 오지 않는다. 시화호에 달이 뜬다. 누가 시화호를 죽였는가? 누가 죽은 시화호를 안고 먼 바다로 걸어 나가며 울겠는가? 나는 초현실적인 나라에서 늙어가는 무력한 사람이다. 마네킹인지도 모른다. 절망의 벙어리, 그래도 세금은 낸다. 세금으로 시화호를 죽였다. 살인청부자? 내가 시화호의 살인청부자였다. 나를 처형해다오. 푸른 달 뜨는 시화호에 십자가를 세우고 거기 나를 못 박아다오. 아니면 달마를 십자가에 못 박아 피 흘리게 하든지…….'

친구가 "시화호나 동강이나 마찬가지야"라고 말할 때, 나는 그의 얼굴에 스치는 피곤을 봤다. 친구의 얼굴을 보면서, 우리가 매우 어려운 시대에 살고 있다는 것을 절감할 수 있었다. 그런 우리 시대를 그는 "구토물을 먹는 아침"이라고 표현했다.

소사 마을 건너편 연포는 찻길이 끊기는 곳이었다. 나리소에서부터 굽이굽이 사행을 하던 동강이 갑자기 360도 회전을 하며 어라연으로 이어지는 곳이기도 했다. 백룡동굴은 물굽이의 회정이 시작되고 끝나는 접점에 있다고 했다. 그러나 연포굴과 가정나루를 좀 지나서까지는 길이 이어져 있지만 백룡동굴 언저리는 차로는 갈 수 없다는 것이었다. 마땅히 그래야 할 것이라고 나는 생각했다. 백룡동굴 아래 접매나루터를 지나 만나는 급류가 바로 옛날 떼꾼들이 그토록 무서워하던 황새여울이었다. 어라연 아래 된꼬까리와 함께 얼마나 여울이 급하고 무서웠는지 정선아라리에도 황새여울, 된꼬까리 이야기가 많이 나왔다.

연포도 옛날에는 정선 아우라지에서 출발한 떼꾼들이 머물다가 간 곳이었다.『오지마을을 찾아서』라는 책을 낸 이용한이라는 시인이 쓴 책을 보니, 20년 전까지만 해도 연포분교 바로 아랫집에서 28년간이나 떼꾼들에게 떼상밥을 해주었다는 이행복 씨를 만난 기록이 있었다. 당시에는 밥과 술은 물론, 색시도 대여섯 명 됐다고 했다. 농사도 때려치우고 떼 타는 게 더 좋다고 마누라들 속깨나 썩이던 떼꾼들의 떼돈을 우려먹던 그 색시들은 지금 어디에서 얼굴 단장을 하고 있을까.

분교 앞 연포상회에서는 두엄 냄새가 진동했다. 소를 치는 게 틀림없었다. 미닫이문을 열었더니 마침 아주머니가 걸레로 방을 훔치고 있었다. 오랜만에 맡는 메주 냄새가 코를 찔렀다. 배가 고파 그러니 된장찌개라도 끓여줄 수 없느냐고 물었더니, 아주머니는 찌개거리도 없는 데다 시간이 걸릴 거라고 말했다. 선배와 나는 연포에서 잘 게 아니라면 내친 김에 영월 어라연으로 들어가기로 했다. 더구나 이번의 우리 여행은 책을 낸 이용한이라는 시인처럼 마을을 찾아 여러 날 머물며 오지 사람들의 삶을 엿보는 목적성 여행이 아니었기에 그저 한두 마디 이야기만 나누기로 했다.

"댐을 짓는다 그러잖아요? 여 사람들이 요새 모이면 뭔 얘길 합디까,

아주머이."

"잘 모르겠어요. 남들이 하는 대로 따라 하는 거죠, 뭘. ……그치만 여자 소견머리지만 내 생각엔 여가 물에 잠기지 않았음 해요. 이 나이에 여 떠나가 당최 어데 가 산단 말이우? 난 조선 천지 아무데도 여만 한 데가 없는 것 같더라구요. 딸내미들 땜에 서울에도 몇 번 가봤는데 내사 거긴 갑갑하고 숨이 턱턱 맥혀서 단 하루도 못 견디겠더라구요. 그래, 내 얼른 도망치듯 내려오지 않았겠소."

연포상회 아주머니는 걸레질을 하면서 문득 서울 생각이 났는지 고개를 설레설레 저었다.

분교 아래로 동강이 흐르고 있었다. 그 건너편 뼝대가 바로 '장군봉', '삼형제 바우'와 이어지고 있었다. 누군가 "연포에 가면 눈이 멀지 모르니 조심하라"고 말했다는 게 실감이 났다. 그것은 집회 때 퍼포먼스를 한 무세중 선생도 마찬가지였다. 산삼을 심으러 동강에 왔다가 무 선생은 박인식 선배에게 결연한 얼굴로 푸념했다고 한다.

"다신, 날 이렇게 아름다운 데 데려오지 마, 알았지?" 하고.

연포 분교의 선생님들 이야기는 이 시인의 글을 통해 일찍이 본 적이 있었다. 그러나 선배는 군이 분교의 선생님들을 만나려고 하지 않았다. 그의 복통은 이제 어느 정도 가라앉은 모양이었다. 기왕에 영월 어라연으로 치달리기로 작정했으므로 우리는 서둘러 섶다리를 건너 지프차를 세워둔 소사나루터 장광으로 돌아왔다.

선배에게 운전대를 달라고 했건만 선배는 괜찮다고 했다. 영월에 이르는 재미없는 길을 밟는 동안, 나는 강도 잠이 든다는 선배의 말을 생각하며 스르르 잠이 들었다. 아마 동강의 아름다움에 지친 모양이었다.

늦은 점심은 장릉 입구에서 해결했다.

메밀국수를 먹은 뒤 장릉 입구에서 우리 차의 후진을 봐준 사람에게 고맙다는 인사와 함께 나는 다시 힘을 내서 물었다.

"댐이 들어선다 하지요? 여 분위기는 어떻습니까."

댐 건설에 대한 영월의 분위기를 알고 있었기에 나는 서슴지 않고 바로 물었다. 그 순간 나는 내가 주민들의 인식 조사를 하러 내려온 사람 같아서 스스로도 멋쩍은 감이 없지 않았다. 그렇지만 영평정 지역에 와서 지금 관심 가질 일이 그것 말고 다른 일이 있을 턱이 없었다.

"어데서 왔습니까? 장사하려고 그러시오?"

장릉 주차장에서 일하는 사람인지 그는 한쪽 팔에 완장을 차고 있었다. 말투는 거칠게 느껴졌지만 톱으로 썰어 강에 뿌린다느니 어쩌고 하던 가수리 사내들 같은 적대감은 없었다. 퉁명스러운 어조야 익숙한 강원도 말이었다.

"아니요, 여기는 정선 사람이고 난 강릉 사람이죠. 장사하는 사람이 아니라 댐 건설 반대하는 사람이지요."

"댐이 쌓아지면 안 되지요. 그게 뭐 벨로 지역 겡제에 보탬도 안 되고요."

사내가 고개를 조금 흔들며 말했다. 그가 '지역 경제'라는 말을 제일 처음 들은 때는 언제이고 누구에 의해서였을까.

"여긴 밭에 나무 심고 뭐 그런 일이 없습니까? 저 우엔 난리더라구요."

"영월은 그런 거 없어요. 거기도 그래요. 저기도 지방 사람들은 벨로라 그래요. 서울 사람들이 땅을 빌려가지고선 보상받을라고 낭그 심고 난리를 치니깐 지방 사람들도 덩달아 따라한 거죠. 연 수몰 지역이 아니니까 그런 일은 없어요. 영월 땅은 기껏 4~5킬로밖에 안 되니깐. 그 우로 평창 땅이 좀 있고, 그 우엔 정선 땅이죠. 그나저나 댐을 지어놓곤 터지지 않는다면 다행인데, 만에 하나 터졌다 하면 영월은 기냥…….”

“그런 일은 안 일어날 겁니다.”

선배가 거들었다.

“안개도 그렇고, 거 뭐야, 충주댐처럼 유람선이나 띄우고 그러면 이익이 있을 텐데, 거 뭐야, 거긴 상수원보호구역이라 유람선도 못 띄운다 그러더라구요. 유람선도 못 띄우게 되면 여기는 뭐 벨로……. 그러니 반댈하는 거죠. 영월 분위기는 다 그래요. 그냥 놔두면 거 뭐야, 댐을 만들면 길이 생기지만 그냥 놔두면 길이 없잖아요. 그러니 오지, 그대로 놔두면 좋지요, 뭘. 그러면 그게 좋은 거죠, 뭘.”

장릉 입구의 오후는 한산했다. 완장을 찬 사내는 나중에 돌아가서도 오래도록 잊히지 않을 이야기를 한마디 하고야 말았다. ‘그러니 오지, 고대로 놔두면 좋지요, 뭘’이라는 말이 그것이었다. 그렇지만 그도 혹시 상류에 유람선이나 띄워 아래쪽 살림에 보탬이 된다면 그까짓 것 댐 건설 찬성 못 할 일도 아니라는 뜻도 내비쳤다. 그게 민초들이었다. 사내와 헤어질 때 보니 장릉 입구에도 ‘댐건설반대백지화3개군투쟁위원회’가 내건 건설 반대 플래카드가 바람에 펄럭이고 있었다.

아니나 다를까 어라연 입구 거운교 다리를 중심으로 한 섶새강변의 분위기는 여간 뜨겁지 않았다.

‘영월댐 불안 속에 악몽 꾸는 우리 주민.’

‘위험한 영월댐 목숨 바쳐 저지하자.’

‘붕괴가 뻔한 영월댐! 영월 읍민 다 죽인다.’

섭새, 사목리, 거운리 주민 등이 내건 플래카드들이었다. 가수리, 운치리, 고성리의 분위기와는 완전히 딴판이었다.

"이 다리가 거운교고 이리 죽 올라가면 문산이 나오는데 거긴 여기완 또 달라. 거기 강변에도 사람들이 많이 사는데, 가수리마냥 거기도 나무들 많이 심었다고 그래. 근데도 저쪽 동네도 맨 외지 투기꾼들이 설쳤을 거야. 현지 무지랭이들은 빚이나 잔뜩 지고."

선배가 거운교에서 문산 쪽을 가리키며 말했다.

나는 말없이 선배가 가리키는 산을 바라다보았다.

우리는 거운초등학교 운동장에서 차를 돌려 어라연으로 올라가기 위해 방금 들어갔던 다리를 나오고 있었다. 그때 저 앞에서 한 할머니가 머리에 무엇인가를 이고, 손에도 뭔가를 잔뜩 들고 다리를 건너오고 있었다.

"할머이, 어라연으로 가자면 오른쪽이죠?"

차를 세우고 선배가 물었다. 길을 알면서도 그렇게 말을 붙인 것이었다.

"야, 어라연은 조오기 다리 건너서 뚝방길로 가지 말고 오른편으로 주욱 올라가요. 차론 얼마 안 걸려."

머리에 인 것은 까만 비닐봉지가 잔뜩 든 플라스틱 장바구니 같은 것이었고, 손에 든 것은 가까이에서 보니 바싹 마른 무청 다발이었다.

"댐 잘되겠죠?"

댐 건설 반대 운동이 잘되겠느냐고 묻는다는 게, 댐 잘되겠느냐고 묻고 있었다.

"잘되겠죠."

할머니 또한 우리들의 잘못된 질문에 괘념치 않았다. 할머니는 그게 잘못 표현된 말이라는 것을 몸으로 그대로 느꼈던지 그대로 대답했다.

"수자원공사 그 사람들은 여기 안 옵디까?"

"모르겠네요. 당최 누가 누군지 원. 워낙이나 사람들이 많이 댕겨놔서."

"여긴 모두 일치단결해서 반댈 하고 있구요?"

"그렇죠, 뭘. 요 먼제 우리 마카 버스 타고 서울에 갔다 왔거덜랑요. 청와대 앞까지. 그래갖고선 어라리 모두 부르고, 사진도 찍고…… 아주 신이 났어요, 그때."

배추처럼 생긴 할머니가 말했다. 겨울 거운교의 찬바람에 노인의 두 볼이 발그레 상기되어 있었다. 환갑을 넘었을까, 그러나 피부는 아직 팽팽하고 발색이 좋았다. 지난해 세밑에 영평정 사람들이 서울에 올라와서 아라리를 부르며 집회를 한 이야기였다. 그 얘기를 하면서 할머니는 처녀처럼 수줍어했다.

"우와, 이제 보니 서울서 정선아라리 부른 할머이가 여 있었구먼요."

선배가 조금 소리를 높여 아는 척하자 할머니는 더욱 부끄러워지는지 허공에 입김을 뿜으며 소리 내어 웃었다.

"할머이, 시방 어데 갔다 오우?"

"지금 내가 올해 바쁘다 보니 무꾸 시래기를 못 구해가지고선 저 아래 섶새에 놀러를 내려가서는 내가 그런 얘길 하니까르 우리 친구가 자기가 준다 해서, 그래 무꾸 시래기를 이레 많이 주잖아요. 그래 얻어갖고선 시방……."

할머니는 웃음이 많은 사람이었다. 또 웃었다. 다리 건너 마을의 친구한테 놀러가서 무청을 잔뜩 얻어 오는 길이라는 이야기였다.

"노인네가 한겨울에 뭐이 그래 바빠서 무꾸 시래기도 못 하고 그랬소?"

내가 동네 할머니를 대하듯 농을 붙였다.

"몰라요. 뭐이 그래 바빴는지, 나도 몰라요."

그리고 노인은 또 웃었다.

"가족은."

"영감 할멈 단둘이 있죠, 뭘. 아아들은 마카 나가 살아요."

"할머이, 여기 오래 사셨소."

"한 50년 돼요."

"할머이, 지금 몇이슈."

"작년에 환갑잔치 해 먹었어요."

"그럼, 시집을 열 살에 오셨다는 얘기요."

그리고 우리는 다리 한쪽 가장자리에서 크게 웃었다.

"그기 아니고 여 살다가 여서 그냥 시집을 갔지."

할머니는 생각지도 않은 무청을 얻어 오는 길이라 그런지 여간 기분이 좋지 않아 보였다. 시집갈 때 이야기 때문이었을까. 할머니는 이야기를 하지 않을 때에도 혼자 소리 내어 웃었다.

"할머이, 아라리 한번 불러보실랍니까."

내가 제안했다. 이상한 일이었다. 할머니는 내 말이 떨어지기 무섭게 기다렸다는 듯이 머리에 이고 있던 장바구니를 내려놓더니, 그대로 한 곡조를 뽑기 시작했다. 얼마나 놀랐는지 모른다. 그것은 정선아라리를 부르는 사람들의 특징이라면 특징이었다. 승근 형이 나중에 한 이야기였지만, 어떤 노인들은 지나가는 사람을 불러 '이보게 내 잘하지는 못하지만 내 소리 한번 들어볼라는가?' 하면서 아라리를 뽑는다고도 했다.

"눈이 올라나 비가 올라나 억수장마 질라나. 만수산 검은 구름이 막 몰려온다. 아우라지 뱃사공아 배 좀 건네주게. 싸리꼴 올동백이 다 떨어진다. 떨어진 동백은 낙엽에나 쌓이지. 사시장철 임 그리워 나는 못살겠네. 아리랑 아리랑 아라리요, 아리랑 고개 고개로 나를 넘겨주게……."

잠시 직전에 서울까지 가서 '소리' 하고 온 뒤끝이어서인지, 정선아라리 중 가장 널리 알려진 소리를 할머니는 먼저 했다. 익숙히 알던 가사인데, 그날따라 왠지 '만수산 검은 구름이 막 몰려온다'라는 대목이 전과 달리 들렸다. 지금 동강에 '검은 구름'이 막 몰려오고 있어서였을까. 할머니가 소리를 하는 동안 나는 차에서 내렸다. 선배는 운전석에 앉아 있고, 운전석 옆 길 가장자리에 할머니가 서 있고, 내가 내려서 할머니 옆에서 후렴을 따라 불렀으니, 어디 길 가던 사람이 본다면 그처럼 진풍경도 따로 없었을 것이다.

목청이 좋다고 부추기며 할머니에게 한 곡 더 청하자 노인은 주저 없이 다시 다른 아라리를 뽑았다. 할머니의 목청이 정말 좋았다. 무심히 흐르던 구름이 할머니의 낭랑한 소리 때문에 잠시 멈출 만한 소리였다. 후렴을 따라 부르며, 절대로 이 아라리가 물에 잠기면 안 되겠다는 생각을 했는지 안 했는지 아리송하긴 하다. 그러나 후렴을 부를 때 그런 생각이 들었던 것만 같다. 나중에는 후렴을 따라 부르다가 눈물이 찔끔 났던 것 같기도 하니까.

"우리 집의 서방님은 떼를 타고 가셨는데 황새여울 된꼬까리 무사히 다녀가셨나 아리랑 아리랑 아라리요……."

할머니는 거듭 세 곡을 불렀다.

장난기가 발동해서 물어보았다.

"할머이, 정선 아우라지에 가봤소."

"못 가봤지, 나는 여태 한 곳에서만 살았지. 당최 거기 갈 일이 뭐이 있어야지 가보지."

그럴 줄 알았다는 듯이 우리는 입을 벌리고 소리 내어 웃었다.

할머니는 우리가 청해서 세 곡, 스스로 흥에 겨워서 두 곡을 더 불렀다. 할머니는 '아라리'를 '어러리'라고 발음하고 있었다. 그래서 물었다.

"아라리가 아니오, 할머이."

"어러리, 어러리."

"어디 어러리."

"정선어러리!"

그러나 정작 노래를 부를 때에는 희한하게도 '아라리'라고 제대로 발음했다.

인사를 하고 헤어질 때 할머니의 손을 오래 잡고 흔들었다. 처음 말을 붙일 때만 해도 노상에서 그런 한바탕 아라리판이 벌어질 줄은 정말 몰랐다. 노인은 우리 차가 거운교를 지나 섭새강변의 비포장 길로 들어갈 때까지 무청 다발을 들고 오래오래 이편을 바라보고 있었다. 집에 왔다가 대처로 돌아가는 자식들 바라보듯이.

아무리 지프차였지만 더 이상 진입할 수 없을 때까지 들어간 뒤, 우리는 고기가 비단결처럼 떠오른다는 어라연(魚羅淵) 계곡까지 걸어갔다.

이쪽은 상류와 달리 군데군데 여울에 얼음이 얼어 있었다. 사위가 거무튀튀해지기 시작했다. 워낙 늦게 영월에 들어오기도 했지만, 거운교 언저리에서 할머니와 아라리를 부르며 보내느라 지체한 탓이었다. 짧은 겨울 해는 떨어질 기미를 보이기 바쁘게 서둘러 떨어지고 있었다. 된꼬까리 여울을 내려오면서 선배가 그쪽을 손으로 가리켰는데, 그때에는 이미 어둠이 완전히 동강을 덮어서 어디가 어딘지 알 재간이 없었다. 큰물 때 나뭇가지에 잔뜩 걸린 비닐봉지가 헤드라이트 불빛 속에서 검은 수초처럼 펄럭였다.

"황새여울이랑 된꼬까리 급류가 가장 무서웠다고 그래. 떼꾼들이 거기서 많이 죽기도 한 모양이야. 그래서 아까 할머니가 그런 아라리를 불렀던 거야."

"황새여울!"

"강 한가운데 바위에 황새나 청둥오리들이 앉아 울었다고 해서 붙여졌다지. 백룡동굴 근처 거기가 옛날에 아우라지에서 떼가 출발해 만나는 첫 고비였던 모양이야."

급류 한가운데 바위 위에 황새가 외다리로 서 있을 때, 때로 뗏목이 물 수면에 돌출해 있던 칼바위에 부딪혀 깨지고 흩어져버려 떼꾼들은 물속으로 곤두박질쳤을 것이다. 급류에 떼꾼들이 비명도 못 지르고 떠내려갈 때까지 황새는 그냥 거기 바위 위에 서 있거나 앉아 있었을까. 왜 그런 장소를 뒷날 사람들이 황새여울이라 이름붙이지 않았겠는가.

"된꼬까리 여울 아래 만지(滿池)라고 그 근처에 댐을 세울 모양인데, 사람들은 그 지명이 예언성 지명이라 해쌓으면서 선인들의 예지가 어찌구저쩌구 하는데 기도 안 차더라구. 그렇게 말할 것 같지 않은 사람들도 그러더라니까."

선배가 말했다.

나는 그가 무슨 이야기를 하고 있는지 알 수 있을 것 같았다. '장차 물이 찰 곳'으로 '만지(滿池)'를 해석할 게 아니라, '언제라도 물이 차면 안 되는 곳'으로 해석할 수도 있지 않겠는가, 하는 말이었다.

우리는 그 밤에 예미, 정선 남면의 별어곡을 거쳐 정선 읍내로 돌아왔다. 정선 읍내 초입의 막 문을 닫으려는 콧등치기집에서 식사를 하고, 읍내 다방에서 시커먼 커피 한 잔을 마시고 장렬에 있는 선배 집에 돌아왔을 때는 거의 자정께가 되어 있었다. 거듭 요구했건만, 선배는 한 번도 내게 운전대를 맡기지 않았다.

장렬의 깊은 밤, 동강으로 들어가는 느리매마저 길게 잠든 그 밤에 선배는 내게 낮에 잠깐 이야기했던 이하석 시인의 시를 보여주었다.

그것은 「동강댐 막으면」이라는 시였다.

섭새 마을부터 정선까지
길이 없으리라.
도리(道理) 없으리라. 우선, 만지동이 잠기면
만지동 사람 목이 잠겨
아리랑 가락 나오지 않으리라.
그 위 된꼬까리 여울물 소리 없고
어디에서든 구석진 수달의 사랑은 끝나고
어라연의 하선암 중선암 상선암은
별을 비추지 못하리라.

문산리 분교 국기 게양대는

끝도 보이지 않을 게다.
거기 매달아 펄럭였던 아이들의 꿈의 호명과
반짝이는 연놀이도 없어지리라.
문산나루 건너와 젖은 몸 부리던 사내들은
어슥하니 마음 댈 곳 없어
어디에서 몸 말리나.

황새여울은 이름마저 없고
뗏목 지나던 소리 울려 퍼지던 벼랑도 잠겨
앞뒤 이은 소리들 메아리칠 골짜기도 없어지리라.
까막딱따구리는 눈 부빌 곳 잃고 헤매리라.
무당소 절벽에 깃들던 황조롱이의 집 물 아래 비고,
그 건너편 민박집 찾아들던 사람들의
캄캄하고 고요한 밤은 없으리.

아아 백룡동굴은 앞뒤가 막히리.
가수리 삽다리 건너 자갈들 햇볕에 굽히던,
단풍 물 곱던 소사 지나 하방소 이르는
용틀임 길은 이젠 없으리라.
원앙들 서로 부르며 교태 꾸미던 물거울도
백운산 아래 빛나던 나리소도
꼴깍하고 자취 감추리라.

이 모든 것이 왜 없어져야 하나.

엄청난 힘에 눌려 물 아래 저 용궁 아래,

곧 검어져서 밑이 안 보일 용궁도 아닌 저 아래

파묻혀 입 닫아야 하나.

다목적의 댐 아래

너무 많은 목적들 수장되고

마침내 모든 이 죽일

재앙의 물만 그득하리라.

   서울에 올라온 뒤 나는 농심마니의 박인식 선배에게 곧바로 전화를 했다. 올 봄에 동강에 산삼을 한 번 더 심으러 가자고. 그러면 우리 농심마니가 거기에 여섯 번째로 산삼을 심은 게 될 것이라고, 이번에는 어라연 쪽이 아니라 가수리나 운치리 쪽에 가서 심자고. 그래서 우리가 심은 산삼과 그네들이 심은 과실수가 어떤 차이가 있는지 우리 모두 느끼자고. 나무 심어 눈먼 목돈을 거머쥐려는 이들과 내가 심되 다른 이가 캐 먹으라는 산삼 심기와의 차이를 한 번 더 실감해보자고. 그리고 댐 건설이 백지화되면 올 가을에도 또 가서 산삼을 심자고. 그때는 산삼이 더욱이나 물에 잠길 까닭이 영영 없게 될 것이므로.

   건설교통부에서 난데없이 "영월댐 강행키로" 하겠다고 발표한 것은 1999년 2월 18일이었다. "건교부 관계자는 18일 영월댐 합동평가단이 8월까지 안전, 환경·생태보전, 수질 등 세 가지 문제에 대한 평가를 마무리하면 9월에 공청회를 연 뒤 10월부터 사업에 착수할 계획"이라고 했다. 그러면서 관계자는 "합동평가단이 영월댐 건설에 부정적인 평가를 내리지는 않을 것으로 본다"고 밝히고 있었다.

그 말은 맞는 얘기였다. 합동평가단이라는 급조된 단체가 환경 단체들이 배제되어 있는 자기 쪽 사람들인데, 부정적인 평가를 내릴 리가 있겠는가. 국책 사업에 언제나 협조적이던 거대 언론들은 한결같이 '영월 댐 이르면 10월 착공' 류의 헤드라인을 뽑고 있었다. D일보는 '정부, 10월부터 용지 보상'이라는 중간 제목을, J일보는 '건교부 강행 의지 밝혀'로, 또 하나의 J일보는 '건교부, 景氣 활성화 위해'라는 중간 제목을 뽑았다. 매체들은 마치 갑작스러운 건교부 발표를 기다렸다는 듯이 '착공', '완공' 등의 표현을 쓰고 있었다.

환경운동연합은 건교부의 발표가 나자 이튿날 곧바로 세종로 정부 청사 후문에서 항의 시위를 했다.

그날 오후, 최 주간이 내게 말했다.

"황새여울이 아무리 많아도 동강은 흘러왔잖아. 동강은 흐를 거야."

(1999)

3 말의 감옥

3
부

엽편소설

강물은 흘러야 하고, 갯벌에는 갯것들 넘쳐야

독방에 감금되었던 히말라야 여인

산에서 다시 포카라로 내려온 이 감독을 통해 나는 새로운 사실을 알게 되었다. 그것은 찬드라 쿠마리 구룽이 한국의 정신병원에 있을 때 독방에 있었다는 사실이다. 경악에 찬 우리는 잠시 입을 다물지 못했다.

"독방에 있었다고요?"

2차 성금을 찬드라에게 전달하고 막 산에서 내려와 포카라에 머물고 있던 '풀꽃세상' 정 대표와 나는 놀란 얼굴로 동시에 이 감독에게 물었다.

"찬드라 누나가 그때 이야긴 좀처럼 안 하려고 해요."

네팔과 인도를 벌써 여러 해째 카메라를 들고 돌아다니던 다큐멘터리 감독은 찬드라의 나이가 자신보다 조금 위인지라 그녀를 '찬드라 누나'라고 불렀다.

"병원에서 손발 묶이고 강제 투약을 당했다는 이야긴 들었지만, 독방에 있었다는 이야긴 처음인 걸요. 그나저나 찬드라가 어떻게 그런 이야기까지 이 감독에게?"

"제가 네팔을 왔다리 갔다리 하면서 구룽 말을 몇 마디 배웠거든요. 구룽 말을 하니까 찬드라가 웃으면서 한국 사람이 어떻게 자기네 말을 하느냐고 반기더니 마음을 조금 연 것 같아요."

찬드라를 안 이래 벌써 3년여 동안 한국과 네팔 두 지역에서 다섯 차례 이상 만난 우리에게도 하지 않았던 이야기를 이 감독에게 발설한 찬드라에 대해서는 아무런 섭섭한 감정이 없었다. 정신병원에서 보낸 시간에 대해서 우리는 한 번도 정색하고 묻지 않았기 때문이다. 우리에게 중요한 것은 정신병원 체험이 아니라 퇴원 이후의 찬드라에게 표할 수 있는 진심 어린 사과와 위로였기 때문이다. 어쨌거나 찬드라가 독방에 있었다는 이야기는 찬드라를 원고로 대한민국과 청량리정신병원을 피고로 소송을 걸기 위해 진상 보고서를 작성한 '부천 외국인노동자의 집'의 이란주 국장이나 변호사도 모르는 일일 수도 있었다.

"지주 구룽이 그러는데 찬드라 누나가 정말 공부를 못한 사람인 것 같다고 그러더군요. 구룽 말로 말을 건네도 찬드라 누나가 워낙 의사 표현이 서툴다더군요."

이번에 이 감독의 통역을 맡은 지주 구룽은 한국에 6년간 체류한 적이 있는 젊은이였다. 한국에서 번 돈으로 그는 포카라 호숫가에 한국 식당을 열었고, 만날 '고추장이 있어야 비빔밥을 만들 텐데……' 하는 말이 입버릇처럼 붙어 있는 친구였다.

"그래서 찬드라는 이 모든 일이 자신이 못 배우고 못나서 일어난 일이라 말하고 있지요. 그렇다고 찬드라가 못 배운 게 비난받을 일은 아니지요."

정 대표가 말했다. 1차 성금 전달 때 찬드라는 "이 못난 여자가 한국인에게 머리카락 수만큼 셀 수 없는 폐를 끼쳤군요"라고 말함으로써 '감사를 그렇게 극진하게 표하는 사람 말고 배운 사람이 어디 달리 있을 것인가' 하는 감동을 많은 이들에게 준 적이 있다.

며칠 전 2차 성금을 전달하기 위해 안나푸르나 서킷의 산동네 간드룽에 올랐을 때였다. 정확하게는 간드룽 아래 해발 2,000미터가 조금 안 되는 김체가 찬드라의 마을이었다.

일흔이 넘은 찬드라의 아버지는 자꾸만 물었다.

"왜 오실 때마다 이렇게 큰돈을 우리에게 주시는 거요?"

"예, 이 돈은 여러 한국인들이 찬드라에게 한 짓이 너무나 큰 잘못이었다고 생각해서 참으로 미안하다는 마음을 담은 돈입니다. 물론 한국의 경찰공무원과 정신병원이 잘못한 일이지만, 찬드라의 일에 마음 아파하는 이름 모를 수많은 한국인들이 찬드라에게 사죄하기 위해 모은 돈이지요."

"그렇다고 이렇게 먼 나라 깊은 산골짝까지 걸어서 오시다니요?"

찬드라의 아버지 프레사드 구룽은 도저히 우리를 이해할 수 없다는 얼굴로 마당의 장닭을 가볍게 안더니 부엌으로 들어가려고 했다. 또 닭을 잡으려는 심사였다.

"제발 닭을 잡지 마십시오, 찬드라 아버님."

그러자 통역이 '쿠쿠라 커팅 노'라고 거들었다. '쿠쿠라'가 바로 닭이었다.

갈 때마다 구룽 족 일가가 다 모이곤 했는데, 그들에게 풀꽃세상이 시민 단체이고 시민 단체가 어떤 존재인가를 설명하는 일은 정말 어려운 일이었다.

이 감독과 식사를 하면서 나는 그동안 우리가 만났던 통역자들을 떠올렸다.

지난 5월 정 대표와 그분의 따님 그리고 다른 회원 한 사람과 나까지 합해 넷이서 찬드라의 집에 처음 들렀을 때는 통역자가 따로 없었다. 네팔을 자주 들락거린 내가 일찍부터 간드룽 지역을 알고 있던 터인 데다가 마침 마을 근처에 사는 찬드라의 친척 중에 한국에 이주노동자로 다녀온 구룽 족이 있었기 때문이다. 그가 서툴게나마 한국말을 조금 했고, 그때만 해도 한국에서 만난 찬드라가 '돌아간 고향'에서 잘 살고 있는가 트레킹 도중에 인사차 그냥 보러 들렀던 길이었기에 굳이 통역이 필요하지 않았다. 지난 4월, 1차 참회 모금액 1,000만 원을 전달할 때의 통역자는 케이피 시토우라였다. 케이피는 한국에 노동자로 왔다가 여행사를 차렸는데, 그는 카트만두 트리부반 대학에서 경영학을 전공한 크샤트리아 계급의 엘리트였다. 그리고 며칠 전 800여만 원의 2차 성금을 전달할 때 동행한 통역자는 삼둑 라마라는 이름의 삼십 대 후반의 무스탕 지역 출신의 몽골 인이었는데, 우리말은 조금 하는 친구였지만 통역에 적잖이 문제를 일으켰다.

"그게 말입니다, 최 선생님. 참으로 복잡한 문제랍니다. 케이피 그 친구는 카트만두 출신의 크샤트리아잖아요. 그러니 그 친군 네팔 말은 잘하지만 구룽 말을 잘 모를 수 있지요. 더구나 제가 이번에 가보니 찬드라나 찬드라 아버지도 산에서만 살아서 그런지 네팔 말이 서툰 것 같더라고요. 그들이 제일 잘하는 말은 구룽 족 말이지요. 이번에 최 선생님과 같이 산에 올라갔다는 삼둑 라마는 무스탕 출신이지요. 그 친구가 한국에 다녀왔다지만, 어려운 우리말은 애당초 기대하기 힘든 데다가 무스탕 출신은 서부 네팔 산간 지방의 구룽 족 말을 잘 모를 수 있지요. 그리고 이 친구들이 NGO에 대한 이해를 충분히 가지기란 참으로 힘든 상태고요."

수긍이 가는 말이었다.

왜 한국의 한 시민 단체에서 재판과 관계없이 여러 한국인들로부터 돈을 모으고 이토록 먼 곳을 두 차례나 찾아와 큰돈을 주고 가는지, 닭을 잡아 대접할 만큼 매우 고맙긴 하지만 쉽게 이해하기 힘들다는 찬드라 아버지를 어이하랴.

'찬드라 사건'도 서로 소통하려는 노력의 부족에서 비롯된 비극적인 사건이었다.

네팔 여성 찬드라 쿠마리 구룽이 한국에 처음 온 것은 1992년이었다. 1992년께라면 '코리안 드림'을 품은 네팔 인들이 대거 한국에 몰려오던 해였다. 나중에야 알았지만 찬드라 역시 비자를 얻기 위해 당시 1만 5,000루피(30만 원 상당)의 거금을 브로커에게 뜯긴 뒤에야 한국행이 가능했다. 관광 비자로 일단 한국에 와서 열흘간 있다가 다시 네팔에 돌아간 뒤 비즈니스 비자를 얻어 한국에 잠입하는 식이었다. 당시 수백 명이 한국에 왔는데, 브로커는 누구였으며, 무학의 히말라야 여성에게 비즈니스 비자를 허락한 한국 대사관에서는 무엇을 알고 있었고, 또한 무엇을 잘 몰랐을까가 궁금했다. 이주 노동자 문제가 처음부터 국가권력이 개입한 거대한 속임수로 시작되었음은 조금의 상상력만으로도 충분히 짐작할 수 있는 것이었다.

찬드라는 섬유 쪽의 경험과 기술이 있었다. 하지만 1993년 11월, 그녀가 광진구 자양동 언저리의 한 분식집에서 라면을 먹은 뒤 라면값 몇 백 원을 지불하지 못해 파출소로 넘겨지기까지 1년여 동안 한국의 어느 곳에서 일하고 있었는지는 찬드라 외에는 아무도 모른다. 찬드라 본인 조차도 이제는 기억이 흐릿하다고 말하고 있기 때문이다.

진상 보고서와 찬드라의 단편적인 기억에 의하면 주머니 속에 3만 원이 있었는데, 한 슈퍼에서 어떤 아주머니가 찬드라를 큰 소리로 불렀다고 한다. 한국말을 모르는 찬드라는 '왜 저 아주머니가 내게 소리를 지르나' 싶어 얼른 자리를 피했다. 아마도 그 아주머니는 찬드라가 돈을 떨어뜨린 것을 알려주기 위해서 외치지 않았을까 추측된다. 라면을 먹은 뒤, 돈을 내려고 했건만 돈이 없었던 게다. 분식집 주인은 행색이 초라한, 그러면서도 당황한 얼굴로 다급하게 알아들을 수 없는 말을 지껄이는 찬드라를 '고약한 미친 년'으로 간주해 파출소에 연락해 넘겨버렸다.

파출소 또한 남루한 차림의 한 사십 대 초반의 여인이 알아들을 수 없는 희한한 말을 지껄이면서 끝내는 파출소 구석에 주저앉아 질질 짜자 별생각 없이, 그녀의 코와 귀에 구룽 족 특유의 장식을 위해 여러 개의 구멍이 뚫린 것을 보고도 외국인이라는 생각은 추호도 하지 않고 바로 '1급 행려병자'로 분류, 당일로 청량리정신병원으로 보내버린 것이다.

그것이 다소 성급한 분식집 주인에 의한 것이든 부주의한 경찰공무원에 의한 것이든, 한 외국인 여성에 대한 1차적인 폭력은 상대방을 이해하려는 노력이 전적으로 결여된 바로 그 순간에 그렇게도 빠르게 거침없이 자행되었던 것이다.

사실인지 아닌지 확인할 길은 없으나, 정신병원은 일정수의 행려병자를 '손님'으로 확보할 필요가 있다는 소문도 있었다.

이후 찬드라는 서울시립부녀보호소를 거쳐 용인정신병원에서 그 존재가 세상에 다시 노출될 때까지 자그마치 6년 4개월여 동안 지상에서 아득히 소거돼버렸다.

"6년 4개월이라…… 이건 아니잖아. 세상에 어떻게…… 이럴 순 없잖아!"

찬드라의 이야기를 풀꽃세상에서 네팔 인 케이피를 통해 처음 접한 때는 2000년 3월께였다.

"그래서 선생님, 제가 이근후 선생님한테 전화를 받고 용인정신병원에 가서 확인해보니 네팔 인이 맞았습니다. 세상에 어떻게 이런 일이 있을 수 있습니까, 선생님!"

케이피의 목소리는 흥분으로 떨고 있었다.

케이피는 찬드라처럼 1992년께에 한국에 온 네팔 인이었다. 공부를 한 친구라 그는 오자마자 한국의 초등학교 교과서를 열 권 정도 독파해 일주일 후부터는 간단한 한국말을 하기 시작했다. 그래서 그는 한국인에게 폭행은커녕 분에 넘치는 사랑을 받았노라고 즐겨 말하는 친구였다. 찬드라 사건이 터지기 오래전부터 히말라야에 관심이 많았던 나는 네팔 인 공동체를 통해 한국말을 잘하는 케이피를 진작부터 알고 있었고, 그는 나를 형님처럼 대했다. 그러므로 케이피는 자연스레 내가 일하는 환경 단체 풀꽃세상의 네팔 인 회원이 되었다. 역시 같은 회원이던 이근후 박사는 정년을 앞둔 이화여대 교수로, 이대부속병원 정신과 의사였는데, 15년 동안 의대생들을 데리고 네팔 의료 봉사를 했다.

찬드라를 발견하는 데 큰 역할을 한 또 한 사람, 이근후 박사에게 처음 전화를 건 용인정신병원의 황 아무개 박사는 평소 찬드라를 이상한 환자라 여기고 있던 터였다. 찬드라가 한국인은 아니라고 확신한 황 박사는 그녀의 정확한 국적을 밝히기 위해 출입국관리소에도 문의하는 등 적잖이 애썼다고 한다. 그러던 중 선배 정신과 의사인 이근후 박사가 소문난 네팔통이라는 것을 알게 되고, 그에게 '우리 병원에 이상한 환자가 한 명 있는데 아무리 봐도 네팔 사람 같다. 확인해줄 수 없겠는가?' 하고 전화를 하게 된다. 이근후 박사는 전화를 받자마자 케이피에게 연락을 취했고, 마침 네팔 인 공동체의 총무 일을 하고 있던 케이피는 곧바로 병원으로 달려가 찬드라가 네팔 인임을 확인하고 우리에게 알린 것이다.

풀꽃세상에서는 올림픽을 개최하고 OECD 가입국이라고 흰소리 치는 문명국 '대한민국'에서 일어난 이 끔찍한 소식을 곧바로 기자회견 형식으로 세상에 알렸고, 찬드라는 그로부터 한 달 후인 2000년 4월에 비로소 퇴원해서 고향인 히말라야로 돌아가게 되었다.

이른바 '찬드라 사건'의 간략한 개요가 이러했다.

"아니, 그런데 최 선생님. 풀꽃세상은 환경 단체인데 왜 인권 문제로 간주될 찬드라 사건에 이토록 깊숙이 개입해 참회 모금 운동까지 벌였습니까?"

이 감독이 유리컵에 락시를 따르며 내게 물었다.

"많이들 그렇게 묻더군요. ……환경문제를 일으킨 깊은 뿌리 속에는 자연이나 여성이나 사회적 약자를 타자화하고 수단으로 여기는 물질만능주의가 깔려 있다고 봅니다. 이 감독도 아시다시피 GNP가 매우 낮은 네팔 출신의 남루한 찬드라를 6년 4개월간 이 세상에서 소거시킨 폭력과 능멸의 뿌리에는 그릇된 인종주의와 함께 바로 그런 산업사회적 가치관이 작동하지 않았겠는가 하는 것이지요. 이 일은 내 일, 저 일은 남의 일, 그렇게 운동 간의 주소 찾기가 찬드라 사건 같은 경우에 무슨 의미가 있을까. 이 감독, 혹시 들어봤소? 루쉰이라고 중국의 소설가 양반인데 말이오. 그가 말하길, 고칠 수 있는 것은 크든 작든 손 닿는 대로 항상 고칠 일이오, 라고 했지요."

"말씀 듣고 보니 좀 이해가 되는군요. 풀꽃세상에서 찬드라에게 남긴 글을 읽어보았습니다. 거기 보니 '참으로 미안합니다. 부디 히말라야같이 큰마음으로 용서해주십시오' 하는 구절이 있더군요. 그 구절이 안 잊힙니다."

지주 구룽의 한국 식당 옥상에서도 설산 마차푸차레가 보였다. 몬순이 끝난 히말라야의 가을 하늘은 설산과 사람 사이를 지척인 양 가깝게 느껴지게 했다.

강물은 흘러야 하고, 갯벌에는 갯것들 넘쳐야

출사표
지난겨울이었다.

느닷없이 새만금에서 전화가 왔다.

"선생님, 걸을랍니다."

새만금 갯벌을 살리려는 운동에 뛰어든 지 벌써 3년째인 신형록이었다. 격포에서 어린이 놀이기구 사업을 하는 평범한 시민일 뿐이던 그가 생명의 투사가 된 것은 여의도의 140배가 되는 '멀쩡한' 갯벌을 농지로 쓰겠다며 '멀쩡한' 국립공원의 석산을 깨부숴 메우려 드는 정부의 강집(强執) 때문이었다. 마당 넓히려고 우물 메우는 희대의 어리석음이 벌써 11년째 국책 사업이라는 이름으로 강행되고 있었다. 이때 '국책 사업'은 '국가 폭력'의 다른 표현으로 해석할 도리밖에 없었다. 어민으로 자라지는 않았으나 갯벌에 나가 갯것들을 캐는 부모님을 보고 자란 그 또한 어린 시절 갯벌을 맨발로 설쳐대며 자란 사람이었다. 학생 때에는 '사노맹'인가 뭔가 하는, 잡아가는 사람들이 멋대로 이름붙인 맹랑한(?) 시국의 일에 연루되어 3년 반이나 옥고를 치른 적도 있는 친구였다.

그 말을 듣는 순간 아아 이 친구 머릿속에는 갯벌밖에 없구나, 그게 처음 떠올랐다. 무엇이 이 친구를 이렇게 만들었을까. 누가 이 친구더러 갯벌에 이토록 집중하라고 시켰을까.

"서울까지?"

내가 물었다. 전에도 갯벌을 따라 뚜벅뚜벅 자주 걷던 친구이긴 했지만, 이번에는 왠지 목적지가 온갖 패악스러운 일이 다 모여 진행되는 괴물 도시일 것만 같았다.

"그래, 언제?"

"낼모레 출발합니다."

"여럿이?"

"예, 푸른이 새벽이 손잡고요. 그리고 젊은 학생들 여럿하고요."

푸른이와 새벽이는 그의 일곱 살 다섯 살 난 아이들 이름이다. 신푸른, 신새벽! 형록이 자식들의 이름을 붙여댄 가락이 벌써 심상치 않지 않은가? '푸른 새벽처럼' 기운찬 형록아! 그렇지만 이 한겨울에 어린것들 손잡고 부안에서 서울까지 250킬로를 갯벌 살리겠다고 뚜벅뚜벅 걸어서 기어 올라온다고? 짱뚱어 같으니라고.

그런 통화를 나눈 저녁 무렵, 신형록은 당시 내가 일하고 있던 환경 단체 사이트에 출사표로 읽히는 편지를 한 통 올렸다.

올린 글의 제목은 '한 걸음 한 걸음 땅을 느끼고'였다.

선생님,

3일 동안 눈이 가득 내렸습니다. 유난히 눈이 많아 겨울 동안 눈과 친숙하게 놀던 부안도 언제부터인지 눈이 줄기 시작했습니다. 겨울이 따뜻해지면서 눈이 줄었습니다. 얼음도 잘 얼지 않아 썰매도 미끄럼도 타지 않습니다. 날 추우면 없는 사람들 살기 힘들다고 걱정하지만 겨울은 겨울답게 눈도 많이 내리고 춥기도 해야 합니다. 오랜만에 무릎까지 쌓인 눈을 놓칠 수 없는 새벽이와 푸른이는 손 시릴 걱정, 옷 젖을 걱정 없이 눈밭을 마구 뛰어다닙니다. 마당에 있는 눈만으론 부족해 집 앞 논을 죄다 발자국 새겨놓습니다. 눈이 내리면 마음이 설렙니다. 마음 설레는 눈이 요즘엔 구박덩이가 되었습니다. 눈보다 차 미끄러지는 것이 더 중요합니다. 그래서 눈을 눈으로 두지 못하고 염화칼슘을 뿌려대고 치우기 바쁩니다. 눈 세상을 즐길 여유도 마음도 없습니다. 시골은 도시와 다르게 눈 세상 구경할 시간이 많습니다. 논밭에 있는 눈, 소나무에 있는 눈을 일부러 치울 필요가 없기 때문입니다. 차 다니는 길도 다 치울 돈과 장비가 없어서 그런지 길에도 눈이 많습니다. 눈이 자기 힘으로 내렸듯이 자기 힘으로 땅에 들어갈 수 있어 천만다행입니다.

오늘은 안개가 가득 끼었습니다. 겨울 안개는 또 다른 경치를 만들었습니다. 나무와 풀에 온통 눈꽃을 피웠습니다. 눈꽃을 가득 안고 우뚝 서 있는 갈대를 보면 지금 우리가 살 태도를 말해줍니다. 한겨울 추위를 넘겨야 하는 나무와 풀들은 자기 몸을 가장 가볍게 합니다. 몸에 달고 있던 잎과 열매들을 다 내어주고 빈 몸으로 한겨울 바람을 맞고 있습니다. 그런데 겨울이 따뜻해지면서 나무와 풀들도 다 내어주지 않습니다. 아직도 잎을 파릇하게 달고 있는 풀들이 있습니다.

선생님,

사람도 마찬가지인가 봅니다. 다 내어주지 않고 자기 안으로 더 쌓아두고 겨울을 지내고 있습니다. 함께 다 내어주고 한겨울을 지내면 눈보라를 맞아도 아프지 않을 텐데 말입니다. 내어줄래야 이제는 내어줄 것이 없는 사람들에게 삶의 터전까지 내어달라는 통에 새만금의 겨울은 암담합니다. 어느 해보다 겨울은 일찍 찾아왔습니다. 11월말 생합이 모두 깊이 들어가 모습을 감추자 겨울이 왔습니다. 다른 해 한겨울 갯벌에서 나오던 맛과 모시조개가 없어지자 마을이 술렁입니다. 바다도 사정은 마찬가지입니다. 그 많던 물고기는 모습을 감추고 숭어만 겨우 나오던 바다에 김 양식도 올해로 끝이라는 절박함이 퍼지면서 젊은이들이 어찌할지를 모릅니다. 예상하면서도 설마 했던 삶의 터전이 새만금 간척 공사로 무너져 내리고 있음을 모두가 느낍니다. 방조제 공사만 중단한다면 갯벌과 바다가 살 수 있음을 아는 주민들은 죽어가는 바다와 갯벌을 바라보며 마음이 함께 무너집니다. 수년 동안 갯벌을 살리자고 마음 쓰고 싸운 주민들은 우리 힘으로는 어쩔 수 없다는 절망에 더 마음이 아픈지 모릅니다.

당장 이 겨울을 살아야 할 주민들은 근처 식당에 나가거나 고향을 떠나서 먹고살 방편을 알아보느라 어려운 겨울을 보내고 있습니다. 그래도 식당에 나가거나 나가서 살 궁리를 하는 사람은 나은 편입니다. 아무리 어려워도 나갈 수 없는 사람들이 있기 때문입니다.

선생님,

이번에 당선된 대통령에게 많은 사람들이 기대를 합니다. 좋은 길을 탐내지 않고 어려운 길을 걸어온 그의 정치 역사가 많은 국민들에게 감동을 주었나 봅니다. 이 감동이 대통령이 되어서도 이어지길 저는 진심으로 바라고 있습니다. 그러나 대통령의 힘으로 이 사회를 바꿀 수 있다고 생각하지는 않습니다. 우리 삶은 우리 스스로 바꾸지 않는 한 누구도 바꿀 수 없습니다. 저는 노무현에게 거는 기대를 노무현을 대통령으로 당선시킨 국민들의 열망과 바람에 걸고 삶을 꾸리는 것이 맞다고 생각합니다. 더구나 새만금 갯벌을 살리자는 일을 하는 사람들은 노무현 당선자에게 걸 기대가 없습니다. 그는 새만금 사업은 잘못된 사업이라 강행해서는 안 된다고 했다가 전북 표를 얻기 위해 적극 밀겠다고 말을 바꾼 사실이 있습니다. 잘못된 사업도 정부가 한번 결정하면 밀고 가야 한다는 논리는 수단과 방법을 가리지 않고 결정만 되면 된다는 위험한 사고방식 때문입니다.

새만금 공약으로 내세운 신구상기획단도 방조제 공사를 해서 농지로 쓰는 것은 아까우니 산업단지로 쓰겠다는 위험한 생각입니다.

선생님,

벌써부터 새만금 대안이 여기저기서 이야기되고 있습니다. 바다 도시를 해야 한다, 산업 단지로 해야 한다는 둥 정권 교체기에 새만금을 가지고 많은 이야기들이 나옵니다. 대통령 당선자에게 걸 기대가 없기에 바닥까지 절망하지 않아도 되었습니다. 그러나 갯벌을 살리자고 다른 개발을 이야기하는 것에는 큰 절망을 했습니다. 절망이 깊어지면 희망이 보인다고, "우리 싸움이 바로 이것이구나!" 하는 깨달음을 얻었습니다. 생명을 죽이고 파괴하는 사업에 대안이란, 생명을 생명으로 보는 것, 자연을 자연으로 돌리는 것밖에 없습니다. 방조제를 더 이상 쌓지 않고 생명을 살리는 일이 대안이고 방조제를 터 물길을 살리는 것이 대안입니다. 이 생각은 설득력이 없다고 합니다. 일단 방조제 공사를 중단하려면 환경 친화적인 대안을 내야 한다고 합니다. 그런 생각들이 얼마나 많은 생명을 죽이고 삶을 파괴할지 마음 아팠습니다.

선생님,

한겨울 절망으로 몸부림치는 주민들 아픔을 마음에 담아 삶의 터전이 무너지는 부안 계화도에서 서울까지 걷기로 했습니다.

생명을 죽이고 삶을 파괴해 얻는 편안함에 맞서기 위해 서울까지 걷고 싶습니다. 새만금 갯벌과 바다가 정말로 사는 길은 대통령을 바꾸는 것도 아니고 정책을 바꾸는 것도 아니라 우리 마음속에 바다와 갯벌이 살아 있음을 이야기하는 것이기에 서울까지 걷기로 했습니다.

선생님,

겨울은 기다리고 쉬는 철입니다. 기다리고 쉬는 철에 걷는 것이 철에 맞지 않음을 압니다. 그러나 절망이 마음에 가득 쌓이면 알면서도 일을 합니다. 갯벌에 나가봐야 생합 구경도 못할 줄 알면서도, 주민들이 봄을 기다리지 못하고 눈보라를 맞으며 갯벌에 나가는 마음은 절망을 푸는 방법입니다.

한 걸음 한 걸음 땅을 느끼고, 바람을 느끼고, 나무를 느끼며 걷겠습니다.

강물은 흘러야 하고, 갯벌에는 갯것들 넘쳐야

그들 20명의 갯벌 살리기 팀은 한열이 걸개그림을 그려서 널리 알려진 설치미술가 최병수 씨가 만든 목각 짱뚱어를 리어카에 싣고 걸어오고 있었다. 푸른이 새벽이 그리고 몇몇 어린것들의 볼때기는 1월의 서

해 바람에 빨갛게 달아올라 금방이라도 터질 것만 같았다. 밀린 일들에 쫓기다 단체 사람들과 그들 짱뚱어 패들이 합류한 것은 1월말께 아산만 근처였다.

"기어이 선생님, 시간을 내셨군요."

등판에 '갯벌을 살리자'라고 쓴 빛바랜 노란색 천을 조끼처럼 두른 신형록이 반가이 우리 일행을 맞이했다. 흰자위가 넓다 생각해오던 그의 큰 눈은 더 형형해져 있었고, 악수를 하는 손아귀 힘도 더 세진 것 같았다. 그의 등산화에는 마른 진흙이 묻어 있었다.

"니들은 길바닥을 걷고 난 뜨듯한 데 있는 기 편찮았다. 조금이라도 같이 걸어야지."

겨울 국도변은 그들이 집중해 걷기에는 그곳대로 도시와는 다르게 번잡하고 황량했다. 아산만 언저리의 경우 무서운 속도로 달리는 작은 차들도 그랬지만, 이 나라 골골샅샅 가열차게 진행되는 막개발로 인해 진종일 돌을 실은 트럭과 굴삭기의 행렬이 끊이지 않았다. 거대하고 난폭한 위세로 오가는 덤프트럭 가장자리로 리어카 한 대를 중심으로 앞서거니 뒤서거니 먼지와 굉음 속에서 한 걸음 한 걸음 걷고 있는 그들의 길거리 상황은 혹한에 한파라는 기후 조건 말고라도 목숨 내놓고서야 할 수 있는 짓으로 보였다. 다행히 갯벌 출신 두 가구 외에는 모두 젊은 대학생들이라 고된 걸음걸이 속에서도 분위기는 밝고 넉넉해 보였다. 잠은 주로 지난해 우리 쌀 지키기 운동으로 함께 걸었던 농민회 사람들이 제공하는 마을회관이나 전교조 선생님들이 마련해준 사무실 등지에서 해결하고, 먹는 것은 리어카 뒤에 따르는 타이탄에 실린 취사도구로 해 먹고 있었다. 일견 초라해 보이는 만큼 그 행렬은 아름다웠다.

"내 떠날 때 올린 글, 선생님 생각하면서 쓴 것인 줄 아십니까?"

"누가 들을라, 그만 소리 치워랏!"

말없이 같이 걸으며 문득 생각해봤다. 걷는다는 일은 무엇인가? 사람들이 뚜벅뚜벅 걷는 일로 자신의 생각을 드러내는 일은 사실 오래된 일이긴 하다. 맨 먼저 생각난 사람들은 성산(聖山) 캉린포체(카일라스 산)를 오체투지로 기어가는 티베트 인들이었다. 누구도 '코라'라고 불리는 그 냉혹하고 무서운 순행(巡行)을 강요한 적이 없다. 그들의 경우에는 자신의 카르마가 원인이 되어 일생 중 한 번쯤은 몇 달에 걸친 머나먼 순행에 오른다. 그러면서 덕행의 염원을 스스로에게 표시하고 걸음으로써 공덕을 쌓는다는 자기최면을 조용히 실행할 뿐이다. 하지만 조금만 생각해보면, 티베트 인들뿐 아니라 모든 민족에게 언제나 우주의 중심인 캉린포체가 있고 누가 시키지 않은 순례가 있다. 소금 행진을 한 인도의 간디나 70년대 크메르루주의 학살을 중지하라고 캄보디아를 홀로 걸었던 이름 모를 사내나, 이태 전인가 지역감정을 부추기는 거대 언론사에 항의하기 위해 48일간 국토를 도보로 순례한 부산 사람 김동호 씨나, 동서 화합을 기치로 광주에서 부산까지 왕복 순례를 감행한 주국전 씨나, 비슷한 동기로 두 달 반의 국토 순례에 나선 전직 아파트 경비원 곽만춘 노인이나, 지리산댐 소동이 원인이 되어 지지난 겨울 눈 덮인 백두대간을 칼바람 맞으며 헤쳐나간 연관 스님이나, DMZ를 걸어서 횡단하고 있는 환경 단체 회원들, 지난 가을에 우리 쌀을 살리기 위해 100일 동안 걸었던 이들이, 곧 그들이었다. 모두 자기 시대의 카르마 때문이었다. 그래서 그런 종류의 의지적 걷기를 어떤 시인은 '가장 작은 맨몸뚱이로 가장 큰 것과 싸우는 적극적 수동성'이라고 정의하기도 했다.

단군 이래 최대의 국토 확장 사업이라는 새만금 사업을 지도상에서 보면 매우 간단하다. 군산에서 고군산군도를 경유하여 변산반도에 이르는 바다를 자로 잰 듯이 직선거리로 막는 일이다. 이 안에 만경강 하구와 동진강 하구 그리고 이미 간척 사업으로 육지가 된 계화도가 들어가 있다. 이렇게 해서 생긴 땅은 여의도 면적의 140배인 1억 2,000만 평이며(부산광역시 면적과 비슷), 담수호는 유역 면적 9,670헥타르에 총 저수량이 5억 3,452만 톤이나 된다. 그러나 변산면 대항리 바닷가에서 현장을 바라보노라면 무모하다는 생각밖에 들지 않는다. 만경창파를 가로질러 방조제가 뻗어나가고, 만조가 되면 계화도는 멀리 수평선 너머로 아득하다. 수평선인지 지평선인지 분간도 할 수 없이 펼쳐진 이 세상에서 가장 넓은 저 갯벌은 우리나라 전체 갯벌의 10퍼센트에 해당하고 전라북도 갯벌의 90퍼센트를 차지하고 있다.

　새만금 갯벌을 메워 농공 단지로 삼는다는 일이 일찍부터 그 반환경적·반생명적인 무모성과 경제성에서 부적합하다는 결론이 났으나, 선거를 앞둔 노태우 후보는 1987년 12월, '김대중' 씨와 전라도 인심을 위무하기 위해 광주에서 대선 엿새를 앞두고 '새만금 사업'을 전격 발표한다. 그래서 지난해 김대중 대통령이 잠시 중단되었던 새만금 사업을 강행하겠다고 발표하면서 "가슴이 답답하다"라고 말한 것도 일찍이 "(전북 발전을 위해) 새만금 사업을 해야 한다"라고 강하게 요구한 원죄 의식 때문이었는지 모른다. 요컨대 단군 이래 최대 사업이라는 말은 '단군 이래 최대의 망국적 사업'이라는 말로 평가될 수도 있다는 역사의식을 최고 결정권자도 느끼고 있다는 이야기였다.

　이후, 환경부의 허락을 받아 국립공원 내 해창석산을 파괴하면서까지 지금도 공사가 강행되고 있지만, 새만금을 살리려는 노력은 정부의 의지와 관계없이 잠시도 중단된 적이 없다. 한 국책 공사가 이토록 끈질기게 '살림의 운동'으로 지속된 적이 있었던가? 없었다. 정부로 하여금 일찌감치 백기를 들게 한 동강댐 소동은 새만금 살리기 운동에 비하면 매우 인상적이지만 짧은 기간에 일어난 일이었고, 그 사후 처리는 아직도 문제적이다. 새만금 살리기 운동은 동강댐 소동과는 운동의 깊이에서 많이 다르다. 동강댐 소동은 절경을 지키기 위한 단순한 반대 운동이었지만, 새만금 살리기 운동은 생명 가치에 대한 발견, 공생의 능력에 대한 진지한 질문으로 심화된 것이다. 그래서 이태 전에는 '종교인 2천인 생명 평화 선언문'이 발표되었고, 그 후로도 생명의 일이 본업인 종교인들이 금년 겨울까지 네 차례나 모여 참회 기도를 올렸다. 또 이 나라의 모든 환경 단체, 수많은 시민들이 '새만금 사업은 잘못된 일이다'라고 같은 목소리를 내며 갯벌을 살리기 위해 엄청난 에너지를 쏟고 있다. '새만금'은 성장 지상주의로 질문 없이 치달려온 우리 사회의 모든 모순과 부정, 무감각, 몰염치, 생명 파괴의 상징으로 작동하고 있다. 그래서 우리 사회가 만약 '새만금 언덕'을 슬기롭게 넘지 못한다면 아마도 다른 아름다운 가치를 향해 단 한 걸음도 발을 떼지 못할지도 모른다.

그것은 당신들의 발전이다

"선생님, 근데 웬 뚱딴지같은 해양도시론입니까?"

"그러게. 그것도 팽창주의지, 새 집권자가 동북아 중심 국가 어쩌구 해쌓으니 자칭 타칭 한 유명 건축가가 몽상을 하고 있는 것이지."

"해양 도시 만들면서 어떻게 갯벌 살려요? 그분이 갯벌을 모르고 하는 소리지요. 갯벌을 살리자면 지금이라도 방조제를 트는 길밖에 없지요. 생명 파괴의 대안이 생명 살리기밖에 더 있겠습니까?"

그가 말했다. '생명'이라는 말이 그의 입에서 나올 때 생경스럽거나 어색했던 적이 없었다. 내 입에서 그런 말이 나오면 어떻게 전달될까? 아마 꽁치나 삼겹살 냄새가 나지 않을까.

이번에 그들이 리어카 한 대 끌고 뚜벅뚜벅 걷게 된 속내에는 내로라하는 명망가들에 의해 힘을 받아 갑자기 새만금 사업의 대안으로 돌출된 해양도시론의 허구를 몸으로 표현하려는 뜻도 담겨 있었다.

"선생님, 제가 잊지 못하는 북미 원주민의 말이 있습니다. 어느 날 백인들이 왔습니다. 그들은 마을에 건축물들 짓고, 철로를 놓고 강의 물길을 바꾸겠다고 했지요. 원주민이 물었습니다. '왜들 그러느냐?'고. 그러자 백인들이 '니네들 야만스럽게 사는 이교도들에게 하나님의 복음을 전파해주고 발전된 삶을 체험해주기 위해서다'라고 답했지요. 그러자 원주민이 말했답니다. '발전이란 무엇인가? 그것은 당신들의 발전이다. 우리들의 발전은 저 강에 연어가 가득 차서 뛰고 물새들이 평화롭게 노는 것이다. 너희들이 살던 곳으로 가라'라고. 난 그 말을 읽는 순간 머리끝이 쭈뼛해졌지요. 아주 깊이 감동받았다니까요."

"……거럼, 거럼! 강물에 연어가 가득 찬 게 발전이지. 그나저나 자네, 발전이라는 말이 자동사 같은가, 타동사 같은가?"

"몰라요."

"본래 자동사였다고 하네. 그런데 1949년 투루만이라는 녀석이 대통령이 된 뒤 연설문에서 타동사로 쓰기 시작했다지. 미국이 세계의 모든 미개국들을 발전시켜주겠다고. '발전도상국'이니 '미개발국가'니 어쩌구

하는 말도 그때부터 시작된 거지. 그 이전에는 그런 말이 없었다 하네."

"아하, 그랬군요."

아산문 언저리의 겨울 벌판을 몰아치는 바람이 차가웠다. 저 멀리 서해대교도 보이고 그 너머 얼어붙은 회색 바다가 납덩이처럼 엎드려 있었다.

"선생님, 또 한 가지 생각나요. 인도에서 댐 건설을 반대하는 여성인데요. 이름은 몰라요."

"하마, 몰라도 된다. 아마도 여성이라면 아룬다티 로이거나 반다나 시바였을 거다."

"댐 건설을 하려는 이들이 그녀에게 물었답니다. 당신은 왜 댐 건설을 반대하느냐? 댐을 지으면 지금보다 잘살 수 있는데, 라고. 그러자 그 여인이 '강물은 흘러야 한다'라고 답했지요. 앞서 북미 원주민이 말한 '발전'과 인도 여성의 이 말보다 더 감동적인 말을 선생님 전 알지 못한답니다. 새만금 갯벌도 그렇지요. 누가 멀쩡한 갯벌 다 죽이고 농지 만들어달라고 해양 도시 만들어달라고 했나요?"

그때 같이 걷던 젊은이가 물었다.

"그럼, 지금 방조제는 어떡해요?"

"그냥 그대로 놔두는 거지 뭘! 그러다 보면 깨져나가고 붕괴되겠지요. 우리 주장은 그것밖에 없습니다. 당장에 중지하고 살아날 수 있는 갯벌을 더 이상 파괴하지 말라, 그 말밖에."

"방조제는 다신 이런 해괴한 짓 하지 말자는 산 교육장으로 쓸 수도 있을 거야. 거기 온 사람들이 맨날 해머 들고 깨서 해창산에 리어카로 되나르는 일도 좋을 거야. 10년이든 20년이든, 우공이산(愚公移山)이라고.

그러면서 배울 게 필경 있을 거야."

내가 말했다.

뒷날 새만금 살리기 원주 대화 마당에서 제안한 '해머론'도 그날 땅거미가 지는 아산만에서 먼저 나온 이야기였다.

"오늘 밤에는 어디서 자는가?"

"저기 저 마을의 이장님한테 마을회관을 얻었습니다."

신형록이 고속도로변 옆으로 낮게 엎드려 있는 작은 마을을 가리켰다.

'갯벌을 살리는 일은 지금이라도 갯벌을 그냥 놔두는 일밖에 없다'고 말하기 위해 일단의 보잘것없는 사람들이 어린애들 손잡고 겨울 벌판을 뚜벅뚜벅 250킬로나 걸어왔건만, 그렇게 몸으로 신음 같은 외마디 소리를 냈지만, 방조제는 오늘도 여전히 쌓이고 있다. '참여정부'의 새 대통령은 한때 해수부장관 시절, "새만금 사업을 정서적으로는 반대한다"라고 말한 적이 있다. 국립공원 내 해창산 파괴를 허락한 당시 환경부장관은 오늘 건설교통부장관으로 변신해 있다. 이 나라에 정말 희망이 있는 것일까? 희망은 습관처럼 마구 발음되어도 되는 것일까? 깊은 밤, 나는 묻곤 했다.

삼보일배 배후기(背後記)

불안

삼보일배 800리 길 중 스님이 오산 지나 수원을 앞두고 한 성당에서 쉬고 있을 때였다.

스님 일행은 그즈음 묵언 중이었다.

스님은 오래전부터 한쪽 다리를 절룩거렸다. 절을 할 때 지면에 먼저 닿는 부위가 팔꿈치다 보니, 그리고 그 동작이 몇 만 번 되풀이되다 보니 스님의 자세도 기우뚱해져 있는 것 같았다. 목적지인 서울에 당도하면 스님의 다리는 어떻게 될까. 완치될까, 평생 절게 될까, 아니면 잘라야 될까. 그뿐인가 스님의 몸은 일찍부터 만신창이가 되어 있다. 눈은 수년 전부터 녹내장으로 정기적인 검사를 받지 않으면 안 될 지경이다. 3월 28일 삼보일배 출발 직전에는 위가 말썽을 일으켰고, 몸살 기운이 있었다. 근육 파열로 누구보다 먼저 나가떨어질 것이라는 추측과 스님이 맨 끝까지 버틸 것이라는 추측이 같은 음색으로 발음되곤 했다.

"가다가 죽을 거야."

스님이 순례단에서 마련해준 공책만 한 크기의 화이트보드에 유성펜으로 글을 썼다.

"그럼, 나도 따라 죽을 거야."

건너편에 앉아 있던 신부님도 필담(筆談)으로 화답했다. 죽음을 이야기하는 사람들답지 않게 스님의 얼굴이나 신부님의 얼굴은 평온하다 못해 천진했다. 마치 중학생들이 "난 담을 타 넘을 거야"라고 하자, "그럼, 나도 타 넘지 뭘" 하는 대화 같았다.

라일락이 핀 5월 성당의 뜰은 조용하고 평화롭기 그지없었다.

삼보일배단을 돕는 순례단은 성당 구석에 빨랫줄을 쳐놓고 양말을 걸어두기도 했다. 어떤 젊은이는 정성스레 빤 운동화를 양지쪽 벽에 세우고 있었다.

"친구를 잘 사귀어야 해."

다시 스님이 신부님에게 필담으로 농을 건넸다.

"누가 할 소리를?"

신부님도 재빠르게 화답하면서 스님의 어깨를 가볍게 쳤다.

"사실, 서울까지 갈 수 있을지 나도 몰라."

스님이 그렇게 쓰자,

"나도 그래. 가다가 죽자니까."

"진작에 해창 갯벌에서 다비식을 할 걸 그랬지?"

그날 스님과 신부님은 모처럼 밝은 얼굴로 농을 주고받았지만 '죽음'이라는 단어를 자주 사용했다.

"스님, 서울까지 왜 가야 합니까?"

동행하던 K선생이 물었다.

"서울까진 아닙니다. 쓰러질 때까지지요."

스님이 조금 부끄럽다는 듯이 미소를 지으며 말했다.

"스님이나 신부님이 무슨 등산가입니까? 에베레스트를 정복했다는 힐러리 경이세요? 그리고 서울이 무슨 히말라야 정상도 아니잖아요!"

나도 옆에서 K선생을 거들었다. 거들었다기보다 아예 따지는 어조였다. 신경질적인 내 얼굴을 스님은 부드러운 얼굴로 가만히 바라보았다. 이번 네 번째 삼보일배에 대해서 나는 처음부터 반대하던 터였다. 스님이나 성직자들에 대한 염려도 있었겠지만, 800리 길을 엎드려 절을 하며 말해야만 하는 현실에 대한 혐오감이 더 승했다고 해야 할 것이다.

"그냥, 물 흐르듯이 가는 거지, 뭘!"

스님은 그렇게 말한 뒤 텅 빈 얼굴로 하늘을 쳐다보았다.

우리들이 조금이라도 빨리 그들의 곁에서 사라지는 게 모처럼 쉬는 날 그분들을 좀 더 쉴 수 있게 할 것 같았다. '무리하지 마시라'는 인사를 드리고 성당을 나오는데 다른 방문객들이 들이닥쳤다. 우리가 잠시 머무는 동안에도 도지사가 찾아오는 등 손님들이 끊이지 않았다. 며칠 전 환경부장관과 문광부장관이 찾아간 이야기도 알고 있었다. 스님이 "문광부장관이 대단히 진지한 사람이더라"라고 이야기하기에, 그가 벼슬을 얻기 전부터 알고 있던 나는 말없이 고개를 끄덕여드렸다.

"두 분 다 불안하신 것 같지요? 오늘 따라 죽음 이야기를 많이 하시는군요."

대구로 돌아가야 할 K선생을 수원역으로 모시는 차 안에서 내가 말했다.

"그들도 성직자이기 전에 사람이 아니겠소? 왜 불안하지 않겠소."

K선생이 미간을 찌푸리며 말했다. 그는 스님과 신부님 일행이 서울까지 가려고 하는 것을 못내 못마땅해하고 있었다. 그것은 삼보일배가 한 달 넘게 지속되자 자주 이야기하던 내용이기도 했다. 10년이 넘도록 지방에서 격월간 환경 잡지를 발행하고 있는 K선생은 자주 '근원주의자'라고도 불리고, 더러는 '환경판의 극좌(極左)'라고도 불렸다. '좌'니 '우'니 하는 토착적이지 못한 이데올로기 분류는 입에 올리기 민망한 평가들이지만, 그 말은 K선생이 발행하는 매체의 지향이나 K선생이 쓰는 글의 내용이 근원적 질문에 답하는 것들이라 편의상 붙여진 세평(世評)쯤으로 간주할 일이었다.

"그러게요. 하지만 스님이 물 흐르듯 가시겠다고 하니 마음이 좀 놓이긴 합니다."

"그런 마음이라면 서울까지 가시긴 하겠네. 악착같이 가시겠다면 못

가실지 몰라도."

　K선생이 혼잣말처럼 말했다. 그의 해석에 이상한 안도감이 인 것은 왜였을까.

　"그치만 이제부터 더 지독한 매연에, 날은 갈수록 더워질 텐데요. 정말 걱정입니다."

　"……."

　K선생은 아예 입을 다물어버렸다.

한기(寒氣)

스님이 쓰러졌다는 소식을 풀꽃세상 일꾼을 통해 들은 때는 5월 21일 오후 4시경이었다.

　과천 관문체육관에서 식사를 마친 뒤 오후 2시경 남태령 고개를 향해 오르는 중이었다고 한다. 스님이 쓰러진 시각은 2시 55분경. 보통 삼보일배는 행진 시작 후 20여 분, 거리로는 대충 300~400미터마다 쉬곤 했는데, 길잡이가 휴식을 알리지 않았는데도 스님이 바닥에 주저앉았다가 곧 쓰러졌다고 한다.

　스님을 모시고 2년 전부터 매년 한 차례씩, 두 번이나 삼보일배를 진행한 나는 그런 광경을 너무나 잘 알고 있었다. 지난여름 서울역을 출발한 뒤 조계사를 코앞에 두고 쓰러졌을 때도 엎드렸다가 다시 일어나지 못하고 아스팔트에 얼굴을 박았던 것이다. 스님이 쓰러지자 뒤따르던 스님들 중에는 벌써 닭똥 같은 눈물을 떨구는 분들이 있었다. 동자승 그림으로 널리 알려진 키 크고 잘생긴 젊은 스님이 흘리던 눈물이 특히 잊히지 않았다.

나는 스님이 쓰러졌다는 소식을 들은 날 K선생과 혜화동에서 식사를 하기로 약속되어 있었다. 에너지 문제를 연구하는 학자 한 분과 야생초 이야기로 유명해진 황 아무개 선생과 같이 만나기로 했다. 지방에 있는 K선생은 마침 그쪽 언저리에서 7시부터 강연 약속이 있었다. 며칠 전에 만났던 분을 다시 만나기로 한 것은 순전히 삼보일배와 새만금 문제에 대한 의논을 하기 위해서였다. 나는 얼른 에너지 학자의 연구실로 전화를 걸어 스님이 쓰러진 사실을 전한 뒤 여의도성모병원을 향해 택시를 탔다.

응급실 옆 작은 문 입구에는 주로 궂은 일로 조용히 스님을 돌보는 나이 든 '처사' 한 분이 지키고 있었다. 생명평화연대 소속으로 일하고 있지만, 기록과 회계를 맡아 애쓰는 큰 단체의 두 일꾼들도 침울한 얼굴로 방문 앞에 앉아 있었다.

"병실이 없어서 임시로 만들어준 방에서 기다리고 있어요."

갯벌이 살아날 때까지 아기를 낳지 않겠다는, 결혼한 지 얼마 안 되는 활동가가 말했다. 처녀 적부터 얼굴을 알고 지낸 그 활동가는 이번 삼보일배의 시작부터 동행했기에 얼굴이 새까맣게 타 있었다. 문정현 신부님은 스님을 병원에 모시고 이내 몰려온 취재진에게 응답을 한 뒤, 삼보일배가 중지된 채 과천에서 기다리고 있을 순례단으로 돌아가고 없었다. 먼저 달려온 취재진이 법석을 떨고 갔지만 아직도 뭐 건질 게 없나 하는 시선으로 적잖은 기자들이 카메라와 수첩을 들고 문 앞에서 서성거리고 있었다.

"안에 누가 계시지요?"

문을 지키고 있는 불자에게 물었다.

"스님요."

전부터 얼굴을 알고 지낸 처사는 말할 수 없이 무뚝뚝했다. 금기와 금지를 참지 못하는 본성이 튀어나왔다.

"아니, 그걸 누가 모르나!"

나도 모르게 소리쳤다. 내 질문은 '스님이 혼자 계시느냐? 상태는 어떠느냐?' 하는 것이었건만, 그의 너무나 간단하고 퉁명스러운 대답에 그만 목소리를 높이고 말았다. 소리 친 것을 후회해야 마땅할 노릇이었으나 그럴 기분이 아니었다. 어쩌면 그는 2년 전 스님과 함께 '삼보일배'라는 말을 처음 궁리해 만든, 그리고 벌써 3년여 스님과 함께 환경판에서 뒹군 '스님과 나 사이'를 잘 모를 수도 있었다. 얼마간 나는 닫힌 문 밖에서 씩씩거렸다. 활동가들은 "어휴, 선생님 성질머리 또 나왔네" 하는 얼굴이었다. 그즈음 누군가 '최 선생님이 오셨다'고 방 안에 전한 것 같았다. 조용히 방문이 열렸다.

군밤처럼 새까맣게 탄 스님의 작은 얼굴이 두꺼운 겨울 담요 틈바구니에서 보였다. 코밑에까지 담요를 뒤집어쓴 것으로 보아 스님은 링거를 꽂자 한기(寒氣)를 느낀 것 같았다. 링거를 꽂지 않은 오른쪽 손을 스님이 내밀었다. 스님의 손을 잡는 순간 그리고 스님의 엄지손가락과 손바닥에서 아주 미세한 힘이 내 손에 전달되어오는 순간, 가슴속에서 뜨거운 것이 치밀어올랐다. 누가 이분에게 이런 무모한 짓을 하라고 요구했던가? 농림부장관이? 전직 대통령이? "나 변했다니깐요" 하며 새만금을 두고 여러 소리를 하고 있는 노무현 대통령이? ……아니다. 스님을 이 지경으로 만든 것은 바로 우리다. 탐욕과 무관심과 목전의 일만으로도 벅차 흐리멍덩하게 살고 있는 우리들. 그래서 스님으로 하여금 "세상이 이 지경이 된 데 우리 모두 책임이 있다"라며 온몸을 던져 말하게 만든 것이다. 이 고행으로 이분들이 세속에서 얻을 이익이 없으므로 비로소 우리 사회는 엄청난 감동의 기회를 얻게 되었다. 새만금 갯벌이 설사 메워져도 우리가 잃어버리면 안 될 것들을 이 성직자들은 말하고 있었다. 비극적이지만, 새만금이라는 재앙이 삼보일배라는 정신을 낳은 셈이었다. 자원이 부족한 이 나라가 무엇으로 세계를 감동시킬 것인가? 문화란 무엇인가? 흥행에 성공한 문화만 가치 있을까? 아니다. 대박과 관계없는 삼보일배와 같은 평화 운동만이, 대영제국의 폭력과 간디의 비폭력이 등가(等價)로 평가되듯이, 우리 사회가 고이고 썩지 않았다는 것을 증명하게 될 것이다. 그래서 새만금은 이미 '새만금'이 아니라는 것을 스님을 비롯한 몇몇 성직자들이 말하고 있었던 것이다.

한 손으로 링거 철제를 붙잡고 있는데, 스님이 만류했다.

"그만해, 최 선생!"

나지막한 스님의 목소리가 들렸다.

삼보일배가 울린 이는 나뿐이 아니었다. 찾아온 『시사저널』의 이문재 시인을 울렸고, 목수를 울렸고, 정육점 주인을 울렸고, 짜장면 배달 소년을 울렸고, 지나가는 할머니를 울렸고, 차창 밖으로 담배꽁초를 버리곤 하던 트럭 기사를 울렸고, 인터넷으로 삼보일배를 지켜보던 네티즌들을 울렸다. 무엇보다도 삼보일배는 800리 길 땅바닥에 아우를 허락한 '깡패 신부' 문정현 신부님을 만날 울렸다. 찰거머리 같고 철벽같은 현실 권력에 대한 용서하기 힘든 분노와 그 분노만큼의 무력감, 12년간 새만금 소동으로 낭비한 에너지에 대한 억울함과 사람들의 무관심에 대한 절망감, 그럼에도 불구하고 굴하지 않는 몇 아름다운 정신에 대한 존경심

따위가 그 울음 속에 포함되어 있었다. 특히 문정현 신부님이 이번에 고백한 몇 마디 말은 두고두고 되씹어볼 만한 것이었다. "다신 전투경찰들한테 지팡이를 휘두르지 않을 거야. 진정한 운동은 그들을 패는 게 아니라 울리는 일이야"라는 말이나, "끝을 못 보고, 끝까지 안 가도 돼. 모세도 가나안까지 당도한 건 아니야. 멀리서 바라보다가 갔지. 우린 아무것도 아니야. 다만 이렇게 열심히 가다가 바라보면서 죽는 거야. 그럼, 다음 사람이 또 거기서부터 시작하겠지", 그 비슷한 말들이었다.

여의도 성모병원에는 언제 병실이 날지 모르는 상황이었다.

"스님, 병원을 옮겨야겠습니다."

티셔츠 자락으로 안경을 닦으며 내가 말했다.

친구가 강북삼성병원의 관리자로 있는 것을 스님은 오래전부터 알고 있었다. 지난해 조계사 앞에서 쓰러졌을 때에도, 북한산에서 고용된 깡패들에게 테러를 당했을 때에도 새벽에 옮겨진 병원이 바로 그 병원이었다.

친구에게 전화를 걸어 병실을 부탁한 뒤 나는 곧바로 문정현 신부님께 전화를 했다. 아무래도 병원을 옮기는 일을 알리는 게 예의라고 생각되었다. '형님 신부'님은 잠시 망설였으나, 지난해에도 그 병원에서 스님이 치료했던 사실을 떠올리고는 "스님의 자료가 그곳에 있어서 검사하는 고생을 덜 수 있습니다"라는 내 말에 수긍하는 눈치였다. 그렇지만 신부님은 "삼보일배 집행부 의견을 들어보겠다"라고 했다. 나는 공손하게 "알겠습니다"라고 답한 뒤 친구에게 병실이 없으면 새로 짓든가 하여 지간에 빈 방을 하나 잡아달라고 채근했다.

앰뷸런스로 마포대교를 건널 때 스님은 다시 내 손에 조용히 힘을 주는 것으로 무엇인가를 표현했다. 염천(炎天)에 몸을 던졌다가 쓰러진 스님은 자꾸 추워하는 것 같았다. 사노라면 누구나 문득 쓰러질 수 있지만, 스님이 쓰러진 날 쓰러져 입원한 이가 또 있었다. 나라종금 로비 의혹과 관련해 검찰 소환을 앞두고 문득 쓰러져 입원한 김대중 전 대통령의 장남 김홍일 의원이 바로 그였다.

포기한 성명서

혜화동에서 강연을 마친 K선생이 병원에 당도한 것은 그날 밤 9시 30분께였다. 나는 그때까지 병실 언저리에서 서성거렸다. 이쪽 병원도 병실이 없어서 친구가 적잖이 고생했다는 것을 나중에야 알았다. 알 만한 국회의원과 여러 스님들이 다녀갔고, 유명한 환경운동가도 굳은 얼굴로 복도에서 서성거렸다. 그 환경운동가는 나를 본 순간 처음에는 바퀴벌레를 만난 얼굴을 하더니, K선생과 스님을 잠시 만난 이후 병원 바깥으로 나갈 적에는 마지못해 손을 내밀었다. 이번 삼보일배에는 별로 안 보이는가 싶더니 갑자기 나타나 병원을 옮긴 내가 사뭇 못마땅한 모양이었다. 나는 평소 그를 신뢰하지 않았고, 그의 운동 방식이 문제 있다고 생각하는 사람이었다. 그렇기 때문에 속내를 잘 감추지 못하는 나는 그에 대한 비판을 여러 차례 다양한 기회를 통해 해온 터였다. 생각해보라, 자신을 비판하는 사람을 누가 반기랴.

"만약, 스님이 쓰러져서 행사에 '차질'이 생겼다고 생각하는 사람이 있다면 그건 나쁜 사람이지."

K선생이 말했다. K선생은 딱히 그런 표현을 사용하지는 않았지만 최소한의 '사람의 도리'를 강조하고 있었다. K선생은 아까 저녁답, 혜화동

에 있는 에너지 학자의 연구실로 전화를 했을 때, "(강연이고 뭐고 다 집어치우고) 바로 여의도로 달려오겠다"라고 말하기도 했다. 그때 나는 속으로 K선생도 성격이 무척 급한 분이로구나, 했다.

"아무래도 삼보일배를 중지하라는 의사 표현을 해야겠어요."

"스님 한 분이 쓰러졌으면 됐지, 뭘 더? ······아무래도 그래야 할 것 같구면."

우리 사회가 더 이상 험한 모습을 편안하게 바라볼 정도로 잔인해서는 안 된다는 것이 K선생과 나의 생각이었다. 삼보일배는 이분들이 경기도로 들어올 때부터, 아니 시작하면서부터, 세 걸음 이후 첫 절을 갯벌에 올리던 그 순간으로 족하다는 것이 K선생과 내가 동감하는 부분이었다. 오로지 직진하기만 한 이 성직자들이 쓰러지더라도 악착같이 서울로 끌어당겨, 이곳저곳을 경유하도록 코스를 잡은 데 대해, 달리 표현해서 이분들의 땀과 눈물을 도구로 삼아 새만금 공사 중지 외에도 다른 목적, 이를테면 자신이 이끄는 환경 단체의 업적으로 삼는 일이나 그런 기미에 대해 K선생과 나는 분노를 넘어 혐오감을 느끼고 있었다. 동강댐 건설이 백지화된 뒤에도 그 환경운동가는 오래도록 '자신과 자신의 단체가 막았다'고 입버릇처럼 말하곤 했다. 세상을 변화시키겠다는 놀랍고도 힘겨운 목표를 설정함으로써 그것을 바라만 보는 우아한 사람들로부터 우스꽝스러운 짓이라고 조롱받기도 하는 사람들은 명심해야 한다. 이 세상에 혼자 해낼 수 있는 일은 없다는 것을.

"어떻게 할까요?"

"······."

"몇 사람의 이름으로 삼보일배 중지와 공사 중단 촉구를 담은 성명서를 발표하는 건 어떨까요?"

"호소와 촉구라! ……그렇담 누구 이름으로 성명서를?"

K선생은 마침 강연에 참석한 '서울 지역 독자 모임' 사람들과 같이 병원에 달려온 터였다. 그러므로 의논은 자연스레 여러 사람들과 함께 하게 되었다.

병원 앞 맥줏집에서 그 이야기는 자정이 넘도록 전개되었다. 가끔 웃었지만, 아주 고통스러운 시간이었다.

K선생과 헤어진 시각은 다음 날 새벽 3시께.

연구소로 돌아온 뒤 나는 소파에서 잠시 눈을 붙인 뒤 6시경부터 이곳 저곳에 전화를 걸기 시작했다. 실상사의 도법 스님 같은 분은 아침 일찍 전화를 거는 것이 실례가 아니었기 때문에 그런 쪽부터 먼저 전화를 했다. 예상한 일이었지만, 도법 스님마저 '삼보일배 중지를 호소하면서, 동시에 노무현 정부에는 새만금 공사 중지를 촉구하는 성명서 발표'에 대해 반기는 눈치였다. "그렇다고 삼보일배단이 중지할 리는 없을 거요", 도법 스님은 그 말을 빠뜨리지 않았다.

두 번째 전화는 문정현 신부님께 했다. 문 신부님 역시 새벽에 깨어 있었다.

"난 문규현 신부님이 쓰러질 때까지 할 거예요. 취지는 잘 알겠지만, 난 빼줘요."

문 신부님의 '새벽 목소리'는 아주 낮고 부드러웠다.

여기저기 동의를 구하는 작업은 계속되었다.

리영희 선생, 백낙청 선생도 모두 찬성했다.

모두들, 삼보일배단을 방문한 분들이었다. 리영희 선생의 경우에는,

스님과 머리를 맞대고 말없이 오래도록 눈물을 흘렸다고 한다. 근래 새만금 방조제 공사 중단 이후, 대안으로서 건축가 김석철 선생의 '해양도시론'을 적극 지지하고 있는 백낙청 선생 또한 그런 성명서 발표가 "필요한 일이다"는 데에 선뜻 동의했다. 백 선생이 지지하고 있는, 또 하나의 경제 지상주의이며 웅비론(雄飛論)인 '해양도시론'에 대해서는 K선생이나 나나 동의하기 힘들지만, 서로 다른 대안론과 관계없이 "삼보일배가 이제 중지되어도 된다"는 데에는 같은 생각을 표했다.

스님이 쓰러진 일은 그토록 여러 사람들에게 충격이었던 것이다. 바라봐야 할 것인가, 누군가 말려야 하지 않겠는가. 그것은 당사자들보다 말려야 한다고 생각한 사람들 자신의 자존심을 위한 일일 수도 있었다. 똑같은 삼보일배 중지 호소라 해도, 버스에 집단으로 실려 와서 "새만금 공사 빨리 해달라"라며 소주병 께차고 관제 데모를 하는 사람들이 "삼보일배 때려치워라. 중 놈 신부 놈들은 자식도 없는데 웬 후손을 위한다는 거냐?"라고 흥분하는 것과는 다른 발상의 삼보일배 중단 요구였다. 한쪽은 초조에서 나온 협박이요, 한쪽은 눈물겨운 부탁이라면 부탁이었고, 호소였다.

성명서 준비 작업은 늦도록 조용히 계속되었다.

그렇지만 한 분 한 분께 전화를 하면서 참으로 이상스러운 일이 발생했다.

최초에는 대여섯 분만의 이름으로 기습적으로 서둘러 발표하려고 했던 일인데, 전화를 드린 분들이 적게는 한두 분, 많게는 서너 분씩, 이 나라의 '원로들'을 열거했다. 이름만 대면 알 만한 분들이 내 수첩에 자꾸만 쌓이는 것까지는 좋았는데, 그 이름들이 다른 분에게 전달되면서 "그 사람은 빼야 한다"는 의견으로 번질 때에는 여간 곤혹스럽지 않았던 것이다. 게다가 종교 안배, 지역 안배까지 번질 때에는 현기증이 날 지경이 되고 말았다.

오후쯤 되자, 그런 성명서 발표 자체가 무의미해져버렸다. 스님이 쓰러진 뒤 K선생과 나는 삼보일배 서울 당도에 즈음한 세상의 '다른 마음씨와 다른 시각'을 고통스러운 마음으로 표현하려고 했던 것이지, 이 나라의 원로들을 모두 모시는 '말의 성찬'을 펼칠 생각은 없었기 때문이다. 밝히고 싶지 않지만, 추천에 의해 마지못해 전화를 드린 어떤 저명한 원로는 심지어 새만금과 삼보일배에 대한 이해가 상당히 부족한 분도 있었다.

K선생과 나는 오후 2시경, 지난밤에 늦도록 의논해서 준비한 일을 깨끗이 단념하기로 했다. 먼저 연락을 드린 분들께 "없었던 일로 해야 하겠다"는 뒷수습을 마치자, 해가 지고 있었다. 담배를 너무 피워대서 오후가 되자 달리기를 한 사람처럼 숨이 찼다.

삼보일배단은 그날 하루 쉬면서 스님의 병세와 진로에 대해 고민하고 있었다.

도망친 스님과 친구의 시말서

23일 아침 7시 10분께였다. 병원에 있는 친구로부터 전화가 왔다.

"스님이 도망을 치셨다."

다급한 목소리였다.

"언제?"

"아무도 모른다. 아마 6시경이 아니었겠나 싶다."

"스님답구나."

내가 말했다.

"웃을 일이 아니다. 황당하다."

친구가 조금 날카로운 목소리로 잘라 말했다. 갑자기 나는 친구한테 미안해졌다.

스님이 다시 삼보일배단과 합류하자 온통 눈물바다였다는 소식을 들은 것은 몇 시간 후였다. 마침내 휠체어를 탄 스님과 문 신부님이 오전 10시 25분, 남태령 꼭대기에서 서로 부둥켜안고 울고 있는 사진이 인터넷에 떴다. 어떤 이는 모두들 통곡을 하더라고 전했다. 3월 28일 새만금 해창 갯벌을 떠난 이후 57일째, 290킬로를 엎드려 절을 하며 서울에 당도했다.

시민들이 합류했고, 수많은 명망가들이 모여들기 시작했다. 모두들 한마디씩 해댔다. 박원순 변호사는 "물이 끓기 위해서는 계속 가열되어야 한다. 참여하는 사람과 국민들의 관심이 더 많아졌으면 좋겠다. 이 자리에 나오지는 않았지만 삼보일배를 관심 있게 지켜보고 있는 사람들을 끌어낼 방안이 무엇인지 찾아보자"라고 말했다. 삼보일배단을 서울 여기저기 뱅뱅 돌리며 더 많은 사람들을 부글부글 끓게 만들어야 한다는 박 변호사의 말 앞에 "삼보일배가 이제 충분하고도 족하다"라고 말하려던 K선생과 나는 침묵하지 않을 수 없었다. 왜 우리 사회가 누군가의 가혹한 희생에 빚을 져야 한단 말인가, 운동의 성과라는 면에서는 충분히 이해되지만, 납득할 수 없는 일이었다.

어쨌거나 그즈음 "대통령직 못해먹겠다"느니 지지자들에게 "배신당했다"느니 하는 어불성설의 막말을 아무렇지도 않게 입에 올려 충격을 준

노무현 대통령은 가족들과 함께 휴가를 떠났고, 부시 목장에서 조지 부시와 고이즈미는 북한을 향해 '까불면 다친다'고 협박하고 있었다. 그리고 병원의 중간 관리자인 내 친구는 '도망친 수경 스님' 때문에 시말서를 썼다.

"제 발로 찾아온 환자가 아니라 없던 병실을 간신히 만들어 모셨던 환자가 도망친지라 병실을 마련한 자가 책임을……." 운운!

울리지 않는 목탁

지난 주 일요일, 조계사에서 수경 스님을 뵈었다.

삼보일배 이후 처음이다. 마침 그때 나는 건너편 아파트로 이사를 해야 했기 때문에 짐을 싸고 있었다. 아래층 천장에 물이 샌다고 해서 부득불 바닥을 파헤치고 여러 배관들을 고치는 작업을 하지 않을 수 없었다. 땀을 뻘뻘 흘리던 집사람은 주섬주섬 외출 준비를 하는 나를 곱지 않은 눈으로 흘겨보았다. 그렇지만 삼보일배 이후 동가식서가숙하고 있는 스님과 어렵게 이뤄진 약속이라 시내로 나가지 않을 수 없었다.

"스님이 하도 연락이 안 돼서 이때 뵙지 않으면 안 될 것 같애."

집사람은 대꾸가 없었다.

이럴 때 아내는 속으로 무슨 생각을 할까. 그렇다고 군이 확인할 일도 아니었다.

스님은 약속 장소인 조계사 입구 농성장 천막에 앉아 있었다.

길게 쳐진 천막은 두 부분으로 나뉘어져 있었는데, 한쪽은 컴퓨터를 비롯한 농성 장비들과 손님들을 맞이하는 공간으로, 다른 한쪽은 여러 스님들이 묵언 가운데 단식하는 공간으로 쓰였다. 스님들의 농성 주제는 북한산 터널 문제였다.

스님에게 인사를 드리자 스님은 반가운 얼굴로 벌떡 일어서려고 하다가 이내 주저앉았다. 반가운 것은 마음이고 주저앉게 만든 것은 스님의 뜻대로 안 되는 육신이었다.

스님은 본래 그렇게 몸이 가벼운 분이었다. 걸음걸이도 빠르고 사람을 보면 반갑게 일어서곤 하는 분이었다. 잠시 엉덩이를 들었다가 다시 주저앉는 스님의 모습이 가슴을 찔렀다.

아니나 다를까 스님 옆에 눈에 익숙한 지팡이가 보였다.

반갑게 손을 맞잡은 내 시선이 지팡이에 가 있는 것을 느낀 스님이,

"문 신부님이 주신 거야. 멋있지?"

하고 자랑을 했다. 이때 '문 신부님'은 형님 신부님인 문정현 신부님을 뜻한다. '쌈쟁이 신부님'은 그 지팡이로 전투경찰들의 투구와 방패를 후려치곤 했다. 노(老)신부님이 어떤 분인지 잘 알고 있는 전투경찰들은 신부님의 지팡이질에 투구 속에서 미소를 짓곤 했다. 그런 광경을 적잖이 본 기억이 난다. 그러니 그 지팡이로 말할 것 같으면 스님이 중학생처럼 자랑할 만한 지팡이인 셈이다. 삼보일배 훨씬 이전부터 문 신부님 형제분과 수경 스님은 의형제를 맺을 만큼 깊은 우정을 나누고 있었다는 것은 이쪽 환경판에서는 제법 알려진 일. 함께 단식을 하고, 함께 700여 리 맨땅을 엎드려 기고, 쓰러져 병원에 실려 가는 고통을 나누기를 벌써 수년째. 종교의 다름이 그분들이 함께 겪으면서 형성된 깊은 동감과 그 확인으로 인한 우정에 장애가 될 수 없었다.

"밥 먹으로 가자, 오늘은 내가 내지."

스님이 지팡이에 몸을 의지하고 일어섰다.

스님이 일어설 때 마침 조계사 입구의 작은 길에 서 있던 행인 한 사람이 외쳤다.

"중이라는 것들이 수행은 않고 삼보일배나 하고 말야!"

소리 나는 쪽을 힐끗 바라보니 정수리에 허연 머리카락이 조금밖에 안 남은 비썩 마른 노인네였는데, 두 손을 허리춤에 올리고 폼을 잡는 게 어딘가 맛이 조금 간 사람 같았다. 스님은 일찍부터 그 친구를 가끔 맞닥뜨렸는지 도통 아는 체를 않했다. 스님은 단식 중인 옆 천막의 스님들에게 허리 굽혀 격려 인사를 하곤 절뚝절뚝 앞장서 걷기 시작했다.

그때 시비를 걸던 행인이 다시 노래 부르듯 말했다.

"니들 수행은 안 하고, 중이라는 것들이 삼보일배나 하고 말야!"

절뚝거리는 스님의 뒷모습에서 문득 울화가 치밀었다.

"아저씨, 어디 아프신가?"

참고 있던 내가 결국 한마디를 하고야 말았다. 내 말투와 얼굴은 '당신, 시방 얻어터지고 싶어 환장했나?', 그런 감정이 여실하게 전달되기를 바라는 그런 얼굴이었다. 거칠게 스님들을 희롱하던 사람은 다소 움찔했다. 여러 스님들이 단식 중인 상황만 아니었다면 비썩 마른 그 친구를 시궁창에 메치고 싶었다. 하지만 근처에 시궁창이 없었다. 다른 날 같으면 나도 스님처럼 묵살해버릴 정도의 인품을 발휘할 수도 있었지만 그 날은 적잖이 신경에 거슬렸다. 오랜만에 만난 스님이 아니나 다를까 절고 있었기 때문이었는지도 모른다. '당신은 왜 나이를 이렇게 처먹을 수밖에 없었는가? 당신이 바라는 것이 무엇인가? 언제 이렇게 맛이 갔는

가?' 시궁창에 메치고 난 뒤 몇 가지 진지하게 묻는다고 제대로 된 답이
나올 리가 없는 일이었다. 탑골공원 집회든, 서울역 집회든 집회장에 가
면 꼭 그런 방식으로 시비를 거는 사람들이 있다. 물론 악의가 있을 리
없다. 알고 보면 관심에 굶주린 외로운 사람들일지도 모른다.

"스님, 수술은……."

"응, 잘됐대. 근데, 몇 년 쉬어야 한대."

스님은 빠르게 말했다.

횡단보도 직전 여러 불구(佛具)나 불교 서적을 파는 가겟방 앞에도 '또
라이'가 한 명 더 있었다. 이 또라이는 한여름인데도 두터운 겨울 가사
에 목도리까지 걸치고 언뜻 경면주사로 보이는 부적도 지니고 있는, 치
장이 요란스러운 도사였다. 끝없이 염주를 굴리며 지나가는 사람들에게
말을 건네 꾀여들면 사주도 봐주는, 눈이 커다란 또라이였다. 전에는 인
사동에서 영업을 하더니만 오랜만에 조계사 앞에 나왔더니 장소를 옮겨
앉아 있었다. 그야 나를 모르겠지만 나로서는 낯익은 또라이였다. 슬금
슬금 지나가는 처녀들을 꾀어 부적을 팔거나 사주 놀이를 하면서 용돈
벌이를 하지만 적어도 그가 소리를 쳐서 특정인을 모욕한 적은 없었다.
그렇게 보면 아까 시비를 걸던 작자가 더 외로운 사람일 것이라는 생각
이 잠깐 스쳤다.

스님이 그의 어깨에 가볍게 손을 짚었다. 그렇지 않아도 큰 눈이 더욱
커졌다. 아마 그 또라이는 다른 스님들로부터는 그런 따뜻한 대접을 받
아보지 못한 모양이었다.

횡단보도 앞에서 신호를 기다리면서 비로소 스님의 옆모습을 자세히
보았다. 까맣게 탄 얼굴에 볼이 오목하게 들어간 것이 정작 삼보일배 때

보다 더 수척해 보였다.

마음이 아팠다.

"나머지 다리가 아파. 힘을 한쪽만 써서 그런 모양이야."

아무런 드릴 말이 없었다.

이윽고 신호가 떨어졌다.

"스님 좀 천천히 걸으세요."

지팡이를 짚었는데도 스님의 걸음걸이는 전과 같이 빨랐다.

"뭘 먹나? ……부산집으로 가볼까."

횡단보도를 건넌 뒤, 인사동으로 흐르는 골목으로 접어들었다.

'부산집'이라면 인사동 어귀의 오래된 '부산식당'을 뜻하고, 그 집의 주메뉴는 동태찌개였다. 인사동을 들락거릴 때 자주 가곤 하던 식당이었다. 하지만 부산식당은 일요일에는 장사를 안 하는지 닫혀 있었다.

바로 그 식당 앞에서 진관 스님을 만났다.

한 손에 자신의 머리통만 한 목탁을 든 진관 스님은 빨간 가사를 걸치고 있었다. 수경 스님이 문규현 신부님과 함께 '환경과(科)'라면, 진관 스님은 문정현 신부님과 같이 '통일과(科)'라 할 수 있었다. 인사를 드렸더니 알 듯 말 듯한 얼굴로 인사를 받았다.

"밥 먹었어?"

수경 스님이 물었다.

"아니."

"그럼 같이 가!"

"나 바빠. 인천에 가야 돼."

"인천은 왜?"

"북한 애들한테 우유를 보내줘야 해."

"빨리 먹고 가지 뭘."

"그럴까?"

스님들의 대화는 두 마디를 넘지 않는다.

잔뜩 찌푸린 일요일 한낮이었다. 기상대에서 물러갔다고 한 장마가 다시 오기를 벌써 몇 번째. 기후 변화의 징후는 바보 멍청이가 아니라면 확실하게 우리 가까이에서 일어나고 있었다. 그렇지만 사람들은 앞산이 무너지고 해일이 지붕을 덮치기 전까지는 실감을 하지 않기로 작정한 듯했다. 금방이라도 비가 흩뿌릴 것 같은 날씨였다.

인사동까지는 바쁜 걸음으로 왔지만 어디로 갈까 잠시 망설이다가 우리는 맞은편 골목으로 접어들었다. 진관 스님이 바빴기에 밥집을 고를 여지가 없었다.

골목을 접어들자 만난 첫 집의 간판에 '된장찌개'라는 글자가 보여 불쑥 들어갔다. 밥집에 들어서기 바쁘게 "비빔밥도 돼요?" 묻고는, 곧바로 '비빔밥 세 개'를 시켰다. 바쁘다는 진관 스님은 오랜만에 만난 수경 스님이 여간 반갑지 않은 눈치였다.

5년쯤 전에 진관 스님이 국가보안법 위반으로 감옥에 갔던 일을 기억하고 있다고 말씀드리자 진관 스님의 얼굴이 환해졌다. 당시 나는 돌아가신 이문구 선생님의 부탁으로 작가회의의 생명환경분과장이라는 직책을 맡고 있었으므로 더러 이사회에 참석하고 있었고, 그러던 어느 날 진관 스님이 구속되었다는 소식을 들었다. "그 양반, 감옥에 가고 싶어 환장을 하더니만 결국 들어가셨네. 그렇지만 (면회) 가봐야지." 작가회의의 분위기는 "큰일 났다"라기보다는 그런 식이었다. 그런 가벼운(?)

반응 속에서도 진관 스님에 대한 애정이 묻어 있다는 느낌을 받았던 기억이 있다.

"아무도 날 시인 취급을 안 해!"

목탁을 어루만지며 진관 스님이 말했다. 쓸쓸한 얼굴이라기보다는 투정하는 어린애 얼굴이었다.

"중이면 됐지, 뭘 더 바래?"

수경 스님까지도 진관 스님을 시인 취급을 하지 않았다.

"에이, 그래도 난 시인이야."

"뭔 중이 그렇게 욕심이 많아? 하하핫!"

수경 스님은 농 끝에 급하고 빠른 웃음을 덧붙이곤 했는데, 이번에도 그랬다.

두 분의 천진한 대화가 보기 좋았다.

"스님, 가슴엔 왜 파스를?"

내가 물었다.

진관 스님의 뻘건 가사 앞자락에 커다란 파스가 붙어 있었다. 파스 주변의 가슴팍은 햇살에 그을려 붉게 상기되어 있었다.

"으음, 이거? 가슴이 아퍼서. ……맨날 광화문 네거리에서 목탁을 쳤더니 매연이 말도 못해. 몇 시간 목탁을 치면 가슴이 답답한 게 자꾸만 아퍼."

진관 스님이 말했다. 보지는 못했지만 스님은 필경 북한 어린이들에게 우유 보내기 운동이나 통일 운동, 국가보안법 철폐, 소파(SOFA) 개정 등의 일로 광화문 네거리에서 목탁을 치고 있었으리라. 누가 뭐라고 평가하든 이분들은 여기 같이 살고 있는 '소중한 분들'이라는 생각이 들었다.

"아, 근데 말야. 목탁도 오래 치면 소리가 안 나."

"그게 무슨 말씀이신지?"

내가 물었다.

"너무 쳐대면 목탁도 지치나 봐. 땀을 뻘뻘 흘려, 목탁이. 나처럼 쳐대지 않는 사람은 내 말 몰라."

"서울 공기가 나빠서 그래."

수경 스님이 대번에 말을 받았다.

"그럴 거야. 산이라면 그렇겠어?"

"그렇게 쳐댈 일도 없지."

진관 스님은 어느 날 광화문에서 몇 시간 동안 목탁을 쳤더니 더 이상 소리가 나지 않더라는 소리를 스님의 얼굴이라기보다는 시인의 얼굴로 몇 번 더 강조했다. 그러면서 자신도 참으로 이상한 체험이었다고 했다.

순간, 이상하게 나도 갑자기 가슴이 갑갑해졌다. 울리지 않는 목탁. 치면 울려야 할 목탁이건만 울리지 않는 목탁. 나처럼 처대지 않으면 몰라, 모른다니깐.

진관 스님은 인천에서 북녘으로 보낼 우유 이야기를 얼마 하다가 후다닥 비빔밥을 비벼 먹고는 먼저 일어났다.

"저 양반, 저래 바쁘게 설쳐도 매일 밤 꼬박꼬박 일기를 쓴대."

진관 스님이 나가자 수경 스님이 목소리를 낮춰 대단한 정보를 흘리고 있다는 듯 진지한 표정으로 말했다.

"저 연세에 일기를요?"

"그러게 말야. 매일매일 쓴대."

비빔밥을 먹는 도중에도 다른 좌석의 몇 사람들이 스님에게 인사를 하러 오곤 했다.

그럴 때마다 스님은 밥 먹다 말고 엉거주춤 일어서서 합장을 하면서 인사를 받았다.

"저번에 삼보일배 때 뵈었던 ○○○입니다. 스님 몸은 좀 어떠세요?"

"아 예, 그러셨군요. 덕분에 괜찮습니다."

그러기를 몇 차례.

스님은 이제 본의 아니게 유명인사가 되어 있었다.

나는 스님에게 약침 이야기를 했다. '강원도 인제에 금정 스님의 소개로 알게 된 약침을 놓는 분이 있다. 양의(洋醫)로부터 다리 수술을 받았으니, 이제 삼보일배로 망가진 몸은 서울이나 실상사에서 멀리 떨어진 곳에서 약침으로 보(補)를 하자', 그런 이야기를 했다. 인도에서 요가 공부를 하고 돌아온 지 얼마 안 되는 금정 스님이라면 스님도 아는 후배 스님, 스님은 금정 스님의 안부를 물을 뿐 나의 약침 이야기는 듣는 둥 마는 둥이었다. 그렇잖아도 휴대폰을 버린 스님과 연락이 두절되었을 때 실상사를 통해 들었더니, 스님은 가끔씩 들러 옷만 갈아입고 또다시 훠이훠이 어디론가 사라지곤 했다. 어느 날은 실상사에 들어서다가 환경 운동 활동가들의 워크숍이 곧 벌어진다고 하자 그 말을 듣는 순간 즉시 줄행랑을 쳤다고 한다. 삼보일배 이후 얼마나 사람들에게 시달렸으면 그렇게 도망쳤을까, 너끈히 짐작되는 일이었다.

"이번에는 K신문사에서 또 그런 짓을 했어. 정식으로 인터뷰를 한 것도 아닌데, 마치 날 만나 인터뷰를 한 것처럼 또 그랬어."

스님은 기자들이 쓰는 '소설'에 대해 얼굴을 찌푸렸다. K신문을 접하지 않아 모르고 있던 일이었다. '이번에는'이라고 말한 까닭은 삼보일배 직후 저 유명한 J일보가 그런 짓을 했기 때문이다. 병실에 있는 스님을 문병하러 온 신도들 틈바구니에 끼어 있던 J일보 기자가 구석에 얌전히 앉아 있더니만, 돌아가서는 대문짝만 하게 '수경 스님 단독 인터뷰'라는 허위 과장 기사를 내보냈던 것이다.

"기자들은 가까이도 멀리도 하지 말라 하더니만, 그 사람들 정말 왜들 그러는지 모르겠어."

스님의 얼굴에 염인(厭人)의 안타까움 비슷한 게 잠깐 스쳤다.

"그러니 스님, 약침 맞으러 가자니깐요. 인제라면 멀리 떨어져 있어서 덜 시달리실 게 아닙니까?"

내가 말했다.

"거리가 문제가 아니지. 그나저나 난 위도에 가봐야 해."

아아, 정말 못 말릴 스님. 위도라면 핵폐기장 건설 소동으로 벌써 여러 날째 난리가 벌어지고 있는 곳이었다. 부안 군수의 핵폐기장 유치 신청으로 촉발된 위도 사태는 군수 사퇴와 핵폐기장 결사반대에서 시작해지금은 '핵에너지 철회'로까지 운동의 수위가 높아지고 있었다. 5만 위도주민들 중 2만 명 이상이 집회에 참석하고 있는 위도 사태는 안면도와굴업도가 그랬듯이 시간이 흐를수록 강도 높게 진행되었다. 바로 며칠전에는 문규현 신부님이 전투경찰의 방패에 찍혀 병원으로 이송되기도했다. 스님은 문규현 신부님이 쓰러진 위도에 가겠다는 것이었다.

"전경들과 정면 대치하는 방식에는 반대지만, 가봐야 해."

스님은 2001년 첫 삼보일배 때에도 전투경찰과 몸으로 정면 대응하는 문 신부님 형제들과 생각이 달랐다. 그들 젊은 전투경찰이야 명령에 의해 움직이는 국가 폭력의 하수인들일 뿐, 어떻게 민간인이나 성직자가 훈련된 물리적 폭력에 몸으로 대응할 수 있겠는가, 그게 수경 스님의 생각이었다. 수경 스님의 한결같은 비폭력에도 동의하지만, 주민들과 같이 전투경찰의 방패에 온몸으로 맞서는 신부님들의 태도에도 분명 함부로 말할 수 없는 철학이 있었다. 그것은 마치 달라이 라마의 비폭력도 감동이 있지만, 그들의 신앙을 지키기 위해 무기를 들 수밖에 없었던 티베트 전사들의 태도도 함부로 말할 수 없는 것과 마찬가지였다. 그럼에도 문 신부님 형제들의 시위 방식이 폭력적이었던 적은 한 번도 없었다. 늘 절차를 거친 평화 집회에 대한 놀랄 만한 과잉 진압이 문제였다.

"스님, 스님 홀로 이 세상의 모든 문제에 다 대응할 수 있다고 보십니까? 위도에는 문 신부님들이 계시니까 스님은 잠시라도 좀 쉬셔야 합니다. 몸을 생각하실 때입니다."

"아냐, 위도에 가봐야 해."

그것으로 끝이었다. 더 이상 채근했다간 스님이 노할 것 같아 단념하는 수밖에 없었다.

식당 바깥으로 나오자 비가 오고 있었다.

처마 밑으로 수경 스님과 비를 피했지만 빗줄기는 점차 굵어졌다.

"난 모자가 있지만 최 선생은 우산이 없잖아. 어디 우산 파는 데 없나?"

스님이 주변을 두리번거렸다. 스님과 내가 찾는 우산은 60년대식 비닐우산이었지만, 인사동 골목은 지나치게 화려하고 지나치게 고급스러워서 우리가 찾는 우산을 파는 구멍가게가 있을 턱이 없었다. 그들은 스님이나 신부님과 다른 세상에서 흘러가고 있었다.

위도에 다녀온 뒤 전화를 하시기로 한 스님은 아직도 연락이 없다.

도롱뇽은 어디에 있을까

2003년 11월 둘째 주, 또다시 이 어수선하고 흉흉한 소식밖에 없는 '우리 이곳'에 잘 기록하고 기억해야 할 만한 일이 일어났다. 비자금 꼬불쳐 정치한다는 녀석들에게 나눠줬다가 뽀록이 나서 줄줄이 사탕으로 조사받고 불려 가고, 불려 간 건물 입구에서 차려 자세로 사진 찍히는 기업한다는 사람들의 새삼스럽지도 않은 추문이 그것일까? 아니다. '모래시계'에 들어가 남자들 혼을 빼앗아놓은 놀랄 만한 매력의 고현정의 예고된 이혼 소동이 그것일까? 아니다. 그것은 한반도 남쪽 오른편 항도(港都)의 관청 현관에서 벌어진 지율 스님이라는 한 고집불통의 비구니 스님이 벌인 사생결단의 단식과 그 단식이 사회 한구석을 뜨겁게 달군 일이었다.

지율 스님을 처음 만난 것은 3년 전 조계사였다. 새만금 때문에 조계사에서 무슨 행사를 벌였는데 거기 갔다가 만났다. 조계종의 여러 주지들이 다 모인 불교계 환경 단체 창립식이던가 그랬다. 종교계가 환경 운동에 뛰어들면 엄청난 힘을 발휘할 것이라고 평소 기회만 있으면 떠들어온 터라 안 갈 수 없었다. 당시에는 말릴 수 없는 간절함으로 열에 들떠 여기저기 행사장에 가곤 했지만, 시간이 좀 흘러 생각해보면 이 세상에 꼭 가봐야 할 행사장이 대단히 많은 것은 아니다. 어쨌거나 불교계가 환경문제에 깊은 관심을 기울이기로 작정했고, 그것을 세상에 공표하는 행사장에 나는 이런저런 얽히고설킨 인연으로 참석했다. 행사가 시작되기 직전에 환경부장관도 왔다. 업적보다는 '장수 장관(長壽長官)'으로 더 알려진 환경부장관은 걸음걸이가 매우 조신스러웠다. 늘 누더기 승복 차림의 수경 스님이 그날은 제대로 법복을 차려 입고 엄숙한 얼굴로 장관을 맞이했다. 그런 행사 때에는 수경 스님과 눈을 마주치지 않는 게 정신 건강에 좋다. 눈이 마주쳐봐야 스님의 얼굴이 너무나 굳어 있어 이편에서 오히려 머쓱해졌다. 장소 때문에 굳어진 얼굴은 안 맞닥뜨리는 것이 상책이었다.

사회는 지금 아프가니스탄에 가 있는 유정길 씨가 보았다. 둘러보니 온 사방에 스님들이었다. 모두들 주지급들이었고, 더러 비구니 스님들도 보였다. 나는 어디 갇힌 자리에 앉으면 담배 생각부터 나는 사람이라, 더욱이 종교계 분들의 행사라, 정말 재미가 없었다. 장관 축사, 기념사…… 어쩌고 하는 의식은 세기가 바뀌어도 여전했다. 다음 세기에도 아마 그럴 것이다. 인간은 벼슬이 필요 없는 사회를 못 만들 테니까. 행사장 바깥으로 나오니 비가 오고 있었다. 처마 끝자락에 마침 푸른색 천막으로 건축자재들을 덮어놓은 곳이 있었다. 거기서 담배를 피우면 내 행색이 원래 일용 잡부와 비슷하므로 누가 뭐라 할 것 같지 않았다. '나이가 좀 들었으므로 잘 차려입고 다니라'고 마누라가 자주 말해도, 내 옷차림은 언제나 내 멋대로였다. 그런 행색이 주는 자유스러움이 있었다. 빗속에서 누가 뭐라 하지나 않나 두리번거리며 피우는 담배 맛은 일품이었다.

그때였다.

"최 선생님이시지요? 뵙게 되어 반갑습니다. 전 내원사의 지율이라 합니다. 수경 스님한테 최 선생님 말씀 많이 들었습니다. 저희 쪽에 천성산 이야기 불거진 것 아시지요? 천성산을 살려주세요."

그러면서 스님은 메고 있던 회색 바랑에서 뭔가를 뒤적였다. A4 용지로 된 유인물이었는데, 천성산 이야기였다. 키가 자그마하고 당나귀처럼 길쭉한 얼굴, 짙은 눈썹과 두툼한 입술은 아무리 상냥하고 낮은 목소리로 말하고 있다 해도, 왠지 당차고 야무진 인상을 주었다.

"아 예, 거기도 난리지요?"

건네주는 유인물을 받으며 하나마나한 인사말을 했다. 사실 그때까지 나는 천성산 일을 잘 모르고 있었다. 이 나라 국책 사업이 어디 새만금이나 북한산뿐이겠는가?

그리고 나는 오랫동안 지율 스님을 잊었다. 2년쯤 뒤, 지율 스님이 내가 일하는 곳으로 전화를 하기 전까지. 스님은 나에 대해 잘 알고 있다는 믿음의 목소리로 천성산 이야기를 다시 꺼냈다. 무슨 늪에 대해서도 이야기했고, 정부가 막무가내라는 이야기도 했다. 너무나 힘이 없어서 외롭다는 이야기도 했던 것 같다. 많이 도와달라, 어떡하면 좋을지 모르겠다고 했는데, 나로서는 방법이 없었다. 그즈음은 환경 단체 실무자로 일하고 있다 보니 그런 전화를 다반사로 받고 있었다. 인사 한번 나눈 비구니 스님을 위해 내가 할 수 있는 일의 한계를 잘 알고 있었기 때문에 무엇도 확약할 수는 없었다. 몇 달 상간을 두고 지율 스님이 한 번 더 전화를 했을 때에도 나는 같이 안타까워하기만 했지 달리 힘이 되어 드릴 재간이 없었다. 천성산과 그분에 대한 글은 두어 편 썼던 것 같다.

몇 년 만에 지율 스님을 다시 만난 것은 지난 5월 20일 부산 국제신문사에서 가진 천성산 살리기 생명 연대 토론회장에서였다. 4부로 진행된 토론회는 녹색연합 김제남 사무처장의 사회로 내원사의 주지 스님의 개회사, 경과보고, 이어서 '생명의 대안은 없다'라는 김종철 선생님의 주제 발표가 있었다. 김 선생님은 이날, "38일간 단식을 하신 지율 스님을 뵈면서 어마어마한 사랑 없이는 불가능할 뿐만 아니라, 생명의 소리를 평소에 듣고 계시는 분이라는 것을 느꼈다. 과연 우리는 생명의 소리를 들을 수 있는 귀를 지니고 있는가 반성을 하면서 반환경적인 공사를 강행하는 막강한 권력, 구체적인 이해관계를 가지고 있는 측에 대한 우리의 대안은 기도밖엔 없다는 것을 절감한다. 특히 나는 기도의 힘을 믿는다. 악의 기운을 선한 기운으로 바꾸자"라고 호소했다. 이어서 '습지와 새들의 친구' 대표인 이인식 님의 '습지의 보존과 가치'에 대한 발표가 있었고, 이병인 선생의 '천성산의 가치와 대응 방안'에 대한 발표가 이어졌다. 이병인 선생은 천성산이 세계적으로 희귀 지형인 22개의 산지 늪으로 형성되어 있으며, 정부 당국의 환경영향평가서가 어떻게 잘못되었는가를 구체적으로 예를 들어 말했다. 더욱이 대규모 단층대 통과로 인한 터널 안전성에 대한 문제, 생태계 보존 지역인 고층 습지의 사막화 등의 심각성을 뻔히 알면서도 공사를 강행하려는 정부의 무책임을 꼼꼼히 따졌다.

천성산 문제로 깊은 고민을 해보지 못한 나는 그럴 줄도 모르고 참석했다가 지정 토론자로 한 자리를 얻게 되어 한마디 않을 수가 없었다.

"세상이 이 지경이 된 데에는 우리 모두에게 책임이 있다. 몸을 던져 고행하시는 분들이 우리 모두의 참회를 촉구하고 있다. 자신을 다시 살필 때다. 산이 말하는 소리, 풀벌레의 소리를 듣는 귀와 마음을 가진 사람이 늘어날 때, 더디지만 세상이 조금씩 달라지지 않겠는가. 우리가 할 일이 뭔지 각자 서 있는 자리에서 찾아봐야 할 것이다", 그런 매가리 없는 내용의 소리를 침통한 얼굴로 한 적이 있다.

그런 토론회 한 차례 열었다고 세상이 바뀌지는 않겠지만, 그날 지율 스님은 전에 없이 상기되어 있었고, 그때 환한 얼굴을 한 스님의 손을 잡았을 때 그 손이 매우 작고 부드럽다고 느꼈던 기억이 있다.

『녹색 평론』의 김종철 선생님이 전화를 한 것은 2003년 9월22일 오전 이었다. 오전 전화라면 틀림없이 '부동산'이라고 자신을 소개하는 자식들이 "땅이 났다"는 헛소리를 해대는 전화인 줄로 알았다. 부동산이 맞다면 바로 욕설을 해대리라 했는데 김 선생님이었다.

"부산의 지율 스님이 단식에 들어가신다는데 가서 말려야 안 되겠어요?"

김 선생님의 탁하고 빠른 목소리였다. 잠이 확 깼다. 지난 2월에 38일에 걸친 장기 단식 이후 정부가 다시 스님을 모욕하자 지율 스님은 부산 시청 앞에서 벌써 두 달여, 오전 8시부터 밤 9시까지 삼천 배를 하고 있던 터였다. 실로 한 비구니가 한 환경 사안에 집중한 이력으로서 끔찍하지 않은가. 그 일을 알고 있던 나는 엉겁결에 "아, 그래요? 스님이 다시 단식 들어가시면 안 되지요, 가봐야지요" 하고 대답했다. 김 선생님은 "몇 시 열차를 탈 것인가?" 물었고, 나는 "지금 바로 씻고 서울역으로 나가겠습니다" 하고 답했다. 채 1분도 안 걸리는 통화였다.

풀꽃세상 만들고 지금은 연구소에서 같이 일하는 정상명 선생님은 내 전화를 받고 서울역에 미리 나가서 표를 끊기로 했다.

"지율 스님이 또 단식 들어가시면 곤란해요."

2시발 열차였던가, 자리를 잡자 정 선생님에게 내가 말했다.

"무서운 분이지요?"

"예, 그래요. 지율 스님은 정말 독종이거든요. 그분이 이번에 단식 들어가면 정말로 죽을 때까지 가실 거예요. 이분은 다른 이들과 좀 달라요. 지난 2월 노무현 대통령 취임 때에도 청와대가 잔뜩 긴장했다고 그러잖아요."

"여자가 더 무섭다니까요."

3년 전 조계사에서 지율 스님을 같이 만난 정 선생님이 말했다. 생명의 일들이 본디 여성의 몫인데, 만약 목숨을 담보로 일을 벌였다면 여성이 남성보다 더 무섭다는 말은 대꾸하기 힘든 울림을 담고 있었다.

2월 단식 때, 청와대는 대망의 참여정부 초장부터 한 비구니 스님이 국책 사업 반대라는 명분으로 굶기로 작정해 끝내 죽어버리는 불상사를 원치 않았다. 후에 듣기로, 청와대의 고위층이 직접 스님을 찾아가 꼭 지킬 것 같은 약속을 하면서 단식을 풀 것을 종용했다고 한다. 순진한 지율 스님은 청와대의 감언에 속았고, 그것이 몇 달 뒤 '모든 진행 중인 국책 사업은 차질 없이 진행하겠다'는 정부 발표가 나자 취임식 불상사를 막으려는 공갈이었음을 알게 되었던 것이다. 권력자들에 대한 지율 스님의 불신은 골수에까지 맺혔다. 천성산 살리기라는 화두에 함몰되다시피 한 지율 스님은 토론회니 심포지엄이나 여러 연대 운동이니, 할 수 있는 가능한 일을 다 하다가 끝내는 부산 시청에서 매일같이 삼천 배를 올리고 있던 터였다. 그러다가 마침 정부가 다시 천성산 터널을 계획대로 추진하겠다고 하자 우리 사회에서 믿을 만한 몇 분에 손꼽히는 김종철 선생님에게 무기한 단식으로 들어가겠다고 알렸던 것이다.

"김종철 선생님도 놀라긴 마찬가지였을 거예요. 지율 스님이 어떤 분인지 느끼고 계시니까요."

그 이야기는 이번 단식 선언에 왠지 죽음의 냄새가 나고 있다는 뜻에 다름 아니었다.

　말릴 수 있는 한 말려야 되지 않겠나, 그게 다만 지켜볼 뿐 아무런 보탬도 못 되는 사람이 취할 수 있는 유일한 태도였다. 5시경 동대구역에서 김 선생님을 만났다. 어두워지기 직전 부산 시청에 도착한 우리는 화강암 돌바닥에 펼쳐진 방석을 먼저 보았다. 그리고 삼천 배 날짜가 박혀 있는 위태로워 보이는 현황판과 현관 한쪽 귀퉁이 라면 상자에 담겨 있는 식수통을 보았다. 그런 1인 시위 행장(行裝)들은 그곳이 잘 지은 관청 건물 앞이 아니라 하더라도 왜 그리 눈물겨웠는지 모른다.

　부산에서 지역 환경 운동을 하는 분들도 많이 모였다. 이른바 '지율스님 무기한단식저지 비상대책회의'였다. 시청 뒤 한 음식점에서 식사를 하면서 나눈 이야기는 결국 지율 스님 단독으로 단식에 들어갈 게 아니라 공조해서 금정산까지 시민 학생들과 함께 삼보일배를 하고, 단식을 해도 때를 봐서 공조 단식으로 들어가자는 의견으로 축약되었다.

　그런데 이상하게도 부산 쪽 사람들이 지율 스님을 대하는 태도가 정중함과는 다소 거리가 있는 것 같았다. 수년간 천성산을 살리기 위해 적잖은 고통을 치른 한 스님에 대한 최소한의 예의와는 내 느낌에 거리가 있는 태도들이었다. 이상하구나, 그래서 어느 장소든 느낀 대로 말하는 데에 비교적 익숙한 나는 "허어, 부산 분들 지율 스님 대하는 게 좀 거칠군요. 좀 의외인데요"라는 말로 운을 뗀 뒤 하나 마나 한 상식적인 이야기를 주섬주섬 덧붙였는데, 지금 생각하면 그때 그분들 태도를 조금은 알 것도 같다. 그렇지만 지금도 나는 한 사람이 자신의 생명을 담보로 극한의 고통 속에 자신을 밀어 넣은 일에 대한 1차적인 존경심은 감추고 싶지 않다. 그것을 김종철 선생님은 "우리 사회는 사람을 아낄 줄 몰라요. 외국 같으면 지율 스님 엄청난 존경을 받을 거예요. 저런 분, 사실 세계적인 환경운동가로 대접받을 거예요", 그런 방식으로 표현하곤 했다.

9월 22일의 단식저지 비상대책회의는 결과적으로 무망해져버렸다. 끝내 지율 스님이 단식에 들어갔기 때문이다.

'아아, 지율이 끝내 단식에 들어갔구나. 이번에는 정말 죽을지도 몰라.' 나도 모르게 중얼거렸던 말이다. 짐작은 했지만 왠지 이번에는 무슨 일인가 일어나고야 말 것 같은 예감이 확신처럼 엄습했다. 지난봄에는 "보길도댐 증축 공사 문제 있다"는 말을 하기 위해 후배 시인 강제윤이 단식에 들어가 수많은 사람들을 애타게 하더니, "핵 발전이 아니다"라는 말을 하기 위해 원불교 교무님 한 분도 청와대 앞에서 단식하다가 실신하더니만, 이번에는 지율 스님 차례였다. 이 세상 모두 기회만 있으면 '결사반대' '사생결단한다'고 해놓고 얼마 안 있다가 흐지부지 플래카드를 내려도, 이 비구니는 꼭 자신이 내뱉은 말을 성사시킬 것만 같았다. 그런 불안이 내 일상을 편치 않게 했다. 말하자면, 지율 스님이 나를 고문했다. 토목 공화국 한쪽 귀퉁이의 마음씨 여리고 무력한 사람들을, 우리 시대를 고문했다.

11월 6일 단식 35일째, 삼청동 느티나무에서 사람들이 모이자고 했다. 녹색연합 측 사람들이었다. 그냥 바라만 볼 수는 없지 않겠는가, 그런 생각에서였다. 거절할 수가 없었다. 밤늦게 일하다가 벌써 4~5년째 새벽녘에 집에 들어가곤 하던 나는 오전 약속에 약하다. 오전 약속을 해놓고 제시간에 간 적이 없다. 잠이 들자 곧 깨어나 지옥 같은 서울의 한

복판을 헤집고 약속 장소에 당도하는 일이 내게는 산악인의 등정보다 더 힘겨운 일이었다. 그날 지율 스님 때문에 몇몇 진지한 사람들이 모인 간담회에도 나는 택시를 탔지만 늦게 당도했다. 택시 안에서 입술을 깨물고 결심했다. 절대로 오전 약속을 안 하리라고. 내 밤귀신 습관을 고치면 될 일이었지만, 낮에는 사람들에 시달리고 밤이 되어서야 내 시간을 가질 수 있는, 그리고 밤이 깊어지면 더 초롱초롱해지는 이 감미로운 습(習)을 어떻게 이번 생에 고칠 수 있을까. 오전 약속을 않는 게 나로서는 상책이었다.

사람들이 모였지만 지율 스님의 단식을 말릴 뾰족한 답이 없었다.

'누가 고양이 목에 방울을 달 것인가'라는 주제로 회의를 했다는 쥐들의 모임이 이랬을까? 아니다. 그런 비유는 옳지 않다. 침통한 얼굴로 애썼지만, 방울을 찾지 못했다. 간담회에 모인 사람들은 방울만 찾으면 고양이 목이 아니라 표범의 목에라도 걸 듯한 얼굴이었지만 문제는 방울이 어디 있는지 알 수 없다는 것이었다.

"만약 지율 스님이 돌아가시면 우리는 형언할 수 없는 부담을 안게 될 것입니다."

녹색연합의 서재철 생태부장이 말했다. 부산 토론회 때 만난 이후 처음이었다.

"지율 스님 은사 스님은 어디 계십니까?"

마침 불교계 운동 단체 분의 얼굴이 보이기에 물었다.

"은사 스님 말 안 들을 거예요."

바로 답이 돌아왔다.

얼마간 더 답답한 시간을 보내다가 모두들 기왕에 벌어진 도롱뇽 소송인단 서명 작업이나 열심히 하자, 그리고 부산에 내려가보자, 그런 이야기들로 그 간담회를 마쳤다. 여러 쫓기는 일들로 부산에 갈 시간이 안 날 것 같던 나는 그 면구스러움으로 헤어질 때 지나가는 말로 말했다.

"그럼, 제가 수경 스님한테 한번 전화를 드려보지요."

느티나무 계단을 내려오면서 지율 스님이 했다는 말이 납덩이처럼 내 머리통 속에서 덜커덕거렸다.

'살아서 내가 요구하는 것은 천성산을 살려내라는 것이다. 죽어서 내가 원하는 것은 책임자 처벌이다. 그 외에 따로 할 말이 없다.'

이런 종류의 비장감 어린 말은 모든 노력을 다해본 사람만이 할 수 있는 말이었다. 단식이 겨냥하고 있는 목적에 군더더기가 없었고, 스스로 굶어 죽은 뒤에도 세상에 이뤄져야 할 정의에 대한 소망이 요약되어 있었다. '사랑'이나 '자비'를 말한 큰 스승들은 모두 불멸 속으로 들어갔다. 작은 산자락 하나에 목숨을 건 지율 스님의 모험도 따지면 큰 스승들의 요구와 다름없었지만, 머잖아 금방 묻혀버릴 게 뻔한 일이었기에 안타까웠고 그래서 더 비장했다.

그날 저녁, 수경 스님에게 전화를 했다.

"오늘 환경 운동판에서도 아주 착한 사람들, 거칠고 무례하고 잘난 사람들 말고, 아주 착한 사람들이 모여 지율 스님 단식을 어떻게 말릴 수 없을까 의논했습니다."

"들었어."

"스님, 어떻게 안 될까요? 누구도 안 믿고, 누구 말도 안 듣는다는군요."

"내 말도 안 들어."

'그럴 리가요?', 하려다가 간신히 참았다.

"두 번씩이나 전화했어. 근데도 막무가내야."

전화 통화였지만 손사래를 치는 수경 스님의 모습이 보였다.

잠시 뒤에 스님이 다시 말했다.

"나도 할 만큼 했어. 그런데 말 안 들어. 지율은 천성산이라는 현안에 너무나 깊숙이 빠져 있어. 타일렀지. 그래도 끝까지 말을 안 듣고 죽는다 하길래 내 죽어라, 했다. 대신 네 속의 탐진치(貪瞋癡)부터 먼저 살피고 죽어라, 했지."

그렇잖아도 다른 아는 스님한테 "스님들 중에는 지율이 죽을 데를 찾아 안달이 났다고 말하는 사람도 있다"는 소리를 들은 터였다. 그것은 아무런 행동을 하지 않는 사람들이 행동을 하는 사람들로 인해 마음이 편치 않을 때 반응할 수 있는 말로 치부하면 그만이었다.

수경 스님이 지율 스님에게 '그렇담 죽어라' 한 것은 단식을 결행하기 전에 살필 부분을 모두 살폈느냐? 생명을 살리기 위해 자신의 죽음을 담보로 내놓으려는 사람이 그렇게 강집(强執)에 빠져서야 쓰겠는가? 그렇게 이해되었다.

11월 11일, 지율 스님 단식 39일째 밤 11시께였다. 수경 스님이 연구소로 전화를 했다.

지율 스님과 다시 통화를 했다고 했다. 수경 스님이 전하는 두 분의 통화 내용이었다.

"그래, 어떻게 하면 단식을 풀겠느냐?"

수경 스님이 물었다.

"도롱뇽소송인단 10만 명을 채워주십시오."

지율 스님이 답했다.

"오냐, 그다음에는?"

"컴퓨터를 다룰 줄 아는 사람 세 사람이 필요합니다."

"알았다, 그리곤?"

"없습니다."

"그러면 단식을 풀겠느냐?"

"예, 스님."

수경 스님에게 이제 남은 숙제는 서명인단 10만 명을 채우는 일이었다. 스님은 나와 통화를 하기 전에 벌써 목이 가라앉아 있었다. 하루 종일 여기저기 전화로 서명 촉구를 부탁했던 것이다. 12일 0시 53분, 나는 곧바로 풀꽃평화연구소 게시판과 풀꽃세상 게시판에 '도롱뇽소송인단 서명 10만 명을 조속히 달성하기 위해 할 수 있는 일은 없을까', 하는 궁리를 재촉하면서 수경 스님과 나눈 통화 내용을 소개했다.

당시 천성산 살리기 온라인 서명판에는 녹색연합을 비롯해 많은 사람들이 애쓰고 있었지만 소송인단 서명자가 1,500명을 넘지 않은 상태였다.

호소문 끝자락에 덧붙였다.

천성산의 도롱뇽이 말하는 소리를 대신해서 지금 우리 사회에서는 다급하게 도롱뇽소송인단 신청을 받고 있습니다. 이른바 생물권 소송인데, 일본에서는 터널 공사로 피해를 입게 된 토끼가 사람을 대리인으로 하여 공사중지를 요구한 재판에서 이긴 사례가 있다고 합니다. 풀꽃세상은 현재 새풀

씨 님에게 4,000번 대의 번호를 드리고 있다고 알고 있습니다. 회비를 내시는 분, 현재 활동하고 계시는 분이 정확히 몇 분이신지 모릅니다만, 천성산을 살리기 위해 도롱뇽소송인단에 참여하는 일을 환경 단체에 가입하신 분들이 반대하실 리 없다고 생각합니다. 10만 명 서명은 사실 그리 쉽지 않은 일이긴 합니다. 하지만 39일째, 이제 오늘로 단식 40일째를 맞이하는 지율 스님의 몸 상태는 급격히 나빠지고 있습니다. 시간이 그리 많지 않군요. 앞으로 3~4일이 고비인 듯합니다. 누군가의 죽음으로 우리 환경이, 우리 살림살이가 나아져서는 안 된다고 생각합니다. 누구라도, 누구에게 그런 빚을 져서는 안 되겠지요.

정말 그랬다. 그게 지율이든 누구든, 누군가의 죽음에 '내가 살아 있는 것'으로 빚지고 싶지 않았다. 파괴와 죽음의 시대를 맞이했다면, 그게 세월운(歲月運)이 아니겠는가. 못난 세월을 만나 그게 아니라고 말하고, 생명과 살림의 노력을 마땅히 해야 하겠지만, 그 노력의 일환으로 누가 죽는 꼴을 보고 싶지는 않았다.

집에 들어가지 못하고 연구소 소파에서 한잠 눈을 붙인 뒤, 12일 아침부터 가능한 단체에 연락을 하기 시작했다.

전교조 이수종, 김정숙 선생님, 한살림에 연락할 수 있는 『녹색평론』 편집장 변홍철 후배, 수원·인천의 지역 운동 하는 지인들 그리고 생협과 가톨릭 우리농산물살리기 운동본부에 연결할 수 있는 회원에게 서명 촉구를 부탁했다. 나는 평소 아주 작은 나라, 아주 작은 단체, 아주 작은 살림이 좋다고 자주 말해오던 것과 달리 이번 일에서만은 회원 수가 많고 힘센 단체에 희망을 걸고 있었다. 스스로 면구스러운 모순을 느끼면서도 내가 바라는 것은 단체의 집단 서명이었다. 단식 일수는 늘어나고 있는데, 서명판의 서명자 수는 아직 2,000을 넘지 못했기 때문이다.

누구라도 그런 생각을 했겠지만, 회원을 적게는 몇 천 명, 많게는 몇 만 명을 거느리고 있는 큰 단체의 집단 서명을 획책(?)했다.

12일 16시 53분, 풀꽃세상 게시판에 '지율 스님 단식 10만 명 서명과 관련하여'라는 제목으로 다시 글을 올렸다.

어제 이후, 계속 지율 스님 단식 문제와 관련한 통화들을 하고 있습니다. 통화 내용은 굳이 밝히지 않아도 짐작되리라 믿습니다.

2시 05분~10분: 전교조, 녹색평론, 환경정의, 녹색연합과 통화.

2시 25분: 수경 스님과 통화. 수경 스님 상경 중.

2시 30분~40분: 부산 도롱뇽소송인단 실무자와 통화.

3시 30분: 평소 알고 있는 변호사 한 분과 통화.

4시 19분: 수경 스님과 다시 통화. 스님을 저녁에 연구소에서 뵙기로.

앞으로 할 일: 지율 스님 건강 상태를 봐가면서, 덩치가 큰 단체, 이를테면 한살림이나 생협 등의 단체와 연락할 것.

변호사와 통화한 까닭은 소송인단에 단체가 집단으로 참여하는 문제의 법적 하자에 관한 문의 때문입니다. 법적인 문제보다 "사람을 먼저 살리는 일, 즉 지율 스님의 단식을 푸는 일이 급선무"라는 데 변호사와 서로 공감했습니다. 다른 환경 단체 책임자들은 집단 소송인단 참여의 법적인 문제 때문에 주저하고 있으며, 각 단체별로 목표 인원수를 설정한 뒤, 회원 개개인의 의사를 묻고 있는 중이지요. 현재 서명 작업에 몰두하고 계신 분들이 서명인단 10만 명을 채운 뒤, 지율 스님에게 소송인단 명단을 보여드리면서 단식을 풀 것을 종용할 시간은 암묵적으로 17일 오전 11시로 잡고 있습니다. 지율 스님이 그때까지 버틸 수 있을지는 아무도 모르는 상태지요. 만약에 스님의 몸 상태가 악화된다면, 10만 명 작업에 더 박차를 가해야 할 것입니다. 마침 연구소에 들르신 율리아 님이 제시한 쉬운 해법은 있지만, 방법과 절차에서 충실을 기하고자 모두들 애쓰고 있는 중입니다.

일단, 오후까지의 상황을 알립니다.

풀꽃평화연구소 그래풀 최성각

그러자 여러 회원들의 댓글이 붙었다. 이 댓글들에서 서명수를 가능한 한 빠른 시간 안에 채우기 위한 사람들이 어떤 마음을 지니고 있었던가를 읽을 수 있다.

뚱딴지풀 그래풀 님, 진행 소식 알려주셔서 감사드립니다. 오늘 저녁에 서명 목표치를 잡고, '단체 연대'와 '거리 서명' 및 '온라인 서명' 등 다양한 방법을 준비하고 착수할 계획입니다. 언급된 바와 같이 시간이 촉박하니 최대한 신속히 풀씨님들의 힘을 모을 수 있기를 바랍니다. ―[11/12-17:30]―

길풀 그래풀 님, 고맙습니다. 풀씨님들을 모아 서명인단을 모으는 데 주력하겠습니다. 급한 대로 일꾼 둘이서 오늘은 여의도 노동자 분들 계신 곳으로 갔습니다. 누구의 희생으로 세상이 나아져서는 절대 안 됩니다. ―[11/12-17:38]―

그래풀 거리 서명은 그것대로 의미가 큽니다. 그렇지만, 일단 이메일로 드릴 수 있는 풀꽃세상 풀씨님들 모두에게 '소송인단 서명에 동의하시느냐?'는 회신을 받는 일이 중요할 듯합니다. 거리 서명자 명단은 받으신 뒤, 천성산 홈피 소송인단 누계가 집적되는 곳에 입력하면 될 일이지요. 아까 통화한 녹색연합의 경우에는 1만 명 목표로 지금 애를 쓰고 있더군요. 똥딴지풀 님, 길풀 님 등 애오개 분들은 바로 풀씨님들에게 드릴 편지를 작성, 발송하시는 게 어떨까 싶습니다. ―[11/12-17:46]―

긴머리총각 거리 서명에 염두에 두셔야 할 일이 있습니다. 아래에도 적은 것처럼 진정으로 마음에 공감하지 않는 서명은 원치 않으신다는 것입니다. 꼭 이점 유의해주시길요. ―[11/12-22:15]―

심패마녀 박인영 님, 이제야 들어왔습니다. 진정성이 없다 해도 천성산으로 눈을 돌리게 하고, 미처 접근할 기회가 없는 사람들에게 서명의 기회를 만들어주는 것도 공감을 불러오는 일이라 생각합니다. 물론 전자 서명이 효력이 크지만……. 감귤이야기 님이랑 내일 일 끝나고 저녁에 거리 서명 나서기로 했습니다. ―[11/12-23:27]―

율리아 풀꽃세상 회원 3,000여 명 한 가족이 소송인단 신청을 하면 3,000명×4인=12,000명이 됩니다. 풀씨님들 친인척 가족단위로 이름, 주민등록번호, 주소, 이메일, 전화번호 등을 받아 최소 풀씨 1인당 10가족을 받아주십시오. 지율 스님의 바람의 순도는 알겠으나 풀씨님들의 움직임을 통한 알림 역시 무모한 일은 아니랍니다. 소송인단을 구걸하지 말고 당당히 선언하는 움직임으로 지율 스님을 살려주십시오. —[11/13-00:22]—

막대풀 13일 아침 10분에 80명 정도 온라인상에서 늘고 있습니다…….
어제보다 5배 이상 빨라졌습니다. 파이팅! —[11/13-09:58]—

율리아 그럼, 시간당 500분? —[11/13-10:00]—

막대풀 45분 만에 약 350분 정도 늘었네여. 9시 35분에서 10시 20분 사
이에여. —[11/13-10:31]—

꿈꾸는씨 심패마녀 님 감사합니다^^. 저도 서명란을 보고 있습니다. 사람
들 느는 속도가 빨라져서 마음이 한결 가볍습니다. —[11/13-10:52]—

12일, 오후 4시 지율 스님과 통화를 했다. 17시 38분에 게시판에 올린
글에 나는 지율 스님과의 통화 내용을 이렇게 전했다. 지율 스님과 전화
를 한 시각과 글을 올린 시각 사이의 30분 동안, 나는 서명과 관련해 누
군가와 전화를 나누었을 것이다.

4시 50분~5시 08분.
방금 지율 스님과 통화를 마치자 알립니다. 스님 곁의 실무자에게 몇 시
간 전에 부탁드린 것이 전달되어 지율 스님이 전화를 주셨습니다. 스님의
목소리는 아직 낭랑합니다. 정부에 대한 분노는 더 깊고 날카로워져 있었습
니다. "내가 중요한 게 아닙니다. 내가 아니고, 내 목숨이 아니고, 천성산 문

제에 무관심한 정부의 부도덕성과 폭력입니다. 내가 중요한 게 아닙니다. 그렇지 않습니까? 최 선생님." 그가 물었습니다. "그렇다"고 답했습니다. "그렇지만 지금 우리에게는 지율 스님이 중요하다"고 말했습니다. 그러면서 "수경 스님과 약속한 대로 10만 명 서명이 완료되면 단식을 풀 것이냐?"고 재차 여쭸습니다. 대답이 없으시기에 "10만 명 서명 이후, 단식을 푸실 것을 부탁하는 형식을 밟겠다"고 했고, 스님은 마지못해 "그러면 풀지요. 제가 중요한 게 아닙니다." ……그는 특히 "거리 서명이 아니라 온라인 서명이어야 한다"는 말을 거듭 덧붙였습니다. 저로서는 그게 중요한 게 아니라 단식을 푸실 명분을 만들어드리는 일이 중요한지라 내심 답답했지만, 이미 거리 서명을 많이 받아보신 스님으로서는 온라인(인터넷)의 위력에 기대는 눈치셨습니다. 아마 노무현 정권이 인터넷 재미를 보았기 때문인지도 모릅니다.

17일 오전 11시에 "지율 스님이 보고 싶은 분들과 함께 부산 시청에 가겠다"고 말했습니다.

그러면서 "그때까지 버틸 수 있겠느냐?"고 여쭸더니, 처음에는 "장담 못하지요", 하시다가 여러 이야기들을 나눈 뒤에는 "제 몸은 걱정 마세요. 버틸 수 있을 거예요"라고 답했습니다. 스님은 자신의 단식을 자신의 이익으로 삼으려는 세력들에 대해서도 매우 강하게 분노를 표했습니다. 40일 단식 중인 분에게서 나오는 분노는 어떤 의미로 이상한 일이 아닐 수도 있습니다. 도인들은 단식하면서 낭랑하고 청정해지고 침착해진다고 하지만 지율 스님의 경우는 그렇지 않았습니다. 보길도댐 증축을 반대하던 강제윤 시인도 단식이 깊어지면서, 더욱 맑아졌지만 분노 또한 그만큼 커졌던 기억이 납니다. "조금만 몸이 이상하면, 저희들이 뵈러 가기 전이라도, 언제라도 바로 연락을 주십시오" 하고 거듭거듭 부탁드렸습니다. 스님은 "고맙다"고 하셨고,

저는 "통화를 한 흥분을 가라앉히고 기도에 정진해주십시오"라는 부탁을 드렸습니다. 물론, 스님은 "내가 단식을 풀면 천성산 문제가 해결될 것이냐?", "왜 정부를 공격하지는 않느냐", 그런 질문도 하셨습니다. "스님의 단식을 풀기 위해 10만 명 서명 작업을 받으려고 수많은 사람들이 애쓰는 이것이 바로 정부를 압박하는 것이고, 운동입니다. 이게 바로 천성산을 살리는 방법 중 하나입니다", 그런 답변을 드렸는데, 이런 답변이 얼마나 무기력하다는 것을 잘 알고 있습니다.

하지만 지율 스님 문제는 지금 정부도 매순간의 정보를 수렴하고 있다는 것 또한 저희들이 잘 알고 있지요. 풀꽃세상은 풀씨님들에게 서명에 동참하시기를 소망하는 이메일을 보내시는 게 어떨까 싶습니다. 직접 천성산 사이트에 가서 서명하시거나 풀꽃세상에서 대리 서명할 것을 동의한다는 회신을 받아두는 것이지요. 각 단체들이 일단은 그런 작업에 박차를 가해야 할 때라고 생각합니다. 여러 단체들의 집단 서명 문제는 스님의 몸 상태를 관찰하면서 최후에 선택할 일로 생각됩니다.

긴머리총각 정토회의 홈에 법륜 스님의 말씀에 그래풀 님이 통화하신 비슷한 내용이 있습니다. 지율 스님은 거리 서명과 마음으로 진정 공감하지 않는 서명을 원치 않으시는 거 같습니다. ─[11/12-22:12]─

율리아 지율 스님의 의념의 순도와는 다른 우리들의 공감이 이 정도라면…… 그것도 의미 있을 것입니다. 스님이 곧 우리고 우리가 곧 스님이라면 말입니다. 우리의 최선이 기술이 아니라 마음이라는 것은 스님도 아시겠지요. ─[11/13-00:46]─

농주 스님을 떠올릴 때마다 가슴이 숙연해집니다. ―[11/13-07:13]―

단체 게시판에는 비교적 점잖게 썼지만 지율 스님과 통화하면서 나는 말할 수 없이 갑갑했다. 지율 스님은 "거리 서명 필요 없어요. 온라인 서명이어야 청와대에서 봅니다!"라고 거듭 외쳤다. 청와대에서 봅니다, 하는 날카로운 소리가 터져 나왔을 때 나는 송수화기를 귀에서 멀찍하게 뗐다. 참으로 답답한 노릇이었다. 내 생각은 달랐기 때문이다. 수많은 사람들이 추운 밤에 거리로 뛰쳐나가 서명을 받는 서명 작업 자체가 바로 천성산이라고 나는 생각했기 때문이다. 천성산 살려내면, 만성산은 안 뚫릴지 아시는가? 뚫릴지 알면서도 하는 운동, 갯벌이 메워질지 알면서도 하는 운동, 희망은 거기 숨어 있다고 나는 생각했다. 신(神)이 없을지도 모른다는 사실을 알면서도 키우는 믿음, 그 비슷한 말을 한 사람은 시몬느 베이유였다. 절대로 사람들 앞에서 가슴속의 깊은 절망감을 말해서는 안 되지만, 깊은 절망감 속에서 피어오르는 '다른 희망'이 있지 않겠는가. 그것은 싸움의 끝이 아니라 싸움의 태도일지도 모른다.

12일 저녁 8시경, 수경 스님이 실상사에서 연구소로 왔다. 연구소에 들어서기 바쁘게 스님은 "짬뽕!" 하고 외쳤다. 아침에 실상사를 떠날 때 라면 한 끼밖에 못 먹었다고 했다. 저녁 8시까지 아무것도 먹지 못한 스님에게 짬뽕보다 된장찌개가 더 좋다고 영양사처럼 말씀했다.

스님의 머릿속에는 온통 '서명인단 10만 명'뿐이었다.

"며칠 전, 고집부리는 지율에게 그렇담 죽어라 하고 야단친 뒤에 나도 모르게 눈가에 눈물이 맺히데. 우화핫!"

수경 스님이 스스로 말해놓고도 쑥스러운지 말끝에 크게 소리 내 웃었다. 법랍(法臘)으로 보나 세속의 연배로 보나 야단칠 위치에서 마땅하기 짝이 없는 육친(肉親) 같은 야단을 쳐놓고도 전화를 끊은 뒤 스스로 너무 매몰찼다는 후회감과 산 하나에 너무나 빠져 있는 어린 사람에 대한 연민으로 눈물이 글썽글썽해진 이분들은 절대 성불(成佛)하기 틀렸다는 생각이 가슴을 쳤다. 성불은 무슨 말라비틀어질 성불? 죽겠다는 사람, 그러면 안 된다고 호되게 야단친 뒤 눈물 찔끔거리고 원하는 서명 채워서 살려내려고 동분서주하는 일이 바로 성불이지 뭐겠는가? 이런 게 성불로 가는 길이 아니라고 말하는 사람 있으면 나오라고 말하고 싶어졌다. 탐진치 극복, 희로애락 멀리하기, 그런 게 어떻게 가능하단 말인가? 도달할 수 없는 목표를 정해놓고 그게 가능하도록 애쓰고 폼을 잡을 따름이 아니겠는가. 나는 대웅전의 부처 따위를 믿지 않는다. 나는 성화(聖化)된 성불을 믿지 않는다.

스님은 연구소의 정상명 선생님의 밥까지 슬금슬금 자신의 밥그릇에 옮겨 담았다. 무척이나 배가 고팠던 모양이다. 된장찌개를 먹는 그 짧은 시간 에도 전화 통화는 계속되었다. 모두 서명과 관련된 내용들이었다.

"오후에 지율 스님과 통화했습니다. 17일까지 버틸 수 있을까 모르겠습니다."

내가 말했다.

"거, 목소리가 왜 그래?"

수경 스님이 된장국물이 담긴 숟가락을 든 채 물었다. 밤을 새우다시피 하고 하루 종일 전화통을 붙잡고 떠든 뒤라 내 목소리가 쉬어 있었다.

"17일에 부산에서 만나기 전에 만약 몸이 조금이라도 이상하면 바로 연락해달라 했습니다. 쓰러지고 나서 10만 명 채우면 뭐 하겠나 싶어서요."

"될 거야."

"스님, 근데 빌어먹을 조회가 안 올라가요."

내가 말했다. 거리 서명을 한 뒤에 입력하려고 하면 조회 수가 그대로라는 소리를 낮에도 많이 들어왔기 때문이다.

"그래? 그럼 전화해볼까."

스님이 땟물이 흐르는 수첩을 뒤적였다.

생각나는 일은 곧바로 해치우는 스님은 곧바로 소송인단 사이트를 관리하는 사람과 통화를 했다. 전화번호를 노트에 적어뒀다. 소송인단 사이트를 관리하는 사람은 이상이 없다고 말했다.

스님은 식사를 마친 뒤에도 계속 휴대폰을 얼굴에 대고 끝없이 통화를 했다. 알 만한 높으신 나리부터, 유명한 시민운동가, 고위층, 저위층, 고기압, 저기압…… 등등이었는데, 골자는 모두 국책 사업에 골몰하는 오만한 노무현 정권의 생각을 근본적으로 바꿀 수는 없을까, 하는 노심초사와 지율 스님 단식 그리고 북한산 문제와 관련한 내용들이었다.

스님에게 들은 다음 날 일정은 아연할 노릇이었다.

새벽 일찍 법륜 스님이 있는 서초동 정토회 예불에 참석해 서명을 부탁한 뒤, 점심때에는 한 환경 단체에 떡을 해 갈 일이 있었고, 오후에는 J일보 회장을 만나 "당신 살면 얼마 살겠나, 생명의 정론을 펴서 세상을 밝히고 맑힐 의향은 없는가" 하고 물어볼 작정이라고 했다. 그리고 저녁에는 원불교 몇 어른들과 총리를 만나기로 되어 있었다. 그사이에 박원순 변호사도 약속이 잡혀 있었다. 서울은 세계에서 몇 번째 가는 매머드 도시인데, 하루는 24시간밖에 안 되는데, 무릎도 성치 않은 스님이 진종일 지하철과 택시를 번갈아 탄다 해도, 왔다리 갔다리 할 거리와 시간을 가늠해보니 아연할 노릇이었다.

다음 날 오후에 스님으로부터 다시 전화가 왔다.

"거기, 내 휴대폰 밧데리 있지?"

"아 예, 있지요. 제가 어제 충전해드린다고 꽂아놓았다가 그만 까먹고 못 드렸지요. 제가 요즘 이렇다니깐요. 호호호."

스님과 동갑인 정상명 선생님도 자주 깜박깜박하곤 했다.

"토요일에 실상사 올 때 가져와. 그럼 끊어요."

수많은 사람들이 천성산을 살리고, 그것보다 지율 스님을 살리기 위한 서명에 동참했다. 풀꽃세상뿐 아니라 녹색연합 사이트도 후끈후끈 달아올랐다. 그런데도 14일 0시 46분 딸애들이 서명했다고 전화를 걸어왔을 때 번호가 겨우 1,086번이었다. 작은딸애는 0시 50분이라고 말했는데, 그때 번호는 겨우 1,095번이었다. 12일 오후만 해도 3,000번이 넘지 않았던가. 나는 늦은 시각이었지만 수경 스님으로부터 받아둔 관리자 휴대폰으로 전화를 걸었다. 불통이었다. 후에야 알았지만 서명자 폭주로 인해 서버가 다운되었다고 했다. 천성산 사이트 서버가 다운되자 환경운동연합으로, 다시 정토회 사이트로 서버가 이동되었다. 뒤늦게 움직이기 시작한 환경운동연합은 자체 서명인단을 만들어 올렸다가 여러 네티즌들로부터 비난을 받기도 했다.

일주일에 한 차례씩 연구소에서 발행하는 웹진 '풀꽃평화목소리'를 통해 서명을 다시 호소한 뒤 집에 들어간 때는 14일 새벽. 한두 시간 눈을 붙이고 나는 대구로 갔다. 녹색평론사에서 두 번째 사상 강좌로 독일의 볼프강 작스를 초청했고, 대중 강연을 마친 이튿날 오후에 팔공산 갓바위의 한 유스호스텔에서 토론회가 예정되어 있었기 때문이다.

볼프강 작스와 토론을 하고 있던 14일 7시 10분경, 8,200번을 넘었다는 소식이 들렸다. 14일이라면 단식 42일째. 아직 1만 명을 넘지 못하고 있었다.

참으로 많은 사람들의 입술이 말랐다.

15일 아침, 나는 대구 팔공산에서 지리산으로 향했다. 마침 도법 스님의 천일기도가 끝난 회향식과 지리산생명평화결사 창립식이 열리는 실상사에 참석하기 위해서였다.

15일 오후 3시경, 실상사 입구에서 행사 준비를 하는 젊은이들을 통해 10만 명이 넘어섰다는 소리를 들었다. 대구 팔공산에서 15일 0시 53분께에 7만 명을 넘었다는 이야기를 들었고 이동 중이던 11시 15분에 9만 7,000명까지 입력되었다는 소식을 들은 터라 크게 놀라지는 않았지만, 이제 안도가 되었다. 수경 스님의 정토회 새벽 예불 방문 이후, 일찍부터 서명운동의 경험이 많은 정토회가 움직였고, 수십 명이 달라붙어 입력을 하기 시작하자 단 하루 만에 몇 만 명씩 올라갔다. 참으로 놀라운 일이 아닐 수 없었다. 후에 듣기로 정토회가 해낸 숫자가 12만이라는 소리가 있었다.

그 후로 나는 더 이상 숫자에 연연하지 않았다.

생명평화결사 창립식이 끝난 15일 늦은 시각, 수경 스님 거처에 몇 사람이 모였다. 작은 방에는 속가(俗家) 사람이, 그보다 조금 큰 방에는 스님들이 모여 있었다.

얼마 후 도법 스님이 작은 방으로 왔다.

대화는 자연스레 지율 스님 서명 이야기로 옮겨졌다.

"스님, 이제 10만 명 넘었는데도 17일 11시까지 지율 스님이 계속 단식을 해야 할까요? 이제 보식으로 들어가도 안 되겠습니까?"

내가 말했다. 17일이라면 단식 45일째였다. 굳이 여러 사람들과의 약속 때문에 서원(誓願)이 채워졌는데도 계속 단식을 강행해야 옳을까, 그게 내 생각이었다. 이제라도 실상사 스님들이 지율 스님에게 전화를 걸어 단식을 풀고 최소한 효소 단식으로라도 전환하라고 권고해야 하지 않겠는가, 10만 명 서명 올려놓고도 17일 전에 만약 쓰러지면 어떡한단 말인가, 그런 초조감에서 한 말이었다.

"아, 것도 일리 있는 이야기지만, 근데 지율 스님이 10만 명이 넘었는데도 바로 그 자리에서 보식에 들어가겠다는군."

도법 스님의 말이었다.

그 말은 참으로 충격적이었다.

벌어진 입이 쉬이 다물어지지 않았다.

"으음, ······이건 아니지요."

고개를 설레설레 저으며 내가 말했다.

"그렇지, 그런 태도는 서명을 해준 사람들에 대한 화답이 아니지."

도법 스님이 말했다.

잠시 후, 건넌방에서 수경 스님과 법륜 스님을 만났다.

서명에 적극 애쓴 분들이었다. 그 방의 스님들 모두 지율 스님이 45일 이후, 바로 그 자리에서 보식에 들어가겠다는 의사를 표했다는 소식을 듣자 미간을 찌푸렸다.

수경 스님은 "없었던 일로 하고 싶다"고 했고, 법륜 스님도 "아, 이 일을, 어떻게 말리나" 하면서 깊은 침묵으로 들어갔다.

"수많은 사람들이 추위에 벌벌 떨면서 서명을 받아, 밤을 새우면서 사이트 서명판에 올린 까닭은 지율 스님이 어서 빨리 단식을 풀고 좋은 환경에서 충분한 기간 보식에 들어가기를 원하는 마음에서였을 겁니다. 그런데 45일 단식을 하신 분이 날씨는 추워지는데 바로 그 자리에서 보식에 들어가겠다 하시면 할 말이 없어지지요. 배신감을 느끼는 사람들이 아마 적잖을 거예요."

정상명 선생님이 조심스레 말했다.

17일 오전, 지율 스님이 단식을 푸는 부산 시청 기자회견장에 가기로 약속되어 있었으나 나는 가지 않았다. 누군가의 단식을 풀기 위한 서명 작업에 내 다시는 함께하지 않으리, 그런 경솔한 말을 그렇다고 입 밖에 내지는 않았다.

살려야 할 도롱뇽은 지율 스님이 지키고 있다고 믿고 있는 천성산에만 있을까?

매연 자욱한 서울의 하수구에, 때때로 기름 방울이 흐르는 한강에는 없을까?

아니, 도롱뇽은 정말 있기나 한 것인가.

풀꽃나라 이야기

2월 14일, 대한민국에서 주민들의 힘으로 성금을 모아 주민투표가 벌어졌다. 듣기로, 해방 이후 처음 일어난 주민 자치 투표라고 한다. 나는 '핵

쓰레기장'이라 말하지만, 부안 사람들은 '방사능폐기장'이라 말한다. 그 시설물을 공권력 동원해 악착같이 짓겠다는 사람들은 '원자력수거물센터'라고 부른다. 내게는 '핵'을 방사능이나 원자력으로 부르는 일이 아마 어렵게 느껴지는 모양이다. 같은 내용을 이해관계에 따라 다르게 부르는 일은 이번 경우에만 해당되는 일은 아니다. '대량 해고'를, 해고시키는 사람들은 '구조조정'이라 말한다는 것은 널리 알려진 일이 아닌가. '이라크 침공'만 해도 그렇다. 부시 정권은 '이라크 민주화와 세계 평화를 위해서'라 하지 않았는가. 그래서 개인이든 국가든 어떤 용어를 채택하는가에 따라 그의 생각과 입장을 이해할 수 있다.

이번 주민투표에는 부안 주민 72퍼센트가 참여해, 92퍼센트에 가까운 주민들이 '방폐장 유치에 반대한다'라는 결과가 나왔다.

14일 자정께, 주민투표 관리위원을 대표해 박원순 위원장이 "이번 주민투표로 우리는 한국의 주민 자치, 지방자치의 새로운 장을 쓰게 됐다. 이 순간 새로운 참여민주주의의 시대가 열렸다"고 선언했다. 흥분한 박 위원장은 "한국 민주주의의 역사를 오늘 새로 썼다"고 다시 한 번 주민투표의 의미를 강조했다. 그러면서 그는 "중앙정부와 지방정부가 다시는 이런 어리석은 일을 해서는 안 된다"면서 "부안 사태는 이 땅 어느 지역에서도 반복되어서는 안 된다"고 즉흥 연설을 했다.

나는 박 위원장의 흥분과 소망을 너무나 깊이 이해한다. 문득, 지난해 11월 24일 11시. 안국동 느티나무 카페에서 '부안 핵폐기장의 평화적 해결을 위한 주민투표 실시 촉구 2천인 선언'과 기자회견을 가진 일이 생각났다.

주민 8명에 1명꼴로 경찰력이 동원되어 연일 주민들이 방패에 등덜미를 찍히는 일이 벌어지면서 극한대립으로 치닫자, 제법 추운 날씨였지만 이 땅의 내로라하는 원로들이 다 모였다. 지루한 일이지만 흘러간 시간의 얼굴들을 한번 열거해보면, 강원룡 평화포럼 이사장, 고은 시인, 김지하 시인, 이학영 YMCA총장, 백낙청 교수, 최병모 변호사, 이강실 여성연합 대표, 단병호 민주노총위원장, 박석운 민중연대 집행위원장, 임승빈 명지대 교수, 김형준 한국영화제작가협회 이사장, 박경조 녹색연합 대표, 최열 환경운동연합 대표, 최민희 민언련 사무총장 등이 모였다.

강원룡 목사, 백낙청 교수, 단병호 위원장 등 각계 원로들의 이번 사태에 대한 짧은 발언들이 끝나고, 부안 핵폐기장 상황 일지가 발표된 뒤, 김지하 시인이 '노무현 정부의 부안 핵폐기장의 평화적 해결을 위한 주민투표 실시 촉구 2천인 선언문'을 침통하게 발표했다.

참여연대 김기식 씨가 사회를 보았는데, 이어서 그 바로 몇 시간 전에 부안에서 돌아온 내가 현지 모습을 발표하게 되었다.

어제께 부안에 다녀왔습니다.

2003년 11월 23일, 촛불시위 120일째 부안은 이제 민란을 거쳐 실제적으로 계엄령이 내려진 것과 같은 상황에서 철저하게 훈련받은 무장된 국가폭력과 촛불 한 자루를 든 비폭력 시민과의 극한 대립 상태에 있습니다.

낮에는 불안 속에서 간신히 일상생활이 영위되고 있으나 해가 떨어지기 바쁘게 사람들은 한 사람씩 한 사람씩 부안성당으로 모여들고 있습니다. 수협 앞 민주광장에 매일같이 설치되었던 반핵 연단이 포클레인에 의해 강제 파괴된 이후, 존중받아야 할 최후의 성지 부안성당으로 부안읍민들이 모여

들었습니다. 상가는 철시되고 청소년, 청장년, 노인들이 한 사람씩 모여 성당 앞에서 촛불 한 자루씩을 들고 서 있습니다. 풍년제과 주인도, 농협 앞 원조뼈다구탕 아줌마도, 예쁜꽃방 아저씨도, 베베스튜디오 사진사도, 신포우리만두집 아줌마도, 동원냉동설비집 주인장도 부안성당으로 모여듭니다. 그보다 먼저 읍내의 모든 도로와 골목은 까마귀 떼라고 불리는 전투경찰들에 의해 삼엄하게 점령되었습니다. 차가워진 겨울바람에 노란 반핵기가 부안의 밤거리를 을씨년스럽게 펄럭이고, 성당에서 울려 퍼지는 '핵 없는 세상, 에너지 정책 전환하라'는 소리가 절규처럼 메아리칩니다. 간혹 무리를 지어 성당으로 향해 오던 사람들은 발걸음이 원천 봉쇄되고, 그 소식을 들은 부안성당의 주민들은 피맺힌 함성으로 주민들의 통행권을 소리쳐 요구했습니다.

오늘로 단식 12일째를 맞이한 우리 시대의 행동하는 성직자 문규현 신부님은 "투입된 국가 폭력과 시민의 인구 비율로 볼 때 80년 신군부 학살 정권이 광주에 투입한 병력보다 더 많은 비율의 병력을 참여정부가 현재 부안에 투입하고 있다"고 말씀하셨습니다. 부안읍민 2만 3,000명에 무장병력 8,000명. 남녀노소 다 합해 주민 8명에 무장경찰 1명이 투입되었습니다. 그 숫자는 노인과 어린이를 빼면 주민 1명에 무장경찰 1명꼴입니다. 23일 현재, 누대에 걸쳐 폭력을 모르고 살아온 평화롭던 부안 읍내에 8,000명의 병력으로도 모자라 정부는 23일 4,000명의 병력을 더 투입했다는 소리가 들립니다.

문 신부님은 "시민들의 국가 폭력에 맞서 최후의 자위책으로 든 곡괭이와 삽이 어떻게 잘 훈련된 국가 폭력에 맞설 수 있겠는가, 누가 정말 폭력의 주체인가? 날카로운 알루미늄 방패에 부녀자의 허벅지 살점이 찢겨나가고 곤

봉에 노인의 머리가 깨지고 있는 마당에 성직자로서 몸을 던져 단식기도를 할 도리밖에 없지 않겠는가?" 하고 묻고 있었습니다. 문 신부님은 또한 "대한민국에 태어나 우리 모두 욕본다"는 말씀도 덧붙이셨습니다. 단식 11일째, 굶는 일보다 폭력 정권에 대해 입을 벌려 설명해야 하는 일이 더 고통스럽고 힘들다고 하셨습니다. 이 시간, 문 신부님은 참여정부와 국민 여러분에게 드리는 호소문을 작성하고 계십니다.

오후 4시. 바로 전날 집회로 체포된 부안대책위 교육실장 조태경 씨와 새만금기념관 방화 준비 혐의로 체포된 김영표 씨를 부안경찰서에 가서 면회했습니다. 새만금을 살리기 위해 해창산 벼랑에 매달린 적이 있고, 이라크에 인간 방패로 다녀온 적이 있는 생명운동가 조태경 씨는 참여정부의 부안 침공과 점령을 조지 부시의 이라크 침공에 비유했습니다. 국제사회에서 '더러운 전쟁'이라 규정된 미국의 이라크 침공과 위도 핵폐기장 설치의 반민주적 진행 과정, 폭력 진압이 너무나 흡사하고, 점령 이후에 미국이나 현재 참여정부가 곤혹스러운 딜레마에 빠진 것도 똑같다고 말했습니다. 세상과 철저하게 고립되고 단절당해 외로움이 사무치면 극단적인 행동이 나올 수밖에 없다, 부안 사태의 책임자는 감옥에 있는 자신이 아니라 바로 참여정부의 핵에너지 정책이라고 말하기도 했습니다. 그는 부안 사태를 '에너지 전쟁'이라고 했습니다. 또한 현재의 부안 주민들을 이라크의 쿠르드족, 이스라엘의 팔레스타인과 마찬가지로 소외된 약자들이라고 표현했습니다. 이미 핵폐기장 문제를 넘어서 부안 사태는 인권과 이 세상의 모든 지켜야 할 마지막 가치와 연결되어 있습니다. 대화를 하고 올바른 결단을 내릴 수 있는 기회를 스스로 포기한 정부를 돕기 위해 시민 환경 단체를 비롯한 다양한 생명운동 세력과 민중들은 거국적으로 굳게 연대해 전국비상대책기구와 같은 믿을 만한 진실한 기구체를 건립할 때라고 소망하기도 했습니다. 그것은 문정현 신부님 문규현 신부님도 같은 생각이셨습니다.

저녁 7시부터 부안성당에 모인 사람들은 말했습니다. 반핵 연단을 철거하고 날을 세운 알루미늄 방패로 사람을 찍고 무더기로 감옥에 집어넣는다 해도 우리가 밝힌 촛불은 절대 꺼지지 않을 것이라고 말입니다. 그리고 언제나 임기응변에 능한 고 총리와 핵 산업 신봉자인 장관의 말이 서로 충돌하는 배경을 너무나 잘 알고 있다고 했습니다. 연내 국민투표 실시를 지연하려는 정부가 획책하고 있는 음모에 대해서도 부안 주민들은 결단코 정부의 뇌물성 분열책에 말려들지 않을 것이라고 강조 했습니다. 그들은 또한 '참여정부는 우리가 지치기를 바라지만, 역사상 민초들이 정권보다 먼저 지친 적이 있느냐'고 되물었습니다.

부안 사람들은 핵폐기장이 백지화될 때까지, 부안이 한국 사회에서 고립되어 철거되고 지도에서 사라지는 한이 있더라도 곡괭이 하나 들고 핵폐기장 백지화 결사 항전 투쟁을 멈추지 않겠다고 말했습니다.

그렇지만, 한 아주머니가 한 말은 충격 속에서 우려를 자아내고 있습니다.

"전경들도 추워서 폴짝폴짝 뛰고 있응게 우리 군민들이 쪼까 힘들더라도 밤새 여기저기 돌아다니면서 전경들을 얼려 죽여버리자", 그뿐이 아닙니다. "가스통을 부여안고 부안의 한을 세상에 알리겠다"거나, "우리도 알카에다가 될 용의가 있다"는 소리도 왕왕 들립니다.

군 복무 중일 뿐인 나이 어린 전투경찰 또한 부안 주민들을 마치 들짐승을 사냥하듯 난폭하게 진압하고 있습니다.

그렇지만 이런 안타까운 미움과 분노와 폭력 사태를 야기한 주체 세력은 부안 주민이 아니라 바로 참여정부의 핵에너지 만능주의이고, 새만금이 그렇듯이 잘못을 인정하지 않으려는 참여정부의 독단주의와 무지와 어리석음입니다.

지금부터 11시간 전인 11월 23일 밤, 부안성당에 모인 부안 주민들이 말하고 있는 것은 연내 국민투표 실시와 정부가 하루 속히 믿음을 회복하지 않으면 노무현 참여정부에는 희망이 없다는 깊은 우려였습니다. 폭력 집단이라는 오해를 받으며 방자한 장관들에게 경고를 받고 있는 고립된 부안 주민들이 '악의 뿌리'가 아니듯이 우리는 노무현 정권이 불량 국가 미국의 조지 부시와 같이 비유되는 것을 원치 않을 뿐 아니라 그것을 매우 불명예스럽게 생각합니다.

노무현 참여정부는 부안 사태를 폭력과 국민 기만으로 호도하려는 음모를 거둬들이고, 조속한 시일 안에 국민투표를 공정하게 실시하고 그 결과를 겸허하게 받아들인 뒤, 부안 주민들에게 다양한 방법으로 정중하게 사과드리고, 끝내는 핵 산업 만능주의에서 벗어나 이 나라 에너지 정책의 전면적 전환이라는 결단을 내릴 것을 다시금 촉구합니다.

고맙습니다.

2003년 11월 24일 풀꽃평화연구소장 최성각

내 발표문이 다소 긴 것은 사실이었다. 마침 내 옆자리에 앉아 있던 환경운동연합의 최열 대표는 "짧게! 짧게!"라고 몇 번이나 내 귀에 대고 속삭(?)였다. 내가 그의 말을 들을 사람인가! 그렇지만 내 말을 끊으려고 하는 그의 채근 때문이라기보다 기자들이 카메라를 슬슬 거두는 것 같아서 심적으로 조금 동요되었다. 하지만 한편으로는 '그래 봤자 내일 아침 신문에는 사진 한 커트 나올 거야. 갈 테면 가라지' 하는, 경험에서 우러나온 예측이 없지 않았다.

기자회견장 분위기는 사안의 심각성 때문에 매우 침통하고 비장했다. 각계 원로들이 한 사안에 대해 이렇게 많이 모인 것은 근래 없던 일이었다. 하지만 정부는 아직도 부안 사태의 심각성에 대해 '질서를 먼저 지켜라. 힘으로 밀어붙이면 대화 없다'고 으름장을 놓고 있다. 정부의 으름장은 마치 불량국가 미국이 북한과 이라크를 악이라고 규정한 뒤, '그들이 세계를 공포로 밀어 넣고 있다'는 어불성설을 일삼는 일과 매우 비슷하게 해석되었다. 힘을 거둬들이고 대화의 마당에 나서야 할 세력은 부안 주민인가, 국가권력인가? 사람들은 묻고 있었던 것이다.

기자회견을 마친 김지하 시인이 "오늘 기자회견 때 최 형의 르뽀가 없었더라면 그쪽 현장의 실감이 안 났을 거야"라고 인사했다. 옆자리 최열 대표에게는 짧게 낭독하라는 저지를 받고, 김지하 시인으로부터는 인사를 받을 줄 몰랐다.

인사동의 굴짬뽕을 하는 식당에 이르는 길에서 김 시인은 "누군가 분신이라도 할까 봐 제일 걱정이다. 이 사태는 성수대교 붕괴, 삼풍 붕괴 이후 가장 염려스럽다. 극복하는 방식을 문화적으로 바꾸지 않으면 안 돼", 그런 말을 두 번이나 했다.

부안 사태는 그토록 그즈음 여러 사람들의 마음속에서 깊은 우려를 자아내고 있었다.

원로들의 깊은 우려에도 불구하고 정부는 끝내 절차상의 잘못은 인정하면서도 부안의 핵쓰레기장 건설을 포기하지 않았다. 표면상으로는 케케묵은 어거지를 쓰면서 뒤로는 다른 부지를 조용히 물색하고 있다는 소리도 공공연하게 들렸다.

원로들의 촉구도 촉구였지만, 부안 주민들이 피를 뚝뚝 흘리면서 간곡하게 요청했음에도 정부가 평화적으로 주민투표를 실시하지 않자, 결국 부안 주민들은 주민들의 힘으로 핵쓰레기장에 대한 질문을 스스로에게 가한 것이었다. 투표 비용은 전국적인 모금으로 충당했다.

이번 주민투표 결과에 대한 정부의 태도는 군부 학살 정권이나 그 후로나 일찍부터 한결같이 양지 쪽의 관료 자리에서 잔뼈가 굵은 고건 총리를 통해 '투표 결과, 효력 없다'는 단언으로 표출되었다. '대한민국 국무총리 고건'은 2월 16일 국회에서 발언하기를, "위도 주민이 참여하지 않은 만큼 법적 효력이 없다"고 주장했다.

그 말은 위도 주민이 투표에 참여했더라면 법적 효력이 있을 뻔했다는 뜻일까. 위도 주민은 왜 이번 투표에 참여하지 못했을까? 그곳에 한번 짓기로 한 것이니 짓겠다는 고건 총리와 같은 생각을 가진 핵쓰레기장 유치 찬성 세력들이 칼을 뽑아 들고 부린 난동이랄까, 물리력 행사로 인해 투표 행위가 저지되었던 것이다. 이 어찌 가가대소(呵呵大笑)할 논리가 아닐까.

투표하겠다는 위도 주민을 찬성한다는 사람들이 억제했기 때문에 설령 이 투표 결과가 법적 효력이 없을지는 모르나 그보다 더 강한 정치적 효력이라는 면에서는 어떻게 해석해야 옳을까? 고 총리는 "이번 투표는 법원도 사적 행위에 불과하다고 말한 바 있다. 부안 지역을 포함한 지방자치단체에서 공적인 주민투표를 통한 유치 신청을 받을 계획이다"라며, 부안 지역의 주민투표를 다시 해야 함을 밝히고 "17년간 어느 정부도 해결하지 못한 방폐장 유치 과제를 기어이 해결할 것"이라고 말했다.

하지만 그는 총선이 지나면 사직할 것으로 알려져 있다. '자리의 발언'에 익숙한 '고건'이라는 총리형(總理型) 인간의 투어(套語)쯤으로 간주하면 그만일 일이지만, 그가 사용한 '효력 없는 사적 주민투표'와 '효력 있을 공적인 주민투표'라는 표현은 두고두고 많은 것을 생각하게 만들었다.

부안 주민들이 돈 모아서 치른 주민투표는 사적 투표이고, 국가의 이름으로 마련해준 주민투표는 공적 투표이다! 국가란 무엇일까? '국가'란 무엇이건대, 국가는 대체 누가 만들어서 우리 한평생 내내 이토록 엄청난 맹위를 떨치고 있을까? 인디언들은 국가를 만들지 않고도 숲과 연어를 보호하면서 서로 끔찍이 사랑하면서 살았다는데, 온갖 못된 국가 폭력을 '공적'이라는 이유로 거침없이 자행하는 국가는 도대체 무엇일까? 굳이 따지자면 그것은 필요에 의해 만든 사회계약일 뿐인데, '위도 주민이 빠진 사적 주민투표는 효력 없다'는 '대한민국의 소문난 명재상 고건' 씨의 해괴한 '공적 국가론'을 접하면서 나는 문득 '내가 만든 국가'가 생각났다. 부안 사태가 한치 앞도 내다볼 수 없었던 즈음, 너무나 답답했기 때문에 나는 아무도 모르게 골방에서 국가 건설에 착수했던 것이다. 물론 내가 만든 국가이기 때문에, 고건 식으로 말한다면 그 나라는 '사적 국가'이기 때문에 대한민국 내에서 법적 효력이 있을 리가 없다.

나는 그 나라를 '자유독립공화국 풀꽃나라'라고 이름 붙였다.*

자유독립공화국 '풀꽃나라'는 2003년 10월 초순에 건국되었다. 하슬

---

* 이 글은 『지구를 입양하다』(니콜라스 앨버리 외 편, 이한중 옮김, 북키앙, 2003)의 「프레스토니아」에 소개되어 있는 내용에서 착안했다.

라 산맥 툇골 골짜기에 소재한 풀꽃나라는 '아침나라'에서 인류 역사상 전무후무했던 깡패 국가 '조지고부시국'이 이라크국을 침략해 명분 없는 양민 학살과 고대 문명 파괴를 감행한 뒤, 주둔군에 가해지는 자살 테러가 잇따르자 자국 병사들의 목숨을 덜 잃기 위한 정치적 목적으로 아침나라 병사들을 5,000명이나 요청하던 즈음, 주민투표를 실시했다. 갯벌을 마구 메우고, 핵쓰레기장을 '원자력수거물센터'라는 해괴한 이름으로 포장한 채 폭력에 힘입어 강제 설립하려 들고, 그 과정에서 특수 진압 경찰의 칼날 같은 방패로 사람들의 코뼈가 마구 짓이겨지던 아침나라에서 '사람은 자연의 일부다. 겸손함을 되찾자'라는 모토로 환경 운동을 해오던 풀꽃나라 회원들 95퍼센트는 아침나라로부터 독립하는 쪽에 찬성표를 던졌다. 국기는 천천히 만들기로 하고, 국가는 '다 같이 돌자 동네 한바퀴'로 잠정 결정했다.

풀꽃나라는 평소 꽃을 즐겨 그리던 화가 왕풀이 그린 다섯 송이 작은 풀꽃으로 장식한 문장(紋章)이 담긴 가입 신청서를 UN에 보냈다. 그 신청서 말미에는 그렇지 않아도 성미 급하고 유머 감각이라곤 털끝만큼도 없는 성마른 아침나라에서 반국가 단체가 출현했다는 오해를 해 신경질적인 무력 반응을 할까 봐 평화유지군을 먼저 보낼 필요가 있을지도 모른다는 주의사항을 덧붙이기도 했다.

풀꽃나라의 국민은 모두 97명이다. 그들은 '인디언 연구'와 '히말라야 원주민 연구'를 하는 풀꽃평화 사이트의 하루 조회 수와 공교롭게도 같은 숫자다. 그들은 아무런 개발 가치도 없어 담장도 없고, 도둑도 없는 툇골의 휴경지 600평을 사들였다. 가구는 현재 21채, 누구든 원하는 사람은 장관이 될 수 있으며 수상은 별 필요를 느끼지 않아 아예 선출하지 않았다. 제일 할 일이 많은 농림부장관은 공무원 생활을 하다가 지리산 자락에서 손으로 똥을 짚어 거름더미에 얹으며 농사를 짓던 '배퓰'이라는 이가 되었고, 외무부 장관은 등뼈가 늘 아파 라틴 댄스를 해야 몸이 풀리는 꿋꿋씨라 불리는 여성이 되었다. 국방부장관과 건설부장관은 따로 마련할 필요가 없었다. 타국을 침입할 일도, 외적으로부터 침입받을 이유도 없고, 쓸데없이 터널을 뚫고 도로를 넓히고, 뇌물 작업과 함께 외국의 고속 전철을 들일 필요도, 강이란 강은 모두 막아 댐을 지을 필요는 더욱 없었기 때문이다. 지뢰를 심어놓은 적이 없으므로 대인지뢰 대책위원회도 역시 마련할 필요가 없었다. 환경부장관도 특별히 할 일이 없어 선출할 필요가 없고, 성차별이 없기 때문에 여성부장관도 필요 없다. 일한 소출을 똑같이 나누는 데다가 주 사흘만 일하고 나머지 날은 노는 게 일이었기 때문에 쟁의가 일어날 일도 없어서 노동부장관도 소용이 없었다.

다만, 자유독립공화국 풀꽃나라의 출현을 세상에 널리 알릴 필요가 있어 홍보장관은 절대 필요했는데, 그는 오랫동안 밤무대에서 재즈 기타를 쳐왔기 때문에 한쪽 어깨가 낙타의 혹처럼 위로 치켜세워진 원식이라는 젊은이가 되었다. 교육부장관은 '어떻게 맨날 놀면서도 즐겁게 공부할 수 있을까'를 연구하기 위해 특히 머리가 좋은 사람이 필요했다. 그렇다고 아침나라처럼 가방끈이 긴 사람이 필요하지는 않았다.

풀꽃 문장에 새겨진 이 나라의 모토는 '우리는 행복하기 위해 태어났다'이다. 그리고 모두 '풀꽃'이라는 성을 같이 쓰기로 했다. 그것은 풀꽃나라 주민들의 인식 수준의 동질성을 확인하는 일에도 기능했지만, 만약 인내심이 없는 아침나라 관리들이 이들을 몽땅 쫓아냈을 경우 머지않아

불굴의 결집력으로 다시 모이기 쉽게 하기 위해서이다.

전 세계에서 풀꽃나라를 취재하기 위해 모여들었다. 아침나라의『한겨레신문』은 NGO 담당 특파원을 보내 칼럼과 특집 기사를 수록하기도 했다.

유머 감각이 뛰어난『딴지일보』는 호외를 발행했고, 인터넷신문『오마이뉴스』와『프레시안』도 풀꽃나라의 출현을 범상치 않은 일이라고 여겨 진지하게 다루었다. 평소 왜곡과 곡필을 일삼는 자지선 신문과 동쪽아이 신문과 한복판 신문의 극소수 기자들은 풀꽃나라 독립선언을 불온한 선입견을 견지한 상태로 취재해 오라는 데스크의 지시에도 불구하고 기사 송고를 단념하고 풀꽃나라로 국적을 바꾸어 주저앉기도 했다. 자지선 신문의 한 기자는 "사실, 나도 그렇게 살고 싶지 않았다"고 양심선언을 했는데, 아침나라나 풀꽃나라 할 것 없이 많은 이들이 적잖이 감동했다.

멀리 중남미의 군대 없는 나라 코스타리카의 오스카 아리아스 전직 대통령도 "이 행성에 또 하나의 군대 없는 나라가 출현한 데 대해 크게 감격했다"고 성명을 발표한 뒤 방문했고, 런던 노팅 데일 프레스톤가(街)에 있는 자유독립공화국 프레스토니아 주민들도 유기농 농산물을 한 박스 싣고 찾아왔다. 그 나라 또한『도덕경(道德經)』에 출현하는 닭소리 들리는 소국(小國)으로서 국민이 120명밖에 안 되는 나라였다. 멕시코의 사파티스타 마르코스 부사령관도 축전을 보내오면서 "복면을 벗게 되는 날, 반드시 첫 해외여행으로 풀꽃나라를 방문하겠다"면서 "풀꽃나라에도 말이 있느냐?"고 묻기에, 외무부장관 꿋꿋씨는 "우리는 당나귀를 키운다"고 급전을 쳤다.

세계의 모든 정보를 다 수렴하겠다는 오만에 찬 조지고부시국 나라에서도 취재를 왔지만, 풀꽃나라에서는 어떤 생화학 무기도 발견되지 않고 도무지 싸우는 일에는 관심이 없을 뿐더러 '조금 일하고 많이 놀고 사랑하는 일'에만 혈안이 되어 있는 것을 확인한 뒤, 몹시 지루해하다가 곧 돌아갔다. 유사 헌법으로 군비 확장을 한 일본과 경제개발로 신명이 난 중국의 관광객들도 찾아왔으나 마을을 10분 만에 한 바퀴 돈 뒤 '매우 시시하다'는 글을 외빈 방명록에 휘갈겨놓고는 돌아갔다.

하지만 조지고부시국이 이라크를 침략할 때 '반전'과 '비전'을 외치던 전 세계의 네티즌들과 WTO와 IMF가 하는 못된 수작을 일찍부터 알고 있던 반세계화의 주역들은 서둘러 방문 신청을 했고, "풀꽃나라에 필요한 게 뭐냐"고 물어왔다. 한의사인 형찬은 한약을 지으며 "평화를 위해 밝힐 촛불이 다 떨어졌다"고 중얼거렸다.

이 모든 일들이 꿈같이 일어났다. 전투경찰을 보내 마을을 쑥대밭으로 만들어야 한다고 임시 국회를 열었던 아침나라 정부도 풀꽃나라 독립에 세계의 일부가 보인 뜨거운 반응도 반응이지만, 굳이 쳐들어가 섬멸시킬 건덕지가 없는 대수롭지 않은 집단이라는 것을 느끼고선 "당신들은 우리 아침나라의 국가 보위에 무해할 것 같은 판단이 내려지므로, 당신들 맘대로 행복하게 사시오"라는 이메일을 보내왔다. 일종의 국가 인정 문서였다.

아침 해만 뜨면 이민 신청자가 늘어나고 있는 데다, 너무 많은 관광객들 때문에 풀꽃나라는 부득불 영토를 200평쯤 더 늘리기 위해 범세계적인 모금 운동을 벌이기 시작했다. 성금을 보내준 사람에게는 국채를 발행해, 장차 무농약 배추와 깻잎으로 교환해줄 계획이다.

상상력과 유머 감각의 '현실적 힘'을 신뢰하는 사람들을 위해 통장 번호를 밝혀둔다.

'우체국 011890-01-004470 풀꽃나라 건국추진위원회.'

사티시 쿠마르가 거절한 음식 보따리

얼마 전, 아직 철쭉이 다 떨어지기 전 이 나라에 평화운동가 사티시 쿠마르 선생이 다녀갔다. 녹색평론사가 마련한 '21세기를 위한 사상 강좌'의 네 번째 손님이 바로 그였다. 그가 다녀갔다고 해서 금방 세상이 달라지지는 않겠지만, 그가 이곳에 머무른 짧은 시간은 적어도 나에게는 큰 의미가 있었다. 왜냐면 그동안 다녀간 네 명의 손님들 중 그가 가장 나를 감동시켰기 때문이다.

내가 일하고 있는 연구소 또한 그를 모신 이번 행사의 한 주체였기에 조금 일찍 강연장에 나갔다. 내가 갔을 때 그는 아직 강연장에 도착해 있지 않았다. 그래서 나는 자판기 커피를 찾아 골목 이 끝에서 저 끝까지 천천히 걸어다녔다. 자판기 커피와 담배는 손님을 기다리는 데 아주 어울리는 도구였다. 이윽고, 횡단보도를 건너오는 그가 보였다.

"나마스테!"

합장을 하고 머리를 조금 숙이며 인사를 했다.

그도 반사적으로 합장을 하면서 "나마스테!", 하면서 내 인사를 받았다. 그는 떠난 지 오래된 조국의 인사말을 듣자 매우 반가워하는 얼굴이었다.

선생의 옆에는 이른 저녁식사를 한 초청자들의 얼굴이 보였다. 김종철 선생님과 늘 통역의 수고를 해오는 영남대 영문과 교수들이었다.

"환영한다"는 말에 덧붙여 나는 "인도를 여러 차례 가봤다. 그래서 나마스테라고 당신에게 인사할 수 있었던 것이다"라고 말했다.

'나마스테'라는 인도 네팔의 인사말에 대한 해석은 분분하지만, 내게 제일 감동적인 해석은 '내 혼이 당신의 혼과 같습니다'라는 해석이었다. 그 해석은 10여 년 넘게 인도와 네팔을 돌아다니면서 만난 모든 히말라야 사람들의 얼굴을 곧바로 떠올리게 했다. 오래전 어느 날 어느 곳에선가 누군가 '나마스테'라는 말이 그런 뜻이라고 내게 설명해주었을 때, 나는 얼마나 깊이 감동했던가.

사티시 쿠마르 선생은 1936년생이므로, 우리 나이로 69세인 셈이다. 그런데도 다소 검은 얼굴은 반짝반짝 빛났고, 자세는 꼿꼿했다. 또 걸음걸이는 경쾌했다. 그의 얼굴에서 내뿜는 빛은 골프장에서 단련된 천민 자본주의 나라 한국의 졸부들이 보여주는 끈적끈적한 윤기와는 달랐다. 눈은 깊고 맑았다. 한마디로, 생기가 넘치는 노인네였다.

선생은 내가 히말라야를 자주 찾고, 특히 인도를 여러 차례 돌아다녔다는 사실에 대해 깊은 친밀감을 표했다. 선생을 모신 학자들은 나처럼 배낭 하나 메고 온 세상을 돌아다니는 체질의 사람들이 아니었던 게다.

선생은 먼저 어머니 이야기부터 시작했다. 독실한 자이나교도인 어머니는 선생에게 매우 중요한 사람이었다고 한다.

"내가 어릴 때 어머니는 자연은 붓다(Buddha)보다 위대하다고 말했다. 붓다는 자신의 깨달음을 나무 밑에서 얻었다. 붓다는 오랫동안 이 사원, 저 사원, 이 스승, 저 스승, 이 구루(guru), 저 구루를 찾아다니며 깨달음을 구했으나 얻지 못하다가, 나무 밑에 앉아 하늘의 구름과 강을 보다가 구름과 비와 강과 나무가 상호 연관된 하나의 전체라는 것을 깨달았다. 자연이 붓다를 깨닫게 했으니 자연은 붓다보다 위대한 것이 아니겠는가. 오늘날 학생들은 도서관과 강의실에서 수많은 지식을 얻고 있으나, 깨달음은 얻지 못하고 있다. 그들은 나무 밑에 앉아 있을 시간이 없기 때문이다."

그가 하도 정확한 발음으로 간결하고 쉬운 영어를 구사했기 때문에 하마터면 나도 알아들을 뻔했다.

"자연은 위대한 정신을 가지고 있다. 자연은 가장 위대한 시와 그림과 음악적 영감의 원천이다. 꿀벌을 보라. 꿀벌은 꽃을 옮겨 다니며 화분을 모으되, 꽃을 고갈시키거나 해치지 않는다. 그러면서도 그 화분으로 꿀을 창조해낸다. 하지만 인간은 어떤가. 자연에서 나무나 석유 등을 얻어와 소비하고 오염시킬 뿐, 자연을 다시 사용하고 재순환시키는 일에 대해서는 생각하지 않는다. 만유인력의 법칙이나 가이아 이론이 자연 관찰을 근거로 했듯, 자연은 오늘도 인간에게 많은 것을 가르쳐주고 있다."

이번에는 자연 예찬이었다.

그의 이야기가 이어졌다.

"스물여섯 살 때 나는 버트런드 러셀이 아흔 살의 노구를 이끌고 반핵 운동을 하다가 투옥된 것을 보고 큰 충격을 받았다. 러셀은 아흔이었지만 스물여섯의 나보다 젊다는 느낌이었다. 크게 자극받은 나는 인도에서 모스크바, 파리, 런던을 거쳐 워싱턴까지 평화의 행진을 시작했다. 자동차나 비행기, 기차를 타지 않고 오로지 걷기만 했다. 2년 반 동안 8,000마일에 이르는 길을 걸으며 땅과 꽃의 향기를 맡고, 눈보라와 폭풍

우를 겪으며, 강과 사막을 건너고 산을 넘었다. 그리고 그때 나는 진정한 자연의 모습을 보았다. 그때 내가 만약 걷지 않았으면 진정한 자연의 교훈을 알지 못했을 것이다."

선생은 자기소개를 하고 있었는데, '걷는 일로 출세한 사람'으로 통하는 선생의 그 이력은 강연장에 온 사람들이 이런저런 통로로 알고 있던 이야기이기도 했다. 하지만 그때였는가 그 후였는가, 나는 잊을 수 없는 이야기를 들었다.

선생이 길을 떠난 1962년의 인도와 파키스탄은 격렬하게 싸우고 있었다. 9살에 자이나교에 들어가서 교리에 따라 금욕적인 생활을 하던 선생은 어느 날 간디의 자서전을 읽고 야밤중에 자이나교 사원을 도망쳤다. 하면 안 된다는 규율이 너무 많은 자이나교에 비해 간디의 가르침은 생에 대해 감사하고 기뻐하라는 자유의 냄새가 났기 때문이다. 그는 마침 부자들의 토지를 빈자(貧者)들에게 나눠주기 위해 인도 전역을 뚜벅뚜벅 걷고 있던 비노바 바베 선생의 꽁무니를 쫓아다니기 시작했다. 간디나 비노바 바베나 사티시 쿠마르나, 이 인도 사람들은 모두 걷는 데 이골이 난 사람들이라 할 수 있다. 그런 그가 어느 날 버트런드 러셀이 아인슈타인 같은 사람들과 함께 핵 실험을 반대하는 성명서를 발표하고 1인 시위를 하다가 구금되었다는 소식을 듣게 된다. 선생은 충격을 받았다. 나는 뭔가? 인류의 전멸을 획책하려는 핵무기를 강대국이 개발하고 있는데, 나는 언제까지 비노바 바베 선생을 따라 걷기만 할 것인가? 걷는 목표를 바꾸지 않으면 안 되겠구나, 결심했다. 그래서 영국의 버트런드 러셀에게 편지를 보냈다. "당신의 1인 데모와 구금에 감동받아 나도 평화 행진을 하려고 한다", 그러자 러셀이 답신을 보내왔다. "나는 매우 늙었으므로 그대가 나와 합세하려면 가급적 빨리 오도록 하라."

파키스탄 국경에 도달했을 때, 국경까지 따라온 사티시 쿠마르의 친구가 말했다.

"쿠마르야, 네가 뚜벅뚜벅 걸어 소련 공산당 서기장을 만나고, 프랑스 대통령을 만나고, 영국 수상을 만나고, 미국 대통령을 만난다고 핵무기 개발이 철회되거나 지연될 것 같으냐? 착한 쿠마르야, 넌 왜 바보짓을 하려고 그러느냐? 버트런드 러셀인지 라셀인지 1인 시위를 해서 감방에 가든 말든 그 사람은 그 사람 일을 하라고 하고, 우리는 저기 보리수 나무 그늘에 앉아 짜이나 홀짝홀짝 마시는 게 어떻겠냐?"

"아니다, 난 부끄럽다. 그래서 걸어야 한다."

"고집쟁이 같으니라고. 당장에 파키스탄을 어떻게 통과할 작정이냐? 지금 인도와 파키스탄은 싸우고 있어. 네가 국경을 넘는 순간, 곧바로 잡혀 죽을지도 모른다니까."

"걱정 마라."

"정 그렇다면, 이거 가져가서 배고프면 먹어라."

친구가 음식 보따리를 사티시 쿠마르에게 건넸다.

"매우 고맙지만 친구야, 너나 먹어라. 이것은 네 우정이 담긴 음식 보따리이기도 하지만 동시에 불신과 두려움의 보따리이기도 하단다. 내가 파키스탄 땅을 지나 소련으로 가려고 하는데, 어떻게 파키스탄 사람들을 믿지 않고 그 땅을 지나갈 수 있겠느냐? 걱정 마라."

그리고 사티시는 음식을 준비한 친구와 헤어져 국경을 넘었다.

본래 같은 나라였다가 분리되어 종교 전쟁을 하고 있던 터였기에 그 국경은 우리 휴전선과는 달랐다고 봐야 한다. 국경을 넘자, 사티시를 알아보는 사람에게 발견되어 저녁 초대를 받는다.

사티시가 말했다.

"국경을 넘어 죽을지도 모르고 굶주릴지도 모른다는 걱정을 하던 인도 친구와 헤어진 바로 그날 저녁 나는 한 파키스탄 인의 집에 초대받아 따뜻한 불빛 속에서 저녁 대접을 받고 있었다."

모스크바를 향해 걷던 중, 한 러시아 여인이 그에게 감동받아 핵무기를 개발하려는 나라의 높은 사람을 만나거든 선물하라고 차를 건넨다. 핵폭탄을 쓰기 직전에 '차나 한잔'하면서 다시 생각해보라는 권고였다. 선물로 받은 네 봉지의 차를 품속 깊이 챙긴 선생은 2년 반에 걸쳐 모스크바, 파리, 런던, 워싱턴을 걸어가 정치 수반들에게 차를 선물한다. 런던에서 선생은 다행히 아직 살아 있는 버트런드 러셀 경을 만난다. 러셀이 워낙 수수께끼 같은 인물이라 만나자마자 단순 우직한 청년과 사소한 의견 차이를 드러내지만, 결국 미국 가는 청년의 뱃삯을 대준다.

선생의 자연관은 결국 '공경의 생태학'으로 나아간다. 그는 자신의 생태주의를 이렇게 표현했다.

"자연에는 우리가 필요로 하는 모든 것이 있다. 자연은 식량과 땔감, 집 등 인간에게 필요한 온갖 것을 준다. 하지만 인간이 자연을 이용하는 측면에서만 이해하는 것은 '표층생태학'에 지나지 않는다. 자연은 인간에게 유용하기 때문에 중요한 것이 아니라 그 자체로서 아름답고 중요하다. 인간이 계급이나 지위, 부와 교육의 정도에 관계없이 모두 귀중하듯이 자연도 저마다 고유한 가치를 가지고 있다. 이런 시각의 자연 이해가 곧 '심층생태학'이다.

민족차별, 인종차별, 남녀차별이 구시대의 유물로 사라지고 있듯이, 인간이 다른 종보다 우월하다는 종차별 의식도 사라져야 한다. 자연은 영혼을 가지고 살아 있으며, 죽은 존재가 아니다. 우리는 자연을 통제하고 소유하고자 하는 대신, 상호 의존하며 정교하게 짜인 생명의 그물에 공동의 창조자로 참여해야 한다. 이것이 전일적인 생태학이요, '공경의 생태학'이다. 이를 위해 우리는 세계관과 의식을 바꿔야 한다. 정신세계의 변화가 중요하다.

그렇다고 명상이나 요가, 영성 수련 등 개인의 내적·정신적 변화만 추구해서는 안 된다. 흔히 정신적 세계를 지향하는 이는 정치나 사회, 환경 문제 등을 등한시하나 이는 한 발로 걷는 것이나 마찬가지다. 세상은 따로 떨어져 있는 것이 아니라 통합돼 있고, 서로 긴밀하게 연결돼 있다. 내가 일찍이 은둔 수도 생활을 접고 수도원을 나와 비노바 바베와 토지 헌납 운동을 펼친 것도, 1973년부터 『리서전스』의 편집자로 일하게 된 것도 정치와 사회, 영적인 것의 통합을 추구하기 위해서였다. 생태 대안 학교 슈마허 칼리지에서는 자연에서 배우면서 정치, 사회, 영적인 문제의 통합을 시도한다. 하지만 자연에서 배우기 위해 반드시 슈마허 칼리지에 가야 하는 것도 아니다. 일상생활 속에서도 얼마든지 자연으로부터 배우는 게 가능하다.

첫째 방법은 걷는 것이다. 아무리 바빠도 매일, 혹은 이틀에 한 번씩은 걸으면서 자연이 어떤 것인지를 체험하라. 느리게 걸으며 정신과 영혼의 속도를 줄이다 보면 자연을 경험하게 될 것이다. 둘째는 요리를 하는 것이다. 특히 남자의 경우 자기가 먹을 것을 직접 씻고, 썰고, 익히다 보면 자연과 내가 분리된 존재가 아니라는 것을 깨닫게 될 것이다."

이틀에 걸쳐 선생을 만났다. 적잖은 이야기를 나누었다. 같이 차도 마시고 식사도 했다.

선생은 줄곧 걷는 일의 중요성에 대해 이야기했다. 자신의 신체 중에 가장 영적인 부위가 바로 다리라고 선생은 말했다. 마침 그즈음, 나는 16년간의 운전 경험과 결별한 상태라 걷고 또 걸으라는 선생의 말이 더욱 실감이 났다.

강연 다음 날 토론회 때, 문정현 신부님이 "그런 (한가한) 이야기를 할 시간이 우리에겐 없다. 마냥 걷기만 하기에는 이 나라의 파괴의 속도가 너무 빠르다"고 하자, 사티시 쿠마르 선생은 답했다.

"좋은 질문은 좋은 대답보다 나을 때가 많다. 하지만 그럴수록 참을성과 자비심이 필요하다. 반생명적 파괴적 상황일수록 더 많은 인내심이 필요하다. 우리는 우리 행동에 한계가 있다는 것을 이해해야 한다. 우리는 다만 한 인간들뿐이다. 하룻밤에 세상을 변화시킬 수는 없다. 긴급한 상황에서는 마땅히 긴급한 최선의 행동을 해야 한다. 생명을 던질 각오도 해야 한다. 하지만 우리의 희생이 거기 상응하는 변화를 가져올지 아닐지를 우리는 알 수 없다. 세상의 운명은 우리가 좌지우지할 수 없다. 하지만 나의 운명은 내가 선택할 수 있다. 당신도 줄기차게 걷고 있는 분으로 안다. 수천 명이 같이 걸을 때, 세상은 변화한다. 문정현 신부님, 우리 같이 걷자!"

사티시 쿠마르가 한국에 왔던 시간은 아름답고 감동적인 시간이었다.

선생의 말대로 적극적으로 걷다 보면, 최소한 지금보다 조금이나마 쓸 만한 인간이 될지도 모른다. 그가 아직 살아 있어서 최종적인 평가는 유보해야 하겠지만, 어쨌거나 '아름다운 인간'이 이곳에 다녀간 것만은 틀림없는 것 같다.

갯벌을 죽였더니 마을도 죽어가더라

"새만금에만 오면 흥분된단 말야."

내가 말했다. 당연한 일이지만, 한여름 갯벌 언저리는 팍팍 찐다. 갯벌에 온 시인들에게 아까 해창 갯벌에서 새만금 이야기를 너무 길게 떠들어댄 것은 아닌가 싶었다. 아마 전화 통화만 하던 '그들'이 반가워서 그랬을 것이다.

"충분히 이해됩니다."

조태경이 빙그레 웃으면서 말했다.

"아까 방조제 끝자락에서 또 헛소리하는 사람을 만났는데 가만히 듣고 보자니 가관이더라. 군산에서부터는 도로를 바다 쪽으로 내서 낚시질하기 좋게 방조제를 쌓을 거라고 어떤 친구가 신이 나서 떠드는 거야."

"거기 방조제 끝자락엔 맨 그런 사람들이지요. 앞으론 거기 가시더라도 일일이 대꾸하지 마세요."

"그게 잘 안 되네."

"하긴 그래요. 맨날 그렇게 홍보를 해대니 사람들이 그렇게 말하는 것이지요."

"나쁜 놈들, 방조제 90퍼센트 완공을 마치 새만금 공사가 90퍼센트 끝난 것처럼 떠들고 있다면서?"

"네, 꼭 그렇게는 말하지 않는다 해도 그런 분위기로 말해요."

"그러니 사람들이 걸핏하면 지금까지 돈 들였는데 어떻게 중지를 해, 그러는 거지."

"그러게 말입니다."

조태경이 말했다.

조태경은 새만금 살리기 운동판에서 만난 후배다. 지난해 부안 핵쓰레기장 반대 운동 때 그는 집시법 위반으로 부안경찰서에 잠시 감금되기도 했다. 면회를 갔더니 그는 "여기가 감옥이라면 바깥도 감옥이지요", 그 비슷한 이야기를 했다. 그 말은 마치 인두세를 납부하지 않아 읍내에 나왔다가 감옥에 간힌 헨리 데이비드 소로와 면회 왔던 에머슨이 나눈 이야기를 연상시켰다. 1846년 1월, 월든 숲에서 구두 수선공에게 구두를 맡기기 위해 읍내에 나왔던 소로는 세리(稅吏)를 만난다. 세리는 "인두세 안 내면 잡아갈 것이다"라고 엄포를 놓았다. 소로는 "잡아가려면 지금 당장이라도 잡아가라"고 맞받아쳤다. 성질이 난 세리는 곧바로 소로를 마을 감옥에 잡아 처넣었다. 놀란 에머슨이 달려왔다. "자네 왜 거기 있는가?", 목사이면서 이미 미국 사회에서 '위대한 시인'으로 통하고 있던 에머슨은 별생각 없이 멋들어지게 말했을 것이다. 그러자 소로는 "왜 목사님은 여기 안 있고 거기 계세요?"라고 답한다. 에머슨이 한 방 먹은 셈이다. 소로는 자신의 세금이 멕시코 전쟁과 노예제 유지에 쓰이는 것을 원치 않았다. 조태경은 핵쓰레기장 반대 운동을 하다가 골수분자로 찍혀 집시법 위반으로 잡혀갔다. '집시법 위반'이야 워낙 익숙한 죄목이라 그가 긴장할 리 없었다. 조태경이 한 일이 또 있다. 지금은 허물어져 흔적도 없지만, 해창산 벼랑에 여러 날 매달리기도 했다. 조태경은 그가 절벽 한가운데 나무 발판을 만들어 참선 자세로 눈을 감고 앉았다. 하지만 그때도 강제로 끄집어 내려져 잡혀갔던 것으로 기억된다. 그를 '젊은 이'라 편하게 말하지만 벌써 애가 둘이다. 이라크전 첫해에는 이라크에 날아가 자원 활동을 하기도 했다. 비록 돈벌이 같은 것은 잘 못하지만,

다채롭고 무게가 실린 이력을 갖고 있는 친구였다.

"시간이 괜찮으시면 꼭 돈지를 보여드리고 싶습니다."

커다란 눈이 다른 때보다 더 서글서글했다.

"돈지라면? 계화도 가는 길의 포구?"

"예, 그렇지요."

새만금까지 내려와서 조태경이 돈지에 들렀다 가라는데 '싫다'고 말할 수 없었다.

"그러지 뭐."

그는 조금 더 밝아진 목소리로,

"계화도에서 선생님 오셨다고 사람들이 기다립니다. 돈지로 해서 섬에 들렀다가 돌아가시지요."

하고 말했다.

"고은식 염정우, 그분들?"

"예, 선생님 오셨다고 하자 꼭 모시고 오라 그러시더군요."

"뭘, 나 겉은 사람을 모시기까지!"

"무신 말씀을요."

"아까 부산 시인들, 모두들 대단히 진지하지?"

"예, 부산 쪽 분들이어서 더 반가웠습니다."

"그 매체가 추구하는 정신도 생태주의야."

"예, 어젯밤 발행인이신 서 선생님이 책을 주셔서 밤늦도록 읽었습니다. 『신생』, 그 잡지 제목도 좋지만 정말 좋은 잡지더군요. 무슨 말을 하는지 모를 시 전문 문예지를 그렇게 열독한 적이 없었습니다."

"그랬어? 그 잡지, 좋은 잡지야!"

"선생님 연재소설도 재미있게 보았지요. 실명이 그대로 나오더군요."

"소설이라 하지만 실제 현실이 소설보다 더 극적이잖어. 그러니 실명을 안 쓸 재간이 없지. 그나저나 저건 뭐야? 가만있어 보자. 산양은 아니고, 염소는 염손데……."

나는 누군가 내가 쓴 글을 이야기하면 쑥스럽다. 칭찬은 불안하고 비판은 성질나기 때문이다. 오른쪽 야산의 바위에 검은 염소가 서 있었다. 제법 큰 녀석이었다.

"저놈들은 꼭 저 바위 위에서 놀아요."

큰 놈은 바위 위에, 작은 놈들은 바위 틈새 솔 아래 그늘에 가만히 서 있었다. 그들이 서 있는 위치에서 갯벌이 더 잘 보일 것 같았다. 염소들은 무더운 여름날 무슨 생각을 하며 바위틈에 서 있을까.

"발바닥에 고무 같은 게 달려 있어서 저놈들은 바위를 잘 탄다지."

문득 설악산에서 산양 살리기 운동을 하는 박그림 선생이 생각났다.

"그렇다지요."

"아 참, 자네 집이 돈지라 그랬지?"

"예, 며칠 전에 둘째 애를 낳았습니다."

"우와, 축하할 일이네. 그보다 중요한 일이 없지. 그래, 산모는 건강하고?"

"예, 덕분에요. ……저기 저 공장도 문을 닫았지요."

문득, 왼쪽 도로 끝의 시멘트벽돌 건물을 조태경이 가리켰다.

"전에는 제법 잘나가던 해태 공장이었지요. 방조제 막기 전엔 여기 돈지만 해도 굉장히 붐볐다고 그래요. 근데 지금은 사람 구경을 못해요. 밤에는 유령 마을처럼 변하고요. 보세요, 길거리에 사람이 없잖아요."

"그렇네, 정말."

거리에는 사람이 없었다. 간간이 한두 사람이 보였지만, 그 사람들로 이 마을이 사람 사는 마을이라고 말하긴 힘들었다. 시멘트 블록 담에는 볼썽사나운 푸른 이끼가 끼어 있었다. 보이는 집들마다 마당에 풀이 무성했다. 어떤 덩굴식물은 담을 타고 슬금슬금 거리로 뻗어 나오고 있었다. 사람이 떠난 빈집들은 바로 표가 난다. 텅 빈 도로는 여름 햇살에 이글이글 타고 있었다.

"문 신부님이 빌린 폐교 아시지요?"

"으음, 2년 전인가 자전거 타고 새만금 왔을 때 거기 묵었어."

"그땐 제가 여기 없었지요."

우리는 서울에서 수원역까지는 전철로, 이후 수원역 앞에서 자전거로 출발해 사흘째 되는 밤에 새만금에 도착했다.

학교가 폐교가 된 것도 새만금 소동 때문이었다. 사람들이 떠나니 어린이들도 떠났던 것이다. 버려진 학교를 지금은 문규현 신부님이 교육청에서 빌려 갯벌생태학교로 사용하고 있었다. 텅 빈 운동장은 잡풀들이 제 세상 만나서 싱싱하게 자라 있었다. 담배를 한 대 꺼내 물며 그때 서울에서 부안까지 자전거로 같이 달려 온 사람들을 떠올렸다. 개중에는 상처를 받아 환경 운동판에서 영영 종적을 감춘 사람도 있었다.

"방조제를 막으면 여기 마을도 죽는다는 걸 아무도 몰랐을 거예요. 농사짓는 사람들도 지난 홍수 때 논에 물이 역류해서 다 망쳤다고 해요."

조태경이 말했다.

돈지 쪽 포구는 죽어버렸다. 물이 빠져나간 갯벌에 폐선들이 시체처럼 얹혀 있었다. 조태경은 바로 그 죽은 마을을 내게 보여주고 싶어 했다. 같이 봐야 할 것은 반드시 같이 봐야 한다는 것이 조태경의 생각이 었을 게다.

계화도에서는 조태경의 말대로 고은식 씨가 기다리고 있었다.
"오셨다는 소식 들었습니다."
"반갑습니다. 듣자니, 무슨 공사를 시작한다고요?"
"예, 마침 어떤 분이 김 공장을 하던 버려진 건물을 주셔서 그거 개조해서 갯벌교육관을 지으려고요. 그래서 요즘 바쁘답니다. 마음이 더 급하고 바쁘네요."
그리고 고은식 씨는 웃었다.
고은식 씨라면 새만금 살리기 집회 때마다 만난 계화도 섬사람이다. 그를 새만금이든 서울이든, 삼보일배 현장이든, 집회장에서 만나기 시작한 지 벌써 4~5년은 좋이 되어간다. 언제나 같은 얼굴이다. 짧은 머리에 시꺼멓게 탄 얼굴이 그렇고, 빛바랜 윗저고리가 또한 그렇다. 본디 겸손한 분이지만, 시간이 갈수록 이 사람이 철학자가 되어가고 있다는 것을 느끼고 마음속 깊이 놀란 적도 한두 번이 아니다. 그가 사용하는 말이 점점 시인의 말처럼 함축적이고 깊어지기 시작한 것이다. 재앙이 사람을 깊어지게 하는 산 예로서 나는 누구보다 먼저 그를 떠올리곤 했다.

지난해 11월이었던가, 부안성당을 거쳐 조태경을 면회 갔다가 저물녘 계화도에 들어간 적이 있다. 사람들은 모두 부안 핵쓰레기장 소동으로 마치 전쟁을 치르고 있을 때 그는 '갯벌을 살리자'는 화두로 계화도에서 '홀로 삼보일배'를 하고 있었다.

당시 내가 섬에 들어가 그의 집을 찾았을 때, 그는 개밥을 주고 있었다. 반갑게 인사를 나눈 뒤 그는 곧 목장갑을 끼더니 섬 입구 다리목의 진양슈퍼로 발걸음을 뗐다. 섬의 아이들과 저녁 7시에 약속한 장소가 바로 진양슈퍼 앞이었다.

슈퍼 앞에 이르니, 아이들 예닐곱 명이 벌써 종이컵에 촛불을 붙이고 있었다.

"일찍 왔구나. 얘들아 기도를 하자."

고은식 씨가 말했다.

"바다를 살려주세요."

겨울밤, 외딴 섬 다리목 입구에서 아이들이 외쳤다. 그게 기도의 전부였다. 나중에 듣자니 이 짤막한 기도문을 아이들이 만들었다고 했다. 아이들은 언제나 지름길을 택한다. 어른들처럼 복잡하게 말하지 않는다.

"자 그럼, 시작한다."

아이들의 외침이 끝나자 고은식 씨는 곧 익숙한 동작으로 겨울 아스팔트 바닥에 엎드렸다.

하루는 진양슈퍼에서 동쪽으로 장금 마을까지, 그다음 날에는 반대편인 서쪽 양지포구까지, 당시 그는 벌써 13일째인가 아이들의 호위(?) 속에서 '홀로 삼보일배'를 하고 있었다. 계화도를 관통하는 도로는 총 3.3킬로미터. 그러므로 하루에 다리가 끝나는 삼거리에 위치한 진양슈퍼로부터 섬의 반가량을 삼보일배로 기도를 올리는 셈이었다.

삼보일배라는 기도 형식이 어디서 누구에 의해 벌어지든 그것은 참혹한 형태의 기도 방식이다. 지난 선거 때에는 어떤 여성 정치인이 토라진 남도 민심을 되찾고자 중인환시 가운데 울면서 삼보일배를 채택했는데,

그때 텔레비전으로 그 모습을 바라보던 나는 웃을 수도 울 수도 없어 심히 곤혹스러웠던 적이 있다. 삼보일배의 오용이라 할까, 삼보일배가 정치적으로 헐값으로 소비되는 곤혹스러움이라 할까, 그랬다. 어차피 모든 삼보일배가 정치적일 수밖에 없지만, 외딴 섬의 겨울밤 한 어민이 촛불을 밝힌 섬 아이들과 대책 없이 외롭게 올리는 삼보일배와 그것은 달리 바라보고, 달리 말할 수밖에 없었다.

"이 일밖에 할 게 없어요. 새만금은 죽을 수 없는 땅이지요. 물론 저희도 핵폐기장 들어서면 안 된다고 생각합니다. 그래서 집회에 참석하지요. 하지만 거기에서 새만금 이야기는 한마디도 할 수 없는 현실이 안타깝습니다. 핵폐기장 막아야 할 일이나 새만금 살려야 할 일이나 다 같은 일이고 같은 뿌리인데도 말예요."

그때 고은식 씨가 한 말이다.

"김 공장 하던 곳이라고요? 여기서 멉니까?"

내가 물었다.

"아뇨, 안 멉니다. 그렇잖아도 최 선생님 오시면 같이 가보려고 했지요."

나는 조태경과 차로 이동했고 계화도 사람들은 오토바이로 이동했다.

그들이 거저 얻어 이제 손을 본 뒤 '갯벌교육관'으로 쓰려는 폐건물은 양지포구로 꺾이기 전의 삼거리에 있었다.

마침 건물 앞에 진흙을 트럭으로 한 차 실어놓은 상태였다.

방치된 지 오래된 건물이라 말로 형언키 어려운 곤란한 상태였지만 고은식 씨와 마을 사람들은 그것을 교육관으로 개조할 대사를 앞두고 사뭇 흥분되어 있었다.

"여긴 강당으로 쓰고요, 여긴 헐어서 샤워실로 만들 작정입니다."

김종덕 씨가 말했다. 전날 술 마시고 오토바이 타다가 넘어져 그는 팔 뚝에 반창고를 붙이고 있었다.

"공사비는요?"

"한 1,000만 원 정도 잡고 있습니다."

"돈이 그렇게 됩니까?"

"모금도 하고요. 그런데 외부 돈도 좋지만 여기 섬사람들 힘으로 짓고 싶어요. 이거 들어서면 바로 우리 섬사람들이 모여 이 공간을 누릴 거니 깐요. 물론 외부 분들도 갯벌 이야기하려는 분들, 누구든지 환영하겠지 만요, 우리 계화도 사람들부터 여기 교육관을 통해 갯벌을 다시 봐야겠 지요. 우리부텀 달라지지 않으면 갯벌을 살린들 무슨 의미가 있겠어요. 살리고 먼저 달라져야 할 사람들도 바로 우리들이지요."

고은식 씨가 어눌한 목소리로 그렇지만 또박또박 말했다.

나는 평범한 어민일 뿐인 그가 새만금 소동으로 인해 어떻게 의식화 되었는지 익히 알고 있었기 때문에 그와 긴 말을 나누지 않아도 뒤에 이 어질 말을 짐작할 수 있었다. 그는 깊어지는 자각대로 분식하지 않고 말 하는 사람이었다.

"언제쯤 공사가 끝낼 예정인가요?"

"올 추석 보름달 밤에 잔치를 열 생각입니다. 그때 달 뜨면 우리 이 동 네 참 아름답습니다."

"아, 그렇겠네요. 그러니 인부 안 쓰고 몽땅 섬사람들 힘으로 고쳐 짓 겠다 그 말이지요."

"아무리 인부를 안 쓰고 고친다고 해도 돈 1,000만 원은 들여야 뭐가 돼도 될 거예요."

"그럼요, 아마 그 돈으로도 모자랄 겁니다."

"저기 방조제 앞에 농업기반공사가 국민 세금으로 세운 기념관과는 규모로나 내용도 다르지만, 우리 교육관이 아마 훨씬 더 폼 날 겁니다."

섬사람 김종덕 씨가 상기된 목소리로 덧붙였다.

"그럼요, 그렇고말고요."

진심으로 그들의 말에 동감을 표했다.

그런데도 버려진 김 공장을 고쳐 갯벌교육관을 지으려고 한여름에 소매를 걷어붙인 그들이 참으로 눈물겨웠다.

『신생』에서 갯벌에 모시고 온 사람들에게 잠시 떠들었다고 준 강사료 일부를 계화도 사람들에게 어색한 얼굴로 보탠 뒤, 그들과 음료수 한 병을 나누고 곧 헤어졌다.

돌아갈 먼 길 때문이었다.

조태경은 왔던 길인 돈지로 빠지지 않고 나를 양지포구로 안내했다.

양지포구 갯벌에는 피서차 온 외지 사람들이 물이 나가자 갯것들을 잡느라 야단법석이었다. 웃고 소리치며 마냥 밝은 얼굴로 갯벌을 즐기고 있었다.

섬사람들은 외지 사람들의 그런 모습을 쓸쓸하게 지켜보고 있었다.

어떤 사람들의 여름 휴가철 유희 마당이 어떤 사람들에게는 빼앗긴 생존의 텃밭이었다.

설치작가 최병수가 만든 목각 짱뚱어가 포구 입구의 갯벌에 비스듬히 외롭게 서 있었다. 지지난해 겨울, 부안 사람들은 바로 그 목각 짱뚱어를 리어카에 싣고 서울까지 뚜벅뚜벅 걸어 올라왔다. 새만금에 가면 도처에 갯벌을 살리려는 안간힘의 유물들이 상처처럼 서 있었다.

갯벌은 곧 떨어질 저물녘 햇살을 가득 머금고 은회색으로 조용히 반짝였다.

뻘에 난 작은 구멍들이 모두 갯것들이 움직인 흔적이라고 조태경이 내게 말해주었다. 동해에서 자란 나는 서해 갯벌 앞에서 조태경의 말을 가만히 듣고만 있었다.

방조제에서 만난 사람들에게는 "이런 게 국토 확장이란 말입니까"라고 흥분해 떠들었고, 시인들을 만나서는 "이 파렴치한 토목 범죄에 치를 떱니다"라고 말하던 나는 시간이 갈수록 할 말을 잃고 있었다. 조태경도 덩달아 깊은 침묵 속으로 빠져드는 것 같았다.

절각수(折脚獸)가 아니라면 산다

> 자신의 무딘 자각력에 비추어 동물이 말을 못한다고 그들을
> 벙어리라고 부르는 것은 인간의 자만심과 주제넘음, 바로 그것이다.
> —마크 트웨인

춘천 서면 골짜기 툇골에 집을 짓던 지난 늦가을 밤의 일이다.

계단을 만들고 창틀을 다느라 같이 일하던 맹 목수가 전화를 걸어왔다.

"소장님, 좀 있다가 저희 목수 한 사람이 고라니를 싣고 연구소로 갈 겁니다."

"아니, 무슨 고라니?"

"차에 치였나 봐요. 툇골에서 멀지 않으니 소장님이 이리로 오시든가요."

"거기가 어딘데요?"

"풍년오리집 좀 지나 부엉이다리 근처입니다. 독수리 오형제한테도 연락을 해놨는데, 아무래도 그냥 산으로 보내면 죽을 것 같고, 연구소 욕조에서 하룻밤 재우고 난 뒤에 어떻게 해야겠어요."

맹 목수가 말했다.

아닌 밤중에 홍두깨 같은 소리였으나, 기다릴 게 아니라 어서 달려오는 것도 좋다고 하니 서둘러 고라니 현장으로 달려갔다.

부엉이다리는 다행히 연구소 신축 현장에서 그리 멀지 않은 곳이었다. 부엉이가 자주 출몰해 '부엉이다리'라 이름 붙였는데, 맹 씨와 같이 부엉이를 본 게 아닌데도 맹 씨도 덩달아 그 작은 시멘트 다리를 부엉이다리라 따라 불렀다. 툇골은 야생동물이 특히 많은 곳이었다.

현장에는 맹 씨와 고라니를 처음 발견한 젊은 목수 황 씨 그리고 독수리 오형제가 아니라 경찰관 두 명이 먼저 와 있었다. 좁은 시골길에 헤드라이트를 켠 채 시동을 끄지 않은 차들이 붕붕거리고 있었다. 길 가장자리 풀숲에는 갈색 고라니 한 마리가 얌전하게 서 있었다. 제법 큰 놈이었다. 서 있는 키가 좋이 1미터는 넘었고, 겨울철을 앞둬서인지 살이 올라 있었다. 붕붕거리는 차의 소음과 환한 자동차 불빛에 고라니는 정신이 하나도 없을 텐데도 다친지라 겁에 질린 순한 눈으로 거짓말처럼 가만히 서 있었다. 사람들이 손전등을 비춰댔지만, 몸을 움직이기 힘들어 보였다.

고라니가 서 있는 풀숲에는 보랏빛 꽃향유가 잔뜩 피어 있어서 얼핏 보면 무릉도원에 서 있는 행복한 고라니 같기도 했다. 하지만 그곳이 무릉도원이 아니어서도 그렇지만 고라니는 가끔씩 오한처럼 몸을 떨어댔다.

"어디를 다쳤을까?"

"아까 처음 봤을 땐 길에 쓰러져 있었는데, 저렇게 일어선 게 잠시 전이에요."

처음 고라니를 발견한 황 목수가 말했다.

"엉덩이 쪽 같아요."

그 말이 떨어지기 바쁘게 한 경찰관이 손전등을 비추며 고라니의 엉덩이를 살피기 시작했다. 엉덩이 쪽에 타이어 바퀴 자국이 희미하게 보였고, 뻣뻣하고 진한 갈색 털이 뜯겨져 나간 부위가 발견되었다. 찢겨진 쪽을 조금 들어 올리자 검붉은 피가 응고되어 털에 붙어 있는 게 보였다. 상처의 깊은 곳에서는 아직 피가 조금씩 배어나오고 있었다. 찢어진 살점이 손전등의 불빛에 유난히 붉게 느껴졌다. 털에 덮여 있어 얼른 보이지 않았지만 상처는, 모든 상처가 그렇지만, 보기에 안쓰러웠다. 이상하게도 고라니는 사람들이 자신의 상처를 살피고 있는데도 무심한 듯 몸을 맡기고 그대로 서 있었다. 저항을 단념했다기보다 자신에게 일어난 일을 아직 제대로 이해할 수 없다는 몸짓 같았다.

"어떡하면 좋을까요?"

"다행이네요. 다리를 안 다쳐서."

누군가가 말했다.

"일단 연구소로 데리고 가서 하룻밤 재운 뒤에 내일 어떻게 해보지요."

맹 목수의 의견이었다.

"그럼 안 돼요. 야생동물은 감금시키면 엄청난 스트레스를 받을 겁니다."

고라니의 상처를 까뒤집어보던 경찰관의 굵직한 목소리였다.

"감금이라기보다 저희가 지금 집을 짓고 있으니 거기 욕조에 데리고 가 씻기고 하룻밤 재우고 내일 해가 뜨면 수의사나 동물 보호 단체에 연락해보자, 뭐 그런 이야기지요."

이번에는 맹 목수의 후배인 황 목수가 말했다.

전문학교에서 '투 바이 포(Two By Four)' 공법을 배운 이 목수 팀은 아주 젊은 사람들이었다. 팀장인 맹 목수조차 마흔다섯밖에 안 되었고, 나머지 목수들은 모두 삼십 대 초반이었다. 집을 지으면서 노래를 흥얼거리던 친구들이었다.

"최 선생님 의견은 어떠세요?"

맹 목수가 물었다.

난감했다.

"글쎄요, 제 생각에도 경찰관 아저씨 말씀마따나 강제로 이동시키면 고라니가 엄청 스트레스를 받을 것 같애요. 그렇다고 이 야밤중에…… 정말 난감하네요."

그러면서 나는 문득 설악산의 박그림 선생님 생각이 났다. 그러면 이때 어떻게 처신하는 게 가장 현명한지 알 것만 같았다. 하지만 전화번호를 외고 있지도 않았고, 다만 어떤 결정이든 해야 할 판인지라 늘 산양 이야기를 하며 사는 그가 떠올랐을 뿐이었다.

"동물의 왕국에서 본 것처럼 마취 주사를 쏴 쓰러뜨릴 수도 없고 말야."

"다리를 다친 게 아니니까, 산으로 돌려보내는 게 나을 것 같아요. 이 정도 상처라면 동물들은 특히 자생 능력이 강하니까 상처는 곧 아물 겁니다, 아마!"

내가 말했다.

"고라니를 친 놈은 못 봤지요?"

경찰관이 젊은 황 목수에게 물었다.

"예, 제가 봤을 땐 고라니가 길 복판에 누워 있었어요."

고라니를 치고 달아난 차는 지금쯤 어디를 달리고 있을까.

그 며칠 전, 우연히 신문에서 로드 킬(road kill)이 해마다 크게 증가하고 있다는 기사를 본 기억이 났다. 국정감사 때 건설교통위의 한 국회의원이 발표한 자료였다.

자료에 의하면, '지난 98년 이후 올 9월까지 로드 킬을 당한 야생동물은 모두 3,961마리인데, 98년 105마리, 99년 158마리, 2000년 254마리, 2001년 429마리, 2002년 577마리, 2003년 940마리, 금년 9월 현재 1,498마리 등으로 해마다 급증하고 있다'고 했다. 98년 이후 로드 킬 당한 동물 중 고라니가 1,495마리로 가장 많았으며, 이어 너구리 1,462마리, 노루 305마리, 토끼 258마리 등이라고 그 자료는 밝히고 있었다. 그나마 이 땅에 생존하고 있는 얼마 안 되는 야생동물들이 천적에 의해서가 아니라 자동차에 의해 그렇게 많이 죽어가고 있는지 몰랐다. 통계에 잡히지 않은 동물들은 얼마나 많을 것인가.

툇골은 고속도로는커녕 농촌 길이었는데, 누군가 밤길에 길이 텅텅 비었다고 과속을 한 모양이었다. 골짜기 끝자락에 연전(年前)에 들어선 불가마에 다녀가던 사람일까. 아니면 저수지 위쪽의 펜션에서 '볼일'을 마치고 돌아가던 사람일까, 알 수 없는 일이었다.

우리는 가만히 서 있는 고라니를 둘러싸고 한참 동안 설왕설래를 계속했다.

모두들 난감해했다. 심지어 시내 동물병원의 수의사를 깨워 오자는 의견도 있었다.

그런 이야기를 하는 동안, 어떤 사람들은 고라니의 머리를 부드럽게 쓰다듬기도 했다. 야생의 고라니는, 참으로 이상한 일이지만, 자신의 주변을 둘러싼 사람들이 적대적이지 않다는 것을 느껴서 그랬는지, 불안한 가운데에도 쉽게 머리를 맡겼다. 마치 이 사람들이 자신의 운명을 좋은 방향으로 모색하기 위해 지금 애쓰고 있다는 것을 알아챈 것 같았다. 그렇게 해석할 수밖에 없었다. 고라니는 노루와 비슷한 놈이기 때문에 그 눈이 한없이 순하고 부드러웠다. 하지만 노루나 사슴과는 달라 성질머리가 아주 급하고 고약하다는 이야기를 들은 기억이 났다. 낚시광인 황 목수는 차에서 낚시할 때 쓰는 플라스틱 통을 꺼내 개울의 물을 떠주기도 했다. 고라니는 입을 대는 시늉을 했으나 혀만 적실 뿐, 물을 마시지는 않았다.

고라니 한 마리 때문에 깊은 밤 숲 속의 공기가 갑자기 부드러워졌다.

사람들이 상처 입은 고라니 한 마리 때문에 모두 선한 사마리아인이 되어버린 것이다.

다친 고라니가 그 부드러워진 밤공기의 한복판에 서 있었다.

고라니가 서 있는 길섶에는 보라색 꽃향유가 사태와 관계없이 흐드러지게 피어 있었다.

아무도 그날 밤, 고라니의 근수를 재지 않았다.

누구도 그날 밤 고라니의 값을 매기지 않았고 고라니 고기 맛에 대해 말하지 않았다.

누구도 그날 밤, 더 많은 고라니가 나타나기를 바라지 않았다.

오로지 우리는 고라니를 살릴 걱정만 했고, 고라니는 그런 우리를 깊이 느끼고 있는 것 같았다.

고라니는 자신의 운명에 대해 우리가 어떤 결정을 할지 가만히 기다리는 눈치였다.

결국, 고라니를 '산으로 되돌려 보내자'로 의견이 모아졌다.

"절각수(折脚獸)는 산에 돌아가봤자 죽지만, 이놈은 다리를 다치지 않아 죽지 않고 잘 살 겁니다."

경찰관이 말했다.

그가 절각수라는 말을 사용하자 나는 얼른 그의 얼굴을 살폈다. 나이가 좀 든 사람이었다. 경찰관들의 달라진 계급에 대해 잘 모르고 있었지만, 부러 살펴보니 견장에 은빛 계급장이 그의 동료보다 하나쯤 더 붙어 있는 것 같았다. 마음속으로 '절각수'라는 말의 한자를 떠올려보았다. '다리가 부러진 짐승'이라는 뜻 같았다.

"그게 좋을 것 같습니다."

내가 말했다.

분위기가 그렇게 돌아가자 맹 목수가 손전등의 불빛을 산 쪽으로 가리켰다. 그리고 나머지 사람들은 축구선수처럼 어깨를 붙여 서서 고라니를 산으로 천천히 몰았다. 고라니는 사람들의 결정을 알아챈 듯, 천천히 계곡으로 발걸음을 떼기 시작했다. 한 발 한 발, 아주 무거운 걸음걸이였다. 엉덩이에 상처를 입었지만, 이놈은 절각수가 아닌 게 분명했다.

"그래, 산으로 돌아가라. 걸을 수 있는 한 천천히 돌아가렴! 네 가족들이 널 찾고 있을 거야."

누군가가 낮은 목소리로 말했다.

그 혼잣말 같은 기도는 울림이 아주 컸다. 다른 사람들의 마음도 그런 말을 하고 있었기 때문일 것이다.

고라니는 천천히 부엉이다리 개울 옆의 시멘트 난간을 향해 발걸음을 뗐다. 산에서는 생전 겪어보지 못한 찢어질 듯한 고통을 가득 머금은 걸음걸이였지만, 살 수 있다는 확신과 산으로 돌아가는 게 불가피한 선택이라는 것을 받아들이는 그런 걸음걸이였다. 난간이 끝나는 곳은 콩밭이었는데, 고라니가 콩밭 앞에서 잠시 걸음을 멈추었다. 지켜보던 사람들은 긴장했다. 그때는 이미 모든 차량의 엔진을 다 끄고 있었기 때문에 깊은 밤 계곡은 말할 수 없이 고요했다. 콩밭을 지나 어둠에 묻힌 산으로 들어갈 고라니와 그것을 지켜보고 있는 사람들밖에 없었다.

콩밭에서 고라니는 문득 고개를 돌려 이쪽에 있는 우리를 돌아다보았다.

마치 인사를 하는 것 같았다.

그리고 잠시 후, 고라니는 어둠 속으로 사라졌다.

사람들은 오랫동안 고라니가 사라진 쪽을 바라다보았다.

이윽고 헤어질 때, 고라니를 위해서든 누구를 위해서든 아무것도 한 게 없는 우리는 마치 오래된 형제들처럼 따뜻한 감정으로 서로 작별 인사를 나누었다.

사막의 우물 파는 인부

히말라야의 시골 학교

21세기를 한 달 앞두고 석우가 히말라야에 다녀온 까닭은 달마가 동쪽으로 간 까닭과는 달라도 너무 달랐다. 그렇지만 그가 왜 그곳에 갔다왔는지 아는 사람은 아무도 없었다. 석우가 간 곳은 네팔 히말라야였다. 거기 8,000미터급 고봉이 많아서 히말라야 하면 네팔부터 떠올리지만 히말라야 산군(山群)에 걸친 나라는 적지 않다. 북인도 히말라야도 있고, 파키스탄 히말라야도 있고, 방글라데시 히말라야도 있다. 티베트 히말라야도 물론이다.

돌아다니기 좋아하는 석우가 북인도 마날리나 라다크를 헤맨 적은 더러 있으나, 이번에 간 네팔 히말라야는 7년 만이었다. 7년 전 그가 산 타는 친구들과 함께 뚜벅뚜벅 오른 산은 안나푸르나 2봉 쪽이었다. 그렇게 매일 눈만 뜨면 끝없이 걸어 오르는 것을 사람들은 '히말라야 트레킹'

이라 불렀다. 주변에 설산(雪山)이 있어야 하는 것은 물론이다. 신(神)의 얼굴을 한 설산이 없다면 히말라야 트레킹이라 말하기 곤란하다. 저 멀리 눈부신 설산이 보였기 때문에 하루에 두서너 말씩 땀을 흘리면서도 사람들은 걸을 수 있었다. 그곳 사람들에게 만년설은 오래전부터 신이었다. 하지만 외래인에게 설산은 다만 눈 덮인 거대한 암벽일 따름이라 할 수도 있다. 그렇지만 아무리 종교심이 없는 사람이라도 걷다가 문득 햇살에 번득이는 설산을 볼라치면, 그 위용과 신비로움에 법열 같은 외경심에 휩싸이곤 했다. 그래서 그곳 원주민들이 오래전부터 그 산에 신의 이름을 붙인 사정을 단박에 이해하게 된다.

포카라를 떠난 지 사흘쯤 됐을까. 천천히 걸었지만 점점 숨이 가빠오고 머릿속에는 디잉디잉 소리가 나는 것 같으면서 이마에 미열이 일어나는 것이 고산병 초기 증세 같았다. 고산병에는 하산하는 길밖에 다른 약이 없지만 석우는 동료들보다 더 느린 속도로 걸음으로써 기압 변화에 적응하기로 했다. 천천히 적응하면 숨도 덜 가쁘고 머리도 다시 맑아질 수 있었기 때문이다. 친구들이 제아무리 빨리 걸어도 오후에 산그늘이 내리면 만나기로 한 곳에서 다시 만날 수 있었기 때문이기도 했다.

해발 1,800미터 지점쯤이었다. 석우는 산 중턱에서 한 학교를 만났다. 오래전 고산 경험을 한 바 있는 친구들은 석우보다 먼저 학교를 지나쳐서 뒤처진 석우가 학교를 만났을 때는 혼자였다. 아주 작은 학교였다. 코딱지만 한 건물 두 채가 편마암 돌길 아래 닿을 듯 붙은 학교였는데, 학생 수는 50명도 채 안 돼 보였다. 초등학생쯤으로 보이는 어린이도 있었지만, 중학생쯤의 소녀도 많이 눈에 띄었다. 벽은 돌을 깎아 올렸으나 돌 위에 굵은 나무를 지지대로 올린 천장은 햇살을 퉁겨내는 양철 지붕이었다. 돌길은 바로 그 지붕과 수평이었다. 그래서인지 맨발의 어린이들 몇은 양철 지붕 위에서 뛰놀고 있었다. 아이들이 양철 지붕 위에서 장난을 칠 때마다 우지끈 부서질 듯한 소리가 났다. 학교 지붕에서 뛰노는 아이들이 내는 그 소리보다 맑고 경쾌한 소리는 따로 없을 것 같았다. 여학생들은 헐렁한 푸른 제복을 입고 있었는데, 까무잡잡한 피부에 커다란 눈을 가진 그녀들 또한 대부분 맨발이었다. 시커먼 종아리는 누구랄 것 없이 생채기가 눈에 띄었건만, 맨발도 다리의 생채기도 도통 신경 쓰지 않는 눈치였다. 소녀들은 고무줄놀이를 하며 제삿날 모이는 큰댁의 마당보다 좁은 운동장에서 이유 없이 입을 크게 벌리고 환하게 웃고 있었다. 건강한 새끼 당나귀들 같았다.

석우가 학교에 다다랐을 그때가 아마 쉬는 시간인 모양이었다. 운동장 끄트머리에 서 있는 잎이 넓은 바나나무 그늘 아래에는 수도 파이프가 있었다. 한눈에 봐도 잠글 수 없는 수도 같았다. 수돗가에서도 여러 학생들이 물을 튀기며 장난질을 치고 있었다. 녀석들의 물장난으로 석우의 얼굴에도 물이 튀었다. 석우는 그래도 기분이 좋았다. 갑자기 산중에서 만난 학교가 그리 반가울 수 없었다.

햇살은 눈부시고 습기가 없는 공기는 청량했는데, 조금 공부하고 많이 노는 산중의 네팔 학생들은 싱그럽기 짝이 없었다. 원래 천성이 밝고 착한 데다가 어린 사람들이었으므로, 그 아름답고 생기발랄한 시골 학교가 석우에게 준 인상은 여간 강렬하지 않았다.

그곳에서 석우는 교사 한 사람을 만났다. 키가 크고 턱에 수염이 있는 잘생긴 청년이었다. 뾰족한 코에 깊은 눈을 가진 아리안계였다.

석우는 청년 교사와 몇 마디 이야기를 주고받았다. 중학 수준의 제멋대로 영어로 "이 학교가 매우 아름답다"라고 말했다.

그러자 교사는 감사를 표하면서 "아이들을 위해서 해줄 수 있는 게 부족하다"라고 대답했다.

"그렇담, 혹시 내가 이 학교를 위해 도울 수 있는 게 뭐가 있을까?" 물었다.

청년 교사는 "칠판이 필요하다"라고 말했다. 그러고 보니 교실에 칠판이 없었다. 시멘트 벽에 백묵으로 글씨를 쓴 뒤 물걸레로 지우고 있었다. 시멘트가 채 굳기 전에 그어놓은 금이 칠판을 무슨 추상화처럼 만들어놓았다.

잠시 생각하던 석우가 말했다.

"칠판은 부피가 크므로 나중에 학용품을 보내주겠다."

학생들의 필기구나 공책이 형편없는 수준이었기 때문이다. 얇은 교과서는 그것을 갖고 얼마나 흔들어댔는지 걸레짝처럼 너덜거렸고, 어떤 녀석들은 검은 나무판에 나무 꼬챙이로 젖은 진흙을 묻혀 글씨를 쓰고 있었다.

그리고 세월이 흘렀건만 석우는 그 약속을 지키지 못했다.

정리벽이 없는 편인 그는 한국으로 돌아온 뒤 히말라야 산중의 열악하지만 아름다웠던 그 학교의 주소를 그만 잃어버리고 말았다. 실로 답답하고 안타까운 노릇이었다. 매년 한 차례씩은 정신 똑바로 차리고 당시의 노트나 메모 쪼가리를 찾으려고 눈을 밝혔으나 무슨 영문인지 쓸데없는 힌두 식당의 영수증은 있었지만 학교 주소는 끝내 찾지 못했다. 돌아오자마자 곧바로 했어야 할 일을 제때 하지 못한 석우는 7년 동안 그곳에서 자신이 허풍을 떨었다는 사실을 잠시도 잊은 적이 없었다.

석우가 그 학교를 다시 찾아가야 한다고 결심하게 된 것은 1999년 가을부터였다. 밀레니엄 버그 이야기가 나온 것은 전해부터였지만, 가을로 접어들자 입 가진 사람들 모두 지난 천 년과 새로 올 천 년에 대해 극성을 떨어댄 것도 석우의 결심을 부추긴 한 요인이라면 요인이었다. 매체들은 연일 지면을 '20세기 특집'으로 채우곤 했다. 한쪽에서는 과학과 기술 발전의 괄목할 만한 성취가 있었다고 해석했고, 다른 한쪽에서는 지난 천 년은 학살이 끊이지 않은 야만의 세기였다고 회고했다. 그러나 지난 천 년에 대한 해석과 도래할 천 년에 대한 바람과 전망보다도 석우에게 더 중요하고 화급한 일은 7년 전 히말라야 산중의 그 작은 학교에서 떨었던 허풍에 대해 책임지는 일이었다. 그 우스꽝스러운 강박관념은 가을이 깊어지면서 병처럼 덩달아 깊어져, 나중에는 새로운 세기가 오기 전에 만사를 제쳐두고라도 그 학교만은 꼭 다시 찾아야겠다고 결심하기에 이르렀다.

이번에 네팔에 갈 때 그는 학용품을 잔뜩 준비해 갔다. 그리고 그 학교를 찾기 위해 여러 날을 애썼다. 길이 많이 달라져 있었다. 산업화의 바람은 더디지만 네팔에도 불어닥치고 있었다. 가파른 다랑논에서 농사 짓는 사람들은 모두 여인네들이었다. 젊은이들은 도시로 나가고, 전통적인 가정은 서서히 해체되고 있음을 느낄 수 있었다. 산을 오를 때에는 학교를 못 찾았으나, 포기한 심정으로 다른 길로 접어들어 하산하면서 며칠 만에 그는 마침내 학교를 찾았다.

그러나 학교에는 더 이상 학생들이 없었다. 눈썹이 짙고 코가 오뚝하던 젊은 교사도 어디 가고 없었다. 바람이 실어 나른 쓰레기들만 텅 빈 교사(校舍)의 진흙 섬돌 아래 가지런히 앉아 있었다. 시멘트 칠판에는 열매처럼 생긴 네팔 언어가 몇 자 적혀 있었다. 텅 빈 교실에서 학용품이 가득 든 배낭을 멘 석우는 망연자실할 수밖에 없었다. 그는 새 천 년의 얼마간 이 나라에 더 머물러 있을 텐데, 다시는 지키지 못할 허풍을 떨지 않으리라 입술을 깨물고 결심했다.

80년대만 해도 네팔에서 인도의 사창굴로 팔려 나가는 소녀들의 평균 연령이 14~16세였으나, 1994년에는 10~14세로 내려가고 있다는 통계를 접한 것은 석우가 한국으로 돌아온 뒤였다. 석우는 그때 그 좁은 운동장에서 하얀 이를 드러내며 껑충껑충 새끼 당나귀처럼 뛰놀던 소녀들을 떠올렸다.

준비한 학용품을 다른 학교에 선물하면서 석우가 생각한 것은 꼭 자신의 허풍에 대한 반성만은 아니었다.

검은 소와 히말라야 사람들

지난해 세밑, '밀레니엄' 열풍에 흥분한 한국인이 보여준 광기 어린 주책은 새삼스러운 것은 아니었지만, 한심스럽기 짝이 없었다는 점에서 새해를 맞이하고도 여전히 쓴웃음이 나왔다. 특급 호텔이 마련한 몇 천 달러짜리 1박 패키지가 정신없이 팔려나간 일, 정동진 해맞이 열차 상품이 발매하자 10초 만에 동이 나버린 일, 몇 십 억을 들여 일본보다 크게 지었다고 회심에 잠기게 한 그곳의 모래시계, 재주 많다고 알려진 한 문명사가의 아이디어로 차곡차곡 진행된 새 천 년 축제 등 모든 게 정신

차리기 힘든, 거대하고 현란한 한바탕 낭비의 세밑이었다.

지난 세기에 대한 반성과 우리가 처해 있는 곤혹스럽고 어두운 현실에 대한 혹독한 응시는 그런 축제에서 약속이나 한 듯이 결여되거나 간과되었다. 이른바 '20대(부유층) 80(빈민층)의 구도' 속에서 20에 속하는 사람들의 짓거리뿐 아니라 거기 속하지 않는 게 확실한 사람들마저 Y2K 공포 때문에 식료품이나 생필품을 필요 이상으로 사재기함으로써 물가 불안을 촉진시킨 일도 빠뜨릴 수 없는 세밑 풍경이었다. 발 빠르게 새 천 년 특수(特需)에 개입한 상혼(商魂)과 거기 동조한 자기중심주의와 이기심이 세밑 우리 사회의 겨울 풍경들이었다.

그렇지만 어떻게 생각하면 그런 광분이 사실 조금도 이상한 일이 아니긴 했다. 한 사회의 성숙이나 진화가 그렇게 눈에 띄게 진행되는 게 아니기 때문이다. 새 천 년이 시작되었건만 아무것도 달라진 게 없다고 생각하고 있던 석우가 다시 히말라야를 떠올린 것은, 새 천 년 들어서자 만난 흑염소 도살업자들 때문이었다. 더러 소에게 물 먹이는 풍경은 카메라에 심심찮게 잡히던 터였는데 이번에는 염소였던 것이다.

지난해 가을, 석우는 네팔 히말라야 해발 2,500미터의 한 구릉 마을을 지나고 있었다.

석우의 여행 스타일은 도시를 경유해 산중에 들어간 뒤 우리 돈으로 1박에 500원이나 700원짜리 로찌나 현지인들과 같이 외양간 같은 데서 뒹굴기 때문에 한두 달쯤 머물면 비행기삯을 합쳐 계산한다 해도 그 시간 동안 한국에서 쓰는 돈보다 덜 쓰곤 했다. 버는 일이 시원찮은 석우에게 덜 쓰는 게 굳는다는 오래된 경제학을 적용하면, 그의 경우에는 히말라야 언저리에서 오래 헤맬수록 돈을 번다는 계산이 나오곤 했다.

포카라에서 안나푸르나 쪽으로 뚜벅뚜벅 걸어 오르기 시작한 지 사흘 쯤 되었을 때였다.

다랑논 한쪽 구석에서 한 사내가 말뚝에 바투 묶여 있는 검은 소를 내려다보고 있었다. 소는 사내가 무슨 생각을 하건 아랑곳없이 사내가 뜯어준 풀을 무심한 자세로 먹고 있었다. 사내의 손에는 자루가 긴 망치가 들려 있었다.

한낮이었다.

오래 생각할 것도 없이 그것은 소를 잡으려는 풍경이었다. 마침 히말라야 전체가 한 해 중 가장 큰 힌두 축제 때라는 것을 석우는 바로 상기했다. 석우는 작은 산길 옆 돌담에 배낭을 내려놓고 목에 걸고 있던 카메라의 잠금 장치를 풀었다. 이곳 사람들은 어떻게 소를 잡나, 구경하기 위해서였다.

오랫동안 자세를 잡던 사내가 마침내 소의 머리를 향해 높이 든 망치를 휘둘렀건만, 빗나가고 말았다. 헛맞은 소는 다소 놀랐을 뿐, 이내 다시 풀을 먹기 시작했다. 문제는 사내였다. 잘못 칠 수도 있는 일이건만, 사내는 더 이상 망치를 들지 못하고 어쩔 줄 몰라 전전긍긍했다. 한참 소를 내려다보다가 생각이나 난 듯이 사내는 풀을 잔뜩 베어 와서는 소에게 먹였다. 그러고는 다시 한참을 더 소를 바라보았다. 그러기를 30분, 사내는 다시 풀을 베어 와 소에게 주었다. 멀찌감치 지켜보던 사람들도 오늘 꼭 소를 잡아야 하는 것은 아니라는 듯 자기네들끼리 왁자하게 떠들 뿐, 도무지 곤혹스러워하는 사내를 도울 마음은 없는 것 같았다. 그날 그 소는 헛망치질을 한 사내만 잡을 수 있게 되어 있는 모양이었다. 한참 후 다른 사내가 논바닥으로 내려갔지만, 그 또한 소를 바라보며 뒤통수만 긁을 뿐 난처해하기는 마찬가지였다.

우스꽝스럽다는 생각과 함께 이상한 감동으로 석우는 히말라야 한낮의 그 땡볕에서 자리를 뜨지 못했다. 나중에 시계를 보니 한 시간 이상 그들은 논바닥에서 그러고 있었다. 소 한 마리 잡는 데 그토록 뜸을 들이는 히말라야 사람들의 모습은 우스꽝스럽다면 우스꽝스러웠고, 희극적이라면 희극적이었다. 옛날에 포정(庖丁)은 소를 잡을 때 자신의 눈에서 온전한 소가 없어져버리고 고기만 보였다고 자랑했는데, 히말라야 산사람들은 소를 잡을 때 소가 고기로 보이지 않았던 것이다. 그게 염소든 소든 돈푼이나 더 받으려고 강제로 물을 먹여 단번에 잡아버리는 사회에 속해 있는 석우에게 히말라야 산사람들의 머뭇거림은 충격 그 자체였다.

한 시간 이상 말뚝의 소를 내려다보며 전전긍긍하던 사내는 끝내 소를 잡지 못했다. 부엌에서 물을 끓여놓고 기다리던 아낙네들이 뭐라고 고함을 쳤건만, 사내들은 보리수나무 그늘에 들어가 주저앉은 뒤 손사래를 칠 따름이었다.

"나는 도저히 소를 못 잡겠어!"

한국인이라면 그 상황에서 어떻게 했을까. 중인환시(衆人環視) 가운데 헛망치질을 한 데 대한 자기모멸감으로 소의 머리는 이윽고 박살이 나지 않았을까. 혼자 안 되면 여럿이 달려들어서라도 소 한 마리쯤이야 눈 끔벅하는 순간에 자빠뜨리고 말았으리라. 염소에게 물 먹이는 뉴스만 안 만났더라면, 석우는 그날의 히말라야 검은 소를 끝내 떠올리지 못했을 것이다.

갈 데까지 가버린 광고

석우가 그 충격적인 광고를 만났을 즈음에 세상에는 별 희한한 일이 다 일어나고 있었다. 영국에서는 시골 의사가 200여 명의 사람을 의료 기술로 죽였고, 스페인에서는 얼음덩어리가 떨어졌으며, 일본에서는 어린 소녀를 유괴해서는 몇 십 년을 두문불출시키고 폭행을 일삼으며 인간성을 파괴하다가 결국 발각되었다. 파괴는 가해자에게도 동시에 일어났을 것이다. 하늘을 날던 비행기는 추락하거나 납치되곤 했다.

우리나라에서 다반사로 일어나는 충격적인 일도 한두 가지가 아니었다. 동해 바닷가의 야만적인 성추행도 그중 하나였다. 어떤 것들은 사람의 불완전성에 연유했고, 어떤 것들은 도무지 납득도 안 되고 설명할 길도 없었다. 물론 개중에는 너무나 시원해서 살 맛 나는 충격도 있었다. '총선시민연대'의 출범 같은 일이 그것이었다.

석우에게 무엇보다 충격을 준 그 광고는, 그러나 아무도 그것을 석우만큼 충격적으로 받아들이지 않는 눈치였다. 석우는 바로 그 점 때문에 또 충격을 받았다.

그것은 K증권의 광고였다.

증권 광고 이야기를 꺼내기 전에 먼저 고백해야 할 일은 석우가 증권에 대해 애들 표현대로 '졸라' 아는 게 없다는 점이다. 석우는 몇 해 전, '박찬호'를 모른다고 어떤 사람에게 된통 조롱을 받은 적이 있다.

"박찬호도 모르세요?"

하고 묻는 얼굴에는 경멸이 서려 있었다.

약이 오른 석우는,

"그럼, 당신은 엘리아데나 사파티스타 민족해방군의 마르코스 부사령관을 아느냐, 레이첼 카슨을 아느냐?"

하고 되물었다.

"황현의 『오하기문』을 아느냐, 체 게바라…… 를 아느냐?"

하고 되물었다. 박찬호를 진작부터 알고 있던 그는 석우가 묻는 사람들은 한 명도 모르는 눈치였는데, 그것을 조금도 속상해하지는 않았다. 가만히 놔두면 석우는 계속 희한한 이름들을 열거할 수도 있었다. 흐르는 물결 속의 사람은 물결 밖의 사람을 경멸하곤 하는데, 그것이야말로 예의 없는 태도가 아닐 수 없다고 석우는 생각했다. 박찬호가 유명한 야구선수인 줄 모르고 살면서 조금도 불편하지 않았던 석우가 코스닥이나 나스닥을 알 리가 없었다. 다우지수니, 환매니 벤치마킹을 알 리가 없었다. 글로벌 투자 시대, 어쩌고 해도 우선 관심이 없었기 때문이다.

광고에 대해서도 석우가 알고 있는 것은 '광고에는 단 한 번도 진실이 담긴 적이 없다'는 정도였다. 세상에 대한 석우의 자발적이고도 자기 확신에 가까운 편견은 그 정도였다. 그렇지만 K증권의 광고는 너무나도 충격적이어서 처음 그 광고를 만났을 때 얼마나 놀랐던지 정신을 차리기 힘들었다.

광고 내용은 이랬다.

주유소에서 일하는 젊은이가 주식지표가 떠 있는 모니터에 정신이 팔린 주인에게 전표나 영수증을 요구하는 장면이 나온다. 주인은 자신이 투자한 주식이 급등했으므로 기분이 너무나 좋아서 점원의 요구 따위는 안중에도 없다. "(기름을) 가득 넣었다"고 젊은이가 말하자, 삼매에 빠진 듯한 얼굴의 주인은 "그냥 가시고 그래" 한 뒤 손사래를 친다. 그다음

장면은 K증권을 알리는, 멋들어지게 진지한 목소리가 흐르고 K증권의 로고가 화면에서 잠시 빛난다. '우리'를 통하면 누구나 돈벼락을 맞을 수 있다고.

'세상이 아무리 막간다 해도 이럴 수는 없다'는 게 광고를 처음 만난 석우의 소감이었다. 그 광고가 지시하고 있고 드러내고 있는 가치관 속에는 노동의 가치와 삶의 존엄성은 전적으로 배제되어 있었다. 그 가치 전복적인 광고가 한 야심찬 광고 회사의 봉급쟁이에 의해 착안되고 검토되어 최종적으로 채택되기까지의 시간들과 그런 아이디어에 만족해하면서 흥분했을 얼굴들을 떠올리려니 소름이 돋았다.

그러나 잠시만 생각해보면, 충격적인 광고가 어디 그 광고뿐일까. 얼마 전까지만 해도 세상을 덮을 것 같던 기세는 간 데 없이 지금은 서민들의 온갖 원한(?)의 대상이 된 '세계 기업 대우' 광고만 해도 그랬다.

어린이와 지구의가 등장한 그 광고에는 온갖 반환경적인 용어들이 모조리 동원되었다. '무한 경쟁', '세계 일류 기업', '경쟁력' 따위들이 그것이다. '생산성', '정복' 같은 말도 있었다. 그 광고가 자나 깨나 일상에 파고들 때에도 석우는 벌레 씹은 감정이 지나치다 못해 우울증에 걸릴 지경이었다.

석우는 환경문제를 골치 아프게 생각지 않았다. '환경'이라는 말에 문제가 있어서 다르게 표현한다 해도 그랬다. 석우는 그것이 제어되지 않은 우리 시대의 욕망의 문제, 그래서 거기에서 연유한 인간 사회의 부패 문제라 생각했다. 분할하고, 경쟁하고, 낭비하고, 비밀스럽고, 돈 만능의 가치관 문제라고 생각했다. 그래서 이른바 낮은 층위의 세계관과 자연관의 문제라고 생각했다. 그렇다면 어떤 층위의 세계관으로 이행해야 할까. 답은 확실하게 나와 있고, 일찍부터 그렇게 사는 사람들도 있다. 통합과 공생의 세계, 절약하고 공개하는 시스템, 돈이 아니라 '녹색 감수성'이 존중받는 세상으로 가는 길이 그것이라고 석우는 늘 생각했다.

석우는 마른하늘을 바라보며 그 반환경적이고 반인간적인 광고를 만든 K증권이 마침내 부끄러워하는 세상이 올 수 있을까, 생각했다.

허공에서 갑자기 이상한 소리가 들리는 것 같았다.

'가만히 있으면 절대 안 와. 지금보다 더 노력해야지.'

청와대 앞 가죽나무가 울린 사람들

석우는 3월 초순의 어느 날, 나무 한 그루 때문에 우선 욕지기부터 나왔다. 그것은 대통령의 외국 순방 중 청와대 경호원들의 요청에 의해 종로구청이 청와대 앞 아름드리 가죽나무를 44그루나 베었다는 소식이었다.

"이러언…… 떡을 칠 시키들!"

그렇지만 욕설을 내뱉고 미간만 잔뜩 찌푸린 채 신문을 넘기던 석우가 며칠 후 격심한 부끄러움 때문에 밤에 잠을 이루지 못하게 된 일이 생겼으니, 그것은 베어진 가죽나무들 때문에 석우가 잘 아는 분들이 눈물을 흘렸다는 사실을 알게 되었기 때문이다.

나무 때문에 눈물을 흘린 그 한 사람은 널리 알려진 이 땅의 원로 시인이고, 다른 이는 노시인(老詩人)과 전화 통화를 하다가 그분이 울었다는 일을 월요일 조회 시간에 함께 일하는 활동가들에게 역시 울먹이며 전했다는, 널리 알려진 이 땅의 한 환경운동가다.

석우가『함께 사는 길』의 황 기자에게 들은 이야기는, 이러했다.

나무가 베어진 다음 주 월요일의 조회 시간에 환경운동가가 말했다.

"신경림 시인과 얼마 전 통화를 했다. 멀쩡한 청와대 앞의 가죽나무가 44그루나 이유 없이 잘려나간 일을 이야기하다가 시인께서 소리 내어 우시더라. 나무 때문에 우는 원로 시인이 계시다는 사실을 생각하니 내 마음도 그 순간 말할 수 없이 뭉클해졌다. 이렇게 정신적으로 우리에게 힘을 주는 분들이 계시는데, 우리는 지금 제대로 일을 하고 있는가 모르겠다."

석우는 환경운동연합 앞뜰 컨테이너를 개조한 건물의 목조 테이블에 비좁게 앉아 그들이 매주 월요일 이른 시간에 갖는 그 조회 시간을 알고 있었다. 박봉이지만 모두가 안락하고 더 높은 연봉을 좇는 물질 만능의 현실 속에서 어떻게 사는 게 바른 삶인지 매순간 엄격하게 실천하는 일이 깊이 내면화되어 있다는 면에서 이 세상에서 가장 풍요로운 젊음을 보내고 있는 젊은 활동가들이 잔뜩 모여, 한 주에 할 일을 의논하는 그 조회 시간을 알고 있었다.

황 기자로부터 그 이야기를 듣는 순간, 석우는 울기는커녕 욕설부터 내뱉고는 할 일을 다 했다는 듯이 재미딱지 하나도 없는 다른 기사로 시선을 옮긴 자신에 대한 부끄러움 때문에 얼굴이 빨개지고 가슴이 쿵쾅쿵쾅 뛰기 시작했다.

'아아, 내 감수성은 어찌 이리 메말라버렸다는 말인가!', '그분들은 나보다 나이가 훨씬 많은 분들인데 나는 습관적으로 흥분만 해대는 애늙은이가 되고 말았구나' 하는 자괴감이 그것이었다.

석우는 조용히 묵은 기사를 찾았다.

그리고 알게 되었다.

잘려나간 가죽나무는 환경부에 의해 일찍부터 은행나무보다 정화력이 뛰어난 '환경 정화 나무'로 추천된 바 있다는 사실을, 이번에 베어진 나무 중에는 수령 70~80년이 넘는 나무가 전체의 30퍼센트가 넘는다는 사실을, 평균 높이 20미터에 둘레가 2~3미터나 되는 이 아까운 가죽나무 죽이기는 '수령 20년이 넘는 나무들은 사유지에 있는 나무라 해도 모두 조사하여 특별 관리하겠다'는 서울시의 '생명의 나무 1천만 그루 심기 운동'과 정면 배치되는 행정편의주의 그 자체였다는 사실을, 전문가의 검토나 정밀 조사는 아예 묵살되었고 작업 편의상 대통령 해외 순방 기간을 택했다는 사실을, 인부들마저 잔뜩 물오른 나무들을 혀를 차며 안타까워했다는 사실을, 잘라버릴 것을 요청해놓고는 시민들과 환경 단체에서 항의하자 종로구청에 책임을 떠넘기기 위해 경호원들이 신경질을 냈다는 사실을, 100년 이상 된 가죽나무들의 속이 썩어서 베었다고는 하지만 베어진 나무들은 거의 '젊은 나무들'로 안정성과는 애당초 무관했다는 사실을…… 알게 되었다.

묵은 기사들을 살피던 석우의 입에서는 연신 욕설이 튀어나왔다.

"이런 똥물에 튀길 놈들, 멀쩡한 나무를 왜 자르냔 말이다!"

그렇지만 석우는 여전히 부끄러웠다.

이런 사실을 접하자마자 눈물부터 펑펑 흘린 노시인의 감수성과 그 울음을 젊은 활동가들에게 전하다가 울먹인 환경운동가들의 '녹색 가슴' 때문이었다.

사막의 우물 파는 인부*

석우는 가능하면 책방에 안 가려고 한다. 그곳에만 가면 잘 벌지도 못하는 석우 지갑이 텅텅 비게 되기 때문이다. 그렇지만 마음뿐, 기회만 있으면 석우는 책방에 간다. 늘 느끼는 일이지만 책값이 비싼 것만 같다. 그게 아니라 석우가 책도 마음대로 살 수 없을 정도로 무능력하다는 게 옳겠다. 오래된 버릇처럼 석우는 이 코너 저 코너를 돌며 잔뜩 책을 고르게 된다. 그러고는 책값을 생각하며 격심하게 갈등한다. 그러나 그 갈등은 잠시일 뿐, 책을 산 뒤에는 대체로 만족스러워 한다. 집에 돌아와 낮에 산 책을 펼치면 이내 본전이 빠진다고 석우는 생각한다. 지금껏 본전이 빠지지 않은 책은 없었다. 그런 책을 석우가 굳이 사지 않았을 테니까.

이번에 석우가 펼치자마자 본전이 빠졌다고 생각한 책은 영림카디널이라는 출판사가 펴낸 도미노총서 7번 『물』이라는 제목의 문고본이다. 미셸 세르와 나일라 파루키라는 프랑스 사람이 기획한 총서인 모양인데 150쪽 분량의 문고본 정가가 자그마치 4,500원이었기에 살까 말까, 오랫동안 망설였던 책이다. 그 책에는 펼치자마자 얼마 안 되어 이런 이야기가 나왔다.

19세기 말 사하라 북부에서 수맥을 찾던 인부들의 이야기다.

장마철 외에는 물이 없는 우물을 그들은 '리르 와디'라 불렀다. 리르 와

---

* 이 엽편소설의 내용은 중편 『동강은 황새여울을 안고 흐른다』에도 전량 삽입되어 있다. 엽편소설을 연재할 때의 원형이 이 작품인지라 중복되었음을 밝히면서 수록한다.

디를 찾는 사람들은 전문적인 패거리(조합원)를 만들었던 모양이다. 그들은 맨손으로 우물을 찾곤 했다. 우물을 찾는 일은 사람에게도 절대적으로 필요했지만, 무엇보다 모래 바다 한가운데에서 생명과 신선함을 주는 섬이라 할 수 있는 오아시스의 종려나무 숲에 물을 공급하기 위해서였다. 인부들은 수맥이 있다고 판단되는 곳을 80미터가량 파 들어간다. 마른 내벽에는 갱목을 괴어놓는다. 그리하여 땅 밑 어둠 속에서 엄청난 압력의 물을 막고 있는 석회암판까지 내려간다. 그리고 마침내 석회암판이 나오면 조합원들 중 나이가 가장 많은 사람을 제외하고 모든 인부들이 지상으로 올라온다. 땅 밑에 홀로 남은 인부는 어둠 속에서 천천히 석회암판을 부수고, 결국 그의 마지막 곡괭이질에 상상할 수 없는 엄청난 힘으로 물이 솟구쳐 오른다. 순식간에 물은 우물을 가득 채우고, 고독한 인부는 죽거나 비참하게 부상당한 상태로 수면에 떠오른다. 그러고 나서 다른 인부들이 발에 모래주머니를 달고 80미터 깊이를 잠수해 들어가 물이 나오는 구멍을 넓히면 샘물 파기 작업이 끝나게 된다. 샘물을 하나 얻기 위해 19세기 사하라에서는 사람을 제물로 바쳐야 했던 것이다.

대충 이와 같은 내용이었다.

석우는 책을 덮고 눈을 감았다. 80미터 땅 밑 어둠 속에서 홀로 석회암판의 얇은 부분을 곡괭이질 하도록 위임받은 늙은 아프리카 사람을 생각하기 위해서였다. 전통적으로 그렇게 해왔으므로, 그 늙은 인부는 주저 없이 자신의 역할을 받아들였을 것이다. 땅속으로 홀로 내려가기 전에 그는 사랑하는 사람들과 작별인사를 했을 것이다. 그때 그를 사랑하던 사람들, 수맥이 터질 때의 힘을 알고 있던 사람들은 어떤 마음으로 그를 보냈을까. 그리고 지상에 사랑하는 사람들을 남겨둔 채 어둠 속에서 곡괭이질을 해야 했던 늙은 인부의 고독은……. 지상의 사람들은 그때 들어야 했던 노인의 마지막 곡괭이질 소리를 평생 잊을 수 없었을 것이다. 그리고 마침내 땅속에서 그의 마지막 곡괭이질 소리가 난 뒤에 물이 터져 나오던 소리 또한 내내 잊을 수 없었을 것이다.

……나이 많은 동료를 희생시키고 나서야 얻을 수 있었던 신성한 물을 그들이 어떻게 대했으리라는 것은 너무나 잘 짐작되는 일이었다.

석우는 이내 물과 전력 부족을 명분으로 수자원공사와 건설교통부가 동강댐 건설을 계획하고 있는 우리 현실을 생각했다. 동강 언저리는 석회암 지대인 데다가 확인되지 않은 수많은 동굴을 품고 있으며, 생태적인 가치가 높은 비경으로 알려져 있다. 물을 얻기 위해 거짓 환경영향평가로 국민을 속여가며 댐을 만드는 것이 과연 능사일까. 그것은 너무 쉬운 선택이 아닐까. 지금처럼 우리가 물을 헤프게 쓰고 있는 것을 전제로 한 댐 건설 계획은 어떤 명분에도 불구하고, 그 발상이 잘못되었다고 석우는 생각하고 있던 터였다.

방금 받은 감동이 증발될세라 총서를 얼른 덮으며, 석우는 우리가 '물 쓰듯' 펑펑 물을 쓰던 좋은 시대는 갔다고 생각하면서 그 관용어 또한 이젠 폐기해야 하지 않겠는가, 생각했다.

딸애의 불면

이제 아홉 살인 석우네 작은딸애는 딱 부러지게 설명할 수는 없지만 조금 이상한 애라고 말할 수밖에 없다.

얼마 전이었다.

화장실에 있는데 전화벨이 울렸다. 마침 작은딸애가 거실에 있는 듯해서 전화를 받을 줄 알았다. 한참 벨이 울리는데도 받는 기척이 없었다. 석우가 황급히 나와 송수화기를 드는 순간 찰칵, 끊기는 소리가 들렸다.

"왜 전화를 안 받았지?"

석우가 소리쳤다. 송수화기 위치와 소파에 앉아 만화책을 읽고 있던 딸애 사이의 거리는 50센티미터도 채 안 되었기 때문이다.

"……."

"아빠가 묻고 있잖아!"

"아빠 전화니깐!"

"걸 네가 어떻게 알어?"

"난 알어."

아주 낮은 대꾸였다. 그러면서 작은딸애는 석우에게 한 번도 눈을 주지 않았다. 오로지 시선은 만화책에 가 있었다. 유럽의 몇 나라에 대해 어떤 재주 있는 교수가 그린 만화책이었다. 송수화기를 든 채 석우는 물끄러미 만화책에 빠져 있는 딸애를 바라보았다.

작은딸애 때문에 때로 야릇한 이물감이랄까 아주 비현실적인 기묘한 감정에 몸을 떨었던 적이 한두 번이 아니었다. 작은딸애는 때때로 '이 세상이 아닌 세상에 속해 있는' 듯한 느낌을 주곤 했다.

지난 일요일에 석우는 잠실 쪽으로 이사를 했다. 누구나 그렇겠지만 이사를 할 만한 사정이 생겼기 때문이다. 처음으로 애들에게 끔찍하게 작지만 '자기 방'을 한 칸씩 마련해주게 되었다.

엘니뇨는 물러갔다고들 하지만 금년 여름은 일찍 찾아왔다. 다른 해보다 일찍 찾아와서 다른 해보다 늑장을 부리며 세상을 염천으로 만들 모양이었다.

자질구레한 것들을 제때제때 버리지 못하고 살아온 결과, 이삿짐 정리에 벌써 나흘이나 까먹고 있었다. 그러던 차에 어제는 아내가 피치 못할 일로 석우만 아수라장 같은 집에 남겨둔 채 애들을 데리고 대림동 이모 집으로 갔다. 친정 쪽의 누구 생일이었던가, 뭐 그랬다. 석우는 하루 종일 『신해혁명과 중국 근대화』 어쩌고 하는 책을 '중국' 쪽 책들에 포함시켜야 할지 '혁명'에 관련된 책들에 포함시켜 정리해야 할지 몰라 고심하고 있었다.

7월초인데도 벌써 지글지글 끓는 듯한 날씨가 계속되었다.

IMF도 IMF지만 더위 때문에 자살자가 속출한다는 뉴스가 흘러나왔다.

어스름 녘에 더위에 지친 아내가 큰애만 데리고 집으로 돌아왔다.

저녁을 먹은 뒤에도 석우 부부는 큰애의 도움을 받아 계속 이삿짐 정리를 했다. 가장 큰 일이 책 정리였다. 지긋지긋한 책 정리, 다음 생에는 결단코 책 읽는 사람이 되지 않으리라 석우는 입술을 깨물고 다짐했다. 일하다 보니까 다른 짐들은 마침 작은애가 없었기에 별생각 없이 작은 녀석 방에 쌓게 되었다. 부피가 좀 큰 편인 의자, 접이식 자전거, 화분 따위들이 작은애 방으로 이동되었다.

"주원이가 알면 기절하겠지?"

방금 화분을 작은애 방에 옮기고 난 뒤에 석우가 중얼거렸다.

"그러겠죠."

아내가 맞장구쳤다.

작은애는 이삿짐 정리하는 요 며칠 동안 자기 방에 다른 짐이 잠깐이라도 놓이는 것을 질색했다. 그 신경질을 석우는 그만큼 '자기 방'이 생긴 것을 흡족해하는 것으로 간주하고 있던 터였다.

일하다 보니 자정이 훨씬 넘어서야 석우는 잠자리에 들었다.

밤 2시경 되었을까, 전화벨이 울렸다.

"여보세요."

"나야, 아빠! 내 방에 있는 물건들 어서 거실로 내놔."

이모 집에서 전화를 건 작은딸, 주원이었다.

"무슨 소리야?"

석우는 대꾸하면서도 자기도 모르게 송수화기를 잡은 손에 힘을 주고 있는 것을 느꼈다.

"난 다 알아. 내 방에 잡다한 물건들 잔뜩 넣어놨다는 걸."

"걸 네가 어떻게 알아?"

"그럼, 아니야? 좁고 더워서 잠을 못 자겠단 말야. 빨리 바깥에 내놔……. 아빠, 내 말 알아들었지? 전화 끊어."

그리고 작은딸애는 제멋대로 전화를 끊었다.

잠실 네 방에 가득 찬 짐 때문에 왜 이모 집의 네가 좁고 더워서 잠을 못 이룬단 말이냐? 라는 말을 설사 그 애가 전화를 먼저 끊지 않았다 하더라도 석우는 물을 수가 없었다.

등 뒤로 오한 같은 것이 조용히 흘렀기 때문이다.

사라진 그릇 세트

오전 10시께였다. 초인종이 울릴 때, 석우는 마침 화장실에 있었다. 석우는 현관 쪽을 향해 먼지 소리부터 질러놓았다. 사람이 있다는 신호였다. 석우는 볼일 보는 아침 시간을 매우 소중히 여기는 사람이었다. 그곳에서 담배도 피우고, 평소에는 만지지 않던 책을 골라 아무 페이지나 펼쳐 읽는 재미가 여간 감미롭지 않았기 때문이다. 그렇지만 그날은 초인종 소리 때문에 망친 셈이었다. 바깥에 사람이 초인종을 누르고 있는데도 볼일을 끝까지 다 보는 사람은 이 세상에 없을 것이다. 석우는 서둘러 볼일을 마쳤다.

"어떻게 오셨는지요?"

서둘러 바지 지퍼를 올리고 한쪽 발만 슬리퍼에 끼운 석우가 문을 열었다. 딱 그 순간에 바깥에 있던 사람이 문을 당기는 바람에 석우는 잠시 중심을 잃었다. 그 바람에 슬리퍼에 발을 끼우지 않은 다른 쪽 맨발이 신발장 쪽 현관의 바닥을 딛게 되었다. 아침에 서둘러 나가는 아내와 아이들이 안에 사람이 있기 때문에 문을 채우지 않았던 것이다. 그렇다 치더라도 남의 집 문을 밀다니?

"아, 안녕하십니까? 이거 하나 드리려고요."

사내가 환하게 웃으며 일본 사람처럼 말했다. 키가 아주 크고 이마가 훤한 사내였다. 줄무늬 와이셔츠의 깃이 공무원들 여름 옷차림처럼 윗도리 바깥으로 나와 있었다. 본래의 성품은 어떤지 몰라도 사내는 아주 밝고 유쾌한 사람처럼 보였다.

"뭔데요?"

볼일도 제대로 못 보았고, 남의 집 문을 밀고 들어오는 무례를 방금 겪었지만, 석우는 가능하면 친절하게 말하려고 애썼다.

"약소합니다. 뜯어보시면 알지요."

사내가 석우에게 물건을 건넸다. 박스에 인쇄된 것을 힐끗 보니 작은 그릇 세트였다.

"이걸 왜요?"

"아, 조선일보에서 인사 나왔습니다. 그냥 드리려고요."

신문 보급소에서 나온 사내였던 것이다.

"아하, 그러세요. 이거 가져가세요. 전 신문을 두 개나 보고 있거든요."

석우는 어색하게 미소를 지으며 사내가 건네준 그릇 세트를 지체 없이 건넸다. 그러나 사내는 받지 않았다.

"무슨 신문, 무슨 신문을요?"

"그걸 선생님이 꼭 아셔야 합니까?"

석우는 여전히 친절하게 말하려고 애썼다.

"아니 뭐 그냥, 우리 신문도 좀 봐 달라고요."

"이거 가져가세요. 다른 분들 주세요."

"아이, 괜찮습니다. 다른 신문사도 다 그러는 걸요, 뭘. 그건 그렇고 가을부터 우리 신문 좀 신경 써주세요. 지금 당장이 아니라 가을부터……."

"그럼, 신문을 세 개나 보라고요?"

"많이 보시는 분들도 있더라고요. 에이 선생님, 신경 써달라니까 그러시네요. 우와 이거 뭐야! 책방하세요? 웬 책이……."

사내가 석우의 어깨 너머로 거실 쪽의 책을 보며 말했다.

"미안합니다. 이거 가져가시라니까요."

석우가 다시 그릇 세트를 사내에게 건넸다. 사내는 약간 뒷걸음질을 치며 석우의 손짓을 거부했다.

"10월부터 어떻게 안 되겠습니까?"

"곤란한데요. 한 신문은 제가 주주고요, 다른 신문은 할아버지 때부터 보던 신문이거든요."

사실 석우는 할아버지 얼굴을 본 적이 없었다. 그런데 자신도 모르게 불쑥 얼굴도 못 뵌 '할아버지'를 팔고 있었다.

"에이, 선생님……."

사내는 연신 싱글벙글이었다. 석우는 스멀스멀 짜증이 일기 시작했다.

"안 본다니까요. 그리고 이거 가져가세요."

"아, 그거야 괜찮습니다. 다른 신문사도 다 그러는 걸요, 뭘. 지금 당장이 아니라 10월부텁니다. 10월부터!"

"거 참, 가져가시라니깐요. 내가 이걸 받고도 가을부터 아저씨네 신문을 안 보면 나만 나쁜 사람 되는 거 아니오? 그러니 어서 가져가시지요. 그게 시간을 절약하는 일일 거요."

석우가 말했다.

"에이, 선생님!"

사내는 능글능글 웃으며 끈질기게 달라붙었다. 그렇지만 동시에 주저하는 기색도 감추지 않았다. 사내가 힐끗 그릇 세트에 시선을 주었다. '이 친구는 아무래도 신문을 안 볼 친구인데, 이걸 어떡한다? 놔두고 가나, 가져가나.' 사내의 망설임을 읽은 석우는 그릇 세트를 현관 입구에 놓고 돌아서려고 했다. 사람이 앞에 있는데 등을 보인다는 게 그리 바람직

한 일은 아니었지만, 할 수 없었다. 사내가 그릇을 되받지 않았기 때문이다. 그때 사내가 석우의 왼쪽 팔을 붙잡았다. 석우는 그 순간 비명을 지르고 싶어졌다. 외국영화에서는 이때 '이 집은 내 집이고, 따라서 세금도 내가 내고 있는데, 당신은 무단 침입을 했다, 돌아가달라고 했건만 안 가고 남의 팔을 무단으로 잡았기 때문에 신고한다'라고 전개되지 않던가. 그러나 우리나라에서는 그런 일로 신고하는 사람은 없을 것 같았다.

"아저씨, 이거 놓으세요."

사내가 잡은 팔을 내려다보며 석우가 나지막하게 말했다. 대개 그럴 때의 나지막한 음색은 고함을 지르기 전의 예비 단계이곤 했다. 사내가 슬그머니 팔을 놓았다. 만약 사내의 팔에 힘이 들어가 있었더라면 석우는 제대로 화를 낼 참이었다. 그러나 석우의 팔을 잡은 사내의 힘은 아주 애매한 상태였다. 힘을 준 것도 아니고, 그렇다고 팔을 안 잡은 것도 아닌.

석우가 거실의 책상으로 돌아오자 사내는 나가는 눈치였다. 담배 한 대를 피워 문 석우는 아무리 생각해도 보던 볼일을 더 봐야 할 것만 같았다. 화장실에 가며 힐끗 현관을 봤더니 그릇 세트가 그대로 놓여 있는 게 보였다. 그릇이 남아도는 친구로군, 하는 생각이 들었지만 석우는 그릇 세트에는 별 관심이 없었다. 신문을 안 본다고 분명히 말했기 때문이다.

그러나 석우가 볼일을 마치고 다시 나왔을 때, 현관에 놓여 있던 그릇은 사라지고 없었다. 아무리 문이 열려 있었다고는 하지만 정말 이상한 일이었다.

인간의 그믐

석우는 새해가 되었지만 달라진 게 아무것도 없다고 생각했다. 동강댐 건설 계획은 아직 백지화되지 않았고, 세금 도둑질한 정치인들과 뇌물을 받고도 아직 들통 나지 않은 '멋대로 공무원들'은 여전히 건재하고, 상도동의 김 씨는 사과할 것은 다 했다고 여전히 청문회 출석을 거부하고 있고, 기침하는 노숙자들은 여전히 지하도에서 엄동을 견디고 있었기 때문이다.

달라진 게 있다면, 비행기 삯이 새해부터 자유화된다는 것 정도일까. 또 하나 변화라면 아직 새해 벽두라 보험금 때문에 아들의 손가락을 자르거나, 자신의 발목을 자른 사람이 발견되지 않은 것이라고나 할까.

잠을 잘 자고 나도 석우의 아침은 늘 찌뿌드드했다. 사십 대 중반에 가까워져버린 석우는 일찍 잠자리에 들었다고 해도 아침에 일어나면 어딘지 가위눌린 것 같은 기분을 떨칠 수 없었다.

화요일이라 아내는 폐휴지 배출하는 날이라며 신문지와 광고지 정리를 하고 있었다. 그러는 사이사이 좁은 집의 구석구석에 나뒹구는 페트병을 눈에 띄는 족족 꽉꽉 짓밟기도 했다. 덩달아 아이들도 신이 나서 허공에 몸을 던지며 페트병을 밟아댔다. 잘 만든 페트병이 날카로운 비명을 내지르며 우그러지는 소리라니. 그렇지만 페트병 배출 방식은 그렇게 우그러뜨리게 되어 있음에야 어쩌랴. 저렇게 모아 간 것들이 제대로 재활용될까 하는 대목에서는 늘 의문이 들지 않을 수 없었다. 그보다도 아내와 아이들이 저렇게 기를 쓰고 짓밟고 싶은 것은 어쩌면 페트병이 아닐지도 모른다는 생각 때문에 양치질을 하던 석우는 귀를 막고 눈도 가리고 싶은 심정에 사로잡혔다.

석우는 오랜만에 넥타이를 맸다. 제자의 결혼식 날이었기 때문이다. 석우의 집에서 지하철역까지는 10분 거리, 늘 석우는 육교를 건너곤 했다. 계단 모서리에는 아침 일찍 이곳을 지난 사람이 뱉은 가래침이 붙어서 조금씩 아래로 흘러내리고 있었다. 지하철 언저리에서 석우는 가래침을 뱉는 사람을 또 보았다. 신호등에 걸려 정차 중이던 승용차 기사였다. 그는 운전석 문을 조금 열고 입안에 물고 있던 엄청난 양의 가래침을 차도에 뱉었다. 차에 그 흔해빠진 휴지도 한 장 없었던 모양이다. 석우는 얼른 외면했다. 차도나 인도는 더럽혀도 내 차, 내 집만 깨끗하면 그만이라고 생각하는 사람들이 너무 많다고 석우는 생각했다. 그들을 모두 모아서 사진이라도 한 장 찍어주고 싶었다. 혀를 내밀게 부탁한 뒤에 찍으면 더 그럴싸할 것 같았다.

지하철 안에서도 마찬가지였다. 물건을 파는 것도 아니건만 지하철 안에서 끊임없이 앞 차량에서 뒤 차량으로, 뒤 차량에서 앞 차량으로 이동하는 사람들이 있었다. 그들 중 서넛이 지나가면서 비키라는 시늉으로 석우의 옆구리나 등을 툭툭 치고 밀었기 때문에 석우는 그중의 하나쯤은 꿀밤을 먹이고 싶은 충동을 참느라 거의 죽을 뻔했다. 역시 그들도 남의 신체에 자기의 손을 댔다는 사실을 의식하지 못하는 것 같았다.

한참을 서 있다 보니까 어떤 젊은이가 나이 든 사람에게 자리를 양보하고 있었다. 나이 든 사람은 고맙다는 말도 없이 앉는 것 같았다. 석우는 또다시 눈을 찔끔 감았다.

얼마 후, 나이 든 사람이 황급하게 일어나 내리자 아까 자리를 양보한 젊은이가 바로 그 앞에 서 있는데도 다른 사람이 요때다, 하는 민첩한 동작으로 그 자리를 차지했다. 젊은이는 자주 겪어온 풍경인지 신경도 안 쓰는 듯했다.

석우는 몸을 돌려 허공에 있는 다른 쪽 손잡이를 잡았다. 석우가 마침 자리를 잡고 앉게 된 것은 시청을 지나 자리가 많이 난 뒤였다.

잠시 후 어떤 중년 사내가 석우의 옆에 앉게 되었는데, 그는 자리에 앉자마자 양 다리를 할 수 있는 한 넓게 벌려 석우의 왼쪽 다리를 오므리도록 노골적으로 강요했다. 힐끗 봤더니 이마가 훤하게 벗겨진 그는 팔짱을 끼고 지그시 눈을 감고 있었다. 늙어서 공원 벤치에 그런 자세로 앉아 있으면 아주 어울릴 것 같은 자세였다. 석우가 왼쪽 무릎에 약간 힘을 주자 그도 완강하게 자신의 벌린 무릎의 각도를 유지하기 위해 힘을 썼다.

'이 친구 혹시 어디 아픈 놈이 아닐까?' 하는 생각과 함께 갑자기 비명을 지르고 싶어졌다. 그 순간 뜬금없이 석우는 한 편의 시가 떠올랐다.

그 시는 유종호 선생의 「반딧불이」라는 시였다.

온 천하 반딧불이 다 모여서
보름 장이 선다 한들
은하수가 쏟아진들
세계의 어둠을 어이하리야
인간의 그믐을 어이하리야

머릿속에서 한 편의 절망적인 시 한 편이, 뱃속에서는 참을 수 없는 모욕감이 일렁거린 석우는 사내의 귀에다 대고 아주 나지막하게 속삭였다. 오늘 아침 눈 뜨고 집을 나와 신촌역에 이르는 동안 너무나 많이 참았기 때문에 석우의 목소리는 비록 낮았으나 예리한 칼날 같았다.

"야 이 습새꺄, 다리 좀 오무려라!"

동강에서 온 편지

석우가 정선에 사는 승근 형으로부터 편지를 받은 것은 1월 중순 어느 날이었다. 무엇보다도 시인인 승근 형에 대한 석우의 일관된 이미지는 그가 지독하게 자신의 고향을 사랑하는 사람이라는 것이었다. 같은 영동 방언권인 강릉에서 중등 과정을 마쳤으면서도 그는 늘 자신이 '정선 사람'이라는 의식을 짙게 드러내곤 했다. 강릉이 고향인 석우 또한 그보다는 덜했지만, 마치 정선이 고향인 사람처럼 그쪽 땅을 사랑하고 기회만 허락되면 정선을 들락거리곤 했다. 그것은 다분히 승근 형 때문이라고 말할 수밖에 없었다. 그의 지독한 애향심이 전염되었다고 할까, 그만큼이나 정선은 여러 가지 면에서 들락거리면 들락거릴수록 매혹적인 마을이었다. 무엇보다도 그쪽 젊은이들에게는 고향에 대한 '정신'이 있는 것 같았다.

인사말이 섭섭하리만치 생략된 그의 편지는 곧바로 동강 이야기였다.

지난해 12월 28일 자네가 속해 있는 농심마니의 탑골 집회는 신문 기사를 통해 잘 봤다. 농심마니가 이 땅의 골골샅샅에 산삼 심기로, 잃어버린 땅의 원기를 회복하고자 하는 모임이라는 것도 잘 알게 됐지. 그리고 동강 언저리에 다섯 차례나 산삼을 심었다는 것도 이번에 새삼스럽게 알게 되어 여간 반갑지 않았다.

수자원공사와 건설교통부의 댐 공사 계획 때문에 신문에는 근래 동강을 '영월 동강'이라고 표기하고 있다. 신문이 그렇게 말하니까 환경 단체들도 모두 그렇게 말하고 있지. 아마 댐을 지으려고 하는 곳이 영월 어라연 쪽의 동강(東江)이기 때문에, 그리고 영월에는 장릉 못미처 선대 아래로 흐르는 서강(西江)도 있으므로 동강이 영월의 지역 하천명으로 고착되어 그렇게 일컬어지고 있다는 것을 내 모르는 것은 아니지만, 석우야, 무엇보다도 먼저 나는 댐 건설과 관련하여 동강을 '영월 동강'이라고 부르는 데에 문제가 있다고 생각한다. 왜냐하면 동강은 영월군과 평창군 정선군에 걸쳐서 흐르고 있기 때문이야. 동강의 상류는 정선의 가수리, 운치리, 고성리 앞으로 흐르고 있고, 또한 평창군 미탄면의 마하리를 관통하고 있지. 그래서 나는 '영월 동강'이 아니라 '영평정 동강'이라 부르고 싶어. 영평정은 영월, 평창, 정선의 약자이지만 외지 사람들은 무슨 말인지 모르니까 '강원도 동강'이라 해두면 될 것 같군. 우리가 동강을 그렇게 부르고 싶어 하는 것은 '영월 동강'이라 부르는 것보다 댐 건설의 문제점을 이야기할 때 동강의 지리적 위치와 사안에 좀 더 정확하게 접근하는 태도이기 때문이야.

영월군의 공식 입장이 '댐 건설 반대'로 지난해 연말 발표되었다는 것은 너도 신문을 봐서 알고 있겠지. 그러니까 자네들이 탑골공원에서 댐 건설 반대 집회를 연 다음 날쯤 될 거야. 아마 이번 싸움은 승산이 있지 않겠나 싶어. 생각해보니 정부와의 싸움이 쉬웠던 적은 없었지. 굴업도 핵폐기장 싸움이 그랬고, 내린천댐 계획도 백지화되는 일이 쉬운 일은 아니었지.

삼척의 핵발전소 계획이 백지화되는 일도 얼마나 지난한 싸움이었던가. 때로는 사람들도 희생되고 말야. 우리나라 환경 운동이 보다 성숙해지면 환경을 지키기 위한 싸움으로 발생한 시민들의 손실도 보상받아야 한다는 생각이 든다네. 뼈아픈 교훈은 있지만 그런 고통스러운 싸움의 원인 제공은 항상 정부가 했으니까 말일세. 어쨌거나 이번의 동강댐 건설 계획도 깨끗하게 백지화되어야 할 텐데. 그러나 아직 안도할 수는 없다고 봐야겠지. 그런 참에 자네들 농심마니들의 성명서는 참 인상적이었어. 환경운동연합이 『함께 사는 길』과 일간지에 시민들의 성금으로 게재한 동강댐 건설 백지화를 위한 그동안의 '동강 지킴이' 시리즈 광고도 여간 감동적이지 않았지만, 이번 자네들 성명서는 댐을 지으려는 자들의 음모와 탐욕에 초점을 맞추고 있어서 참으로 인상적이더라고. 특히 이런 대목 말야.

'아름다운 동강 계곡을 댐 건설로 영원히 수장시키려고 하는 처사는 물과 전력 부족이라는 명분에도 불구하고, 실제는 건설 강행으로 이익을 얻을 몇 사람들의 탐욕 때문이라는 것을 우리는 잘 알고 있습니다. 핵발전소 건설이 그러했고 대형 소각장 건설이 그러했습니다. 그래서 우리는 환경문제는 언제나 자연과 인간의 문제가 아니라 인간들 내부의 탐욕과 부패, 무관심의 문제라고 생각합니다. 우리 농심마니들은 계속 우리 땅에 산삼을 심을 것이고, 누가 이 땅의 아름다움을 치명적으로 파괴하고 엄청난 환경 재앙을 초래했는가를 산삼이 자라는 동안 세세토록 기억할 것입니다. 지금이라도 수자원공사와 건설교통부는 동강을 동강내려는 댐 건설 계획을 깨끗이 철회하는 결단을 보여주십시오. 그것만이 건설을 강행하려는 사람들도 살고, 우리 모두 살 수 있는 유일한 길입니다. 현명한 선택을 거듭 촉구합니다.'

며칠 전에는 고향 친구들과 함께 미탄의 마하리까지 들어갔다가 다시 나와서 귤암리, 가수리, 고성, 소사 마을, 연포로 이어지는 동강 상류를 다시금 밟은 적이 있네. 널리 알려졌지만, 여기저기 밭에 보상을 염두에 둔 식목(植木)이 촘촘히 이루어진 서글픈 광경을 목도했지. 자네들 성명서에 드러나 있듯이 지으려는 자들이 건설로 인해 얻게 될 이익도 이익이지만, 그 틈바구니에서 동강이야 동강나든 말든 보상이나 두둑이 받겠다는 무지렁이들의 탐욕 앞에서는 그저 아연해질 따름이었지. 묘목을 한 뼘도 안 되게 촘촘히 심은 것도 영악한 외지 녀석들이 주민들보다 많다는 이야기는 사람을 두 번 쓸쓸하게 하더군.

군데군데 얼어붙은 겨울 동강은 어느 때보다 적막하고 유장하더구나. 잘못을 저지르고도 책임지지 않는 몇몇 썩은 녀석들의 탐욕 때문에 동강마저 동강난다면 이 땅의 환경 운동도 동강 나고 만다는 각오로 우리들은 동강을 지킬 걸세. 나쁜 힘과의 싸움이 이번으로 끝나기를 바라면서, 이 세상에는 나쁜 힘만큼이나 거기 반동하는 의롭고 선한 힘도 작동한다는 것을 나는 믿네. 언제 한번 정선에 내려와 같이 동강의 장광(長廣)을 밟아보면 좋겠네…….

석우가 정선으로 떠난 것은 승근 형의 편지를 받은 바로 다음 날이었다.

IMF 시대의 술꾼

엄한로는 지독한 술꾼이다. 사람들은 그를 떠올리면서 동시에 술을 떠올리곤 했다. 그다음에 그의 선량한 얼굴과 다정한 목소리를 떠올렸다.

석우 또한 그가 유명한 술꾼이라는 이야기를 오래전부터 들어왔던 터라 마침내 그와 처음 술을 하게 되었을 때 감개무량하기까지 했다.

7년쯤 전, 잡지사에서 일하고 있을 때였다.

감개무량했던 까닭은 석우 또한 술이라면 주선(酒仙)의 경지까지는 몰라도, 청탁불문에 두주불사였기 때문이다. 역시 술이라면 사족을 못 쓰는 호걸풍의 박씨 성을 가진 시인 한 사람이 그때 합석했던 것 같다.

술에 대한 이야기, 일하고 있는 잡지에 관한 이야기, 술 먹다 간암으로 먼저 세상을 떠난 어느 편집장 이야기, 모두들 아는 사람들 이야기, 간혹은 셋 중에서 한 사람만 아는 이야기…… 따위로 주거니 받거니 했다. 그러면서 술집을 옮기기를 서너 차례, 마침내 새벽녘에는 형편없이 유치한 노래를 고래고래 불러젖혔던 것 같다.

"높은 산은 높고, 낮은 산은 낮다아."

"낮은 산은 낮고, 높은 산은 높다아."

그렇게 엄한로와 된통 한차례 통음을 한 이래 서로 하는 일이 조금씩 달라지면서 그의 소식을 간간히 듣긴 했지만 다시 만나지는 못했다.

이튿날 저물녘쯤 정신이 좀 들어서 지난밤 그의 술버릇을 생각해보니 아주 깨끗한 사람이라는 느낌이 들었다. 말하자면 상급의 술꾼이었다. 다만 한 가지 우려가 되는 것은 만취해서 술집을 옮길 때, 그가 자꾸만 차도로 나가려고 했다는 점과 간신히 차를 잡아탄 뒤에는 자꾸만 문을 열고 밖으로 튀어나가려고 했다는 점이었다. 그 점은 정말 고치지 않으면 안 될 술버릇이었다. 언젠가 만나면 엄한로에게도 그 이야기를 힘주어 강조하리라 마음먹었다.

그리고 많은 시간이 흐른 뒤 광화문의 한 횡단보도에서 박 시인을 만난 것이 바로 엊그제였다.

"그래, 잘 지내쇼?"

"이런 IMF 시대에 잘 지낼 리가 있겠소."

"술은 여전하신 것 같구면요."

"나라가 부도가 날 지경인데 나 같은 술꾼이야 술이나 마시지 뭐하겠소."

"그래도 그러면 되겠소? 집에 일찍일찍이 들어가야지요."

"남들 호경기일 때에도 난 불경기였고, 남들이 불경기일 때도 난 여전히 불경기니 어떻게 생각하면 내 처지가 더 나아진 것 같기도 한데, 다시 생각해보면 나아졌다기보다 나는 변화가 없는 것이 맞는 것 같기도 하고, 영 모르겠소. 하여지간에 세상은 으스스한 화택(火宅)이라는 말이 실감나오…… . 그래, 윤 형은 어떻소?"

"금붙이도 모아서 되수출하는 국민들이니 어쨌거나 IMF인지 뭔지는 극복하겠지요. 문제는 극복 이후요. 몇 년 후 이 떡을 칠 시대를 지난 뒤에 다시 흥청망청 IMF 이전처럼 산다면 증말 가망이 없는 나라가 아니겠소? 난 되레 그게 걱정되오."

"맞는 말이오. 그간 우리 모두 미쳤었지요. 디립다 만들어대고 디립다 버려대고, 정신없이 잘난 척하고 살아왔죠. 우리 이제 이런 시든 상추 같은 이야기는 그만 하고 어데 가서 한잔 걸칩시다."

시인은 함경도가 고향인 부친의 억양을 흉내 내고 있었다.

박 시인과 석우는 근처의 동그랑땡집으로 들어갔다. 그리고 동그랑땡이 미처 나오기도 전에 간장에 양파를 안주 삼아 서둘러 소주잔을 나누었다. 여전히 이야기는 IMF 한파에 이웃들이 고생하는 이야기들로 이어졌다.

"나라 망치고도 책임지는 놈은 한 놈도 없고, 금리가 높아져 가진 녀석들은 뒤에서 소리 죽여 웃는다면서요? 스벌놈의 세상!"

"열심히 일한 내가 왜 감봉을 당해야 한단 말이오?"

"이 친구 감봉 겉은 소리 하고 있네. 이 엄동설한에 직장에서 쫓겨난 사람들 생각을 해야지."

어쩌고 하는 'IMF 푸념들'이 동그랑땡집 여기저기서 들렸다. 푸념이 아니라 어떤 소리들은 절규처럼 들렸다. 어떤 술꾼은 탁자에 머리를 박고 흐느끼기도 했다.

"엄한로 그 친군 좀 봤소? 여전히 술에 빠져 사는지?"

화제를 돌릴 겸 오래전에 박 시인과 함께 마셨던 엄한로 이야기를 꺼냈다.

엄한로 이름이 나오자 침울하게 있던 박 시인이 갑자기 이상한 벌레에 물린 사람처럼 큰 소리로 박장대소를 했다.

"우하하! 엄한로, 그 친구 말이오?"

워낙 박 시인이 발작적으로 웃어젖히자 술을 마시던 사람들 모두 일제히 석우네 탁자 쪽으로 고개를 돌렸다. 마침 목구멍에 소주를 털어 넣던 사람은 잔을 급하게 탁자에 떨군 뒤 봐야 할 것을 못 보면 낭패라는 듯이 잽싸게 시선을 돌리기도 했다.

"나라 꼴이 그지꼴이 됐다고 이 친구가 새해부터 술을 끊었다지 않소. 그래 술 끊기로 작심한 날, 결혼한 지 15년 만에 처음으로 술을 안 마시고 집에 들어갔다지 뭐겠소."

"우와, 누구 말대로, 세상에 우째 그런 일이?"

"우하하! 그러니 엄한로 집사람이 얼마나 놀랐겠소. 결혼한 이래 단 하루도 술을 안 마신 날이 없던 사람이 말이오. 그래서 너무나 놀라고 감격스러워서 엄한로 집사람이 술상을 차려줬다지 뭐요."

"쿠쿠쿡……."

석우는 터져 나오는 웃음을 참기 힘들었다.

"술 끊으려고 맨 정신으로 들어왔더니 이번엔 마누라가 방해하네, 그렇담 내일부터 끊어야지, 어쩌구 하면서 홀짝홀짝 마시던 엄한로가 나중엔 취하지 않았겠소. 술을 자꾸 달라고 했겠지요."

"하마…… 그렇겠지요."

"후하핫, 이 친구 나중엔 많이 취했던 모양이오. 갑자기 벌떡 일어나서 와이셔츠를 단추를 채우더니, 비틀비틀하면서 넥타이를 매지 않았겠소!"

"아니, 웬 넥타이를? 아내가 술상을 차려줬다면서요?"

"내 얘길 마저 들어보라니깐요. 그래, 아내가 물었겠죠. '아니, 당신 이 밤중에 웬 넥타이예요?' 하고 말이오. 그러자 우리 술꾼 엄한로가 뭐라 한 줄 아오?"

"그걸 내가 어떻게 알겠소."

"이제 그만 집에 가야 한다고 했답니다. 우헤헤헷!"

박 시인이 다시 박장대소를 했다.

석우도 박 시인만큼 웃었지만, 엄한로가 누군지도 모르는 IMF 시대의 옆자리 술꾼들도 소리내서 쿡쿡쿡 몸통을 좌우로 흔들면서 웃어댄 일은 어떻게 설명해야 옳을지…….

추월 경쟁

석우가 신문을 통해 그 사건을 알게 된 것은 7월 초순, 장마철이라지만 아직 큰비가 내리기 전의 어느 날 아침이었다.

끔찍한 사건이었다.

이번에도 추월 경쟁 때문이었다.

사건이 일어난 곳은 강원도 삼척시 노곡면 국도변.

사냥 중이던 갤로퍼와 그랜저가 비포장도로에서 추월 경쟁을 벌이게 되었다. 앞서거니 뒤서거니 하던 갤로퍼는 따돌리기 만만찮았던 그랜저가 '괘씸하다'고 여겼고, 악셀을 밟아대서 간신히 그랜저를 추월해놓고 나면 다시 그랜저가 앞질렀다. 서너 차례 그런 과정이 되풀이되면서 '서로 유리창을 열고 욕설을 하고 삿대질'까지 할 지경에 이른 모양이었다.

마침내 갤로퍼는 더 이상 '그 싸가지 없는 그랜저'를 용서할 수 없다고 판단하고, 방금 추월한 언덕에서 뒤미처 따라오는 그랜저를 조용히 기다렸다. 그사이, 갤로퍼 조수석에 앉아 있던 한 친구가 엽총을 겨누었다. 그리고 언덕 위로 나타난 그랜저를 향해 짐승을 쏘듯 엽총의 방아쇠를 당겼다. 사실 총을 들지 않은 짐승을 쏘는 사냥이라는 행위도 비겁하긴 마찬가지가 아닌가. 총구에서 뿜어져 나간 두 발의 총알은 그랜저의 유리창을 뚫고 운전자에게 명중, 운전하는 사람은 옆자리의 방금 결혼한 아내를 세상에 남겨놓고 즉사했다.

바로 그때 액센트 한 대가 옆을 지나쳤다. 이미 화약내를 맡은 갤로퍼는 우연찮게 목격자가 된 액센트를 향해 또다시 네 발의 총알을 발사했다고 한다.

단지 대낮의 총격 현장을 지나치고 있었을 뿐인 액센트 운전자도 뒷
머리에 총알을 맞았다. 그러나 다행히 즉사하지 않고 피를 흘리며 쏜살
같이 사정권에서 벗어나 경찰에 신고했다.

그사이 현장에서는 어떤 일이 일어났는가. 그랜저 조수석에 앉아 있
던 여인은 방금 결혼한 새 신부였다. 신부는 머리에 피를 흘리며 운전대
를 부여잡고 급사한 남편을 "어서 병원에 데려가달라"고 살인자들에게
애원했다. 이미 피 냄새를 맡은 갤로퍼의 살인자들은 애원하는 신부의
가슴에 엽총 두 발을 발사해서 즉사시켰다.

남편이 방금 도착한 곳으로 어서 보내주는 게 신부를 돕는 일이라고
생각했을까.

온 세상을 다 헤집고 다녀봐도 그토록 아름다운 해변이 많지 않을 강
원도 동해안의 아름다운 한 국도변에서 벌건 대낮에 사용된 총알은 모
두 여덟 발이었다. 사람이 즉사하는 데 사용된 탄알은 각각 두 발씩. 단
지 추월 경쟁을 했을 뿐인 그랜저의 젊은 부부는, 바로 그 이유 때문에
약간의 시간차를 두고 세상을 떠나고 만 것이다.

머리에 피를 흘리면서 현장에서 벗어난 액센트 운전자의 신고에도 불
구하고 범인들이 잡힌 것은 그로부터 6개월 후, 경기도의 어느 관광호
텔에서였다.

그것도 살인자의 친구가 제보한 정보로 잡혔다니 아아, 우리나라의
민주 경찰은 왜 스스로의 힘으로 범인을 잡지 못할까.

앞서 석우가 '이번에도 추월 경쟁'이라고 표현한 데에는 까닭이 있다. 4~5년 전에도 그 비슷한 사건이 충남 아산시 변두리 국도변에서 일어났기 때문이다.

그때는 프레스토와 볼보의 추월 경쟁이었다. 볼보에 타고 있던 사람들도 사냥꾼이었던 모양이다. 그러잖아도 프레스토 같은 똥차와 같은 길을 굴러다닌다는 걸 치욕스럽게 생각하던 볼보는 프레스토에게 추월당하는 것을 참을 수 없었다. 그들이 사용한 화기는 엽총이 아니라 공기총이었다. 볼보에게 공기총을 맞은 프레스토는 논바닥에 전복되었고, 운전자는 다행히 목숨을 잃진 않았으나 크게 다쳤다고 한다.

석우는 이 사건들보다 우리 사회의 어떤 분명한 속성을 더 잘 드러내는 사건을 달리 찾아볼 수 없을 것이라고 생각했다. 그러나 더욱 큰 문제는 일찍부터 예고되었고, 벗어났다고는 하지만 실감이 전혀 나지 않는 빌어먹을 IMF 때문에 광신적인 속도 숭배(경제가치 만능주의)에 대한 제동이나 비판이 묻혀버렸다는 것이었다.

"장마철이면 비가 와야 할 게 아냐!"

석우가 신문을 덮으며 중얼거렸다.

섬으로 돌아간 검은 돌

보길도의 검은 돌 이야기를 석우에게 들려준 사람은 『함께 사는 길』의 김달수 기자였다.

"우와, 그런 젊은이가 있었단 말이오?"

"윤 선생님은 그 기사를 못 보셨군요."

"보통 사람이 김 기자처럼 신문 기사를 다 접할 순 없지요. 그나저나 그 대학생이 이름을 밝히지 않았다는 것도 감동적이네요. 그 기사 구할 수 있겠죠?"

"통신 들어가면 쉽게 찾을 수 있죠."

맞닥뜨린 일을 지체 없이 처리하는 게 버릇이 된 김 기자는 이튿날 오전 석우의 작업실로 곧바로 팩스를 보냈다.

김 기자가 보내준 지난해 12월 17일자의 『경향신문』 기사는 전남 완도군 보길면 예송리 이장 백학민(白鶴珉) 씨가 '예쁘게 포장한 소포와 함께 배달된 편지 한 통을 받았다'로 시작하고 있었다. 기사를 읽은 석우는 염치 불구하고 김달수 기자에게 다시 부탁했다. 대학생의 편지를 좀 구할 수 없겠느냐고. 일에 관한 한 주저가 없는 김 기자는 다시 보길도의 백 이장에게 전화를 걸었다.

후에 김 기자에게 들은 바에 의하면, 백 이장 왈 "예송리에는 팩스가 없어서 이튿날 면에 가서 보내겠다"고 했다고 한다. 편집실 사람의 극진한 부탁 때문에 이튿날 팩스가 있는 면까지 갈 때 백 이장은 무슨 교통편을 이용했을까. 파도치는 해안 길을 따라 걸어갔을까, 자전거를 타고 갔을까, 버스를 타고 갔을까, 마침 면에 가는 남의 차에 동승했을까. 아니다, 백 이장 마당에 세워진 소형차를 타고 갔을 수도 있지. 어쨌거나 집 안에 고이 보관하고 있던 편지 한 통을 서울로 보내기 위해 예송리에서 보길면까지 아침 일찍 흔쾌히 나갔을 백 이장의 이야기는 여간 가슴 뭉클하지 않았다.

그렇게 받은 대학생의 편지는 줄이 쳐진 리포트 용지에 또박또박 쓴, 한 장 분량의 여성 글씨였다. 혼자 읽기 아까워 석우는 '풀꽃세상'을 이끄는 J 선생님에게 편지를 보여주었다.

안녕하십니까?

저는 서울에서 대학에 다니고 있는 학생입니다.

이렇게 이장님께 지면으로 인사를 드리게 된 것은, 저희 조카에게 환경 보전의 중요성을 일깨워주기 위함입니다.

지난여름 보길도로 휴가를 다녀온 언니 집에 놀러갔더니 철없는 조카가 예송리 해수욕장에서 주워 온 조약돌이라며 자랑삼아 내놓는 것이 아니겠습니까. 언니네는 아이들 교육에 도움이 될까 해서 일부러 보길도로 휴가 여행을 다녀왔는데, 아이들은 그런 부모님의 깊은 뜻도 모르고 오히려 예송리 해수욕장의 자랑거리인 조약돌을 주워 오는 바람에 자연을 훼손하는 잘못을 저지르고 만 것입니다. 부디 철없는 저희 조카들의 잘못을 용서해주시기 바라며 아이들이 주워 온 조약돌을 모두 돌려보냅니다.

제가 굳이 돌려드리는 이유는 아이들에게 자연은 원래 있던 곳에서 그 가치를 발하는 것이지, 예쁘다고 해서 마구 가져오면 안 된다는 것을 깨우쳐주기 위함입니다. 우리의 환경을 아름답고 깨끗하게 보전하기 위해서는 미래의 주인공인 아이들에게 작은 일부터 실천해나가도록 가르쳐야 한다고 생각합니다.

이장님! 바쁘신 중에 번거로우시겠지만, 동봉한 조약돌을 예송리 해수욕장으로 다시 돌려보내주시면 정말 감사하겠습니다. 저는 국문학을 전공하는 관계로 여러 차례 보길도에 답사 여행을 다녀온 바 있습니다. 인심 좋고 아직 때 묻지 않은 자연을 간직한 보길도가 언제까지나 변치 않길 누구보다 바라고 있습니다.

언제 찾아도 아름다운 보길도의 백미 예송리 해변을 지켜주시기 바라며, 이만 줄이겠습니다. 다시 한 번 번거롭게 해드려 죄송하다는 말씀드립니다.

1998년 9월 15일 서울에서 한 학생이 올립니다.

백 이장은 이름을 밝히지 않은 대학생의 편지가 온 뒤에 만난 『경향신문』기자에게 이렇게 말했다.

"보길도는 풍광이 좋고 유적이 많아 여름 한철에만 30여 만 명의 관광객이 다녀가지요. 어떤 관광객은 예송리 해변의 조약돌을 가져가기 위해 봉고차에 삽과 자루까지 준비해 오기도 합니다. 마을 사람들이 눈을 부릅뜨고 지키지만 매년 적잖은 돌들이 사라지고 있습니다. 한 사람이 하나씩만 가져가도 여름 한철에 30만 개가 없어지는 게 아니겠습니까?"

제자리에 있어야 할 보길도의 검은 돌도 아름답지만, 석우는 이름도 얼굴도 모르는 한 학생의 마음도 그만 못하지 않다고 생각했다.

검은 돌 16개와 반성문

김옥남 선생님으로부터 석우가 반성문과 보길도의 검은 조약돌 16개가 든 봉투를 받은 것은 『함께 사는 길』이 지난봄에 정기 독자 확대를 위해 만든 4쪽짜리 인쇄물을 드린 다음 주였다. 그 광고지와 함께 김 선생님은 곧바로 정기 독자가 되었고, 정기 독자가 되자 처음 받은 책에서 자연스레 '섬으로 돌아간 검은 돌' 이야기를 만난 모양이었다.

"선생님, 이건 반성문이고요. 그리고 이건 그 섬의 검은 돌이에요. 아무래도 선생님께서 그쪽 분들과 연락이 쉬울 것 같아서……."

1933년생인 김 선생님은 이제 나이 마흔다섯밖에 안 되는 아들내미뻘의 석우를 '선생님'이라 불렀는데, 그 까닭은 김 선생님이 석우가 한때 문학 강의를 나가는 한 문화 센터의 '할머니 수강생'이었기 때문이다. 관계야 어찌되었건 석우 또한 김 선생님의 인품에 내심 존경심을 품어오던 터였다.

"웬 반성문을, 김 선생님?"

"이렇게 멀쩡하게 생긴 사람이 너무나 부끄럽게도 그런 짓을……."

김 선생님은 말끝을 잇지 못하고 그 연세에 소녀처럼 발갛게 얼굴을 붉혔다.

200자 원고지에 심이 굵은 볼펜으로 또박또박 쓴 6장짜리 반성문은 이렇게 시작하고 있었다.

반성합니다.

많이 찾아드는 잡지의 홍수 속에서도 유난히 반가워 단숨에 읽었습니다.

『함께 사는 길』 4월호 말입니다. 이렇게 4월호를 반기며 읽을 얼굴들을 떠올려보았습니다. 그런데 말입니다. 나는 이 반성문과 함께 꼭 돌려보내야 할 것이 생겼습니다. 그리고 지금의 심정은 좀 비통하기까지 합니다. 부끄럽고, 염치없고, 바보스럽고……. 나는 아니야, 하면서 멀쩡하니 자연 파괴의 대열에 끼어 있었습니다. 그 누구도 당신이 분수없고 자연을 파괴할 것 같다고 내게 말하지 않는 것을 잘 이용한 것이지요. 그 아름다운 섬 보길도

(청별항)에서 6월의 기막힌 해돋이와 저녁 바다와 밤바다를 보았고 그리고 예송리 해변에서 신비한 검은 돌들과 만났습니다. 그 돌들과의 만남에서 나는 유혹을 뿌리치지 못한 바보였습니다. 아침 산보길에 끌리듯 주워 올린 조약돌을 아무렇지 않게 주머니에 넣었고 해변 출구에서 지키고 있는 이의 앞을 망설임과 당황 속에서도 시선을 돌린 채 지나쳐버렸습니다. 조금도 의구심을 갖지 않는 그의 앞을 그냥 통과할 수 있었던 것을 이제 생각하니 얼굴이 화끈거려옵니다. 한여름철엔 30만 명씩이나 다녀간다니 그들의 반이 나와 같다고 해도 수십만 개의 돌이 해변에서 사라져버릴 것입니다. 아찔해집니다. 작은 바구니에 고이 담아놓고 매일 아침 때로는 저녁에도 꼭 들여다보며 그곳 갯내음과 보길도의 추억을 되살리던 나의 어리석음을 빨리 되돌려야겠습니다. 기나긴 시간 바다 우짖음과 맑은 햇살과 또 온갖 바람 속에서 검은 돌이 된 돌들, 참으로 귀한 이 자연을 그들의 고향으로 돌려보내야 하겠습니다. 우리가 향수에 젖고 안정을 찾으려 하듯 돌들도 그곳에 있어 비로소 귀하고 아름다우며 우리 다 함께 즐거이 살 수 있음이지요. 자연을 그대로 그곳에 두는 것이 바로 함께 사는 것임을 절감하고 있습니다. 이렇게 멀쩡히 우를 범하고 있던 내게 '섬으로 돌아간 검은 돌'의 일깨움이 있었음을 마음으로부터 감사합니다. 긴 세월 살아온 내게 이렇게 뒤끝이 개운한 반성문을 쓰게 해주신 것도 감사합니다. 그렇습니다. 자연을 거기 그대로 있게 하는 것은 바로 아름다움이요, 우리가 함께 사는 당연한 길목입니다. 이 돌들을 빨리 고향으로 돌려보내고 싶습니다. 그곳을 지키시는 분들 정말 고맙습니다. 꼭 다시 가고 싶습니다. 고향에 돌아가 있을 이 돌들을 만나러 다시 가겠습니다.

1999년 4월 서울, 김옥남

가히 나이든 옛 사람의 문체였다.

놀랍고도 놀라운 일은 석우가 소리 내어 김 선생님의 반성문을 다 읽고 난 뒤의 일이었다.

한 수강생이 '이런 분과 같이 공부한다는 데에 큰 기쁨을 느껴요'라고 하며 감동의 얼굴을 지었고, 그보다 더 놀라운 일은 다른 좌석의 수강생이 '사실은 저도 거기에서 돌을 한 바가지가량 갖고 왔는데…… 이 일을 어떡해요' 하며 얼굴이 화로처럼 새빨개진 일이었다.

동강 한마당과 우드스톡 페스티벌

정선과 영월 등지에서 동강 살리기 범국민 한마당이 열리기 하루 전인 5월 어느 금요일, '동강 특집'을 일주일이나 연재한 H신문은 이 한마당을 60년대 미국의 반전 시위 문화를 전환시키는 계기가 된 전설적인 음악 축제 우드스톡 페스티벌에 비교했다.

행사에 참석하기 전부터 석우는 미열 같은 흥분을 억제하기 힘들었다.

정선의 전야제 첫 순서로 잡힌 횃불 행진 때문이었다. 그 옆 조양강에서는 정선아라리 가락에 맞추어서 뗏목이 흘러 내려오고, 사람들은 한목소리로 강이 흘러야 한다고 노래하고, 이튿날은 사람들도 강과 같이 흘러 영월에서 한마음으로 구호를 외치는 광경을 생각하면 몸이 후끈 달아오를 노릇이었다.

우드스톡 페스티벌이라면 1969년 뉴욕 근처의 넓디넓은 농장을 빌려 3일 동안 벌인 세기적인 난장이 아니던가. 당대의 내로라하는 록커들과

40만 명이라는 엄청난 사람들이 모여 먹고, 마시고, 대마초도 피우고, 서로 엉켜 사랑도 나누다가 더러는 그때 애도 만들고, 진흙탕에서 뒹굴고, 마치 세상에서 마지막 노래를 부르는 것처럼 소리치며 평화와 반전을 외친 페스티벌 아니던가. 강에는 벌거벗고 수영을 하는 젊은이들, 숲 속은 사랑을 나눌 때 내는 신음 소리, 발가벗고 뛰어노는 아이들의 환호성…… 그러거나 말거나 무대에서는 귀청이 찢어지는 록 음악과 포크 송이 흘렀는데, 제니스 조플린은 '껍데기를 벗고 느껴보라'고 외쳤으며, 존 바에즈는 〈I never died〉를 불렀고, 지미 헨드릭스는 이빨까지 동원해 광란의 전기기타를 연주하지 않았던가. 놀라운 일은 그 사흘 동안 단 한 건의 폭력 사고도 일어나지 않았다는 점이다. 프리섹스, 마약이라는 저항 방식으로 문명과 베트남전쟁에서 지친 당시 미국인의 삶을 음악으로 위무한 그 난장판의 사흘 동안, 40만 명의 젊은이들은 최소한 미움이나 인종차별, 이해득실, 억압, 편견이 없는 음악 공동체 속에 잠겨 그지없이 행복했던 것이다.

기사가 그렇게 흐르게 된 까닭은 이번 한마당이 계획하고 있는 프로그램들 때문이었다. '강은 흘러야 한다'는 단일 이슈로는 전례가 없이 크고 작은 환경 시민단체가 대거 모인 이번 행사는 1만여 명이 함께하는 축제로 예상되었으며 가수, 탤런트, 개그맨 등 대중 스타와 시인, 성악가, 행위예술가 등 예술가와 내로라하는 우리나라의 대표적인 환경운동가들이 다 모이기로 되어 있었다.

석우는 '풀꽃세상' 친구들과 함께 이틀간 행사에 참석했다.

1만여 명이 함께하는 축제를 예상했지만 실제 참석 인원은, 군이 부풀릴 이유가 없는 일이기도 하지만, 거기 미치지 못했음을 인정해야 한다.

석우를 흥분시킨 횃불 행렬은 유리잔에 정성스레 녹여 만든 촛불 시위로 대체되었고, 온다고 한 내로라하는 일부 가수는 모습을 나타내지 않았다. 대작의 무용 공연 때문에 행사 시작은 다소 지연되었고, 그럴 때 언제나 얼굴 내비치는 게 당연시되어온 높은 자리의 사람들은 댐을 막겠다고 모인 사람들 앞에서 보전보다는 개발 논리를 장황하게 펼치기도 했다. 정선 사람들은 영월 행사에 신경 쓸 겨를이 없는 듯했고, 영월 사람들은 정선 사람들의 적극적인 대회 참여를 희망하는 눈치였다. 있을 수 있고 이해되는 일들이 일어나고 있었다.

아니나 다를까, 동강(정선)에 도착하자 강의 상류 쪽 피해자들이 일찍부터 자신들이 살고 있는 곳에는 대회에 모인 사람들이 얼씬도 하지 못하게 바리케이드를 친다느니, 이미 도로를 콘크리트로 막아놓았다느니, 그쪽에서 자신들을 위협하니까 경찰서에 신변보호를 요청해놓았다느니 하는 소리들이 들리기 시작했다. 수자원공사 측에서 그쪽에 상주시킨 인력이 30명쯤 된다는 설이 실감나는 대목이었다.

친구는 행사 기간 내내 우울한 얼굴이었다.

"그 친구들이 얕잡아보지나 않을까?"

'그 친구들'이란 댐 건설을 강집하는 사람들이었다. 친구 또한 석우처럼 이번 한마당이 우드스톡 페스티벌처럼 위력적인 반향을 불러일으키기를 바라는 마음이었다.

"그렇지 않을 거야. 중요한 건 규모가 아니라 단일 이슈로 이렇게 다양한 사람들이 모였다는 점이야."

그렇게 대꾸하면서도 석우 또한 우울하기는 마찬가지였다. 사람들의 마음을 움직이는 일의 어려움은 진작부터 느끼고 있던 터였다. 그렇지만 출연료 없이 기꺼이 참석함으로써 약속을 지킨 대중 스타들, 오래 준비한 무용단의 노고, 행사를 위해 몇 개월간 고생한 주최측 젊은이들, 강을 살리기 위한 홈페이지 때문에 직장까지 잃게 된 젊은이, 강을 더 이상 모독해서는 안 된다고 온몸으로 피 흘리는 동강을 연출한 행위예술가 부부, 정선과 영월의 하늘을 가득 메운 수백 개의 플래카드, '이것은 죽음의 목록이 아니다'라며 동강에 사는 생명체들을 노래한 친구의 시 낭송, 그 목록을 따라 읊조리던 동강 둔치의 어린이들을 생각하면, 우드스톡 페스티벌과는 다르게 경건하고 아름다웠다고 생각되었다.

"그래, 네 말이 맞아. 이게 시작이니까."

돌아오는 길에 친구가 말했다.

문득 뜬금없이 존 레논이 다코타에서 총에 맞아 죽기 전에 썼다는 구절이 생각났다.

'당신이 다른 계획을 세우느라 바쁜 동안 그대에게 일어나는 일이 곧 인생이다'.

기억의 힘

올해 마흔넷인 석우는 그래도 조그마한 아파트를 한 채 지니고 있었다. 집 한 채 없는 너무나 많은 사람들 때문에 석우는 그 점을 늘 내세울 만한 일이 못 되는 일 중 하나라는 의식을 갖고 살았다. 석우의 가족은 넷, 석우의 오래된 아파트는 방이 세 칸이었다. 아주 작은, 아이들 방 두 칸, 그보다 조금 큰 안방 하나, 안방만 한 거실 하나인 그렇고 그런 구조였다. 고등학교, 중학교에 다니는 아이들은 책상 밑에 발을 넣고 자는 눈치였지만 자기들 방이어서 큰 불편은 없는 듯했다.

불만은 늘 석우였다. 글쟁이인 석우에게 쌓이는 것은 돈이 아니라 늘 책이었다. 좁은 집 안 구석구석 모든 공간이 석우의 책으로 메워졌다. 먼지와 책 더미 속에 파묻혀 사는 석우는 어느 날, 자신이 잘못 살고 있거나 무능력자이거나 둘 중 하나라고 단정 내린 적도 있다.

석우는 종종 자신의 집을 쓰레기장이라고 부르곤 했다. 어디서부터 청소를 해야 할지 식구들 모두 엄두를 낼 수 없는 환경이었기 때문이다. 이번 생에는 이렇게 사는 수밖에 없겠지 싶으면서도 어떤 날은 누가 들으면 웃을 노릇이지만, 환장할 만한 갑갑함 때문에 세상을 버릴 것인가 책을 버릴 것인가 하는 심각한 질문을 한 적도 한두 번이 아니었다.

첫눈이 오던 날 밤, 석우는 거실 한편에 산더미처럼 쌓인 신문지를 버리기로 작정했다. 발 디딜 틈도 없을 정도로 집 안이 엉망이 되자 신문지가 제일 만만했기 때문이다. 묵은 신문지에서도 늘 재미있는 읽을거리를 적잖게 찾아내는 석우는, 아깝지만 과감하게 신문지를 정리해 묶기 시작했다. 그러면서도 활자광인 석우는 간간이 신문의 기사에 눈을 주곤 했다.

"엇, 이런 기사가 있었나!"

석우가 한 신문을 집어 들었다.

8월 달 기사였다. 제목은 '비리 공무원 한여름 寒氣'였고 부제는 '감사원 직무감찰 마무리'였다. 이른바 감사원의 공직 사회 감찰 결과 기사였다. 석우는 열심히 신문지를 버리고도 정리해야 할 책들이 산더미 같았지만, 새삼스럽다는 듯이 기사를 읽어 내려갔다. 감사원은 공직자 비리 유형을 나누었는데 직위를 이용한 청탁 압력, 공금횡령, 공문서 위변조, 촌지 수수, 룸살롱 등 호화 업소 출입, 향응 및 골프 접대 등의 비리와 새 정부의 정책 추진에 냉소적 태도, 복지부동, 무사안일 등의 지적 사항 등 모두 300건이 넘는다고 밝히고 있었다. 1급 이상 공직자 비리는 이번 발표에서 제외되었다고도 했다.

"떡을 칠 시키들!"

신문지를 방구석에 팽개치며 자신도 모르게 석우가 중얼거렸다.

"아니 당신, 방 정리 않고 뭐 하는 거예요. 빨리 정리하고 자야지요."

버릴 잡지와 뜯지도 않은 광고 우편물들의 스테이플러 알을 뜯고 포장 비닐을 뜯어서 분류하던 아내가 톡 쏘았다.

"오늘만 날인가, 내일 정리하자."

갑자기 거실 구석 소파에 주저앉으며 담배에 불을 붙인 석우가 내뱉었다. '어휴, 담배 연기' 어쩌고 하는 딸내미들의 불평이 이내 아이들 방에서 터져 나왔다. 그렇다고 추운 겨울에 밖에 나가서 담배를 피우고 들어올 석우가 아니었다. 공직자 비리 기사 때문에 석우의 머릿속에는 한 가지가 떠올랐다. 석우가 일을 중단하고 담배를 뽑아 문 것도 그 기억 때문이었다.

석우는 책상 서랍을 뒤졌다. 하나는 서랍 아랫단의 파일에서 어렵잖게 찾았는데 다른 하나는 끝내 찾지 못했다. 석우가 쉽게 찾은 기사는 금년 3월 7일자 『동아일보』 기사였다.

'연구비 3억 횡령 숭실대 교수 영장 청구'라는 제목의 그 기사는 보도될 당시 석우가 매우 씁쓸한 기분으로 얼른 스크랩해둔 이래 처음 꺼내 본 기사였다.

서울지검 서부지청 형사1부(부장검사 신언용申彦茸)는 6일 정부 기관에서 지원받은 연구사업비 3억 2,000만 원을 개인 용도로 유용한 숭실대 도갑수(都甲守, 54 화공학과) 교수에 대해 횡령 혐의로 사전구속영장을 청구했다. 검찰 조사 결과 도 교수는 인건비 계산서를 허위 작성하는 수법으로 4,500여만 원을 횡령한 것을 비롯, 각종 명목으로 지원금을 유용한 것으로 드러났다. (권재현 기자)

석우가 어디 있는지 찾지 못한 기사는 서울시청 폐기물과의 간부 송웅기 씨에 관한 기사였다. 96년 초여름 석우가 만난 그 기사는 송 씨가 소각장 건설 업체로부터 그랜저를 받아서 구속된 기사였다. 나중에 들으니 송 씨가 그다음 날인가 신속하게 풀려났다고는 하지만.

석우가 송 씨와 도 교수를 알게 된 것은 소각장 반대 운동 때였다. 송 씨는 소각장을 지어야 한다는 정책을 수행하는 관리였고, 도 교수는 "그거 지어도 아무런 환경문제가 없다"고 능글능글 웃던 학자였다. 공청회장 같은 곳에서, 살찐 볼때기에 번들번들 기름이 흐르는 도 교수가 짓던 능글거리는 웃음 때문에 그를 만난 날 밤 석우는 늘 악몽을 꾸곤 했다. 그가 환경 운동 하는 사람에게 준 상처와 모욕은 가슴 아픈 수준을 넘어, 저런 유형의 인간에게도 연민을 느껴야 할 것인가 하는 격심한 회의를 자아내게 할 정도였다.

석우는 그때 입술을 깨물며 생각했다. 오늘 시간의 힘을 이토록 우습게 여기는 당신들을 시간은 결코 용서하지 않을 것이라고. 시간은 언젠가 당신들을 부끄럽게 만들고야 말 것이라고. 당신들이 소각장 건설을 강행해서 손에 쥐게 된 검은 돈과 뇌물이 언젠가는 세상에 환히 밝혀질 것이라고.

"사보나 쓰잘 데 없는 잡지는 버려도 신문은 못 버리겠어."

석우가 한참 있다가 말했다.

"통신에 들어가면 신문 기사 검색 쉽게 할 수 있잖아요. 근데 왜 좁은 집에 신문지를 쌓아놓고 살아요."

아내가 비닐 우편물을 뜯으며 신경질적으로 말했다.

"그래도 그렇다니까. 송 씨 기사를 찾아야 돼. 송 씨 친구들이랑 도 교수 친구들 기사를 그냥 버리면 안 된다니까 그러네. 우리가 할 일이 뭔데? 꼭꼭 기억해둬야지. 안 그래?"

석우가 말했다. 스스로도 조금은 어리석다고 생각했지만 석우는 신문지 더미 어딘가에 송 씨 기사가 숨어 있을 것만 같았다.

창밖으로는 함박눈이 소리 없이 내리고 있었고, 틀어놓은 텔레비전 밤 뉴스에는 중부고속도로에서 50중 연쇄 추돌 사고가 보도되고 있었다.

왕을 기다리는 사람

'점쟁이'라기보다는 '역술인'이라 말해야 피차 마음 편한, 나(羅) 도사는 석우 사촌형의 고향 친구다.

사람들은 그를 '나 도사'라고 부르면서, 실없이 킬킬거렸다. 그를 부른다는 게 꼭 호칭하는 자신을 부르는 것 같아서였을 것이다. 그러나 나 도사는 자신의 성(姓)이 구(具)씨거나 박(朴)씨거나 송(宋)씨가 아니라 나

(羅)씨임을 아주 흡족해하는 눈치였다.

나 도사는 역술과 관련된 책도 벌써 여러 권 냈고, 그 책의 인세가 시시껄렁한 작가 저리 가라 할 정도였다. 그래서 나 도사는 점만 쳐서 돈을 버는 것이 아니구나, 이런 새로운 시장도 있구나 하고 멋진 갈색 한복 차림으로 앉아 이 책 저 책 방바닥에 잔뜩 펼쳐놓고 신나게 역술 책을 써내곤 했다. 역술인 간판을 내걸고 가만히 놔뒀더니 수염도 멋있게 자라서 이제 오십 대 중반인 나 도사는 제법 그럴듯한 외모를 갖추게 되었다.

"그래서 나 도사는 돈 못 버는 글쟁이들을 만나면 상당히 미안한 척하는데, 물론 진심은 아닌 것 같아. 가관인 것은 나 도사 그 친구 입에서 인세가 어떻고 출판 재계약이 어떻고 하는 소리가 나올 땐 참으로 듣기 민망하더라니까."

사촌형이 말했다.

"베스트셀러야 염소도 쓰고 망아지도 쓰는 거 아녜요, 형. 조금 있으면 황소개구리도 베스트셀러 써낼 걸요."

석우가 건성으로 사촌형의 말을 받아주었다.

정신과 의사가 자기 책이 200만 부 팔렸다고 TV에 나와서 자랑해댈 때, 불교 쪽 출판사에서 '시장은 넓고 책 쓸 스님은 희귀해라' 어쩌고 해댈 때, 아침에 라디오 방송하는, 행복해 죽겠다는 어떤 여자가 '베스트셀러 작가도 되어보았지만 전 죽을 때까지 라디오 방송할래요. 이게 제일 저한테 맞는 것 같아요' 하고 튀어나온 턱을 다물지 않을 때, 기업인은 물론 영화배우, 가수, 개그맨도 책을 써서 스스로 베스트셀러 작가라고 자칭(自稱)할 때, 석우는 몹시 난감한 기분에 휩싸이곤 했다. 그래 베스트셀러 작가 많이 해라, 하고 웃어넘기기에는 그들의 자만심이 돈도 잘 못 버는 글쟁이에 속하는 석우를 여간 곤혹스럽게 하지 않았기 때문이다. 그러나 고지식한 석우에게는 베스트셀러 작가가 되는 일보다는 스스로도 만족할 만한 단편 한 편이라도 써내는 일이 예나 이제나 더 화급하고 중요한 일이었다.

다시 말해 분업화된 산업사회의 대중들이 매일 만들어내는 숱한 얼굴의 베스트셀러 작가(?)들에게 석우는 도통 관심이 없었다.

"근데 너, 나 도사가 어디 사는지 모르지?"

사촌형이 물었다.

"걸 내가 어떻게 알아요?"

"삼청동에 살어."

"삼청동이라면 불란서문화원 지나 거 뭐더라, 감사원도 있고 만두집도 있고 청동시댄가 석기시댄가 둥굴레 차 끓여대는 찻집도 있고 도가니탕 잘하는 집도 있지, 아마."

석우가 그 동네를 매우 잘 아는 체했다.

"그래, 수제비집들도 많고 말야."

"근데, 나 도사가 거기 산다는 게 무슨 특별한 의미라도 있나요?"

석우가 물었다.

"아암, 있고말고. 적어도 나 도사한테는."

"형님, 도대체 무슨 얘길 하시는지 모르겠네."

"거기가 청와대 부근이잖어."

사촌형은 가슴 속에 엄청난 비밀을 간직한 사람처럼 만족스럽게 웃으면서 말했다.

"청와대 부근이라! 으음, 그렇겠군. 근데 그래서요? 그거하고 나 도사가 거기 사는 거하고 무슨 상관이에요?"

"청와대 부근이니까 나 도사가 거기 산다 이 말이다, 내 얘기는."

"청와대 부근에 살면 사람들이 점치러 더 많이 오나요?"

"그게 아니라, 나 도사는 언젠가 대통령이 한 번은 자기 집에 들른다고 생각하고 있는 거라. 물론 전통(全統) 때 얘기지만."

사촌형의 말을 듣고 그제야 석우도 어이가 없어서 크게 웃음을 터뜨렸다.

"그래, 전통이 들르면 크게 한번 사기를 치겠다, 그 말이죠? 우하핫, 되게 웃기는 점쟁이 아저씨로구면요……. 그래, 전통이 나 도사 집에 들렀대요?"

소리 내 웃다가, 이번에는 석우도 정색을 하고 물었다.

"들르긴 뭘 들러. 전통이든 노통이든 문민통이든, 거기 삼청동 개인 집에 왜 들르겠나? 그 사람들이 얼마나 바쁜 사람들인데."

"생각할수록 웃기는 나 도사네요."

석우가 푸푸, 바람 빠지는 웃음소리를 내며 말했다.

그제야 갈색 한복을 입고 수염을 잘 기른 한 역술인의 모습이 떠올랐다. 오매불망 대통령이 한 번쯤 자기 집에 들르기를 바라는 역술인이. 그래서 들르면 오랫동안 벼르고 벼르면서 준비해둔 최고의 '이빨'로 대통령의 마음을 크게 흔들어 한 건 오지게 잡겠다는 꿈을 간절히 키우는 역술인이.

"형, 아직도 나 도사, 거기 삼청동에 살아요?"

"그럴 거야. 이번 대통령도 거기 들를 확률이 거의 없는데 말야. 그 자식 생각하면 생각할수록 골치 아프다니깐……. 한편으론 좀 안됐기도 하고 말야."

일편단심 밀항자

석우가 그 사내의 이야기를 만난 것은 사람들을 주로 다루는 잡지를 통해서였다. 잡지를 석우에게 건넨 사람은 가까운 지인 J화백이었다. 그는 석우의 취향을 무척 잘 알고 있었기 때문에 그 기사를 보면 석우가 틀림없이 깊이 감동하리라는 것을 확신하고 있었다. J화백의 확신은 틀리지 않았다. 석우는 횡격막 아래 부위가 쑤시는 듯한 감동을 받았다.

석우와 J화백을 그토록 감동시킨 이는 정상일 씨. 직업은 밀항 중독자. 올해 나이는 62세. 밀항으로 인해 그가 감옥에서 보낸 시간만도 17여 년. 곰곰이 생각해볼 것도 없이, 이 사람의 생애가 장난이 아니라는 것을 이내 느낄 수 있다.

밀항은 출입국관리법 위반에 해당되는 범죄다.

그의 첫 밀항은 1962년 그의 나이 26세 때 시작되었다. 기회의 나라 미국으로 돈 벌러 배에 올라탔는데 그 배는 독일의 함부르크를 경유했던 모양이다. 사단(事端)은 함부르크에서 잠시 뭍에 내린 정상일 씨에게 나타난 독일 여인으로부터 비롯되었다.

당시 18세였던 독일 여인의 이름은 루치 바그너. 간호사인 그녀는 금발에 푸른 눈을 가진 아름다운 여인이었다. 둘은 만나는 순간 번쩍, 하고 곧바로 불이 붙었던 모양이다. 미국이고 나발이고 다 때려치운 정 씨는 여인을 만나자 그대로 독일 땅에 주저앉았다. 그렇지만 만날 사랑만 하고 살 수는 없는 노릇이므로, 정 씨는 독일 말을 익히며 직장을 얻었다. 함부르크 호발테크 조선소의 페인트공이 정 씨가 얻은 직업이었다. 정말 꿈같은 시간이 아닐 수 없었다. 사랑하는 사람을 만났으니 말이다. 누군들 평생에 걸쳐, 사랑하는 사람을 찾지 않겠는가.

그러나 그런 꿈같은 시간은 정 씨가 불법체류자임이 밝혀지자 곧 끝장이 나버린다. 그녀와 보낸 시간은 고작 4년. 이후 조국의 감옥으로 직행한 정 씨는 오매불망 독일에 있는 연인 생각뿐이었다. 당시 독일인 아내(?)는 만삭의 몸이었다.

출옥하자 정 씨는 다시 독일로 가는 배를 기웃거렸다. 60년대 중반, 외국은 특별한 사람이나 갈 수 있었을 뿐 아니라 정 씨는 밀항 전과자였기 때문에 정상적인 여권이나 비자를 받을 수가 없었다. 정 씨가 선택할 수 있는 유일한 독일행은 밀항을 통하는 수밖에 없었다. 밀항과 감옥, 다시 밀항과 감옥······. 그렇게 이어진 밀항의 횟수만도 20여 회. 정 씨가 감옥에서 보낸 시간은 17년, 그의 30여 년이 몽땅 '밀항'으로 점철된 것이었다.

"법이란 게 되게 웃기는 거예요. 가겠다는 사람을 가게 처내버려둬야 하는 거 아니겠어요. 밀항을 했다가 처벌을 받았으면 깨끗해진 거 아닌가. 일사부재리의 원칙, 뭐 그런 걸로 말예요. 그다음에는 정상적으로 여권 발급과 비자를 받아 가겠다는데도 왜 말리는지 알 수 없어요."

석우가 조금은 흥분했다.

"그러게 말예요. 그땐 다른 사람들도 출국하기 어려웠던 시절이니 그렇다손 치더라도 해외여행 자유화가 되고 난 뒤에도 정 씨에게는 여권이 안 나왔다는 거 아녜요. 아무튼 기사를 끝까지 보세요."

J화백이 손으로 석우가 들고 있던 잡지를 가리켰다.

그런 가운데 밀항 중독자 정상일 씨는 독일의 여인이 아들을 낳았다는 이야기를 듣는다. 그 소식은 낭보였다. 그러나 얼마 후, 다시 밀항을 감행했다가 감옥에 있는 동안에 정 씨는 뼈아픈 소식을 접하는데, 그것은 독일에 있을 때 친구처럼 사귀던 한국 유학생 녀석과 루치 바그니가 결혼을 했다는 소식이었다. 이럴 수가, 이럴 수가…… 하고, 차가운 감옥의 시멘트 바닥에서 몸부림쳤지만 재간이 없었다.

그렇다고 정 씨의 독일 밀항에 대한 집념이 수그러든 것은 아니었다. 그러던 와중에 독일 체류 때 잘 알고 지내던 할머니의 운명 소식을 듣게 되었다. 할머니는 그러나 타계하기 전에 독일의 연인이 유학생에게 속았다는 이야기를 전해줬다. 유학생 녀석이 루치 바그니에게 '정 씨는 한국에 처자식이 있는 몸'이라고 사기를 친 것이었다. 연인을 용서하기 전에 정 씨는 독일에 가서 두 눈으로 아들과 연인을 보고 싶었다. 더욱이 이젠 가지 않으면 안 되는 이유도 생겼던 것이다.

정 씨가 말했다.

"사람들은 다 늙어서 새삼스럽게 처자식을 찾을 필요가 있겠느냐고 묻습니다. 그러나 내게는 나의 결백을 증명하고 아들을 한번 보고 싶은 마음밖에는 없었습니다. 단지 그것뿐이었습니다."

'단지 그것뿐'이라는 말은 사람의 마음을 쳤다. 그것이 그토록 엄청난 범죄였던가 하고 정 씨는 묻고 있었다. 그동안 정 씨가 밀항했다가 잡혀 돌아온 곳만 해도 가히 국제적이다. 말레이시아, 싱가포르, 캐나다, 미국, 쿠바, 바하마, 칠레, 바레인, 뉴질랜드 등 50여개 국이 넘는다. 정 씨

가 최근에 잡힌 것은 인천항에서 화물선에 숨어 독일로 가다가 일본 오
사카 항에서 잡힌 1997년 7월 19일이었다. 일본 교도소에 있다가 지난
해 12월 강제 귀국당했고 부산지검 공안부는 금년 1월 9일 정 씨를 밀
항단속법으로 가차 없이 구속 기소했다. 그러나 그런 와중에 매스컴을
통해 정 씨의 집념과 단심(丹心)이 알려지자, 우연히 그 소식을 접하고
크게 감동한 독일 정부는 한국 사법부에 선처를 호소했다. 우리 사법부
또한 독일의 선처를 받아들여 정 씨는 현재 벌금형으로 풀려나 있다. 독
일 대사관은 한술 더 떠 정 씨를 정식으로 독일에 초청한 상태이며, 독
일에서는 독일대로 노인이 되어 있을 루치 바그니(54세)와 아들(33세)을
수소문하고 있단다.

"감동적이지요?"

J화백이 기사를 다 읽은 석우에게 물었다.

"글쎄요. 뭐라 말해야 좋을지 모르겠네요. 한 대 얻어맞은 것 같아요.
이럴 수가……. 그러니까 이 사람은 평생을 젊은 날 만난 연인을 찾아가
는 데 다 써버린 거 아녜요!"

"개츠비의 경우에는 자신의 재능을 여자의 환심을 사는 데 탕진했지
요. 이 경우엔 뭐라고 해야 할지. 그동안에 여기서도 수많은 여자들을 만
날 기회가 있었을 텐데, 오직 정상일 씨는 직진만 하지 않았겠어요. 뭐
이런 사람이 다 있죠?"

J화백은 정 씨가 지킨 순애(純愛)의 일생을 '직진'이라는 교통 용어로
표현하고 있었다.

"부끄럽네요. 좌회전도 하고, 우회전도 하고, 직진하면서도 기웃기웃
한눈을 파는 우리들이 말예요."

석우가 기어드는 목소리로 말했다.

고개를 끄덕인 J화백 또한 감옥에서 나온 정 씨처럼 먼 바다를 바라보는 표정으로 창밖을 바라보았다. 그가 이번에는 반드시 정상적으로 독일로 날아가고, 그 뒤에는 가족과 만나게 되기를 바라는 표정이었다.

동강 버스와 래프팅 버스

정말 이상한 일이었다. 어떻게 반응이 달라도 이렇게 다를 수가 있단 말인가!

그렇잖아도 작명하기를 좋아하는 석우는 자신도 모르게 버스의 별명을 붙였다. 한 버스는 '동강 버스', 다른 버스는 '래프팅 버스'라고.

그렇게 붙이고 나니까 아까 '래프팅 버스'에서 받았던 무안한 마음이 조금은 안정되는 것 같았다.

그 주일에 석우는 벌써 세 번째 동강에 온 셈이었다. 한번은 평소 존경하는 한 나이 드신 언론인께서 휴일을 이용해 동강과 뉴트러스트 운동의 현장인 태백시에 가보고 싶다고 해서 안내 겸 동행한 것이었고, 한번은 글쟁이들 모임의 안내자 비슷한 역할로 갔고, 이번에는 석우가 한때 나가던 문화센터의 동강 문학기행 강사 자격으로서였다.

동강이 워낙 유명해져서 지원자들이 넘쳐, 전에 없이 버스 두 대를 빌려야 했다고 진행자가 말했다. 동강을 유명하게 만든 것은 두말할 것도 없이 건설교통부와 수자원공사였다.

휴게소를 갈아타는 지점으로 삼아서 두 대의 버스를 오르락내리락하며 석우는 왜 우리가 지금 가고 있는 강이 전에 흘렀던 것처럼 앞으로도 계속 흘러야 하는가를 진심어린 마음으로, 그가 알고 있고 느끼고 있고 믿고 있는 대로 이야기했다.

예전에 폐기물 문제에 깊이 빠졌을 때처럼 이번에 강에 대해서 이야기할 때에도 석우는 그 일이 마치 우리들 생사와 관계된 일인 양, 그런 기도하는 마음가짐과 어조로, 그러면서 듣는 이들의 마음을 헤아려가며 정중하게 이야기했다. 마침내, 석우의 친구가 제안하고 (주)베틀북에서 펴낸 책 『동강의 노루궁뎅이』 이야기를 꺼낸 것은 섭새강변을 빠져나와 신동리로 가는 길이었다. 고성 쪽으로 들어가 소사나루와 연포 마을을 느끼자면 예미, 신동 쪽으로 가야 했기 때문이다.

"제 졸작도 여기 수록되어 있기 때문에 말씀드리기 쑥스럽지만 이 책의 저자들은 인세 전액과 판매 수익금 중 제작비만 뺀 전액을 환경운동연합에서 내는 동강 살리기 시리즈 광고에 보탤 예정이기에, 다시 말씀드려 책을 팔아서 이익을 얻으려는 의도가 아니기 때문에 감히 말씀드립니다. 더욱이 오늘 이렇게 귀한 인연으로 함께 동강에 와서 동강을 느끼게 되었으므로, 이 땅의 시인 작가들은 동강을 어떻게 느끼고 그렸는가를 이번 여행이 끝나고 돌아가서 읽으시면 감회가 새로우리라 믿습니다. 게다가 여기 오지 못한 가족들, 특히 자라나는 세대들에게도 이 책은 대단히 의미 있으리라 생각됩니다. 그리고 덧붙인다면, 지난해부터 꾸준히 신문에 내고 있는 동강 살리기 시리즈 광고는 환경 운동의 역사로 볼 때도 그렇고, 우리나라 광고사에도 전례 없는 기획인데, 여러분의 작은 참여로 우리 모두 그 자랑스러운 시리즈 광고에 참여하는 것이 되겠죠. 책값은 6,000원인데, 며칠 전 글쟁이들 모임에서 소개하다 보니 거스름돈 챙겨 드리는 데 문제가 있더군요. 그래서 출판사와 합의하길 5,000원으로 정했습니다. 난 동강을 보러 왔지, 글쟁이들이 쓴 동강 책 사러 온 게 아니라고 입술 꼭 깨물고 굳게 결심한 분들은 빼고 많은 참여 바랍니다.”

석우가 더듬거리면서, 그러나 결단코 이 책의 판매로 이익을 남기려는 게 아니라는 것을 강조하면서, 나는 한 사람의 글쟁이지 결코 북세일 즈맨이 아니라는 것을 느낄 수 있는 어조로, 사람들에게 『동강의 노루궁뎅이』를 열심히 소개했다.

“노루궁뎅이가 뭐예요?”

버스 뒤에서 누군가 큰 소리로 물었다.

“혹 아시는 분 계신가요? ……안 계시는군요. 그거, 동강에 사는 버섯 이름입니다. 동강에서는 우리 토착 생물이 7,000여 종 이상 발견되었습니다. 댐의 안정성 문제도 심각하지만 거기에만 사는 귀한 토착 생물을 우리 시대에 잘못된 판단으로 물에 파묻을 순 없는 일이지요.”

석우는 문화센터에서 동행한 한 여성의 도움을 받아 좌석마다 책을 돌렸다. 그런데 이게 어떻게 된 일인가? 40여 명이 탄 버스에서 겨우 12권밖에 나가지 않았던 것이다. 영월까지 오면서 석우가 탄 다른 버스에서는 40여 권 모두 순식간에 팔렸다. 어떻게 이럴 수가……. 석우는 얼굴이 달아올랐다. 순전히 무안함 때문이었다. 똑같은 버스로, 똑같이 동강 가는 길에서, 똑같은 사람이, 똑같은 책을, 똑같은 마음으로 소개했건만 반응은 그렇게도 차이가 나는 것이었다.

버스가 물레재 들머리에 정차하자 석우는 얼른 차에서 내렸다. 무안함과 더불어 표현하기 힘든 모욕감 때문이었다.

나중에 사람들이 연포로 몰려간 뒤, 석우는 홀로 소사나루 강변에서 풀잎을 씹으며 생각했다. 어쩌면 저들은 강이 흐르는 일에는 관심이 없을지도 모른다고. 저 사람들은 방금 전에도 선단(船團)을 이루어 이곳 소사나루를 환호작약하며 흘러 내려간 래프팅에 더 관심이 있을지도 모른다고.

석우는 동강으로 오는 버스에서 말했다.

'나는 래프팅 극렬 반대론자다'라고.

댐 건설 강행 의지로 상처받은 사람들이 신음하고 있는 동강에서, 그토록 요란을 떨며 왜 하필 래프팅이냐, 굳이 그 물놀이를 하겠다면 큰물 내려갈 때 래프팅 적소인 한탄강도 있고 내린천도 있지 않느냐고, 동강을 비싼 래프팅 놀이로 끝까지 다 보겠다는 의지와 악착같이 댐을 짓겠다는 의지는 얼마나 다르냐고, 그곳이 비경이라면 그냥 놔둘 수는 없느냐는 생각이었다. 비오리와 쉬리, 어름치를 다 쫓으면서 댐이야 짓건 말건 이때 동강 구경 못하면 큰일 난다는 듯이 래프팅에 환호하는 그 떼현상이 안쓰럽고 혐오스러웠다.

그 말을, 석우가 어떤 사람인지 진작부터 느끼고 있던 문화센터 사람들로 구성된 한 버스는 적극적으로 받아들였고, 석우를 잘 모르는 다른 버스는 수용하기 힘들었던 모양이다.

그러나 석우가 소사나루에서 자리를 털고 일어날 때는 고쳐 생각했다.

'책에 관심이 없었던 바로 저 래프팅 버스 사람들 때문에, 우리가 고민하고 환경 운동을 하는 거 아니겠는가', 하고.

잔머리 굴리는 사람들

동강댐 건설을 서둘러 강행하겠다는 발표가 나온 것은 게릴라성 폭우가 한반도 구석구석을 골라서 강타하듯이 여전히 기승을 부리던 8월 중순의 어느 날이었다.

그 사실을 알게 된 것은 H화백의 전화 때문이었다.

"뉴스 봤소, 윤 형! 댐 건설을 서두르겠다지 뭐요?"

"그래요?"

석우가 담담하게 전화를 받았다. 석우가 노트북을 챙겨들고 '봄개울' 읍내에서 10킬로쯤 떨어진 툇골의 H화백 작업실에 있을 때였다. 자신의 작업실에 친구가 머물기에 H화백은 자주 전화를 걸곤 했다.

"나는 윤 형이 깜짝 놀랄 줄 알았는데 의외로 담담하네요."

H화백의 목소리에 힘이 빠져 있었다. 평소에 내린천댐이든 동강댐이든 강력하게 댐 건설을 반대해오던 석우를 잘 알고 있는지라 H화백은 석우가 깜짝 놀랄 줄 알았던 모양이다.

"나로서는 조금도 이상한 일이 아니라 그거죠."

"무슨 말이오?"

"그 녀석들은 폭우로 사람들이 죽고, 실종되고, 졸지에 거리에 나앉아 버린 비극을 지켜보면서도 머릿속에는 계속 댐 건설 생각밖에 없었을 테니까요."

"바로 그거요. 이번의 폭우를 보면서 댐 건설의 필요성이 더욱 절실해졌다, 뭐 그런 논리를 펴더라고요."

"가증스러운 논리죠. 차라리 똥줄이 타서 잠을 못 이루겠다고 하면 솔직하기나 하지요."

"똥줄?"

"그렇지요. 그 패들로서는 똥줄이 타지요."

"내가 윤 형처럼 그쪽 세계를 잘 몰라서인지 무슨 말인지 잘 모르겠수다. 폭우 피해를 바라보며 똥줄이 타다니……."

"그놈들은 벌써 주고받을 것은 다 주고받은 사이가 아니겠소. 핵발전소나 소각장 건설이나 댐 건설이나 다 똑같이 굴러가지요. 그러니 눈을 붉히고 기회만 있으면 건설의 당위성을 펼 논리를 찾느라 정신이 없죠. 어떤 뒤틀린 머리를 가진 녀석들이 같은 시대 사람들의 비극을 바라보면서 돈 벌 기회가 왔다, 하면서 댐 건설의 당위성을 더욱 강도 높게 펼치자고 제안했을 거고, 검은 돈을 나눠 먹을 자식들이 아아 그거 참으로 시의적절하고 기발한 생각이오, 하고 받아들였을 거요. 우매한 대중들은 맞아 맞아, 댐을 많이 짓는 수밖에 없어. 생태계 파괴고 나발이고 댐을 많이 지어야지 폭우 피해를 줄일 수 있을 거야, 라고 생각하는 거지요."

이야기를 하다 보니까 석우도 은근히 부아가 치밀어 오르는 것을 참을 수 없었다.

"주고받을 것을 주고받은 사이라. 누구누구 사이에 말이오?"

"대한민국에서 한 30년쯤 산 사람이라면 누구나 감 잡을 수 있는 일 아니겠소. 허허!"

"얘기가 나온 김에 좀 구체적으로 말해보쇼, 윤 형. 도대체 대형 국책 프로젝트들이 어떻게 돌아가는 거요?"

H화백의 그런 솔직성에 석우는 늘 감동하곤 했다.

"정책 입안자들, 그러니까 말하자면 관리들하고 댐이든 핵발전소든 소각장이든 지어야 한다는 논리를 제공한 일부 학자들 그리고 기업이라 말해도 되고 장사꾼이라 말해도 될 업자들 그리고 그런 거 지어야 하지 않겠느냐고 부추기는 거대 언론, 뭐 그런 패들이라 말할 수 있겠죠. 지금까지 대형 프로젝트가 공권력까지 동원되어 강행되는 과정이 늘 그랬죠. 이번 경우에도 예외가 아니라 이 말이죠. 내 얘기는, 더구나 이웃의 불행을 보고도 요때다, 하곤 다시는 이런 기상 재앙이 반복되지 않도록 하자면 댐을 지어야 한다고 썰을 푸는 걸 보니, 이번 경우에도 군사독재 시절이나 엉터리 문민 시절 때와 똑같이 돌아가고 있습니다. 민주정권이라 우리가 환호했던 이 정권도 환경 마인드는 제로인 것 같아요. 안타까워요, 정말."

"그러니까 이미 짓기로 하고, 지어서 얻을 것들을 어느 정도 챙긴 상태라 이 말이로군요. 그래서 똥줄이 타 있다, 그거로군."

"그럼요. 그 사람들로서야 똥줄이 타지요. 지난번 내린천처럼 건설이 무효로 돌아가면 큰일인 거죠. H형, 생각해보쇼. 어떻게 지금 우리가 겪고 있는 기상이변이 기상이변이란 말이오! 이게 얼추 천재(天災)로 보이지만, 내 생각은 다르오. 양쯔강 폭우도 그렇고 우리나라나 일본을 강타한 이번 폭우를 나는 인재(人災)로 보고 있소. 엘니뇨나 라니냐 때문이라고들 하지만 엘니뇨나 라니냐가 왜 금세기에 들어와서 이렇게 고개를 쳐들었는가를 생각해보자, 이거요. 엘니뇨가 페루 연안의 해수 온도가 상승해서 일어난 현상이라면 왜 페루 연안의 해수 온도가 갑자기 높아졌을까 이 말이오. 페루 연안에서 발생한 해수 온도 상승이 어째서 갑자기 평지돌출한 현상이겠소. 전 지구적인 문제로 봐야 되지 않겠소. 우리가 자연을 어떻게 대해왔는가를 생각해보면 절대로 골치 아프고 어려운 문제가 아니지요. 그러니 내 얘기는 이번의 기상재해는 인재고, 달리 말해 자업자득이다 그 말이죠."

석우가 말했다.

98년 여름 아시아를 강타한 폭우는 참으로 설명 불가능할 뿐 아니라 불가항력적인 구석이 있었다.

유일한 설명은 금세기 최고 수준의 엘니뇨 현상 때문이라는 것이었다. 엘니뇨는 널리 알려져 있듯이 페루 연안의 해수 온도 상승으로 남미 일대는 호우가 집중되고, 태평양 서안의 동남아시아 지역에는 가뭄이 발생하는 세계적인 기상이변을 일컫는다. 가뭄 지역의 고기압이 너무 강해 거기 위치하고 있던 열대 강우대가 북쪽으로 올라와 지난 6월부터 중국 화남 지방에 사망자 2,000명, 이재민 1억 3,800만 명이라는 재앙을 몰고 왔으며, 그 여파로 속성 재배된 엄청난 비구름이 한반도와 일본을 강타한 것이 이번 재앙의 유일한 설명이라면 설명이었다. 설명 불가능하기로 말한다면 인도네시아의 유례 없는 가뭄이나 미국과 멕시코 국경 언저리의 살인적인 폭염, 히말라야의 이상 현상도 마찬가지였다.

"그래서 내 말은, 이번의 폭우를 겪으면서 어쩌면 이때야말로 사람들의 환경에 대한 생각이 깊어질 수 있는 기회가 아닐까 그렇게 보고 있지요. 이번에 겪었지만 사람이라는 게 얼마나 무력하고 미약한 존재입니까. 많이 만들고, 많이 버리고, 정신없이 자연을 착취하면서 살아오던 안일한 방식을 한번 크게 바꾸지 않으면 안 된다는 각성이 이번에 일어났으면 하는 거지요. 근데 그 자식들은 교훈을 얻기는커녕 바로 이때다, 하고 오히려 댐 건설의 당위성을 역설하니까 참 한심스럽죠."

"윤 형이 하는 얘길 들어보니 몇 놈들 부자 만들어주려고 자손대대 피해를 입을 반환경적 흉물이 지어져서는 안 된다 그거로군요. 그나저나 국민들이 속지 말아야 할 텐데 말이오."

"나라를 다시 일으켜야 한다는 소리들이 여기저기서 나오니까 잘되겠죠. 동감댐은 아무리 잔머리를 굴려도 끝내 좌절될 거요. 그렇게 나는 믿소."

"폭우 때문에 연기된 집회가 곧 열리겠죠?"

"집회야 계속 열릴 거요. 문제는 사람들이 비 그치기 바쁘게 방금 전에 겪은 재앙의 의미를 금세 잊어버리는 일이지요."

중금속 소금

가족이 외국에 있는 바람에 몇 달에 한 번씩 만나는 친구가 있다.

그가 어느 날 석우에게 말했다.

"몇 달 만에 돌아오면 꼭 큼직한 사고가 터져 있곤 하더라고."

연일 터지는 대형 사건의 한복판에 살고 있는 우리들은 못 느끼는 것을 그는 그렇게 말할 수도 있겠구나, 하고 생각했다.

어느 시대인들 그러지 않았겠느냐고 달관한 얼굴로 말한다면 할 말이 없긴 하다. 그러나 농경사회 때의 사건과 산업사회에서 일어나는 사건은 확실히 그 규모와 내용 면에서 차이가 나도 크게 난다.

며칠 전 저녁 뉴스 때였다. 석우의 혀를 차게 한 것은 정치인들이 늘 일삼는 정쟁과 허풍도 아니고, 정부가 손해액을 지원해줘야 한다고 볼

멘소리를 하는 파이낸스사 투자자들도 아니고, 배신한 부하의 손가락을 자르던 조직폭력배 두목이 외국으로 도망쳤다는 뉴스도 아니었다.

석우의 말문을 막히게 한 뉴스는 '무가당 식품에 알고 보니 설탕이 있더라'는 뉴스였다. 어처구니없는 시대라는 생각을 금할 수 없었다. 듣기로 '어처구니'가 맷돌의 손잡이라는 소리가 있는데 농경사회 때 출현한 그 말이 오늘 산업사회에서 이토록 적절하게, 자주 쓰이게 될 줄은 그 말을 만든 이들도 몰랐을 게다.

그즈음 석우를 경악시킨 뉴스는 그뿐만이 아니었다. 여성들의 인조 속눈썹이 피부에 닿는 부위에 사용한 본드가 중금속이 함유된 본드라는 뉴스도 있었다. 그 뉴스와 함께 전문가로서 한마디 하게 된 젊은 의사는 이렇게 덧붙이고 있었다.

"오래도록 많은 양이 축적되면 이상이 일어날 수도 있는 일이죠."

석우를 경악시킨 또 다른 뉴스는 산업 쓰레기 처리 과정에서 부산물로 나온 공업용 소금을 식용으로 속여 식품 업체에 공급해온 Y염업 사건이었다. 먼저 텔레비전을 통해 그 소식을 접한 뒤, 석우는 마치 꼭 그래야 하는 사람의 강박감으로 이튿날 서둘러 조간신문을 뒤졌다. 서너 개 신문을 뒤졌으나 아예 취급하지 않는 신문도 있었고, 취급했다 하더라도 아주 작은 기사로 처리되어 있기 일쑤였다.

그럴 때 석우는 아주 야릇한 감정이 일곤 했다.

소금 사건만 그런 건 아니었다. 지방자치단체(인천광역시와 부천시)가 쓰레기를 수십만 톤 쌓아놓았다가 인적이 없는 사유지에 주민들 몰래 매립한 후 오리발을 내민 사건이 있었다. 신문을 살펴보면, 아예 보도되지 않거나 취급되었다 하더라도 손톱만 한 기사이기 십상이었다.

국민들에게는 환멸감밖에 안 주는 정치인들의 참으로 알고 싶지도 않은 행태들에 대해서는 그토록 큰 지면을 아낌없이 할애하는 신문들이, 지속되어야 할 생명의 문제와 옮길 수도 없는 우리 땅의 훼손에 관한 일에 대해서는 왜 그리 무심하기만 할까.

　이번 공업용 소금 사건만 해도 그렇다. 지난 1월부터 최근까지 총 5,000여 톤을 전국의 20여 개 식품 업체와 사료 업체에 속여 팔았다고 하니, 먹으면 안 되는 소금을 우리 국민 모두가 먹었다는 이야기다. 식품 업체와 사료 업체에만 팔았다고 하지만 어제 점심 때 설렁탕에 넣어 먹은 소금은 '먹는 소금'이었을까, 지난여름 콩국수에 넣어 먹은 소금은 '먹는 소금'이었을까, 의심하지 않을 수 없게 된다. 식품 업체가 몇 천 톤의 중금속 소금을 샀다니 애들이 즐겨 먹는 가공식품에도 그 소금이 안 섞였다고 볼 수는 없는 노릇이었다. 사료 업체에도 팔았다니, 동물의 몸을 통해 중금속 소금이 우리 몸에 들어와 농축되기는 마찬가지인 셈이었다.

　중금속 소금 속여 팔기와 관련된 사람들은 여럿이었다. 우선 사람이 먹으면 안 되는 소금을 판 산업 쓰레기 처리업자가 있다. 그런데도 그 소금을 팔아먹으려고 산 사람이 있고, 중금속 소금을 사서 먹어도 되는 소금과 섞은 사람이 있고, 섞은 소금으로 식품을 만들고 사료에 넣으려고 산 사람이 있다. 참으로 여러 사람들이 관련되어 있다. 그러나 보도에 의하면, 구속된 사람은 소금을 판 업체의 대표 한 사람뿐이다. 그나마 취급된 신문 기사의 크기는 그가 받을 형량의 정도를 짐작하게 할 만큼 코딱지만 해서 보기에도 민망스러웠다. 구속돼봤자 약간의 벌금과 몇 개월 정도이기 십상이다.

　석우는 생각했다.

이번 소금 사건이 성수대교나 삼풍백화점 붕괴 사건 정도로 놀랍게 다루어질 때 이 나라에 비로소 '내일'이 있을 거라고. 이반 일리치는 "우리에게 미래는 없다, 단지 희망이 있을 뿐이다"라고 말했다는데, 누가 석우의 탄식을 자루 없는 맷돌 같은 소리라 비웃을 수 있을까.

새들은 오늘도 세상을 뜨고 있다

석우가 막 갯벌에서 돌아온 고등학교 동창을 만난 것은 거제도의 백로 떼가 300마리나 '원인 모를' 이유로 죽어간 사건이 일어난 다음 날이었다.

백로 떼 죽음을 '원인 모를' 어쩌고 하지만 왜 원인이 없겠는가. 농약을 먹었든지 폐수에 포함되어 있는 독극물을 먹었든지 무슨 일이 있었든지간에 확실한 것은 백로 떼를 죽음으로 몰고 간 것은 사람이라는 것이었다. 그 비슷한 날, 접한 다른 소식은 그나마 백로 떼의 죽음으로 우울해진 기분을 다소 위안할 만한 소식이긴 했다.

학교 다닐 때 석우처럼 나팔바지도 안 입고 담배도 안 피우고 오로지 공부만 하던 샌님 친구는 학자가 되어 있었다. 일컬어 습지 전문가라 해야 할까, 본래 전공은 저서동물(底棲動物)인 지렁이였으나 근래에는 주로 규조류나 돌말류 등의 식물플랑크톤을 연구하고 있다고 했다.

"전에는 체장이 0.062~0.5밀리미터 정도의 가늘고 긴 체형을 가진 중형 동물들을 살폈지만 요즘 내 관심은 식물플랑크톤이야."

소주잔을 기울이며 친구가 그렇게 말할 때에는 여간 멋지지 않았다. 그의 입에서 튀어나오는 전문용어 때문이었다. 석우가 모르는 말이 나올수록 친구가 더 자랑스러웠다. 그런 언어를 구사하기 위해 들인 비용과 시간 때문에, 그 권위적인 전문용어를 누구를 위해 사용하는가, 언제나 그것이 중요한 일이었다. 친구를 통해 갯벌에 대한 이야기를 듣는 것은 자료를 통해 접하는 것과 또 달랐다.

친구가 말했다.

"갯벌 1평방미터에 수천억의 생명체가 살고 있는 거 너도 알지? 이들은 아주 독특한 서식 방식으로 갯벌을 자정시키고, 아주 복잡하지만 균형 잡힌 먹이망으로 얽혀 갯벌 생태계의 안정성을 유지할 뿐 아니라 돈으로 환산할 수 없는 가치를 지니고 있는데 말야. 갯벌을 오로지 노는 땅으로만 생각한 한심하고 무식한 사람들에 의해 무더기로 지금 막 메워지고 있어. 너도 알겠지만 사화호도 그런 발상으로 죽었고……."

"그뿐인가, 갯벌을 메운 돈 회장 같은 이들은 그 공로로 나라에서 훈장도 받고 일부 웃기는 사람들한테는 열렬하게 존경까지 받고 있잖어."

석우가 거들었다.

"말이 나왔으니 말인데, 갯벌이 얼마나 엄청난 역할을 하고 있는지 아니? 거기서 사람이 얻는 수산물은 차치하고라도 갯벌의 가치 중 하나는 말야, 갯벌 자체가 위대한 정화조인 거라. 갯벌의 생물들이 하나하나 위대한 청소부라 그 얘기야. 그런 생물들에 의해 갯벌이 정화되고 수천 년간 땅속 깊숙이 산소를 공급해왔어. 이를테면 너, 게 알지? 그중에서도 칠게가 많이 사는 곳에는 1평방미터에 20개 이상의 굴을 확인할 수 있는데, 이 굴의 입구 지름이 약 5센티미터고 깊이가 약 40센티미터라면 실제 미생물이 살 수 있는 공간은 평지의 두 배 이상이 되는 셈이야. 따라서 웬만한 유기물들은 이런 생물들에 의해서 다 흡수되고 분해되어 바다로 들어가기 전에 대부분 사라지고 말어. 어지간한 중금속이나 생활 폐수나 사람의 똥 같은 것도 그렇게 분해되어서 바다가 깨끗해질 수 있었던 거라. 그러니까 갯벌의 생태학적 가치는 그거 메워서 땅 몇 백만 평 생겼다고 지도를 바꿨다고 큰소리칠 일이 절대로 아니란 말야, 내 얘긴. ……한심하고 무식하고 돼먹지 못한 녀석들 같으니라고."

석우가 고개를 끄덕이며 열심히 경청하자 친구는 더욱 열을 냈다. 석우는 친구가 사회적 지위에 겨워하면서 돈만 밝히는 얼치기가 아니라 정의감이 살아 있는 학자가 되어 있는 게 그지없이 반가웠다. 친구의 알아듣기 힘든 갯벌 이야기는 한참이나 더 계속되었다.

그러나 나중에 친구가 말한 철새 이야기는 더할 나위 없이 비통스럽고 안타까웠다.

"근데 말야. 갯벌의 그런 가치 말고도 말야. 갯벌을 파괴해서 우리가 시방 수많은 철새들을 죽이고 있다는 게 문제야."

"철새를 죽여?"

"그럼, 전 세계에서 우리나라보다 더한 철새 학살국은 없을 거야."

"그게 무슨 얘기냐?"

"이 바보야. 철새는 말 그대로 전 지구적으로 날아다니는 새 아니냐!"

"그렇지. '풀꽃상'을 받은 비오리만 해도 동강의 텃새가 되기 전엔 시베리아에서 날아오던 철새였다지."

"걔들이 그 작은 날개로 수만 킬로를 날아와서 여기 한반도에서 잠시 쉬면서 충전을 했다가 몸을 회복해서 다시 남쪽 나라로 수만 킬로를 날아가는 거라. 요절한 김정호 노래처럼 말야. 얼마나 엄청난 생물체냐? 그러기를 수천 년 되풀이해오지 않았겠어! 도요새의 부리가 그렇게 뭉툭하고 연한 것도 그게 습지에서 먹이를 구할 수 있게끔 진화해온 결과라. 근데 갯벌이 다 메워지고 있으니 어쩌겠어? 쉬기는커녕 그냥 굶어 죽을 수밖에. 돈 회장 왔다 갔다 하시는 헬기 뜨고 내려앉는 데 방해된다고 없애치우거나 쫓지를 않나, 행여 낟알 좀 먹으려고 내려앉을까 봐 그물을 쳐 잡거나 잽싸게 땅을 갈아엎지를 않나, 그러니 철새들이 어디로 가겠어. 비무장지대로 몰리거나 깊은 습지로 몰리는 거지. 거기까지 당도하지 못한 철새들은 누군가의 시처럼 캄캄한 밤하늘을 헤매다가 조용히 매일매일 세상을 뜨고 말야."

습지 전문가인 친구는 갑자기 세상을 뜨고 있는 철새 이야기를 하고 있었다.

'전 세계에서 철새를 가장 많이 죽이는 나라, 우리나라' 어쩌고 할 때 친구의 얼굴은 비통에 잠겨 있었다. 친구의 그런 감수성 때문에 그날 밤 석우는 다른 날보다 더 많은 소주병을 비웠다.

"철새를 죽이는 나라의 돈만 아는 우리 동포들. 만세! 만만세!"

대취한 친구는 나중에 자리에서 벌떡 일어나 만세를 외치기도 했다.

그 여인은 우리의 적이 아니건만

석우는 그때 그 광장에서 보았다. 탈 듯이 이글거리던 한여름의 그 광장에서 보았다. 멱살을 잡힌 K국장의 얼굴이 말할 수 없이 평안했던 것을.

산발한, 시골에서 단체로 전세 버스로 올라왔을 것이 틀림없는, 그린벨트 지역에서 올라온 여인이 입에 거품을 물고 나타난 것은, 결의문 낭독이 끝나고 한 화가가 여러 날을 세워 그린 길이 100미터의 대형 캔버스의 한쪽 귀를 붙잡고 집회에 참석한 사람들이 이제 막 대성당을 향해 행진을 하기 직전이었다.

너무나 순식간의 일이어서 석우가 포이(包伊) 시인과 번연히 서너 걸음 옆에서 그 광경을 목도했으면서도 어쩌할 수 없었다.

"어어엇!"

외마디 비명밖에, 라는 상황이 그런 상황이었을까. 입에서 목소리는 튀어나왔으나 곧바로 행동을 취하기에는 너무나도 순식간에 벌어진 상황이었다. 그러나 다행인 것이, 석우와 포이 시인이 서너 걸음 거리에서 그 광경을 목도했을 때, 이미 바로 옆에 서 있던 어떤 이들이 K국장의 앞섶에 여인의 적의에 찬 완력이 더 이상 전달되지 못하도록, 여인의 팔을 부여잡고 있었다.

마침 그 우스꽝스럽고 어처구니없는 풍경이 펼쳐지던 바로 옆에 기자 생활을 갓 시작한 후배가 보이기에 석우는 가까스로 외쳤다.

"뜯어말려랏!"

어깨에 카메라 가방을 둘러메고 있던 후배는 황급히 여인의 몸을 뒤로 껴안았고, 그보다 먼저 여인을 제지하던 사람들은 일그러진 얼굴로 여인의 느닷없는 폭행이 더 볼썽사납게 번지지 않도록 안간힘을 썼다.

그 상황에서 석우는 보았다. 정작 멱살을 잡혀 흔들리는 K국장의 얼굴이 말할 수 없이 평안하고 침착한 것을.

햇살은 따가웠고, 목은 탔고, 가슴은 이 땅의 녹지가 말릴 수 없는 목전의 이익과 그 이익을 보장해줌으로써 얻을 정량적 차원에 의해 무자비하게 파괴된다는 안타까움과 그보다 더한 분노 때문에 미어질 것 같았다.

집회의 사회를 본 K국장을 그린벨트 지역에서 올라온 여인은 아마 진작부터 노렸던 모양이다.

"배라먹을 년, 니년이 뭔데 남의 일에 앞장서 간섭이냐, 간섭은. 우리가 그동안 이층집도 못 짓고, 땅값도 묶여 있던 고통을 네년이 알고 하는 수작이냐, 모르고 하는 수작이냐. 이 못된 년아!"

여인이 가쁜 숨을 몰아쉬며 절규했다.

사람들이 워낙 여럿이 달려들어 뜯어말리자 어쩔 수 없이, 부여잡고 있던 K국장의 멱살을 놓게 된 여인은 악에 받쳐 외쳤다.

"내 니년을 지옥 끝까지라도 쫓아갈 기다. 요런 배라먹을 년 같으니라구."

그린벨트 해제를 백지화해야 한다는 외침과 함께 행렬은 지하도를 건너고, 횡단보도를 건넜을 뿐 아니라 무관심하기 짝이 없는 시장 사람들의 늪을 건너, 천천히 대성당으로 향했다. 핸드마이크를 든 K국장은 한 개인으로서는 감당하기 힘든, 저주에 찬 욕설을 방금 들은 사람답지 않게 끝까지 집회와 행진을 씩씩하고 의연하게 이끌었다. 며칠 전 그린벨트 해제 발표가 난 직후, 장대비를 맞으며 다른 활동가들과 함께 그 부당성을 외친 K국장을 석우는 오래전부터 알고 있었다. 그래서 K국장이 조금 전 광장에서 벌어진 그 안타깝고 느닷없는 폭행에 의해 기가 죽을 사람이 아니라는 것 또한 잘 알고 있었다.

그렇지만 석우는 서울역에서 대성당까지 가는 행진 내내 서글프고 서글펐다.

왜 땅 한 평 없는 K국장이 땅 때문에 격심한 피해를 입었다는 사람들
에 의해, 그러나 그 여인처럼 거기 살지도 않는 사람들이 가질 더 엄청
난 계산된 이익에 대해서는 전혀 관심이 없는 한 시골 여인에 의해, 이
토록 거세고도 적의에 찬 공격을 받아야 하는지 안타깝고 서글펐다.

집회가 끝난 뒤, 사람들의 열기를 식혀주기라도 하듯 한차례 소나기
가 시원스레 지나갔다. 석우는 다른 단체의 활동가들에게 고맙다고 인
사하느라 바쁜 K국장의 어깨를 툭 치며 물었다.

"옷은 안 찢어졌나요?"

"괜찮아요."

"다행이네, K국장. 이 옷 단벌이죠?"

옷이 괜찮다니까 비로소 농담할 겨를이 생겼다.

"우와. 윤 선생님, 제가 단벌이라는 거 어떻게 아셨죠? 그러잖아도 오
늘 아침 세탁소에서 거 뭐더라, 드라이크리닝인지 뭔지 했는데 말예요.
근데……"

그러면서 K국장은 앞섶을 조금 벌리며 가슴에 난 생채기를 보여주었
다. 견갑골부터 아래로 길게 그어진 세 줄의 피멍은 두말할 것도 없이
아까 광장의 그 여인이 낸 손톱자국이었다.

"쯔쯧, 이 일을 어쩐다? ……그치만 훈장으로 생각합시다."

"그럼요. 그 사람들은 몰라요. 우리가 그 사람들의 적이 아니라는 걸."

말을 마친 K국장은 다른 단체의 젊은 활동가들과 같이 흩어져 있던
피켓을 간추리기 시작했다.

유전자조작 콩

토론회의 주제는 '생명공학'이었다. 사안이 사안이니만치 이번 토론회도 처음에는 매우 진지하게 시작되었다. 그러나 의기양양하던 장 박사 때문에 결국 토론회를 망치고 말았다.

"자연적인 돌연변이나 인공적인 돌연변이나 본질상 차이가 없다는 것입니다. 그리고 중요한 것은 사람들의 이중성인데, 권위 있는 리서치 연구 기관에 의한 설문조사에 의하면, 사람과 동물에 대한 원론적인 유전공학 응용에 대해서는 조심스런 반응을 보였지만 구체적인 응용 분야에 들어가면 상반된 인식을 드러냈다는 점입니다. 유전자 변형에는 절대다수가 반대했으면서도 유전병을 앓고 있는 가족이 유전자 치료를 받도록 하겠느냐는 질문엔 88.0퍼센트가 그럴 의향이 있다고 답했다는 사실입니다. 유전자 변형 식품 산업에 대해서도 그렇습니다. 52.0퍼센트가 그거, 발전되어야 한다는 것입니다. 유전자 변형 식품을 먹겠느냐는 질문에 대해 고기의 경우 기피가 51.5퍼센트, 개의치 않는다가 46.5퍼센트보다 약간 많았을 뿐 낙농 제품이나 채소와 곡물, 과일, 의약품에 대해서는 모두 개의치 않겠다는 의견이 훨씬 많았습니다. 식량 위기에 대한 불안감이 대중들에게 널리 확산되어 있다는 증거로 볼 수 있을 것입니다."

분자생물학을 전공한 장 박사의 말이었다.

"그러니까 기술 자체에 대해서는 아직 정확한 정보가 부족해 다소 거부감이 있으나 일반 대중들이 적극적으로 편익을 추구하고 있다고 봐야겠지요. 냉정하게 말해서, 바로 이 대목에서 그게 사람의 본성이 아니겠는가, 그런 확신과 만나게 됩니다. 다시 말해 생명공학 기술의 특성은 고

부가가치형, 두뇌기술 집약형, 자원 및 에너지 절약형의 기술이라는 점, 이와 같은 특성이야말로 생명공학 산업이 미래의 첨단산업으로서 각광을 받는 결정적 이유라 할 수 있겠죠."

장 박사의 말을 받은 이는 '생명공학의 필요성'이라는 발제로 참여한 기업연구소의 도 박사였다. 그는 「소각장 건설의 당위성」이라는 논문으로 널리 알려져 있는 사람이기도 했다.

"다른 발표자의 발표 도중에는 말씀을 자제해주십시오."

과학기술노동조합에 소속되어 있는 사회자가 도 박사의 끼어들기 발언을 저지했다.

"물론 사이보그가 꼭 오늘 토론의 쟁점은 아니지만 말입니다. 말이 나왔으니 얘긴데, 저명한 의학지인 『뉴잉글랜드 저널 오브 메디신』은 지난 3월 미국의학협회와 함께 인간 배아 연구에서 복제를 전면 금지하려는 미국 공화당의 법안에 반대한다고 밝혔습니다. 인간 복제는 설사 안 돼도 연구는 허용해야 한다는 연구자들의 목소리가 반영된 것입니다. 당뇨병 환자에게 췌장 세포를, 백혈병 환자에게 골수 세포를, 그리고 배아 간 세포의 복제를 통해 간경화와 암 발생의 비밀을 밝혀낼 수도 있을 것입니다. 애완동물은 복제하면서 아이를 사고로 잃은 불임 부부의 고독감에 대해서는 왜 무관심한지 모르겠습니다. 어디 그뿐입니까. 동성연애자나 독신자가 자기 유전자를 물려받은 아이를 갖고 싶은 간절한 욕망을 무슨 근거로 막을 수 있겠느냐, 이거예요. 이 자리에도 환경 운동하는 분들이 계시지만, 사사건건 반대만 일삼는 운동하는 분들의 소극적이고 비관적인 태도가 사실 여간 걱정스럽지 않습니다."

장 박사가 번들거리는 이마의 땀을 닦는 시늉을 하며 개탄했다. 그의 말이 이어졌다.

"DNA 변형은 어제오늘의 일이 아닙니다. 여러분 주변에도 시험관 아기로 태어나서 정상적으로 자라고 있는 이웃들을 많이 보았을 것입니다. 그때 세계가 얼마나 경악했습니까. 그러나 지금은 그렇지 않아요. 참고로 말씀드리면 게놈 프로젝트는 1993년 이미 유전정보를 보관, 전달하는 염기가 30억 개나 되는 인체 DNA의 연결점을 찾아냈습니다. DNA 염기 서열의 결정에 대한 파악도 현재 2억 문자나 돌파했다고 하죠. 그래서 인체 게놈 프로젝트가 1차로 종료되는 2004년에는 인간뿐 아니라 다른 생물의 유전정보도 많이 해석되어 약 100억 개의 유전 문자가 파악될 예상입니다. 우리나라도 이제 생명공학육성법을 개정하고, 유전공학을 독려하고 있어서 여간 다행스럽지 않습니다만……."

토론회 참여자의 태도라는 것이 대체로 그렇듯이 이번 경우에도 생명공학 발전의 낙관론자와 비관론자가 적절하게 배정되어 있었다. 요컨대 일부 토론자는 생명공학의 발전 자체가 과학기술의 '진보'라고 보았으며, 일부 토론자는 심각히 우려하지 않으면 안 될 '재앙'이라고 보고 있었다. 왠지 낙관론자들은 넉넉하고 배경이 있는 듯한 번들번들한 얼굴이었고, 비관론자들은 음울하고 어두운 얼굴이었다. 그러나 비관론자들의 얼굴이 비록 다소 어두웠다고 해서 그들의 주장마저 암울한 것은 아니었다.

"장 박사님께 한 말씀 여쭙겠는데, 장 박사님은 현재 우리 밥상에 유전자조작 먹을거리들이 오르고 있다는 걸 알고 계시는지요. 이를테면 우리나라가 미국에서 수입하고 있는 콩이 유전자조작 콩이라는 것을 알고 계시는지요?"

한 환경 운동 단체의 대표가 얼마 전에 미국 곡물회사 카길 사가 우리 나라에 수출한 콩과 옥수수 중 100만 톤가량이 유전자조작 농산물이라고 밝힌 자료를 제시하면서 이야기를 꺼냈다.

"그거, 우리나라에서 산출된 콩과 엄격히 구분되어 유통되지 않았습니까! 게다가 이미 미국에서 유전자변형 콩이 인체에 아무런 해도 끼치지 않는다는 발표도 있었고요."

장 박사가 미간을 조금 찌푸리며 대꾸했다. 이번 경우에도 평소 '핵발전소'라고 말하던 사람들은 '유전자조작'이라 했고, 평소 '원자력발전소'라고 말하던 사람들은 '유전자변형'이라고 말하고 있었다.

"벌써 95년부터 미국산 유전자조작 식품이 수입되고 우리 밥상에 오르고 있었는데, 장 박사님만 관심이 없었군요. 그리고 우리 콩과 구분이 되어 유통된다고 알고 계신데, 실상은 그렇지 않습니다. 유럽연합 일부 국가에서는 콩 포장에 유전자조작 여부를 명시하고 있고 일본의 몇몇 현의 경우는 자국산 콩만으로 두부를 만든다고 하지만, 우린 마구 섞여서 유통되고 있지요. 거기 콩 속에 제초제 성분이 함유되어 있다는 것을 장 박사님은 알고 계시는지요? 유전자조작 식품을 먹은 뒤 인체에 일어날 생물 농축의 가공할 만한 피해에 대해서는 긴 얘기를 안 드리겠습니다만, 이와 관련해 또 한 가지 심각한 일은 굵직굵직한 우리 종묘상들이 모두 다국적 기업에 흡수되었다는 사실이지요."

그때였다. 맹독성 제초제에도 살아남기 위해 유전자조작된 콩 이야기가 나오자마자 장 박사가 웩, 하고 구토를 해대기 시작했다. 장 박사가 토하기 시작하자 한 사람 건너에 앉아 있던 도 박사도 우웨웩, 하고 마치 전염이 된 듯 토하기 시작했다. 토론회는 개판이 아니라 구토판이 되고 말았다. 장 박사는 콩이 없으면 밥을 못 먹을 정도로 콩을 좋아하는 사람이었고, 도 박사는 제초제 하면 바로 다이옥신을 떠올리는 사람이라는 것은 후에야 알게 된 사실이었다.

국책 사업 희생자들

'지구의 날' 오후였다. 석우는 영월의 명노영 씨와 통화를 했다. 오랜만의 안부 전화였다. 명 선생은 스스로 '조그마한 구멍가게 하는 사람'이라고 밝히지만, 지난 4년여 그가 사람들을 만나면 건네는 명함에는 '영월댐 백지화 3개군 투쟁위원회 부위원장'이라고 찍혀 있었다. 나이는 사십 대 중후반, 석우와 동강과 서울에서 수차례 만났지만 그와 탯줄 묻은 시기를 따지는 짓 따위는 안 했다. 그게 중요한 일이 아니었기 때문이다.

석우가 묻는 안부는 정동수 위원장, 정규화 부위원장, 사무국의 김광운 씨 등이었다.

"모두들 잘 계시느냐?"

"어디 아프신 데는 없느냐?"

지난해 동감댐 건설 막는 일에 미쳐(다른 점잖은 표현이 안 떠오른다) 깊고 드넓은 동강을 마치 안마당처럼 돌아다니다가, 다리를 다쳐 석 달이나 깁스를 한 적이 있었기 때문에 그런 안부를 묻지 않을 수 없다. 석우는 그들에 대해 이야기할 때 존칭을 억제하지 못했다.

"정 위원장 농사는 어떠신지? 아 참, 정규화 부위원장도 농사짓는 사람이죠?"

그런 질문도 안 할 수 없었다.

"그 양반들, 농사 접고 산 지 오래됐지요."

명 선생이 너털웃음을 터트리며 답한다. 지난해, 6월인가 글쟁이인 석우가 한 문학 단체의 글쟁이와 독자들과 함께 동강을 찾았을 때, 동강댐 건설에 무슨 문제가 있는지 그곳 '백투위' 분들의 육성을 직접 들으려고 연락을 드렸더니, 명 선생과 정 선생은 나타났는데 나이든 정동수 님은 안 보였다. '어디 가셨느냐?' 했더니, '지금 밭에서 일하는데, 곧 오실 거다'라며 명 선생이 강둑 너머 밭을 바라보며 답했던 기억이 났다. 그때 초여름 땡볕을 피해 섭새교 아래 자갈밭 그늘에서 그 대답을 함께 들은 글쟁이들과 독자들은 가볍게 웃음을 터트렸다. 어떤 사람이 어디 있느냐는 질문에 필자는 특정 장소와 관련하여 그보다 듣기 좋은 싱그러운 답변을 들어본 적이 없다. 모처럼 그가 있어야 할 곳인 밭에 있었던 것이다. 아니나 다를까, 서울에서 손님들이 동강 보러 오셨다니, 정 위원장이 흙 묻은 손으로 헐레벌떡 달려왔다.

그랬다. 그들은 누대에 걸쳐 그곳에서 농사를 짓거나, 명 선생 말대로 영월 읍내에서 '조그마한 구멍가게'를 하던 평범한 무지렁이들이었다. 그러나 동강댐 건설이라는 재앙을 맞이하자 그들의 생활은 돌변하고 말았다. 밤낮없이 그들은 팽팽하게 긴장된 얼굴의 사람들을 만나야 했다. 댐을 악착같이 짓겠다는 나라님들과 지으면 어떻게 보상을 얻을까에만 몰두하는 사람들, 짓거나 말거나 여름 동강 특수 때 돈이나 벌겠다는 장사치들이 그들이었다. 혹은 짓거나 말거나 나랑 상관없다는 수많은 무임승차족들, 혹은 동강댐 건설이라는 전천후의 재앙으로 말미암아 전국 각처에서 몰려온 전문가들, 수천의 관광객들 또한 그들이 4년여 동안 매일같이 만나야 했던 사람들이다. 그런 다양한 사람들과 만나느라 그들은 생업을 잃거나, 건강을 상할 지경이 되었다. 어떤 때는 한 달에도 몇 차례씩 서울을 들락거렸다. 동강댐 건설 백지화에 조금이라도 보탬이 된다면 국회의사당 앞이든, 나무 심은 뒤 빚지고 불안해져서 악에 받쳐 관광객들을 톱으로 썰어 동강에 뿌리겠다는 상처받은 이웃들에게 든 찾아가서 '그러면 안 된다'고 호소하곤 했다. 그러기를 4년여. 끝까지 보상 없는 그 일에 '돈 쓰고 몸 망가지면서' 몰두한 사람들은 다른 운동이 늘 그렇듯이 '단지 몇 사람들'이었다. 그리고 그런 어처구니없는 정열을 허용한 그들의 아내들이었다. 그 몇 사람들이 준 혜택을 우리 모두 지금 받고, 앞으로도 받게 된 것이다.

"정말 고생하셨습니다. 백투위 몇 분들의 노력이 아니었다면 어떻게 동강댐 건설을 막았겠어요!"

석우가 정중한 어조로 인사했다.

"에이, 우리가 뭐 한 게 있나요……."

그들은 고개 숙인 벼이삭처럼, 들의 잡초처럼 겸손하게 부끄러워했다.

석우는 명 선생 같은 '백투위' 분들의 얼굴을 얼마 전 새만금 해창 장승터에서 또 보았다. '새만금 사업을 반대하는 부안 사람들'의 얼굴이 바로 그랬다.

"명 선생님, 내 생각은 말이오. 돈 빌려 나무 심고 빚더미에 앉은 사람들에 대한 정부 차원에서의 배려와 동정심도 중요하지만 그보다는 말이오, 설득력 없는 국책 사업을 백지화하기 위해 생업을 제치고 몸 망가지며 고생하신 백투위 같은 분들에게 정중하게 사과하고 겸손한 마음으로 보상해야 한다고 생각한다, 그 말이오. 동감댐 백지화 발표 나면 제기랄,

그런 보상 운동을 같이 벌일 친구들을 찾아볼 참입니다."

석우가 갑자기 흥분한 어조로 열을 냈다.

"에이, 보상은 무슨 놈의 보상을……. 누가 뭐 시켜서 했나요. 운동하면서 우리들도 얼마나 달라졌는데요. 꼭 잃기만 한 건 아니랍니다, 윤 선생! ……그나저나 선거가 끝났는데도 백지화 발표를 왜 이레 꾸물거리는지 모르겠네요. 여기 수자원공사 패들은 댐 지으면 살려고 했던 집들을 팔려고 다 내놓았는데 말예요."

백지화가 기정사실이라고 말들 하지만, 수년간 오로지 그 '한마디 말'을 듣기 위해 싸운 명 선생은 여전히 초조를 감추지 않았다.

"걱정 마십쇼, 명 선생님. 곧 백지화 발표가 날 겁니다. 만약에 발표 안 나면 또 싸워야지요."

"그걸 말이라 하쇼! 허허헛!"

명 선생과 통화를 하고 나면 언제나 그렇지만, 기분이 좋아졌다.

사랑의 힘

아침부터 추적추적 겨울비가 내리기 시작했다. 때 아닌 겨울비였다. 그렇지만 전 지구적인 기상이변으로 이제 때맞춰 내리는 비와 때 아닌 비가 따로 없었다.

가족들이 모두 집을 나선 뒤, 석우도 마침 시내에서 친구와 약속이 있어서 살이 몇 개 부러진 우산을 받쳐 들고 집을 나섰다.

"겨울엔 눈이 와야지, 웬 비람!"

바바리 깃을 세우며 석우가 중얼거렸다. 집 밖으로 나올 때는 귀찮았지만 정작 거리에 나섰더니 비오는 날 특유의 정서가 나쁘지만은 않았다. 저만치 앞으로는 비에 젖은 개 한 마리가 고개를 푹 숙이고 걷고 있었다. 꼬리도 뒷다리 사이로 맥없이 내려뜨린 게 을씨년스럽기 짝이 없었다. 개는 문득 걸음을 멈추고 비에 젖은 몸통을 좌우로 요란하게 흔들었다.

젊은 날에는 비만 오면 신이 나서 비 맞으러 나가곤 했던 기억이 떠올랐다. 철딱서니 없는 시절이었지만, 김이 무럭무럭 나던 그 시절이 아름다웠다고 말하지 않을 수 없었다. 그때 생각이 나자, 어느덧 지극히 평범한 사십 대가 되어버린 자신에 대한 비감이 고개를 쳐들었다. 석우는 문득 걸음을 멈추고 담배를 꺼내 물었다. 고개를 옆으로 젖혀 우산대를 한쪽 어깨에 끼운 뒤, 다른 한 손으로 간신히 담뱃불을 붙였다.

석우처럼 담배 연기 풀풀 날리며 느릿느릿 걷는 이는 아침의 그 거리에 아무도 없었다.

모두들 비 때문이었을까, 다른 때보다 총총걸음으로 걷고 있었다. 어떤 차들은 사람이 지나갈 때 속도를 조금 줄이는 눈치였고, 어떤 차들은 막무가내였다. 속도를 줄이지 않는 차가 지나갈 때 사람들은 바퀴에서 퉁겨 나오는 물세례를 얼른 우산으로 막곤 했다.

그때 저만치 앞쪽으로, 뒷모습만 봐도 노인네들임이 틀림없는 우산 두 개가 천천히 흘러가고 있었다. 한눈에 그들이 노인네들임을 알아챈 것은 아파트 담 쪽에서 움직이고 있던 우산의 임자가 허리가 꼬부라진 할머니였기 때문이다. 할머니의 걸음걸이는 꼬부라진 허리 때문에 뒤에서 보니 마치 오리가 걷는 것처럼 보였다.

우중(雨中) 데이트를 나온 것도 아닌 것 같고, 아침 운동은 더욱이 아닌 시간이었다. 그렇다고 노인네 둘이 느릿느릿 걷는 풍경은 조금도 특별한 풍경이 아니긴 했다. 있을 수 있는, 그래서 아무렇지도 않은 풍경이었다. 석우와 앞쪽에서 걷고 있던 노인네들 간의 거리는 약 10미터쯤 되었을까. 만약 석우가 속도를 조금 낸다면 둘이 나누는 이야기 소리도 들을 수 있을 판이었다.

그런데 참으로 이상한 일이 일어났다.

앞서 걷던 노인네가 문득 걸음을 멈춘 것이다. 그러다 두 우산의 방향이 서로 마주보는 형국이 되었다. 석우는 그때까지도 별생각이 없었다. 갑자기 무슨 중요한 이야기가 튀어나와 서로 얼굴을 보고 이야기해야 할 사정이 생긴 모양이군, 그 정도 짐작밖에.

지나치려 하는데, 세상에 이럴 수가.

갑자기 들고 있던 우산을 걸레짝 버리듯 내던진 할머니가 펄떡 뛰더니 몸을 던져 할아버지의 가슴에 안기는 것이었다. 할머니의 느닷없는 점핑이 얼마나 대단했던지 할아버지는 잠깐 균형을 잃고 잠시 흔들릴 지경이었다.

할머니가 우산을 던져버렸기 때문에 석우는 그 광경을 생생히 볼 수 있었다.

"아니, 저 할머니는 조금 전까지 꼬부랑 할머니였잖아. 세상에 이럴 수가……."

놀란 석우가 중얼거렸다.

믿어지지 않는 풍경이었다.

두 노인의 포옹은 겨울비 속에서 오랫동안 지속되었다.

무엇이 저 노인네들을 이 아침에 저토록 깊은 포옹을 하게 만들었을
까. 우산까지 내던지고.

책방에 도착한 석우는 곧 아내에게 전화를 걸었다.

"그게 말이 되냐, 이 말이다, 내 얘기는."

석우가 이야기 끝에 덧붙였다.

"그럴 수도 있죠, 뭘."

아내는 생각보다 덤덤하게 반응했다.

"야, 이 사람아, 휘어진 허리가 어떻게 그렇게 빳빳하게 펴진단 말이
야."

"그게 바로 사랑의 힘이지 뭐겠어요."

"사랑의 힘?"

"그럼, 사랑이 아니고 무엇이 꼬부랑 할머니의 허리를 그렇게 빳빳하
게 세우겠어요."

아내가 마치 그 방면의 전문가인 양 담담하게 말했다. 그렇지만 이 경
우 아내의 담담함은 바로 그녀가 지극히 로맨틱해졌을 때의 담담함이라
는 것을 석우가 모를 리 없었다.

"여보, 그 노인네들 틀림없이 부부는 아닐 거예요."

석우는 그들이 어떤 사이인지에 대해서는 생각지 않고 있었다. 오로
지 무엇이 그들을 그런 느닷없는 포옹을 하게 만들었는가에만 관심이
있었다.

아내는 석우보다 한 수 위였다.

"우와, 이 마누라쟁이 말하는 것 좀 봐. 당신은 이다음에 꼬부랑 할머

니가 돼도 나한테 그렇게 하지 안을 거라, 이 말이네."

"남편은 연인과는 다르죠. 어떤 아내가 길 가다가 남편한테 그렇게 풀쩍 점프를 해서 안기겠어요. 틀림없이 그 노인네들은 연인 사이일 거예요. 남편이란 여보, 수십년간 속옷도 빨아주고, 잠꼬대도 들어주고, 뾰루지 고름도 같이 짠 사이가 아니겠어요. 그러니 길 가다가 오드리 햅번처럼 그렇게 안기는 격한 감정이 도저히 일어날 수 없지요. 부부란 이미 살붙이 같은 사이라고나 할까……."

"알았다, 알았어. 이제 그만 전화 끊자구."

부부와 연인의 차이에 대한 아내의 수다를 서둘러 막은 석우는 그러나 기분이 나쁘지 않았다. 순전히 아침에 만난 그 꼬부랑 할머니 때문이었다.

사라진 새

툇골 숲 속 호숫가에서 우리나라에 한 마리밖에 없는 새가 발견된 것은 독일인 짐멜에 의해서였다. 삼십 대 후반 독신에 털보인 짐멜은 일본이나 중국, 한국 등 주로 극동 지방에서 활동하는 사진작가였다. 『메디슨 카운티의 다리』에 나오는 자유기고가 같은 친구가 짐멜이었다. 일본에서도 짐멜은 『산해경(山海經)』에나 나옴직한 동물들을 많이 발견해 세계 유수의 사진 잡지에 기고를 한 적이 있는 친구였다. 짐멜에게는 희귀 동물을 추적해 카메라에 담는 남다른 능력이 있는 것 같았다.

이번에 툇골 숲 속 호숫가에서 짐멜이 발견한 이상한 새의 경우에도 그러했다.

"머리는 뱀 같았다. 날개가 넷이었고, 눈이 여섯 개나 됐다. 아마 산란기였던 모양이다. 그 새를 본 이후 도서관에 가서 『산해경』을 뒤졌다. 마침내 『산해경』에서 새 한 마리를 발견했다. 북차삼경에 나오는 태행산으로부터 남쪽 300리 지점 경산에 그런 새가 있었다는 기록을 마침내 나는 찾아낼 수 있었다. 매우 기이하고 놀라운 일이 아닐 수 없다. 책에서 본 새와 내가 본 새가 똑같았다."

우리나라에서 가장 활동적인 환경 단체를 찾아온 짐멜이 말했다. 독일인 짐멜이 사용하는 영어는 느릿느릿했다.

극동 지방에서만 벌써 10여 년 넘게 지낸 짐멜은 동양의 고전에 대한 이해의 수준이, 어쩌다 동양권에서 태어났건만 그 땅에서 형성된 고전에 대한 아무런 관심도 없이 사는 동양인들은 저리 가라 할 정도였다. 그가 즐겨보는 책은 『회남자』이거나 『포박자』, 혹은 『산해경』이거나 『논형』 같은 책이었다.

"사진은 찍었나?"

토착 생물의 생태계에 관심이 많은 환경 단체의 곽 부장이 물었다.

"찍었다."

"발표를 해도 될지?"

"알을 품고 있는 듯했다. 워낙 진귀한 새이기 때문에 새끼가 부화할 때 촬영을 하면 더욱 좋은 그림이 될 것이라 생각한다. 게다가 난 외국인이고 사진작가일 따름이기 때문에 한국의 조류학자와 함께 조사를 하는 게 좋을 것 같다."

짐멜은 겸손한 사람이었다.

짐멜이 찾아온 날 밤, 곽 부장은『산해경』을 뒤졌다. 짐멜이 툇골에서 봤다는 새는 산여(山與)라는 새와 비슷했다. 경산 남쪽으로는 염판택이, 북쪽으로는 소택이 보이는데 산 위에는 풀과 마가 많이 자라고 있으며 그중에서도 진초가 많다고 적혀 있었다. 이곳에 사는 산여라는 새는 생김새가 뱀 같고 네 개의 날개, 여섯 개의 눈, 세 개의 발을 가지고 있는데, 이 새가 나타나면 그 고을에 두려운 일이 생긴다고 적혀 있었다.

두려운 일이 일어난다는 것은 산여의 출현이 아니더라도 이미 도처에서 무서운 환경 재앙이 시작되었으므로 조금도 놀라운 일이 아니었다. 문제는 두려움이 아니라 이를 어떻게 극복하는가였다.

바로 그즈음 나타난 인물이 김부배 교수였다.

조류학자 김부배 교수가 어떻게 짐멜의 출현을 눈치챘는지는 정말 알 수 없는 일이었다. 짐멜이 환경 단체에 찾아오기 전에 다른 단체나 매체 사람들과 만났을지도 모를 일이었다.

"아무래도 조류학자라면 우리나라에서 내가 아니겠어요? 하하핫!"

누가 부르지도 않았는데 환경 단체를 찾아온, 이마가 번뜩이는 김 교수가 말했다. 남보다 일찍 교수 자리를 꿰찬 김 교수는 다른 사람에게 의존할 여유도 없이 스스로 과대평가하는 데 매우 익숙한 사람이었다. 곽 부장은 김 교수가 드러내놓고 명성을 쫓는 사람이라는 것을 언젠가 남해안의 철새 도래지를 동행할 때 느낀 적이 있다. 그가 관심 있는 일은 철새에 대한 애정과 관련되어 있다기보다는 언제나 자신이 먼저 발견했다는 사실과 그것을 증명하는 사진 따위의 결과물이었다.

"같이 동행하시죠. 부화 기간을 아무도 모르니까 툇골 호숫가에서 잠복해야 하지 않을까요?"

곽 부장이 김 교수에게 물었다.

"글쎄, 나도 그 새에 대해선『산해경』에서나 보았지 실제로 보지 못해서 잘 모르겠지만, 날개가 네 개나 되고, 눈이 여섯 개, 발이 세 개나 되는 희귀한 새니까 다른 조류보다도 부화 기간이 길 거라는 생각은 들어요. 일주일쯤 후에 우리 함께 갑시다."

김 교수가 제안했다.

그래서 그들은 일주일쯤 뒤 산여로 보이는 그 희귀한 새의 새끼들이 부화하는 모습을 살펴보기 위해 같이 가기로 약속했다.

일주일은 일이 많은 사람에게는 절대 긴 시간이 아니었다. 약속한 일주일 후, 김 교수는 아무리 찾아도 행방이 묘연했다. 그의 집에서는 장비를 챙겨 집을 나간 지 오래되었다는 말밖에, 어디로 갔는지는 모른다고 했다. 곽 부장의 머릿속에는 그 순간 김 교수가 언젠가 철새 도래지에서 다른 사람들보다 더 삐까번쩍한 장비를 동원해 설치던 모습이 언뜻 떠올랐다.

김 교수와의 연락이 두절되었으므로 곽 부장과 짐멜만 툇골을 찾게 되었다.

툇굴은 물이 많은 도시 '봄개울'의 서쪽 골짜기에 위치하고 있는 숲속 마을이었다. 숲 가운데 커다란 호수가 있지만, 인적은 드문 곳이었다. 짐멜이 어떻게 그런 골짜기까지 찾아갔는지 놀라운 일이 아닐 수 없었다. 곽 부장의 질문에 짐멜은 '어디로 갈 것인지는 깊은 밤 명상을 통해 결정한다'라고 말했다. 내면의 어떤 힘이 늘 어디로 이동할지를 결정해준다는 뜻 같았다. 하지만 곽 부장에게는 두부가 춤을 출 소리쯤으로 들렸다.

짐멜과 곽 부장이 툇골 호숫가에 당도했을 때 맞닥뜨린 풍경은 실로 가관이었다.

무의식 깊은 곳에서는 조마조마하면서 예상한 일이긴 했지만, 그러나 실제 현장에 당도하자 놀라지 않을 수 없었다.

10대도 넘는 카메라를 삼각대에 설치하고 비디오카메라까지 동원한 김 교수가 거기 있었다.

산여는 어디로 날아갔는지 아무런 흔적도 남기지 않고 사라지고 난 뒤였다.

"그래, 찍긴 찍었소?"

곽 부장이 담담한 목소리로 물었다. 김 교수가 어떤 사람인 줄을 알고 있던 곽 부장에게 김 교수의 배반은 조금도 놀라운 일이 아니었다.

"내가 왔을 때만 해도 있었는데, 곧 날아갔소. 이상한 일은 산여가 날아간 뒤 아무런 흔적도 남기지 않았다는 점이오. 깃털 한 올도 남기지 않았다니깐. 젠장, 사진을 찍을 일이 아니라 그물로 사로잡든가 총을 사용할 것을 잘못했다니까……."

상판이 접시처럼 넓적한 김 교수의 본색이 나왔다. 빨간 조끼를 걸친 김 교수는 곽 부장이 워낙 담담했으므로 자신의 배반에 대해서는 전혀 설명하려 들지 않았다. 곽 부장은 이름을 얻은 이른바 전문가라는 작자들 중에 김 교수 같은 이가 적잖다는 것을 알고 있었다. 야비한 김 교수가 새가 사라진 뒤에도 민기적거리며 현장을 지키고 있는 까닭은 행여 운 좋게도 새가 다시 날아오지나 않을까 하는 기대 때문이었을 것이다.

뻔뻔한 김 교수가 투덜거릴 때 짐멜은, 이 세상에 가득 흘러넘치는 욕망의 물결에 지친 현자처럼 툇골 골짜기를 터벅터벅 걸어서 벗어나기 시작했다.

텔레비전 처형식

박정태를 우연히도 인사동 골목에서 만난 것은 추석 연휴 다음 날 저녁 답이었다.

박정태는 옛날 소각장 들어서던 상계 마을에서 같이 살던, 친구라기보다는 석우의 동지였다. 지금은 석우가 잠실로 이사를 왔기 때문에 자주 보지 못하고 있지만 그때는 매일 밤 만나던 사이였다. 어떻게 하면, 말도 안 되는 방식으로 사람들을 속이며 강행되고 있는 이 대형 소각장 건설을 막을 수 있을까를 의논하기 위해서였다. 거의 3년여 시간을 매일같이 만나 할 수 있는 노력을 다 했건만 끝내는 어마어마한 괴물 같은 소각장이 마을에 들어서고야 말았다. 그리고 세상에서 사람이 만든 가장 맹독성의 물질이 하얀 굴뚝에서 펑펑 피어오르게 되고야 말았다. 그 와중에 석우가 일하던 대책위원회 동지들 중에서 시의원도 한 명 나오고, 구의원도 한 명 탄생했다. 소각장 건설이 기정사실화되자 그들은 이제 소각장 운영을 어떻게 훌륭하게 감시하는가 하는 '대책위'로 명칭을 바꾸자고 제안했다.

그때 석우가 말했다.

"나는 소각장 건설을 반대했지, 소각장 운영을 잘하자고 지난 3년간 미친놈처럼 이 일에 달려들었던 게 아니오. 그런 의미에서 나는 우리의 운동이 실패했다고 생각하고 있소."

"그럼, 윤 선생님은 이 소각장이 아무렇게나 운영되어도 괜찮다는 말이오?"

소각장 반대를 내걸고 시의원이 된 국회의원 보좌관 출신의 대책위 동료가 물었다.

"나는 실패했다고 방금 말했소. 소각장 운영은 내가 간섭할 일이 아닌 것 같소. 다시 말하지만 나는 지금도 우리 마을뿐만 아니라 다른 마을에도 대형 소각장이 싸구려 비용으로 지어지지 않기를 바라는 사람이오. 말하자면 운영위원회 따위엔 관심이 없다, 그 말이오."

다시 석우가 말했다.

"그래도 그럴 수가?"

소각장 반대한다고 공약해서 시의원이 된 동지는 못내 아쉽다는 얼굴이었다.

그 후로 세월이 살처럼 빠르게 흘러갔다. 시의원이 아무리 열심히 다이옥신 배출 기준을 지키라고 악을 써도, 소각장에서는 여전히 가연성 불연성 할 것 없이 엄청난 쓰레기가 태워지고 있었고, 그런 방식으로 쓰레기를 처리하려는 소각장이 여기저기 다른 동네에서도 지어지기 시작했다. 그 운동에 뛰어든 이래, 그리고 그 운동이 실패했다고 단정한 이래 석우의 인생에 드리워진 그늘은 씻을 길이 없었다.

그래서 석우는 그날 저녁 박정태를 인사동 골목에서 만나자, 소각장 이야기는 하지 않기로 순간적으로 결심했다. 그런 결심을 하자 맨 먼저 떠오르는 생각이 그 집의 텔레비전이었다.

"아직도 집에 테레비가 없겠죠?"

"하마요, 윤 선생님이 그 동네 계실 때 벌써 없애버렸잖아요."

"막내도 태어났다는데 그 기념으로 한 대 들여놓지 그랬어요?"

"에이, 우리 집 애들도 이제 다 컸는데요, 뭘."

"아아, 그렇겠군요. 그나저나 우리 지금 한잔 더 하려고 가는 중이오. 같이 갑시다."

"좋습니다. 그치만 차 때문에 전 가만히 앉아만 있을게요."

그래서 박정태와 석우는 다시 골목 끝의 동동주집으로 들어갔다.

박정태가 텔레비전을 긴 봉으로 부숴버린 이야기는 얼핏 들으면 희극적이지만 사실 여간 감동적이지 않다. 기억이 흐릿하지만 그 집의 텔레비전 처형식은 다음과 같이 진행된 것으로 알고 있다.

어느 날 은행에 다니는 박정태가 집에 들어오자 아이들이 텔레비전에 빠져 있었던 모양이다. 가정적인 박정태는 현관에 들어서자 "애들아! 아빠 왔다" 하고 외쳤다. 그렇지만 아이들은 "아빠 안녕", 건성으로 대꾸하곤 시선을 텔레비전에서 떼지 않았던 모양이다.

"쟈들 뭐하는 거야?"

박정태의 목소리에는 벌써 그때 비위가 상할 때 삽입되는 힘이 들어가 있었다.

"뭘 하긴요. 테레비 보고 있잖아요."

박정태의 아내가 말했다.

"아빠가 들어오는데 저래도 되는 거야?"

"뭘 어쨌는데요? 요즘 아이들 다 저렇죠."

"아니 뭐라고? 아빠가 집에 들어오는데 테레비에 빠져 있는 게 당연하다고?"

박정태는 도끼눈을 하고 아내를 쳐다보았다.

"아이 이 양반, 왜 이래요. 멀쩡한 애들 갖고시리. 얼른 들어와요."

남편의 불끈, 하는 성격을 아는 아내는 초장에 얼른 관심을 다른 곳으로 돌리려 했다.

"아냐, 이건 아냐. ······이럴 순 없어."

신을 벗으며 박정태가 중얼거렸다. 그리고 한 번 더 아이들을 불렀다.

"윤지야, 지민아, 아빠 왔다아."

"응, 아빠 안녕."

이번에도 아이들은 고개를 소리 나는 쪽으로 약간 돌렸다가 다시 시선을 텔레비전 화면에 꽂았다. 텔레비전에서는 하얀 옷을 입은 어린 소녀들이 떼 지어 엉덩이를 흔들며 뛰고 있었다.

그 순간 박정태는 윗저고리를 벗어젖히고는 곧바로 현관 옆 작은방으로 들어갔다. 미처 아내가 말릴 틈도 없었다. 잠시 후 골방에서 나온 박정태의 손에는 긴 봉이 들려 있었다. 그러잖아도 전통문화에 관심이 많았던 박정태는 근래 짬짬이 봉술을 배우고 있던 터였다.

"비켜라!"

마치 삼국지 만화에 나오는 장비처럼 박정태는 외마디 괴성을 지르며 텔레비전을 향해 돌진했다.

"어보옷, 미쳤어요?"

아내가 비명을 지르는 소리와 텔레비전이 '와장장창!' 깨지는 소리가 거의 동시에 울렸다. 봉의 끄트머리에 구슬이 박혀 있었기 때문에 텔레비전 브라운관은 순식간에 박살이 났다.

너무나 놀라운 일이 일어나자 아이들은 영화에 나오는 것처럼 서로 꼭 껴안고 처음에는 오돌오돌 떨었다. 그리고 급기야 울음을 터뜨리고 말았다.

"내 니들한테 묻겠다. 아빠가 더 중하냐, 테레비가 더 중하냐?"

봉을 꼬나든 박정태가 어린 딸애들한테 물었다.

"……크흐흥, 아빠."

울면서 다섯 살배기 큰딸 윤지가 답했다. 네 살쯤 된 지민이도 콧물을 훌쩍거리면서 '아빠'라고 따라 답했다.

너무나 어이가 없어서 아내는 팔짱을 끼고 그런 광경을 가만히 바라보았다.

박정태네 텔레비전 처형식의 전말은 대충 이런 식이었다.

다시 떠올려도 여간 즐겁지 않은 이야기였다.

"그럼, 그 후론 테레비를 다시 안 샀다 이거죠?"

"그럼요, 근데도 이 녀석들이 볼 건 다 보는 눈치예요. 친구 집에 놀러 가서요."

웃는 박정태의 얼굴이 꼭 소년 같았다.

그린피스 로버트 카멜

마을에 날아온 털보 그린피스

그린피스의 로버트 카멜을 석우가 처음 만난 것은 그가 한때 살던 하계동에 시가 소각장을 짓겠다고 기를 쓰던 10년 전, 그러니까 1994년 겨울이었다.

처음 그를 만난 곳은 탑골공원이었다.

그때 마을 사람들은 탑골공원에서 '시의 소각장 건설 정책을 철회하라'는 대규모의 시민 집회를 열고 있었다. 로버트 카멜은 그린피스의 폐기물 전문가로서 석우네 마을의 초청으로 내한한 것이었다. 섭외는 환경운동연합의 국제연대부가 맡았다.

공항에 내리자 그는 곧바로 집회 장소인 탑골공원으로 달려왔다. 카멜은 여행자들이 즐겨 입는 푸른색 울로 된 파카를 걸치고 있었다. 무릎이 툭 튀어나온 두꺼운 녹색 면바지에 구두는 발목까지 덮는, 사이먼 앤 카펑클의 앨범에서 본 듯한 낡은 갈색 새미 구두였다. 그와 악수를 하면서 '이 친구의 복장은 궐기장에 매우 어울리는 차림이라 할 수 있군', 하고 석우는 생각했다. 그런 복장이라면 온 세상의 모든 궐기장에 아무 때나 나타나도 어울릴 것 같았다.

"소각장 건설은 쓰레기 처리 문제라는 질문에 잘못 내려진 답입니다. 소각장을 건설하지 않고도 갈 수 있는 길이 있습니다. 그 길은 원천적으로 쓰레기를 줄이고 재사용, 재활용을 하는 것입니다. 그것만이 여기 있는 당신들뿐 아니라 우리 모두가 택할 수 있는 유일한 길입니다. 그 길을 선택함으로써 우리는 죽음이 아니라 생명을 택했다는 것을 곧 알게 될 것입니다. 우리는 너무 많이 버리며 살고 있습니다. 이런 태도를 이제 신속히 끝장내지 않으면 안 됩니다……."

소개가 끝나자 마이크를 잡은 카멜은 곧 낭랑한 목소리로 말하기 시작했다. 내용은 딱딱하기 짝이 없는 이야기였지만, 워낙 절실한 표정으로 뱃속에서 나오는 것 같은 열성으로 말했기 때문에 사람들의 가슴을 치는 힘이 있었다. 아파치 추장처럼 말한다면, '방금 당신이 내 가슴을 쳤으므로 나는 당신을 믿는다'고 말할 수 있을 정도였다.

통역은 당시 외국 은행에 다니던 석우네 마을의 이 씨가 맡았다. 그를 초청한 당사자가 바로 마을 주민들이었기에 통역에서부터 잠자리까지 마을 사람들이 맡았다. 마을 사람들은 소각장 건설 반대 운동을 하기 위해 화장지나 김을 팔고, 혹은 성금을 모아 아주 소량의 공급을 확보하고 있었다. 소각장 건설 따위에 애당초 무관심한 사람들은 한 두루마리의 화장지도, 한 장의 김도 사주지 않았으므로, 소각장 건설에 문제가 있다는 사람들만이 구매해줌으로써 만든 그 공급은 참으로 '눈물겨운 돈'이라 할 만했다.

"저 친구, 지금 우리가 늘 하던 이야길 하고 있잖아."

"이 씨가 지금 엉터리 통역을 하고 있는 거 아냐!"

로버트 카멜이 태평양 아래 호주라는 멀고도 큰 섬나라에서 10시간도 넘게 날아와서 기껏 하고 있는 이야기라는 게 늘 마을에서 모여 나누던 이야기와 조금도 다르지 않았기 때문에 석우네 마을 사람들은 통역하는 이 씨를 의심하는 농을 했다.

집회가 끝나고 사람들은 구호를 외치며 명동성당까지 행진했다. 횡단보도를 건너서 빌딩 사이로 난 골목을 지나칠 때는 차가운 겨울바람이 볼을 때렸다. 구호를 외치는 사람들의 입에서 허연 김이 뿜어져 나왔다. 로버트 카멜도 구호에 맞추어 무엇인가 외쳤다.

명동성당은 그때까지만 해도 성역이었다.

그곳에 피신한 노동자들을 체포하기 위해 이른바 '문민정부'가 명동성당에 경찰을 투입한 것은 그로부터 2년쯤 후였다. 그렇지만 생채기가 난 것은 성역이 아니라, 성역을 공격한 문민정부였다.

생전 처음 피켓을 들고 행진을 하고, 명동성당 앞에서 해산 집회를 하는 마을 사람들의 상기된 볼은 꼭 겨울바람 때문만은 아니었다.

카멜이 석우네 마을에 돌아온 것은 각종 언론의 인터뷰 때문에 제법 늦은 밤이었다.

당시 그린피스가 우리나라에 온 것이 그때가 두 번째였기 때문에 환경문제에 무관심했을 뿐만 아니라 늘 정부와 기업 편에 서 있던 보수라 자칭하는 거대 신문에서조차 취재를 나왔다. 사실 마을 사람들이 십시일반해서 그를 초청한 까닭도 바로 그런 언론 작업을 위해서였다. 소각장을 무더기로 지어서 모든 쓰레기를 다 태워 없애는 것으로 쓰레기 문제를 해결하려는 정책을 비판하기 위해서였다. 그리고 국민들에게 낙동강 물이 망가져서 못 먹게 된 일에는 그렇게 분노하면서 대형 소각장을 여기저기 지어서 대기를 극도로 오염시키려는 처사에 대해서는 왜 그토록 무관심한가, 하고 질문하고 호소할 참이었다. 언론은 뭘 잘못 먹었는지 그 당시 건강한 시민운동을 '집단 이기주의'라고 단정한 뒤 사시(斜視)로 일관하곤 했다.

그런 언론도 '그린피스 내한'이라는 뉴스 밸류를 포기하고 싶지는 않았던 듯싶다. 그가 우리나라에 '왜' 왔는가보다는 '그린피스 내한' 자체를 더 흥미로워했던 것이다. 환경이니 생태계 보존이니, 쓰레기 문제니, 그 자체에는 도통 관심이 없었던 안타까운 시절의 이야기지만, 당시 석우네 마을 주민들에게는 열불 나는 하루하루였다.

마흔 살의 카멜은 채식주의자였다.

바보처럼, 혹은 동방예의지국 민족답게 사람을 불렀으니 고기를 대접하는 게 상식이라 고기 반찬을 준비했건만, 카멜은 풀만 먹었다. 비장한 표정으로 김치에 접근하더니만 다행히 이내 김치와 친해졌다. 그가 '김치 원더풀' 하자, 마을의 누군가가 '엑설런트?' 하고 물었다. 그가 조금 생각하더니, 더 이상 대꾸를 안 했다. 맞은편에서 함께 식사를 하던 석우는 그의 반응을 지켜보며, 그가 매우 정직한 사람이라는 것을 느낄 수 있었다.

"당신, 고기 안 좋아하는가?"

"그렇다."

카멜은 이국(異國)에 왔음에도 억지웃음이나 '나는 당신들과 친해지고 싶다'는 과장된 제스처를 취하지 않는 친구였다. 그게 좋았다.

"그럼, 채식주의자?"

"그런 셈이라 할 수 있다."

"부디스트?"

"아니다. 그렇다고 기독교도도 아니다. 우리가 먹기 위해 다른 생물체를 죽이는 게 그냥 싫을 뿐이다. 고기를 먹기 위해 인류가 치르는 대가가 너무 심하다."

나중에 그가 돌아가고 난 뒤, 석우는 그가 한 말 때문에 쇠고기에 대해 공부했다.

그리고 알게 되었다.

지구상에 12억 8,000마리의 소들이 있다는 것을. 그것들은 지구 땅덩이의 24퍼센트이며 수억의 인간을 먹여 살릴 수 있을 만큼 곡물을 소비하고 있다는 것을. 더 정확하게 말해 세계 곡물 생산의 3분의 1을 소나 가축들이 소비하고 있다는 사실을. 오염과 삼림 벌채와 사막화를 일으키는 주요 원인 중 하나가 바로 축산업이며, 그것은 야생 생물의 멸종을 부추기며, 또한 엄청난 양의 메탄가스 방출로 인해 지구온난화의 원인이 되고 있음을 알게 되었다.

그 후 석우는 쇠고기나 햄버거, 또는 축산업이랄까, 오로지 먹기 위해 기르고 있는 소들에 대한 생각이 달라졌다. 당시 운동에 깊숙이 빠져든 석우는 '우리는 어떤 형식으로든 변하지 않으면 안 된다'는 생각을 의심 없이 받아들이고 있던 터였다. 알게 된 것을 실천하는 일이 무엇보다도 중요했다. 이 세상에 옳고 그른 일이 어떻게 그리 두부모 자르듯이 분명할 수 있겠느냐고 누가 묻는다 해도 할 수 없었다.

석우가 난생처음 만난 그린피스 대원 로버트 카멜은 본래 그래픽 디자이너였다. 그런데 운명은 그를 그린피스 전사(戰士)로 만들고 말았다. 호주에서 환경문제에 관한 한 가장 급진적인 사내가 바로 로버트 카멜이었다.

"어렸을 때였다. 아버지가 어느 날 텔레비전을 사 오셨다. 텔레비전에서 처음 본 그림이 바로 초원에서 야생동물들이 평화롭게 풀을 뜯는 장면이었다. 아프리카였던 것 같다. 맹수와 초식동물이 함께 어울려 있었다. 좋았다. 오늘의 나를 만든 게 어렸을 때 본 그 프로그램이 아닌가 생각하곤 한다."

"만약 그때 텔레비전에서 배트맨이 하늘을 날고 총격전이 벌어졌더라면, CIA 요원이나 테러리스트가 되었을 수도 있겠네."

마을 사람들 중에 늘 재치 있게 말하려고 애쓰는 허 씨가 말했다.

"내 얘기는 텔레비전이 그토록 중요하다는 얘기다."

"아니, 어린 시절이 그만큼 중요하다는 이야기가 아니냐?"

서툰 영어로 그런 이야기들을 나누던 그 식탁을 석우는 잊을 수 없다. 카멜의 가족 사항에 대해 알게 된 것도 그 식탁에서였다. 형이 둘인데

둘 다 목사였다. 카멜은 아직 미혼이었다.

"형들은 내가 교회당에 앉아 있는 모습을 보고 싶다고 했다. 나는 형들이 교회당이 아니라 숲이나 벌판에 서 있는 모습을 보고 싶어 했다. 형제란 때로 그렇게 서로 다른 요구를 할 수도 있는 모양이다."

"재미있다. 우리나라도 그렇다. 형은 음악을 모르고, 아우는 돈에 이자가 붙는 것을 모르는 수도 있다."

석우가 말했다.

방이 좀 많은 박 씨네 집에 카멜의 숙소가 마련되었다. 그가 잘 방에는 박 씨 처가 결혼할 때 해 온 원앙금침이 펼쳐져 있었다.

카멜이 깨끗한 이불 홑청과 울긋불긋한 비단의 감촉을 느끼면서 감동하는 얼굴이 역력했다. 그리고 이내 얼굴이 빨개졌다. 석우는 그가 매우 수줍음이 많은 사람이라는 것을 느꼈다. 훌륭한 전사의 수줍음, 그것은 이상한 일은 아니었지만, 재미있는 일이긴 했다.

이튿날부터 석우네 마을 사람들과 카멜은 일로 들어갔다.

일이란 물론 그린피스의 로버트 카멜을 주민들 성금으로 초청했으니 그를 최대한으로 선용하는 것이었다.

"여러분, 내가 여기 있는 동안 나를 아낌없이 써먹어라. 나는 쓰이기 위해서 왔다."

"잘 알겠다. 당신 같은 사람들 때문에 우리 모두가 형제라는 것을 느낀다."

"그렇다. 우리 모두는 형제다."

그때 마을 사람들과 카멜 사이에 오고 간 대화들은 마치 인디언들처럼 짧고 요약적이었다.

마을 사람들은 카멜이 원하는 대로 그를 '선용'하기 시작했다. 전문가인 그와 소각장 건설이라는 환경 재앙을 맞은 마을 사람들 사이에는 이내 형제 같은 교감이 흘렀다. 그는 한국의 소각장 건설에 대한 '그린피스'의 입장을 표명하는 친구였으므로, 그의 지식과 경험을 널리 알리는 것이 곧 주민들이 석우처럼 앞장서 일하는 사람들에게 부하한 의무이기도 했다.

석우와 엄 목사와 이 씨 등, 소각장 건설을 반대하는 일 때문에 생업을 포기한 동지들은 우선 마을 옆 30미터 지점에 짓고 있는 하루 소각 용량 800톤의 거대한 소각장 건설 현장에 카멜을 데리고 갔다. 처음에 시는 그 부지에 하루 1,600톤의 쓰레기 소각장을 지으려고 하다가 축소한 상태라는 이야기를 카멜에게 전했다. 공사는 전체 공정의 10퍼센트도 진행되지 않은 상태였다. 정지 작업이 완료되었고, 파일을 박고 있었다. 그는 시종 아무 말도 없었다. 공사 현장을 둘러보고, 다시 아파트 단지로 돌아온 뒤, 아파트 옥상에서 현장을 멀찌감치 바라보며 마침내 그가 신음하듯이 말했다.

"이건 범죄다."

그 말을 석우는 똑바로 들었다.

그는 '이건 범죄에 가까운 일이다'라고 말하지 않았다.

소각장 건설 현장을 둘러본 후, 마을 노인정에서 주민들과의 간담회를 가질 때였다.

"이렇게 대규모의 소각장을 거침없이 지으려는 한국 정부의 주먹구구식 발상에 나는 경악했다. 그런 나쁜 권력에 맞서 싸우는 여러분은 위대하다."

카멜이 말했다.

노인들이 먼저 웃다가 나중에 박수를 쳤다. 마을 대표로 일하던 석우와 엄 목사 등은 벌써 해를 넘기며 싸우느라 말할 수 없이 피로했지만 그의 칭찬과 그 칭찬에 동의한 일부 노인네들의 박수 소리 때문에 조금 으쓱해졌다.

"나라에 따라 우리는 우리가 알게 된 진실을 전달하는 강도를 조절해야 한다. 어떤 나라에서는 아주 완곡하게 표현하지 않으면 곧 추방된다. 이 나라는 어떤가?"

카멜이 물었다.

"무슨 얘기냐?"

성서보다 단군신화를 더 열심히 공부하고 있던, 엄 목사가 물었다.

"내가 세게 말하면, 이 나라 정부는 나를 쫓아내는가 그 말이다."

"그 문제라면 전혀 걱정 마라. 굴뚝에서 검은 연기가 나오는 것을 보고 감동한 사람이 오랫동안 이 나라를 통치하던 시절에는 말을 할 때 주위를 두리번거려야 하는 시절이 있었다. 그러나 그때와 지금은 다르다. 마음 놓고 말해라."

석우가 대꾸했다.

"그렇다면 다시 말하겠다. 이건 범죄다."

나중에 카멜과 석우의 동지들은 목동에도 갔다.

거기서 이미 하루 150톤짜리 소각장이 가동 중이었기 때문이다. 역시 거기에서도 카멜은 경악했다. 인류가 만든 최악의 맹독성 물질이라는 다이옥신이나 미나마타병을 일으키는 수은, 이타이이타이병을 일으키는 카드뮴, 납, 아연, 비소 등의 무서운 중금속 물질에 대한 배출기준치도 없고, 유해가스 제거 장치나 억제 장치도 없이, 가연성 불연성 할 것 없이 쓰레기 전량을 태우고 있었다.

그는 격심한 충격을 받은 것 같았다. 배출기준치가 있었던 페놀 벤젠의 경우는 그 배출치를 국민들에게 발표할 때에는 10분의 1로 축소해서 발표하던 시절이었다. 그즈음 한 공청회에서 그곳 구청의 한 간부가 밝힌 사실이지만, 밤에 산업폐기물로 분류되는 폐화폐를 태우기도 한다고 했다. 바로 그런 사람들에 의해 소각장 건설이 강행되고 있었다.

그다음에 그를 데리고 간 곳은 군포, 산본 등지의 소각장이 들어서는 마을들이었다.

그리고 다음 날 그는 환경운동연합 사람들과 같이 울산에 다녀왔다.

울산은 한국의 공해 현실을 짧은 시간에 느낄 수 있는 최적의 곳이기도 했지만, 특히 거기로 간 까닭은 그곳의 한 소각장이 환경영향평가와 주민 의견 수렴 과정에서 문제가 발생해, 그것을 지적하며 줄기차게 운동을 벌인 환경 단체와 주민들에 의해 소각장 건설이 유보되었기 때문이다. 말하자면, 울산은 낭보의 현장이었던 셈이다.

울산에서 다시 돌아온 카멜은 여기저기에서 강연을 하고, 환경 단체와 함께 기자회견을 했다. 그리고 내한한 지 사흘 만에 이번에는 이태리로 떠났다.

"소각장을 지으려는 사람들을 통해 이 나라의 현실을 잘 읽을 수 있었다. 그러나 이런 현실 속에서도 소각장 정책에 저항하는 여러분에게 나는 깊은 감동을 받았다. 경의를 표한다. 이제 나는 이태리 그린피스 회의에 참석하기 위해 간다. 나는 그곳에서 한국의 현실을 모조리 이야기할 작정이다."

그가 헤어지면서 한 말이었다.

그는 악수를 하면서 상대방의 눈을 보는 사람이었다. 그와 악수를 하면서 석우는 남아공의 만델라도 악수할 때 그렇게 한다는 외신을 본 기억이 갑자기 났다.

이듬해 4월, 정말로 그린피스호가 우리나라에 입항했다. 핵 이야기가 주였지만, 그들은 소각장 문제도 역시 거론했다. 그때 석우는 지난겨울에 다녀간 로버트 카멜을 다시 떠올렸다. 이태리에서 그가 본 한국의 현실을 모조리 이야기하겠다던 로버트 카멜.

그가 떠난 뒤의 소망 혹은 추측

소각장 건설은 얼마 후, 결국 철회되었다.

시의 책임자들을 고발하기도 한 마을 사람들의 지속적인 반대 운동 때문이었다기보다는 국민들의 높아진 환경 의식 때문이었다. 게다가 카멜이 다녀간 지 2년 후에 치러진 선거에서 최초의 민선 시장이 당선된 점도 소각장 건설 철회에 결정적으로 작용했다.

민선 시장은 종량제 이전과 이후의 차이를 잘 알고 있었다. 그의 높은 도덕성과 그와 함께 의원직을 사퇴하고 들어간 부시장은 저명한 '환경통'이었으니 소각장 건설이 강행된다면 오히려 이상한 일이었다. 그는 부시장이 되기 전부터 환경 재앙지의 시민들과 환경영향평가 조작을 공표하는 공청회에도 함께 참여했다.

게다가 5공, 6공 시절에 일본 소각 업체로부터 로비 자금을 받은 한 관리의 양심선언도 소각 정책이 철회되는 데 주요한 역할을 했다. 하마터면 흐지부지될 뻔했던 종량제가 선진국처럼 더욱 생활화되어 정착된 것은 물론이다.

그로부터 10년. 기업이나 정부는 성장하자면 필연적으로 폐기물이 발생한다는 사고방식의 전환을 요구받게 되었다. 애초부터 폐기물을 내지 않거나 억제하는 생산 체제로 돌입하지 않을 수 없었다. 그것은 '깨끗한 생산'이라 명명되었다. 그리고 국민들은 일상생활에서 철저하게 쓰레기를 감량했다. 그리고 물자를 아끼고 재사용했다. 음식 쓰레기는 철저하게 분리 배출해서 퇴비나 사료를 만들었다. 종이와 목재류, 플라스틱류는 모두 재생 단계로 들어갔다. 그러고도 남는 소량의 가연성 폐기물조차 우리는 소각장보다는 다른 과정, 위생 매립의 단계로 넘기도록 애를 썼다.

몇 년 후, 어쩌다 기회가 와서 석우는 호주에 갔다.

로버트 카멜을 찾았으나 그는 마침 남극에 가고 없었다.

그가 남극에 간 까닭은 폐기물 전문가답게 남극의 폐기물 문제 때문이라는 이야기를 들었다. 향후 50년간 남극 자원 개발을 않겠다고 약속한 남극개발금지협약이 잘 지켜지지 않고 있었던 것이다. 그것들은 인류가 아직 같이 치러야 할 재앙을 맞이하기 전에 연대할 만큼 성숙하지 않은 상태라는 것을 증거하고 있었다.

그렇지만, 카멜은 여전히 교회당이 아니라 숲에 서 있었다.

말의 감옥

말의 감옥

지금부터 10년쯤 되었을 것이다. 여름휴가를 맞이한 선배 한 사람과 나는 배낭을 메고 강원도 미천(米川) 계곡에서 텐트를 치고 한 사나흘 야영을 한 적이 있다.

미천골은 골짜기 안쪽에 큰 절이 있어서 거기서 씻은 쌀뜨물로 계류(溪流)가 하얗다는, 한때 대단한 불국(佛國)이기도 했던 이 나라 골골샅샅 어디에 가도 흔하게 들을 수 있는 그런 유래에서 붙여진 지명이었다. 산판길인 줄은 알고 있었지만, 더러는 푸른 이끼가 잔뜩 낀 아름드리나무가 부러져 길을 가로막고 있기도 했다. 그 위로 다람쥐나 청설모가 급하게 뛰어다녔다. 때로는 지난 장마 때 흘러내린 토사로 길이 끊어져 어쩔 수 없이 바위를 타기도 했다. 계곡이 끝나는 곳에 불바라기 약수터가 있다는 것을 알고 있었지만, 우리는 그때 약수터까지는 가지 않았다. 불바라기 약수터는 치명적인 선고를 받아서 더는 갈 데가 없는 사람들이 무리를 지어 물병 하나씩 들고 바위 위에 드문드문 서 있을 것만 같은 느낌을 공연히 불러일으켰다. 그런 느낌이 괜스레 든 게 아니었던 것이, 불바라기에는 이젠 약수밖에 의존할 데가 없는, 몹쓸 병에 휩싸인 환자들이 많다는 얘기들을 마을 초입에서 들은 적이 있었기 때문이다.

불바라기를 포기한 것은 그런 선입견도 작용했지만, 계곡을 타기 시작한 첫날 자리 잡은 야영지의 아침이 아주 마음에 들었던 탓도 있었다. 그때 우리는 내친 김에 불바라기까지 강행하려고 하다가, 워낙 골짜기에 늦은 시각에 들어왔기에 날이 어두워지자 서둘러 텐트를 쳤다. 그때만 해도 우리나라 국토를 한번 머리 싸매고 공부해볼 만한 곳으로 접근한 베스트셀러가 출현하기도 전이고, 내설악을 관통하는 56번 비포장 국도를 버리고도, 도보로 산판길을 네댓 시간은 족히 걸어야 미천골로 접어들 수 있었기에 하루 종일 계곡에 앉아 있어도 사람을 만나기가 쉽지 않던 때였다.

산에서는 어둠이 기습적으로 찾아오고, 새벽이 일찍 열린다는 것은 널리 알려진 일이다. 첫날 아침에 우리가 잠이 깬 것은 순전히 텐트 밖으로 돌아다니는 짐승들 때문이었다. 청솔모와 이름 모를 조용한 산새들 그리고 너구리 같은 짐승들이 여름날 새벽의 잠을 깨웠다.

우리는 우리가 자리 잡은 장소가 아주 만족스러웠다.

하루 종일 우리는 배낭에 한두 권 들어 있던 '세상의 책'을 꺼내 글 한 줄 안 읽어도 가슴속이 좋은 것으로 가득 차오르는 느낌에 젖어 있을 수 있었다. 야영지 아래로 맑은 물이 흐르고, 하루 종일 이상하게 생긴 작은 짐승들이 호기심 때문에 우리 텐트를 떠나지 않았기 때문이다.

간혹 사람을 못 만난 것은 아니었다.

이틀째였던가, 계곡 건너편 잣나무 사이로 허연 옷을 입은 사람들 두엇이 물끄러미 우리편을 건너다보았으니까.

우리도 조용히 그들을 건너다보았다.

무엇인가 소리를 치려는 나를 선배가 말렸다.

"조용히! ……말을 건네지 말아야 할 것 같애."

선배는 선배였다.

계류 건너편 숲에서 물끄러미 서서 이편을 바라보고 있던 그들은 꼭 사슴 같았다. 나는 〈디어 헌터〉를 생각하고 있었던 것 같다. 영화나 예술이 무엇보다 강력한 체험이라는 것을 그때보다 더 수긍한 적은 그리 많지 않았다.

"저 사람들 뭐하는 사람들이지?"

"아마 심마니들일 거야."

"으음, 그런 것 같군."

나중에 56번 국도에 접어든 후에 뱀탕을 파는 가겟방에서야 확인했지만, 그들은 심마니가 맞았다.

심마니들로 단정 지은 뒤에 할 일은 서로 물끄러미 바라보는 일밖에 없었다. 늘 몸과 마음을 씻고, 꿈에 의존해 산삼을 찾는 그들이 극도로 말을 아끼는 사람들이라는 것 정도는 알고 있었기 때문이다.

사흘쯤 거기 이름 모를 내설악 계곡에서 우리는 야영을 했다.

선배와 나누었던 얘기들은 하나도 기억에 남는 게 없다. 나야 그때부터 가장 넉넉한 것이 시간이었던지라 어떻게 어느 곳에서 시간이 흘러가도 상관없는 사람이었지만, 선배의 휴가가 끝물에 접어들었기 때문에 우리는 텐트를 거두지 않을 수 없었다.

그때 내가, 그 인적 없는 산속에서 그래도 뭔가 골똘히 몰두하던 주제가 있었다면 무엇이었을까? 광주였을까? 분단이었을까? 지구 위기였을까? 빈곤과 사람들의 편협 또는 지식의 격차였을까? 아니면 여자였을까? 아무래도 '여자'였지 싶다, 라고 회고하는 것은 그렇게 말하는 게 그 중 정직할 것 같아서이지 딴 뜻은 없다.

사건은 물이 흐르는 방향을 따라 계곡을 타고 내려올 때 일어났다.

하산하면서 불바라기까지 오르지 않은 일에 대해 우리는 조금도 섭섭하지 않았다. 다시 도시로 나가 어딘가에 엎드려 앉아야 할 선배에게는 잘 보낸 여름 한철 휴가였고, 워낙 어디 묶인 데 없이 돌아다니기 좋아하는 내게는 어디에서 보낸들 상관없는데다, 그 여름의 사나흘 또한 괜찮은 시간이었다고 해도 과장이 아니었다.

올라갈 때에는 눈여겨보지 않은 작은 마을을 지나칠 때였다.

오래된 나무다리 건너편에 드문드문 집이 몇 채 있었고, 집집마다 벌을 치고 있었다. 마당에 늘어져 있는 빨랫줄에 수건이니 허연 팬츠 몇 조각이 걸려 있는 것으로 보아 빈집들은 아니었다.

그 마을 초입께에 유달리 커다란 나무 한 그루가 서 있었다. 빛바랜 금줄이 둘러쳐져 있는 것으로 보아 당나무임이 틀림없었다. 수종은 회화나무 같기도 했고, 갈참나무 같기도 했다. 확실한 것은 한눈에 봐도 몇백 년은 좋이 되었을 거수(巨樹)라는 것이었다. 그제야 마을을 다시 둘러보았다. 골짜기 안쪽으로 길에서는 잘 안 보이던 여러 채의 지붕들이 보였다. 그러고 보니 당나무 옆에 문이 닫힌 낡은 당집도 보였다. 오래전에 지었는지 목재는 비바람에 삭고 때가 끼어 시커매졌고 집채는 한쪽으로 기우뚱 처져 있었다. 그렇지만 당집의 빛 바랜 판자문은 견고하게 닫혀 있어서 그 나름의 조용한 위엄을 유지하고 있었다. 커다란 당나무 그늘이 부지런히 걸어 내려오느라 흘린 땀을 조용히 식혀주었다. 왠지 마음이 편안해졌다.

나는 당나무 앞에 오래 서 있었다.

무슨 생각을 하고 있었을까.

그때 저 앞쪽으로 휘적휘적 먼저 걸어가던 선배가 나를 불렀다.

"어이, 빨리 안 오고 뭐해?"

"예에, 갑니다."

그렇게 앞쪽으로 소리친 뒤, 나는 왜 그런 해괴한 말을 입 밖에 냈을까.

"오늘은 갑니다. 그치만 내 다음에 꼭 다시 들르리다."

나무 앞에서 중얼거렸던 것이다.

그 무슨 미친 소리였단 말인가. 나는 특별히 이성적인 인간이 아닌 것처럼 종교적인 인간도 아니었던 게다. 그런데 왜 그런 우스꽝스러운 소리를 했는지 정말 아리송하다. 지금 생각해도 나는 어떤 표현으로도, 그때 내가 나무 앞에서 중얼거린 당시의 심경을 표현하지 못할 것 같다. 당시의 내 상황이 무엇인가 초자연적인 것과의 소통을 갈구할 정도로 절망적인 심사도 아니었고, 어떤 특별한 장소가 근원에 닿아 있다는 믿음 따위와는 더욱이 상관없었다. 굳이 설명한다면 난데없이 나타난 듯한, 올라갈 때는 제대로 보지 못한 그 당나무에 대한 까닭 모를 외경심, 그것 외에는 아무것도 특별한 일이 없었건만, 마침 선배가 다급하게 불러젖히니 급한 마음에 그냥 자리를 뜨지 못하고 한마디 했던 것만 같다.

그런데 굳이 당집 앞을 떠나면서 다시 오겠다는 언약까지 할 필요가 있었을까. 길가의 돌무덤을 급히 지날 때에도 그렇게 언약했을까. 정말 알 수 없는 일이었다.

그리고 내가 다시 그 나무를 찾은 것은 그로부터 5년쯤 뒤였다.

나는 그 5년 동안 여름만 되면 '그곳' 생각을 하며 시달렸다. "나는 당나무와 약속을 했다, 그러므로 그것이 설사 사람과 한 약속은 아니지만 말했기 때문에 나는 가봐야 한다", 여름만 되면 늘 그렇게 생각하고 살았다. 하지만 기어이 그 일을 감행하는 데에는 자그마치 5년여 시간이 걸렸던 것이다.

내가 발화함으로써 스스로 갇힌 말의 감옥으로부터 출감한 지 그로부터 다시 5년, 나는 지금 어떤 말의 감옥에 갇혀 살고 있을까.

돼지 소동—한국인 1

석우가 그날, 그러니까 10월 중순의 어느 토요일 느지막한 오후에 아내와 함께 영동고속도로를 탄 것은 고향에 있는 숙부가 편찮으시다는 연락을 받았기 때문이다.

한강을 건너고 고속도로에 진입할 즈음에 벌써 어두워지기 시작했다.

그 일은 바로 첫 번째 휴게소에서 일어났다.

도로에서는 못 느꼈으나 휴게소에 당도하고 보니 엄청난 사람들이 서울을 빠져나왔음을 알 수 있었다. 거의가 등산객 차림이었다. 주말이라

무리를 지어 모두들 산으로 바다로 내빼고 있는 중이었다. 그제야 그는 치악산이나 설악산을 떠올렸다. 곧 휴식년에 들어갈 그 산들의 기막힌 단풍을 떠올렸다.

식당은 방금 문을 닫았는지 유리창 너머로 누군가 구부려 바닥을 쓸고 있었다. 그러니 사람들은 털이 많은 사장의 인상착의를 상표명으로 등록한 즉석 우동 코너에 길게 줄을 설 도리밖에 없었다. 얼마나 사람들이 많았던지 줄은 휴게소 밖 계단까지 이어져 있었다. 건너편 커피 코너는 물론이고 음료수 코너 앞에도 장사진이었다. 서로 발등을 밟고 밟히는 형국은 남대문시장이나 출근길의 지하철은 저리 가라였다. 일행을 찾는 사람의 고함 소리, 뜨거운 커피 잔을 한 손에 두 컵씩 들고 위태롭게 곡예를 하듯 걷는 사람들로 좁은 휴게소는 마치 '무슨 날'처럼 붐볐다.

주말 그 시간대면 늘 그곳 휴게소가 그렇게 붐비리라는 게 어렵잖게 짐작되는 일이었다. 저녁을 먹기에는 이른 시각에 서울을 떠난 사람들이 어두워져서야 만난 첫 휴게소였으니 말이다.

석우는 일단 아내를 우동 줄의 맨 뒤에 세웠다. 그러고는 앞쪽의 상황도 살필 겸 우동 코너 앞으로 다가갔다. 김도 안 나는 식은 우동을 한 그릇씩 받아 들고 모두들 선 채로 머리를 수그려 먹기 바빴다. 더러 젓가락에서 튀겨 나간 국물이 앞에 서서 우동을 먹는 사람의 어깨에 가 떨어지는 장면도 볼 수 있었다. 입속으로 들어가는 국물인데도 그것이 남의 어깨에 떨어졌을 때에는 왜 그리도 보기 싫은지. 석우는 그 순간 우동이고 뭐고 그냥 가버릴까, 하는 생각이 일었다. 그런 생각을 하며 아내가 서 있는 저쪽 뒤편으로 돌아서려고 할 때였다.

"뭐라고? 아가씨 이제 방금 뭐라 했지? 돼지처럼 뭐 어떻다고?"

우동 줄 맨 앞에 서 있던 사십 대 초반의 한 사내가 판매대 안쪽에서 우동을 꺼내주는 아가씨에게 묻고 있었다. 아가씨는 스티로폼에 담긴 우동을 거의 던지듯이 판매대 위에 내놓았다. 정신없이 바쁜 아가씨였다. 더러 아가씨가 던지듯 내놓은 우동 그릇에서는 국물이 출렁거리다 못해 그릇 밖으로 몇 방울 흐르기도 했다.

사내의 목소리가 워낙 낮았지만 왠지 그 목소리에는 아주 강한 울림이 있어서 고함소리보다 더 단단하게 울려 퍼졌다. 사내의 낮은 목소리에는 참을 수 없는 것을 지금 애써 참고 있는 중이라는 것을 분명하게 나타내는 결의 같은 것이 느껴졌다.

"아가씨 내 한마디만 더 묻지. 돼지처럼 잘도 먹는다고…… 분명히 아가씨 조금 전에 그렇게 말했지?"

사내가 다시 물었다. 사람들의 시선이 일제히 그쪽으로 쏠렸다.

"여보세욧! 우리끼리 농담도 못 해요!"

우동 코너의 아가씨가 눈을 똑바로 치켜뜨고 외쳤다. 석우는 그 순간 아직 상황의 자초지종은 잘 모르겠지만 "이크, 저렇게 말하면 안 되는데, 저 아가씨가 실수하고 있구나", 하는 생각 때문에 안타까움을 금할 수 없었다. 그 아가씨가 낮은 목소리에 그렇게 큰소리를 지르는 게 아니었다. 사내는 그 순간 씨익, 웃었다. 마치 사냥감이 한 발자국 더 사정권 안에 들어온 것에 대한 만족감 같은 웃음이었다.

"빨리 물 데워. 이건 아가씨 말대로 돼지가 먹는 거지 사람이 먹는 게 아냐."

웃음을 얼른 거둔 사내가 낮은 목소리로 다시금 아가씨에게 말했다.

"다른 사람들은 군소리 않고 잘도 먹는데 아저씬 왜 이러는 거예요. 잡숫기 싫음 안 드심 될 거 아녜요."

팔뚝이 굵고 볼이 두툼한 아가씨는 손님의 수효를 믿는 사람 같았다. 세상에 주말에 우동 장사를 하다 보니 별 사람을 다 본다는 표정이었다.

"물 데우라니까. 이건 우동이 아냐. 그리고 우린 돼지가 아냐. 내 말 잘 모르겠어? 아가씨!"

사내와 우동을 건네고 돈을 받아 넣는 아가씨와의 대화는 그렇게 아주 짧고 건조하게 이루어졌다.

그런 몇 마디가 끝나기도 전에 여기저기에서, 정확히 말하자면 사내의 줄 바로 뒤에 있던 사람들이 외치기 시작했다.

"나도 그 말 똑똑히 들었어요. 돼지처럼 잘도 먹는대요. 우릴 보고요. 하 참, 기가 막혀서……."

"야, 우리가 돼지면 너흰 뭐냐? 꼴 같지 않은 것들이 주둥아리에서 나오는 대로 지껄이면 다 말이 되는 줄 아니?"

사내의 몇 사람 뒤에 서 있던 어떤 아줌마가 외쳤다. 한참을 기다려 이제 겨우 줄의 앞에까지 당도했는데, 그런 일이 터진 데 대한 분기(憤氣)를 그 아줌마는 감추지 않았다.

"니네들끼리 농담했다고 했지? 우리나라 인구가 얼만지 알어? 사천만이 넘어. 북쪽 동포들까지 합치면 얼만지 알어? 칠천만이 넘어. 아가씬 농담했지만 그걸 농담으로 받아들이는 사람도 있고, 그 말을 걸고넘어지는 사람도 있는 거야. 조용히 말할 때 빨리 물 데워. 우동은 따뜻한 음식이야. 찬물에 말아 먹는 음식이 아냐. 이건 우동이 아닐 뿐 아니라 음식도 아냐. 돼지가 먹을 음식이 아니라 사람한테 내놓을 음식을 내놔. 어서!"

다시 사내가 말했다. 사내의 목소리가 조금씩 높아지기 시작했다. 한눈에 봐도 보통 사람과는 좀 달랐다. 처음부터 목청을 높이지 않았을 때부터 범상치 않았다. 세상을 살아가면서 원하든 원치 않든 수많은 사람들과 맞닥뜨려 자기 의견을 분명하게 개진해본 적이 많은 사람임이 틀림없었다. 말하는 품새가 벌써 그랬다. 어디 남대문 같은 데서 장사를 하는 사람인지도 모른다. 아가씨가 잘못 걸렸다는 생각이 자꾸 들었다.

그제야 스티로폼 그릇에 물기라곤 전혀 없이 바싹 마른 사리를 넣고 커다란 스테인리스 물통에서 물을 뽑아 담아 손님 앞에 한 그릇에 2,000원씩 척척, 내놓던 아가씨들이 주춤하기 시작했다. 뒤늦게 사태를 파악한 게 틀림없었다. 그런 아가씨들의 사태 파악과는 관계없이 여기저기에서 먼저 우동을 먹은 사람들이 한마디씩 하기 시작했다.

"야 일마들아, 이건 우동이 아니라 냉면인기라. 니들 냉면 아나? 배고파 어쩔 수 없이 먹었지만 니네들 증말 해도 너무했다 아이가. 이게 우째 우동인가, 이 말이다."

"그러고도 뭐라고 돼지처럼 잘도 먹어댄다고? 이것들을 기냥……."

"내 딴 얘기 안 할 거다. 영수증 내놔! 니네들 왜 영수증 안 끊어줘. 이 영수증 발행기는 폼으로 여기 올려놨어? 여서 장사하는 니네들의 막강한 빽을 내 모르는 바 아니지만, 잔말 말고 영수증 내놔."

사십 대 중반의 다른 사내가 외쳤다.

그러자 누군가 "5공 때부터 말야…… 이 새끼들…… 도대체 엉망이야…… 엉망!" 하고 혼잣말처럼 중얼거렸다. 거기 '새끼들'은 한 명도 없었으므로 그 말은 '아가씨들'의 윗사람을 지칭하는 말임이 틀림없었다.

"맞아요. 이것들이 그냥, 물건이 없어서 못 팔면서 서비스랑 음식은 엉망진창이에요. 아저씨들이 이번에 아주 된통 혼을 내줘요."

한 처녀가 좌우로 고개를 돌리며 말했다.

사람들의 의식은 이제 그쪽 방향으로 확실하게 자리를 잡아가고 있었다.

"내 니네들 짓거릴 오대 일간지에 안 때리면 사람이 아니다."

"여기 손님들 중에 기자 양반 없는가?"

"기자야 부르면 금방 온다니깐."

그런 이야기를 하는 사람들은 사십 대 초반의 일행들인 것 같았다.

"얘, 영수증 끊어드려."

우동을 팔던 코너의 한 아가씨가 영수증 발행기를 턱으로 가리키며 조금 풀이 죽은 목소리로 말했다. 아까 '여보세욧!' 하던 기세는 이제 완전히 꺾여 있었다.

"작동이 안 돼, 언니."

키보드를 두드리던 한 아가씨가 거의 울상이 되어 영수증을 끊어주라고 한 선배 아가씨에게 말했다.

"글쎄 이렇다니까. 이 새끼들 하는 짓거리가 이렇다니까. 니네들 지금 탈세하고 있는 거 알어 몰라? 왜 영수증 안 끊어줘? 여기 책임자 새끼 불러와. 니네들하곤 얘기가 안 되겠어."

5공이 어떻고 6공이 어떻고 하던 사내가 드디어 '남자'를 찾았다.

"다 퇴근했어요."

"돈 챙겨 가는 놈은 있을 거 아냐."

"아저씨, 잘못했어요. 물 끓여드릴게요."

팔뚝이 굵고 볼이 두툼한 아가씨였다. 그 아가씨는 '다른 사람들은

군소리 않고 잘도 먹잖느냐, 잠슷기 싫음 안 드심 될 거'라고 한 아가씨
였다.

"그분한테만 사과를 하면 안 된다고."

누군가 뒤에서 외쳤다.

석우는 담배에 불을 붙였다. 안타깝고 안쓰럽기 짝이 없었다. 애초에
마지못해 요기라도 하려고 줄을 선 손님들 앞에서 자기네들끼리 나눈,
그렇지만 도무지 틀려먹은 농담까지는 그렇다 치더라도, 왜 초장에 그
토록 적반하장으로 나왔다가 어린 아가씨들이 이런 거센 봉변을 당하는
지 안쓰러워 골이 지끈지끈 아플 지경이었다. 그네들은 하루 종일 서서,
탱크의 뜨거운 물이 다 떨어지면, 그러고도 손님들이 계속 줄을 서 있으
면 찬물을 넣고도 우동입네, 하고 부지런히 내놓았을 뿐이다. 그렇게 해
도 된다고 시킨 사람은 아까 어떤 손님이 말한 먼저 퇴근한 '새끼들'이기
십상이었다.

"여기 손님들은 돼지가 아니라 사람입니다, 하고 큰 소리로 복창해!"

이십 대 초반의 한 젊은이가 굵직한 목소리로 제안했다. 아마도 방금
국방의무를 마치고 전역을 한 것 같았다.

"맞아. 그렇게 사과하라고. 아니면 사과를 할 사람을 데리고 오든가.
니네들이야 싸가지 없이 조동아릴 잘못 놀린 거 말고 무슨 죄가 있겠냐.
찬물이라도 넣어 팔라고 한 사람이 문제지."

얼굴이 시커멓게 그을고 잠바를 걸친 오십 대 사내가 말했다.

아가씨들은 마침내 훌쩍훌쩍, 울음을 터뜨리고야 말았다.

"여보, 가요. 다음 휴게소에 가면 좀 다를지도 모르잖아요!"

아내가 석우의 팔짱을 끼며 말했다.

"아냐, 물을 끓이잖아. 왠지 이걸 먹고 가야 할 것 같애."

"……"

아내가 석우를 쳐다보았다. 석우는 아내에게 더 이상 설명하지 않았다. 왠지 악착같이 물이 끓기를 기다려 뜨거운 우동을 먹어야 궁지에 몰린 이 가엾은 아가씨들에게 위로도 되고 또 용서하는 일이 될 것 같다는 생각을 했을 뿐이다.

그러나 참으로 이상한 일이 그 밤에 일어났다. 석우네처럼 조용히 물이 끓기를 기다린 사람이 무척 많았다는 점이다. 배가 고파서가 아니라 그들은 마치 자신들이 돼지가 아니라는 것을 그렇게 기다리는 것으로 증명해내고야 말겠다는 듯이 말이다.

빈 그릇—한국인 2

다른 남자들은 어떤지 잘 모르지만 나는 사실 여자들을 무척 좋아하는 사람이라고 할 수 있어. 그렇다고 나를 스타 지망생들과 몸 섞기를 밥 먹듯 하는 연예 감독이나, 물론 일부겠지만 말야, 무슨 노는 사람으로 오해하진 마. 내가 좋아하는 여자들은 여기서부터 시작되지. 그러니까 우리 어머니나 장모님을 비롯해 누님 그리고 여동생 그리고 아내랑 함께 만든 내 딸을 지독히 사랑한다 이 얘기야.

한번은 이런 일이 있었어. 시골에서 장모님이 올라오셨는데, 마침 그때 큰댁에 사시는 어머님도 우리 집에 들르셨던 때였어. 그러니까 그날 밤, 우리 집에는 어머님과 장모님 그리고 아내랑 내 딸이 자게 되었지.

깊은 밤, 어쩌다 목이 말라 일어났다가 그들이 잠든 모습을 우연히 내려다보게 되었지 뭐야. 그들과 함께 이야기를 나누거나 식사를 하고 그럴 때에는 몰랐는데 말야. 모두들 잠들고 나 혼자 깨어서 잠든 그들을 내려다 볼라치니 참, 만감이 교차하더구먼. 나를 만들고 내 아내를 만들고 나랑 함께 딸들을 만든 여자들이 자고 있었어. 내가 이 세상에서 공식적으로 만난 여자들이 다 있는 거야. 기묘한 느낌이 들더라고. 나라는 존재의 아주 깊은 근거와 절실하게 관련된 여자들이 모두 모여 마치 내게 무슨 계시라도 주려는 듯이 누워서 자고 있었으니 말야. 그들은 마치 조용히 잠든 모습을 내게 보여주는 것으로 내게 뭔가를 촉구하고 있는 것 같기도 했어.

그건 그렇다손 치고. 내가 사랑했거나 지금 사랑하고 있는 여자가 꼭 그들뿐이라고 할 수는 없지. 되게 못생겼지만 성격이 좋았던 초등학교 때 짝꿍도 사랑했고, 중고등학교 때 어쩌다 알게 된 여학생도 사랑했고, 대학 때의 술 잘 먹고 담배도 곧잘 피우던 여자 친구들도 사실 지독히 사랑했어. 어떤 때는 처제를 아내보다 더 사랑스럽다고 느낀 적도 있고, 그뿐인가 영화에 나오는 여자들도 나는 남의 일 같지 않게 사랑하고 있지. 그들이 누구나 깔고 덮을 수 있는 담요나 요 같은 여자라고 말들 하지만 말야.

사실 여자들처럼 신비한 존재가 이 세상에 어디 있겠어. 여자들은 남자들과 조금 다르잖아. 왠지 곰살곰살한 게 향기도 다르고, 아늑하고 아찔아찔하지 않아? 대지처럼 포근하기도 하고, 꿀처럼 달기도 하고, 압정에 찔린 것처럼 때로 따갑기도 하고 말야. 나이 든 여자들은 나이가 든 대로, 젊은 여자들은 또 젊기 때문에, 어린 여자들은 또 어린 대로 아름답고 신비롭지. 어쩌면 이 세상 대부분의 남자들이 표현을 안 해서 그렇지 알고 보면 다 나처럼 생각하고 있을 거야.

그런데 그렇지 않은 여자들도 있더라고. 정말 사랑하기 힘든 여자들 말야. 서두가 좀 길어졌지만 사실 오늘 하고 싶은 이야기가 이 이야기야.

그저께였던가. 오랜만에 고향에서 닭과 오리를 키우는 친구가 찾아왔어. 마침 점심시간이기에 회사 근처의 식당으로 갔지. 그 집은 청국장으로 유명한 집이었어. 시골에서 올라온 친구도 그 집이 정겨웠던지 처음에는 좋아하는 눈치였어. 생긴 지 얼마 안 되었지만, 청국장집은 여간 붐비지 않더군. 잠시 식당의 한옥 마당에 서서 자리가 나기를 기다리는데 친구가 짜증을 내더만. 다른 집에 가자고. 그래서 다른 집에 가봐야 다 이렇고, 이 집 청국장이 싸고 맛있다고 했지. 절에 가야 맛보는 고수도 있고, 부추전도 좋다고 말하면서 말야. 그랬더니 친구가 서울의 점심시간은 늘 이렇냐고 물었어. 그래서 점심 때엔 그렇다고 했더니, 넌 참 불쌍하게 살고 있다고 하더군.

그런 말은 시골에서 올라온 친구들이 늘 하는 이야기니까 나는 씩 웃고 말았지.

한참 만에 방 한 귀퉁이에 자리가 나더군. 먼저 식사를 한 사람의 상을 치우는 데에도 한참이 걸렸지. 친구는 계속 불만이었어. 오랜만에 서울에 온 친구의 짜증을 난 잘 이해할 수 있었지. 이윽고 우리가 확보한 상이 대충대충 치워졌지. 그래서 휴지를 꺼내 우리는 아직 상 위에 남아 있는 음식 찌꺼기의 흔적을 싹싹 닦았어. 닭과 오리를 키우는 친구는 직업과는 달리 밥 먹는 상은 아주 깨끗해야 한다는 원칙을 세우고 있는 모양인지 휴지를 몇 번씩이나 꺼내서 상을 닦더라고. 나는 그런 친구를 바라보며 어서 우리 음식이 나오길 기다렸지. 그때였어. 우리 바로 옆 상에 사십 대 초반쯤의 여자들 셋이 자리를 잡더라고. 밥상은 될수록 많은 손님들을 앉히려고 다닥다닥 붙어 있었어.

친구가 우리 상을 휴지로 깨끗이 훔치고 난 뒤였어. 바로 그때 옆자리에 앉은 여자들이 말야, 세상에 원, 해도 너무했지. 자기들이 확보한 상에서 먼저 먹고 간 사람들의 빈 그릇을 말야. 그 빈 그릇 속에는 이쑤시개도 있고, 입을 닦고 구겨버린 휴지도 떠 있고, 어떤 그릇은 먹다 남긴 비빔밥 위에 씹다가 만 김치 쪼가리도 떠 있었어. 방금 누군가 한 그릇씩 꿰차고 먹을 때에는 신성한 음식이었지만, 숟가락을 놓자마자 음식 쓰레기는 왜 그렇게도 치명적으로 지저분한지 알 수 없는 일이야. 바로 그 그릇들을 방금 나랑 우리 친구가 깨끗이 훔치고 난 상으로 슬그머니 밀어 옮기는 거였어. 여자들은 자리에 앉기 전부터 무엇인가 요란하게 수다를 떨고 있었는데, 자리에 앉자마자 한 첫 번째 일이 눈앞의 그릇을 사람이 있건 말건 옆 상으로 밀어내는 일이었어.

"이게 무슨 짓이오?"

친구가 말했어.

"이 아저씨, 왜 신경질을 내고 그러셔."

친구의 옆 자리에 앉아 있던, 머리를 조금 노랗게 염색한 여자가 잽싸게 대꾸하더군. 기가 차더라고, 그 여자의 능청에.

"대체 이게 말이 되오. 왜 남의 상에 지저분한 그릇을 슬그머니 옮겨놓나 이 말이오."

친구가 조금 더 큰 목소리로 말했어. 그러자 숟가락으로 청국장을 열심히 입에 떠 넣던 다른 사람들이 일제히 우리 쪽을 쳐다보았지. 그제야,

"다시 치우면 될 거 아녜요. 괜히 딱딱거리고 야단이네."

그러면서 우리 상에 슬그머니 밀어놓은 그릇들을 자기들 상으로 당기면서 바깥을 향해 디립다 외치더라고.

"아, 여기 뭘 해요. 빨랑빨랑 상 안 치워주고. 이봐욧! 상 치워욧!"

마당에서 '예에, 알았슴다' 하는 소리가 길게 울려 나왔지만, 대답하는 사람도 바빠서 언제 치울지는 알 수 없는 노릇이었어. 하긴 하루 중 제일 바쁜 시간이니까 이해가 안 가는 것도 아니었지만. 친구는 청국장이고 부추전이고 나발이고, 밥 먹을 기분이 아니라며 날더러 일어나자는 거였어. 내가 만류했지. 물론 내 기분도 엉망이었어. 하지만 마침 바로 그때 우리가 먹을 뚝배기가 나오기도 해서, 방방 뜨는 친구를 간신히 말렸지. 친구는 아무 소리 없이 식사를 마치더니, "소문대로 좋은 집이군" 하더니만, 옆자리의 싸가지 없기로 오래오래 기억될 여자들이 듣게끔 중얼거리더군.

"말세는 말세다. 이 지경으로 우리나라가 개판이 된 줄은 증말 몰랐다. 증말로 옛날에 다 같이 읇이 살 때는 이러지 않았다, 그 말이다, 녀석아."

친구는 말끝에 나를 쳐다보더군.

나도 고개를 끄덕였지.

"말세 좋아하시네."

파전에 소주까지 한잔 시킨 여자들도 그냥 얌전히 당하진 않더라고. 그냥 당할 리가 없는 여자들인지 난 일찍부터 알아챘다니까.

만난 적은 아직 없지만, 석우가 그의 글이나 그가 조용히 남모르게 하고 있는 일 때문에 마음속으로 존경하는 정신과 의사 한 분이 있다. 히말라야를 사랑하고, 거기 만년설만큼이나 네팔에 사는 사람들을 사랑하고, 거기 성한 사람들이나 병든 사람들을 사랑하고, 이상하게도 크고 시끄러운 까마귀나 잎이 정확히 열 개인 들꽃을 사랑하고, 개나 돼지나 소가 모두 신(神)이라니까 더욱더 개나 돼지나 소를 사랑하고, 그보다는 우리나라 산하에 버려져 있는 돌부처를 더 안쓰럽게 끔찍이 사랑하시는 분이 그분이다.

그분이 한때 전문의로서 신문에 쓴 칼럼은 결국 그분의 밤잠을 방해하고야 말았다.

들은 이야기지만, 석우는 그분이 쓴 칼럼으로 잠을 이루지 못하게 된 일이 무척 인상적이어서 바퀴벌레 이야기만 나오면 그 이야기가 생각나곤 했다. 선운사 앞 풍천장어구이집을 지날 때는 물론이고, 오리탕집 앞을 지날 때에도, 사철탕집 앞을 지날 때에도, 심지어 매운탕집 앞을 지날 때에도 그분이 쓴, 석우가 읽지 못한 칼럼이 생각나는 것은 왜였을까.

그분은 이런 식으로 칼럼을 썼다고 한다.

호르베리 헤지벨이라는 스웨덴의 한 식품공학자가 바퀴벌레를 연구했다. 바퀴벌레의 껍질과 창자 속에서 아트로톡신이라는 특별한 성분이 발견되었는데, 이는 특히 세상에서 가장 효험 있는 정력제로 활용될 수 있음이 밝혀졌다. 오대양 육대주의 바퀴벌레를 표본 색출해 검사한 호르베리 헤지벨 박사는 특히 한국의 바퀴벌레에서 아트로톡신 성분이 유난히 많이 검출되었음에 놀랐다고 한다. 바퀴벌레가 한국의 토종 생물이 아님에도 불구하고 이런 결과가 나온 것은 한국의 기후 조건과 바퀴벌레의 생태학적 특성 그리고 한국인의 식생활과 주거 환경과의 불가해한 결합의 결과로 추정되는바, 호르베리 헤지벨 박사는 순전히 이 결과의 원인을 밝히기 위해 내한하기를 희망하고 있다고 했다.

한국인들 또한 바퀴벌레가 만약 정력에 좋다면, 아마 당뇨에 좋다는 속신 때문에 해당화의 씨가 마른 것처럼 바퀴벌레가 순식간에 퇴치될 것이라는 농담을 적잖게 나누어온 터라, 이 놀랍고도 반가운 소식은 말이 씨가 된다는 옛말의 한 살아 있는 예로 작용하여 세간 사람들의 끊임없는 화제로 자리 잡고 있다.

……

……

……지칠 줄 모르는 한국인의 정력제 발견과 집착이 얼마나 어리석은 짓이라는 것은 의학적으로도 정신적으로도 사랑의 본질적인 특성으로도 판명이 난 지 오래다. 이 세상의 어떤 고단위 정력제도 결국은 고단백질에 불과하거나 오히려 사람에 따라서는 해가 된다는 것이 의학적 상식임에도 불구하고, 한국인들의 지칠 줄 모르는 정력제탐(精力劑貪)은 식을 줄 모른다. 성적인 만족을 포함해서 가장 좋은 사랑의 관계는 정력제에 의해서가 아니라 상대방에 대한 깊은 이해와 관심 그리고 사랑에 대한 오해가 불식된 상태에서의 충분한 인간적 교감과 친밀에서만 가능할 것이다.

……이 글을 끝까지 읽은 독자들은 필자가 이 글의 앞머리에서 인용한 스웨덴 학자의 연구 결과가 허구의 방식으로서 우리 현실을 역설적으로 드

러냈음을 감지할 수 있었을 것이다. 스웨덴에는 그런 학자가 존재한 적도 없고 앞으로도 없을 것이고, 바퀴벌레에서 아트로톡신이라는 물질이 검출된 적도 없고, 그런 해괴한 물질도 없다. 필자가 펜 가는 대로 만든 허구의 물질이기 때문이다. 따라서……

그러나 정력제 이야기가 나오자마자 성급한 독자들은 박사의 글을 끝까지 읽지 못했다.

"박사님, 밤늦게 죄송합니다만, 한 가지 여쭤볼 게 있어서요. 바퀴벌레약을 약국에서 구할 수 있습니까? 비싸겠지요?"

매우 다급한 목소리였다.

"제 글을 끝까지 안 읽으셨군요. 그나저나 지금이 도대체 몇 시입니까? 새벽 2시 아닙니까, 주무실 시간입니다."

"박사님, 그 약이 아마 구하기 힘들어서 그런 모양이지요? 박사님한테도 따로 인사를 하겠습니다. 꼭 좀 알려주십시오. 비싸도 상관없다니깐요. 내일 아침에 박사님 연구실로 찾아가도 될는지요?"

또 다른 전화는 이런 식이었다.

"그렇담 바퀴벌레를 잡아서 적당히 요리를 해서 먹어도 되겠네요, 박사님!"

동이 틀 무렵에 걸려온 또 다른 전화는 '정력제 바퀴벌레' 이야기를 한참 하다가,

"……참, 박사님. 바퀴벌레 말고 거 왜 있잖아요? 사람들이 둘만 모이면 얘기하는 거, 뭐더라? ……아 생각났다. 엔돌핀! 그래, 엔돌핀 맞네요. 그거 약국에 가면 살 수 있겠지요?"

정말 웃기지도 않지, 사람들 노는 걸 보면. 툭하면 개판이라고 하지만…… 세상에 이런 개판도 따로 없을 거야. 말이 나왔으니 말이지만 그 '개판'이라는 말도 그래. 그게 어디 우리들 '개들의 판'인가, 지네들 '사람들판'이지. 왜 세상이 엉망으로 돌아가는 것은 몽땅 '개판'인가, 이 말이다. 우리들하고는 상의도 없이 판을 엉망으로 만들어놓곤 번번이 '개판'이라고 투덜대니, 지하수 흐르는 소리까지 다 듣는 8만 헤르츠의 청력을 지닌 우리 개들이 그 소리를 하루에도 수백 번 들을 때마다 느끼는 일이지만, 분하고 억울해!

도구를 사용하고 언어 조작 능력과 상징을 조금 사용할 줄 안다고 해서 스스로 '지혜 있다' 하면서도 못된 짓은 독판 골라서 하고 있는, 소위 그 '사람속(屬, Homo)'에 속하는 인간들 말야.

가증스러운 동물들이지. 이 세상에 사람들처럼 못된 짓을 많이 하는 동물 있으면 나와보라고 해. '아는 개들'은 그 사실을 다 알아. '모르는 사람들'은 모르지만서두.

우리들 동물들한테도 참으로 못된 짓을 많이 하지만, 지네들끼리도 참 못된 짓들 많이 한다지! 지지고 볶다 못해 쥑이고 야단들이야. 이 세상에 나타난 맨 처음 이래 지금까지 계속 그래. 외딴 섬에 표류해서도 둘 이상 되면 찔러 죽이곤 '누가 죽였지?' 하는 게 바로 사람들이란다. 정말 조심해야 될 족속들이야! 배가 부른데도 취미로 동식물들을 쥑이고 베고 낚고 하는 짓거리 말고도…… 먹는 것 하나만 잘 관찰해도 인간들이 을마나 못된 동물인지 금세 알 수 있다니깐.

예를 들어볼까. 잘못 먹으면 그대로 죽는 복어 있지? 드럼통이든, 펜치든, 톱이든 뭐든 먹어치우는 상어도 슬금슬금 피하고 안 먹는 복어를 먹는 동물도 이 세상에 사람밖에 없다니깐. 가끔 사고가 나기도 하는 모양이야. 어떤 요리사는 그거 먹고 손님이 죽었다니까 그럴 리가 없다며, 자기도 먹고 또 죽더군. 어리석기 짝이 없지. 어디 독하고 어리석기만 한가! 웃기는 게 또 사람이야. 공연히 높은 산이란 산은 다 올라가지. 바위에 이름을 새기고, 감옥을 만들고, 동상을 만드는 것도 사람뿐일 거야. 그뿐인가. 하늘에 바다에 온갖 무기들을 잔뜩 만들어 띄우고 가라앉혀 놓곤 서로 감시하고 온갖 짓들을 다 하지. 이 아름답고 귀한 우리의 하나밖에 없는 어머니, 지구를 수백 번 폭파시키고도 남을 무서운 파괴력을 지니고 있는 것도 바로 그 사람속이라니깐.

그러나 뭐니 뭐니 해도 사람이 저지르고 있는 못된 짓 중에 가장 못된 짓은 여름날 우리들을 잡아먹는 일이야.

왜들 그러는지 모르겠어. 특히 한국 사람들 말야.

시끄럽고, 가래침 잘 뱉고, 클랙슨 잘 울리고, 성질 급하고, 얼렁뚱땅 잘하고, 그렇지만 눈물 많고 평등 의식이 강한 한국 사람들 말야. 여름철만 되면 우리를 잡아먹는단 말씀이야. 옛날 농사짓고 살던 즈음에야 땀 많이 빼는 여름철에 섭취할 단백질이 영 시원찮았으니 우리를 좋은 단백질원으로 보고 두들겨 패 잡수시던 게 이해가 되고도 남아. '복날 개 패듯' 뭐 그런 말도 아마 그런 습속에서 나왔겠지. 좌우지당간에 옛날엔 그랬다 쳐. 사방에 양질의 단백질이 지천으로 깔린 요즘에도 왜 그래? 특히 복날만 됐다 하면 우릴 거꾸로 매달아놓고 왜 몽둥이로 패잡아야 하느냐 이거야.

우리가 뭘 잘못했어. 왜 패? 패기를!

우리가 뭘 잘못했어?

우리들 일거수일투족이 모두 인간들을 위해 한 짓들뿐이잖아! 꼬리 치며 순종했고, 도둑이랑 정신병자랑, 피부병 환자들이 주인 가까이 오면 멍멍, 열심히 짖어서 보호해주지를 않았나. 음식 쓰레기가 땅이나 하천을 오염시키는 걸 막기 위해 평생 동안 열심히 할 수 있는 한, 먹어치워준 것도 바로 우리들 아닌가! 전봇대에 다리 한 짝 들고 오줌 싼 것도 그래. 우리들의 영역 표시라고 동물학자들이 얘기하고 있지만, 사실은 건조한 날씨에 사람들 호흡기 장애가 일어날까 봐 대기 중에 수분 공급을 한 것이지 않나!

이런 우리들의 평생에 걸친 봉사와 충직함에 대해 사람들은 우리를 두들겨 패는 것으로 보답하고 있으니, 원 세상에!

우리를 먹어대는 변(辯)도 참 가지가지지. 같잖아서 웃음도 안 나와. 개고기가 인간에게 가장 흡수가 잘된다느니, 유독 우리들 개들만이 동물성 단백질 중에 알칼리성이라느니……. 별의별 해괴한 얘기들을 다 하고 있지.

"여름철엔 보신탕만한 게 없어."

"아암, 그렇고말고……. 보신탕은 역시 이 집이 잘해. 고기가 우선 달라."

"저기 배나무골에도 잘하는 집 있어. 초복은 여기서 먹고, 중복 땐 거기 가서 또 먹자고."

"포인터나 세파트보다 역시 토종 똥개가 제일 맛있지."

"그걸 말이라고 해?"

"잡을 때 어떻게 잡느냐도 중요해."

"개들한테는 좀 안된 얘기지만 몽둥이로 패서 잡는 게 다 이유가 있다고. 천천히 죽을 때까지 패면 고기가 연해진대."

"정력에도 좋고 여름 나기에도 좋지만, 골병든 데에도 이 멍멍탕만 한 게 없다지."

"그래, 매 맞아 골병든 데에도 개고기가 최고지!"

"소설 쓰는 내 선배 한 분은 길에서 차에 치어 터져버린 개를 봐도 군침을 흘리곤 하더라고."

"그런데 그 소설가 선생, 오래 살지 못했지, 아마!"

"오늘밤 오랜만에 마누라들 땀 좀 빼겠군."

푸하하핫! 웃음소리.

우리들은 청력이 좋아서 여름철 보신탕집에서 흘러나오는 얘기들이 다 들려. 그렇지만 문제는 브리짓 바르돈가 뭔가 하는 글래머 배우가 사는 프랑스에 태어나지 않고, 우리가 여기 이 땅에 태어난 이상 대책이 없다는 거야. 눈치껏 올 여름 잘 넘겨야 할 텐데 걱정이야!

"앨런 와츠라는 미국의 한 이빨꾼이 말하길 우리가 고기를 먹을 땐, 그 동물을 지독히 사랑하기 때문에 먹는다는 거야. 널 먹을 만큼 사랑한다. 이런 마음으로 맛있게 먹으라는군. 그 친군 또 말하길 한 마리의 닭이 죽음을 당한 후 알맞게 요리되지 않으면 그 닭은 헛되이 죽은 거라는 거야. 그 맥락에서 보면 우리 민족처럼 개를 정성들여 요리하는 민족도 없을 거야. 우리가 개를 맛있게 잘 먹음으로써 결국은 개에게 영광을 돌리는 셈이지. 자, 어서 먹세. 갈비뼈에 붙은 살도 엄청나다니깐."

이건 먹물깨나 든 친구의 현학설인데, 뭣이라고?

우릴 맛있게 먹는 게 우리에게 영광을 돌리는 거라고? 기가 막혀서! 그렇지만 좋다! 그런 현학 논리를 편다면 좋다, 이거야. 우릴 패서 잡아

먹어야 직성이 풀린다면 패서 드시라, 이거야! 다만 우릴 잘 요리해서 먹고, 우리에게 영광까지 안 돌려도 좋으니 이 세상, 특히 골치 아픈 이 땅에 화합과 평화, 사랑과 평등, 자유와 원칙이 흘러넘치도록 애쓰길 바란다, 이거야. 니네들 그런 거 잘 못하잖어? 우리 잡아먹고 생긴 힘을 그저 밤에만 쓰려고 안달하지 말고, 이 너절한 인간들아!

호랑이

한 사내가 있었다. 누구도 그가 뭘 하는 사람인지 자세히 몰랐다.

　태백산 언저리에서 통나무집을 지어놓고 건강선원(健康禪院) 따위를 운영하면서 먹고사는 것이 그의 직업이라고들 했다. 가끔 인사동에 한복을 입고 어슬렁거리곤 했다. 작은 키에 짙은 눈썹, 붉은 입술을 가진 사내는 언제부터인가 만나는 사람들에게 말했다.

　"호랑이를 봤다."

　"우와, 진짜로?"

　하고 사람들이 놀라서 물으면,

　"호랑이를 봤다."

　똑같은 표정으로 같은 말을 되풀이했다.

　"호랑이 소동은 가끔 일어나지만, 전쟁 이후 발견되지 않았잖아?"

　누가 그럴라치면 사내는 다시 되풀이했다.

　"내가 호랑이를 봤다니까."

　"어디서 봤는데?"

"백두대간에서 봤다."

"어떻디?"

"크고, 가볍고, 우렁차면서도 조용했다."

사내가 말했다. 카프카가 단두대를 일러, '그처럼 육중하고 그처럼 날래다'라고 말한 것처럼 그는 호랑이를 표현했다.

"앞모습을 봤나?"

사내의 친구들 중에서도 제법 따지는 사람이 있었다.

"……사실은 뒷모습을 봤다."

"에이, 그럼 딴 짐승이었을 거야. 혹시 덩치 큰 들고양이를 본 거 아닌가?"

"아니다, 틀림없이 호랑이였다."

사내가 말했다.

그 후, 사내는 만나는 사람마다 같은 얘기를 되풀이했다.

석우가 사내와 관련해서 들은 최초의 호랑이 이야기는 그 정도였다. 몇 번 더 호랑이 이야기를 들었지만, 거기서 한참 동안 그 내용의 진척이 없었다.

석우가 말로만 듣던 그를 처음 만난 것은 몇 년 후, 인사동에서였다.

"호랑이를 봤다."

그가 말했다.

"어디서요?"

"여기저기에서 난 자주 봐."

"어떻습디까?"

"아주 큰 짐승이다. 눈은 불처럼 빛나고, 몸은 아주 가볍게 움직이는

데, 좀처럼 울지 않지만, 한번 울었다 하면 산천이 흔들린다. 예로부터 호랑이를 본 사람들은 너무나 놀라서 다 비실비실 앓다가 죽는다는데, 난 호랑이를 본 뒤로 몸도 더 좋아지고 양기가 더 좋아졌어. 해구신이나 칠성장어나 복분자 따위는 저리 가라 할 정도야. 밤새 내 양물은 빳빳하게 서 있어. 미치겠어."

사내가 말했다. 석우가 두 번씩이나 존대를 했는데도, 사내가 계속 반말로 말하자, 석우도 그다음부터는 더 세차게 반말로 물었다.

"거짓말시키지 마라, 짜샤!"

"지금이라도 나하고 북한산에 올라가면 호랑이를 볼 수 있어. 나만 호랑이를 만날 수 있지. 거짓말이면 나를 잡아 쥑여도 좋아."

사내가 말했다. 그는 존대를 하다가 거칠게 반말짓거리로 버전을 바꾼 석우에 대해 무신경했다. 어쩌면 생각보다 더 대인(大人)인지도 몰랐다.

그 순간 어쩌면 그가 정말 호랑이를 보았고, 지금 이런 식으로 호환(虎患)을 입고 있는지도 모른다는 생각이 희미하게 든 것도 사실이었다.

"내가 미쳤다고 널 잡아 쥑이냐. 이 자식, 이제 보니 또라이 아냐!"

석우가 좌판을 걷듯이, 그러나 애정이 가득 찬 얼굴로 사내가 '또라이'라는 것을 주지시켜주었다.

사내는 빙그레 웃으며 다시 말했다.

"호랑이를 봤다!"

그 순간, 석우는 아직도 호랑이를 기다리는 사람이 있다는 것이 눈 앞의 또라이를 통해 확실하게 증명되었으므로, 호랑이를 기다려본 적도 없는 자신이 몹시 비참해졌다.

한국 녹색문학의 현주소

김욱동(문학평론가)

다 같은 녹색이라고 해도 황색빛이 도는 옅은 녹색에서 순녹색을 거쳐 청색빛이 도는 짙은 녹색에 이르기까지 그 스펙트럼이 무척 넓다. 녹색문학도 이와 크게 다르지 않아서 '옅은' 녹색문학이 있는가 하면, 이와는 반대로 '짙은' 녹색문학이 있다. 전자에 속하는 작가들은 생태주의를 살짝 건드리고 그냥 지나쳐버린다. 한편 후자에 속하는 작가들은 자연과 환경문제를 하나하나 따지면서 철저하게 짚고 넘어간다. 전자가 입으로만 녹색문학을 부르짖는다면 후자는 녹색문학을 몸소 실천에 옮긴다.

최성각은 한국 문단에서는 보기 드물게 '짙은' 녹색문학을 추구해온 작가이다. 이제까지 그가 발표한 작품으로 보나, 환경문제를 온몸으로 부딪쳐온 행동으로 보나 한국 문단에서 그를 따를 만한 사람이 없다. 그의 작품에는 그동안 한국의 환경 운동이 걸어온 고단하고 굴곡진 발자취가 마치 고생물을 간직한 화석처럼 고스란히 각인되어 있다.

그동안 국가에서는 국책 사업이라는 그럴 듯한 이름으로 자연을 파괴하고 환경을 해치는 일을 서슴지 않고 계획해왔고, 그중 일부는 실행에 옮긴 지 이미 오래되었다. 가령 영월의 동강에 댐을 건설하는 일을 비롯해 새만금 개펄을 막아 농지를 만드는 일이며, 경기도 시흥에서 화성을 잇는 인공 호수 시화호를 건설하는 일이며, 천성산을 뚫어 터널을 만드는 계획 등은 아마 좋은 예가 될 것이다. 그곳이 어디든 또 무슨 사업이든 환경문제가 있을 때면 늘 최성각이 있었다. 물론 그 중심에 서서 직접 환경 운동을 진두지휘하지는 않지만 그 운동을 성공적으로 이끌어내는 데 그가 이바지한 몫은 결코 작지 않다.

더 나아가 최성각의 작품에서는 한국 녹색문학의 좌표를 가늠해볼 수도 있다. 그동안 녹색문학이 어떠한 길을 걸어왔는지, 지금은 어떠한 방향으로 걷고 있는지, 또 앞으로 어떠한 방향으로 가야 할지 그의 작품을 읽어보면 대충 헤아릴 수 있다. 말하자면 최성각은 한국 녹색문학을 가늠하는 잣대요, 리트머스 시험지라고 해도 크게 틀리지 않다.

1

최성각은 주로 소설을 쓰는 작가로서나 실천적 환경운동가로서나 한국 문단의 광야에서 외롭게 서서 환경 복음을 외치는 선지자와 같다. 녹색시를 쓰는 시인은 몇 명 있지만 최성각처럼 이렇게 일관되게 녹색소설을 써온 작가도 찾아보기 어렵다. 어떤 때는 잔잔한 목소리로, 또 어떤 때는 성난 사자후(獅子吼)로 환경 위기나 생태계 위기의 심각성을 부르짖는다. 최성각은 일찍부터 자신이 녹색문학가라는 사실을 애써 숨기지 않았다. 2004년 4월 지구의 날을 맞이해 몇 해 동안 『함께 사는 길』이라는 환경 전문 잡지에 연재한 '나뭇잎만 한 이야기'를 책으로 묶으면서 이렇게 말한 적이 있다.

> 작가는 여러 유형이 있다. 산업사회를 회의하지 않는 인류가 필연적으로 맞닥뜨린 환경문제와 거기 맞바로 대응하는 내 글쓰기의 즉발성에 대해 나는 별로 우려하지 않는다. 아름다움에 이르는 길은 여러 갈래가 있다고 믿기 때문이다. 내 걱정은 언제나 나의 분노나 안타까움이 아니라 그것이 '표현'에 이르렀느냐, 아니냐이다. 깊어진 걱정이 꽃이 될 수만 있다면 얼마나 좋을까.

이 짧은 인용문에서 최성각의 녹색문학, 좀 더 넓게는 생태주의 사상을 읽을 수 있다. 첫째, 최성각은 작가라는 것에 오직 한 유형만 있는 것이 아니라 서로 다른 "여러 유형이 있다"고 말한다. 실제로 세계 문학사를 보면 조지 오웰처럼 정치 이데올로기에 관심을 기울인 작가들이 있는가 하면, 존 밀턴처럼 "하느님의 길을 인간에게 정당화하는 일"에 관심을 기울인 작가들이 있다. 또 에드거 앨런 포나 샤를 보들레르처럼 심미적 세계에 탐닉하여 찬란한 예술의 꽃을 피운 작가들도 있다. 그러나 작가로서 최성각의 관심은 이와는 전혀 다른 곳에 있다. 그가 무엇보다 관심을 기울이는 문제는 두말할 나위 없이 환경문제이다.

둘째, 최성각은 오늘날 인류가 맞부딪혀 있는 환경 위기나 생태계 위기가 궁극적으로 "산업사회를 회의하지 않는 인류"에게 밀어닥친 필연적인 결과라고 밝힌다. 산업사회란 소비문화를 부추기고 이윤 추구를 최대 목표로 삼는 사회를 말한다. 이러한 상황에서 자연은 어쩔 수 없이 파괴될 수밖에 없었다. 그의 말대로 인류는 그동안 산업사회에 대해 '회의'를 품기는커녕 오히려 종교처럼 굳게 믿어왔던 것이 사실이다. 「IMF 시대의 술꾼」에서 박 시인이라는 작중인물은 "우리 모두 미쳤었지요. 디립다 만들어대고 디립다 버려대고, 정신없이 잘난 척하고 살아왔죠"라고 말한다.

박 시인의 말대로 한국인들은 미친 듯이 물건을 소비하는 데 혈안이 되어 있다시피 하다. 그들은 상품을 만들어내기 무섭게 버리기 일쑤이다. 이렇게 '정신없이' 소비하는 것을 잘난 체하는 것으로 착각하고 있다. 웬만한 주택가 쓰레기통에 내다 버린 옷가지만 해도 제3세계 국가에서는 명품 중에서도 명품으로 대접 받기에 손색이 없다. 프랑스 사회학자 장 보드리야르는 현대 자본주의사회를 '소비사회'라고 불렀지만 차라리 '낭비사회'라고 부르는 쪽이 훨씬 더 정확할지 모른다. 인류가 "소비가 미덕!"이니 "소비자는 왕!"이니 하는 구호에 속아 넘어가 흥청망청 자원을 낭비해온 나머지 지금 우리는 그 대가를 톡톡히 치르고 있는 셈이다.

셋째, 최성각은 환경문제에 대해 "맞바로 대응하는 [그의] 글쓰기의 즉발성"을 크게 우려하지 않는다고 지적한다. 그가 말하는 '글쓰기의 즉발성'이 과연 무엇을 가리키는지 선뜻 헤아리기 쉽지 않다. 국어사전에는 '즉발(卽發)'을 "지금 당장 출발하거나 그 자리에서 폭발하는 현상"이라고 풀이한다. 그러나 최성각이 여기에서 말하는 즉발성이란 지금 당면해 있거나 즉시 해결해야 할 시급한 일로 받아들여도 크게 틀리지 않을 것 같다.

마지막으로, 최성각은 자신의 작품이 "분노나 안타까움"을 드러내는 것이 아니라 어디까지나 "표현'에 이르렀느냐, 아니냐'에 달려 있다고 밝힌다. 그러면서 "깊어진 걱정이 꽃이 될 수만 있다면 얼마나 좋을까" 하고 간절한 소망을 드러내기도 한다. 여기에서 '표현'이란 예술 이론에서 흔히 말하는 형상화(形象化)와 비슷한 개념이다. 아무리 좋은 재료를 사용해 술을 빚는다고 해도 충분한 발효와 숙성 과정을 거치지 않으면 좋은 술이 될 수 없듯이, 아무리 적절한 문학적 소재라고 해도 작가의 상상력을 통해 충분한 재창조 과정을 거치지 않은 작품은 예술 작품으로 이렇다 할 가치가 없기 마련이다. 최성각의 지적대로 잘 형상화된 문학 작품은 한 떨기 아름다운 '꽃'과 같다. 작가란 바로 그 아름다운 '꽃'을 피워내는 사람이다. 물론 어느 꽃이 아름다운 것인지는 어디까지나 상대적이요, 주관적일뿐 어떤 절대적 판단 기준이나 객관적 잣대는 없다. 최성각의 말대로 작가에 여러 부류가 있듯이 "아름다움에 이르는 길"도 여러 갈래가 있기 때문이다.

2

녹색문학가로서 최성각의 특징은 무엇보다도 문학 장르를 실험한다는 데에서 엿볼 수 있다. 지금까지 그는 엽편소설을 즐겨 써왔다. 앞에서 이미 언급했듯이 '나뭇잎만 한 이야기'가 바로 그것이다. '나뭇잎만 한 이야기'란 단편소설보다 적은 분량의 작품을 가리킬 때 흔히 사용하는 '엽편소설(葉片小說)'을 토박이말로 바꾸어놓은 것이다. 이웃 나라 일본에서는 '손바닥만 하다'고 하여 흔히 '장편소설(掌篇小說)'이라고 부른다. 나뭇잎만 하건 손바닥만 하건 단편소설보다도 길이가 더 짧은 소설을 말한다. 미국을 비롯한 서양에서는 '쇼트 쇼트스토리(짧은 단편소설)'나 '플래시 소설' 또는 '미니픽션'이라는 용어를 사용하기도 한다.

물론 최성각은 그동안 「강(江)을 위한 미사」를 비롯한 단편소설을 발표하였다. 『약사여래는 오지 않는다』(1989)와 『동강은 황새여울을 안고 흐른다』(1999)와 같은 중편소설을 발표한 적도 있다. 또 최근에는 '녹색 동화'라고 할 『거위, 맞다와 무답이』(2009)를 출간하여 관심을 끌기도 하였다. 그러나 그는 역시 엽편소설을 가장 많이 써왔을 뿐만 아니라 한국 문단에 이 장르를 정착시키는 데 크게 이바지한 작가이다. 이제 엽편소설 하면 최성각을, 최성각 하면 엽편소설을 자연스럽게 떠올리게 된다.

더구나 최성각은 장르와 장르 사이에 있던 높다란 장벽을 허무는 데에도 크게 이바지하였다. 굳이 포스트모더니즘까지 들먹일 필요도 없이 그는 지금까지 허구와 역사, 상상과 사실의 벽을 허물어왔다. 가령 상상력이 빚어낸 찬란한 우주라고 할 허구적 작품과 구체적인 역사적 시간과 사회적 공간의 산물이라고 할 논픽션을 애써 구분 짓지 않는다. 그의 작품에 실제로 일어난 역사적 사건과 실명(實名)의 등장인물이 유난히 많이 나온다는 점이 이를 뒷받침한다. 가령 정치가로서는 김대중, 노무현 전 대통령과 고건 국무총리, 종교가로서는 문정현, 문규현 신부와 도법 스님, 수경 스님, 법륜 스님, 지율 스님 같은 승려들이 등장한다. 문학가로는 신경림, 고은, 김지하, 이문재, 백낙청, 유종호 같은 시인들과 비평가들을 언급한다. 이밖에도 최열 환경운동연합 총장, 리영희 교수와 도갑수 교수, 박원순 변호사 등이 작중인물로 등장하거나 언급된다.

등장인물뿐만 아니라 주인공도 실제 역사적 인물이기는 마찬가지이다. 엽편소설집『사막의 우물 파는 인부』(2000)에 실린 작품에서 최성각은 '석우'라는 주인공을 즐겨 등장시킨다. 몇몇 작품을 보면 석우는 성씨가 '윤 씨'로 나온다. 그러나 한 꺼풀만 벗겨놓고 보면 이 인물은 작가 자신이라는 사실을 곧 알아차릴 수 있다. 「왕을 기다리는 사람」에서 최성각은 "고지식한 석우에게는 베스트셀러 작가가 되는 일보다는 스스로도 만족할 만한 단편 한 편이라도 써내는 일이 예나 이제나 더 화급하고 중요한 일이었다"고 말한다. 그런데 이 말은 작가 자신의 고백으로 받아들여도 좋을 것이다. 「밤의 짜이 왕(王), 예스비 구릉」에 등장하는 일인칭 화자 '나'는 최씨 성을 한 남성이다. '나'는 "환경 단체에서 일하고 있고 원고료만으로는 살 수 없는 글쟁이"라고 자신을 소개한다. 또 "새나 돌멩이한테 상을 드리는 일을 하지"라고 말하는 것을 보면 누가 보아도 최성각임이 틀림없다.

더구나 「동강 한마당과 우드스톡 페스티벌」에서 석우는 '풀꽃세상' 친구들과 함께 동강 한마당 축제에 참가한다. 그런데 '풀꽃세상'이란 1999년 봄 최성각이 화가 정상명과 함께 만든 환경 단체이다. 이 단체는 "우리가 너무 무례하게 살고 있다는 반성의 마음에서 자연에 대한 존경심을 회복하기 위해 사람이 아닌 자연물이나 그에 준하는 사물에게 풀꽃상을 드리고" 있다. 「도롱뇽은 어디에 있을까」에서 최성각은 아예 '석우'라는 화자의 가면을 벗고 '풀꽃평화연구소 그래풀 최성각'이라는 실명을 사용한다. 「풀꽃나라 이야기」에서도 작가는 '풀꽃평화연구소장 최성각'의 이름으로 호소문을 작성하기도 한다. 「바퀴 저쪽에」라는 작품에는 만화영화 작업을 하는 '진우'라는 작중인물이 등장하기도 하지만 '석' 자를 '진' 자로 살짝 바꿔놓았을 뿐 여러모로 석우와 동일인물로 보아도 크게 틀리지 않을 듯하다.

최성각은 그동안 흔히 비문학이라고 일컫는 장르를 문학과 결합하려고 시도해왔다. 예를 들어 「강(江)을 위한 미사」에서는 미사 형식과 소설의 결합을 꾀한다. 이 작품은 화자가 1999년 3월 강원도 영월의 한 시골 성당에서 동강댐 백지화를 위한 특별 미사에 참석한 경험을 다룬다. 화자는 작품 첫머리와 끝 부분에 등장해 간략하게 미사를 소개하고 미사가 끝난 뒤에는 신도들이 촛불을 들고 거리 행진을 하는 사건에 대해 언급할 뿐이다. 화자는 작품의 나머지 부분에서 입당성가부터 신부의 강론을 거쳐 마침성가에 이르기까지 미사 내용 모두를 그대로 옮겨놓는다. 그래서 이 작품을 읽는 독자는 마치 미사를 녹취해놓은 내용을 읽는 것과 똑같이 느낄지도 모른다.

「동강에서 온 편지」나 「섬으로 돌아간 검은 돌」에서 최성각은 편지 형식을 취한다. 서양에서나 동양에서나 서간체 소설이라고 하여 편지는 소설 형식으로 가끔 사용되어왔다. 앞의 작품에서는 제목 그대로 강원도 정선에 살면서 "지독하게 자신의 고향을 사랑하는 사람"인 승근이 석우에게 보내온 편지를 독자에게 전해주는 형식으로 되어 있다. 뒤의 작품은 전남 완도군 보길면 보길도 예송리를 방문한 한 대학생이 이장에게 보낸 편지로 이루어져 있다. 이 편지에서 대학생은 조카가 예송리 해수욕장에서 주워 온 조약돌을 이장에게 돌려보내며 조카를 대신해 정중하게 사과한다. "우리의 환경을 아름답고 깨끗하게 보전하기 위해서는 미래의 주인공인 아이들에게 작은 일부터 실천해나가도록 가르쳐야 한다"는 사명감에서 이 편지를 쓴 것이다. 또 「검은 돌 16개와 반성문」은 제목에서도 엿볼 수 있듯이 반성문의 형식을 빌린다. 그러나 넓은 의미에서는 앞의 두 작품처럼 편지 형식을 빌린 소설로 보아도 크게 틀리지 않다.

한편 최성각은 「그린피스 로버트 카멜」에서 뉴스나 르포르타주 형식을 빌린다. 이 소설의 화자인 석우는 소각장 건설 반대 시위 문제로 오스트레일리아 출신의 폐기물 전문가 로버트 카멜이 한국을 방문한 일을 뉴스나 르포르타주의 형식으로 기술한다. 카멜이 공항에 내리는 일부터 탑골공원 집회, 하계동, 목동, 울산 등지의 소각장을 차례로 방문하거나 소각장 건설 반대 시위 현장을 찾아가기도 한다. 그의 두 형은 목사였지만 카멜만이 환경운동가로 활약한다. 자신의 두 형에 대해 카멜이 "형들은 내가 교회당에 앉아 있는 모습을 보고 싶다고 했다. 나는 형들이 교회당이 아니라 숲이나 벌판에 서 있는 모습을 보고 싶어 했다. 형제란 때로 그렇게 서로 다른 요구를 할 수도 있는 모양이다"라고 말하는 대목이 무척 흥미롭다.

「풀꽃나라 이야기」에서 최성각은 패러디나 판타지 형식을 시도한다. 작가가 직접 밝히듯이 이 작품은 니콜라스 앨버리 등이 편집한 『지구를 입양하다』(2003)라는 책 중 한 장을 패러디한 것이다. 작가가 직접 화자로 등장하는 「풀꽃나라 이야기」의 전반부는 전북 부안에 방사능폐기장을 건설하는 문제를 두고 부안 주민들이 주민투표를 실시한 역사적 사건을 다룬다. 이 주민투표는 "한국의 주민 자치, 지방자치의 새로운 장"을 쓰게 되었을 뿐더러 "새로운 참여민주주의의 시대"를 열었다고 평가받는 투표이다. 주민 72퍼센트가 투표에 참가해 무려 92퍼센트 가까운 주민이 폐기장 유치에 반대했는데도 정부에서는 위도 주민이 참여하지 않았다는 이유로 법적 효력이 없다고 발표한다. 이에 흥분한 화자는 공적 국가론에 대해 생각하면서 새로운 형태의 공화국을 상상한다. 그런데 화자가 명명한 국가 이름이 '자유독립공화국 풀꽃나라'이다. 모토가 "우리는 행복하기 위해 태어났다"인 이 공화국은 플라톤의 공화국이나 토머스 모어의 유토피아처럼 지상낙원과 다름없다.

또한 「도롱뇽은 어디에 있을까」에서 최성각은 '그래풀'이니 '뚱딴지풀'이니 '길풀'이니 하는 별명을 사용하는 인터넷 사용자들이 쓴 댓글을 그대로 인용하기도 한다. 한국 문학에서 이렇게 댓글을 작품 형식으로 사용한 작가는 아마 찾아보기 드물 것이다. 한마디로 최성각은 독자들에게 생태 의식을 일깨울 수 있는 형식이라면 그것이 무엇이든 작품 형식으로 삼는다.

3

최성각의 녹색문학에서 또 한 가지 찬찬히 눈여겨보아야 할 것은 자연과 인간의 관계뿐만 아니라 인간과 인간의 관계에도 적잖이 관심을 기울인다는 점이다. 달리 말해서 그는 미국의 사회학자 머레이 북친이 처음 주창한 사회생태학과 본질적으로 궤를 같이한다. 사회생태학이란 글자 그대로 사회학과 생태학을 접목시키려는 이론이다. 정통 마르크스주의에다 신사회주의적 아나키즘의 세례를 강하게 받은 북친은 서구 급진주의 전통에서 환경문제의 해결을 찾으려고 한다.

북친은 환경문제가 인종차별이나 계급차별과 서로 깊이 관련되어 있다고 지적한다. 오늘날 환경 위기나 생태계 위기의 근본 원인을 인간에 대한 인간의 지배에서 찾으려고 한다. 인류가 맞부딪히고 있는 심각한 환경 위기는 근본적으로 인간이 동료 인간을 지배하고 억압하고 착취하는 데에서 비롯한다고 보기 때문이다. 북친은 역사적으로 보더라도 인간에 대한 인간의 지배가 먼저 있은 뒤에야 비로소 자연에 대한 인간의 지배가 시작되었다고 지적한다. 그가 "자연을 지배하려는 인간의 모든 생각은 바로 인간에 의한 실질적인 인간 지배에서 비롯한다"고 잘라 말하는 까닭이 바로 여기에 있다. 좀 더 구체적으로 말하자면, 여성에 대한 남성의 지배와 억압이 가장 먼저 이루어졌고, 그다음에 다른 계급에 속한 인간에 대한 지배와 억압으로 이어졌고, 맨 마지막으로 자연에 대한 지배와 억압이 이루어졌다는 것이다. 이렇게 인간에 대한 지배가 자연에 대한 지배보다 앞선다면 자연을 해방하기 위해서는 무엇보다도 먼저 인간을 해방시켜야 한다. 그렇다면 인간이 자연을 지배하고 착취하는 일은 사회적 원인이라기보다는 오히려 사회적 증후라고 보아야 할 것이다.

　　여러 작품에서 환경문제의 뿌리를 인간과 인간의 불평등한 관계에서 찾는다는 점에서 최성각은 머레이 북친과 비슷하다. 예를 들어 「동강에서 온 편지」에서 그는 승근이라는 작중인물의 입을 빌려 "환경문제는 언제나 자연과 인간의 문제가 아니라 인간들 내부의 탐욕과 부패, 무관심의 문제"라고 잘라 말한다. 이를 달리 바꾸면 인간이 탐욕과 부패와 무관심을 버리면 환경문제도 얼마든지 극복할 수 있다는 말이 된다. 환경 위기는 궁극적으로 인간 내부에서 비롯하는 문제요, 사회적 불평등에서 생겨나는 위기라는 뜻이다.

그래서 최성각은 될 수 있는 대로 재산이나 성별이나 나이에 따라 사람을 차별하지 않고 모든 사람을 인간 가족의 일원으로 받아들이려고 한다. 그의 작품을 관류하는 사상은 이렇게 동료 인간에 대한 따뜻한 배려와 관심과 애정이다. 그가 특히 관심을 기울이는 사람들은 여성과 노인과 외국인 근로자, 즉 서양에서는 흔히 '타자(他者)'로 부르고 한국에서는 '사회적 약자'로 일컫는 힘없는 사람들이다.

그러고 보니 최성각이 여러 작품에서 왜 반말을 사용하는 사람을 싫어하는지 그 까닭을 알 만하다. 「바퀴 저쪽에서」에서 그는 주인공의 입을 빌려 "처음 보는 사람이 자신에게 반말을 하는 일은 정말 기분 나쁜 노릇이었다"고 털어놓는다. '말이 씨가 된다'는 우리 속담이 있다. 「말의 감옥」에서도 일인칭 화자 '나'는 강원도 미천 계곡에서 야영을 하다가 하산하면서 어느 마을 입구에 서 있는 당나무에게 나중에 한번 꼭 찾아오겠다고 약속을 한다. 이런저런 이유로 그 약속을 지키지 못한 채 그는 스스로 만들어낸 '말의 감옥'에서 갇혀 지낸다.

실제로 과학자들은 부정적인 말이 부정적인 결과를 낳는 반면, 긍정적인 말은 긍정적인 결과를 낳는다는 사실을 밝혀내었다. 예를 들어, 미국의 한 트럭 회사는 매출이 크게 줄어들어 폐업할 위기에 놓여 있었다. 그러던 중 종업원들에게 '트럭 운전사'라는 호칭을 사용하는 대신 '장인'이라고 호칭을 바꾸자 능률이 눈에 띄게 향상되었다. 회사 종업원들이 자긍심을 가지고 트럭을 운전했기 때문이다. 존댓말을 사용한다는 것은 그만큼 상대방을 배려하고 존중한다는 뜻이다.

최성각은 여성을 남달리 사랑한다는 점에서 가히 페미니스트라고 할 만하다. 가령 방금 앞에서 언급한 「말의 감옥」에서 일인칭 화자 '나'는 세속을 떠나 깊은 산속에서 선배와 야영을 하면서 이것저것 생각한다. 뒷날 그는 "뭔가 골똘히 몰두하던 주제가 있었다면 무엇이었을까?" 하고 생각해본다.

광주였을까? 분단이었을까? 지구 위기였을까? 빈곤과 사람들의 편협 또는 지식의 격차였을까? 아니면 여자였을까? 아무래도 '여자'였지 싶다, 라고 회고하는 것은 그렇게 말하는 게 그중 정직할 것 같아서이지 딴 뜻은 없다.

화자 '나'에게는 1980년에 일어난 5·18 광주 민주화 운동도, 정치 이데올로기의 날카로운 칼날에 한반도의 허리가 두 동강이로 잘린 남북 분단 현실도 무척 중요할 것이다. 또 한반도 밖으로 시야를 좀 더 넓혀보면 타이타닉 호처럼 하루가 다르게 깊은 바닷속으로 침몰하고 있는 지구 위기도, 5초에 어린이 한 명꼴로 굶어 죽는다는 세계 빈곤도 여간 큰 문제가 아닐 것이다. 이러한 모든 현상을 낳는 장본인인 사람들의 옹졸하고 편협한 생각과 지식과 학문의 격차도 '나'에게는 결코 작은 문제가 아닐 것이다.

그러나 '나'는 그 무렵 자신의 뇌리를 사로잡고 있었던 것이 무엇보다도 '여자'였다고 솔직하게 털어놓는다. 그러면서 이렇게 말하는 것이 가장 "정직할 것 같아서이지 딴 뜻은 없다"고 밝히고 있지만 그 말을 액면 그대로 받아들일 것은 못 된다. 화자는 '여자'라는 낱말에 따옴표를 사용함으로써 일반적 의미와는 조금 다르게 그 뜻을 제한하고 있다. 여기에서 '여자'란 단순히 남자에 반대되는 개념으로 인간의 암컷을 뜻하지 않는다. 모르긴 몰라도 아마 자식을 낳고 기르는 여성, 만물을 낳고 키우는 자연으로서의 여성을 가리키는 말로 사용하고 있는 것 같다. '나'는 선배와 함께 야영을 마치고 계곡에서 내려오던 중 마을 입구에서 당나무 한 그루를 만난다. 이 당나무를 보고 '나'가 "까닭 모를 경외심"을 느끼는 것도 그가 야영 중에 골똘히 생각하는 '여자'와 무관하지 않다.

최성각의 여성관은 「빈 그릇」에서 좀 더 뚜렷이 엿볼 수 있다. 이 작품의 일인칭 화자 '나'는 "사실 여자들처럼 신비한 존재가 이 세상에 어디 있겠어. 여자들은 남자들과 조금 다르잖아. 왠지 곰살곰살한 게 향기도 다르고, 아늑하고 아찔아찔하지 않아?"라고 말한다. 그러면서 '나'는 계속해 여성이란 "대지처럼 포근하기도 하고, 꿀처럼 달기도 하고, 압정에 찔린 것처럼 때로 따갑기도 하고 말야. 나이 든 여자들은 나이가 든 대로, 젊은 여자들은 또 젊기 때문에, 어린 여자들은 또 어린 대로 아름답고 신비롭지"라고 밝힌다.

여기에서 최성각이 말하는 여성의 여러 특성 중에서도 "대지처럼 포근하기도 하고"라는 구절에 주목해야 한다. 그는 여성을 '대지의 여신'으로 간주하는 듯하다. 대지는 어머니의 가슴처럼 넉넉하고 포근한 가슴으로 만물을 생장시킨다. 최성각은 「복날 개소리」에서도 우리가 살고 있는 지구를 "이 아름답고 귀한 우리의 하나밖에 없는 어머니"라고 부른다. 물론 이렇게 여성을 '대지의 여신' 운운하며 신의 반열에 올려놓는 것은 자칫 신비주의에 빠질 염려가 있다고 우려하는 에코페미니스트(생태페미니스트)가 없지 않다. 몇몇 이론가는 여성을 신성시하는 것이 환경 운동이나 여성 운동의 칼날을 무디게 만들지 모른다고 경고한다. 그러나 동양과 서양을 굳이 가르지 않더라도 대지를 어머니처럼 신성하게 생각하는 문화치고 자연을 파괴하거나 환경을 오염시킨 적이 별로 없다. 여성 신을 밀어내고 남성 신이 대신 그 자리를 차지하면서부터 자연 파괴와 환경오염이 시작되었다.

최성각은 여성뿐만 아니라 노인에 대한 배려도 깊다. 「바퀴 저쪽에」에서 진우는 강변도로를 달리다가 인도에 서 있는 흰옷 입은 노파를 발견하지만 자동차의 물결 속에서 앞으로 계속 나아갈 수밖에 없다. 그러나 "어둠 속에서 보자기처럼 허옇게 펄럭"이고 있는 노파의 모습이 눈에 들어간 티끌처럼 그의 마음에 걸린다. 노파는 "추위에 떠는 작은 들짐승"의 표정을 짓고 있었다. 웬만한 사람 같으면 그냥 지나칠 터인데도 주인공은 파출소에 찾아가 노파의 안전을 부탁한다. 이 일이 있기 몇 해 전에는 택시를 타고 친구의 결혼식에 가던 중 오토바이 사고로 길가에 쓰러진 사람을 발견하고 그냥 지나쳤다가 온갖 고생을 무릅쓰고 부상자를 다시 찾아 나서기도 한다.

그러고 보니 이 작품의 제목도 여간 예사롭지 않다. 주인공은 비단 '바퀴 이쪽에' 있는 사람들, 즉 자신과 자신을 둘러싼 가족과 일가친척에게만 관심을 기울이지 않는다. 그는 '바퀴 저쪽에' 있는 사람들에게도 관심을 기울인다. 자본주의사회의 그늘에서 고통받고 있는 사람들에 대해 주인공은 언제나 따뜻한 손길을 뻗는다. 최성각은 이러한 태도를 두고 "개인적이고도 은밀한 농경사회적인 인정주의에 기초한 엉뚱한 짓"이라고 말하고 있지만 사회적 약자를 배려하는 넉넉한 마음이 아닐 수 없다.

최성각의 사회생태학적 상상력은 좀 더 범위를 넓혀 이번에는 다른 인종으로 확대된다. 앞에서 이미 언급한 「밤의 짜이 왕(王), 예스비 구룽」은 일인칭 화자 '나'가 네팔을 여행하던 중 '두릉 라' 호텔의 야간 경비원인 예스비 구룽을 만나는 일을 다룬다. 예스비 구룽은 밤에 호텔 경비

를 서면서 홍차에 우유나 연유를 탄 짜이라는 차를 즐겨 마신다. 오죽
하면 '밤의 짜이 왕'이라고 하겠는가. 이 경비원은 '나'에게 짜이를 권하지
만 '나'는 단호하게 거절한다. 그런데 '나'가 이렇게 그의 호의를 단호하게
거절하는 까닭은 네팔이나 인도 사람들이 즐겨 마시는 차를 싫어하기
때문이 아니다. 무안해하는 예스비 구룽에게 '나'는 "이 짜이는 야간근무
하는 당신을 위한 것이기 때문이오. 당신은 밤새도록 일해야 하지 않소.
그러므로 이 짜이는 당신 것이오"라고 말한다. 다시 말해서 네팔 사람들
에게 아주 소중한 영양원인 짜이를 자신이 먹으면 그만큼 호텔의 야간
경비원이 마실 차가 줄어들기 때문이라는 것이다.

'제3세계 주민'이라는 꼬리표가 붙어 있는 가난한 네팔 인들 중에서도
예스비 구룽은 특히 가난한 사람이다. 그의 얼굴에는 체념에서 나오는
평안함이 깃들어 있지만 "어제도 가난했고, 오늘도 가난하므로, 내일도
틀림없이 가난할" 수밖에 없는 사람이다. 아내도 자식들도 닥치는 대로
일을 하지만 고작 입에 풀칠할 정도밖에는 되지 않는다. '예스비 구룽'이
라는 이름도 본명이 아니라 호텔에서 지어준 이름이다. 'YES BE', 즉 누
군가가 "무엇을 시키면 예, 하고 대답한 뒤 그 일을 실행하고, 언제나 같
은 자리에 앉아 있는 사람"이라는 뜻이다. '나'는 그에게 '선생'이라고 부
르지 말고 '형님'이라고 부르라고 한다. 제대로 발음을 못해 '헹님'이라고
하는 예스비 구룽에게 '나'는 '형님'이라고 발음할 때까지 고쳐준다. 그러
나 언어 구조가 다른 한국어를 제대로 발음하기 기대할 수 없는 노릇이
다. '나'는 "애썼지만 그는 재대로 '형님'이라 부르지 못했다. 상관없는 일
이었다. (중략) 그러면서 우리는 친형제처럼 소리 죽여 낄낄거리다, 얼
마나 웃었는지 탁자에 머리를 찧고 했다"고 말한다. 이 장면을 읽고

있노라면 마치 정겨운 그림 한 폭을 보는 듯하다. 높다란 인종과 국가와 계급의 장벽이 모두 허물어지면서 '나'와 예스비 구룽은 '인간 가족'의 일원이요, 그야말로 친형제와 같은 한 식구일 뿐이다.

이렇게 화자 '나'를 친형제처럼 여기는 사람은 비단 예스비 구룽 한 사람만이 아니다. 「독방에 감금되었던 히말라야 여인」에 등장하는 네팔 인 케이피 시토우라도 마찬가지이다. 돈을 벌기 위해 노동자로 한국에 왔지만 케이피는 대학에서 경영학을 전공한 데다 서울에 여행사를 차릴 만큼 엘리트이다. 그는 '나'가 일하는 환경 단체 '풀꽃세상'의 회원일 뿐만 아니라 '나'가 네팔을 방문할 때면 통역을 맡아주기도 한다. 케이프는 '나'를 예스비 구룽처럼 형님이라고 부르면서 따른다.

제3세계 주민에 대한 관심과 배려는 「독방에 감금되었던 히말라야 여인」에서 좀 더 뚜렷이 엿볼 수 있다. 이 작품은 이른바 '찬드라 사건'을 다룬다. '코리안 드림'을 품고 한국에 온 네팔 여성 찬드라 쿠마리 구룽이 어처구니없는 오해와 실수로 서울시립부녀보호소를 거쳐 용인정신병원에서 무려 6년 이상 감금 생활을 한다. 최씨 성의 화자 '나'는 한국 정부가 찬드라에게 가한 부당한 행위에 대해 여러 방법으로 "진실어린 사과와 위로"로 표하려고 애쓴다. 그러한 방법 중 하나가 성금을 모아 그녀에게 전달하는 것이다. 그러나 성금보다 더 소중한 것이 마음에서 우러나 진정으로 사죄하는 일이다. 그래서 '풀꽃세상'에서는 찬드라에게 "참으로 미안합니다. 부디 히말라야같이 큰마음으로 용서해주십시오"라는 말을 남긴다.

'나'의 이러한 행동은 얼핏 환경 위기와는 이렇다 할 관련이 없는 것처럼 보일지도 모른다. 실제로 이 작품에 등장하는 한 다큐멘터리 감독은 화자인 '나'에게 "아니, 그런데 최 선생님. 풀꽃세상은 환경 단체인데 왜 인권 문제로 간주될 수도 있는 찬드라 사건에 이토록 깊숙이 개입해 참회 모금 운동까지 벌였습니까?"라고 묻는다. 그러자 화자는 "많이들 그렇게 묻더군요. ……환경문제를 일으킨 깊은 뿌리 속에는 자연이나 여성이나 사회적 약자를 타자화하고 수단으로 여기는 물질만능주의가 깔려 있다고 봅니다"라고 대답한다. '나'의 말대로 환경문제는 인간과 자연의 문제일 뿐만 아니라 인간과 인간 사이에서 일어나는 문제이기도 하다.

타자나 사회적 약자에 대한 관심과 배려는 남을 위한 것 같지만 궁극적으로는 자신을 위한 것이다. 그 이름이 자연이건, 여성이건, 힘없는 시골 노인이건, 아니면 제3세계 국가의 주민이건 타자나 사회적 약자를 배려하지 않고서 위기를 극복하기란 불가능하다. 타자나 사회적 약자가 파멸한 뒤에는 반드시 동일자나 사회적 강자도 파멸을 맞이하게 된다. 생태계는 마치 거미줄이나 그물망처럼 서로 연결되어 있어 어느 하나가 영향을 받으면 나머지도 영향을 받을 수밖에 없기 때문이다. 이번 책에서는 빠져 있지만 그의 엽편소설, 「일등 공신에 관한 수중 토론」에서 작중인물로 등장하는 한 잉어는 "우리들이 멸종된 뒤에는 그들[인간들]의 멸망이 곧바로 이어질 거야"라고 말하는 까닭이 바로 여기에 있다. 어쩌면 다른 종이나 개체는 이 지구상에 인간보다 더 오래 살아남을지도 모른다. 그들은 인간보다 생명력이 훨씬 왕성하기 때문이다.

4

최성각이 말하는 녹색문학이 가장 잘 형상화되어 있는 작품은 중편소설『약사여래는 오지 않는다』이다. 이 중편소설은 그가 이제까지 발표한 작품 중에서는 말할 것도 없고 현대 한국 중단편소설 중에서도 뛰어난 작품이다. 최성각이 일찍이 한 작품집 서문에서 "내 걱정은 언제나 나의 분노나 안타까움이 아니라 그것이 '표현'에 이르렀느냐, 아니냐이다. 깊어진 걱정이 꽃이 될 수만 있다면 얼마나 좋을까"라고 말했다는 점을 이미 앞에서 언급하였다. 이 소설은 그의 작품을 통틀어 가장 예술적 '표현'에 이른 작품이다. 또 작가의 말대로 그가 피워낸 한 떨기 아름다운 '꽃'이라고 할 만하다.

『약사여래는 오지 않는다』는 비교적 초기 작품에 속하지만 그동안 최성각이 추구해온 녹색문학이 잘 집약되어 있다. 작가 자신의 삶에서 소재를 취해온 자전적 소설이라는 점에서도 그러하고, 상상적 허구와 실제 역사를 적절히 결합한다는 점에서도 그러하다. 또한 환경 위기나 생태계 위기의 주제를 심도 있게 다룬다는 점에서도 그의 대표적이라고 할 수 있다. 앞으로 녹색소설가로서의 최성각의 위치는 이 작품으로 평가받게 될 것이라고 해도 크게 틀리지 않다.

이 작품에는 두 부류의 작중인물이 등장한다. 한쪽에는 이름이 밝혀지지 않은 삼십 대 중반의 작가인 주인공과 그의 선배요 의사인 인물이 자리 잡고 있다. 다른 한쪽에는 유락산 약수터에서 물을 두고 다투는 사람들과 산에서 개를 잡아먹는 사내들이 자리 잡고 있다. "이 힘겨운 시대에 글 쓰는 사람"인 주인공은 하루가 다르게 자연이 파괴되고 환경이

오염되는 현실에 무척 가슴 아파한다. 약수를 뜨면서도 그는 "내 물은 곧 남의 시간을 초조하게 하는 물질이자, 남이 떠 갈 물의 다른 이름"이라고 미안하게 생각한다. 그의 선배는 왕십리 변두리 초라한 병원에서 토요일에도 적은 돈을 받으면서 가난한 사람들을 늦게까지 진료해주는 사십 대 초반의 가난한 의사이다.

한편 물을 먼저 많이 받기 위해 혈안이 되어 있는 약수터 주변 사람들은 하나같이 서로 감시하고 다투고 이기적인 모습을 고스란히 드러낸다. 깨끗하게 해야 할 약수터 앞에서 잔인하게 몽둥이로 개를 잡고 있는 몰상식한 사람들도 후자에 속하기는 마찬가지이다. 그런데 이 두 부류 사이에는 마치 힘껏 당긴 활시위처럼 팽팽한 긴장감이 감돈다. 전자는 자연과 사회적 약자에게 관심을 기울이고 그들을 배려하는 인물인 반면, 후자는 자신의 이익을 지키는 데에만 급급할 뿐 자연과 사회적 약자에는 눈곱만치도 관심이 없다.

스스로 "가슴이 뜨거운 허무주의자"로 일컫는 주인공은 1980년대의 사회 현실에 적잖이 절망한다. 그의 허무주의는 "옛날 말씀이 아니더라도 세상은 불 난 집이었고, 아무도 불붙은 문을 편히 벗어날 수 없었다"는 구절에서도 엿볼 수 있다. 주인공은 『법화경(法華經)』에 나오는 삼계화택(三界火宅)의 일화를 인용한다. 이 일화에 따르면 어떤 큰 부자가 큰 집에서 아이들과 함께 살고 있었는데, 어느 날 그 집에 큰불이 났다. 부자는 급히 서둘러 집을 빠져나와 불을 피했지만, 아이들은 집이 불타는 줄도 모르고 정신없이 놀고 있었다. 그러자 부자는 수레 장난감 세 개를 만들어 아이들에게 보여주면서 나오라고 하니 그제야 불타는 집에서 빠져나왔다는 것이다. 두말할 나위 없이 부자는 부처를 상징하고, 아이들은 중생을 상징하며, 불타는 집은 '고통의 바다'로 일컫는 사바세계를 상징한다.

그러나 화택의 일화는 불교의 교리를 가르치는 교훈이 아니라 축어적으로 그냥 받아들여도 좋을 것 같다. 인간이 살고 있는 지구는 지금 불타는 집과 다르지 않기 때문이다. 그런데 그 불은 본디 탐진치(貪瞋癡)의 불이요, 오욕칠정(五慾七情)의 불이며, 번뇌망상(煩惱妄想)의 불이지만, 오늘날의 관점에서 보면 무엇보다도 환경 재앙이라는 불이다. 굳이 신약성서의 「요한계시록」을 들먹이지 않는다고 해도 실제로 앞으로 인류는 불에 따라 멸망할 징조가 보인다. 가령 핵무기나 지진에 의해 멸망할 가능성이 아주 크다고 내다보는 학자들이 적지 않다.

주인공이 한탄하듯이 수돗물이 식수로 부적격이라는 기사가 신문 머리기사를 장식하는가 하면, 정부에서는 막대한 예산을 사용하면서도 서울 시민의 젖줄이라고 할 한강을 "거대한 뚜껑 없는 하수도"로 만들어버렸다. 비단 한강만이 아니라 변두리 개천에도 "이미 흐르지 않는 죽음 같은 물들이 고름처럼" 고여 있다. 주인공이 누군가가 한반도를 "세계 최대의 공해 실험장"이라고 한 말에 수긍하는 까닭도 바로 여기에 있다. 이러한 공해와 오염 공화국에서 이제 마음 놓고 살기란 여간 어렵지 않다. 주인공은 "이제는 누구나 영락없이 못 먹는 물을 먹어야 한다"고 말한다.

주인공은 약수터를 찾아 계곡을 따라 내려가다가 텐트와 평상을 펴놓고 술을 파는 사람들을 만난다. 그 주위에는 손님이 원하면 언제든지 목을 비틀어 잡아 팔 닭들이 돌아다니고 있다. 주인공은 이러한 닭을 쳐다보면서 "저 아래쪽에서 본 개나 이곳에서 만난 닭이나 생겨먹은 모양이 다를 뿐 마찬가지 운명"이었다고 말한다. 그러나 언제 죽을지 모르는 운명으로 말하자면 인간도 개나 닭과 크게 다르지 않다. 그래서 주인공은 인간의 육신이란 이제 "철, 카드뮴, 중성 세제, 크롬, 납, 망간 등의 맹독성 중금속이 쌓이는 부드러운 그릇"이라고 부른다. 또 인간은 "예고된 죽음을 향해 달리는 불행 덩어리이거나, 태어나지 않았으면 딱 좋았을 회한의 덩어리"에 지나지 않는다. 한마디로 인간은 이제 오갈 데 없이 "막다른 골목"에 놓여 있는 셈이다. 주인공이 왜 자신을 허무주의자라고 못박아 말하는지 알 만하다.

그런데 인간이 단순히 나이가 들어 자연사하거나 치명적인 병에 걸려 죽지 않는다는 데 문제의 심각성이 있다. 이 지구상에 살고 있는 인류 전체가 죽음의 위기에 놓여 있다. '유락산 청심약수회' 회원 중 한 사람이 동료에게 "대통령이나 돈 많은 재벌들은 무슨 물을 먹을까? 난 그게 젤로 궁금해. 우리가 먹는 수돗물을 마실 리야 없잖겠어?"라고 말한다. 두말할 나위 없이 대통령이나 재벌들은 에비앙 같은 외국에서 수입해 온 값비싼 광천수나 삼다수 같은 국내산 생수를 마실 것이다. 그러나 한 독일 사회학자의 말대로 이 세상에는 공해만큼 민주적인 것도 없어서 그들도 어쩔 수 없이 공해의 영향을 받지 않을 수 없다. 단기적으로는 '깨끗한' 물을 마실지 몰라도 장기적으로 보면 그들의 육신도 "맹독성 중금속이 쌓이는 부드러운 그릇"에 지나지 않을 것이다. 주인공이 영국 작가 아더 쾨스틀러의 『야누스』(1978)라는 책의 서문에서 한 구절 인용하듯이, 히로시마(廣島)에 원자폭탄을 투하한 이후 인류는 이제 '포스트히로시마'라는 새로운 기원을 사용해야 할지도 모른다. 즉 인류는 이제 '개체로서의 죽음'이 아니라 '종으로서의 절멸'을 예감하면서 살아가야 하기 때문이다.

『약사여래는 오지 않는다』에서 가장 핵심적인 부분은 바로 유락산 자락에 자리 잡은 절의 약사전(藥師殿)과 그 옆에 있는 광덕약수터이다. 말하자면 약사여래(藥師如來)를 모시는 약사전은 이 작품에서 바퀴의 중심축과 같고, 작품의 모든 사건과 작중인물은 이 중심축에 연결되어 있는 바퀴살과 같다. 작품의 모든 요소는 약사전 벽에 그려놓은 불화(佛畵)를 향해 조금씩 수렴한다. 최성각이 결말을 향해 플롯을 치밀하게 전개해가는 솜씨가 여간 놀랍지 않다. 주인공의 관심을 끄는 벽화는 약사전 오른쪽 벽에 그려진 불화 한 폭이다.

자세히 살펴보니, 뜰에 과일이 주렁주렁 탐스럽게 달린 과일나무가 서 있고 그 뒤쪽의 벼랑 너머 산에는 눈이 덮여 있는 것 같았다. 벼랑에 서 있는 단풍나무로 보아 만산홍엽을 그린 것 같기도 했다. 그림 오른쪽에는 잿빛 벽돌을 쌓아 올린 누대에 곱게 머리를 빗어 올린 여인이 이불을 쓰고 앓아 누워 있었다. 특이한 것은 여인의 오른쪽 손목과 뜰의 과일나무가 가느다란 흰 실로 연결되어 있었다는 점이다.

위 인용문에서는 무엇보다도 먼저 과일을 탐스럽게 주렁주렁 매달고 있는 과일나무가 눈길을 끈다. 서양의 기독교에서나 동양의 불교에서나 나무는 언제나 생명과 깊이 관련되어 있다. 에덴동산의 생명나무처럼 위 인용문의 과일나무도 사람에게 생명을 주는 나무임이 틀림없다. 특히 이 나무는 질병을 앓고 있는 사람의 손목에 흰 실로 팽팽하게 연결되어 있고, 병자는 이 신비스러운 흰 실을 통해 치유를 받는다. 과일나무가 아니더라도 주인공도 밝히듯이 나무는 신이 거주하는 곳이요, 또 우주목(宇宙木)이라고 하여 인간이 사는 우주를 상징하기도 한다.

주인공은 다시 그 벽화를 바라보는 순간 갑자기 만약 그 실이 끊어지면 어떻게 하나 하는 두려움에 사로잡힌다. 그 하얀 실은 그가 보기에도 너무 가느다랗고 연약해 위태로워 보였기 때문이다. 아니나 다를까 얼마 뒤 다시 약사전 근처 약수터를 찾은 주인공은 팽팽하게 이어져 있던 실이 끊어져 있는 것을 발견하고 적잖이 놀란다. 주인공은 "실은 툭 끊어져 뜰 바닥에 떨어져 있었고, 여인의 손목은 힘없이 아래로 쳐져 있다"고 말한다.

그런데 이 장면에서 찬찬히 살펴볼 것은 실이 끊어졌다는 것은 한낱 주인공의 환상일 뿐 실제로 일어난 사실이 아니라는 점이다. 벽화 속의 실이 끊어질 수도 없을 뿐더러 끊어진 실이 "뜰 바닥에 떨어져" 있을 리도 만무하기 때문이다. 그림 속의 실이 끊어졌다는 것은 병풍 속의 닭이 알을 낳았다는 것과 같다. 또 실이 끊어져 뜰 바닥에 떨어져 있다고 말하는 것은 마치 병풍에 그린 닭이 방이나 마루로 뛰쳐나왔다고 말하는 것과 다르지 않다. 그 벽화 속의 가느다란 실이 말할 수 없이 위태롭다고 느낀 사람은 바로 주인공이고, 그는 적어도 무의식적으로 실이 끊어지기를 은근히 바라고 있었던 것이다. 그동안 주인공이 무의식이나 잠재의식 속에서 환경 위기나 생태계 위기에 대해 강박관념에 시달리고 있었다는 증거이다.

약사전 안에 모시는 약사여래는 '약사유리광여래(藥師琉璃光如來)'의 준말로 불교에서 중생의 모든 병을 고쳐주는 부처를 말한다. 'Medicine Buddha'라는 영어 이름을 보면 좀 더 쉽게 이해가 갈 것이다. 주인공도 밝히고 있듯이 "동방유리광세계의 교주로서 항상 그 곁에 12신장을 거느리면서 중생들을 제도하시되 질병과 재난을 면하게 해줄 뿐 아니라 의식도 부족함이 없이 충족시켜주고 나쁜 왕의 구속이나 외적의 침입에서도 벗어나게 해준다"는 바로 그 부처의 이름이다. 왼손에는 병자를 도울 수 있는 약병을 들고 있고, 오른손에는 시무외인(施無畏印), 즉 두려움을 없애준다는 뜻으로 손바닥을 밖으로 내보이는 모습을 하고 있다.

그런데 약사여래를 모시는 약사전의 벽화에 실이 끊어지는 변고가 일어난다는 것은 매우 특이한 일이다. 비록 주인공의 환상 속에서나마 이러한 변고를 보여줌으로써 최성각이 말하려는 주제는 마치 불을 보는 것같이 분명하다. 그동안 자연과 인간을 이어주던 생명의 끈이 인간의 추악한 욕망과 이기심, 즉 "분할하고, 경쟁하고, 낭비하고, 비밀스럽고, 돈 만능의 가치관"에 의해 끊기고 말았다는 것이다. 오늘날 인류가 맞부딪힌 환경 위기가 너무 심각한 단계에 이르러 이제는 약사여래마저 그 위기를 치유하고 극복할 수 없다는 사실을 넌지시 내비치는 대목이다. 주인공이 "놀라움과 함께 이상한 종류의 공포"를 느끼는 것도 그다지 무리는 아니다. '가이아 가설'을 주창한 영국의 생물학자 제임스 E. 러브록도 처음에는 지구가 자정능력이 있어 환경 위기가 그다지 심각하지 않다고 주장했다가 뒷날 자신의 주장을 철회한 적이 있다. 지구 환경을 지나치게 망친 나머지 지구는 이제 스스로 정화할 수 있는 임계점을 넘어섰다는 것이다.

이렇게 약사여래의 치유력으로써도 지구를 살릴 수 없다는 것은 약사전 근처 약수터 물이 사람들이 마시기에는 더 이상 적합하지 않다는 사실에서도 알 수 있다. 약사전 벽화의 그림에서 실이 끊어진 것을 '발견'하던 날 주인공은 약수터의 물이 '식수 부적합' 판정을 받았다는 사실을 알게 된다. 보건환경연구원 수질 검사 결과를 적어놓은 표지판을 보면서 그는 허탈감과 아쉬움을 느끼며 "광덕약수처가 빛도 잃고 덕도 잃어버렸음"을 깨닫는다. 두말할 나위 없이 주인공은 약수터의 이름인 '光德'을 패러디하고 있다.

빛이 자연과 인간의 관계를 상징한다면 덕은 인간과 인간 사이의 관계를 상징한다. 인간은 자연을 잃어버리면서 동시에 동료 인간에 대한 관심과 배려도 함께 잃어버렸다. 이 점과 관련해 주인공은 "잃어버린 것은 좋은 공기나 좋은 물뿐만이 아니었다"라고 잘라 말한다. 강이나 하천의 물만 썩어서 악취를 풍기는 것이 아니라 인간한테서도 "적대적이고도 이기적인 독점욕에서 풍기는 악취"가 코를 찌른다.

게오르크 루카치는 언젠가 "밤하늘의 별을 보고 길을 찾던 시대는 행복했다"고 자못 시적인 표현으로 고백한 적이 있다. 그가 말하는 '행복한' 시대란 인간과 자연, 자아와 세계 사이에 이렇다 할 갈등이 없이 서로 조화와 균형을 이루며 평화롭게 살던 고대 그리스 시대를 말한다. 루카치의 말을 뒤집어보면 별이 상징하는 자연을 잃어버린 현대인들은 불행할 수밖에 없다는 것이 된다. 현대인이 잃어버린 것은 비단 자연에 그치지 않는다. 신화를 잃었고, 공동체를 잃었으며, 동료 인간에 대한 믿음과 배려와 사랑을 잃어버렸다. 한마디로 현대인은 낙원을 상실하였다.

최성각이 『약사여래는 오지 않는다』에서 말하는 시대는 루카치가 말한 별을 보고 길을 찾던 행복한 시대는 아니다. 환경 재앙의 어두운 그림자가 하루가 다르게 점점 짙게 드리워지고 있기 때문이다. 지구온난화에 따른 기상 이변은 이러한 재앙을 알리는 신호탄 중의 하나이다. 지금 지구촌 곳곳에서는 기상 이변에 따른 여러 재앙이 일어나고 있으며,

그 빈도도 계속 늘어나고 있는 추세이다.

그러나 이 작품의 주인공이 "가슴이 뜨거운 허무주의자"라고 한 말을 다시 한 번 떠올릴 필요가 있다. 허무주의자이되 '가슴이 뜨거운' 허무주의자라는 말이다. 이를 달리 표현하면 그는 '능동적 허무주의자'라는 말이 된다. 소모적인 현실 도피의 삶을 거부하고 그 폐허 위에 참다운 가치를 세우려고 노력하는 것이 바로 능동적 허무주의이다. 이렇게 현존하는 모든 가치나 질서가 내세우는 절대적 권위를 부정할 때 비로소 새로운 가치를 자유롭게 창조할 수 있는 가능성이 싹튼다. 프리드리히 니체는 우상의 가면을 벗기는 도구로서의 무(無)를 내세움으로써, 삶의 소모 원리인 무를 삶의 적극적인 창조 원리로 전환시켜나가는 허무주의야말로 현대를 살아가는 올바른 생활 방식이라고 부르짖는다.

최성각은 때로는 오늘날의 환경 위기에 절망하되 결코 희망의 끈을 놓지 않는다. 우리가 살고 있는 21세기를 '미친 시대'로 부르면서도 그에게는 정상적인 상태로 돌려놓을 수 있다는 믿음이 있다. 그래서 녹색문학가로서, 그리고 환경운동가로서 그는 묵묵히 자신의 걸음을 멈추지 않고 앞으로 나아간다. 이렇게 희망의 끈을 놓지 않는 실천가가 있는 한, 약사여래는 인간에게 다시 찾아올 것이다. 또한 약사전 벽화에서 과일나무와 여인의 손목을 이어주던 희고 가느다란 실도 언젠가는 다시 이어질 수 있을 것이다.

5

그렇다면 오늘날 인류가 직면해 있는 환경문제를 어떻게 해결할 수 있을까? 최성각은 '녹색 감수성'에서 그 해답을 찾는다.「갈 데까지 가버린 광고」에서 그는 인간의 가치관이 달라지지 않는 한 환경 위기를 극복한다는 것은 한낱 요원한 꿈에 지나지 않는다고 말한다.

석우는 그것이 제어되지 않은 우리 시대의 욕망의 문제, 그래서 거기에서 연유한 인간 사회의 부패 문제라 생각했다. 분할하고, 경쟁하고, 낭비하고, 비밀스럽고, 돈 만능의 가치관 문제라고 생각했다. 그래서 이른바 낮은 층위의 세계관과 자연관의 문제라고 생각했다. 그렇다면 어떤 층위의 세계관으로 이행해야 할까. 답은 확실하게 나와 있고, 일찍부터 그렇게 사는 사람들도 있다. 통합과 공생의 세계, 절약하고 공개하는 시스템, 돈이 아니라 '녹색 감수성'이 존중받는 세상으로 가는 길이 그것이라고 석우는 늘 생각했다.

위 인용문에서 "제어되지 않은 우리 시대의 욕망"이라는 구절을 눈여겨볼 필요가 있다. 흔히 '근대 철학의 아버지'로 일컫는 프랑스 철학자 르네 데카르트는 일찍이 "나는 생각한다. 그러므로 존재한다"라고 말함으로써 사유를 인간 존재의 근거로 삼았다. 그런데 자본주의가 급속도로 발전하면서 데카르트의 그 유명한 철학적 명제를 패러디하여 "나는 욕망한다. 그러므로 존재한다"라고 말하는 사람들이 있다. 이보다 한 발 더 나아가 아예 "나는 쇼핑한다. 그러므로 나는 존재한다"라고 말하기도 한다. 석우의 지적대로 소비사회에서 채워지지 않는 갈증과도 같은 욕망은 곧 우리 사회에 만연해 있는 부정부패와 직결되기 마련이다.

　그러나 위 인용문에서 무엇보다도 눈여겨보아야 할 구절은 마지막 문장의 '녹색 감수성'이다. 최성각은 이 '녹색 감수성'을 「청와대 앞 가죽나무가 울린 사람들」이라는 작품에서는 '녹색 가슴'이라고 부른다. '녹색 감수성'이건 '녹색 가슴'이건 같은 초록색을 띄고 있는 것만은 부정할 수 없는 사실이다. 녹색은 생명의 색깔이요, 색명을 살리는 색깔이다. 요한 볼프강 폰 괴테는 『파우스트』에서 "여보게 젊은이, 모든 이론은 회색이고,/오직 황금빛 생명나무만이 녹색이라네"라고 말하지 않았던가.

　이론에도 색깔이 있어 회색 이론이 있는가 하면 녹색 이론도 있다. 회색이 상징하는 이성만 가지고서는 오늘날 심각한 환경 위기를 극복할 수 없다. 극복하기는커녕 오히려 그 위기를 파멸로 몰고 갈 뿐이다. 합리적 이성, 아니 좀 더 정확히 말해서 도구적 이성이 오늘날 환경 위기나 생태계 위기를 가져온 장본인이기 때문이다. 그렇다고 합리적 이성이나 도구적 이성을 완전히 무시할 수만도 없다는 데 문제의 심각성이 있다.

　갓난아이를 목욕시키고 난 뒤에 더러운 목욕물과 함께 아이를 던져버린다는 말도 있듯이, 합리적 이성이나 도구적 이성에 문제가 있다고 하여 그것을 완전히 폐기해버리는 것은 어리석을 일이다. 쓸모없는 것은 과감하게 버리되 조금이라도 쓸모 있는 것이 있으면 좀 더 유용하게 만들어 사용해야 한다. 합리성이나 이성도 마찬가지이다. 자연을 오직 도구나 목적으로 간주하는 이성은 이제 '생태적 이성'으로 바꿔야 한다. 다시 말해서 자연을 죽이는 이성이 아니라 자연을 살리는 이성으로 개조해야 한다. 이러한 생태적 이성에 필요한 것이 바로 최성각이 말하는 '녹색 감수성'이나 '녹색 가슴'이다. 차가운 머리와 뜨거운 가슴이 만날 때에야 비로소 환경문제 해결을 위한 실마리를 찾을 수 있다. "분할하고, 경쟁하고, 낭비하고, 비밀스럽고, 돈 만능의 가치관"을 조금이라도 바꿀 수 있는 방법도 바로 '녹색 감수성'이나 '녹색 가슴'에서 찾아야 한다.

최성각은 한 작품집의 서문에서 "오지 않는 시간에 대해 품는 꿈과 그 꿈을 이루기 위해 반드시 이웃과 어깨동무해야 하는 우정도 문학이라 할 만하다"라고 밝힌 적이 있다. 지금까지 그는 이웃과 더불어 어깨동무 하며 더불어 살아가는 상생과 협력의 미덕이 얼마나 소중한지 말해왔다. 작은 시냇물이 모여 강물을 이루듯이, 녹색문학의 형식을 빌린 그의 작은 목소리도 환경문제 해결이라는 나무가 자라는 데 소중한 밑거름이 될 것이다.

발표 지면

1부 단편소설

밤의 짜이(王), 예스비 구룽 (『실천문학』 2002년 봄호)

은행나무는 좋은 땔감이 아니다 (『녹색평론』 2009년 통권 107호)

강(江)을 위한 미사 (『작가』 1999년 여름호)

바퀴 저쪽에 (『동서문학』 1998년 가을호)

육백마지기의 바람 (『소설과사상』 1999년 봄호)

2부 중편소설

약사여래는 오지 않는다 (『작가세계』 1989년 통권 2호)

동강은 황새여울을 안고 흐른다 (『세계의문학』 1999년 봄호)

3부 엽편소설

강물은 흘러야 하고, 갯벌에는 갯것들 넘쳐야

　(『신생』 「생태환경 엽편소설 연재」 13~21호, 2002~2004)

사막의 우물 파는 인부(『사막의 우물 파는 인부』 도서출판 도요새, 2000)

말의 감옥(『부용산』 도서출판 솔, 1998)